海右文学精品工程

中国作家协会作家定点深入生活扶持项目

方远 著

济南出版社

图书在版编目（CIP）数据

大船队 / 方远著. -- 济南：济南出版社，2024.2
ISBN 978-7-5488-5354-1

Ⅰ.①大…　Ⅱ.①方…　Ⅲ.①长篇小说 – 中国 – 当代
Ⅳ.① I247.5

中国国家版本馆 CIP 数据核字 (2023) 第 177949 号

大船队

DACHUANDUI

方远　著

出版统筹　李建议
责任编辑　乔俊连　戴　月　李建议
装帧设计　牛钧

出版发行　济南出版社
地　　址　山东省济南市二环南路 1 号（250002）
总 编 室　0531-86131715
印　　刷　济南新先锋彩印有限公司
版　　次　2024 年 2 月第 1 版
印　　次　2024 年 2 月第 1 次印刷
开　　本　160mm×230mm　1/16
印　　张　38.5
字　　数　515 千字
书　　号　ISBN 978-7-5488-5354-1
定　　价　98.00 元

如有印装质量问题　请与出版社出版部联系调换
电话：0531-86131736

目录

第一章

暗潮涌动

这天傍晚，当虎头村的大船主宋占山满腔怒火地快马加鞭，一路向东狂奔五里地，气势汹汹地拍响方家村宏德堂厚重大门的时候，宏德堂堂主方英典正站在廊檐下，举着理发推子，亲自给船员刘小虎剃头。

跟随宋占山一起来的还有他十六岁的儿子宋家安。当然，宋家安不是自愿的，是被他爹硬逼着来的，说让他到大户人家见见世面。

这时正是秋阳西斜，晚霞满天。

刘小虎有个怪毛病，就是不愿意剃头，因为他觉得剃头就像杀猪，为此小的时候还挨了他爹不少揍。

"老爷，怎么又给俺剃头啊？"刘小虎的头发又粗又硬，他拧着脖子，似乎在本能地反抗。虽然现在大清朝已经灭亡了，但方英典还是被人们习惯性地称为"老爷"或"大人"。

"刘小虎啊，你别不识好歹，老爷亲自给你剃头，是你的福气。"站在一旁的管家潘士光责怪道。

啪，啪啪！

实际上，宋占山不是在拍，而是在砸。他先是抬头看了眼高高悬挂在门楼上的匾额，然后才伸出青筋暴起的双手，握住两只硕大的黄铜门环，使劲地砸在紫铜铺首上。

铺首为虎面造型，形神兼备，夸张而不失具象。虎的眼珠既大又圆，两枚牙齿自口中龇出来，犹如一对长剑或弯刀，嘴下衔着光彩照人的铜环，看上去庄重而威严。

宏德堂的匾额是用上好的香樟木做成的，厚重大气，红底金字，三个颜体楷书大字是一百多年前方英典的太爷方宝奎留下的墨宝，字字丰腴雄浑，骨力遒劲，堪称书法佳作。 嘉庆年间，方宝奎中得举人，进京为官，后因无辜卷入一场突如其来的宫廷内斗，最终被削官为民，回乡后创建了宏德堂。

作为掖县有名的书香门第，温文尔雅的宏德堂人一向为乡亲们所敬重，现在，听到这刺耳的砸门声，方英典的心里顿时有了几丝不祥之感。

"潘管家，快去看看。"方英典浓眉一皱，放下了手中的推子。

潘士光马上跳下廊台，穿过长长的甬道，来到了门楼，正要贴在厚重的门板上听一听外面的动静，恰好迎上了又一阵急促的砸门声。

这次宋占山手中的门环似乎直接砸在了潘士光的耳朵上，潘士光立刻一惊，心脏突突直跳。

"哪位啊？"潘士光强作镇定地问。

"俺！ 宋占山！ 快开门！ "宋占山大声喊道。

宋占山？ 他来干什么？ 潘士光的手放到门闩上，刚想拉开，却又停下了。

了解宋占山底细的人都知道，他是个大能人，但绝不是个善茬。 近二十年前，也就是八国联军侵华的那一年，他从遥远的东北逃到胶东，四处流浪漂泊，最终来到掖县，在外来户聚集的海边渔村虎头村扎下根来。 不过，宋占山却是个有钱的主，他之所以只身出走东北，是因为他与一个叫阮守常的合伙人做了一笔大生意，赚了大宗银子后，他私心膨胀，携银而逃了。

在宋占山的眼里，虎头村是一块风水宝地，它紧靠波涛汹涌的莱州湾，村民又都是来自天南海北的杂姓移民，不像方家村那样，有以族长方英典为代表的方家大户，像宋占山这样的外来户难以与方英典分庭抗礼，对村里的大小事务难有发言权。 在虎头村，马炳忠被众人推举为族长，也不过是由于他来得最早，更为重要的是，他身强力壮而媳妇又能生产，家里的男丁呈几何级增长，马家成为人丁兴旺的家族。 马家超强的生育繁衍能力让虎头村人啧啧称奇，刮目相看，家族势力亦日渐强大，族长自然非马炳忠莫属。

来到掖县的虎头村，宋占山如鱼得水，用带来的银两盖房娶亲，生儿育女，在被当地人称为"掖城"的县城做买卖。 后来，他又购置渔船，雇人下海打鱼，做起了鱼虾生意，赚得盆钵皆满。 时至今日，宋家已是庭院深深，有渔船五条，成为虎头村首屈一指的富裕人家。

现在，管家潘士光定了定神，才慢腾腾地拉开了坚实的门闩。

"你……你来是找俺老爷吗？"潘士光犹豫地问。

"俺找刘小虎！ 不过，找你老爷也行，他现在可是这个兔崽子的新主子！"宋占山横眉怒目地说罢，就直接往庭院里闯。

"俺老爷他……刘小虎他都不在……"潘士光伸手试图拉住宋占山。

宋占山似乎早有防备，一把抛开了潘士光的手，然后拉着儿子宋家安绕过影壁，来到院里。 他看到，廊檐下，方英典与刘小虎正吃惊地注视着他。 自然，刘小虎更是胆战心惊，露出一副手足无措的样子。

"哟，占山兄弟可是稀客啊！"方英典顺手将推子放进儿子方兴通高举着的箩筐里，接着双手抱拳，强作笑脸地说，"来得突然，有失远迎啊！"

宏德堂人说话总会文绉绉的，宋占山已经见多不怪了，他强压怒火，不情愿地抱拳回礼："方大人，我宋某不请自来，有失礼数啊，多多包涵吧。"

来者不善，善者不来，宋占山野蛮砸门的举动与因肌肉抽动而有些变形的脸让方英典意识到，必有什么意想不到的大事发生了。

宋家安似乎有几分害怕或者难为情，宋占山一松手，宋家安就退回到影壁处，怯生生地侧脸看着端着箩筐的方兴通。

宏德堂的私塾叫南书房，因其在上房的南院而得名，是太爷方宝奎在一百多年前创立的。南书房有大通房三间，宽敞明亮。当年，在太爷方宝奎挥毫题写下“南书房”三个字的同时，也立下了南书房的规矩，那便是，方家村所有想读书的孩子均可来此读书，只收少量学费。后来到了方英典的父亲方继先当家时，由于虎头村等村庄的移民子弟日渐增多，那些站稳脚跟又发家致富的人家迫切希望送自己的孩子到南书房上学，便三番五次地相约来到宏德堂，请求收下他们的孩子，并承诺全额交足学费。教书育人是行大善，积大德，方继先斟酌再三，最终同意了。

宋占山的儿子宋家安便是虎头村来宏德堂上学的受益者，成了同龄人方兴通的同学。坦白地讲，宏德堂与宋家少有来往，但是，宋家安年纪尚小，又愿意读书，宏德堂人不能因为他是宋占山的儿子就将其拒之门外。

现在，方兴通看到宋家安正眼巴巴地望着他，就放下手中的箩筐，向宋家安走过来。

“大人的事咱不管，也管不了。”方兴通善解人意地扯了一下宋家安的衣袖，“走，咱到南书房练字去。”

宋家安的脸红红的，顺从地跟着方兴通去了南书房。

宋占山是让儿子来见世面的，也就是想让宋家安看看他是怎么与这个有名门望族之称的宏德堂人叫阵的。但是，儿子不争气，不敢靠前，让他好生失望。

“潘管家，怎么还不去给占山兄弟泡茶？”这个时候，方英典向潘士光使了个眼色，淡然一笑地说罢，便背起手来，迈着四方步，沿着长长的廊檐走到东头，迈下石阶，又径直向牡丹花园前的凉亭走去。

宏德堂人祖祖辈辈爱牡丹，这凉亭上方的牌匾上“国色天香”四个鎏金大字，就是出自太爷方宝奎之手。

凉亭为六角形，黛瓦顶，檐下雕梁画栋，古色古香，备有汉白玉石桌及石凳，是宏德堂人春季赏牡丹及夏日纳凉的好去处。

处变不惊，镇定自若，宋占山不禁暗自佩服方英典，但是，他不是来喝茶的，而是来找宏德堂要人的。

"方大人，茶就免了，俺是来要人的！"宋占山快步追到凉亭，终于按捺不住，怒火冲天地吼道。

潘士光心领神会地进客厅端茶具去了，刘小虎也早没了踪影，只剩下方英典在凉亭下微笑着冲宋占山招手："占山兄弟，看你这话说的，你到宏德堂要什么人啊？别急，先喝杯茶，慢慢说。"

冤有头，债有主，其实，宋占山不是来找宏德堂要人的，而是找刘小虎要人的。昨天晚上，他的闺女宋家宁突然失踪了。

刘小虎原是宋占山船队的船老大，三个多月前，他被宋占山无情地扫地出门，走投无路的他只好来到宏德堂求助，希望方英典能收下他，给他一口饭吃。

刘小虎是个命苦的人。他的家乡在黄县，离掖县百余里。自然，他也出生在海边，他娘在生下他不久就暴病而死，他爹刘老汉是船老大，靠为村里的大船主下海打鱼为生。父子俩相依为命，艰难度日。海边的人水性都好，刘小虎父子更是如此。刘小虎自小便跟随他爹出海为船主打鱼，十多岁时，就能顶上一个青年船员了。无论是富人还是穷人，都会有梦想。在刘老汉的眼里，刘小虎是刘家的希望，他一心想把儿子抚养成人，然后让他娶妻生子，延续刘家的香火。

在刘家破败的三间海草房后，有一堆长短粗细不一的杂木，还有大大小小的石头和砖瓦，这都是刘老汉平时在路边沟旁或者河坝上捡回来的。儿子娶媳妇就得盖新房，日积月累，集腋成裘，这些东西将来盖屋时都能用得上。节衣缩食，勤俭持家，他梦想着，在儿子十八岁的时候，就倾其微薄的积蓄，为儿子盖屋娶亲。

儿子刘小虎在一天天地长大，屋后那些杂木与砖瓦堆成了小山，刘老汉离梦想也越来越近。 然而，就在刘小虎十四岁那年的夏天，刘老汉却突然死了。

刘老汉是在村后的一条小河里淹死的，这似乎有些匪夷所思，与海打了一辈子交道，多少次桅倒船翻掉入惊涛骇浪中，又凭着超强的水性死里逃生的刘老汉，竟然淹死在一条宽不过十几米的小河里。

小河也有洪水，就像老实人有时也会发脾气一样。 那个夏天的一天傍晚，刘老汉正在河坝上搜寻自然枯死的树桩，河水突然暴涨，就像一堵墙平推过来。 原来，上游山区连日的暴雨形成洪水，沿着这条不起眼的小河，以摧枯拉朽之势向入海口奔泻而去。

木头！ 站在河坝上，刘老汉突然发现，不远处有一根碗口粗的木头在浑浊的洪水中时隐时现。 它长十余尺，正是房大梁的好材料，他不禁心中大喜。

洪水翻滚着污浊的水花，时有旋涡形成，杂草或者杂物在涡中旋转，而那根心仪的木头离刘老汉越来越近，就在木头漂到他跟前的一瞬，他毫不犹豫地奋身一跃，跳入了湍急的洪水中。

这时天边的乌云突然铺天盖地袭来，伴随着一阵电闪雷鸣，立时狂风骤起，大雨倾盆。

刘老汉相信自己的水性，不顾一切地奋力向河中的木头游去，他的心里只有一个念头，那便是，一定要捞回这根木头，为儿子盖房用。 然而，木头却随着滚滚洪流越漂越远，他前扒后蹬，竭力去追，在几次伸手就能抱住的一瞬，木头却又被洪水冲走了。

这个时候，刘老汉与木头已经远离了村庄，离入海口越来越近，他并没有意识到危险就在眼前，他只顾追木头了，并没有发现前面有一个巨大的旋涡正在等着他。

终于，已是筋疲力尽的刘老汉抱住了木头的一端，他正要拖着木头向岸边游去，但是，洪水似那脱缰的野马，将刘老汉冲进了旋涡。 刘老汉连同抱着的木头在旋涡里转圈，他突然感到，似有一个力大无比的壮汉紧紧地抱住了他的双腿，用力地往河底拉拽。 他自然不能屈服，拼命地挣扎着，想游出旋涡，却是越陷越深。

暴雨还在下着，雷声震耳欲聋，闪电将大地照得亮如白昼。

洪水奔流，波浪翻滚，刘老汉渐渐地消失在旋涡里，他死死地抱着的那根木头慢慢地竖起来，像一根高耸的旗杆。 河水围着它打转，直到它再次倾倒，又漂浮回水面。

刘老汉就这么被旋涡吸入河底，淹死了。

三天过后，雨过天晴，入海口处风平浪静，微波荡漾，一个划着舢板出小海的渔民在一块大礁石旁发现了刘老汉的尸体。

刘老汉赤身裸体，已被泡得浮肿，他静静地躺在水湾里，似乎还在做着美梦。

由于没有目击者，刘老汉之死成了一个难以解开的谜。 乡亲们，自然也包括刘小虎，谁也无法解释，在大海里几次死里逃生的船老大怎么会淹死在一条小河里。

为儿子刘小虎盖房娶亲，是刘老汉的梦想，他不断尽自己所能追逐着自己的梦想，然而，命运多舛，不幸梦断河底。

刘小虎哭得死去活来，在乡亲们的帮助下，他埋葬了刘老汉。 看着家徒四壁的破屋，只有十四岁的他决意离开这块伤心之地，独自闯荡江湖去。

那个早晨，朝霞满天，微风习习，刘小虎来到刘老汉的坟前，磕了三个响头，就上路了。 实际上，他并没有目的地，只是顺着海边一直往东南走，能走到哪里算哪里。

有臭鱼烂虾充饥，海边的人三五天是饿不死的，就像那些无家可归的野猫或野狗。 刘小虎一路乞讨，在不知不觉中进入了掖县地界，越过三山岛，便来到了虎头村。

果树有大年与小年之说，去年硕果累累，今年或许就一无所获。 下海打鱼也是这样，也有大年与小年。

这天下午，当刘小虎出现在宋占山面前的时候，宋占山正在港上举着一块招收船员的木牌子，大喊着招工。

"来啊，来，管吃管住还给工钱。"宋占山冲渔船前的渔民们高声喊道。

毫无疑问，宋占山是个聪明绝顶的人，他见利忘义，心狠手辣，却又会见风使舵，攀龙附凤。多年前，他来到虎头村，在一间破败的牲口屋住下，不几天，他便摸清了整个虎头村的底细，比如，村里势力最大的是族长马炳忠。

宋占山对自己的能力充满信心，甚至有几分自恋，他始终觉得，凭借他的聪明才智一定会发家致富，出人头地。不过，他也是个识时务的人，或者说，此一时彼一时，大丈夫得能屈能伸。

强龙不压地头蛇，而且还得老老实实地卧在蛇的身边，像个听话的孩子或者温顺的羔羊。宋占山颇具豺狐之心，自然深谙此理。

在一个漆黑而宁静的夜晚，宋占山敲响了族长马炳忠的院门。当然，他敲得胆怯，有些小心翼翼，不像今天这样鲁莽而骄横，没好气地砸响了宏德堂的大门。

有道是，家旺出恶狗，家败出逆子。最先迎接宋占山的是一只大黑狗，它趴在门上狂叫不止，恨不能把宋占山这个不速之客一口吃了。

宋占山不由得吓得一哆嗦，腿肚子转筋，想溜。但是，他知道，不能溜，狗仗人势，他得对这只恶狗笑脸相迎，就像对待它的主人一样。

狗叫声与潮水声交杂在一起，形成了渔村独特的小夜曲。不多会儿，宋占山听到了一阵急促的脚步声，像个小孩子在跑。

原来是马炳忠的小孙子马永志趴在门缝儿上，眯着眼往门外看。但是，外面黑洞洞的，他什么也没看见。

"谁啊？"马永志大声问道。

马永志的声音奶声奶气的，却透着一股骄傲之气。宋占山暗自轻蔑地一笑，心想，狗仗人势，族长家的孩子也是这样。

“是俺，刚来咱村里的宋占山。”宋占山耐着性子说。

吱呀一声，沉重的院门开了，宋占山看到，一个白胡子老头一手按着狗头，一手牵着小孙子的手。他面无表情，只有胡子被海风吹得不停地抖动。

“您好，老族长，俺叫宋占山，刚刚来……”宋占山强作笑脸地说。

其实，宋占山刚在虎头村住下，就有人来向族长马炳忠报告了。像以往对初来乍到的人一样，马炳忠佯装不知，不管不问。只要宋占山十日之内不主动上门拜访，马炳忠就会按规矩行事，差人将他赶出村。

当然，这个规矩是马炳忠自己定的，他是虎头村的土皇帝。

马炳忠从小孙子马永志手中拿过豆油灯笼，举到宋占山的脸前，热乎乎的灯罩几乎戳到了宋占山的鼻子。

宋占山没有躲闪，还龇着牙笑出了声。

“俺早就知道你了，你有什么事？”马炳忠冷若冰霜地说罢，牵着狗，领着孙子转身向灯光明亮的厅房走去。

马炳忠没有让宋占山进来，也没有赶他走，宋占山犹豫了一下，才抬脚迈进了高高的院门槛，又随手关上了院门。

高门大户，庭院幽深，宋占山感觉到，马炳忠果然有族长的派头，煞有介事，摆谱摆得恰到好处。

伸手不打笑脸人，开口不骂送礼人。马炳忠发现，宋占山不是空着手来的，他的肩上斜挎着一个大粗布包，里面鼓鼓囊囊的。

人们常说，苍蝇不叮无缝儿的蛋。实际上，在许多时候，蛋都是自己主动裂开的，就像虎头村贪图小利的族长马炳忠。他家族势力强大，以族长自居，又得到了村民们盲目而无奈的拥护，那么，他以权谋私就是顺理成章的事情了。

在那个年代，东北有三宝，人参、貂皮、乌拉草，宋占山与合伙人阮守常就是做的这“三宝”生意。现在，在他的大粗布包里，三宝一样不缺，还是他精心挑选的。 宋占山逃出东北早有预谋，而找到合适的落脚点，行贿当地的地头蛇也在计划之中。 胶东地区向来与东北交往频繁，闯关东的有，往来做生意的也有，人们对三宝并不陌生。

进入厅房，宋占山便忙不迭地打开了大粗布包，掏出三宝，一一置于桌上。

"族长，这是俺孝敬您的。"宋占山满脸堆笑地说。

马炳忠自然也听说过东北三宝，前年春节，他去宏德堂拜年，方英典身上的貂皮大氅便让他好生羡慕。 眼下，得来全不费工夫，马炳忠不禁心中大喜，却又不能喜形于色，努力装出一副无所谓的样子。

世上的小人大多具有察言观色的技能，宋占山当然不会是个例外。他从马炳忠眼里稍纵即逝的亮光中窥探到了贪婪与满足，心中的一块石头总算落了地。

正如宋占山所料，东北三宝是立竿见影的敲门砖，马炳忠例行公事般地询问他的来路。 宋占山编筐编篓，将自己的身世编了个明明白白，说到伤心处还眼眶湿润，露出一副落难的样子。

无论如何，马炳忠是个聪明人，宋占山的谎话连篇是瞒不住他的。但是，看破而不说破是马炳忠的人生哲学，他屡试不爽，还赚得了个好人缘。

"嗯，俺知道了。"马炳忠点点头，眼神里却充满了狐疑。

就像刚才发现了马炳忠眼中的亮光一样，宋占山同样又察觉到了马炳忠狐疑的眼神。 他想再解释一下，却被马炳忠挥手制止了。

"你不要再说了，就这样吧。"马炳忠说。

如果说，刚才看到他梦寐以求的貂皮大氅眼中有亮光闪现属于情不自禁的话，那么，马炳忠狐疑的眼神是有意让宋占山看到的。 然而，马炳忠又不想听宋占山继续说下去，不让他将故事编得更加合理而圆满，正是想让他心有忌惮，让他知道，他有一根小辫子抓在自己的手里，以后不得放肆，要乖乖地听话，俯首帖耳，否则，不会有好果子吃。

虎头村的村里村外都是杂草难生的盐碱地，并不适合以地为命根子的农民生存，所以，这里原来是弃地，荒无人烟。后来，越来越多的落难人在此聚集，以打鱼为生，终形成村落。

夜访族长马炳忠，宋占山大功告成，他选了村西一块靠海的盐碱地作为宅基地，大兴土木，并入乡随俗，盖了三间宽敞的海草房。他是一个生意人，下海或者种地都是他所不齿的，便利用带来的银子在掖城买房做生意。头一年，他便娶了媳妇，算是成家立业了。逐利或许是生意人的本能，而宋占山做到了极致，达到了唯利是图的程度。多年下来，在他的身边，上当吃亏者越来越多，一个个合作伙伴先后看透他的本质，无不对他避而远之，少有来往了。从商要讲商德，而宋占山却是从不讲道德，那么，他最终在商界成为孤家寡人便是情理之中的事了。眼看着在掖城的生意做不下去了，他虽然在生意好时置下了店铺房产，但是，要想维持一家人的富裕生活已不可能。在虎头村，有几个发家的大户，像族长马炳忠家就养着三条渔船，收入十分可观。于是，宋占山决定另起炉灶，试水渔业，便置买了一条三桅渔船，雇人下海打鱼，年终算账，竟然赚了不少钱。

改弦更张投身渔业，宋占山第一年便尝到了甜头，他就琢磨着来年开春再置买两条三桅渔船，形成规模，做大做强。但是，第二年却是出海打鱼的小年，渔船连日出海，只打回了些小鱼小虾，与空网无异。宋占山雇的都是短工，以天计算薪水。这些船员大多来自邻县的贫困地区，他们舍得出力，以求挣钱养家糊口。打不回鱼来，就没有收入，宋占山便以此为由不给船员们发钱。这船主的心太黑了，船员们一商量就都走了，去找信誉好的船主了。现在，除了本村三个渔民，宋占山的渔船就没人了。渔船不下海打鱼就是一条废船，宋占山火烧眉毛，遂亲自来到渔港，举着牌子招船员，一旦船员招齐，明天一早便出海打鱼。

一条三桅渔船至少需要六名船员，掌舵的、使帆的、划桨的、瞭望的、下网的等，他们既分工明确，又相互配合，无不身兼数职。现在，在宋占山鼓动与忽悠下，已有两名船员报名上船了。

　　船员还差一名，就在这个时候，刘小虎出现在了宋占山的面前。

　　作为老渔民的儿子，刘小虎几乎是在渔船上长大的，虽然只有十四岁，却已长得高大魁梧，身强力壮，犹如青年小伙儿。其实，早在几年前，他就来过虎头村的这个小港口，不是主动来的，而是跟随着渔船让海风吹过来的。那次他和爹出海打鱼，突遇狂风暴雨，他们的渔船来此躲避。

　　离家闯荡的刘小虎，在海边上漫无目的地走了几天，已是饥肠辘辘，体力不支。他知道，要活下去，就得干活，无论是下海打鱼还是下地种庄稼。

　　刘小虎这么想着，就走到宋占山的跟前，抬头看了眼牌子上的"招工"二字，然后就盯着宋占山，不说话。

　　"你……你要报名？"宋占山将牌子杵在沙堆上问。

　　其实，刘小虎根本就不识字，他是听到宋占山的叫喊声才走过来的。

　　刘小虎点点头。

　　即使刘小虎的身高与体型已经像成年人了，但是，他脸上的孩子气还是藏不住的。

　　"你今年多大了？"宋占山又问。

　　"十六岁了。"刘小虎不假思索地给自己增加了两岁。

　　"十六岁了？真十六岁了？"宋占山似乎不信，围着刘小虎转了一圈，诘问道。

　　"就十六岁了，你不信拉倒！"刘小虎说罢，转身要走。

　　"哎，你先别走啊，人不大，脾气还不小。"宋占山一把拉住了刘小虎。

宋占山决定将刘小虎留下来，不是因为他相信了刘小虎的话，而是他现在迫切需要人，船上一个萝卜一个坑，像他这种三桅渔船，一个萝卜得占几个坑。渔船至少得六个人，这既是约定俗成的规定，也是必不可少的规制，否则船员就拒绝出海，那么，就先让刘小虎充个数吧。

　　"俺问你，你下过海吗？打过鱼吗？"宋占山仔细打量着刘小虎。

　　"当然，那还用说？"刘小虎梗着脖子说。

　　宋占山发现，刘小虎浑身上下，除了牙是白的，其余地方全晒得黑黑的，就像刚刚从墨汁里捞出来一样。他拉过刘小虎的一只手，看了眼手掌，上面有一层发黄的老茧。

　　"是个下大力的人。"宋占山在心里说道。

　　"好吧，你就留下吧，明天一早就出海。"宋占山拍了拍刘小虎坚实的肩膀。

　　刘小虎就这么成了宋占山的雇工，他当时忍饥挨饿，就想吃顿饱饭，所以，他根本就没有跟宋占山谈工钱。自然，像族长马炳忠当年询问宋占山的来路一样，宋占山也问了刘小虎的情况。刘小虎没有必要隐瞒什么，就如实说来。善于精打细算的宋占山惊喜地发现，他捡到了一个大宝贝。刘小虎无依无靠，是个孤儿，年纪虽小，却是下海打鱼的好把式，培养几年，肯定是个出色的船老大。因此，他让刘小虎与家里的两个长工住在西厢房，与长工同吃，不同的是，他没有任何报酬。

　　正如宋占山所料，几年后，宋家的渔船队已有大小渔船五条，刘小虎也成长为船老大。他将宋家当成了自己的家，一心一意为东家卖命，让宋占山打心眼里高兴。自然，宋占山会时常安慰他，只要他好好干下去，宋家就不可能亏待他，会为他盖房娶亲，让他成家立业。

　　似乎是在一眨眼的工夫，刘小虎在宋家待了许多年了，他不会不知道东家宋占山的德性，他所承诺的一切都不过是水中月、镜中花，刘小虎从来没有真正相信过。 他之所以没有离开，是因为宋家有一个他舍不得的人，那便是宋占山的闺女宋家宁。 简而言之，就是宋家宁喜欢上了英俊的刘小虎，并主动投怀送抱，刘小虎则是顺水推舟，两人爱得死去活来，如同干柴碰到了烈火，并私订了终身。

如此这般，利用一切可能的机会，东家的闺女宋家宁与雇工刘小虎时常幽会，直到被宋占山发现。 宋占山恼怒不已，只有棒打鸳鸯散，将刘小虎赶出了宋家。 坦白地说，刘小虎正在可用之时，宋家渔船队在他的率领下频频出海，一帆风顺，鱼虾满仓，让宋占山赚了个盆满钵溢，并让宋占山有了开创海上货运的打算。

购置货船，招兵买马，往来胶东与东北运输粮食与木材，自然是个好生意。 宋占山是东北人，有着天然的优势，而最终促使他下定决心，付诸实践，是因为他得到了一个消息，方家村宏德堂的方英典已从蓬莱请来了造船队伍，正在小港口建造货船，准备从事海上运输。

商机往往转瞬即逝，谁占了先，谁就有可能称霸一方。 绝不能让方英典走在前头，宋占山马上远赴烟台，在一家造船厂买回了一条货船。本来，刘小虎是货船老大的不二人选，但是现在，宋占山却不得不将他赶走，货船老大只能另寻他人。

让宋占山没有想到的是，宏德堂的方英典竟然收留了刘小虎，这是明摆着让他当货船的老大。 方宋两家的货船还没起航，宋占山就落了下风。 更让宋占山难以承受的是，他的闺女宋家宁昨晚神不知鬼不觉地失踪了，人们最后一次看到她是，傍晚她从刘小虎待的那条宏德堂的渔船上跳下来，然后就不见了。

宋占山断定，宋家宁的离家出走与刘小虎有着直接的关系，或者说，刘小虎肯定知道宋家宁去了哪里。 于是，他到宏德堂找刘小虎要闺女来了。

"方大人，刘小虎呢？ 他刚才还在这里，你快把他叫出来，俺得找他要人！"宋占山将管家潘士光递上来的茶杯啪的一声搁在了石头桌上。

现在，东家的闺女宋家宁爱上了雇工刘小虎的事情几乎是家喻户晓了，成为人们饭后茶余津津乐道的话题。当然，在乡亲们眼里，这是大逆不道又伤风败俗的事情。男大当婚，女大当嫁，除了门当户对，还得有媒妁之言及父母之命。但是，由于宋家宁是宋占山的闺女，人们似乎原谅了刘小虎，或者，人们都在幸灾乐祸，每每说起此事，心情都是那么舒畅。

"哎，占山兄弟，你看上去可比以前年轻多了。"方英典喝了口茶，打趣道。

"哎呀，俺来找刘小虎要人，你给俺瞎扯些什么？"宋占山终于顾不得情面，怒吼道，"你把刘小虎给俺叫出来！"

宋占山火冒三丈的神情让方英典心生几多快意，他对管家潘士光不紧不慢地说："快，快把刘小虎叫过来，占山兄弟找他要闺女呢。"

"好的，老爷。"潘士光应道。

刚才，刘小虎听到宋占山说宋家宁不见了后，就从宏德堂后花园的那个侧门溜走了。昨天傍晚，她找到他，就哭闹着劝说他一起出逃，就像当年宋占山逃出东北一样，逃得越远越好。刘小虎坚决不从，他觉得，那样必定闯下大祸，从而一发不可收。他天真地想，老东家宋占山总会有想开的那一天，让他们这对有情人终成眷属。

"小虎哥，俺怀上了。"终于，宋家宁不得不将这个石破天惊的消息告诉刘小虎。

啊？刘小虎如同挨了当头一棒，惊呆了。

"不可能吧？"半晌，刘小虎才反问道。

宋家宁听罢，蓦然掀开了绸袄，亮出了雪白的肚皮："你摸摸，有没有？"

刘小虎好像还没从惊恐中回过神来，动作僵硬地摸了摸宋家宁的肚子，一时无语。

"有没有啊？"宋家宁煞有介事地问。

"有，可能有吧。"刘小虎耷拉着头说。

实际上，刘小虎什么也没摸出来，他是觉得宋家宁不会骗他，就相信了。

即使得知宋家宁怀上了他的孩子，刘小虎也不同意离家出走，他告诉她，他会去找老东家宋占山，向他求情，同意他们的婚事。

宋家宁怎么会突然不见了？ 她会跑到哪里去？ 她会不会带着那个天大的秘密寻了短见？ 刘小虎想到这里，浑身冒出了冷汗。

找，一定要找到宋家宁！ 刘小虎溜出宏德堂，就跑到虎头村的小港口，顺着昨天傍晚宋家宁走的方向，开始寻找。

现在，管家潘士光找遍了整个宏德堂也没有发现刘小虎的身影，便如实回来报告。

"不是刚才还在这里吗？"宋占山似乎不信。

"要不你亲自找！ 满院里找！"潘士光气呼呼地说。

宋占山终于相信了潘士光的话，从石凳上站起来，又恶狠狠地拍了拍屁股，向院门口走去。

"宋家安，你他娘的给俺滚回来！ 咱们走了！"宋占山冲南书房怒吼道。

方英典以柔克刚，管家潘士光装腔作势，宋占山打出的重拳无不打在棉花垛上，他只能拿着儿子宋家安撒气了。

"爹，您……"宋家安从南书房跑回来，大气不敢出地看着宋占山。

"儿子，你不用怕，咱以后不在南书房读书了。"宋占山白了宋家安一眼。

不在南书房读书了？ 这显然出乎了宋家安的意料，他愣着不动。

"不读就是不读了，快走，咱们不欠宏德堂这个人情。"宋占山将宋家安推出了院门。

宋家安回过头来，有些恋恋不舍地看着方兴通。

"走吧，什么事儿以后再说吧。"方兴通也有几分失落，向宋家安友好地挥了挥手。

客观地说，方兴通与宋家安同学多年，还是有些情谊的，他们都聪明好学，深得教书先生的赏识，教书先生曾多次预言他们将来一定会有出息。羽毛未丰，少不更事，现在，无论是方兴通还是宋家安都不会预料到，许多年后，当他们长大成人，会反目成仇，演绎出一个个惊心动魄的生死故事。

"你告诉刘小虎，找不到宋家宁，俺就到官府去告他！"一只脚刚迈出门槛，宋占山又回过头来，冲管家潘士光高叫道。

听着马蹄声消失了，潘士光才去关了院门，然后和方兴通一起走到凉亭，看着方英典不说话。

"你愣在这里干什么？到南书房看书去吧。"方英典支开了方兴通。

看着方兴通站着没动，似乎有什么心事，潘士光冲他和蔼地一笑："大少爷，快去吧。"

自然，方兴通不会不知道刘小虎与宋家宁的事，现在，宋家宁离家出走了，事情就严重了，他就很想知道爹和潘士光说什么，怎么应对，却又不能不走，就悻悻地离开了。

"坐下吧。"方英典向潘士光示意道，"唉，宋家宁找不到了，毕竟不是小事，这是人命关天的大事啊。刘小虎现在又在咱们宏德堂，潘管家，说说你的看法吧。"

潘士光为方英典续上茶水，想了想说："是啊，宋家宁失踪了真不是小事。本来吧，这跟咱宏德堂没什么关系，可是，刘小虎现在是咱们宏德堂的人啊。俺看，得先找到刘小虎，问清楚是怎么回事儿，再一起想办法。"

"好，也只能这样了。"方英典点头同意道。

"可是……"潘士光欲言又止。

方英典似乎意识到了什么："你觉得，宋占山会不会……"

　　"是的，老爷。 这么多年了，宋占山横行乡里，奇怪的是，连族长马炳忠都让他三分。 他是个报复心极强的人，虎头村的人是敢怒而不敢言啊。 俺感觉，他不会咽下这口气，一定会想办法报复咱们宏德堂的。"潘士光忧心忡忡地说。

　　"你说得没错啊，让宏德堂的人都小心点吧。"方英典轻轻地拍了拍潘士光的肩膀。

第二章

将计就计

　　正像方英典与潘士光预料的那样，回到虎头村，睚眦必报的宋占山便叫来管家罗良基，商议如何报复宏德堂。

　　宏德堂收留了刘小虎，闺女宋家宁痴情不改还离家出走了，刘小虎与宏德堂人能不知道宋家宁的下落吗？ 看着方英典那阴阳怪气的神色，宋占山恨得牙根都痒痒。 现在，刘小虎跟宋家宁还藕断丝连，而闺女下落不明。 宏德堂的货船也就要完工下海了，而宋占山还没招到船老大。不，绝不能放过这个大逆不道的刘小虎，也绝不能让宏德堂抢了这个先。

　　"罗管家，刘小虎忘恩负义，真是该死啊！ 宏德堂的货船就要下海了，养兵千日，用兵一时，你就能眼看着……"宋占山眼珠子一转，话只说了一半。

　　俗语道，什么样的孩子就有什么样的妈妈，什么样的吹手就有什么样的喇叭，能给宋占山当管家，罗良基自然也不是个省油的灯。 东家宋占山说的半截话就已经足够了，罗良基心领神会，一个罪恶的计划便在心里产生了。

　　罗良基知道，刘小虎独自在虎头村的小港口看护货船，他决定带人杀死刘小虎，彻底断了宋家宁的念想，以解东家宋占山的心头之恨，然后再放火烧了宏德堂的货船。 时不我待，行动就在今晚夜深人静的时候。

"东家，您就别操这个心了，放心吧，俺相信，刘小虎会得到报应的，宏德堂的货船也绝对下不了海！"罗良基咬牙切齿地说。

"下去吧。"宋占山看了罗良基一眼，未置可否，面无表情地说。

宋占山的管家罗良基在密谋杀死刘小虎并火烧宏德堂的货船时，方英典的管家潘士光却在遵照老爷方英典的吩咐，四处寻找刘小虎。他到了每一个能想到的地方，可是都没发现刘小虎的身影。

或许有些不可思议，刘小虎在找宋家宁，而潘士光却在找刘小虎。

前些日子，宏德堂请来了造船队，作为未来的船老大，刘小虎负责监工和后勤保障，一直与造船工们吃住在小港口上。他得知，宋占山已捷足先登，从烟台买回了一条三帆货船，正在招船员，如果不是他被宋占山赶出了宋家，他必是船老大无疑。现在，宏德堂与宋家都在暗中使劲，争当从事海上货运的开创者。宋占山有船而没有船老大，宏德堂有船老大却还没有造好船。刘小虎好吃好喝地侍候着这些造船工，在确保质量的情况下，让他们以最快的速度造船。他觉得，让宏德堂的货船第一个出海，赶往东北，然后运回木材和粮食，就是他对宋占山最好的报复，也是对新东家宏德堂最好的报答。

潘士光实在想不出刘小虎会跑到哪里去，最后，他来到了小港口的造船工地，也没有看到刘小虎。

刘小虎去哪儿了？会不会他已经找到了宋家宁，然后私奔了？

潘士光不敢沿着这个思路想下去了，他觉得，倘若真是这样，这个骄横的宋占山是不会放过宏德堂的，而一向看重名声的宏德堂必然会受到影响。

"刘小虎要是回来了，让他赶紧回宏德堂，老爷在等着他。"潘士光向工头交代道。

潘士光回到宏德堂的时候，已是夜幕降临，月亮高悬了。

方英典还没睡，正坐在堂屋正间里跟儿子方兴通说着话。

"没找到？"潘士光一进门，方英典就从他的脸色上看到了他的沮丧。

"是的，老爷。"潘士光叹了口气。

"好吧，天塌不下来的。"方英典微微一笑，"快去餐房吃两口饭，一会儿咱们去祠堂。"

去祠堂？ 潘士光知道，除了清明节及中元节等古老的祭奠日，平素里，宏德堂人很少去祠堂，除非有什么大事。 来到宏德堂十多年，潘士光先后侍候了方继先与方英典两代老爷，突然拜谒方氏祖先的次数屈指可数，他记忆犹新。 那么现在，老爷方英典为什么要去祠堂？ 潘士光不由得心里一紧。

那是一个炎热的麦收季节，年仅十八岁的潘士光从平度县潘郭庄出发，肩背着一把锋利的镰刀，跟随同村的二十几个青壮年劳力，风雨兼程百余里，来到掖县地界，为大户人家收麦子。

这是潘士光第一次走出闭塞的家乡，离开一贫如洗的家，去年，为了给哥哥娶媳妇，爹娘拉下了一屁股饥荒。 今年春天，凭着姐姐出嫁收的彩礼才基本填上了窟窿。 潘士光觉得，在某种程度上，姐姐相当于是被狠心的爹娘卖掉的，卖给了一户富裕人家的残疾儿子。 穷人的孩子早当家，潘士光想，他除了一身力气一无所有，只要舍得下苦力就一定饿不死。 他听村里的人说，到掖县给大户人家收麦子能挣钱，就主动跟着来了。

宏德堂有良田上百亩，村里村外都有，六七个长工负责庄稼的播种及日常管理，而到了收获的季节则要雇短工。

潘士光一行二十多人进了掖县地界，就开始受雇收麦子，收完了一家就继续北上，一直收到了方家村。

那天一早，宏德堂的老管家朱兆福站在村西口，翘首南望，等待着麦客。 实际上，每年的麦客队伍都是不固定的。 有时候，收完麦子就约好明年再来，但往往会失约。 口头约定没有任何约束，也很少有人去遵守。

这年风调雨顺，是个多年不遇的大丰收年，沉甸甸的麦穗已经金黄，潘士光他们来得正是时候。

　　田家少闲月，五月人倍忙。　夜来南风起，小麦覆陇黄。
　妇姑荷箪食，童稚携壶浆，相随饷田去，丁壮在南冈……

此时此刻，方继先正在丫鬟乔玉芬的侍奉下，站在村西的北地头上，看着麦浪滚滚，抑扬顿挫地吟诵着白居易这首《观刈麦》。

二十多年前，方继先的爹故去，方继先成为宏德堂的掌门人，他承袭家风，让宏德堂日渐兴盛。像一代代的方氏先人一样，方继先对土地有着发自心底的喜爱，他管理有方，勤俭持家，有了节余就买地，宏德堂的土地从他接手时的五十多亩扩充到如今的百余亩。这是他留给子孙后代的巨大财富，他认为，他已经上对得起祖先，下对得起后代了。

在方家村一带，地多为松软的沙土地，所以，收麦子不是用镰刀割，而是用双手连根拔。现在，讲好了工钱，老管家朱兆福便带着潘士光他们来到了地头："老爷，拔麦子的叫来了。"

方继先似乎没听到老管家朱兆福的话，神情陶醉地吟诵完了《观刈麦》的最后一句，才回过神来。

"好，好。"方继先扫视了一下这支由青壮劳力组成的麦客队伍，满意地说，"那就开工吧。"

"伙计们，快开始吧。"老管家朱兆福冲潘士光他们大声喊道。

潘士光是第一次出门当麦客，还有些新鲜与兴奋，朱兆福的话音刚落，他就俯下身来，挥舞起双臂，拔起了麦子。

身大力不亏，方继先看了眼撅着屁股拔麦子的潘士光，对朱兆福说："朱管家，还是咱们宏德堂的老规矩，得让伙计们吃好，你怎么对待人家，人家就会怎么对待你，这可是良心买卖啊。"

"好的，老爷，您就放心吧，吃的跟往年一样，差不了。"朱兆福点头应道。

让辛苦劳累的麦客们吃好，是宏德堂的老规矩，在方家村一带几乎是家喻户晓，更受麦客们的称赞。中午，老管家朱兆福会带人挑着挂着两只大箩筐的扁担，将饭送到地头上。主食是大白馍馍，配以大黄花鱼，喝的是清火消暑的绿豆汤。鱼是咸的，煎得外酥里嫩，香气逼人。每年秋天，方继先都会差老管家朱兆福去三山岛的鱼市上买回几十斤大黄花鱼，让厨房的人洗净，撒盐，再配上葱姜及青翠的花椒叶，放进大缸里腌制起来。

"伙计们，别舍不得力气啊。"老管家朱兆福开玩笑般大声喊道，"东家不会亏待咱们的！"

头顶烈日，麦客们一会儿便汗流浃背了。潘士光最年轻，体力好，拔着拔着就一马当先，第一个拔到了地南头。他并没有歇息，而是撩起已经湿透了的粗布汗衫，擦把汗，然后便从南头往北拔。

"朱管家，你看看那个小青年是个实诚人啊。"老爷方继先远远地望着潘士光，对朱兆福说，"年轻能干就能吃，开饭的时候，你可得管他吃饱啊。"

"放心吧，老爷。天热了，您请回吧。"朱兆福支起一把青布旱伞，交到丫鬟乔玉芬的手里。

实际上，这个时候，无论是老管家朱兆福还是老爷方继先，都不知道这个肯下力气的青年人叫潘士光，也没想到他最终会留在宏德堂，在老管家朱兆福年迈后接替他，成为宏德堂的新管家。

几天后，事发突然，到地里拉麦子的牛车装满后，意外地陷进了松软的地里，车夫焦急地举鞭吆喝着老黄牛往外拉。鞭子落在老黄牛的屁股上，留下一道道清晰的鞭痕。老黄牛怒目圆睁，前腿刨，后腿蹬，车子晃晃悠悠的却是越陷越深，淹没了大半个车轱辘。

东家对麦客们够意思，好吃好喝地侍候着，人心都是肉长的，他们见状，纷纷快步跑过来，七手八脚地帮忙推车。

后边的推，前面的拉，车夫又到地头上找来几块青砖垫在车轱辘的前面。潘士光则拿来一根绳子拴在车帮上，然后将绳子搭在右肩上，双手握住绳子头，使着吃奶的力气往前拉，几乎与老黄牛并驾齐驱。

"一二……"车夫挥鞭抽在牛屁股上，高声喊道。

"三！"众人齐声应和，同时前拉后推。陷在地里的车轱辘往前拱了拱，又退回了坑里，如此反复几次，终于冲出了深坑。众人松了手，而潘士光却是脚下一绊，摔倒在地上。

老黄牛不知道停下，借着惯性，照旧拼命地往前拉，车轱辘就这么从潘士光的左小腿上碾压了过去。

"哎呀！"潘士光惨叫一声，几乎痛晕过去。

众人一拥而上，想将潘士光扶起来，却发现，他的左小腿血流不止，骨头已经断了。

"快把他送到五味堂。"车夫放下鞭子，招呼大家抬起潘士光，往村里跑去。

五味堂的堂主叫周仕君，是在宏德堂的照应下，客居方家村行医的老中医，享誉四乡八里，跌打损伤的治疗及正骨接骨正是他的长项。他细心地为潘士光清理伤口，止血接骨，最后打上了柳树夹板。

老管家朱兆福闻讯赶到五味堂，一边安慰着潘士光，一边想应该怎么安置他。

有道是，伤筋动骨一百天，其间还要找周仕君多次复诊。朱兆福知道，潘士光是一时回不去平度了。他先让潘士光躺在五味堂的病床上，然后快步跑回宏德堂，跟老爷方继先商量怎么办。

这些天来，方继先曾多次到田里察看麦收情况，已经认得这个叫潘士光的小伙子了。他诚实能干，也有礼貌，每次看到方继先，都是有几分腼腆地笑笑。

"这孩子实诚啊，咱不能亏待了人家，就先把他抬回宏德堂，在南书房的东厢房里养伤吧。"方继先不假思索地说。

东厢房里有火炕，也有桌椅板凳，是先前教书先生住的地方。现在的教书先生是邻村人，不在宏德堂住，就空闲了下来。

潘士光就这么住进了宏德堂，收完麦子，同来的伙伴们结了账，都回平度了，他则成了掉队的大雁。自然，宏德堂也跟潘士光结了账，不但分文不少，还外加了给他爹娘的慰问金，让老乡带了回去。

骨折接骨后一时就成了慢性病，靠养。遵照方继先的吩咐，老管家朱兆福差专人侍候潘士光，一日三餐有人送，鸡鸭鱼肉轮番上，还有大骨头汤和小米大枣粥。不出半个月，潘士光就胖了。

自然，方继先也会时常来南书房看望潘士光，还亲热地跟他拉家常，询问他的家庭情况。

三个多月后，潘士光能挂着双拐下地了，他意识到，离他告别宏德堂的日子也不远了。也就是说，他因祸得福后，重归贫苦生活的日子就要来到了。

掖县的冬天似乎来得要早一些，一场秋雨一场寒，十场秋雨要穿棉，几场或大或小的秋雨过后，天就凉了下来。这个时候，常会有北风自海上刮过来，不断增添些寒意。

老爷方继先也知道潘士光就要养好伤回平度了，通过几个月来的交往与观察，他越来越觉得潘士光是个诚实而善良的好孩子。他知道，老管家朱兆福已是年老体弱，到了回家颐养天年的岁数了。宏德堂以文持家，以德传家，现在，宏德堂需要培养一个德才兼备的新管家，潘士光自然是个好人选。

一连下了几天的丝丝秋雨在夜里悄悄地停了，这天早晨，方继先醒得挺早，从炕上爬起来，穿好厚衣裤，来到院里，围着牡丹园的小道散起了步。走了几圈，他似乎想起了什么，就信步向南书房走去。

潘士光醒得也早，这个时候，他正一手拄着拐，一手拿着一把小扫帚，动作笨拙而迟缓地扫着院子。

掖县是闻名遐迩的月季之乡，月季品种繁多，花大色艳，明代洪武年间即被列为贡品。在宏德堂，北院是上房，院里有牡丹园；南院为南书房，院里有月季园。与牡丹的花开一季不同，除了冬季，月季开三季。闲来无事，方继先会在月季园赏花，而书房里传出的琅琅读书声更加使他感到惬意无比。

现在，秋天如约而至，有些月季花凋谢了，连同枯萎的叶子随风飘落。院子是有专人打扫的，但是，潘士光却拿起了扫帚，想为东家做点什么。

走进南书房，看到潘士光正吃力地扫院子，方继先却没有去劝止，而是目不转睛地注视着他，那目光里有爱怜，也有欣赏。

"老爷，您来了，您坐。"潘士光一抬头，看到了方继先，连忙放下扫帚，跟跄几步，扯起衣袖，擦了下花园里的汉白玉石条凳。

方继先坐下来，指着对面的石条凳："来，你也坐下吧。"

"谢谢老爷。"潘士光笑了笑，听话地落座。

"三个多月了，想家了吧？"方继先伸出了三根手指头。

潘士光有些紧张，点点头，又摇摇头。

"腿伤养好了，你有什么打算啊？"方继先和蔼可亲地问。

什么打算？潘士光原本没打算，现在却有了。他心里琢磨，回到老家就是继续吃苦受穷，或许这辈子连个媳妇也找不到。宏德堂跟他非亲非故，却对他这么好，能为这样的东家干活卖力，是求之不得的。

"老爷，您就留下俺吧，俺有的是力气。"潘士光用乞求的目光看着方继先。

原来，潘士光跟他想到一块儿了，方继先高兴地说："好，你留下吧，宏德堂从来都不亏待任何一个人。"

潘士光一听，激动得想跪下，方继先一把拉住了他。

"不用行这么大的礼了，宏德堂也需要你这么个人。"方继先微笑着说。

一个要留，一个想收，这是两全其美的事情，如同痴男怨女的两情相悦。

转眼到了冬日，潘士光腿伤痊愈，他带着方继先为他准备的丰盛年货，回到平度潘郭庄，陪着爹娘过了春节。一出正月，他便迫不及待地回到了宏德堂。自然，他的爹娘会询问宏德堂的情况，潘士光一一如实说来，爹娘就放了心。

方继先的目标是将潘士光培养成新管家，可是，他不识字。方继先觉得，什么时候读书都不算晚，他就让潘士光继续住在南书房的东厢房，干点杂务，有事就叫他，没事便让他跟着宏德堂的子弟读书写字，学算术，练算盘。

毫无疑问，潘士光是个聪明人，他心怀感恩之心，刻苦好学，废寝忘食，几年下来，就能识文断字并打得一手好算盘了。

又是几年过去，老管家朱兆福告老还乡，潘士光成为宏德堂的新管家。去年刚刚入了冬，方继先毫无征兆地在睡梦中驾鹤西去。处理完后事，方英典坐进爹的那把代表着家族地位的红木太师椅里，前思后想，他才明白，爹不仅给他留下了丰厚的家产与上百亩土地，还给他留下了一个忠心耿耿的管家潘士光，可谓用心良苦。

前人栽树，后人乘凉，像宏德堂的祖先们一样，方继先积善行德，为方英典积攒下了一个好家底。潘士光不忘宏德堂人的恩情，尽职尽责，成为方英典最为信任与倚重的左膀右臂。

现在，潘士光去餐厅狼吞虎咽地吃了几口饭，便拿出方氏宗祠的大门钥匙，带着老爷方英典与少爷方兴通走出了宏德堂。

乡村的夜晚静寂而安宁，不时有或近或远的狗叫声传来。

潘士光提着灯笼，在前面走，方英典与方兴通默默地跟在后面。

"潘管家啊，你今年有三十三岁了吧。"方英典紧走几步，与潘士光并排而行。

"是啊，老爷，您记得这么清楚。"潘士光心存感激地说。

"你来宏德堂十五年了，年纪已不小了，应该成个家了。"方英典说。

"老爷，俺不想离开宏德堂，俺想侍候您一辈子。"潘士光着急地说。

方英典抬起手来，亲热地拍拍潘士光："男大当婚啊，谁说你成了家就得离开宏德堂了？ 我看这么着，这事儿就让宏德堂替你操心吧。"

"老爷，俺真的……"潘士光似乎不从。

"你别说了，就这么定了。"方英典不容置疑地说。

方氏宗祠在方家村的东边，离宏德堂也就几十米，一行三人很快就走到了宗祠门前。 潘士光将灯笼交给方兴通，掏出铜钥匙开了锁，率先走了进去。

宗祠里一片漆黑，凉气逼人，微弱的月光透过刚刚敞开的大门照射进来。 潘士光小心翼翼地摘下灯笼罩，取下豆油灯，一一点燃了供桌上的白色蜡烛。

祖功宗德流芳远，子孝孙贤世泽长。 牌位桌上，始祖、远祖、太祖直至先父方继先，从古到今，十几代方氏先人依次排列，浩浩荡荡。

借着烛光，方英典与方兴通走进了宗祠，在供桌前肃立。

潘士光提着灯笼，悄然退出了宗祠，并关上大门，独自站在门口守候。

现在，方氏宗祠里只剩下方英典与方兴通了，父子俩先后点燃了三炷香，双手举过头顶，拜上三拜，插进了青铜香炉里。

实际上，方英典今天晚上是专门来跟先父方继先说说话的，这是因为，他要违背先父的遗嘱，决意涉足海上货船运输了。

在某种程度上，先父方继先是开明的，比如，宏德堂的女孩儿都要读书，南书房向虎头村的异姓子弟敞开了大门。 但是，他又是保守的，比如，方英典意欲走出黄土地，面向大海，做货船运输生意，方继先又极力反对。 他固执地认为，农民就是种地的，种好了地就丰衣足食了。土地是温顺的，而大海是桀骜不驯的，虎头村的渔民们出近海打鱼也时有船沉人亡的事情发生，何况货船要远赴东北，风险更大，成本更高，一旦遇上什么不测，会害得宏德堂倾家荡产。宏德堂几代人置下的家业绝不能因为后人的冒险而毁于一旦，当他察觉到不安分的方英典对海运蠢蠢欲动的时候，几天几夜睡不着觉，最终叫来管家潘士光执笔作证，当着方英典的面立下了遗嘱，宏德堂的后人永远不得从事海运。

父命如山，不得违抗，何况又是以书面形式立下的遗嘱。

似乎预感到自己的来日无多，年迈的方继先在留下遗嘱后不久就寿终正寝了。方英典隆重地安葬了父亲，继承了宏德堂，而那个创立宏德堂大船队的念头却是挥之不去，并愈加强烈。东北盛产木材和大豆高粱，那些来自东北的货船已经远远不能满足掖县人的需要，货物稀缺，价格居高不下，如果宏德堂能建立起货运船队，定能赚大钱。在方英典的宏图大略里，土地已不能满足他的创业胃口，大海才是他真正的用武之地。

敢为人先，方能出奇制胜，方英典不再犹豫，从蓬莱请来了造船队伍，要走向海洋了。但是，先父方继先的遗嘱犹如利剑高悬，他要驾船出海，必须得向先父的灵位请罪，方能安心。另外，儿子方兴通已年满十六岁，方英典已经做出决定，要将他送到济南府，到山东公立商业专门学校学习商业管理，以期他学成归来，接管大船队，并开创宏德堂的商业经营。

方氏宗祠里异常安静，烛苗摇曳，青烟升腾。方英典与方兴通双双跪拜在地，重重地磕了三个响头。然后，方英典眼含热泪，说出了自己即将亲自驾船出海及送方兴通去济南上学的决定。

"爹啊，请您原谅俺这个不孝之子吧，也请您的在天之灵保佑宏德堂的货船一帆风顺吧。等到货船平安归来，俺就再来给您烧香磕头。"方英典虔诚地说。

"爹，俺爷爷能听到，能原谅吗？"方兴通迷惑不解地问。

方英典的脸色立刻阴沉下来，斥责道："怎么听不到，怎么不能原谅？ 快给你爷爷再磕三个响头，让他老人家保佑你学业有成，将来光宗耀祖。"

嗵，嗵，嗵，方兴通顺从地磕起头来。 方英典从怀里掏出了先父方继先的遗嘱，双手颤抖着凑到蜡烛上，点燃了。

"爹，这份遗嘱您就收回去吧。"方英典泪流满面地说。

橘红色的火苗渐渐地熄灭了，方英典如释重负地站起来，向宗祠外走去。

潘士光一直站在宗祠门口，并没有听到方英典跟先人们说了些什么。 不过，他终于明白了，昨天下午方英典为什么突然让他找出方继先的遗嘱。

看着方英典与方兴通先后走出宗祠，潘士光迅速进去吹灭了蜡烛，然后退了出来，回身落锁。

"老爷，那……遗嘱烧了？"潘士光试探着问。

"嗯。"方英典心情沉重地点了下头。

"老爷，您就别再想着这份遗嘱了，创建货运船队，是为了宏德堂的发展和壮大，俺相信，老老爷的在天之灵会理解您的。"潘士光善解人意地轻声劝慰道。

"是啊，老人家是个开明的人，俺也相信啊。"方英典自我宽慰道。

回到宏德堂，送方英典进了屋，潘士光就再次出门，马不停蹄地直奔虎头村的小港口。

造船工们都走了，工地上风大浪急又极为潮湿，不适合过夜休息。好在离工地一里多的地方，有一处废弃的破海草房，他们简单地修补了门窗，足以遮风挡雨。

潘士光急匆匆地赶来，还是没见到刘小虎的身影。

"刘小虎，你到底跑哪儿去了？"潘士光看着波浪翻滚的大海，在心里大呼道。

实际上，刘小虎并没有走远，他沿着宋家宁走过的海边一直往南走，却没有发现宋家宁的踪迹。 然后，他来到虎头村南的一间破庙里，还是没有。 越是找不到，刘小虎就越不想好，甚至连村周围的几眼水井也找了。

宋家宁是不是已经回家了？ 刘小虎这么想着，就悄悄地去了她的家，却又不敢敲门，只能躲在院门楼对面的草垛里张望。 在宋家待了十多年，对宋家及周围的一切，刘小虎是再熟悉不过了。

海边的圆月格外明亮，刘小虎看到几个鬼鬼祟祟的人影出现在宋占山的门楼前，他突然警觉了起来。

这么晚了，这些人到宋占山家干什么？

欺行霸市，横行街里，宋占山靠的是养了几个无恶不作的打手。 当然，是散养，平时各干各的，在宋占山需要打手的时候，他们招之即来，而且个个出手凶狠，不计后果。 无论是养狗还是养鸡，都需要成本，养打手也是这样。 宋占山会给他们一些小恩小惠，逢年过节，由管家罗良基出面，请他们到掖城的大酒馆吃喝一顿，再分撒些零花钱。

二狗子、三只手、大脑袋……刘小虎定神细看，在心里一一叫出了他们的外号。 当然，在虎头村，似乎没人知道他们的真姓大名。

宋占山家的院门楼高大气派，不多会儿，院门吱呀一声开了，管家罗良基走了出来。

刘小虎知道，宋占山从不让打手们进门，就像养了狗，而不能让狗入室一样，这是他给罗良基立下的规矩。

草垛与门楼只有一街之隔，而这条街也不足五米宽。 刘小虎大气不敢喘，支棱起了两只硕大的耳朵。

罗良基的声音很小，而近在咫尺的刘小虎却听了个一清二楚。 原来，宋占山要在夜深人静时杀人放火，刘小虎顿时惊出了一身冷汗。 他蜷缩在草垛里，一动不动。 打手们先后离去，罗良基往街外瞭了一眼，关上了院门。 良久，刘小虎才胆战心惊地从草垛里钻了出来。

怎么办？ 双拳难敌四手，恶虎还怕群狼，造船工地上只有刘小虎他一个人看护，自然是难以招架。刘小虎意识到，必须马上告诉老爷方英典，宏德堂得防患于未然，迅速组织人手，想办法保护货船。

刘小虎这么想着，就蹑手蹑脚走出街口，然后左拐，向方家村赶去。但是，刚出了虎头村，他又突然改变了主意，或者说，他产生了一个大胆的想法。刘小虎觉得，这个想法足以化解这场危机，而且可以让宋占山的罪恶计划落空，让宋占山身败名裂。于是，他折回头来，向港口的造船工地走去。刚到工地，就听到有人喊他。

"刘小虎，你这是跑哪儿去了？老爷都急……"现在，潘士光一看到刘小虎，就迫不及待地迎了上去。

能将宋占山要杀人放火的事告诉管家潘士光吗？不，不能，告诉他就等于告诉了老爷方英典，他不能让老爷跟着担惊受怕。虽然来到宏德堂只有三个多月，但是，老爷方英典在他走投无路时收留了他，没让他流落街头，并且还这么信任他，让他担当起货船老大的重任。宏德堂对他恩重如山，他必须替老爷排忧解难，独自承担起化险为夷的责任，待危机过去，他再向老爷如实报告也不晚。

"潘管家，您怎么来了？"刘小虎强作镇定地说，"俺这不回来了吗？"

借着明亮的月光，潘士光看到了刘小虎紧张而沮丧的神情，便关心地问："怎么，宋家宁还没找到吗？"

刚才一时心急，刘小虎瞬间忘记了宋家宁失踪的事。

"找不到啊，先不找了，可能她自己就回来了。"刘小虎佯装轻松地说。

"唉，老爷挂牵着你，也挂牵着宋家宁啊。"潘士光唉声叹气地说。

现在，真是管不了宋家宁了，刘小虎必须赶紧将潘士光支走，以便做好准备，等待宋占山的打手们。

"潘管家，您替俺谢谢老爷吧。"刘小虎说着，向货船边临时搭起的窝棚走去，"俺得睡觉了。"

夜色已深，潘士光得赶紧回宏德堂，告诉老爷方英典，刘小虎已经回来了。

"那你快睡吧，记得明天回宏德堂一趟，老爷看到你，才能真正放心啊。"潘士光走了几步，又回过头来说。

目送潘士光远去，刘小虎开始为迎接这几个不速之客做着精心的准备。然后，他抬头看了眼天，圆圆的月亮正渐渐地消失在云层之中，海面上风平浪静，四周一片漆黑。刘小虎不禁感叹道，这真是杀人放火的好时候！

现在，刘小虎就坐在用高粱秸搭起的窝棚里，后面是造船工地，前面就是一条窄窄的沙土路，也是打手们的必经之路。在窝棚正对沙土路的一面，刘小虎刚刚掏出了一个小洞，这是他观察动静的最佳窗口。

终于，刘小虎听到了杂乱而轻微的脚步声，他心跳加速，连忙趴到小洞口，发现几个黑影在慢慢地向窝棚靠近。

来了！就在打手们离窝棚还有几步远的时候，刘小虎拿起早已准备好的火把，蓦地冲出窝棚，站在了沙土路中间。

嚓，刘小虎划着了火柴，点燃了火把。

火焰熊熊，照得刘小虎满脸通红，犹如关帝庙里的红脸关公。

"罗大管家，大驾光临，有失远迎啊。"刘小虎的眼里喷着怒火，高声叫道。

"刘小虎，你……"罗良基顿时大惊，失声喊出了刘小虎的名字。

其实，刘小虎根本就看不到罗良基及二狗子、三只手、大脑袋的模样，他们的脸上都蒙着黑布，只在黑布上挖出了两个窟窿眼。罗良基身材肥大，二狗子是个细高挑儿，三只手个子最矮，大脑袋就不用说了，刘小虎一一对上了号。他发现，他们手里都举着没有点燃的松脂火把，有阵阵松香随风飘来。他们的腰里别着的西瓜刀，寒光逼人。刘小虎知道，松脂火把火猛而持久，这是用来烧船的，而那一把把西瓜刀自然是为他准备的。

罗良基做梦也不会想到，刘小虎已经提前知道了他们的行动，还在这里守株待兔。那么，他是怎么知道的？

本来，罗良基和打手们计划先乱刀砍死睡梦中的刘小虎，再放火烧了宏德堂的货船，然后逃之夭夭，神不知鬼不觉。但是，现在出现了意外，行动已经暴露，罗良基蓦然意识到，杀死刘小虎已经从为东家宋占山报仇雪恨变成了杀人灭口。也就是说，无论如何，刘小虎都必须得死，绝不能让他活到明天，将此事大白于天下。

既然刘小虎已经认出了他，罗良基干脆扯下了脸上的黑布，凶神恶煞般向刘小虎一步步走来。紧跟他身后的三名打手已经高高地举起了西瓜刀。

显然，刘小虎赤手空拳，不是他们的对手，但是，他却是临危不惧，这是因为他已经做好了准备。

"罗大管家，请止步。俺想你是个聪明人，你觉得俺会一个人在这里等死吗？"刘小虎晃了下手中的火把，哈哈大笑道。

"刘小虎，你……你今天必须死！"罗良基咆哮道。

"好，在俺死之前，俺得先告诉你，你们的行动俺已经告诉宏德堂的老爷了，是他让俺在这里专门等你的。"刘小虎说到这里，又得意扬扬地笑了笑，"俺老爷还说……"

方英典也已经知道了？这就是说，只要他们按原计划杀人放火就一个也跑不掉。即使杀了刘小虎灭了口，也毫无用处。

"刘小虎，你什么也别说了！"罗良基已是黔驴技穷，陷入了困局。

刘小虎气宇轩昂地走到罗良基的跟前说道："罗大管家，快让你的打手们动手吧！来，二狗子、三只手、大脑袋，都别愣着啊，举起刀来，咔嚓一声，县里死牢的大门就给你们打开了。"

随着刘小虎的一一点名，三个打手先后扯下了脸上的黑布，然后扔掉火把，双手举着西瓜刀向刘小虎慢慢靠近。

罗良基见状，挥手喝道："都别动。"

动手已不可能，这个时候的罗良基终于想出了退路："刘小虎，你个没良心的东西，东家当年收留了你，你却去勾搭东家的宝贝闺女，坏了东家的名声。"

　　"谁勾搭东家的闺女了，是……"刘小虎显然被罗良基引到了另外一个思路。

　　"你也不要辩解了，东家不是让俺来杀你的，只是让俺来教训一下你，让你长长记性，别再缠着宋家宁不放。你老实说，你把宋家宁到底藏到哪儿了？只要你把她送回来，东家就会既往不咎。"罗良基装模作样地说。

　　"俺也不知道宋家宁去哪儿了。"刘小虎不服气地说。

　　"真的？"罗良基追问道。

　　"俺干吗要撒谎？"刘小虎反问道。

　　毫无疑问，由于提及宋家宁的失踪，刘小虎乱了方寸，也让罗良基找到了借坡下驴的台阶。

　　"刘小虎，俺今天先把话搁这儿，宋家宁找不回来，东家就不会放过你！你自己掂量着办吧。"罗良基说罢，就带着三个打手灰溜溜地走了。

　　姜还是老的辣，直到罗良基他们走出刘小虎的视线，刘小虎才反应过来，罗良基这是声东击西，从而轻松地化解了困境。

　　在原地站了许久，刘小虎才熄灭了火把，钻进窝棚，直挺挺地躺在了草垫上，却是毫无睡意。现在，他已经成功地将宋占山的罪恶计划扼杀在摇篮之中，而宋家宁又走进了他的脑海。

　　宋家宁，你究竟跑到哪里去了？

第三章

双喜临门

掖县的深秋已经有几分寒冷了，在宏德堂院门楼前的左边，有一棵腰粗般的大槐树，叶子已几乎落尽，只剩下几片枯叶顽强地随风摇曳。

嘉庆年间的那个春天，被削官为民的方宝奎回到故里，便在门前发现了这棵自然生长出的小槐树苗。逃离官场，重归民间，又何尝不是一次新生？这棵稚嫩的树苗让方宝奎意识到，一个崭新的生活将就此开始，而这棵树苗将会伴随他以后的人生。自然，在方宝奎的心里，树苗被赋予了一种吉祥而乐观的意义。因此，他倍加爱护，亲自为它围上了栅栏，浇水施肥，剪枝打叶，看着它一年年地苗壮成长。二十多年后，在他离世之时，槐树已有碗口般粗。方宝奎出殡的时候，宏德堂人在槐树枝上挂满了白色的挽幛，以这种独特的方式为他送别。

宏德堂里有诸多传世之宝，比如，名人的书画，景德镇的瓷器，这些物件平时都深藏不露，很少示人。毫无疑问，在宏德堂人的心目中，这棵参天的槐树也是传家之宝，它是太老爷方宝奎的心爱之物，见证着宏德堂人的百年奋斗历程，也见证着宏德堂人的痛苦与欢乐。一代代宏德堂人呵护着这棵幸运的槐树，而在他们看来，正是这棵槐树为宏德堂人带来了幸运，让宏德堂历经百年而长盛不衰。

与宏德堂砖瓦到顶又雕梁画栋的房舍不同，周围的农家小院大多是一座座古朴厚拙的海草房。海草防虫蛀，不易霉烂，不易燃烧，厚厚地苫在房顶上，冬暖夏凉，百年不毁。进入深秋，海草上长满的佛指甲草已变得紫红，一撮一撮的，煞是好看。远远地望过去，就像一群忠于职守的卫兵站立在屋顶。

今天，秋阳高照，晴空万里，宏德堂人迎来了一个双喜临门的日子。

历时三个多月，三帆货船终于在前日完工，思家心切的造船工们在领取了薪酬之后，便迫不及待地回了蓬莱。明天一早，方兴通将远赴济南府，去山东公立商业专门学校报到，开始他的求学之旅。

无论是货船竣工还是济南求学，都是宏德堂的大喜事，值得庆贺。今天，老爷方英典请来了掖城的名厨班子，在宏德堂里大摆宴席，诚邀亲朋好友。当然，请戏班子唱堂会也必不可少，戏台昨晚就已经搭好了，只等主人一声令下，敲锣打鼓地开场了。

逢年过节，或有婚嫁喜事，宏德堂人都会将门楼前的大槐树精心打扮一番。黎明时分，管家潘士光便带着丫鬟乔玉芬等人为树桩包裹上了金色的布幔，而或粗或细的树枝则挂上了红绸子。现在，太阳高升，树桩泛着金光，条条红绸随风飘荡，犹如窈窕淑女们在翩翩起舞。

万事俱备，虚席以待，第一个应约而至的是虎头村的宋占山和他的儿子宋家安。

作为宏德堂南书房的同学，方兴通自然会邀请宋家安，他知道，自己此次远赴济南府求学，归期遥遥，当与宋家安一别。

宋占山是老爷方英典亲自邀请的，尽管潘士光曾提出过反对意见，但是，他还是坚持一定要请。广交友，善结缘，不树敌，即使在冲突降临的时候，也要尽一切可能化干戈为玉帛，这是宏德堂人的处世哲学。那天傍晚，因闺女宋家宁失踪，宋占山蓦然闯进宏德堂出言不逊，着实让方英典一时心有不快。但是，方英典事后一想，宋占山也是情有可原，谁家的闺女找不到了不着急上火呢？换位思考，总会让方英典理解他人，原谅他人。

如今，十多天过去了，宋家宁仍然没找到，无论是宋占山还是刘小虎都不禁往最坏处想了。

刘小虎还在虎头村的小港口上看护着货船，那天深夜，他将宋占山杀人放火的罪恶计划巧妙地化解之后，并没有告诉方英典。无论如何，他都抱着宋家宁能够回来的一丝希望，他决定，只要她一回来，就去找宋占山求情，让他们在一起。所以，保守杀人放火的秘密成为刘小虎讨好宋占山的有利条件。

平时，宏德堂迎来送往的都是管家潘士光，而这次是方兴通，方英典觉得，宏德堂及大船队将来都是方兴通的，因此，他有意识地让方兴通取代管家潘士光，站在门楼前迎接客人。

"宋大人，请进。"方兴通接过宋占山递上来的贺礼，双手抱拳道。

宋占山没有说话，面色阴沉地带着宋家安径直向院中走去。

"方大人，贺喜贺喜啊！"见到喜气洋洋的方英典，宋占山言不由衷地说道。

"占山兄弟，请上座。"方英典笑容满面，将宋占山让到了席位上。

前天上午，接到潘士光送来的请帖，宋占山久久地注视着上面方英典的签名，心有所思，半晌不语。

连宋占山自己也不得不承认，宏德堂一直是他学习的榜样，因为他奢想着有一天能成为像宏德堂这样的名门望族。所以，无论是宏德堂要从事海上货运还是送方兴通去济南府上学，宋占山都步步紧跟，不甘心落后。现在，宋占山已经在济南府四处托人，安排儿子宋家安去上学，目标也是山东公立商业专门学校的商业管理专业。或许，宋占山并没有意识到，他所做的一切都不过是照猫画虎，或者是东施效颦，学了个皮毛，而没有得到精髓。他不知道的是，从商者并非都是唯利是图的，君子爱财，取之有道，守商德方是发家致富的根本。

那个晚上，宋占山向管家罗良基发出了惩罚刘小虎及宏德堂的暗示，他相信，罗良基肯定会制订并实施杀人放火的计划，这是罗良基跟随他多年来两人所形成的默契，从没出现过差池。 第二天，当罗良基如实向他汇报行动夭折的时候，他感到震惊与纳闷。 刘小虎怎么会提前知道了情况而有所防备？ 心怀鬼胎的人往往多疑，就像宋占山。 肯定是有人向宏德堂通风报信了，否则便无法解释。 那么这个人会是谁？ 是罗良基监守自盗，欺骗了他，还是那三个打手出卖了罗良基，妄想从中得利？ 宋占山觉得，一切都有可能，他需要慢慢调查。

那么，宏德堂的方英典会对此事一无所知吗？ 也就是说，刘小虎会对方英典隐瞒此事吗？ 不会，当然不会，这是刘小虎向新东家邀功的绝佳机会，他怎么会轻易放弃？ 然而，方英典非但没有来找宋占山兴师问罪，反而热情地邀请他出席宏德堂的庆贺宴，这委实让他感到不可思议。 可是，方英典会不会在宴席上当着众人的面揭露此事？ 思来想去，宋占山觉得，方英典当会佯装不知，若无其事，以显示出他的宽宏大量与傲视天下，这是他的一贯做派。 不管怎样，这件事已经发生了，躲是躲不过去的。 即使方英典当面质问，宋占山也会将责任推到管家罗良基身上，他并没有明确指示罗良基这么做，这是事实，也是他的高明之处。 所以，尽管像潘士光反对向宋占山发出邀请一样，罗良基当时也反对宋占山出席宴会，但是，宋占山还是硬着头皮来了。

刚才宋占山出门的时候，罗良基将宋占山扶上马，讨好般地嘱咐道："东家，您非要去就去吧。 俺可是听说，宏德堂的庆贺宴还请了掖城有名的戏班子，那个叫小震天的可是难得的名角啊，今天您有好戏看了，您可得过足戏瘾啊。"

"好啊，你再去趟掖城，找找宋家宁吧。"宋占山上了马，回头说，"唉，活要见人，死也要见尸吧？"

"是，东家，俺现在就进城。"罗良基马上应道。

现在，与方英典虚情假意地寒暄几句，宋占山便在席位上坐下，目光投向了院门楼，他想看看，来赴宴的都是哪些达官贵人。

第二个到来的是西由镇达元亨商行的老板任振德，身后跟着他的太太李丹霞。

"大叔，大婶，您来了，里面请。"方兴通连忙迎上前去，毕恭毕敬地行鞠躬礼。

任振德面带微笑，上下打量着方兴通，一脸欣赏地说："好，好啊，兴通侄儿都长成英俊的大小伙子了。"

"可不是嘛。"李丹霞也满心欢喜地说。

方兴通听罢，脸上泛起了羞涩的红润，不好意思地说："大叔，大婶，您里面请吧。"

任振德将贺礼交到在门楼内负责登记入册的潘士光手上，然后，携太太李丹霞拐过影壁，向院内走来。

"哟，亲家来了！"方英典一眼就看到了任振德和李丹霞，快走几步，热情地迎了过来。

"亲家啊，宏德堂的货船即将发往东北，兴通侄儿又要去济南府求学，俺们能不来吗？"任振德兴高采烈地说。

"是啊，这真是双喜临门啊。"李丹霞附和道。

"就是，就是，来，亲家，先请屋里坐吧。"方英典亲热地握着任振德的手，将他们送到了客厅。

这个时候，方英典的太太陈尚云正揽着三岁的女儿方兴逦嗑瓜子。

说起来真有几分不可思议，四年前，方英典年过半百，太太陈尚云年届四十八岁，又破天荒地怀上了孩子。

在宏德堂，有一个奇怪的现象如同魔咒一样，那便是，排行老二的男孩不活，上下几代的方家老二都逃不出这个不幸的命运。当年，年方十八的陈尚云嫁入宏德堂，却是多年不生，无论方英典如何辛苦地劳作耕耘，陈尚云就是不开花也不结果。然而，就在方英典即将绝望之时，已是三十五岁的陈尚云蓦然铁树开花，怀孕了。第二年，她生下了儿子方兴通。第三年，她像是开了窍，再次怀孕，并生下了老二。老二也是个男孩，当宏德堂人提心吊胆地乞求老天爷保佑这个方家老二的时候，他却高烧七天后夭折了。自然，其间曾请来五味堂的郎中周仕君出诊开方，却是无济于事，没能留住他。然后，陈尚云就偃旗息鼓，再也不怀孕了，直到四年前又出人意料地怀上了方兴迤。四十八，结晚瓜，这是意外之喜，方英典再次请来周仕君调养保胎，陈尚云顺利地生下了方兴迤。

老来得子，无疑是喜事一桩，尽管是个女孩儿，宏德堂人也是欢天喜地。方英典兴高采烈地给方兴迤过了满月，就筹划着为她过百岁。过满月是家宴，悄无声息，而过百岁，方英典要大张旗鼓，广邀亲朋故交，就像今天的庆贺宴一样。

或许谁也不会想到，为女儿方兴迤过百岁，却引出一段姻缘来。

西由镇达元亨商行的老板任振德是方英典的至交好友，他带着太太李丹霞及十岁的女儿任明凡前来贺喜。那天是高朋满座，气氛热烈，方英典喝到兴奋时，指着任振德漂亮可爱的女儿任明凡就给儿子方兴通定了亲，然后就改口叫任振德两口子为亲家了。

与方英典交往几十年，任振德打心眼里敬重佩服宏德堂与方英典，或者说，他与宏德堂人有着共同的价值取向。在西由镇，任振德颇有好口碑。人们知道，几十年前，任振德挽着一只破要饭篓子，一路乞讨到了西由镇，从为东家打工跑趟儿开始，直到自开店铺。他诚实经商，勤劳节俭，终于发家致富，创立了达元亨商行，成为西由镇的大户人家。他不忘自己来自何处，乐善好施、矜贫恤独。逢年过节，他敬了天，又敬地，然后，郑重其事地将那只保存至今的要饭篓子请出来，缠上红绸子，放到供桌上，再摆上供品，虔诚地烧香磕头，嘴里念念有词。

志同道合，方英典与任振德成为至交并不意外。门当户对，方任两家为永葆情谊，结成儿女亲家也是情理之中的事。如此这般，任振德两口子当场应允，为女儿任明凡定下了终身大事，也乐不可支地称方英典两口子为亲家了。

任振德的达元亨商行主营东北的木材与粮食，是多个东北商家在莱州的直销与转运中心。现在，方英典之所以执着地要从事海运，正是前年应任振德之邀，陪同任振德奔赴东北走访老商户时，发现了巨大的海运商机。

见任振德与太太李丹霞进得屋来，方英典的太太陈尚云连忙将方兴逦交到身旁的丫鬟乔玉芬手里，然后笑脸相迎。

"亲家来了，怎么没带俺儿媳妇来呢？"陈尚云纳闷地问。

"哎呀，别提了，昨天晚上还好好的，连来时穿的漂亮衣服都准备好了，这可是要见未来的公公和婆婆啊！谁想到呢，早晨一起来，突然发烧了。"李丹霞不无遗憾地说。

"唉，这么不凑巧。"陈尚云叹道。

"亲家，俺听说宏德堂造的这条大货船可是全掖县头一份儿啊，英典兄真是有魄力啊！"任振德称赞道。

"亲家，这事儿还真能找到你的头上，是你带着他去了趟东北，回来就让海运勾了魂儿去。你跟俺说实话，这海运能行吗？"说起大货船，陈尚云不禁担心起来。

"东北人能把货船开到掖县来，咱掖县人就不能把货船开到东北去？人家行，咱们肯定也行。英典兄有这个本事，放心吧，肯定行。"任振德安慰道。

秋天的太阳格外明亮，照得大地暖洋洋的。没有风，那白云似乎定格在蓝天里，一朵又一朵，如雪似絮。

这个时候，宏德堂庭院里的座位上已经坐满了宾客，掖城的来了，朱由镇和沙河镇的来了，就连黄县的也来了。

方英典站到廊檐下，兴奋地看着这些来自四面八方的亲朋好友。

"老爷，客人都到齐了，开始吧？"潘士光快步走过来，对方英典说。

"好。"方英典点了下头。

潘士光向门楼前的长工们挥了挥手，大喊一声："放鞭炮——"

长工们每人手持一根冒烟的短香，听到潘士光的命令，马上蹲下身来，点燃了鞭炮。

大地红、二踢脚、大雷子……地上响的，天上炸的，一时间，硝烟弥漫，震耳欲聋。

终于，宴会在来宾们的祝贺声中开始了，方英典带着儿子方兴通一桌桌地敬酒，接受着来宾们的称赞与祝福。

宋占山与儿子宋家安坐在第三桌上，也就是正对着戏台，或许考虑到他是个戏迷，方英典有意这么安排的。

这是宋占山第一次受邀参加宏德堂的宴会，他感到了一定的心理满足，也就是说，方英典也终于把他当个能登大雅之堂的人物了。宋占山一边应酬着前来敬酒的人，一边向儿子宋家安传递着要争气将来超过宏德堂的信息。刚才，出门前来赴宴的时候，管家罗良基特意告诉宋占山，宏德堂请了掖城的戏班子，由名角小震天压阵。他满怀期待地等着小震天的粉墨登场，一过戏瘾。

实际上，宋占山原来并不是个戏迷，十多年前，他在掖城陪同喜欢看蓝关戏的官员看戏，竟然喜欢上了一个叫"一枝花"的戏子。自然，一枝花像花儿一样好看，又懂得搔首弄姿讨观众喜欢。她在台上无意中发现了色眼痴迷的宋占山，便向他投去了一瞥内容丰富的眼神。宋占山不禁心中狂喜，从那以后，几乎天天前来捧场。为得一枝花的芳心，他场场点戏，砸了不少银子。毫无疑问，一枝花是一个称职的好戏子，台上演得好，台下演得更好。她欲擒故纵，装扮成守身如玉的良家少女，对他敬而远之，惹得宋占山火烧火燎，夜不能寐。最终，姜太公钓鱼，愿者上钩，宋占山如愿抱得美人归，在掖城金屋藏娇，如鱼得水。然而，好景不长，一枝花在向宋占山借了一笔巨款之后，便从掖城蒸发了。宋占山色胆包天，拈花惹草，落了个人财两空的结局。 他借酒消愁，幻想着一枝花会突然出现在戏台上，便又成了戏院的常客。 或许，宋占山永远不会知道，这个时候，一枝花已经去了济南府，投奔师母，在大观园的戏班子登台亮相，成为济南戏迷的新宠。

人生如戏，戏如人生，宋占山在女人身上栽了个大跟头，而戏台上没有了一枝花，他竟然真正入了戏，几出折子戏他几乎都能背唱下来，久而久之，成为一个名副其实的戏迷。

刚才，宋占山让罗良基去掖城再次寻找闺女宋家宁。 可是，看着东家与宋家安骑马东去，罗良基并没有直接进城，而是去了虎头村的小港口。 罗良基要找看船的刘小虎，当面询问，那天晚上杀人放火的事是谁告诉他的。

宋占山已对此事的提前泄漏大为不满，罗良基心知肚明，如果不弄个水落石出，宋占山就会怀疑每个知情的人，自然包括他自己。 那么，倘若宋占山最后将怀疑的目光落到自己身上，肯定不会有好果子吃，即使没有杀身之祸，也至少会像刘小虎一样，被无情地赶出宋家。 宋占山多疑而报复心强，罗良基心想，一定要找出这个可恶的泄密者，他绝不能背这个黑锅。

"谁？ 你说是谁？"面对罗良基的询问，刘小虎自然不会说实话，就故意反问道。

"俺这不是问你吗？"罗良基露出一副急不可耐的神色。

从罗良基的语气中，刘小虎已经听出了几分乞求。 作为宋占山的管家，罗良基向来狐假虎威，不可一世。 罗良基已经近乎摇尾乞怜，这是刘小虎从来没有见过的样子，他不禁心生几多快意。

"俺做梦梦到的，不，是一个算命先生告诉俺的。"刘小虎笑出了大白牙。

罗良基知道，刘小虎是在戏弄他，但是，自己不能像以往在宋家那样对他咆哮如雷，就强忍怒火商议道："刘小虎，只要你告诉俺是谁跟你说的，俺就帮你说好话，要是宋家宁回来了，就让东家同意把她嫁给你。"

罗良基一提宋家宁，刘小虎的心情就不好了。十多天了，她不见人影，还不知道是死是活。另外，在宋家宁喜欢上刘小虎这件事上，正是罗良基的火上浇油才造成了如今这种覆水难收的局面。那么现在，罗良基真会帮着刘小虎说好话吗？在宋家待了这么多年，刘小虎太了解罗良基的秉性了，他翻手为云，覆手为雨，是一个鬼话连篇的小人，不足为信。

其实，罗良基早就预料到刘小虎不会将实情告诉他，可是，他还是抱着侥幸心理，或者是不碰南墙不死心，非要来自讨没趣。

罗良基白了刘小虎一眼，然后骑上马，恶狠狠地抽了马屁股一鞭子，将气撒在了马身上。

马是无辜的，看着罗良基消失在尘土飞扬的小道上，刘小虎突然觉得，自己也是无辜的。他心里明白，宋家宁是真心喜欢他，不嫌他一穷二白。毫无疑问，刘小虎也喜欢她，那么，他们为什么就不能在一起？老天爷对他公平吗？现在，宋家宁怀着他的孩子失踪了，她到底是死是活？她还能不能回来？

在罗良基来之前，刘小虎便隐隐约约地听到了一阵鞭炮声，他知道，宏德堂的庆贺宴已经开始了。现在，船员已经招齐，都是些常年在港口打短工的老船员。他们大多来自邻县的贫困之家，有丰富的出海经验。他们都知道，大海是喜怒无常的，即使在附近的莱州湾打鱼，也经常会遇到狂风暴雨的恶劣天气，船翻人亡的事时有发生，许多不幸的人就客死他乡了，有的甚至连尸首都找不到。有时候，人过了几天才被潮水推到岸上，已是面目全非，甚至连家人也认不出是哪个了。但是，为了生存，为了养家糊口，他们便无所畏惧了。

大海桀骜不驯，险象环生，由此成为勇敢男人追求梦想的舞台。

如今，三帆货船已经整装待发，船员们也已经上船，开始熟悉货船的每个部件及操作方式。 而作为宏德堂货船的船老大，刘小虎也做好了充足的准备。 他知道，过不了几天，货船将下海，起航奔赴东北。 无论如何，刘小虎都期望在他去东北之前，宋家宁能够奇迹般地出现在他的面前。

虎头村的小港口静悄悄的，而方家村宏德堂里却是热闹非凡，随着暖场锣鼓的结束，化妆扬琴《王小赶脚》终于开演了。

《王小赶脚》的剧情非常简单，在农历六月三伏天，王小受雇牵驴送二姑娘回娘家，一路上二人打情骂俏，戏耍挑逗，轻松而诙谐。 当年，那个叫一枝花的名角演的便是二姑娘，她在台上尽情地卖弄风骚，就将台下宋占山的魂儿勾了去。

往事不堪回首，一枝花成为宋占山心头上的一块疤。 现在，当扮演二姑娘的小震天迈着小碎步出现在戏台上的时候，宋占山似乎看到了一枝花的影子。

小震天果然不是徒有虚名，她长得高挑秀丽，扮相流光溢彩、惟妙惟肖，唱得亦有板有眼，一招一式无不精彩绝伦。

笑声与喝彩声在宏德堂里回荡，有小震天助兴，宾客们推杯换盏，大有一醉方休之意。

宋占山看得最为投入，或许，他已经将小震天幻化成了一枝花。 他的嘴大张着，一副如醉如痴的样子，口水流出来也毫无察觉。

"爹，您……"坐在宋占山身边的宋家安见状，连忙递上了手绢。

宋占山好像大梦初醒，尴尬地接过手绢，擦去了口水。

由于方兴通一直在接待宾客，宋家安跟他并没说几句话。 他知道，方兴通明天一早就将赶赴济南府求学，便说了些祝福的客套话。 或许过不了几天，宋占山托的关系就给他办完了入学的手续，那么，他们就会再次成为同学。 宋家安没有告诉方兴通，他想，如果他突然出现在济南府，方兴通一定会很吃惊。

堂会成功而精彩，将庆贺宴推上了高潮，方英典甚是满意。 他差管家潘士光到了后台，另赏了银子。

按照程序设计，堂会现在进入了最后一个环节，那就是，小震天与男演员代表戏班子向宏德堂献贺词，表达谢意和祝福。

唱堂会，最后为主家献贺词是这个戏班的保留节目，各个环节已是轻车熟路，也深受主家的欢迎与好评。 "看今日扬帆出海，待明朝宏图大展。"早在前天，戏班主便请了一位老先生将这副对联写在两条红绸子上。 待字迹晾干，再分别卷在细木轴上，并挂接上沉重的坠头。 自然，这坠头是硬木的，外面包裹着红绸。 卷轴装进刷着金漆的木头匣子里，只将坠头露在外面。 站在戏台上，演员双手高举着匣子，只要松开卡住卷轴的机关，红绸便会出其不意地垂落下来，就像变戏法一样，总会赢得满堂喝彩。

终于，小震天与男演员手持金漆木匣，一前一后地再次登台，然后并排站好，面带笑容地说了几句吉祥话，就双手高高地举起了木匣。 稍停片刻，他们对视一笑，动作默契地蓦然松开了右手按着的机关。

唰，唰。 两条白布应声垂了下来，犹如一副无字的挽幛。

呀！ 众人顿时惊呼一声。

小震天和男演员低头一看，匣子里滚出的不是红绸对联，竟然是两条白布，惊恐万状地扔下匣子跑下了台。

站在戏台一侧的戏班主顿时吓得双腿直哆嗦，站都站不稳了，那脸色也犹如这白布一般。

这是怎么回事儿？ 戏班主清晰地记得，前天下午，他看着请来的老先生写罢对联，又亲自整理好后装进了木匣。 而且，两只木匣也是他亲自用红包袱包好，然后放进了道具箱里。 那么，是谁偷梁换柱了？ 他又为什么这么做？ 是冲他而来还是冲着宏德堂？

方英典见状，也怔住了，不敢相信这是真的，久久地愣着不动。

"英典兄，沉住气，这种令人不齿的小伎俩并没有什么了不起，伤不了宏德堂一根毫毛。"未来的亲家任振德快步跑了过来，低声说。

戏班子是潘士光进掖城请的，他放下手中的茶壶，一个箭步冲到戏班主跟前，厉声质问道："这……这是怎么回事？"

戏班主好像还没从惊恐中回过神来，嘴张了半天却说不出话来。

"爹，这是有人故意……"宋家安凑到宋占山的脸上，小声说。

这个意外让宋占山也感到迷惑，所以，他没等宋家安把话说完，就一把推开了他："这时候，少说话。"

"亲家，时候已经不早了，您说两句，让贵客们都散了吧。"任振德拍了拍方英典已是冰凉的手。

"方大人，这点小事不必往心里去，咒人者其实是在咒自己，行得正，走得直，还怕鬼敲门吗？"朱由镇的沈克明沈老板也走过来，劝慰道。

听了沈老板的话，方英典立时想明白了，他意识到，宏德堂的大船队今后肯定还要经受更大的风浪，这不过是小菜一碟。至于谁是幕后操纵者并不重要，这点拙劣的小把戏也绝不会给宏德堂带来任何影响和损害。

"感谢诸位的光临，这别出心裁的谢幕让大家开了眼，是不是？"方英典抬脚迈上了廊台，目光炯炯，双手抱拳道，"李白有首诗写得好啊，'两岸猿声啼不住，轻舟已过万重山。'宏德堂是堂堂正正的宏德堂，犬子方兴通明日将赴济南府求学，日后学成归来，还请诸位大人帮衬提携。宏德堂的货船必将是一帆风顺，货船将于近日起航，远赴东北，等载货凯旋，俺再请诸位喝庆功酒！"

听了方英典的一席话，宾客们纷纷鼓起掌来。然后，他们先后走上前来，礼貌地与方英典抱拳话别。

骑马走在回虎头村的路上，宋占山似乎还没从刚才的场景中走出来，他的心里既幸灾乐祸又充满好奇，好像比方英典还想知道是谁让趾高气扬的宏德堂人出了这么大的丑。

"哎，家安，你今天看出了什么名堂？"宋占山扬鞭策马，追上了走在前面的宋家安。

　　宋家安抖了下手中的缰绳，不屑一顾地说："爹啊，您心里挺高兴的是吧？"

　　"你这是什么话？"宋占山呵斥道。

　　宋家安不再说话，蓦然抽了马一鞭子。马蹄猛蹬，绝尘而去。

　　望着宋家安的背影，宋占山抬手拍了下自己的脑瓜子，心里道：这究竟是谁干的？

第四章
扬帆出海

天渐渐地亮了，莱州湾里水波粼粼，披上了霞光万道。 洁白的海鸥成群结队地飞到岸边，贴着水面盘旋，寻觅着鲜美的小鱼与小虾。

海边的老头儿起得早，他们一手挎着藤篮子，一手拿着钓钩或者小铁铲，说说笑笑地出了村，向海边走来。 潮水落去，露出了湿漉漉的金色沙滩，不多会儿，潜伏在浅沙里的蛤蜊和竹蛏吹吐出了小小的气孔，为老人们提供了准确的下铲放钩的目标。

海鸥的鸣叫声，老人们的嬉笑声，与汹涌澎湃的潮水声交织在一起，形成了一曲美妙的乐章。 莱州湾的清晨就是如此迷人。

今日午时，在宏德堂的百年历史上将树起一个重要的里程碑，三帆货船将正式下海起航，奔赴东北，宏德堂人终于要走出养育他们的黄土地，迈入浩瀚无垠的海洋了。

初三水，十八潮，二十四五糊涂潮。 方英典之所以将出海的日子选在了八月十五过后的十八日午时，正是因为这是莱州湾涨满大潮的时刻，潮高可达一丈二。

实际上，虎头村的港口只是一个小小的土港，并没有适合大型船舶停靠的深水区。 渔船的离岸与靠岸都选在涨潮的时候，借潮出海，归来时又借潮抢滩。 遇到潮小，渔民们又成了纤夫，他们拉着长长的绳子，喊着渔家号子，齐心协力地将渔船拉上岸来。

宏德堂的三帆货船长七丈许，宽约一丈五，首尾高昂，首尖尾方，可载重四千余石。　货船的用料是上等的杉木，现在正静静地停在紧靠沙滩的浅水区。　人们看到，刷过三遍桐油漆的庞大船体呈紫红色，三根粗壮的桅杆傲然耸立。　缠挂在桅杆上的巨幅红绸迎风招展，那巨大的红绸花悬挂在船头上，格外引人注目。

万事俱备，只待午时的大潮涨起。

昨天晚上，方英典为货船的十名船员设宴饯行，并正式委任曾在烟台港驾船跑过多次东北的吴人庆为舵手，不出意外，刘小虎为船老大。

宏德堂的货船首次出航，船到大连还要联系供货商，亲家任振德给多位供货的老商家写了信，方英典将随船亲自前往。

就在前天下午，方英典收到了儿子方兴通从济南府发出的信，儿子告诉他，已经顺利插班入学，并住在了舅妈姚如贤的家里。

其实，舅舅江金锁原是莱州府人，是方兴通姥姥家的老邻居。　江家与姥姥陈家都是当地的富裕人家，宽敞的院落一南一北，中间有一堵高约七尺的墙相隔，可谓鸡犬相闻。　两家的几代人都友好相处，交往亲密。　在乡村里，有一种称呼叫街坊辈儿，方兴通的母亲陈尚云年长江金锁十多岁，便称其为弟弟，方兴通也就有了这个没有血缘关系的舅舅。

江金锁是一个不能安分守己的人，听说邻村的一个大能人跑去济南府干买卖发了家，便闹着让爹娘出资，他也去济南府做生意。　江金锁有两个哥哥，都成家立业了，爹娘自然特别疼爱这个最小的儿子，便依了他，拿出当时家里的所有银两，送他去了济南府。　江金锁似乎天生就是一个生意人，他在济南府的万紫巷设点摆摊，做起了小本生意。

万紫巷在五里沟附近，是当地的乡镇居民围着一片大水湾而自发形成的菜市场，所以，那时候叫"湾子巷"。　自然，这个名字太土气，不怎么高雅，人们就又称之为"万字巷"，最后则成了富有几分诗意的"万紫巷"。

江金锁能吃苦，就近租了一间小平房住下，别人都卖菜，他不是当地人，自己不种菜，就另辟蹊径，经营起油盐酱醋来，竟然歪打正着，收人不薄。后来，德国人要修胶济铁路，为保证沿线场站的后勤供应，相中了这块风水宝地。山东巡抚唯命是从，便指令济南商埠局将市场的管理权交给了德国人，由此，济南最早的洋人贸易场所诞生了。德国人在市场内建起了一座专为外国人做副食买卖的德式四面亭，而在亭子之外，仍是中国乡民自由买卖的市场。精明的江金锁抓住商机，租下三间民房，专门经营副食品。江金锁读过多年私塾，就自己起了"天天福"这个简朴而亲民的店名。他也写得一手好隶书，招牌上的字号便是他亲自写的。行家里手一看便知道，"天天福副食店"六个大字蚕头燕尾，一波三折，颇得隶书要领。

江金锁由此走上了创业发展之路，来到济南府的第十个年头，他倾其所有，购置下了属于自己的家产，位于宽厚所街的一处小四合院。

宽厚所街已有四百余年的历史，其前身"王府南街"或"南王府街"，因其北侧建有东、西小王府而得名。民间传说，小王府建成后，周边一些官宦商家亦相依建房，街西两大户翻建时都想扩大房基向外扩建，其中一户求在京做官的亲戚帮忙。这位京官以诗回复曰："两家争斗为一墙，让他五尺又何妨。居邻不忘睦为主，宽厚所致持家长。"这首诗不仅巧妙地化解了这场邻里之争，也成就了街巷美名。

济南府以泉水而闻名于世，江金锁之所以最终选择在宽厚所街定居，正是因为院内有一眼不知名的小泉。泉水四季喷涌，经过由青石板铺成的小渠流出院外，与一股股或大或小的泉溪汇合，最终注入了微波荡漾的大明湖。

此时的江金锁已过而立之年，业已立，他也要成个家了。经友人做媒，江金锁娶了济南女子姚如贤为妻。

江金锁魁梧而英俊，姚如贤俏丽而水灵，两人非常登对，这当是一桩美满姻缘。姚如贤年方十九，小江金锁十多岁，第三年，她为江金锁生下了女儿江秀芝。然而，好景不长，在江秀芝长到六岁的时候，江金锁却突然死于非命。

那天晚上，电闪雷鸣，暴雨倾盆，江金锁家突然断电了，屋里顿时一片漆黑。江金锁是个精明的人，也是个大胆的人，这从他只身闯荡江湖并成家立业便可见一斑。他点上一根蜡烛，踩着凳子，顺着灯泡找电线，最后不小心触摸到一处裸露的接头，被电死了。

江金锁就这么撒手了蒸蒸日上的家业，撇下了妻子与女儿。孤女寡母，江秀芝尚小，姚如贤又不会做生意，雇来的大掌柜弄虚作假，中饱私囊，天天福副食店每况愈下，竟然出现了亏损。母女俩的生活来源已成问题，百般无奈，她转出了天天福副食店，为了纪念早逝的江金锁，姚如贤将他亲自书写的牌匾保存了起来。这些年来，她精打细算，一心一意地将女儿抚养成人，还让她接受良好的教育。现在，江秀芝是一所师范学校的学生。

姚如贤自然知道，在江金锁的家乡掖县有一个姐姐叫陈尚云，江金锁出殡的时候，她还跟着家人来过济南府，同行的还有她的男人方英典。那几天，陈尚云跟姚如贤说了许多宽慰的话，还一再嘱咐她，街坊辈也是实在亲戚，以后两家不要断了走动。但是，济南府与掖县相隔七百多里地，两家还是从此没了来往。方英典要送儿子方兴通去济南府学商业管理，而方兴通尚未成人，济南府没个能照应的亲人哪行？这个时候，陈尚云想起了兄弟媳妇姚如贤，便与方英典来到济南府，按图索骥，找到了她。

姚如贤并没有搬家，还住在宽厚所街那个小四合院里。为了生计，她将靠街的三间东厢房租给了一个卖杂货的商户，与女儿住在正房。西厢房也是三间，两间作厨房和餐厅，另一间是杂物间。

对于方英典和陈尚云的到来，姚如贤甚是欣喜，他们可是亡夫江金锁家乡的亲人啊！听明来意，姚如贤马上答应帮忙照应，还主动邀请方兴通住在家里，说将杂物间收拾出来，让他住就行。

在许多时候，善良的人总会遇到善良的人，方英典没有推让，走时留下了一些银两，让姚如贤修葺老旧的房屋。

百余年来，以文持家的宏德堂出过多位举人和进士，改朝换代了，方兴通以新的求学方式延续着宏德堂的荣耀。现在，远在济南府的方兴通已安排就绪，插班入学，了却了方英典的一桩心事。宏德堂的货船首次出海，这是开天辟地的大事。连日来，方英典让管家潘士光精心准备，于今日举行盛大的出海仪式。

昨天晚上，刘小虎在宏德堂吃罢了饯行宴，就立马回到了虎头村的小港口，让临时替他看护货船的一名长工回去了。

十五的月亮十六圆，十七的月亮分外妖娆。刘小虎坐在船头上，抬头望着月亮，思念的自然是心上人宋家宁。

小港口里空无一人，只有海潮声哗哗作响。

"宋家宁，你到底在哪里？俺明天要去东北了，你快回来吧。"刘小虎站了起来，冲着大海，歇斯底里地呼喊着。

刘小虎的呼喊声消失在茫茫夜幕里，犹如一根针掉进了大海。

实际上，宋家宁已经悄无声息地回来两天了。那天下午，一看到这个执拗而单纯的闺女，宋占山立时暴跳如雷，抄起一根木棍挥舞过去，如果不是太太莫春兰极力阻拦，他肯定会打断她的腿。盛怒之下，他将宋家宁关进了她的闺房，命她除了吃饭和上厕所，不得出来，更不能走出家门。

坐在闺房的炕头上，宋家宁真的后悔了，她后悔不该先回家，而是应该先去找刘小虎，诉说自己心中的委屈和以后的打算。

十多天前的那个傍晚，宋家宁欺骗了刘小虎，她根本就没有怀上他的孩子。她以此谎言为筹码，劝说刘小虎一起私奔不成，就赌气离家出走了。她先是若无其事地回了家，将自己平时攒的私房钱拿出来，放进一只小花包袱里，又在黎明时分偷偷地溜出了家门。然后，她来到村东口的大路上，寻找过往的牛车或者马车。

这条路原来是官道，西通潍县，东到烟台，在黄县也设有驿站。宋家宁本来毫无目的，往西可以，往东也未尝不可，只要能暂时离开虎头村就行，三天或者五天，甚至是十天半月。 她相信，她的失踪会让爹娘坐立不安，更让刘小虎牵肠挂肚，她就是要让他们过几天焦躁而心烦的日子，这是对他们最解气的报复。

那天清晨，第一个出现在宋家宁视线里的是一辆由掖城方向过来的马车，车夫是一位年过半百的老头。

"大爷，您这是要去哪里？"宋家宁挥手拦住了马车，笑眯眯地问道。

车夫是到黄县拉货的，车厢空着。 在这条东来西往的老官道上，时常会有搭便车的人。 捎个脚儿，挣个零花钱，自然是两全其美的事情。车夫发现，眼前的这个青年女子穿着不凡，肯定是个有钱人家的闺女。

"吁，吁！"车夫勒住了马，停下来，好奇地看着宋家宁，"你去哪儿？"

"你去哪儿，俺就去哪儿。"宋家宁不假思索地说。

车夫赶了一辈子马车，还没见到过这么随意搭车的人。

"俺去黄县龙口港，你呢？"车夫跳下车来。

黄县龙口港？ 宋家宁知道，这是刘小虎的家乡，她突然萌发了一个念头，要去刘小虎的家看看。 她甚至想，要是他家的房子还在，她就离开虎头村，跟着刘小虎回他老家过日子，只要能让他们在一起，再苦再累也不怕。

"正好，俺也去黄县龙口港。"宋家宁说罢就跳上了马车，然后递给车夫几块碎银。

车夫掖起碎银，扬鞭策马，向黄县龙口港奔去。

大道平坦，车辆稀少，马车跑得不快也不慢。 太阳暖洋洋的，宋家宁倚坐在铺有麦秸的车厢里，怀抱着小花包袱，不多会儿就睡着了。

宋家宁做起了美梦，自然，美梦肯定与她心爱的刘小虎有关。

回想起来，刘小虎来到宋家的那年，宋家宁才只有七岁。 她一直是宋占山眼里的宝贝闺女，但是，自从那年莫春兰生下了儿子宋家安，情况就发生了天翻地覆的变化。原来，宋占山重男轻女的思想特别严重，有了宝贝儿子宋家安，先前的宝贝闺女宋家宁就从此失宠了。娘莫春兰也是这样，整天抱着宋家安亲来亲去，都没工夫看上宋家宁一眼。

宋家宁好像是从蜜罐里一下子掉进了苦水缸中，反差过大。她小小的年纪，还不懂得人情世故，更不懂得男女会有如此大的地位差别。自然，宋家宁也反抗过，曾经以不吃饭相要挟，结果毫无用处，除了自己挨饿，爹娘则跟没事儿一样，还陶醉在喜得贵子的愉悦之中。她也搞过破坏，趁着爹娘不备，将挂在宋家安脖子上的百岁锁扯下来，扔在地上，又用力踩上一脚。锁是银质的，有几分柔软，被宋家宁的小脚踩扁了。

百岁锁又叫长命锁，其含义不言自明。宋占山盼儿子延续宋家的香火盼了八年，都熬出了白头发，才梦想成真，如愿以偿，他得知后怒不可遏地飞起一脚，将宋家宁踹到了墙根。

在宋家宁的记忆里，这是宋占山第一次打她。弟弟宋家安出生之后，她受到的是冷落与无视，而挨打还是头一次。蜷缩在墙角里，宋家宁并没有哭，因为她似乎根本就没觉得痛。不多会儿，她独自爬起来，恶狠狠地瞪了宋占山一眼，一瘸一拐地走了。

宋家宁看宋占山的这一眼好像是一次无情的诀别，在她的心里，爹从此变为一个无关痛痒的符号，再也没有了感情色彩。

由此，小小的宋家宁成了一个孤独的孩子，而孤独让她变得倔强，倔强又使她任性，并产生了强烈的逆反心理，与爹娘作对成了她最大的快乐。

这个时候，刘小虎不失时机地出现了。

刘小虎第一次见到宋家宁是来到宋家不久，那天晌午，他到院里翻那些晒在大筐篓里的青鳞鱼，就看到宋家宁蹲在太阳地里捉蚂蚁。当然，那时候，他还不知道她叫宋家宁，只知道她是东家宋占山的闺女。

青鳞鱼长一扎左右，是莱州湾最常见的小鱼，并不贵重。放盐撒醋，再配以葱姜蒜，煎着吃，味道鲜美。而将其腌制好，晾晒至七八分干，再炸着吃或者烤着吃更是满嘴喷香，是当地渔家及农家的必备食物。

太阳高悬，东家的闺女却蹲在地上捉蚂蚁，刘小虎好生纳闷，便不由自主地停下了脚步。

宋家宁先是看到了地上有一个人影，抬起头来才看到了好奇的刘小虎。

东家的狗猫都比雇工们金贵，何况是东家的闺女？刘小虎连忙冲宋家宁笑了笑，自然，这笑里有几多媚态，就像笑给东家宋占山看一样。

宋家宁觉得，似乎有好长时间没人冲她笑了，就连管家罗良基以及长工们也像他们的东家一样，都去讨弟弟宋家安的欢笑了，尽管他现在还是个不谙世事的小娃娃。

"你……你是新来的？"说完，宋家宁继续捉蚂蚁，然后放在一只小陶罐里。

那时候，刘小虎才十四岁，也还是个孩子，不幸的身世让他少年老成，但是，孩子的天性是不会陡然消失的。

"是的。"刘小虎又笑了笑，也蹲下身子，帮宋家宁捉起了蚂蚁。

显然，宋家宁对刘小虎的印象非常好，或者说，她似乎在刘小虎身上找到了那份久违的温暖。

"大哥哥，你以后能陪我玩吗？"宋家宁侧脸问。

"能。"刘小虎干脆地回答道。

从那以后，刘小虎便成了宋家宁的玩伴儿，有时候，他出海归来，路过杂草地，会给她逮上几只大蚂蚱玩。他还给她抓过天牛，这天牛黑壳白点大长须，刘小虎将两根细线绳拴在它的翅膀上，后面再挂上一只空火柴盒，让宋家宁玩赶牛拉车的游戏。实际上，这都是像刘小虎这样的男孩子小时候常玩的东西，宋家宁竟然也玩得兴高采烈，不亦乐乎。

年复一年，刘小虎长大了，长成一个英俊阳刚的小伙子。女大十八变，宋家宁也出落成如花似玉的大姑娘。这个时候，她懂得了什么叫男欢女爱，也就是说，她在心里爱上了心地善良而身材魁梧的大哥哥刘小虎。

心中有了爱，宋家宁就不会嫁给其他人，爹娘或者媒婆提的亲，她一律拒绝，毫无商量或回旋的余地。无论如何，纸是包不住火的，在宋占山发现了她与刘小虎的事之后，她干脆拿出了破罐子破摔的劲头，扬言非刘小虎不嫁，否则就老死在家里。自家的闺女要嫁给一个身无分文的长工，有辱宋家，成何体统？这可是让人们笑掉大牙的事情，宋占山绝对不会同意这门婚事。于是，他只有棒打鸳鸯散，无情地将刘小虎赶出了宋家的大门。

爱已经在心里扎根发芽，并长成参天大树，宋家宁没有退缩，而从受宠到被冷落的成长经历，让她萌生了强烈的叛逆意识。她敢爱也敢恨，在爱情面前，更是变得无所畏惧了，并最终以身相许，将生米做成了熟饭。

现在，倚坐在车厢里的宋家宁还在睡梦之中，蓦地，她的脸上露出了笑容，接着便是泪流满面了。由喜到悲，梦里的她出嫁了。她看到，自己被刘小虎抱进了洞房，正如胶似漆之时，那个叫宋占山的人手持棍棒，凶神恶煞般闯了进来。

宋家宁惊醒了，擦把眼泪，向前望去，马上就要进黄县龙口港了。

不多会儿，马车在一个人声喧嚣处停下，车夫收起了马鞭子："闺女，到龙口港了，俺只能把你捎到这里了。"

"大叔，附近有个刘家庄吗？"宋家宁挽着小花包袱跳下车来，走了两步又回头问道。

宋家宁知道，刘小虎的家在刘家庄，也在海边，离龙口港不远。

车夫想了想说："有，你顺着海边的这条路，一直往北走，有二三里地吧。"

宋家宁听罢向车夫鞠躬致谢，然后拐上这条沙土路，向刘家庄走去。

胶东的沿海景色大同小异，一片片沙土地和一座座海草房与虎头村几乎没有什么区别。

宋家宁挽着小花包袱，不紧不慢地赶路，就像一个回娘家的小媳妇。

终于，这个叫刘家庄的村子出现在宋家宁的眼前，站在村口，她竟然有几分莫名的激动，好像刘小虎正在家里等着她一样。

刘家庄是个小自然村，也就几十户人家，宋家宁走进村里，见到一个老太婆正在门口往家里赶鸡，便走上前去，客气地问："大娘，您知道刘小虎家在哪里吗？"

老太婆一愣，半晌才问道："刘小虎，你是说小虎子吗？他早就不知道跑哪儿去了，走了十来年了吧？你是谁？找他干什么？"

是的，刘小虎的小名就叫小虎子，宋家宁马上说："俺是他媳妇，路过这里，就是想到他家的老房子看看。"

"噢，小虎子还活着啊？他还娶了这么俊的媳妇，看来是发财了。"老太婆吃惊地上下打量着宋家宁，然后抬手一指，"你问他家的老房子？早就塌了，地让邻居老王家占了，你看看那个羊圈，就是那个地方。"

宋家宁顺着老太婆手指的方向望去，不远处果然有一个羊圈。这时有一阵风吹过，一股浓烈的羊骚味儿扑鼻而来，她禁不住掏出手帕，捂住了鼻子。

毫无疑问，宋家宁是失望的，她产生过跟刘小虎一起回刘家庄过贫穷日子的打算，而眼前的一切告诉她，即使刘小虎最终同意了，这也是不可能的事情了。

谢过热心的老太婆，宋家宁又来到了龙口港，这是因为，她不想这么快就回虎头村，一想起宋占山在她离家出走后火烧眉毛的样子，她的心里就兴奋，美中不足的是，只能让刘小虎无辜地跟着担惊受怕了。当然，宋家宁心里明白，宋占山不是惦记着她的死活，而是觉得她给他丢人现眼了，让那些看不惯他的人幸灾乐祸，背后耻笑他。

宋家宁找了一家干净而简陋的客栈住下来，开始了她在龙口港的逍遥日子。她盘算着手里的碎银，尽情地游玩。在一座香火旺盛的寺庙里，她还虔诚地求了一支婚姻签。然而，天不遂人愿，结果是个下下签。

风云致雨落洋洋，时气天灾定有伤。

命内此时难和合，不如潜迹走他乡。

粉红的签文纸上这样写道。

宋家宁不识字，看不懂，就问解签人。

"命里有时终须有，命里无时莫强求。你问的是婚姻，不可勉强，不如销声匿迹，远走他乡吧。"解签人摇头晃脑地说。

啊？这签子真是太准了。宋家宁听得脊梁骨一阵阵地发凉，气呼呼地想将其撕碎了，然后扔到地上。可是，她转念一想，又似乎明白了什么，于是小心翼翼地折叠好，塞进了小花包袱。

出了庙门，宋家宁见一白胡子老人在兜售吉祥佩件，便挑了一件玉质如意挂件，上面刻的鸳鸯戏水图让她爱不释手。自然，这是她为刘小虎精心挑选的礼物。

十多天后，宋家宁再次搭车回到了虎头村，却被宋占山软禁了起来。从他与管家罗良基的交谈中，宋家宁知道，刘小虎明天上午将跟随宏德堂的货船去东北。不行，一定要见他一面。她终于趁家人不备，偷偷溜了出来，然后一路快跑，来到了刘小虎的跟前。

"小虎子，虎子哥。"宋家宁站在船头下，小声喊道。

宋家宁？ 刘小虎以为是错觉，摇晃了几下脑袋，才回过头来。

果然是他日思夜想的宋家宁，她回来了！

"家宁！"刘小虎高喊一声，跳下了船。

刘小虎之所以这么快地跳下船，是担心宋家宁急不可待地爬上船来。 女人不能上船，这是渔家的老习俗，不可违反，否则便是不吉利的事情。

"虎子哥。"宋家宁一头扑进刘小虎的怀里，号啕大哭起来。

为确保货船的安全，船上船下都挂着几只大红灯笼，照得海滩明晃晃的。 无论如何，刘小虎与宋家宁的约会是不能让人看到的。 于是，他四处张望了一下，拉着宋家宁的手，钻进了还没有拆掉的高粱秸窝棚里。

在这样一个宁静的夜晚，这个窝棚成了刘小虎与宋家宁的幸福港湾，他问她跑到哪里去了，她一一如实回答。 说罢，宋家宁从怀中掏出了那枚如意挂件，挂在了刘小虎的脖子上。

如意挂件带着宋家宁的体温，更带着她的一片痴情，刘小虎感动得不能自已，紧紧地将她拥在了怀里。

星斗满天，大海沉静，十七的月亮也是那么明亮，月光似水，透过高粱秸秆窄小的缝隙，执着地照进了窝棚。

刘小虎与宋家宁疯狂地亲吻着，最后双双滚倒在厚厚的草垫子上。 小别胜新婚，何况是一对痴男怨女？ 从卿卿我我到宽衣解带，一切都是那么水到渠成。 不知不觉中，他们进入了一个飘飘然的境界。

直到完成身体的最后一次抽搐，宋家宁大汗淋漓地从刘小虎身上翻滚下来，并发出阵阵抽泣声，刘小虎仿佛才回到了残酷的现实之中。

有情人难成眷属，老天爷为什么就不能开开眼？

宋家宁似乎感觉到了刘小虎在想什么，她迅速穿好衣服，拿出了那张在龙口港的寺庙里求来的签文。

"虎子哥，你看看这个，俺在龙口港的寺庙里求来的，上面说得可准了。"宋家宁从口袋中掏出签文，递给了刘小虎。

窝棚里黑灯瞎火，刘小虎接过签文，什么也看不清。其实，他像宋家宁一样，根本就不识字，看也看不明白。

"这上面写的是什么？"刘小虎晃了下签文。

当时，宋家宁听解签人解签，也是听得稀里糊涂。她只记得大意，好像是只有他们远走高飞，否则就不能在一起。

"虎子哥，咱们还是跑吧。"宋家宁又是泪流两行，乞求道，"这签上就是这么说的。"

"跑？往哪儿跑啊？"刘小虎绝望地说。

"先跑了再说，能跑到哪里算哪里。"宋家宁口气坚定地说。

宋家宁的话音刚落，刘小虎便听到了窝棚外杂乱的脚步声。

"东家，他们……是不是在窝棚里？"刘小虎听出，这是管家罗良基的声音。

老东家宋占山带人找来了！

刘小虎吓得一个激灵，马上抱住了也在瑟瑟发抖的宋家宁，随即一想，又松开了双手。

刚才，宋占山从掖县城办事回来，发现院门没上门栓，虚掩着。他推开院门，条件反射似的直奔宋家宁的闺房。

宋家宁果然不在，她肯定是跑出去找刘小虎这个祸害了。宋占山想到这，不禁怒火中烧。于是，他叫上管家罗良基和两名长工，前来小港口捉奸了。

想想颇有几多滑稽与不可思议，宋占山竟然亲自带人来捉闺女宋家宁的奸。

罗良基高举着灯笼，第一个走到了窝棚口，想伸头往里看，却又蓦然停住了。

"刘小虎，你这个小兔崽子，快把宋家宁交出来。"罗良基将灯笼伸进了窝棚。

灯笼照亮了窝棚，刘小虎与宋家宁惊慌失措，无处可藏，先后胆战心惊地走了出来。

"把她给俺弄走！"宋占山已是怒发冲冠，挥手让两个长工架起了宋家宁。

宋家宁拼命地挣扎着，仍然难以摆脱两双力大无比的手。

眼看宋家宁呼喊着被强硬地拖走，刘小虎却是无能为力，只能束手就擒。

宋占山怒气冲冲地走过来，步履缓慢，就在他走近刘小虎的时候，他猛地挥起了右手。

啪，啪！ 两记响亮的耳光落在了刘小虎的左右脸上。

"你……你这个畜生！"宋占山目眦欲裂地咆哮道。

看着宋占山挥过来的大手，刘小虎并没有躲闪，而是直挺着脖子，等待着宋占山的巴掌在他的脸上重重地落下。 他知道，在宋占山的面前，无论他还是宋家宁都没有反抗的能力，他能做到的只能是逆来顺受，委曲求全。

"老东家！"刘小虎扑通一声跪在了地上，哭喊道，"俺对宋家宁是真心的，她对俺也是真心的，您就宽宏大量，让俺们在一起吧，俺求求您了。"

"你就别做这个梦了，死了这条心吧！"没等宋占山回答，罗良基抢先说。

"老东家，您就放过俺们吧。"刘小虎已是涕泗滂沱，冲宋占山磕了三个响头。

宋占山不为所动，良久，他才一脚踩在了刘小虎扶地的手上："来，你先给俺说说，那天晚上的事你是怎么知道的？"

现在，罗良基带着二狗子他们杀人放火诡计的泄露以及宏德堂堂会上小震天献出的白布，一直是宋占山心头上的不解之谜，这两件事究竟是谁干的？

被宋占山踩住的手疼痛钻心，刘小虎却忍着不动。

"老东家，您问的是哪天晚上的事？"刘小虎抬起头来问。

罗良基走过来，又踩住了刘小虎的另一只手。

"哪天晚上？ 你说是哪天晚上？ 就是要杀……"罗良基突然发现自己说漏了嘴，连忙改口道，"不是，是东家让俺来教训一下你的那天晚上。"

"俺偷听来的。"刘小虎没有隐瞒，直截了当地说。

"放屁！"宋占山用力踩了下刘小虎的手。

"哎呀！"刘小虎一声惨叫道，"俺真是偷听来的。"

罗良基知道，对于泄密之事，宋占山始终没有放弃对他的怀疑，而他却怀疑是二狗子他们。 那么现在，刘小虎说是自己偷听来的，就解除了他的嫌疑，这是再好不过的事情。

"那你说，你是怎么偷听来的？"罗良基甚是兴奋，忙不迭地问。

偷听来的？ 哪有这么巧的事？ 尽管刘小虎将那天晚上偷听的经过原原本本地讲了一遍，生性多疑的宋占山还是不信。 其实，一开始，宋占山是半信半疑，而他之所以最后坚决不信了，正是因为罗良基马上就信了，还显得那么兴高采烈。

"刘小虎，你糊弄鬼呢？"宋占山踩着刘小虎手的脚终于移开了。

"东家，俺觉得吧，刘小虎说的是真的，他是个实诚人，对吧？ 他不会撒谎的。"罗良基说罢，也移开了脚。

宋占山心存不满地白了罗良基一眼，没说话。

"老东家，俺刚才说的都是实话啊，那天晚上的事俺连方英典大人都没说，全都咽肚子里了。 您就念俺这点儿好吧，让俺跟宋家宁……"

刘小虎的话让宋占山恍然大悟，怪不得方英典会像没事儿一样，邀请他出席宏德堂的庆贺宴。 他想，看来刘小虎还是有点心机的，以这种方式讨好他。

"你站起来跟老子说话吧。"宋占山向后退了一步。

刘小虎惊喜地发现，宋占山对他的态度发生了细微的转变。

"老东家，您还有什么要问的，尽管问，俺都给您说实话。"为了得到宋家宁，刘小虎已经是彻底投降了。

宋占山没有再问什么，而是转身向宏德堂的货船走去。罗良基见状，连忙举着灯笼，跟了上来。

现在，星光灿烂，那弯月亮还是那么明亮，写有"宏德堂"三个大字的红灯笼从船下挂到了船上，货船清晰可见。

无论如何，宏德堂才是宋占山最大的心病，他先是羡慕宏德堂，又由羡慕演变成嫉妒，而刘小虎的投靠更是让他产生了仇恨。他始终觉得，如果不是方英典收留了刘小虎，这个贼子早就离开了，宋家宁也就死了心，怎么会形成现在这样难堪的局面？心胸狭窄的人总是以小人之心，度君子之腹，他认为，这是方英典在有意跟他过不去，是在出他的丑。那么，他又怎么会不寻机报复？尽管他还不知道那天宏德堂堂会上的事究竟是谁干的，还是让他每每想起来都笑出了声。毫无疑问，这是他发自内心的笑，是不可遏制的。

看着宋占山及罗良基向货船走去的背影，刘小虎不知道他们想要干什么，一下子警觉起来。

"老东家，您这是要……"刘小虎冲上前去，伸出被踩肿的手，挡住了他们的去路。

"你让开！"罗良基推了刘小虎一把。

刘小虎的身子晃了一下，却站得更稳了。

宋占山久久地盯着宏德堂的货船，突然回过身来，对刘小虎说："刘小虎，明天你是要跟着这船去东北吗？"

刘小虎是船老大，怎么能不去？

"是，老东家。"刘小虎唯唯诺诺地应道。

"好，你想跟宋家宁在一块儿可以……"宋占山的话说了一半儿，故意停住了。

"老东家，您……俺，您真是活菩萨，大恩大德啊。"刘小虎喜出望外，简直不敢相信自己的耳朵了，已激动得语无伦次。

一旁的罗良基也以为自己听错了，看看宋占山，又望望刘小虎，不知道说什么好了。

"东家，您？"良久，罗良基才吃惊地问。

"你想跟宋家宁在一块儿，俺现在只有一个要求。"宋占山不动声色地接着说。

刘小虎的心跳加快了，他支棱起耳朵："老东家，您说，只要俺能做到，俺就……"

宋占山嘿嘿地笑了一下，脸上露出了几分得意的神色："你马上把宏德堂货船的船老大辞掉，明天不去东北了，重新回来，当俺货船的船老大。"

无论是渔船还是货船，船老大都是十分重要的角色，是船上的最高司令官。船员易找，而船老大难求，何况是历经千难万险、经验丰富的船老大。宏德堂的货船明日出海，而宋家的货船还没找到船老大，宋占山委实有些急不可待了。

刘小虎一听，马上就蒙了。宏德堂的货船明天就要启航去东北，他是船老大，怎么能突然辞了，不去了？况且，船上的所有船员都是他亲自招的，这几天也是他带着一起熟悉货船设备及操作方法，并制定了各个岗位的执行口令，甚至连肢体语言都沟通好了。万事俱备，如果没有船老大，宏德堂的货船就走不了，如同釜底抽薪，他怎么能做出这样的事？宏德堂的收留之恩就这么来报答吗？他人穷，可也有做人的底线，忘恩负义、伤天害理的事绝对不能做！

"老东家，这个俺做不到啊！您想想，明天宏德堂的货船就要出海了，俺这个时候怎么能说不干就不干了？"刘小虎想到这些，就一口回绝了。

"刘小虎，你傻不傻啊？这可是东家给你的最后机会。"罗良基劝说道。

正是因为刘小虎不傻，他才会做出这样的决定。他想让宋占山同意宋家宁嫁给他，可是，绝不能以他的背信弃义为代价。

"老东家，您就别难为俺了，俺不能这么做啊。"刘小虎用乞求的目光看着宋占山。

其实，刘小虎的决定并没有出乎宋占山的意料，这小子实诚而忠厚，这是他的本性。江山易改，本性难移，谁也改变不了他。

"那好吧，你就死了这条心吧，俺就是让宋家宁老死在家里，也不会让她嫁给你！"宋占山气急败坏地说罢，扭头走了。

"刘小虎啊刘小虎，你真是不识抬举啊！"罗良基恨恨地说完也走了。

看着宋占山与罗良基消失在夜幕里，刘小虎踩着搭在船帮上的长踏板爬上船来。这个时候，他才感到脸上一阵阵火辣辣的疼。宋占山刚才下手太狠了，就像拿着一块坚硬的砖头拍打在他的脸上。那么，是他不识抬举吗？肯定不是，他如果不识抬举的话，刚才就答应了宋占山的要求，不跟随宏德堂的货船出海了。老爷方英典抬举他，让他当船老大，他不能辜负了方老爷，就这么简单。

这一夜，刘小虎久久难以入睡，仰面躺在货船的甲板上，任海风吹拂，看完了月亮再数星星，然后就回味着与宋家宁如胶似漆的温馨时刻。现在，对于他和宋家宁的婚姻大事，刘小虎已是心灰意冷，不抱任何希望了。他觉得，一切都是命中注定的，他命该如此。

放弃了希望，刘小虎竟然睡着了，直到黎明时分，成群结队的海鸥鸣叫着飞落到甲板上才吵醒了他。

晨曦初露，雄鸡报晓，宏德堂的货船就要借大潮出海了。

刘小虎站在船头，向东望去，他知道，这个时候，一支支祭海祈福的队伍正在宏德堂门口集结，吉时一到便会向这里进发。

不多会儿，舵手吴人庆等九名船员三三两两地赶来了。刘小虎招呼他们上了船，将早已准备好的供桌、蜡台、香炉等祭拜供奉物品抬下了船，摆放在正对船头的岸边，这里是一块沙土混合寸草不生的开阔地。

一切准备完毕，刘小虎与船员们等待着老爷方英典率领祭海祈福队伍的到来。

自古至今，掖县的渔民始终保持着祭海祈福的习俗。 正月十八，海庙万树芽始发，春风百帆遍天涯。 在某种程度上，渔民们将去东海神庙祭海祈福看作是比春节还要重要的节日。 或许，在每一个渔民心里都有一个海神娘娘，她法力无边，主宰着汪洋大海。

方家村离海五里多，村周围无不是土壤肥沃的良田，而不是像虎头村周围那样净是些无法开垦耕种的盐碱地。 所以，方家村人以种地为主，只有少数几家发了家的大户养了几条渔船。 农闲时，许多方家村的贫穷农民为养家糊口，会到虎头村为富裕渔家出海打鱼。

种地的敬土地老爷，出海的敬海神娘娘，各有所敬，既井水不犯河水，又异曲同工，一脉相承。 宏德堂人以种地发家致富，逢年过节自然敬的是土地爷。 但是，今天，八月十八日，宏德堂人将要离开祖祖辈辈辛勤耕耘的黄土地，驾船奔向浩瀚的海洋，就得敬海神了。

在沿海渔村，几乎每个村庄都有自己的祭海祈福队伍，锣鼓队、唢呐队、秧歌队、舞狮队，诸如此类，应有尽有。

几天来，宏德堂的管家潘士光四处奔波，花重金到多个沿海渔村请来了这一支支各具特色的队伍。 自然，潘士光也去了虎头村，族长马炳忠却是推三阻四，不肯答应。 这当然在老爷方英典的预料之中，他早就发现，这些年来，马炳忠已经跟宋占山穿上了一条裤子，似乎有什么见不得人的把柄握在了宋占山的手里。

现在，各路祭海祈福队伍已经按照约定时间集结在宏德堂的大门口，只等一声令下，便可开赴虎头村的小港口了。

即将出海东北，迈出宏德堂从事海运的第一步，方英典自然是兴奋不已。 天刚蒙蒙亮，他就醒了。 秋风凉了，他穿衣戴帽，又披上了一件薄棉袄，来到院子里，围着牡丹园慢慢地散步。

管家潘士光住在牡丹园边的东厢房，听到外面有轻轻的脚步声就醒了。他甚至能听出这是老爷方英典在散步，这是他多年来一直陪伴在老爷身边练就的特殊本领。于是，他赶紧穿衣下炕，出了房门。

"老爷，您醒得这么早啊？"潘士光打着哈欠，伸了个懒腰。

昨天晚上，方英典睡得晚，潘士光睡得更晚，祭海出征仪式不是小事，他必须做到万无一失才行。

"噢，睡不着了，就起来走走吧。"方英典背着手，抬头望着天。

红日欲出，万里无云，潘士光感叹道："天公作美啊，老爷，今天是个好天气。"

两人正说着，潘士光听到门楼外似乎有什么异响，他怔了一下，然后快步走到门楼，拉开大门闩，开了门。

潘士光惊异地看到，两个衣衫褴褛的半大小伙子相互依偎着蜷缩在门楼的一角，尽管他们脸上脏乎乎的看不出真面目，潘士光还是发现，这是一对双胞胎。

"你，你们这是……"潘士光有些生气地问。

在乡村，大门大户的人家时常会有乞讨者光临，这不足为怪。先前，老爷方英典都是让潘士光给他们一些吃的，再和颜悦色地将他们送走。但是现在，潘士光看得出来，其中一个肯定是病了，他四肢抽搐，口吐白沫。

这是一对孪生兄弟，哥哥叫吕东豪，弟弟叫吕东敏，父母双亡后，他们相互依靠，一路乞讨而来，就像当年的刘小虎。

"大叔，您行行好吧，救救俺弟弟吧。"吕东豪乞求道。

还没等潘士光说话，方英典听到动静，走了过来。

"老爷，您看……"潘士光指着地上的兄弟俩，"这可怎么办？"

方英典蹲下身来，伸手摸了下弟弟吕东敏的额头，热得发烫。这孩子病得不轻，他知道，这已经不是给个馒头送碗热水就能解决的事了。

救人一命，胜造七级浮屠。方英典觉得，在宏德堂这么重要的日子，出现两个急需救助的难兄难弟，这无疑是老天爷在给宏德堂积德啊，他怎么能袖手旁观呢？

"快，快叫人把他们送到五味堂，让周先生看病救人。"方英典站起来，焦急地说，"别考虑花钱的事啊，一定要救他的命，先让周先生记在宏德堂的账上。"

潘士光听罢，马上跑到长工屋，叫来了两名睡眼惺忪的长工，用木板将弟弟吕东敏抬去了五味堂。

方英典没有回到院里，而是站在门楼前的大槐树下，等待着潘士光回来。他想知道，这孩子得的什么病？还能治好吗？

深秋初冬已至，树叶已经落尽，为了今日隆重而热烈的祭海出征仪式，潘士光带人在槐树枝上挂满了大红绸子。方英典抬头看着红彤彤的树冠，眼前仿佛出现了太爷方宝奎的影子。前人栽树，后人乘凉，方宝奎创立的宏德堂已传承百年，行善积德，扶危济困，始终是宏德堂人坚守的信念与道义。

很快，潘士光急匆匆地跑回来了。

"那孩子怎么样了？"方英典迫不及待地问。

"老爷，周先生说，这孩子是癫痫病急性发作，要不了命，但是得慢慢治疗调养。"潘士光气喘吁吁地说。

"好吧，潘管家，俺马上要去东北了，这事儿就交给你了。你先去找出几件防寒的衣服，赶紧让乔玉芬送到五味堂。另外，再让厨房做点好吃的送过去。"方英典吩咐道。

"是，老爷，俺这就去办。"潘士光答应道。

"还有，得给他治好病再让他们走啊。"方英典似乎不放心，又叮嘱道。

"明白了，老爷，您真是菩萨心肠啊。"潘士光赞叹道。

紧急救治乞讨的两个孩子成为祭海出征仪式前的小插曲，让方英典感慨良多又心安理得。 现在，在管家潘士光的陪同下，头戴黑缎六合帽、身穿长袍马褂的方英典再次出现在了大门口。 人们看到，他面带微笑，目光如炬，神采奕奕，六合帽上的红宝石在阳光下闪闪发光。

"诸位乡亲，宏德堂的货船今天出海，驶往东北，将为乡亲们运回急需的木材和粮食。 十分荣幸啊，能请到各路好手前来助兴。 老爷为表谢意，特敬各队队长一杯薄酒。"潘士光说罢，将一杯白酒递到了方英典的手里。

丫鬟乔玉芬端着一个红木雕花托盘，盘上的酒盅已经倒满。 她将托盘举到队长们的跟前，队长们各自取下了酒盅。

"干杯！"方英典高喊一声，率先一饮而尽。

队长们双手举起酒盅，与方英典相视一笑，然后喝了下去。

"敲起来吧，吹起来吧，扭起来吧，舞起来吧！"潘士光兴奋地喊道。

"出发！"被宏德堂专门请来主持仪式的彭总管挥了一下手中的红色旗帜，与彩旗队走在了队伍的最前头。

鞭炮齐鸣，硝烟弥漫，彩旗招展，锣鼓喧天，这个时候，巷里巷外已是人头攒动，摩肩接踵。

在宏德堂货船前的岸边开阔地，刘小虎与吴人庆等十名船员正在翘首以盼，周围站满了前来看热闹的民众。

来了！ 浩浩荡荡的祭海祈福队伍一拐进这条沙土路，刘小虎就看到了，他迅速率领船员们迎了上去。

最先到达的彩旗队与锣鼓队分列在供桌两边，接着，八个壮汉抬着一头放在长方形木板上的净毛白猪健步走来，就像抬着八人抬的大花轿一样。 他们头裹红巾，身着红装，就连那头白猪的身上也盖着鲜艳的红绸。 随后，秧歌队与舞狮队相继出现人们的面前，队员们各显其能，遥相呼应。

彭总管揭开了盖在白猪身上的红绸，众人将其抬上了供台。 白猪静静地趴在供台上，有红绸绕颈。它头戴红花，一对硕大的耳朵支棱着前倾，两只前脚呈趴伏状。那脸白里透红，黑豆般的小眼半闭半睁，鼻头圆圆，阔嘴微闭，似笑非笑而憨态可掬。

金灿灿的大元宝，香喷喷的大饽饽，红艳艳的大苹果……供品五花八门，被先后摆上了供台。

前天，趁着涨小潮，刘小虎和船员们已经用多条小船将货船拖进了浅水区。现在，太阳已经偏南，潮水开始涌动着上涨，渐渐地淹没了货船的最底部。

吉时已到，祭海出征最重要的环节开始了，方英典带领刘小虎等十名船员神情庄重地走到了供台前。在彭总管的示意下，锣鼓及唢呐等乐器安静下来，秧歌与舞狮表演也戛然而止。

"敬香——"彭总管肃立在供台右侧，抬眼环视一周，高声喊道。

方英典接过潘士光递上来的三炷高香，凑到火苗摇曳的红烛上，一一点燃。然后他双手高高地举过头顶，弯腰拜了三拜，嘴里念念有词，表情庄严而虔诚。最后，方英典将高香插进了大铜香炉。他又若有所思地静立片刻，才动作麻利地撩起长袍前襟，跪拜在地。他身后的船员们见状，也齐刷刷地跪下。

"一叩首，再叩首，三叩首。"彭总管再次高喊道。

跟随着彭总管的口令，方英典与船员们双手扶地，作揖磕头。

起风了，海潮声急，浪花翻滚着侵蚀沙滩，海水已漫过船底，货船开始东摇西晃，桅杆上的红绸被风吹得猎猎作响，搭在船帮上的木踏板也随着摆动起来。

太阳已近正南，彭总管知道，再有不到半个时辰，大潮将涨满，船员们必须要上船了。

"大风起，潮水满，上船喽——"彭总管声嘶力竭地喊道。

方英典双手抱拳，微笑着向送行的人们告别。之后，他率先走上水中长长的木踏板，一步一摇地登上了货船。然后，他手扶船帮，在船头站稳，向人们挥手致意。

刘小虎与吴人庆等船员们也先后登船，像方英典一样，站在船头，向人们挥舞着双手。

潮水还在慢慢地上涨，彭总管差人撤掉了已被海水淹没了大半的木踏板，船上的船员们也动作熟练地抛下了铁锚。这个时候，锣鼓与唢呐声再次响起，秧歌队与舞狮队又尽情地表演起来。

正午时分，大潮涨满，海水中的货船已经漂浮起来，频频地扯动着铁锚。

鼓乐齐鸣，人声鼎沸，人们听不清彼此的说话声。在这拥挤的人群中，方英典并没有注意到宋占山的出现。

实际上，宋占山也没有挤在人群中，而是站在不远处的一个小土岗上，心情复杂地向这里观望。是否来观看宏德堂的祭海出征仪式，宋占山一直在犹豫，最后还是来了。其实，看与不看，他都如鲠在喉。刘小虎铁了心地跟随了方英典，宏德堂的货船出海，让方英典拔得头筹，宋占山就不能不怀恨在心。

宋家宁也想来为刘小虎送行，却已是不可能。昨天晚上，她被拖回家后，为防止她再次逃脱，宋占山派了专人看着她。从今往后，她是插翅难飞了。但是，她并没有放弃逃跑的念头，黄县之行她只是想出去散散心，而昨晚发生的事情让她痛下决心——跑，如果刘小虎不跟她走，她就自己跑，这个叫虎头村的地方，她真的待不下去了。

坐在有人看着的闺房里，宋家宁清晰地听到了小港口处的锣鼓声与鞭炮声。刘小虎远赴东北，而大海变幻莫测，这必将是一次险象环生的旅程，她双手合十，在心里为心上人祈祷，愿海神保佑，让刘小虎平安归来。

几家欢乐几家忧，世界是如此喜悲分明。现在，站在船头上的方英典冲彭总管有力地挥了挥手。彭总管心领神会，迅速差人点燃了一串串鞭炮。

"起锚，升帆，掌舵——"船老大刘小虎已经进入了角色，他在甲板上来回穿梭，大声下着指令。

　　船员们迅速奔赴各自的岗位，很快，铁锚被提出水面，三只巨帆缓缓地升起，舵手吴人庆目视前方，双手掌舵……

　　潮水涌动，风劲帆满，终于，宏德堂的货船摆脱了底部的泥沙，平稳地离开了海岸，向遥远的东北驶去。

　　方英典激动不已，看着岸上的人影一点点地模糊，禁不住泪眼蒙眬了。

第五章

劫后余生

这天下午，在宋占山兴致勃勃地带着儿子宋家安来到济南府求学的时候，宏德堂的货船也到达了大连。

由虎头村的小港口出发，货船一路乘风破浪，日夜兼程，穿越了时而风平浪静时而波涛汹涌的渤海海峡，第三天便顺利抵达了目的地大连貔子窝港。

首航一帆风顺，几乎没遇到什么大的风浪，方英典感到无比幸运。

貔子学名黄鼬，俗名黄鼠狼。早年间，成群结队的黄鼠狼曾在皮口海边东老龙头一带活动，又在西老龙头崖头上挖洞为巢，此地因而得名貔子窝，就像虎头村因为形状像一只虎头探进海里，得名虎头村一样。

靠岸抛锚，刘小虎主动要求留在船上看守，方英典则带领吴人庆等九名船员踩着刚刚搭起的木踏板，走下船来。

这时已是太阳西斜，晚霞满天。潮水在慢慢地退去，刚刚露出水面的沙滩金光闪闪，数不清的海鸥在上空盘旋，鸣叫几声，恋恋不舍地归巢了。

岸上，便是喧哗的街市，商铺鳞次栉比，行人川流不息，比虎头村热闹多了。除了来过几回的舵手吴人庆，其他船员都像是刘姥姥进了大观园，眼睛都不够用了。前年春天，方英典跟随未来的亲家任振德来过一回，大开眼界，并从中发现了商机，最终下定了从事海运的决心。

鱼味鲜美却不解馋，海边的人最想吃的还是肉，就连方英典也不例外。第一次出海，一路顺风顺水，船员们各司其职，配合默契，方英典甚是满意。因此，上得岸来，他就想请船员们吃一顿当地有名的杀猪菜。方英典记得，上次来的时候，任振德请他去的那家叫什么"春"的饭馆非常正宗，就一边走，一边寻找。

方英典温文尔雅，笑容可掬又平易近人。在茫茫大海上日夜兼程，无论是舵手吴人庆还是其他船员，都跟老爷方英典混得非常熟了。

"哎，你们有几个识字的啊？识字的就帮俺看着点儿，那个叫什么'春'的饭馆，咱们去那里吃杀猪菜，俺告诉你们，嗨，那个香啊！"方英典哈哈一笑，然后，抬手动作夸张地抹了一下嘴巴，故意做出流口水的样子。

"好的，老爷，您就放心吧，俺们闻着味儿就能找到。"船员郑义伟抽了几下鼻子。

一行人说说笑笑地就到了一个路口。吴人庆读过一年私塾，又不愧为眼观六路耳听八方的舵手，他突然惊喜地叫道："老爷，您看，那招牌上有个'春'字。"

方英典顺着吴人庆手指的方向望去，一座两层的小洋楼上并排挂着三只大红灯笼，每只灯笼上写着一个字：春、满、园。

"园满春。"吴人庆十分兴奋，大声念了出来。

方英典知道吴人庆念倒了，想笑还没笑出来，春满园里便跑出来几个涂脂抹粉的妖艳女子，要拉着他们进楼。

春满园是当地赫赫有名的妓院，一楼的正中是舞厅，四周是艺妓们吹拉弹唱卖艺的小包房。二楼则是风月无边的大套房，是妓女们接待客人的地方。在春满园，无论是艺妓还是妓女都分两种：一种是只交房租与收入提成的自由身；而另一种则是签了卖身契的，一切收入都归老鸨，不得擅自离开，否则将面临严酷的惩罚，最惨无人道的便是装进麻袋里投海，除非有人出钱赎身。

前年春天，方英典跟着任振德到貔子窝港，就来过春满园。那天晚上，酒足饭饱之后，任振德请木材供货商曲寿龄和粮食供货商聂存仁，方英典作陪。 不过，他们并没有上楼，而是在一楼的紫藤阁观赏艺妓范小娆的表演。

说起范小娆，当地人无不津津乐道。 她年方十九，是春满园的头牌艺妓，无论是达官贵人还是商贾财主，想一睹她的芳容都得提前预约，还出现过两个富商竞价争先的热闹场面。 范小娆福薄命苦，却成了老鸨的摇钱树。 她聪颖美艳，识文断字，弹得一手好琵琶，还打得一手好扬琴。 比起民国名妓小凤仙，范小娆的姿色与技艺有过之而无不及，只是不知道，她的命运里是否也会有一个贵人出现，从而拯救她于水火之中。

在某个特殊的领域，不幸人的不幸总是相似的，就像范小娆与小凤仙。 范小娆出生在江南的一个著名小城，自幼父母双亡，被一个婚后久未生育的远房小姨抱走，并抚养成人。

这原本是一个富裕之家，远房小姨是个大家闺秀，善于琴棋书画，对俊俏的范小娆也颇为喜爱，教她打扬琴和弹琵琶。 范小娆聪明伶俐，有着一双纤纤小手，似乎一学就会。 她的嗓音也好，吴侬软语，悠扬婉转。 小姨本打算在她长大后把她送入当地有名的戏班子，把她捧成名角。 然而，小姨夫却是个纨绔子弟，吃喝嫖赌样样不落，欠下了巨额赌债后竟然以房产做赌注，最终输了个精光，一家人被赌场的老板赶出了家门。 小姨绝望之极，投河自杀了，撇下了当时只有十七岁的范小娆孤苦伶仃，茫然无助。

小姨夫穷困潦倒，却发现了生财之道，那就是满城张罗着将范小娆卖掉，给人家做丫鬟或者小老婆，而恰巧在此地诱骗穷苦人家少女的貔子窝港春满园老鸨出价最高。 卖身，范小娆自然不从，她苦苦哀求，以泪洗面，并以投河相要挟。 如果她真的死了，他一个铜钱也赚不到了，最后，小姨夫少收了些银两，与老鸨签下了只卖艺不接客的卖身契。

只要自己坚守底线，卖艺也可以守身如玉，范小娆含泪同意了，因为她真的不想死，她想活下去。

就这样，为生意兴隆而不远千里来到这座小城诱骗少女的老鸨如愿以偿，带着只卖艺不卖身的范小娆以及几名什么都可以卖的江南贫苦女子回到了貔子窝港。

萝卜青菜，各有所爱，在某种程度上，东北的男人更喜欢小巧玲珑又秀色可餐的江南女子。春满园里来新人，春满园里满园春，达官贵人与商贾财主们趋之若鹜，争先恐后。

从花红柳绿的江南来到寒风凛冽的东北，范小娆仿佛来到了另一个世界。她欲哭无泪，悲叹自己的苦命，然后，她强作笑颜，为客人们表演自己的才艺。无论如何，她都感谢她的那个远房小姨，她知道，假若当年没有这个小姨，或许她早就饿死了。如果小姨不投河自杀，她也绝不会落得这么个悲惨下场。不幸的人多有感恩之心，范小娆对小姨念念不忘。紫藤花冠似蝶，花开时犹如万千紫蝶飞舞，煞是好看。小姨最喜欢的花是紫藤花，范小娆常陪她在庭院里观赏。于是，她便将那间卖艺的房间取了个"紫藤阁"的名字，以怀念她的小姨。

故乡春欲尽，一岁芳难再。
岩树已青葱，吾庐日堪爱。
幽溪人未去，芳草行应碍。
遥忆紫藤垂，繁英照潭黛。

范小娆多才多艺，她将唐朝诗人李德裕的这首《潭上紫藤》谱成缠绵上口的小曲，边弹边唱，声情并茂，时而晶莹的泪水在眼眶里闪亮，欲滴而不落。

自古英雄爱美人，那些骄奢淫逸的达官贵人与商贾财主更是有过之而无不及。范小娆如花似玉，有沉鱼落雁之美，而琵琶声声，小曲悠悠，如泣如诉，哀怨而忧伤，着实让人爱怜着迷。但是，她只卖艺不卖身，无论你出多么高的价钱。 在许多人的眼里，得不到的才是最好的，范小娆洁身自好，追捧者欲罢不能，反倒让她更红了。

在亲家任振德的供货商中，聂存仁是个好色之徒，任振德邀他来春满园观赏范小娆的才艺表演，既满足了聂存仁的部分欲望，又不失大雅。

无论是谁，欣赏过范小娆的才艺表演都会一时难忘，顿生怜香惜玉之情，方英典自然也是这样。 不过，他还是缺少英雄救美的勇气，只是在心中暗叹"自古红颜多薄命"而已！

现在，与船员们路过春满园的门口，驱赶走了围过来的风尘女子们，方英典还是仔细地看了春满园一眼。 在他的行程里，有请聂存仁来观赏范小娆表演的一项。 聂存仁的粮食生意做得好，几乎形成了一家独大的局面，而他家大业大，采取的是薄利多销的策略，价格是当地最低的。 所以，亲家任振德给聂存仁写了亲笔信，并一再叮嘱方英典，为了确保粮食供货，一定要投其所好，博得他的好感，那么请他光临春满园是最切实可行的办法。

有了春满园作为坐标，方英典马上记起了那个叫什么"春"的饭馆位置。 他带着船员又走过了一个路口，马上左拐，"满堂春"饭馆出现在他们的眼前。

春满园，满堂春，差了一个字，干的却是两种营生。

那天晚上，方英典与船员们在满堂春里吃了个热火朝天，蒜泥白肉、护心肉、拆骨肉、酸菜炖白肉血肠等招牌菜统统上桌，而且还是大份。 船员们吃得尽兴，嘴巴流油。 当然，每个菜都会给看船的刘小虎留出一小份，待会儿给他带回去。 酒是东北老刀子，喝下一口，火辣辣的，就像吞下了一团火。 方英典兴致勃勃，频频举杯，大有一醉方休之意。 但是，他毕竟是个知道克制的人，喝到七成，便不再喝了。 这是因为，明天，他将与曲寿龄和聂存仁见面商谈业务，无论是木材还是粮食，货船都得满载而归。

酒足饭饱之后，船员们说着酒话，歪歪斜斜地回到船上。方英典与吴人庆便就近找了一家看得上眼的客栈住下。客栈名叫福驿庭，不奢侈，却也安静而清洁。吴人庆侍候方英典洗漱一番，然后直挺挺地躺在了土炕上。

吴人庆把炕烧得滚热，老刀子酒在吴人庆和方英典的胃里像火烧一样，不多会儿，方英典便浑身冒汗了。他坐起来，把窗户推开了一条缝儿，于是，一道洁白的月光照进来。

这时的月亮已经有些残缺了，方英典躺在床上久久地注视着这异乡的月亮，回想着他走出黄土地，迈向大海所经历的风风雨雨，自然是感慨良多。他心知肚明，宋占山是不会善罢甘休的，肯定要跟他抢夺市场，甚至争个你死我活，而宏德堂收留刘小虎只是个导火索。接着，方英典又惦念起那两个蜷缩在宏德堂门楼前的双胞胎小兄弟，郎中周仕君是否已经妙手回春，治好了弟弟的病？

疲惫不堪而有些醉意的方英典想着想着就睡过去了，他想了很多，就是没有想到，在他看月亮的时候，宋占山也在济南府看月亮。

前天，目送宏德堂的货船起航，宋占山的心里有说不出的滋味儿。方英典的儿子已经去济南上学了，而自己的儿子宋家安上学的事还没有眉目。宏德堂的货船已经奔赴了东北，而自己的货船还躺在小港口的沙滩上睡大觉。一步跟不上，则步步跟不上，他不能再等了。他马上派管家罗良基去了蓬莱港，让他必须招回一个往东北跑过货船的船老大回来。今天一早，他便带着儿子宋家安赶赴济南，亲自办理儿子入学的事。他先是雇了一辆马车跑到潍县火车站，又坐胶济线火车到了济南站。

出发之前，宋占山终于解开了两个谜，那便是，究竟是谁提前向刘小虎透露了杀人放火的消息，又究竟是谁在宏德堂的堂会上让戏班子献上了两条白布。

宋占山生性多疑，他不信任任何一个人，除了他自己。那么，他将泄露消息者最终安在管家罗良基的身上也不足为奇，何况此前已经发生过罗良基为了自己的蝇头小利，在一桩生意上做出损害宋家利益的事。自然，那是件小事，损失微不足道，所以宋占山才会在怒斥他之后放过了他。

罗良基是宋占山当年从掖城带回虎头村的，他原是一家鞋帽铺的大掌柜。那家店铺颇具规模，货样齐全，闻名掖城。宋占山喜欢那里的鞋帽，就常去，一来二往便与罗良基熟悉起来。

原来，罗良基是外县人，曾在掖城做点针头线脑的小生意，因经营不善血本无归，老婆带着孩子跑了，他成了孤家寡人。其实，他很精明，不过有时候精明过了头就是愚蠢，做生意更是这样。聪明反被聪明误，他为这个成语做出了最准确的解释。或许，精明的人更适合给人当助手，鞋帽铺的老板看中了他的精明，便请他来当大掌柜。大事老板说了算，他只负责迎来送往。能说会道的他充分发挥自己的特长，哄得顾客们高兴，鞋帽卖得不错。

几年前，宋占山发现罗良基是个当管家的好材料，就出了比做大掌柜高出一倍的价钱将他带回了虎头村。

俗话说，物似主人形，罗良基就像那嫁鸡随鸡的女人，很快便成了宋占山得心应手的好管家。

人都有丑陋的一面，或者说劣根性，只是有的人克制力强，注重修养，成为一个高尚的人，就像宏德堂的方英典。而有的人放荡不羁，任性妄为，则成为一个奸诈的小人，如同虎头村的宋占山。

毋庸置疑，罗良基的人生是不顺的，屡受挫折与打击，像个有苦说不出又有气无处撒的怨妇，生活在憋闷与委屈之中。做了宋占山的管家，他似乎有了发泄口。有这样的东家，罗良基便狗仗人势，变成了另外一个人，将人性丑陋的一面发挥得淋漓尽致。

不管怎样，宋占山对罗良基还是不薄的，所以，自从为了蝇头小利露了马脚并遭到训斥之后，罗良基对宋占山就忠心耿耿了。

宏德堂货船出海的那天晚上，宋占山如芒在背，坐立不安，就将罗良基叫到跟前，质问他是不是那个监守自盗的泄密者。刘小虎说是他自己偷听到了，罗良基是相信的，可是宋占山却坚决不信。后来他也想，怎么那么巧，就让刘小虎听到了？他也开始怀疑了，是不是为了得到好处，二狗子他们三个人中有人告了密？他们这种人，泄密的可能性非常大。

宏德堂一帆风顺，宋占山十分窝火，这件事必须问出个子丑寅卯来，惩罚泄密者，以解心头之恨。罗良基知道，如果不找出这个人来，宋占山就不会解除对自己的怀疑，说不定自己狐假虎威的好日子就到头了。

"东家，是三只手干的。"现在，面对宋占山的逼问，罗良基终于将三只手当成了替罪羊，"那天晚上，他从这里走后，直接去了方家村的宏德堂，肯定是去通风报信了。"

宋占山一愣，瞪着疑惑的眼睛看着罗良基："三只手？他去宏德堂，你看到了？"

"不是俺看到的，是二狗子在方家村的一个亲戚看到的。"罗良基言之凿凿。

这些年来，宋占山的秉性已被罗良基摸了个一清二楚，他学会了对症下药。他知道，宋占山不会让此事不了了之，更不会轻饶这个泄密者。所以，他与二狗子早有预谋，如果宋占山再追问此事，就将三只手推出来，让他代人受过。

三只手真名叫袁路生，罗良基选择他，是深思熟虑后的决定。二狗子、三只手、大脑袋都是虎头村的小混混，二狗子和大脑袋干的都是光天化日之下的勾当，比如打架斗殴，或者仗势明抢。而三只手有所不同，他不打不抢，就是偷，所以才有了"三只手"的名号。小偷小摸，就连二狗子和大脑袋都瞧不起，更为关键的是，三只手袁路生的爹娘早就死了，是个孤儿。有道是，老太太吃柿子，专找软的捏，三只手在劫难逃了。

“二狗子在方家村的一个亲戚看到的？”宋占山好像在自言自语。

“是，东家，二狗子在方家村真有个亲戚。”罗良基信誓旦旦地说。

“去，找人把二狗子给俺叫来。”宋占山满眼凶光地说，“要真是三只手干的，你就按照当初跟他们的约定，给他剁去一根手指，让他长长记性。”

宋占山豢养了二狗子这些小混子，自然不能白养，是有条件与规矩的，虽然只是口头约定，同样要严格遵守。如有违反，剁手指便是惩罚的手段之一。

罗良基听罢，连忙叫长工去把二狗子叫了来。二狗子一口咬定是他亲戚亲口跟他说的，亲戚绝对没有看错。

宋占山终于相信了罗良基的话，给了二狗子一块现大洋，把他打发走了。

找到了元凶，宋占山的心情似乎好了些，他让罗良基坐下来，陪他喝茶。然后，他一时兴起，便提起在宏德堂堂会上有人从中作梗，让戏班子献出了两条白布的事。

“你说这个宏德堂不是号称与人为善吗？怎么还有人让方英典出了这么个洋相？”一说起这事，宋占山就有掩饰不住的高兴。

“噢，那天挺热闹的吧？”罗良基不动声色地问。

“热闹啊，怎么热闹也不如最后的那出戏精彩啊。”宋占山轻蔑地一笑。

“东家，您还记得那天您去宏德堂坐席，俺扶您上马时说的话吗？”罗良基起身给宋占山倒满了茶。

那天罗良基说了什么，宋占山竟然一时想不起来了。

“你说什么了？俺还真忘了。”宋占山喝了口茶。

“东家，您可真健忘啊。”罗良基得意地摇晃着脑袋，“俺那天说，今天您有好戏看了，您可得过足戏瘾啊！”

"是啊，俺想起来了，你是这么说的。"宋占山终于恍然大悟，惊奇地问，"罗管家，难道是你……"

精明的罗良基果然精明，他当时花钱买通了戏班子的道具工，偷偷将写有贺词的红绸换成了白布，就没想马上告诉宋占山，想事后给他一个惊喜。可是，有几分焦头烂额的宋占山心思都放在怎么对付宏德堂，怎么与方英典争个高低上，就将罗良基的话当耳旁风了。

"哎，你还真有点儿藏龙卧虎的感觉呢。不错，俺当年没看错人。来，给俺说说，你是怎么弄的。"宋占山来了兴致。

罗良基没有想到，宋占山参加完宏德堂的宴会回来，竟然没提献白布的事。宋占山不提，罗良基就不能主动邀功，他想要的效果是，宋占山兴奋地对他说起这事，然后他再说是自己干的，给宋占山一个惊喜，起到事半功倍的效果，就像现在这样。

将事情的经过活灵活现地讲了一遍，罗良基忍不住笑出声来："哈哈，俺就想替东家您出口恶气，让方英典知道，人欢无好事，狗欢一锅汤！"

罗良基干了一件让宋占山痛快的事，宋占山不主动提，罗良基就不主动邀功，宋占山不得不对罗良基刮目相看了。

"好，好啊，你这事干得漂亮。你给了那道具工多少钱？俺让账房加倍给你。"宋占山满心欢喜地说。

罗良基连忙摆摆手说："东家，这钱俺不能要啊，就算俺送给宏德堂的贺礼吧。"

挖出了泄密的内鬼，又找到了让宏德堂出丑的人，宋占山不禁心情大悦。

第二天一大早，罗良基便带着二狗子和大脑袋找到了三只手袁路生，强行将泄密的罪安在了他的头上。从拒不承认到屈打成招，再到跪地求饶，三只手终成替罪羊，被二狗子剁去了一根手指。罗良基拿着这根血淋淋的手指让宋占山过了目，就扔给狗吃了。然后，罗良基便坐上马车去了蓬莱，为宋家货船招船老大去了，而宋占山则带上儿子宋家安向济南府赶去。

实际上，为儿子宋家安上学的事，宋占山已经通过各种关系托了好多人，最终找到了一个靠谱的人。 他姓胡，为一家洋行做事，人送雅号"胡买办"。

胡买办与山东公立商业专门学校的校长是同乡，素有往来。 像方英典的儿子方兴通一样，宋家安进山东公立商业专门学校插班入学的事已经确定下来。 然而，宋占山还没让这个胡买办满足胃口，胡买办就以已无名额为由拖着不办。

傍晚，宋占山和儿子宋家安到了济南府，就直奔胡买办的豪宅。 见了胡买办，说了几句客套的话，宋占山便将一根小金条捧上。

胡买办毫不客气地收起了小金条，来到书案前，提笔蘸墨，在信笺上龙飞凤舞地写下了介绍信。

"拿着这封信，明天一早去学校找校长，直接插班入学吧。"胡买办面无表情地说。

宋占山如获至宝，千恩万谢，揣起这封值一根小金条的介绍信，出了胡买办的豪宅。 然后，父子二人到小饭馆吃了顿济南名吃锅贴，又就近找了一家旅馆住下。

儿子宋家安入学的事已经办好，宋占山想到，当宋家安第二天出现在班里的时候，方兴通一定会很惊奇。 方英典能办到的事，他宋占山也能办到，宋占山顿时觉得有几分扬眉吐气的感觉了。

济南素有曲山艺海之称，曲艺界有"北京学艺，天津练活儿，济南踢门槛儿"之说。 戏迷宋占山认为，到济南不去戏园子消遣一番，一睹各路名角之风采，等于没来济南府。 所以，他让儿子宋家安先休息，自己出了旅馆的门，叫上一辆人力车，直奔大明湖了。

大明湖畔有富贵大戏院、大舞台、明湖居等演出场所，有常住的戏班子。 大舞台的戏台为方形，台前的两根柱子上挂着木制对联："谁为袖手旁观客，我亦逢场作戏人。"

宋占山下了人力车，恰逢大舞台的开场锣鼓敲响。品茗听戏赏曲只付茶资，他迅速找了一张靠前的八仙桌坐下，举手要了一壶好茶，等待着好戏美曲的开场。

登台演出的是一个名叫祥庆班的戏曲班子，是演员全为女性的档子班。班主玉美伶手下有七名年轻的女子，个个冰肌玉骨，天生丽质，而那个名为俏月儿的女子年仅十六岁，扮相与唱功俱佳，深受欢迎，是祥庆班的台柱子。

宋占山自然是看得如醉如痴，不时拍手叫好，那一壶好茶也无心品上一口。

台下观众如云，喝彩声不断，班主玉美伶好不快活。在演员们谢幕时，站在幕后的她不经意间往台下一望，竟然发现了一个熟悉的身影。

宋占山？他怎么跑到这儿来了？玉美伶吓得一哆嗦，连忙跑回后台，躲藏起来。

戏迷宋占山绝对不会想到，掖城那个叫"一枝花"的女人会摇身一变，改了名字，成为济南府的玉美伶。

当年的一枝花携带着向宋占山"借来"的一大笔钱，逃往济南府，投靠师母栖身。随后，她便在师母的帮助下，用宋占山的钱创建了祥庆班。她独辟蹊径，招收的全是年轻貌美的女子，大鼓弹词，京徽诸剧，生旦净丑，演员们无不各显其能，一时红遍济南府。

那个晚上，宋占山过足了戏瘾，自然，那个叫俏月儿的名角更让他过目不忘，垂涎三尺。这个时候，他也不会想不起那个叫一枝花的女人。一枝花是第一个让他栽了跟头的女人，现在想起来，依然气愤难消，挥之不去。

实际上，宋占山也做过一枝花做的这种伤天害理的事。想想看，他当年坑害了合作伙伴阮守常，独自携银逃出东北，来到掖县，可见他与一枝花是同类人。

头顶弯月，回到旅馆，宋占山看到，儿子宋家安已经入睡，呼噜声不断。

　　俏月儿真是个大美人啊！宋占山仰面躺在床上，眼前频频闪现俏月儿的身影，他不禁春心荡漾。不过眼下，宋占山已经无心像当年迫不及待地追求一枝花那样去追求俏月儿了，儿子宋家安上学的事已经如愿，宋家货船尽快出海是当务之急，他必须明天一早返回掖县，看看罗良基是否从蓬莱招回了船老大。

　　宋占山睡得挺踏实，就像远在貔子窝港的方英典一样。早晨起来，宋占山带着儿子去了学校，将胡买办的信交给校长。校长叫人来到办公室，便领着宋家安去办了入学手续。

　　与方英典的儿子方兴通不同，宋家安吃住都在学校，宋占山放心地赶往济南火车站，坐上了回家的火车。

　　方英典的手里也有介绍信，而且还是两封，是亲家任振德写的。在宋占山去学校的时候，在东北的方英典带着信分别拜访了木材供应商曲寿龄和粮食供应商聂存仁。

　　方英典带的是现银，木材和粮食的价格不变，延续给任振德的价格。所以，木材和粮食两宗买卖一谈就成。两家的货场都在港口边上，方英典付了现银，就分别开始装船了。

　　合作很顺利，皆大欢喜。晚上，曲寿龄和聂存仁宴请方英典，气氛自然是友好而融洽。有来则有往，席后，方英典则请他们去了春满园，再睹范小娆的风采。今天一早，方英典便派吴人庆去了春满园，交付了紫藤阁的定金。

　　范小娆好记性，她记得住多次光临的曲寿龄和聂存仁是一件正常的事，而她还能认出前年来过一回的掖县人士方英典就不能不让方英典大吃一惊了。

　　几年来，身在紫藤阁，范小娆已经练就了一双火眼金睛，通过客人们的眼神，她便能窥探出哪个是好色之徒，哪个是正人君子。毫无疑问，温文尔雅又风度翩翩的方英典属于后者。在内心里，她更敬重这样的客人。

现在，为三位客人端上果盘瓜子，又沏茶倒水后，范小娆回到自己表演的小舞台，怀抱琵琶，端坐在高背椅上。

"方大人，感谢您携贵客光临紫藤阁，小女子范小娆不胜荣幸，请您点歌一曲吧。"范小娆看着方英典，嫣然一笑道。

方英典听罢，仿佛耳畔响起了《潭上紫藤》的优美旋律，便笑道："俺上回听过《潭上紫藤》，此歌曲婉转悠长，余音绕梁，诸位，可否喜欢？"

"当然。"曲寿龄马上应道。

聂存仁主要是来看人的，不是听曲的，范小娆唱什么都无所谓，他连连点头道："好，好。"

范小娆会心一笑，弹唱起了《潭上紫藤》："故乡春欲尽，一岁芳难再。岩树已青葱，吾庐日堪爱……"

方英典一边照应着曲寿龄和聂存仁，一边用心地欣赏。他发现，与上一回来相比，范小娆唱得已不再那么哀怨而凄婉，也没有泪湿眼眶，而是坦然或者淡漠。方英典觉得，范小娆已不是当年的范小娆，已经走出了心里的阴霾，勇敢地面对现实了。

当然，方英典不会知道，如今的范小娆已心有所爱。初秋的时候，来自江南的富家子弟程立铭到貔子窝港谈生意，慕名来到紫藤阁，对范小娆一见钟情。不过，程立铭不是权霸一方的大将军，带不走有卖身契的范小娆。他们爱得死去活来，双双去向老鸨求情。但是，范小娆是春满园的顶梁柱，是老鸨的摇钱树，即使没有卖身契，老鸨也不会放她走的。于是，老鸨向范小娆和程立铭提出了高额赎金的要求。程立铭自己拿不出这么多赎金，他向范小娆承诺，回家向父亲要这笔赎金，一定要将她带走。现在，程立铭已回江南，范小娆每天都在期盼着他的归来。她知道，程立铭归来之时，便是她脱离苦海之日。

心中有爱，满怀希望，范小娆的世界出现了黎明的光芒。

因为明天一早将是貔子窝港的涨潮时刻，宏德堂的货船要借潮起航回掖县，当天晚上，方英典与曲寿龄及聂存仁听了几曲便早早地打道回府了。

来时一帆风顺，在貔子窝港也顺顺利利，方英典甚是欣慰。

又是一夜安睡，天亮了，方英典与吴人庆退了客房，向貔子窝港赶去。方英典没有想到，曲寿龄和聂存仁都来为他送行。他来时，给他们带的礼品是著名的掖县玉雕，现在，他们以东北特产长白山人参回赠。

不多会儿，大潮涨起，方英典抱拳告别，登上了货船。

船老大刘小虎井然有序地指挥着船员们各司其职，宏德堂的货船满载木材与粮食启程回乡了。

行船巧使八面风，货船一路南下，在傍晚的时候，穿过了庙岛群岛，航行的速度比来时要慢，这自然是逆风与货满舱的缘故。

庙岛群岛位于胶东半岛与辽东半岛之间，是往来船只的必经之地，也是往来船只遇到大风大浪时的天然避风港。

乌云翻滚而来的时候，方英典并没有察觉，吃过午餐，他便回船舱里休息了。

这时天色已晚，伴随着乌云的不约而至，狂风骤起，电闪雷鸣，暴雨倾盆。

"抛锚，降帆，掌稳舵……"浑身湿透的刘小虎已经站不住了，他抱着摇动的桅杆，拼命地大喊着。

似乎在刹那之间，大海像脱缰的野马般咆哮奔腾起来，货船顿时失去控制，在海水中沉浮不定，时而左倾，时而右斜。一个接一个的巨浪猛扑过来，货船如同一片轻薄的树叶，在浪尖上飘摇旋转，最终被无情地卷入了风暴眼。

刘小虎的呼喊声被淹没在巨浪海啸之中，吴人庆与郑义伟等船员们根本就听不到。 在黑暗中，他们凭着多年的航海经验，完成着一个个自救动作。

首锚抛下去了，左右舷锚也抛下去了，与此同时，三只巨帆也降下来了。 吴人庆双手紧握舵把，凭着货船的起伏状态判断着风浪的方向。他知道，必须找准浪头，调整船体，顺浪而行，方可将船翻人亡的危险降到最低。

在伸手不见五指的船舱里，方英典已经惊醒。 他挣扎着想爬上甲板，几次摇摇晃晃地站起来，又几次跌倒。 与多次经历过风浪的这些船员们不同，他已是天旋地转，眼冒金星，呕吐不止，仿佛五脏六腑都要吐出来了。

狂风还在刮着，暴雨也还在下着，货船摇摆起伏，在浪尖上随波逐流，向着黑暗深处奔去。 所有的自救措施都用上了，船员们知道，能否逃过一劫就看运气了。

终于，方英典爬出了船舱，趴在甲板上，拼命地向船桅爬去。

"老爷，您别过来，太危险，快回船舱去。"刘小虎近在咫尺，看到了方英典，大声呼喊道。

船舱里装的是粮食，木材高高地装在甲板上，这个时候，有的木材已挣断捆绑的绳子，随着船体的摇摆来回滚动，货船的重心随着木材的滚动而转移。 方英典意识到，如果不及时采取措施，无疑增加了翻船的可能性。

"刘小虎，快，把木材推到海里去。"方英典扯住一根帆绳，摇晃着站了起来，歇斯底里地喊道。

这个时候，风浪已将货船掉过头来，浪尖推动着船尾，狂风巨浪中的货船早已失去方向，开始节节倒退。 刘小虎和船员们当然明白，在这个危急时刻，抛掉货物，甚至砍断桅杆都是有效的自救方法。 但是，他们却迟迟下不了决心。

"老爷，不能啊。"刘小虎高喊道。

"怎么不能？货要紧还是命要紧？"电闪雷鸣中，方英典疯也似的喊道，"刘小虎，快，听俺的……"

方英典的话还没说完，便有一个巨浪从侧面猛扑过来，就像一堵墙一样。浪头铺天盖地地冲上甲板，将方英典与刘小虎吞噬淹没了。

货船蓦然侧倾，散了架的木材翻滚着填平了甲板与船舷之间的落差，刘小虎的双腿被夹在了木材之间。

又是一道闪电划过漆黑一团的夜幕，刘小虎发现，方英典不见了。

"老爷，老爷……"刘小虎忍着剧痛，将双腿从木材堆里拔出来，哭喊道。

"老大，老爷怎么了？"趴在木材上的郑义伟焦急地问。

刚才，郑义伟与其他船员还在船的另一侧，他们是被巨浪冲过来的。

"老爷不见了，快找啊。"刘小虎将郑义伟拉了起来。

借着雷光的频频闪亮，船员们在木材上艰难地爬动，寻找着方英典。

"老大，你看，那里是不是有个人影？"郑义伟双手紧抓着船舷，回身对刘小虎说。

刘小虎不顾一切地滚爬过来，闪电之下，他看到了一个人影在海浪中时沉时浮。

"是老爷，快，你们快去找缆绳。"刘小虎说罢，迅速脱掉衣裤，跳入了波涛汹涌的大海之中。

就在这个时候，伴随着一声沉闷的巨响，船尾冲进了两块硕大的岛礁之间，宽大的船体被紧紧地卡住，货船蓦然停住了。

"老大，咱们有救了，船被卡住了。"吴人庆从舵舱里跑了出来。

刘小虎自然听不到吴人庆的呼喊声，他正奋力向波涛中的方英典游去。

暴雨终于停了，狂风也在减弱，刘小虎伸手抓住了方英典的一只胳膊，又手一滑，松开了。

此时的方英典还在拼命地挣扎，只是力气越来越小，随时都有可能沉没。 或许没人会相信，在海边长大的他竟然不会水。

时间就是生命，刘小虎竭力划动，再次向方英典靠近，就在一个浪头扑来的时候，他顺势伸手将方英典夹在了怀里。 接着，他一手划水，双腿猛蹬，向货船游去。

吴人庆和郑义伟见状，也先后跳入海中。 然后，三人簇拥着方英典来到了船下。 船上的船员们已经抛下了缆绳，与刘小虎他们配合，终于将方英典拖上了货船。

方英典面色苍白，四肢抽动，大口喘着气。

对刘小虎及吴人庆这些老船员来说，抢救掉海溺水的人他们已有了丰富的经验，刘小虎坐在甲板上，怀抱着方英典，拍打着他的脊背。

方英典已经清醒过来，他想深吸一口气，但是气还没咽下去，便有一口污水喷泻而出。

这个时候，终于风平浪静了，那弯月亮也冲破乌云露出了红润的笑脸。 大海是奇幻莫测的，它时而桀骜不驯，时而温文尔雅，就像个淘气的孩子，疯了一阵儿，玩得筋疲力尽之后就酣然入睡了。

刘小虎背起方英典，将他送回了船舱，并让郑义伟留下照顾。 随后，他与吴人庆来到船体卡住的地方，观察研判船舷的受损情况及如何从岛礁中摆脱出来。

值得庆幸的是，制造船舷的杉木硬度高又有一定的弹性，坚实的船舷并无大碍，只是被岛礁刮下了几道深深的凹痕。

"吴人庆，这是哪里啊？"刘小虎探着头，向远处望去。

皎洁的月光下，岩石与岛礁已清晰可见，形似半月的月牙湾在不远处泛着白光。 吴人庆由此判断出，货船在风浪中又被卷回了傍晚经过的庙岛群岛。

货船搁浅在岛礁中，是不幸中的万幸，犹如虎口脱险。 现在正是黎明前的黑暗时刻，刘小虎与船员们将滚落的木材重新捆绑固定。 然后，他又检查了装粮食的封闭船舱是否进水，确认无碍后才回舱休息。 他决定，天一亮，就去附近的岛上找人救援，将货船拖出岛礁。

躺在船舱里，方英典浑身无力，久久不能入睡。 他觉得，自己已经死过一回了。 去的时候是那么顺利，方英典就觉得庆幸，真是天有不测风云，好在逃过了这一劫。 有道是，"大难不死，必有后福"，他希望这句老话是灵验的。 现在，货物保住了，刘小虎还奋不顾身地跳入海中，救了他一命，方英典将这个叫刘小虎的人永远记在了心里，以后绝不会亏待他。 这个时候，方英典又想起了那对双胞胎兄弟，他想，郎中周仕君肯定已经治好了弟弟的病，他之所以能幸运地劫后余生，当是老天爷看到了他的善举，在保佑着他。

东方露出鱼肚白，刘小虎和吴人庆正准备去附近的小岛求助，找几条渔民的小船拖出夹在岛礁中的货船。 这时，天突然刮起了北风，刘小虎觉得，船首朝前，如果升帆巧借风势，或许货船就自己出来了。 自然，这需要舵手与帆手等各个岗位的密切配合。 于是，他与船员们仔细观察船舷卡住的部位，测算着升帆时的高度及倾斜度，确保货船不再左右摇摆，从而在不出现刮伤的情况下安全地驶出岛礁。

很快，船员们走上各自的岗位，做好了准备。

"起锚，掌稳舵，升帆，左舷撑篙……"刘小虎站在船首的木头垛上，全神贯注地察看着货船在岛礁中的位置，有条不紊地下着一个个指令。

这个时候，方英典醒了，尽管还是十分虚弱，但已恢复了精神。 他走出船舱，不动声色地看着忙碌中的船员们。

操作准确而稳定，货船听话地一点点前行，船舷两侧与岛礁间的距离越来越大，终于，船尾也出了岛礁。

"左满舵，升满帆——"看着货船安然脱离岛礁，刘小虎兴奋地跳下了木头垛。

"刘小虎，等等，停船。"方英典突然大喊一声。

"老爷，怎么了？"刘小虎连忙问道。

方英典觉得，是这两座小山似的岛礁让货船化险为夷，它们是救命恩人。他决定，从岛礁上请回一块石头，运回宏德堂，安放在牡丹园前，作为镇宅之宝，从此保佑宏德堂的货船。

"好的，老爷。"刘小虎明白了方英典的意图，马上答应道。

于是，抛锚降帆，货船慢慢地停了下来。刘小虎和郑义伟背着缆绳，放下船尾甲板上的小舢板，划桨重返岛礁。

下了小舢板，爬上了岛礁，刘小虎发现，岛礁上有许许多多的小礁石，它们或长或圆，形状各异。老爷方英典准备摆放在宏德堂，那就要找一块好看的，上眼的，他便仔细地一块块地寻找。

终于，刘小虎发现了一块高约三尺的礁石，它上尖下宽，呈三角形，远远地看上去，就像一只风帆。

一帆风顺，刘小虎脑海里出现了打鱼人常说的字眼。就是它了，刘小虎如获至宝，将郑义伟叫过来，一起晃动着这块礁石。

礁石根基不深，晃了几下就松动了。刘小虎和郑义伟四手用劲，将它拔了出来，然后捆绑上缆绳，用桨柄抬到了小舢板上。

刘小虎和郑义伟将小舢板划到货船下，船上的船员们接起抛上来的缆绳，齐心协力将礁石提到了甲板上。

刘小虎和郑义伟握着缆绳上了船，又将小舢板拽了上来。

方英典让刘小虎将这块礁石竖靠在木材垛边，眯着眼，远了看，近了看，越看越像一只风帆，不禁向刘小虎竖起了大拇指。

"一帆风顺，好，好。咱们的船老大真是好眼力。"方英典夸赞道。

太阳出来了，海面上微波粼粼，三帆升起，舵手吴人庆调转船头，货船迎着朝阳，向着莱州湾驶去。

在貔子窝港，方英典已经让郑义伟购买了猪头肉和烧鸡等熟食，甚至还有远近闻名的哈尔滨红肠。方英典知道，大海航行，疲惫而寂寞，酒是必不可少的，东北老刀子是他亲自买的。

现在，每个人都有大难不死的感觉，有的船员还有几分后怕。

方英典频频举杯，说着一些宽慰和感激的话。 当他说到刘小虎他们舍己救人时，还禁不住眼圈发红。 去时的顺利与回时的遇险让方英典刻骨铭心，他甚至觉得，喜悲交集，福祸相依，这就是人生的真实写照。而宏德堂与大船队今后也必将会遇到更多的风浪，他必须勇敢面对。

一路顺风，午时过后，货船终于来到了莱州湾，当虎头村的小港口出现在人们视线里的时候，船员们禁不住手舞足蹈，欢呼起来。

"俺回来了！"刘小虎兴奋地高喊道。

方英典站在船头，海风吹动着他的头发，泪水在他的眼眶里打转。

"老爷，您哭了？"刘小虎走上前来，搀扶着方英典。

方英典没有回答，只是轻轻地点了点头。 首航归来，他想，应该笑一下。 可是，这个念头一出，却顿时泪流满面了。

第六章

言信行果

似乎在一眨眼之间，宏德堂的货船已经往来东北快三年了，经历了许许多多的风浪，也赚取了丰厚的利润。

从宏德堂走出去的方兴通远赴济南，在山东公立商业专门学校商业专修科插班学习了近三年的时间，已经蜕变为一个具有现代意识的新青年。他学业有成，又收获了爱情，与那个叫江秀芝的姑娘相亲相爱并私订终身了，就像刘小虎与宋家宁一样。

江秀芝便是江金锁与姚如贤的女儿，在济南，方兴通住在江家，与江秀芝朝夕相处，彼此照应，两个年龄相仿又情窦初开的男女最终相爱了。

毫无疑问，这是震动宏德堂的一声惊雷，令方英典大为光火，让这个传承了百年荣耀的家族陷入了一场空前的危机之中。

方兴通早就与任振德的闺女任明凡定了娃娃亲，方英典跟任振德以亲家相称已有多年，无论是方家村还是西由街，人们无不称赞这是一桩门当户对的好姻缘。而且，方英典已与任振德商议好，方兴通毕业后就回乡成亲。现在，任明凡独守空帏，一心待嫁，这怎么能说变就变？方英典觉得，言必信，行必果，无论到了什么年代，老祖宗的这个规矩不能丢，宏德堂人绝对不能做出背信弃义的事。方兴通别无选择，必须与江秀芝一刀两断，遵守婚约，娶任明凡为妻。

对任家来说，方兴通的婚变属于雪上加霜，这是因为，任明凡的母亲李丹霞患上痨病，五味堂的郎中周仕君看诊后，告诉任振德，她已病入膏肓，来日无多了。

这天上午，从周仕君那里得到这个不幸的消息，方英典马上让管家潘士光备好马车，要偕夫人陈尚云前去西由街探望。

如今，管家潘士光已经是个有家室的人了，去年春节，方英典亲自做媒，将丫鬟乔玉芬许配给他。人是有感情的动物，无论地位高低，都有爱的权力。潘士光与乔玉芬常年在宏德堂，彼此喜欢上了对方。或者说，他们都是下人，有几分抱团取暖的意味。这是人之常情，不足为奇，如同方兴通住在江秀芝的家里，天长日久，爱上了江秀芝，更像宋占山的闺女宋家宁跟定了刘小虎一样。但是，潘士光与乔玉芬都知道自己的身份，他们原以为结成夫妻几乎是不可能的事，只能将这份感情藏在了心里。

方英典明察秋毫，早就看出了端倪，并无责难之意，反而心中暗喜。潘士光和乔玉芬来到宏德堂都有十多年了，勤勤恳恳，任劳任怨，在某种程度上，他们已经将宏德堂当成了自己的家。方英典知道，百余年前，太爷方宝奎就曾像嫁闺女一样嫁出过一个宏德堂的丫鬟，一时被传为佳话，并流传至今。所以，方英典亲自做了月老，成全了他们。

潘士光的爹娘已经离开了人世，他在方家村也没有房子。这个时候，恰巧村里的一家农户要带着老婆孩子去闯关东，急于低价卖房，方英典就出资买了下来。

房有四间，离宏德堂只有一街之隔，是胶东最常见的海草房，年久失修，有些破烂不堪。利用货船不去东北的间隙，方英典便派船老大刘小虎带着船员们整修房屋。他们将破败的房顶苫上了一层新海草，加固剥落的墙体，更换了腐朽的门窗。原来老院子的院墙是用木棍围起的栅栏，潘士光又垒起了院墙，还建了个小门楼。简单而必需的家具，铺的盖的，宏德堂都给他们备齐了。

那天晌午过后，方英典带着潘士光和乔玉芬来到他们的新家，两人激动得无以言表，双双跪倒在地，磕起了响头。

"老爷，您的大恩大德，俺和玉芬一辈子也忘不了，俺们就是下半辈子给您当牛做马也还不上这个恩情啊。"潘士光泪流满面地说。

"是啊，老爷。"乔玉芬也哽咽着说。

"快起来吧。"潘士光与乔玉芬一哭，方英典的眼圈也潮红了，"唉，你们两个来宏德堂都有十来年了吧？实心实意地侍候着宏德堂的人，没有过歪心啊。乔玉芬家里穷，是宏德堂当年买来的，这十来年，账也该还清了不是？潘士光啊，你可不是宏德堂买来的。当年，俺爹看上了你，你也愿意留下来，这一干也是十来年，你从来没提过什么要求，给你钱，你也不要。俺问问你，十来年还挣不了这么个房子吗？要是细算账啊，说不定宏德堂还欠你的呢。"

方英典说罢，伸手将潘士光和乔玉芬拉了起来。

孟子曰："仁者爱人，有礼者敬人。爱人者，人恒爱之；敬人者，人恒敬之。"

自然，饱读诗书的方英典对孟子的这些话熟记于心，他始终认为，宏德堂传承百年，兴旺发达，与一代代宏德堂人的行善积德有着密不可分的关系。

潘士光与乔玉芬的婚礼是隆重的，管家潘士光自然是方英典最为信任的人。方英典广邀亲朋好友，设婚宴十余桌，他与夫人陈尚云既是娘家人又是婆家人，高兴得合不拢嘴。

得知儿子方兴通另有所爱，方英典几天几夜难以入眠，面容憔悴，常常会走神，即使院里的牡丹花开了，方英典也无心观赏，常常一个人坐在凉亭里发呆。

在凉亭的正前方，便是方英典从庙岛群岛带回的那块形似船帆的礁石。当年，两座小山似的岛礁卡住了在狂风巨浪中失去控制的货船，救了方英典和船员们一命，这块从岛礁上请回的礁石就成为宏德堂的镇宅之宝了，保佑着货船平平安安。方英典举行了隆重的安放仪式，他亲自给礁石缠上了大红绸子，潘士光点燃了鞭炮，方英典带领刘小虎等船员们敬香磕头，好不热闹。

潘士光觉得老爷有心事，而且还不小，但是老爷不主动跟他说，他就不能问，这是做管家的本分。

终于有一天，突然下起了雨。今年干旱，这是开春后的第一场雨，潘士光连忙给坐在凉亭下的方英典送去雨伞。

"潘管家，来，你坐下吧。"方英典接过伞，放在了石桌下。

跟随方英典这么多年，潘士光马上意识到，老爷准备跟他说说心事了。

"是，老爷。"潘士光在方英典对面的石凳上坐下来，"下雨了，有点冷了，老爷，您还是回屋吧。"

此时的方英典恨不能跑到凉亭外，让雨淋个痛快。

"这里挺好，俺也想清醒清醒。"方英典愁眉不展地说。

作为管家，潘士光已经习惯了洗耳恭听。

"孔夫子说过，人而无信，不知其可也。大车无輗，小车无軏，其何以行之哉？"说完了方兴通婚变的来龙去脉，方英典情绪激动地说，"潘管家，你说，宏德堂怎么能做出这种言而无信的事来？"

来到宏德堂十多年，潘士光知道，宏德堂秉持以德传家与以文持家的堂规，一代代宏德堂人都像爱护自己的眼睛一样爱护着宏德堂的声誉，从未做出有悖堂规家风的事来。

"老爷，您说的是啊。"潘士光附和道。

其实，方英典对潘士光说出自己的心事来，并不是要征求他的意见或者让他出出主意，只是想通过倾诉疏解一下自己心中的烦恼与压力。

现在，管家潘士光迅速备好了马车，要陪同方英典和陈尚云去西由街看望病重的亲家母李丹霞。可是，他们正要出门，虎头村的族长马炳忠却不请自来。

"方大人，这是要出去啊？"马炳忠与方英典在门口迎面相遇。

对于马炳忠，方英典先前还是有些许好感的，马炳忠虽然有几分鲁莽，但是还算是一个耿直的人。 方英典知道，宋占山初来时，马炳忠时常会耍出族长的威风，约束着宋占山的胆大妄为。 不过，突然有一天，他变了，对宋占山放任不管了。 有时候，宋占山干了伤害村民的事，村民找他评理，他却睁一只眼闭一只眼地和起了稀泥，似乎有什么把柄落在了宋占山手里。 失去了公道，虎头村的村风与民风便每况愈下，出现了弱肉强食的局面，也让二狗子之类的人有了生存的空间。 善良的村民们自然是怨声载道，而马炳忠却是熟视无睹。

方英典自然不会想到，马炳忠的改变是由于当年刘小虎的出现。

十多年前，宋占山收下了一路乞讨到虎头村的十四岁的刘小虎。 那是一个打鱼的小年，渔船出海往往空网归来。 在虎头村，有一个听起来像开玩笑一样的说法，那就是，如果打不着鱼，去偷一只寡妇的绣花鞋，拴在船帮上，再出海打鱼便可鱼虾满舱。

这样的说法匪夷所思，毫无道理，而宋占山却是入乡随俗，或者说，面对一只只打鱼归来的空船，他黔驴技穷，只能相信这些荒唐可笑的说法了。 于是，在收下刘小虎的当天晚上，宋占山就迫不及待地让刘小虎到顾秋燕家去偷一只绣花鞋回来。

顾秋燕是个寡妇，而且还是个年轻貌美的寡妇。 去年，他的男人出海打鱼遇到风浪，掉进海里淹死了。 在虎头村或者其他渔村，这种现象并不罕见，在那个时候，出海打鱼无疑是最危险的事了。

有道是，寡妇门前是非多，何况是颇有姿色的顾秋燕？ 更为关键的是，她新婚不久男人便死了，出嫁时的绣花鞋肯定还有，如果是五六十岁的老寡妇还真不一定能找出一只像样的绣花鞋来。 宋占山告诉刘小虎，顾秋燕住在村子的最东边，从北往南数第三个门，门口左边有一棵月季花。 刘小虎聪明伶俐，很快便找到了顾秋燕的家。 在门口，他还揪下一朵花，放在鼻子上闻了闻。 这时，不远处突然传来一声狗叫，吓了刘小虎一跳。 本来，他并没有觉得害怕，尽管他是第一次偷东西。

他觉得偷寡妇的绣花鞋反正是图个吉利，原本是可以借的，可是借就不灵验了，那即使让人抓住了，也没什么大不了的。

这时没有风，天上月光皎洁，星光闪烁。

刘小虎手脚利索，顾秋燕家的院墙也不高，他倒退几步，然后助跑翻墙，一气呵成。

咣当！刘小虎落地的时候，碰倒了靠在墙上的铁锨。他下意识地抬腿欲跑，反倒被锨把绊倒了，崴伤了左脚。

"谁？"蓦地，黑洞洞的屋里传出一个粗门大嗓的男人声。

深更半夜，寡妇家里怎么还会有男人？刘小虎年龄再小，也觉得这不正常，他从地上爬起来想溜，左脚却疼痛难忍不敢着地了。

从屋里窜出来的是族长马炳忠，他上身赤裸，下面只穿着一条大裤衩。当然，刘小虎这时候还不认识这个叫马炳忠的人，就像马炳忠也不认识他一样。

无论如何，刘小虎来得真不是时候。

这天晚上，马炳忠早早地吃了饭，还喝了一壶烧酒。细说起来，他也是快六十岁的人了，不过身子骨却硬朗得很。海边的男人大多身体好，海鲜益智更强身，马炳忠自己也不觉得老，或者说他是老当益壮，每次与老婆同房还有使不完的劲儿，惹得老婆骂他老不正经。

去年，顾秋燕的男人葬身大海，作为族长，马炳忠就常去嘘寒问暖，有时候他还会提条鱼，或者带几个大馍馍。没了男人的女人都是命苦的人，顾秋燕便常常以泪洗面，抱怨老天爷的不公。族长来了，她就哭得更动情。她是外乡人，男人一死，在虎头村便没依没靠了。她觉得，以后想在虎头村生活下去，就得靠族长照应。她没想到的是，族长马炳忠已动了歪心思。后来，他来得越来越勤，眼神也不那么安分，目光总是在她的胸部和大腿上转来转去。这个时候，她就猜透了马炳忠的心思，却没有拒绝，而是顺水推舟，半推半就地从了他。再后来，马炳忠白天就不登门了，都是晚上来。当然，马炳忠来得很有规律，隔三岔五，总是在他劳作一番又恢复元气的时候。

自从与顾秋燕勾搭成奸，马炳忠的老婆再也不骂他是个老不正经了。毫无疑问，她是一个粗心大意的女人，男人突然偃旗息鼓了，也不想想为什么，只是感到庆幸，晚上终于可以好好地睡觉，不再忍受他的瞎折腾了。

昨天，马炳忠的老丈人不小心摔断了腿，找人捎话来，老婆今天上午就回娘家照顾去了，一时半会儿回不来。所以，马炳忠今晚就来得比较早。像往常一样，他来到顾秋燕的屋后，轻轻干咳一声，得到信号的顾秋燕就跑到院里给他开了门，放他进来，再推上门闩。

马炳忠自己也明白，一个年轻美丽的小寡妇不会白白地跟他睡觉。他们当然是各有所图，他图的是她的姿色，一时的痛快，而她图的是他的小恩小惠，用来改善生活的质量。这天晚上，马炳忠破了血本，准备送给顾秋燕一对上好的玉镯子。这对玉镯子价值连城，是前天宋占山刚刚送给马炳忠的，他没让老婆看见，偷偷地藏了起来。

现在，当马炳忠拿出玉镯子，还用粗糙的大手亲自给顾秋燕戴上的时候，她就激动得哭了。以前，马炳忠也见过她哭，那是她哭自己短命的男人，当然，也为自己的苦命而哭。这个时候，她是第一次因为马炳忠哭，肩膀一抽一抽地啜泣，看上去好让人疼怜。马炳忠见状，一把将她拥在了怀里，又亲吻着她的额头。接下来，该进行的就要进行了，顾秋燕第一次不用马炳忠动手，自己脱了个一丝不挂，身上的物件只剩下马炳忠刚刚给她戴上的一对玉镯子和两条裹脚布。

这时明亮的月光透过窗户照进来。顾秋燕仰面躺在炕上，冰肌玉骨，凸凹有致，高耸的胸部有力地起伏着，如同大海的微波荡漾。她面带微笑，泪痕闪闪，在期待着一个美妙时刻的到来。

马炳忠似乎有些反常，并没有像往常一样迫不及待，如狼似虎。他沉稳地站在炕边，目不转睛地看着顾秋燕，就像在欣赏一幅秀色可餐的仕女图。

今天晚上来的时候，马炳忠就没打算回家，老婆回娘家了，给了他从容纵情的机会。

"马族长，您快……"顾秋燕喃喃地说。

顾秋燕的一声呼唤让马炳忠顿觉热血沸腾，他三下五除二地脱掉衣裤，爬上炕来。

老牛吃嫩草，马炳忠没有急于回家的顾虑，就要慢慢地吃。他将顾秋燕拥在怀里，耳鬓厮磨，卿卿我我，一双大手在顾秋燕的脊背上滑过来又滑过去。

顾秋燕进了一个忘我的状态，她在马炳忠的怀里不由自主地扭动着，不时发出哼唧之声。

从半推半就到主动配合，顾秋燕的转变让马炳忠一时失去了方寸与控制，他动作粗暴地将她推翻在炕，又饿虎扑食般压在了顾秋燕的身上。

就在这个飘飘欲仙的时刻，窗外传来了咣当一声响。马炳忠吓得一个激灵，立时浑身瘫软下来。良久，他才回过了神，穿上大裤衩，跑出了屋。

"你是谁？你这个小贼！"马炳忠怒不可遏地掐住了刘小虎的脖子，训斥道。

马炳忠很恼火，却又不敢大声喊，怕让邻里听见。

刘小虎已经不害怕了，他觉得，他是来偷绣花鞋的，没人会过多地指责他。

"俺叫刘小虎。"刘小虎抬手想推开马炳忠掐住自己脖子的手。

刘小虎？马炳忠没见过也没听说过这个人，他将刘小虎的脸拧过来，借着月光，想看看他到底是谁。

好奇害死人，马炳忠并不知道刘小虎不认识他，放他走了或许就没事了。

"刘小虎？你是哪个村的？为什么不学好，非要偷东西？"马炳忠用力扯着刘小虎的耳朵问。

"俺……刚来虎头村，俺来偷绣花鞋。"刘小虎龇牙咧嘴地说。

"偷绣花鞋？"马炳忠似乎明白了什么，松开了刘小虎的耳朵，"谁让你来偷的？"

"宋占山。"刘小虎毫不犹豫地说。

这个时候，急忙穿好衣服的顾秋燕出现了，她递给马炳忠一件粗布衫，劝他赶紧放了刘小虎。

"马族长啊，俺都听见了，这孩子是来偷绣花鞋的，俺给他拿只鞋，赶紧让他走。"顾秋燕说罢，果真回屋拿绣花鞋去了。

顾秋燕一叫他马族长，马炳忠就觉得大事不好了，他暴露了身份。现在他已经知道，刘小虎是为宋占山的渔船偷绣花鞋的，那么就等于让宋占山抓住了他的把柄。偷情可不是偷绣花鞋，这事万一传出去，他这个族长可就丢人现眼了，威风扫地不说，他那个强悍的老婆也不会放过他，马炳忠开始害怕了。

很快，顾秋燕又回到了院子，将一只绣花鞋塞到刘小虎的手里，催促道："快，拿着绣花鞋，你快走吧。"

刘小虎接过绣花鞋，却愣着不动，他在想，这算不算偷来的。

"快滚！"马炳忠好像才从惊恐中走出来，给刘小虎开了院门。

刘小虎年龄再小，也明白他看到了不应该看到的事，而且这个偷情的男人还是族长。于是，他抱着顾秋燕的一只绣花鞋，一瘸一拐地出了院门。

刘小虎的莽然出现，坏了马炳忠准备大干一场的好事，让他胆战心惊又一时六神无主。那个晚上，他心思全无，送走了刘小虎，他也穿好衣服，悻然而归。

这些年来，为了讨好马炳忠，宋占山没少破费，每每想起这个贪婪而飞扬跋扈的族长，他恨得牙根都痒痒。可是，他初来乍到，寄人篱下，在羽翼未丰时就得装孙子。

那天晚上，当刘小虎抱着一只绣花鞋回来的时候，宋占山马上发现他的脚崴了，就问他是怎么回事。刘小虎不会说谎，便一五一十地把前后经过说了个明明白白。

"东家，这绣花鞋不是俺偷来的，是那个女的送给俺的，不知道还管用吗？"刘小虎坐在地上，揉着已有些肿胀的脚脖子。

此时此刻，宋占山已经不在意这只绣花鞋灵不灵了，他觉得，抓住了族长马炳忠的把柄比什么都重要。他接过绣花鞋，仔细地端详着。他发现，绣花鞋上的图案是一朵盛开的荷花，红花绿叶，甚是好看。

"刘小虎，俺问你，你确定那个男的是马族长吗？"宋占山似乎还不相信一个堂堂的族长会干出这种事来。

"是那个女的这么叫他的。"刘小虎肯定地说。

"来，你给俺说说他长得什么样？"宋占山兴致勃勃地问道。

"眉毛老长，大蒜头鼻子……"刘小虎形象地描绘着马炳忠的长相。

"对，就是他。"宋占山喜出望外了。

宋占山的心里搁不住事，何况是这种能让他扬眉吐气的大好事。第二天一早，他就去马炳忠家串门了。当然，像往常一样，他不会空着手，不过这回拿的不是吃的或穿的，他将顾秋燕的绣花鞋夹在了腋下。

站在马炳忠家的门楼前，宋占山得意地笑了笑，然后抬手抓住门环，重重地砸了两下铺首。

马上，看门狗扑在门上，汪汪地叫个不停。

听到狗叫声，宋占山自然想起了他第一次来拜访族长马炳忠时的情景。狗已不是那条狗，不过，叫声还是那么张狂。

马炳忠的老婆还在娘家，是马炳忠出来开的门。狗没拴链子，张牙舞爪地要扑向宋占山。

"滚一边去。"马炳忠眼疾手快，一脚将狗踢开了。

看着宋占山大摇大摆地径直向客厅走去，马炳忠的脑子在飞速地运转。他来干什么？他腋下夹着个什么东西？是不是那个叫刘小虎的孩子已经将昨晚发生的事告诉了他？

"占山兄弟，快请坐。"马炳忠进了客厅，面带微笑，连忙让座。

这是宋占山以前没有享受过的待遇，他夹紧了腋下的绣花鞋，一屁股坐进右手的太师椅里，还高高地跷起了二郎腿。

"马族长，俺来给您还样东西。"宋占山不阴不阳地说。

"还东西？什么东西啊？"马炳忠顿时紧张起来。

"马族长，这绣花鞋绣得真好看。"宋占山嘿嘿一乐，从腋下取出了顾秋燕的绣花鞋。

"占山兄弟，你？"马炳忠的脸顿时红了，他心里明白，他这回可真是落到小人手里了。

马炳忠的窘态正是宋占山想要的结果，他狡黠地看着马炳忠："马族长，刘小虎这孩子刚来俺的船上，还不懂规矩，您可要多担待。"

马炳忠平素的气势被这只绣花鞋压垮了，他声音沙哑地说："占山兄弟，瞧你这话说的。"

"马族长，今年出海打不着鱼啊，俺就听说，偷只寡妇的绣花鞋，绑在船帮上，就能打着鱼。"宋占山装腔作势地说，"俺就信了，就让刘小虎去偷寡妇的绣花鞋，谁想到，他到顾秋燕那里偷，竟然还……"

宋占山说到这里就故意打住了，然后眯缝着眼，看着马炳忠。

"占山兄弟，你不要再说了，你的这情，俺领。"马炳忠迅速投降了。

"别，别。俺这次来，主要是替不懂事的刘小虎道个歉。另外，也请您给顾秋燕把鞋捎回去，鞋要成双，少了一只，那一只也废了，是不是？"宋占山说罢，将绣花鞋递给了马炳忠。

马炳忠想接又不想接，宋占山皮笑肉不笑，旁敲侧击地说了半天，却没把他偷情的事说明了，让他既尴尬又无法狡辩。

"拿着吧，这又有什么呢？世上哪有不吃腥的猫？男人嘛！说实话，俺还真羡慕您，您这身子骨，哎呀，俺不说了。"宋占山眉飞色舞地说。

马炳忠接过了绣花鞋，赶紧塞到自己的屁股下面："行了，兄弟，你什么也别说了，从今往后，你在虎头村就是俺的亲兄弟了。"

"唉，俺早就想认您这个大哥啊，可是，俺还真不敢。马族长，您放心，这个事就到俺这里为止，俺也不会让刘小虎说出去。您呢，该怎么逍遥就怎么逍遥。要说起来，这还是顾秋燕的福气呢。"宋占山越说越兴奋，近乎得意忘形了。

如此这般，一只绣花鞋改变了宋占山在虎头村的地位，马炳忠晚节不保，又正好落到宋占山的手里，他只能怪自己的命不好了。

马炳忠助纣为虐，就这么成了宋占山的保护伞，让他在虎头村横行霸道。今天，马炳忠来到宏德堂，正是受宋占山之托，就刘小虎跟宋家宁的婚事与宏德堂讲条件的。

这两年多来，宋占山的货船也往返于掖县与大连之间，宏德堂运输的主要是木材和粮食，而宋占山运输的主要是山珍、皮货和药材，两家几乎是井水不犯河水，倒也相安无事。但是，闺女宋家宁依然是宋占山的烦心事，无论怎么劝说，她软硬不吃，就是非刘小虎不嫁，否则就老死在家里。家里有个老闺女委实让宋占山抬不起头来，他处处争强好胜，唯独闺女的婚姻大事让他焦头烂额，无计可施。现在，宋占山终于做出了让步，只要刘小虎离开宏德堂，回到宋家，他就会答应这门婚事，让刘小虎做上门女婿。

"方大人，俺看宋占山也是有诚意的，您放刘小虎回去如何？"马炳忠直截了当地说明了来意，最后这样说。

刘小虎是宏德堂货船称职的船老大，对方英典忠心耿耿，深得方英典的赏识与信任。如今，货船往来大连与掖县，方英典已不再随船前往，进货与出货等所有的事项均放心地交给了刘小虎。他既是船老大，也是宏德堂海运业务的大掌柜。如果他走了，宏德堂的货船就群龙无首，生意肯定大受影响。 况且，在方英典对宏德堂货船发展的规划中，方兴通是接班人，他学成归来，海运业务就全部交给他，而刘小虎便是他的左膀右臂，最好的助手。 宋占山居心叵测，对宏德堂来说，这无异于釜底抽薪。

方英典已经知道，当年，在货船首航的前夜，宋占山就曾以同意刘小虎与宋家宁的婚事为诱饵，让刘小虎回到宋家，从而打乱宏德堂货船前往大连的计划。 但是，刘小虎拒绝了。 那么现在，他会同意吗？ 有道是，宁拆一座庙，不毁一桩婚。 如果宋占山果真有诚意，只要刘小虎回到宋家，就同意他与宋家宁的婚事，做上门女婿，宏德堂又怎么能横加阻拦？

"好吧，马族长，俺觉得这是件好事，宋家宁等了刘小虎这么多年，感天动地啊，宏德堂不能不忍痛割爱。 俺找刘小虎说说，让他回宋家，做上门女婿。 能让这对有情人成为眷属，这也是积德的事啊。"方英典不再犹豫，一口答应下来。

"好，好，方大人有度量啊，俺这就回去给宋占山说。"马炳忠说罢，抬腿告辞了。

送走了不速之客马炳忠，方英典与夫人陈尚云急忙坐上了马车，向西由街赶去。

"老爷，您真要放刘小虎走啊？"管家潘士光也跳上马车，回头问。

"是啊，宏德堂不能挡这个道。"方英典点点头。

"老爷，您觉得宋占山真的会同意这门婚事？ 不会是借机拆咱宏德堂的台吧？"潘士光试探着问。

宋占山诡计多端，他一直在预谋抢占宏德堂的木材和粮食生意。 前不久，亲家任振德就提醒过方英典，貔子窝港的木材老板曲寿龄和粮食老板聂存仁先后捎信说，宋占山的管家罗良基已经去过貔子窝港，四处联系木材和粮食货源，让方英典和任振德早做防备。 方英典意识到，宋占山蛰伏了近三年，一心做山珍、皮货和药材生意，其实是在积蓄资

108

本，待时机成熟时，再向宏德堂发起挑战。那么，挖走刘小虎，当是他计划的第一步。

"走一步算一步吧，孔老夫子说得好啊，君子成人之美，不成人之恶，小人反是。人嘛，要做君子，不能做小人。只要刘小虎同意回去，俺决不挽留。"方英典态度坚决地说，"而且，他这三年的工钱，宏德堂也不会少他一分一厘。他对宏德堂有功啊，还救过俺一命，要是他真娶了宋家宁，俺还要送个大礼。"

马车跑得很快，不到半个时辰就到了西由街任振德的家门口。

对于亲家方英典的到来，任振德喜出望外。老婆李丹霞病危，他也听说了方兴通在济南另有所爱的传言，独自承担着巨大的心理压力。如果方兴通解除婚约，后果不堪设想，一是害了自家的闺女任明凡，二是李丹霞自知来日无多，在她离世之前，最大的心愿便是看到闺女出嫁，了却心事。

进得门来，方英典和陈尚云先去了李丹霞的屋子探望。他们看到，李丹霞靠在几摞棉被上，脸色苍白，意识模糊，已经没有多大的力气咳嗽了，干咳而不出声，只有身子在猛烈地抖动。闺女任明凡坐在她的身边，不时用湿手帕擦一下她干裂的嘴唇。

"大爷，大娘，您快坐。"任明凡连忙站起来，搬过来两个圆凳。

"好，好。"方英典拉着陈尚云一齐坐下。

在方英典与陈尚云的眼里，任明凡绝对是个好闺女，她美丽而善良，懂得礼数，一副大家闺秀的模样。

十多年了，方英典与任振德交往甚密，是挚友，也是生意上的好伙伴。如今，宏德堂的货船从东北运回的木材和粮食都转运到西由街任振德的达元亨商行，在掖城以北，达元亨商行是最大的东北木材和粮食的集散地。两家携手，从采购到运输，再到销售，都是无缝衔接，价格公道而童叟无欺，生意甚是兴隆。

一个在方家村，一个在西由街，相距十多里，方家与任家虽不能望衡对宇，却是门当户对，结成儿女亲家无疑是好事一桩。方英典甚至觉得，方兴通能娶任明凡为妻，是他莫大的福气。

"丹霞，咱亲家来看你了。"任振德大声说。

李丹霞双眼紧闭，毫无反应。

"娘，俺方大爷和大娘看您来了。"任明凡趴在李丹霞的耳朵上说。

李丹霞的手动了动，陈尚云一把握住她的手，眼圈潮红地说："亲家，你可要挺过这一关啊，咱们的好日子还在后头呢。"

"噢……噢。"李丹霞大口喘着气，胸部激烈地起伏着，嘴里一个字一个字地往外蹦，"亲……家啊，俺明凡就……交给你了，俺现在还不能死，等着她……出嫁的那一天啊。"

"亲家，兴通这几天就从济南回来了，他一回来，咱们马上就办喜事，热热闹闹地办喜事。"方英典站起来，声调沉重地说。

"亲家啊，你就放心吧，明凡嫁进宏德堂，俺会像待亲闺女一样待她。"陈尚云强忍着的眼泪终于流了下来。

方兴通与任明凡的婚事不能再拖了，必须让李丹霞看到闺女出嫁。方英典让陈尚云留在屋里陪一下李丹霞，然后他将任振德叫出来，商量具体的娶亲日期。

"亲家，咱们两家分头准备吧，俺回去就看看皇历，确定下日子，俺马上让潘士光来告知你。"方英典拉着任振德的手说。

"好，亲家。"任振德已是热泪盈眶，"唉，怎么也得实现丹霞的这个心愿，要不，她会死不瞑目啊。"

方兴通与任明凡的婚事因为李丹霞的病危而加快了节奏。从西由街回来，方英典便将管家潘士光和大掌柜刘小虎叫了来，一起商量婚事的相关事项。

当然，方英典必须将宋占山的想法跟刘小虎一一说清楚，只要刘小虎答应，在办完了方兴通的婚事之后，宏德堂就放他回宋家，与宋家宁成婚，做上门女婿。

"老爷，俺不回去，死也不回去。"刘小虎一听就急了。

刘小虎喜欢宋家宁，却对宋占山深恶痛绝。 宋占山干的一桩桩见不得人的事，刘小虎是知道一些的，让他去做上门女婿，就是为虎作伥，率兽食人，他怎么会答应？ 来到宏德堂快三年了，老爷方英典从没把他当作下人使唤，十分信任他，让他做船老大和大掌柜。 现在，正是宏德堂用人的时候，他又怎么能甩手而去？ 过去不行，现在也不行。 况且，宋占山一直在与宏德堂作对，如果他真做了宋占山的上门女婿，两人在惨烈的生意争夺中，刘小虎就是方英典的对手，他怎么能干出针对宏德堂的伤天害理的事来？ 至于宋家宁，刘小虎早就放弃了幻想，他们有缘无分，命该如此。

其实，对于刘小虎的一口回绝，方英典是早就预料到的。 道不同，不相为谋，刘小虎耿直而忠诚，有正义感，让刘小虎做宋占山的上门女婿，与他成为朝夕相处的一家人，真是比登天还难。

说完了刘小虎的事，方英典便与潘士光和刘小虎商量方兴通的婚事。 方兴通后天便会从济南返回掖县，方英典决定，让他休息准备一天，皇历也不看了，第三天就举行婚礼。 潘士光与刘小虎各自分工，进行筹备。

"不要怕花钱，所有的仪式一个也不能缺，一定要办成全掖县最隆重、最热闹的婚礼。"方英典最后交代说。

"老爷，您就放心吧。"潘士光与刘小虎异口同声地说。

第七章

藕断丝连

踌躇满志的方兴通绝不会想到，他学成归来的那一天，便是痛苦人生的开始。

这天下午，方兴通兴高采烈地回到宏德堂，在大门口，看到管家潘士光带领长工们挂灯笼贴双喜字的时候，心里还纳闷，这是谁要结婚，宏德堂里也没有要结婚的人啊？

"潘管家，这是……"方兴通放下行李，好奇地问。

"哟，少爷回来了。恭喜，恭喜！"潘士光从梯子上跳下来，双手抱拳道。

恭喜？潘士光一脸的喜庆更让方兴通摸不着头脑了，他抬头看着门簪上刚刚贴上的大红双喜字，一头雾水。

潘士光知道，方兴通后天就要成婚了，新娘不是他在济南的恋人江秀芝，而是爹娘给他定的娃娃亲任明凡，但是，他直到现在还被蒙在鼓里。

"少爷，快进屋吧，老爷正在厅房里等着你呢。"潘士光提起方兴通放在院门口的行李，率先向厅房走去。

方兴通一拐过影壁，方英典就看到了，他马上正襟危坐，脸上的表情凝重而僵硬。

从亲家任振德家回来，方英典便陷入了难以自拔的纠结与矛盾之中。刘小虎与宋家宁的故事又在宏德堂发生了，这是他始料不及的。

刘小虎与宋家宁真心相爱，惊世骇俗，自然，方英典是站在刘小虎一边的。但是现在，方兴通在重复着刘小虎走过的路，而他却又成为一个坚决的反对者，并在方兴通不知情的情况下，确定了婚期，没有给方兴通任何辩解或者抗争的机会。方英典为了义，放弃了情，就变得冷酷无情了。

对于三年前将方兴通送到济南上学，见见世面，方英典是不后悔的，他后悔的是不该让方兴通住在江秀芝的家里，从而引出这么一段纠缠不清的故事来。方英典自然知道，像刘小虎与宋家宁一样，方兴通与江秀芝也是真心相爱，那么，他执意棒打鸳鸯散，对江秀芝来说就公平吗？答案当然是否定的，江秀芝就是另一个不幸的宋家宁。本来，方英典打算带着陈尚云专门去趟济南，向江秀芝的娘姚如贤解释清楚，并当面道歉。思来想去，这都于事无补，改变不了结果，还会节外生枝，让方兴通有了抗争的机会，就最终放弃了。

时不我与，夜长梦多，方兴通与任明凡的婚礼就在后天上午举行。方英典亲自挥毫写下喜帖，并派潘士光和刘小虎送出去了。

"老爷，少爷回来了。"潘士光将方兴通的行李放在了廊檐下，然后禀报道。

方兴通走到厅房门口，又特意回望了一眼庭院里忙忙碌碌的人们，才走进来。

"爹，俺回来了。"方兴通向方英典深鞠一躬。

"好，回来就好。"方英典不动声色地说。

"爹，外面这是……"方兴通禁不住问。

方英典一直在琢磨着怎么向方兴通开口，他也能想象到方兴通听了他的决定会怎么激烈地反对。但是，开弓没有回头箭，方英典必须要跟儿子摊牌了。

"潘管家，去，拿上宗祠的钥匙，带上兴通，咱们一起去宗祠。"方英典没有回答方兴通的问话，而是站起来，走了两步，又坐下。

"是，老爷。"潘士光马上应道。

去宗祠？ 方兴通马上意识到，宏德堂有大事已经发生或者即将发生，而方英典单独叫上他，这件大事肯定与自己有关。 那么，庭院里张灯结彩，挂满了大红双喜字，他是宏德堂里唯一的未婚男丁，这些人当是在给自己筹办婚礼。 江秀芝远在济南，毫无疑问，新娘当是娃娃亲任明凡。

在今年春节回来时，方兴通曾向方英典说了自己与江秀芝相爱的事情，结果是，方英典暴跳如雷，严厉训斥，让他断了这个念想，他与任明凡的婚约绝不能违背。 本来，他想回来后与爹慢慢解释，软磨硬泡，或许就能让爹改变初衷。 但是现在，爹给了他一个措手不及，这可怎么向江秀芝交代？ 方兴通想到这里，浑身冒出了冷汗。

其实，方英典从来就没有想过方兴通怎么向江秀芝交代，他心里想的只有怎么向心事重重的亲家任振德和病入膏肓的亲家母李丹霞交代。 所以，他要将方兴通带到方氏宗祠，当着老祖宗的面，逼他就范。 方英典觉得，有宏德堂的十几代祖宗们压阵，方兴通就经不住这个巨大的心理威慑与压力，最终会委曲求全，娶任明凡为妻。

在管家潘士光的带领下，方英典与方兴通向方氏宗祠走去。 他们父子各怀心事，在盘算着怎么说服对方。 他们心知肚明的是，不管怎样，今天只会有一个胜利者。

一路上三人默默无语，有人主动给只顾低头走路的方英典热情地打招呼，方英典也只是点头应付。

来到方氏宗祠门口，潘士光掏出钥匙，开了门，一股凉气扑面而来。

"老爷，少爷，请进吧，俺在外面等着。"像往常一样，潘士光站在门旁，将方英典和方兴通让进了宗祠。

"潘管家，进来，你也不是外人了，就一块儿听听吧。"方英典走进宗祠，又回过身说。

潘士光听罢，便走进宗祠，并转过身来关上了门："是，老爷。"

老爷让潘士光留下来听宏德堂的家事，对潘士光来说还是破天荒的第一次。 他心里清楚，少爷方兴通在济南另有所爱，老爷却让少爷娶任明凡为妻，少爷当是坚决不从，父子俩肯定会有一场激烈的交锋。 但是，无论如何，结果是潘士光能预料到的，胳膊拧不过大腿，堂规家法高悬，方兴通没有选择的权力。 而老爷方英典让他旁听，意在当他们父子俩发生过激对抗的时候，由他来打个圆场，避免事情走向僵局。

方兴通清晰地记得，三年前，在宏德堂的货船要发往东北及他赴济南求学的时候，爹带他来过宗祠。 那个晚上，爹违抗爷爷方继先的遗命，将他老人家留下的宏德堂不能从事海运的遗嘱烧了。 但是如今，他要违背父母之命，自己选择婚姻大事的时候，爹却又成了堂规家法的坚定维护者。

像上次来宗祠一样，方英典与方兴通先后烧香磕头，最终跪在了祖宗们的牌位前。 潘士光则敛声屏息，静静地站在他们的身后。

"爹啊，今天俺带着您的孙儿兴通来给您报喜来了，宏德堂又是双喜临门啊！"方英典的双眼注视着方继先的牌位，语调缓慢地说，"这第一喜是兴通从济南府学成归来，咱宏德堂的货船就交给他了，俺以后就不操这个心了，只管好咱的那上百亩地就行了。 这第二喜，是兴通已经长大成人，后天就要娶媳妇了，亲家是西由……"

方兴通一听"西由"两个字，马上就明白了，或者说证实了他的猜测，爹将他的个人感情放在了一边，执意让他与任明凡成婚了。

"爹，您……您不能……"方兴通如五雷轰顶，打断了方英典的话。

方英典侧脸怒目而视，低声呵斥道："俺在跟你爷爷说话，老祖宗们都在看着呢，听着呢，你住嘴！"

利用方氏宗祠的威严及其在后人们心中不可动摇的神圣地位，压制住欲开口争辩的方兴通，是方英典事先想出的一个好办法，否则，他也不会将方兴通带到这里来。

宗祠强大的气场让方兴通一时出现了幻觉，好像祖宗们真的在天有灵，在看着他们，听着他们，随之他便哑口无言了。

"爹啊，祖宗们啊，俺知道，咱们宏德堂兴盛百年而不衰，靠的是以文传家，以德持家，在堂规家法里，德是放在第一位的，没有了德，就没有宏德堂的今天啊。"方英典双手合十，目不转睛地注视着供台上的一排排祖宗们的牌位，继续说道，"现在，不孝之子方兴通背信弃义，置任家的婚约于不顾，在济南另有新欢，这是失信，失义，失德，俺决不能同意。"

方兴通听到这里，已是忍无可忍，再次斗胆打断了方英典的话："爹，您怎么能这么说呢？您这不是信，不是义，也不是德，是腐朽没落的封建思想，是套在俺头上的沉重枷锁。"

坦白地说，如果不是方英典让方兴通去济南求学，他根本就不会做出与江秀芝私订终身这种违背堂规家法的事情来，也不会说出这样的话。但是，近三年的时间，他走出乡村，来到开埠通商后的济南府，看到了外面的缤纷世界。十几年前，男人的辫子就剪掉了，女人的小脚也放开了，方兴通觉得，人们的思想意识与行为方式却还停留在落后而愚昧的大清朝。父母之命，媒妁之言，伤害了多少有情人？又制造了多少人间悲剧？现在，他与江秀芝正在成为新的受害者。

这是方兴通对他爹方英典的第一次公然抗争，方英典突然意识到，儿大不由爷，去济南求学的方兴通接受了许多稀奇古怪的思想，好像突然变了一个人，几乎与宏德堂的堂风格格不入了。

"你说什么？"方英典厉声问道。

"俺想说的已经说了，这就是腐朽没落的封建思想。"方兴通没有服软的意思。

"来，你再大声地给方家的列祖列宗们说一遍，给你爷爷再说一遍！"方英典已经气得手脚冰凉了。

方兴通不再说话，他心里明白，在宏德堂，爹就是说一不二的皇帝。 爷爷在的时候，他是爹的皇帝，爹必须唯命是从，一代又一代，代代相传。 那么现在，无论他说什么，爹都不会改变主意。

"你怎么不说话了？ 好，你不说，俺就接着跟祖宗们说。"方英典瞪了方兴通一眼，继续说道，"祖宗们啊，好多年以前，俺就给兴通订了娃娃亲，那是个好人家，与咱宏德堂是门当户对。 现在，亲家母李丹霞身患重症，已是来日无多，死前最大的心愿就是看着闺女任明凡出嫁，了却终身大事。 如果兴通违背婚约，拒绝与任明凡成婚，亲家母就会死不瞑目，咱宏德堂怎么能做这种大逆不道的事啊？"

无论是方兴通还是旁听的潘士光都清楚，方英典这是以给祖宗们说话为名，说给方兴通听。 不管怎样，听到任明凡的娘李丹霞病危，方兴通的心里还是一惊，仿佛被针扎了一下。

男女授受不亲，即使订了娃娃亲的男女在婚前也是一样。 这些年来，方兴通与任明凡见面的机会并不多，谈不上有感情。 不过，方兴通对李丹霞却有着几分亲近之感。 李丹霞心地善良，见到方兴通就笑，那笑里蕴含着浓浓的母爱。 每次来宏德堂，或者方兴通被爹娘带着去任家，李丹霞总会送给他或大或小的礼物，糖果或者玩具。 现在，她将不久于人世，而她想看着女儿出嫁的心愿却没有了结，如果他拒绝成婚，这个结局未免太残酷无情了。 但是，倘若他舍弃了爱他的江秀芝，娶任明凡为妻，李丹霞倒是可以安心地走了，而受到伤害的就是江秀芝和她守寡十几年的娘姚如贤。 那么，他就对不起江秀芝，也对不起三年来对他像对亲生儿子一样百般照顾的姚如贤。 他违背对江秀芝的诺言，又让这不幸的娘俩怎样面对以后的生活？

两害相权取其轻，李丹霞带着遗憾走了，就一了百了，而江秀芝与姚如贤还要活下去，方兴通痛苦地思前想后，仍然不能接受父母之命，不能娶任明凡为妻。

方英典煞费苦心地旁敲侧击，并没能让方兴通回心转意，他不由得心急如焚，却又无计可施。

这个时候，方兴通的娘陈尚云闻讯找来了。她意识到，方英典不会妥协，而方兴通也不会让步，他们爷俩的倔强像极了公爹方继先。三从四德，恪守妇道，陈尚云明白，她必须无条件地站在方英典一边，也必须防止方兴通做出过激的事情来。

潘士光看到了陈尚云，摆了摆手，示意她不要出声。

"宏德堂的几世英名绝不能葬送在你的手里，来，你当着祖宗的面，说说你到底要怎么样？"方英典的语气软了下来，已有几分乞求的意味。

"俺就是要娶江秀芝为妻！"方兴通横下心来，大声说。

向来沉稳的方英典终于被方兴通的坚持己见击垮了，一直跪在地上的他想站起来，却在猛一起身时，眼前一黑，昏倒了。

"他爹啊！"陈尚云惊叫一声，扑了过去。

"老爷，您醒醒啊。"潘士光跪在地上，抱起了方英典，右手用力地掐着他的人中。

"爹！"始终双膝跪地的方兴通也惊慌失措地爬过来，大声喊道。

其实，方英典并无大碍，只是跪久了猛然一起又急火攻心，出现了短暂的晕厥。他双眼微闭，听到呼喊声，有浑浊的泪水自眼角缓缓地流下来。

"他爹，你怎么……哭了？"陈尚云连忙掏出手帕，擦拭着方英典的眼角。

"老爷，您别太上火了，俺觉得，少爷已经是个懂得事理的大人了，不会做出有损宏德堂声誉的事。"潘士光劝说道。

潘士光话里有话，以褒奖方兴通的方式赶鸭子上架，这是他的聪明之处。

"是啊，他爹，咱兴通是个明事理的孩子啊，您就放心吧。"陈尚云不失时机地附和道。

有道是，说话听声，锣鼓听音。方兴通自然能听懂管家和娘的话外音，他知道，如果他不答应娶任明凡为妻，宏德堂将会失去往日的温馨与安宁。 说一千，道一万，他必须以牺牲自己和江秀芝的一生幸福为代价，保住宏德堂所谓的名誉。

"他爹，回家休息吧，咱再跟兴通好好商量商量。"陈尚云弯腰欲搀扶起方英典。

回家？ 将方兴通带到宗祠来是方英典精心设计的一个局，倘若方兴通在老祖宗们的面前都不肯答应，回到家就更不可能了。

"他不答应，俺就死在宗祠里！"方英典已恢复了些许体力，一把推开了陈尚云伸过来的手，恶狠狠地说。

方英典以泼妇耍赖似的方式逼方兴通就范，说明他已经是束手无策了。

"兴通，你可是个孝顺的孩子，你就答应吧。"陈尚云转身对方兴通乞求道。

方兴通看看坐在地上的爹，又看看蹲在地上的娘，心如翻江倒海一般。 他知道，在宏德堂，还未曾发生过爹顺从儿子的事。 那么，今天会有奇迹发生吗？

"少爷，你就听老爷和大奶奶的话吧。"潘士光拍了拍方兴通的肩膀。

"不，俺就不。"方兴通梗着脖子，气呼呼地说。

"你……你……"方英典一听，疯也似的想站起来。

"老爷，您息怒，息怒啊。"潘士光连忙拽住了方英典。

父子俩是针尖对麦芒，陈尚云既心疼自己的男人，也心疼自己的儿子，她不顾一切跪到方兴通的面前，哭喊道："儿啊，娘求你了，你就答应了你爹吧。 江秀芝那边，俺去济南给她娘俩好好说，赔个不是，你放心，咱不会亏待她们。"

"娘！"方兴通听罢，号叫一声，扑在娘的怀里，哇哇大哭起来。

陈尚云轻轻地拍打着方兴通颤抖的后背，一把鼻涕一把泪地说：

"儿啊，别哭了，咱认命吧。"

方兴通的极力抗争，正是因为他不想认命。他听了娘的话，不哭了，或者说，他已经哭够了。他心里明白，如果他不答应娶任明凡为妻，就永远无法收场。这个时候，一个大胆的想法在他的脑海里闪现出来，那便是，先答应下这门婚事，娶任明凡为妻，以维护宏德堂的面子。然后，他会对任明凡说清楚，他爱的是一个叫江秀芝的姑娘，自己不能背叛她。过几天，他便离家出走，奔赴济南江家，不再回这个道貌岸然而不讲人情的宏德堂。

"好，俺听俺爹的。"方兴通想到这里，便答应下来，"娘，您赶快起来吧。"

方兴通说罢，顿觉轻松了。他将娘从地上拉起来，又牵着娘的手，向宗祠的门口走去。

"潘管家，兴通答应了，快扶老爷起来，咱们回家。"走到门口，陈尚云回过头来，对潘士光说。

方兴通突然改变主意，答应了这门婚事，方英典竟然一时不敢相信。他面无表情，似乎还在梦境之中，

"老爷，您都听见了吧？少爷已经答应了。走，咱们回家。"潘士光搀扶起了方英典。

宏德堂的老规矩没有因为方兴通的极力抗争而打破，这场婚姻风波以方兴通的缴械投降而暂且结束了。

依照方家村一带的婚姻习俗，方英典差刘小虎等人去了西由街，给亲家送去了大礼，绫罗绸缎、面粉、猪肉等一样不少，拉了满满两大车。

第二天，亲家任振德派人到宏德堂送嫁妆，除了大躺柜等家具和日用品，还送来了一只三帆货船的木质模型。任振德只有任明凡这么一个宝贝闺女，那天，方英典和陈尚云离开后，他便坐上马车，亲自去了趟蓬莱，一掷千金，在一家造船厂购买了一条三帆货船，作为闺女的嫁妆。现在，货船还在建造中，他便买了一个缩小版的模型送来。

送走了送嫁妆的人，方英典回到屋里，怔怔地看着这只精致的货船模型，久久不语。亲家任振德真是高看宏德堂一眼，这么贵重的嫁妆体现出他的大气与情谊。方英典暗自庆幸，多亏方兴通最终回心转意，否则，又怎么对得起任振德一家啊？

方兴通已做好婚礼后就远走高飞的打算，而方英典还一无所知，这就意味着短短几天的宁静之后，宏德堂又将面临一场前所未有的危机。

方英典广发喜帖，诚邀掖县的各界名流及亲朋好友，包括虎头村的族长马炳忠与宋占山。方英典知道，宋占山收到刘小虎拒绝回宋家的消息后，肯定会恼羞成怒，大骂刘小虎不仁不义，不识抬举，而宏德堂自然不会幸免。冤家宜解不宜结，息事宁人，与人为善，是宏德堂人宝贵的精神财富，也正是宏德堂长盛不衰的秘籍。

那天，接到宏德堂送来的喜帖，宋占山看了一眼就没好气地扔到地上了。他决定，不去捧这个场。

以让刘小虎做上门女婿为诱饵，达到对宏德堂货船釜底抽薪的目的，乘势抢夺下木材和粮食的海运生意，是宋占山的得意计策。然而，刘小虎对方英典是那么死心塌地，让他的如意算盘落了空。宋占山无论如何也想不通，方英典究竟使了什么魔法让刘小虎中了邪？宋占山甚至觉得，宏德堂就是他的克星，天生的冤家对头。不在生意上彻底打败方英典，他宋占山就咽不下这口恶气。

像方兴通一样，宋占山的儿子宋家安也学成归来了。他与方兴通同窗近三年，是老乡和同学，却不是无话不说的好朋友。随着年龄的增长，他们已懂得了人情世故，远近亲疏。物以类聚，人以群分，两个不同的家庭培养出两个不同的后生，这不足为奇。比如，方兴通爱上了济南姑娘江秀芝，而宋家安爱上的是戏班的一个名角。

这名角便是宋占山当年送宋家安去济南求学时，晚上看祥庆班演出，令他垂涎三尺的俏月儿。宋占山不会想到，儿子宋家安近水楼台先得月，抢先将俏月儿拥在了怀里。他更不会想到，戏班的班主玉美伶便是掖城的一枝花。

无巧不成书，宋家安在济南出现并与俏月儿相爱，一出好戏就开了场，宋占山与玉美伶的再次相会则只是个时间问题了。

方兴通一回来就举办婚礼，宋占山并不奇怪。但是，宋家安却还是觉得有些奇怪，他自然知道，方兴通有个娃娃亲叫任明凡，而方兴通又在济南爱上了房东家的姑娘江秀芝。那么，方兴通娶的是谁？于是，站在一旁的宋家安拾起了宋占山刚刚扔到地上的喜帖。

任明凡？这是方兴通并不爱的那个姑娘，宋家安大吃一惊，拿着喜帖看了又看，蓦然失笑了。

"你，你笑什么笑？"宋占山好生纳闷。

宋家安立马合上了嘴，然后就将方兴通与江秀芝的故事说给宋占山听。

宋占山一听，也乐了。原来方兴通爱的是济南姑娘江秀芝，他娶任明凡为妻肯定是方英典以堂规家法为由逼婚，方兴通不能不从，但心里肯定有一肚子的委屈，说不定在婚礼上还会闹出什么意想不到的事来。宋占山巴不得宏德堂出点事，就马上改变了主意，准时赴婚宴，他要亲眼看看宏德堂是怎么娶这个任明凡的。

"罗管家，你过来。"宋占山喜上心头，朝院里的罗良基喊道。

罗良基正在院里修剪石榴树，听到宋占山的喊声便跑了进来："东家，您有什么吩咐？"

宋占山将喜帖递给罗良基，一脸怪笑地说："宏德堂来喜帖了，你看看，咱给人家准备什么贺礼好啊？"

罗良基接过喜帖，看了眼说："东家，这可是宏德堂的大喜事，您送您的贺礼，俺也得送上一份让宏德堂喜出望外的大礼，您就瞧好吧。"

"好，你就抓紧去准备吧。"宋占山听罢，马上心领神会，满意地说。

宋家安不明白罗良基的意思，就禁不住问："爹，给宏德堂送个礼，怎么您和罗管家还要分开送啊？ 再说了，罗管家跟宏德堂也没什么交情，他送什么礼才能让人家喜出望外？"

"去，这不管你的事，不该问的也别问。"宋占山厌烦地挥了下手。

宋占山和罗良基居心叵测，暗中使坏，是方英典不会想到的。 他只一心盼望着婚礼能如期举行，顺顺利利地将任明凡迎娶进宏德堂。

宏德堂地多，房子也多。 现在，正房东院的五间雕梁画栋的大瓦房已经布置成了方兴通的新房。 这里原来是方英典居住的地方，方继先去世后，他接任族长，也成了一家之主，就搬到了方继先住过的正房。

君君臣臣，父父子子，一代又一代宏德堂人忠实地遵循着古老的传统，不曾违背过。

毫无疑问，方英典以堂规家法在老祖宗牌位面前的无情逼婚，让方兴通陷入了深深的痛苦之中。 坐在修缮一新的新房里，他想念的是远在济南的江秀芝。 他觉得，当年爹就不应该将他送到济南府，让他看到了另一个世界，看到了人还能有另一种生活方式。

三年前的那个深秋，年仅十六岁的方兴通来到济南求学，住在了江秀芝家里。 他从未离开过爹娘，也没离开过掖县。 面对陌生的城市与陌生的人，方兴通思念家乡，就像如今思念江秀芝一样。 每到夜晚，他独自住在江秀芝家的西厢房里，思乡尤甚，孤枕难眠，常常会流出泪来。 十多天后，他竟然产生了退学回到宏德堂的想法。

江秀芝的母亲姚如贤是个善良而心细的女人，她发现了方兴通的异样。 方兴通来自亡夫江金锁的家乡，他的一口掖县话让她和女儿感到陌生又熟悉。 江金锁走了十多年，她们娘俩相依为命，艰辛度日，却从来没有忘记过他的好。 江金锁家乡的姐姐陈尚云将儿子方兴通托付给她，是对她的信任，那么，她就有责任照顾好他。 只有这样，才能对得起江金锁和他家乡的亲人。

方英典和陈尚云上次来的时候，就留下了修缮房屋和方兴通的生活费用。 姚如贤毫不吝啬，变着花样给方兴通做饭吃。 她心灵手巧，锅贴、油旋儿、甜沫儿……诸如此类的济南小吃，她都做得很地道。 吃惯了海鲜的方兴通并没有觉得不适应，反而觉得很好吃。 然而，吃饱了，他照样想家。

宽厚所街离大明湖很近，这天是礼拜天，方兴通和江秀芝都不上学，姚如贤便带着他们出去玩，主要是让方兴通散散心。

江秀芝与方兴通同龄，比方兴通小六个多月，母亲姚如贤就让她叫方兴通哥哥。 父亲江金锁去世后，江家就没男人了，江秀芝既羡慕同学有父亲，也羡慕同学有哥哥或者弟弟。 现在，因为方兴通的到来，她有哥哥了，却又一时叫不出口，只是在内心里欢喜。 十六岁的花季，还不懂得什么叫爱，也或许是似懂非懂，情窦初开。 像她的父亲江金锁一样，方兴通英俊而潇洒，走路似乎都带着风。 当然，方兴通也才十六岁，除了身高像个成年人，对男欢女爱也还是懵懵懂懂，更何况他还是从宏德堂出来的恪守规矩的孩子。

济南的秋天似乎比掖县来得要晚一些，这天秋高气爽，艳阳高照，姚如贤领着江秀芝和方兴通出门了。

那个时候，大明湖还亦城亦乡，有古朴典雅的历下亭，有高耸巍峨的北极阁，也有低矮破落的土坯房。 湖畔人家或为游客撑篙划船，或在湖边水田里种藕打鱼，生活得好不惬意。

寒水映残荷，冷风摇残枝。 波光粼粼，湖里的荷花多有落败，间或有几枝顽强开放的花朵更显得孤独，令人生怜。

秋风乍起，杨柳依依。 岸上游人如织，有一对青年情侣说笑着走来。 小伙子西装革履，大姑娘旗袍加身。 开埠通商后的济南府中西结合，各取精华，别有一番韵味儿。

方兴通站在湖畔，茫然地看着对岸。 湖有尽头，而家乡的莱州湾却是浩瀚无垠。 这个时候，有一只画舫划过来，撑篙人向他们频频招手，示意他们上船，去有历下亭的湖中小岛。 姚如贤付了钱，扶着江秀芝和方兴通先后登上了画舫。

画舫简易而轻巧，能载三五个人。姚如贤坐在中间，江秀芝和方兴通一左一右，撑篙人双手用力地撑篙掉头，画舫向着湖中的历下亭划去。

历下亭为八角重檐式建筑，面山背湖，风景迤逦。亭中匾额"历下亭"三个字光彩夺目，为清朝乾隆皇帝手书。唐朝诗人杜甫当年游历大明湖，就宴历下亭，为美丽景色所动，诗意大发，当场赋《陪李北海宴历下亭》诗一首，留下了"海右此亭古，济南名士多"的著名诗句。

不多会儿，画舫停靠在历下亭的小岛岸边。一行三人下得船来，漫步在这个花木扶疏的湖中岛上。依然是姚如贤居中，江秀芝与方兴通一左一右，远远地看上去，就像是一位幸福的母亲带着一双可爱的儿女。

自然，在内心里，姚如贤喜欢这个来自江金锁家乡的外甥方兴通。他聪明，有家教，是个懂事的好孩子。江金锁死得太早，没能留下个儿子传宗接代，继承家业，让姚如贤心有几多不甘。有时候，她看着方兴通自己在西厢房里看书，心里就想，她和江金锁要是有这么个儿子该有多好啊！她知道，这已经是不可能的事了。后来，她就又想，要是方兴通能做自己的闺女女婿也好啊，江秀芝漂亮聪颖，蛮配得上他的。姚如贤有了这么个想法，就对方兴通更加体贴入微，还有意多创造让他们在一起的机会。

由此可见，方兴通与江秀芝的相爱，最先动心思的竟然是用心良苦的姚如贤。

那天，姚如贤带着他们在历下亭的小岛上游玩，方兴通和江秀芝谁也不主动说话，谁也不好意思看上对方一眼。有时候，两人目光不小心碰到了一起，又都羞答答地连忙移开，却是脸颊潮红，怦然心动。这无疑是少男少女正常的心理反应，心里在意对方，却故意隐藏。

李白有诗曰："同居长干里，两小无嫌猜。"如今，千百年过去后，方兴通与江秀芝正在重复着那个美丽的爱情故事。

游完了历下亭，姚如贤又带着他们乘坐画舫去了大明湖的北岸。往东走，便是刘家河沿。他们看到，有几个女人在河边洗衣服，边说边笑，而那些调皮的孩子们正在往河里扔石片，打水漂儿。

"酸蘸儿——"这个时候，有一个中年男人肩扛着插满冰糖葫芦的草把走了过来。

在济南府，冰糖葫芦叫"酸蘸儿"，其制作工艺颇为复杂。制作者先挑选饱满的山楂，再清洗晾干。熬豆沙，去核填馅，粘上瓜子仁，穿成串，熬制冰糖，裹糖，甩糖翅儿……十几道工序下来，酸甜可口的"酸蘸儿"方才完工。

济南人喜欢吃酸蘸儿，今年酸蘸儿上市又特别早。姚如贤叫住中年男人，交上钱，从草把上拔下了两串，递给了一旁的方兴通。

"谢谢舅母。"方兴通接过了两串酸蘸儿。

方兴通下意识地端详了一下两串酸蘸儿，然后将山楂果更饱满而糖翅儿高翘的一串交到江秀芝的手上。

"谢谢。"江秀芝面有羞涩，小声说。

姚如贤看到了方兴通的一举一动，在心里说，小事见修养，这真是个难得的好孩子。

"秀芝，你谢谁啊？怎么这么没礼貌？"姚如贤不满地看着江秀芝。

江秀芝知道母亲为什么说她没礼貌，就低下头来。可是，叫方兴通为哥哥，她还是一时难以启齿。

"你看兴通多疼你呀，你还不快叫哥哥？"姚如贤责怪道。

其实，在江秀芝的心里，她已经多次叫哥哥了，而且还加上了名字，兴通哥。

"谢谢兴通哥。"江秀芝终于叫出了哥，脸却羞得通红，就像手里的酸蘸儿。

方兴通有个小他十来岁的亲妹妹方兴逦，已经习惯了哥哥这个称呼。但是，当江秀芝叫出"兴通哥"的时候，他却觉得有几分不好意思了。

方兴通点了下头，算是答应了。

"好啊，这就对了，秀芝以后就有哥哥了。"姚如贤满心欢喜地说。

时间已经不早，姚如贤带着他们往回走，江秀芝和方兴通还是一左一右，不同的是，他们一人手里举着一支火红的酸醮儿，而姚如贤则是喜气洋洋，心满意足。

"好，往前走，停。"突然一阵细声细语的南方口音传来，"好，笑一笑。"

这是个经营照相业的人，他来自广东，在大街小巷张贴照相广告，招徕顾客。携带简易而笨重的照相器材，在趵突泉或者大明湖等著名景点，守株待兔，为游客拍照。

姚如贤没有拒绝，而是招呼江秀芝和方兴通站好，面向镜头，自己却躲到了一边。

伴随着咔嚓一声响，江秀芝和方兴通定格在风景如画的大明湖。

"一周后来取照片吧。"照相师傅递给姚如贤一张写有取片地址的广告单，笑容可掬地说。

姚如贤接过广告单，高高兴兴地带着他们回家了。在路上，她还买了一根白莲藕，准备晚上给他们炸藕盒吃。

大明湖的白莲藕清脆香甜，或爆炒，或凉拌，或煲汤，都是不可多得的美食，而外酥里嫩的炸藕盒则是济南人过年的必备佳肴。炸藕盒皮薄脆酥，藕片鲜嫩而肉馅喷香，咬上一口，口齿留香，美不可言。

海边没有适合莲藕生长的淡水域，所以方兴通还没吃过藕。那天晚上，当姚如贤将冒着热气的炸藕盒端上桌的时候，方兴通便不由自主地抽了下鼻子，做出一副贪婪的陶醉状。

坐在方兴通对面的江秀芝笑了，笑得是那么可爱。方兴通发现，江秀芝一笑露出两个深深的酒窝，煞是好看，他竟然一时失神，目光久久没有移开。江秀芝天生丽质，由此略见一斑。

江秀芝和姚如贤都察觉到了方兴通的失神，江秀芝红了脸，姚如贤则赶紧解围。

"秀芝，快给你哥夹藕盒。"姚如贤乐不可支地说。

方兴通已经意识到自己走神了，尴尬地垂下头来。

"兴通哥，这炸藕盒可好吃了。"江秀芝瞥了方兴通一眼，夹起一块藕盒，放到方兴通面前的小盘里。

那个晚餐，方兴通吃得真香，一连吃了四块炸藕盒。他觉得，这是他来济南后吃过的最好吃的美食。

一周后，姚如贤让方兴通陪着江秀芝去照相馆取照片，当然，这是她有意安排的。实际上，那时候还不能叫照相馆，就是照相师傅临时租用的一间沿街民房。根据广告单上的地址，江秀芝带着方兴通很快就找到了。

交了钱，取回装在信封里的照片，江秀芝和方兴通就往回走。路上，江秀芝碰到了一个熟人，那人问她跟着她的这个人是谁。她顿了一下，才有几分羞涩地说，是她的兴通哥。

两人来去都无话，好几次，方兴通想张嘴主动说话，却又咽了回去。

"做贼心虚"，有时候，心里装着个人也一样。

回到家里，姚如贤打开信封，取出了照片。那个时候，江秀芝和方兴通谁也没照过相，就都急着伸头看姚如贤手里的照片，想知道照片里的自己是个什么样子。

嗵！两个脑袋一齐往前伸，重重地撞到了一起。

"哎呀！"江秀芝惊叫一声。

方兴通捂着生疼的额头，连忙问江秀芝："没事吧，俺不是故意的。"

江秀芝没说有事也没说没事，只是捂着额头，眼泪吧嗒吧嗒地掉下来。

姚如贤见状，意味深长地暗自一笑，忙借口说去拿东西，悄悄地躲了出去。

现在，屋里只剩下方兴通和江秀芝了。他犹豫了一下，走到江秀芝的身边，从口袋里掏出一条白手帕，递给了她。

江秀芝分明看到了手帕，却没有接，只顾流泪。

"秀芝，俺真不是故意的。"方兴通有几分委屈地说。

江秀芝知道，方兴通不是故意的，当然，她也不是故意的。良久，她拿下了捂在额头上的手，瞪着泪汪汪的大眼睛看着他。

江秀芝的眼里有内容，透过她多情的眼神，方兴通这才明白，像他一样，她也喜欢他。终于，方兴通好像突然长大了，他觉得，他是个男人，应该主动些。

"来，俺给你吹吹就不痛了。"方兴通说着，就凑上前来，冲江秀芝的额头猛吹一口气。

或许是过于紧张，方兴通的这口气没吹准，直接吹在了江秀芝的左眼上。

江秀芝的左眼奇痒无比，抬手揉着眼却蓦然破涕为笑了。

方兴通也被逗笑了，而在门外观望的姚如贤也露出了满意的笑容。很快，她回到了屋里，继续带着他们看照片。他们看到，照片上的江秀芝和方兴通举着酸蘸儿，神色都有些矜持。

在姚如贤的精心安排下，方兴通和江秀芝就这么一步步地熟悉起来。默默相爱的男女之间有一层纸，一旦捅破便进入了感情发展的快车道。他们既亲密无间，情同兄妹，也保持着男女之间应有的本分。姚如贤看在眼里，喜在心里，她期待着他们尽快长大成人，喜结连理。她甚至觉得，如果江金锁地下有知，也会含笑九泉。

如今想来，方兴通犯下的最大错误不是与江秀芝相爱，而是没有向姚如贤提过他在老家有个娃娃亲任明凡，更没有及早向爹方英典说明他在济南已另有所爱。在某种程度上，他是在有意回避，或者说，他没有

129

勇气面对这复杂的人物关系，抱着侥幸的心理，走一步算一步。但是，该来的总归要来，他不想面对的总要面对，这些是无法逃避的，而且还是这么残酷无情。方英典坚守婚约，不想伤害任明凡一家，那么，受到伤害的就必须是江秀芝和她的母亲姚如贤。在宏德堂，老子就是堂规家法，子孙永远没有决定权。那么，离家出走便成了方兴通唯一的解脱方式。

现在，坐在洞房里，方兴通已是身心疲惫。明天将是他大喜的日子，他会成为一只任人摆布的木偶，为完成爹的心愿而违心地表演。他靠在炕头上的新缎子被上，不知不觉地就睡过去了。

翌日清晨五点，方兴通便被管家潘士光叫醒了。他迷迷糊糊下了炕，洗漱完毕，又吃了几口饭，便在众人的帮助下，依照习俗，穿上了新郎官的"七品官服"。

主持婚礼的是主持过宏德堂货船出海典礼的彭总管，他将方兴通推到镜子前，一脸喜庆地说："你瞧，咱这新郎官多英俊啊！"

陈尚云几乎一夜没睡，儿子方兴通娶亲当然是值得高兴的事，可是她知道，他不是自愿的，是被方英典逼的，他内心里喜欢的是一个叫江秀芝的姑娘。她很后悔，当年为什么要去找江金锁的老婆姚如贤，为什么要让方兴通住在她家里，少男少女容易日久生情，这也怪不得方兴通和江秀芝。她现在担心的是，方兴通能否忘掉江秀芝，将婚礼的过程顺顺当当地走下来。

"儿啊，今天可是你大喜的日子啊。"陈尚云为方兴通整理着新郎官服，叮嘱道，"俺兴通从小就是个听话的好孩子，对吧？"

自从决定婚礼后便远走高飞，方兴通就轻松多了。为了宏德堂的名声，为了爹的面子，他会积极配合，绝不会在婚礼上出岔子。他甚至觉得，这是自己在宏德堂的一次告别演出，他必须尽职尽责，让每一个人满意。

"娘，您放心吧，俺要好好当一回新郎官。"方兴通看着陈尚云，从她的眼神里读出了爱怜与担忧，他拉起娘的手，努力做出笑的样子。

这个时候，方英典就站在门外，注视着屋里的一切。他们母子的对话他听得一清二楚，此时一直悬着的心似乎放了下来。宏德堂不出逆子啊，他庆幸地对自己说。

太阳出来了，晴空万里，赶路的大雁排成人字形，一路鸣叫着向南方飞去。

宏德堂里张灯结彩，窗户及廊柱上贴满了双喜字，大红的地毯从院门楼一直铺到庭房前。门楼前的那棵大槐树再一次披上了红装，一条条红绸在迎风招展。从正院到东院，排满了一张张大方桌，碗筷已经摆好，正虚席以待。

迎亲的队伍聚集在院门口，八人抬的官轿与花轿撩起了门帘，似乎在等待着新郎与新娘上轿。

吉时已到，方兴通在亲人们的拥簇下走出院门，抬腿上了官轿。

很快，在彭总管的指挥下，迎亲队伍有序地一字排开，然后拐出巷口，向东走去。

此时，十里地外的西由街上，无论是达元亨商行还是任家宅第都是披红挂绿，一片喜庆。任振德早早地等在院门口，翘首以盼，等待着迎亲队伍的到来。

像宏德堂人一样，任振德也度过了一个不眠之夜。太太李丹霞的身体每况愈下，倘若不是亲家方英典请来的郎中周仕君开出的祖传秘方，或许她就支撑不到闺女出嫁的这一天。任振德膝下无子，闺女就是他的全部，所以他不惜重金，去蓬莱买下了一条三帆货船，作为任明凡的嫁妆。有时候，他悲观地想，在自己百年以后，达元亨商行就后继无人了，如果女婿方兴通能全面接过商行的生意，与宏德堂的货船生意合并起来，也是达元亨商行一个不错的结局。

现在，新娘任明凡正坐在李丹霞的病榻前，她身穿龙凤褂，头戴凤冠，浓妆淡抹，双手紧紧地抓着她娘冰凉的手，似乎不想离开。

这些天来，任明凡也处在极度的困惑与不安之中。方兴通在济南爱上了房东的女儿，她已经从爹娘的交谈中听到了。像方兴通一样，她对他谈不上有感情，只知道双方爹娘给他们定了娃娃亲，她长大成人的时候，就要出嫁到宏德堂。从小到大，任明凡也没走出过掖县，没能像方兴通那样看到外面的缤纷世界。在她的意识里，所谓的大家闺秀似乎就是待在闺房，等待出嫁的那一天。父母之命，媒妁之言，任明凡从未有过反抗心理，她觉得，这就是女人的本分。任明凡知道，娘已到了弥留之际，她最大的愿望是在离开这个世界之前，看着闺女出嫁，有个好归宿。她不想让娘带着遗憾走，所以尽管出现了方兴通另有所爱的情况，她也无心反抗，一心要实现娘的心愿。

当太阳升至半空的时候，迎亲的队伍来到了任家的门前。本来，依照习俗，还有新郎官方兴通往门缝里投钱才开门等有趣环节，但是李丹霞已气若游丝，任明凡再不走出娘家门，可能就来不及了。因此，方兴通一下官轿，院门便打开了。随后，又省掉了所有的环节，新郎方兴通直接来到李丹霞的病榻前，与新娘任明凡一起与李丹霞跪别。

"娘！"任明凡的双膝一着地，就禁不住哭喊一声。

"娘！"方兴通也大声叫道。

李丹霞似乎听到了，她的眼皮动了动，眼角有泪水慢慢地流出。

站在一旁的任振德感觉到，李丹霞真的要走了，连忙含泪对彭总管说："彭总管，快，快出门吧。"

彭总管的心情十分沉重，他主持了那么多婚礼，遇到这种情况还是第一次。

"扶新娘上花轿！"彭总管随机应变，高喊一声。

任明凡听罢，猛地从地上爬起来，不顾一切地扑到了李丹霞的身上，泪如雨下地喊道："娘啊——"

彭总管见状，示意两名妇女将任明凡拉起来，给新娘披上红盖头，连推带拉地向院门外的花轿走去。

人心都是肉长的，面对奄奄一息的李丹霞，方兴通不会无动于衷，他念着她的好，久跪不起，眼泪也止不住地掉下来。

"兴通，俺明凡就交给你了，你可要对她好啊。"任振德走到跟前，将方兴通拉起来，嘱托道。

方兴通抹了把眼泪，点了点头。

在这样一种压抑的气氛下，任明凡与方兴通泪光闪烁，先后上了花轿和官轿。

鞭炮噼里啪啦地响起来，一时硝烟弥漫，迎亲的队伍吹吹打打，向方家村走去。

站在院门口，目送迎亲队伍离去，任振德急忙跑回了屋里。

"东家，太太她……她走了。"用人哭着说。

任振德没说话，而是在李丹霞的身边坐下来，双眼微闭，泪流满面。

达远亨商行的大掌柜梁洪斌本来是要代表任明凡的娘家人去宏德堂坐席的，但是刚才看到太太李丹霞已处弥留之际，自己决定留下来。

"东家，太太的心愿已经完成，您可要节哀顺变啊。"梁洪斌俯身说。

"大掌柜，俺没事，你快去准备后事吧。"任振德长叹一口气说，"另外，后天的归宁宴就取消了吧。"

归宁宴的喜帖已经发出了，现在，太太离世，再举办喜宴明显不妥。无论如何，死者为大，何况又是新娘的娘。

"好的，东家。"梁洪斌应道。

梁洪斌说罢，退出屋来，迅速带领众人揭下红喜字，布置灵堂，又用一条条白布更换下挂满院落的红绸子。

新娘任明凡自然不会知道，她刚刚迈出娘家的门，娘就走了。任明凡一路上默默地流泪。她希望，在进婆家门的时候，泪水能够流干，不让自己悲伤的心情影响婚礼的喜庆气氛。

迎亲的队伍浩浩荡荡，锣鼓喧天，到了方家村的村东时，刚刚拐过路口，他们便被一群破衣烂衫、蓬头垢面的乞丐挡住了去路。

"行行好吧，给点钱吧。"乞丐们齐刷刷地跪在路中间，高举着一只只破碗，大声喊道。

方兴通大婚，这群乞丐便是宋占山的管家罗良基送给宏德堂的"贺礼"。这两天，他吩咐二狗子、大脑袋分头去了港口和有集市的村庄，这些都是乞丐们聚集的地方，二狗子以吃饱喝足为诱饵，将他们召集起来，等待着今天的堵路行动。

迎亲队伍被堵在村口，彭总管一时有些不知所措了。

"你……你们，快起来，怎么能堵迎亲的道？"彭总管快步跑到乞丐们跟前，火冒三丈地说。

二狗子他们就夹在乞丐之中，一个个也是灰头土脸，衣不蔽体。

"行行好，给点钱吧。"二狗子再次带头喊道。

"你们这不是捣乱吗？"彭总管厉声道。

"俺们不是捣乱啊，俺们三天没吃饭了，都快饿死了。新郎新娘行行好吧，给点儿钱，让俺们吃顿饱饭吧。"大脑袋摇晃着破碗，哭叫道。

"行行好吧。"众乞丐装模作样地哭成了一片。

彭总管已经意识到，一下子冒出这么多乞丐来拦路乞讨，当是有人在背后组织的，而矛头指向的是宏德堂。那么，他们抱定了捣乱的念头，如果要求得不到满足，他们是不可能让路的。彭总管想到这里，一边嘱咐吹鼓手和锣鼓手不要停止吹打，一边迅速派人到宏德堂去报信。

刚才，一直站在巷口等待迎亲队伍的管家潘士光和大掌柜刘小虎已经听到了锣鼓和乐器声，潘士光就跑回宏德堂，让放鞭炮的人做好点燃的准备。然而，当他再次回到巷口的时候，还不见迎亲队伍的影子，他就觉得不正常了。这时，彭总管派来的人气喘吁吁地跑到潘士光和刘小虎跟前，说迎亲队伍被一群乞丐堵在了村东头，他们只要钱，不要饭。潘士光便让刘小虎去村东看个究竟，自己则跑回了宏德堂。

这个时候，从掖城请来的厨师班子已经开始准备菜肴，庭院里已经坐满了亲朋好友，方英典和太太陈尚云在忙着照应客人。

"老爷，您过来一下。"潘士光心急火燎地进了院里，趴在方英典的耳朵上小声说。

方英典一听，脸上顿时划过一丝惊异的神情，连忙拉着潘士光进了堂屋。

马炳忠和宋占山就坐在正院当中的大方桌前，他们马上发现了方英典的异样。

"哎，占山兄弟，西由是不近，可也该到了啊？"马炳忠抬头看了眼太阳，转身对宋占山说。

"是啊，怎么还没到？"宋占山若有所思地应对道。

此时的宋占山已经猜测出是因为罗良基给宏德堂送出的那份独特的"贺礼"，至于是什么他还不得而知。

潘士光跟着方英典来到堂屋，急忙将乞丐堵路的情况说了一遍。

"有多少人？"方英典紧皱着眉头。

"报信的说有二十来个，一下子来了这么多要饭的，有意等在村东的路口堵迎亲的队伍，还只要钱，不要饭，后边肯定是有人指使。"潘士光分析道。

"是啊，来者不善，善者不来啊。"方英典背着手，在原地转了个圈儿。

"老爷，您看怎么办？"潘士光焦虑地问。

这时，刘小虎急匆匆地推开门，闯了进来。

"刘大掌柜，你快说，到底是怎么回事？"潘士光回身关上门，问道。

刚才，刘小虎跑到村东头，这群乞丐正在起哄，有几个还分别围在新郎官方兴通和新娘任明凡的轿前，让他们下来给钱。刘小虎知道，依照习俗，无论是新郎还是新娘都是不能中途下轿的，他们这是有意激化冲突。

坐在官轿里的方兴通也明显感觉出，这是有人无理取闹，让宏德堂出丑。他终于忍无可忍，要下轿与他们理论。

"少爷，你不能下轿啊。"刘小虎挡在了官轿前。

"不给钱，就不能走。"一个头戴破礼帽的乞丐用力将破碗摔在了地上，阴阳怪气地说。

刘小虎心急如焚，这时还没有认出，这个头戴一顶破礼帽的乞丐便是虎头村的二狗子。

从迎亲到婚礼，摔了花瓶摔了碗都是不吉利。众乞丐见二狗子带头摔了手中的破碗，都纷纷将碗摔在了地上。

路上碎片狼藉，吹打声和锣鼓声也停了。彭总管已经没有了主意，抓耳挠腮，急得团团转。

刘小虎背对着官轿，正巧看到那个头戴破礼帽的乞丐在与其他乞丐窃窃私语，好像在商量什么。他定睛一看，此人正是虎头村的小混混二狗子。宋占山为了欺行霸市，横行街里，就豢养了二狗子他们当打手。现在，打手扮成了乞丐，这幕后的操纵者必是宋占山。

怎么办？能挑明了吗？刘小虎的人脑飞速地运转着，他意识到，如果挑明了二狗子他们的身份，他们会恼羞成怒，从暗中使坏变成了正面冲突，事态将更加不可控，势必影响到婚礼的顺利进行。时间不等人，必须让新娘准时迈进宏德堂的大门。

"好，好。兄弟们不要着急，可俺身上没带钱，俺这就回去拿。"刘小虎想到这里，对乞丐们高声喊道，"今天，是宏德堂的大喜日子，兄弟们前来助兴，俺家老爷是绝不会亏待大家的，大家不要乱来，等着俺拿钱回来。"

刘小虎说罢，向彭总管交代了几句，便向宏德堂跑去。

"嗯，刘大掌柜，你做得很好，这时候你和二狗子他们就别相认了。"听了刘小虎的一番话，方英典轻蔑地一笑，"这个宋占山看来真是记恨着宏德堂啊，你不让他出这口恶气，怎么能行？"

"可是，总不能让这群乞丐误了咱宏德堂的大喜事啊。"刘小虎焦急地说。

"老爷，俺看这样，他们不是要钱吗？一人给他几个铜子，赶紧打发走。"潘士光建议说。

"是啊，老爷。"刘小虎赞成道。

方英典没再说话，而是走到西墙角的柜子前，从腰间取下钥匙，开锁，拉开抽屉，取出三十块现大洋，装进了一只小布袋里。

"刘大掌柜，你快去吧，记住，一人一块现大洋，这个钱宏德堂出得起，也算是行善积德了。"方英典将小布袋交给刘小虎，又转身对潘士光说，"潘管家，俺看到村南头吕记羊汤馆的老吕也来赴宴了，你去跟他说一声，让这些乞丐到他那里，一人一碗羊汤，外加两个火烧，如果不够，咱们管饱，钱，宏德堂两倍付。"

方英典交代完，便若无其事地走出了堂屋，笑逐颜开地照应客人去了。

刘小虎和潘士光分头行动，一个去了村东头，一个找到老吕，让他尽快回羊汤馆安排。

"回来了，刘大掌柜拿钱回来了。"已是焦头烂额的彭总管一看到刘小虎飞跑而来，就兴奋地喊道。

刘小虎在乞丐们面前站好，看也不看二狗子他们一眼，而是将手里装有现大洋的小布袋子举过头顶，还晃出现大洋碰撞的清脆动静来："兄弟们，钱俺拿回来了，俺家老爷感谢大家来助兴，特意发给大家一人一块现大洋。"

一人一块现大洋？乞丐们似乎不相信，叫喊着让刘小虎拿出来看看。

刘小虎不动声色地解开小布袋的红拴绳，掏出了几块白花花的现大洋："兄弟们看好了，钱都在俺这儿。俺老爷还说了，请大家到村南头的吕记羊汤馆喝羊汤，吃火烧，管饱啊。走，跟俺走喽，去晚了可就没有了。"

刘小虎煞有介事地说罢，摇晃着手中的小布袋子，大步向村南走去。

二狗子没想到方英典会这么大方，给现大洋，还管吃管喝，让他一时没了主意。十几个真乞丐禁不住诱惑，纷纷跟了刘小虎的身后。

发现大洋是为了满足乞丐们提出的条件，而让刘小虎带着他们到村南的吕记羊汤馆喝羊汤则是方英典的调虎离山计。

现在，迎亲队伍前只剩下二狗子和大脑袋了，他们相互看了一眼，自觉没趣，便灰溜溜地跑掉了。

"吹起来，敲起来吧。"彭总管如释重负，向迎亲队伍挥了下手。

于是，鼓乐齐鸣，抬花轿的八个壮汉颠起了花轿，迎亲队伍在彭总管的指挥下，向宏德堂走去。

任明凡随着花轿的摇晃而微微晃动，她听到了外面发生的事，却是神情漠然，就像一切都与她无关一样。她惦念着娘，希望日子过得快一点，三天之后回门，她就能见到娘了。

官轿里的方兴通也很坦然，本来就是逢场作戏，所以他就没必要担心什么。

终于，迎亲的队伍来到了宏德堂的巷口，潘士光指挥着众人点燃了鞭炮。在彭总管的主持下，婚礼仪式进行得有条不紊，井然有序。

掌灯时分，新郎官方兴通来到了洞房门口。他知道，任明凡正坐在炕上等着他。犹豫片刻，他推开了门，步履沉重地走了进来。

对方兴通来说，这个新婚之夜必将是痛苦难熬的。这是因为，他仿佛看到，江秀芝就站在不远处，瞪着一双美丽的大眼睛，笑眯眯地看着他。

第八章

各奔东西

　　任明凡决定跟随她娘李丹霞的脚步一死了之的想法，是在从娘家回到宏德堂的那个夜晚诞生的。回门变成奔丧，悲痛欲绝地送走了她娘，她再也没有活下去的勇气了。

　　"娘，俺这就去找您，您就在那边等着俺吧。"那天，跪在李丹霞新起的坟头前，任明凡泪眼蒙眬地在心里说。

　　自然，方兴通是听不到任明凡的心里话的，即使回到了宏德堂，他也没有发现她有什么异样。他时常会坐在正间他爹方英典曾坐过的太师椅上，手里捧着那张在大明湖拍下的照片，双目失神，思念着心爱的江秀芝。

　　或许谁也不会想到，洞房花烛夜，方兴通并没有与任明凡同房，而是独自在东套间里度过的，这里原是方英典自己的小书房。

　　宏德堂里有专门的大书房，是太爷方宝奎当年创立的，名叫"是知书屋"，是宏德堂最神圣的地方。后来，谁成为宏德堂的堂主，谁就成为"是知书屋"的主人。在某种意义上，"是知书屋"乃家族地位与权力的象征。

　　在东套间的小书房，有一张红木虎腿设计的藤子床。那时候，方英典读书累了，就会在这张床上小憩片刻，养精蓄锐。

　　光阴无情，物比人长久，在宏德堂里，这些老物件一代传一代，渐渐成为传家宝。

那个晚上，任明凡的盖头是方兴通揭开的。 方兴通心情复杂地步入红烛摇曳的洞房，在正间的太师椅上坐了一会儿，才来到东间。 然后，他又在任明凡的面前站了许久，才举起喜秤，慢腾腾地挑起了蒙在任明凡头上的红盖头。

任明凡泪眼婆娑，悲泣不已。

方兴通知道任明凡为什么哭，她是在哭她不幸的娘，也是在哭不幸的自己。 于是，他搬过一只圆凳，在她的对面坐下来，想跟她说几句心里话。

任明凡的心里自然明白，方兴通是为了遵守婚约，也是为了让她娘放心地走才答应娶她为妻的。 而她自己，又何尝不是如此。 任明凡从未出过掖县，却读过私塾。 任振德没有儿子，他就把独生女当儿子养，请来教书先生，专门教任明凡读书。 在那个年代，女子无才便是德，而任明凡却通文识字，尤其喜爱李清照的诗词。 她知道，宋徽宗宣和三年，李清照的丈夫赵明诚曾任莱州知州，当时的莱州也就是现在的掖县。 她随后前来探望，并写下了律诗《感怀》：

作诗谢绝聊闭门，燕寝凝香有佳思。
静中吾乃得至交，乌有先生子虚子。

李清照的丈夫赵明诚整日忙于应酬，李清照在诗中抒发了受到冷落的失望与不满情绪。 本来，李清照与赵明诚的婚姻是美满的，却因国破家亡而以悲剧告终。 而对任明凡来说，她与方兴通这场婚姻的开始便是悲剧，所以更残酷。

新婚之夜，方兴通跟任明凡讲了许多话，除了表达自己的愧疚之情，更多的则是在向她诉说自己与江秀芝的爱情，希望她能理解并原谅他的选择。 值得庆幸的是，任明凡知书达理，像李清照一样懂得爱情，此时的她成为一个虔诚的倾听者。 当她了解了方兴通与江秀芝爱情的来龙去脉之后，任明凡突然发现，自己与方兴通并无感情，她确实是一个多余的人。

"俺要离开这个封建的宏德堂，到济南府去，永远也不会回来了。"最后，方兴通站起来，声音低沉地说。

无论如何，方兴通的决定还是让任明凡感到了几分意外，但是，她没有显露出一丝吃惊的神色。实际上，她也想到过出逃，就像当年的宋家宁一样。但是，离开西由街，她便举目无亲，又能逃到哪里去？那么，去娘家奔丧回来，她决意去找在另一个世界的娘便是顺理成章的事了。

方兴通能将自己要离家出走的决定告诉任明凡，就知道她会保守这个秘密。他觉得，如果不是江秀芝的意外出现，他一定会慢慢地爱上任明凡，从而过上幸福的生活。但是，江秀芝出现了，并一步步地走进了他的心里，让他欲罢不能，一切也就随之发生了改变，从而酿成了这场婚姻悲剧。方兴通甚至想，这场悲剧的始作俑者就是自己的爹方英典。他墨守成规，明知自己另有所爱，却执意以婚约为由，让他与任明凡成婚。然而，在强大的堂规家法面前，他是无力反抗的，留给他的只有一条路，那便是逃离。

离家出走，就在这个黎明之前。当方兴通从东套间里走出来的时候，他发现，任明凡已经盘腿坐在炕沿上，面无表情，就像一尊木雕一样。

方兴通辗转反侧，一夜无眠，逃离宏德堂让他既兴奋又恐惧。马上就要回到江秀芝的身边了，他不能不兴奋，然而，一想到他出走后爹方英典的反应又让他不寒而栗，他甚至能想象出他爹暴跳如雷的样子。他心知肚明的是，从此以后，他将被打上"逆子"的标签，或许永远也回不了宏德堂了。

任明凡却睡得挺踏实，其间还做起了梦。日有所思，夜有所梦，她梦到的自然是娘李丹霞。睡梦中，她看到自己正向着一个有星光闪烁的地方走去，而在路的尽头，则是娘在向她微笑着招手。

"娘，俺来找您了。"任明凡泪如泉涌，失声道，然后就醒了。

绝不能在宏德堂守活寡，去找亲爱的娘，就在方兴通离家出走之后，这是任明凡最终的决定。

或许，对一个不幸的女人来说，她在决定一死了之的时候，便没有了对死亡的恐惧，有的只是即将解脱的坦然。那么，当方兴通背起简单的行囊，她能心情平静地将他送出房门就不是什么意外的事情了。

"一路平安，你到济南后，还是给爹来封信吧。"任明凡目光游离地说。

方兴通依然没有发现任明凡有什么不同寻常，只是越来越觉得对不起她。他知道，自己欠下的这份情债不会再有偿还的机会了。

"对不起，俺走了，你是个好人，多多保重吧！"方兴通一时泪湿眼眶，刚走出房门，又转回身来，向任明凡深深地鞠了一躬。

任明凡没有回话，只是抬了下手，那意思是说，你快走吧，再不走天就亮了。

方兴通蹑手蹑脚地来到正院，下意识地看了眼高大的堂屋。这个时候，方英典睡得正香。无论如何，胳膊拧不过大腿，方兴通最终屈服于堂规家法，履行了婚约，将任明凡娶进了宏德堂，方英典总算是一块石头落了地。

宏德堂人喜爱牡丹，却不待见狗，所以就从来没人养过。现在，万籁俱寂，方兴通怕弄出声响，就没敢走正门，而是穿过牡丹园，来到了南书房，准备从这里的小门溜走。就在这时，传来了拨动门闩的声音。方兴通一惊，连忙躲到书房的拐角处。

吱呀，推门而入的是鬼鬼祟祟的刘小虎。

刘小虎一直住在先前教书先生住过的屋里，他在这个时候回来，肯定是彻夜未归，那么，他干什么去了？方兴通甚是纳闷，自然，他不会问刘小虎，从而暴露了自己。三十六计，走为上计，他知道，必须赶紧

142

离开，趁早赶路，如果惊醒了睡梦中的方英典，他就插翅难飞了。

人是有感情的，比如，方兴通对大管家潘士光有感情，这是因为，潘士光是看着方兴通长大的。屈指算来，大掌柜刘小虎也来到宏德堂快三年了，但是方兴通一直在济南上学，与他并没有什么接触。现在，方兴通顾不得多想，看着刘小虎轻手轻脚地进了屋，就趁着黎明的曙光照亮大地之前溜出了宏德堂，踏上了赶往济南的路。这个时候，他绝不会想到，一个叫蔡铣朴的青年男子正由济南向掖县赶来，投奔他，而任明凡已决意用三尺白绫送自己上路。

蔡铣朴是方兴通的济南好友。几个月前，行将在山东公立商业专门学校毕业的时候，方兴通和宋家安等同学被安排到张记百货粮油公司实习，两人便同时认识了蔡铣朴。

世界上总会有许许多多不幸的人，就像蔡铣朴。他年长方兴通两岁，来自遥远的乡下，数年前，与苦命的爹蔡老汉一路乞讨来到了济南府。为了生存，蔡老汉在铁路货场扛麻袋，卖苦力。他身体强壮，又舍得下力气，一人能扛起两只装满粮食的麻袋并行走如飞，深得张记百货粮油公司张老板的喜欢，就当了工头。那个时候，蔡铣朴才十岁，父子俩相依为命，吃住都在货场。这天下午，张记百货粮油公司的几十麻袋东北大豆刚刚卸下了火车，堆积在站台上，天就突然下起了雨。公司的货车还没到，蔡老汉急忙带领几名装卸工将一袋袋大豆往不远处的一个帐篷里扛。雨越下越大，蔡老汉知道，如果不把豆子及时抢运至帐篷里，豆子见水就会膨胀发芽，张老板的损失就大了。张老板对自己不薄，他也得对得起张老板。所以，别人一趟扛一个麻袋，他一扛就是两个麻袋，来回跑了五趟，已是筋疲力尽，犹如强弩之末。终于，几十麻袋大豆都转运到了帐篷里，他靠在麻袋垛上，大口喘着气，想歇息一下。悲剧就在这个时候发生了，由于抢时间，麻袋垛堆积得并不牢稳，小山似的麻袋轰然倒塌，将他埋没其中。这个时候，工友们都跑到屋里躲雨去了，没人发现他被砸进了麻袋垛。待到雨过天晴之时，人们才发现工头不见了，遂四处寻找，他们做梦也没有想到，蔡老汉就在眼皮底下的麻袋垛里，早已没了气息。

蔡老汉是为公司而死的，张老板既感动又愧疚，就收留了无依无靠的蔡铣朴，让他到门店柜台上当小学徒。蔡铣朴聪明灵巧，口齿伶俐，小小的年纪便会察言观色，深得大掌柜的喜爱。他教蔡铣朴断文识字，又毫无保留地传道授业，就像宏德堂的老管家朱兆福当年悉心调教潘士光并将其培养成新管家一样。如今，蔡铣朴已经长大成人，能独当一面了。他原本以为，多年的媳妇熬成婆，老掌柜告老还乡之后，自己能顺理成章地接班当上大掌柜。可是，张老板是个雄心勃勃而且目光远大的企业家，为扩大经营规模，提升公司的管理水平，便花重金聘用了一名留洋归国的工商管理学硕士出任总经理，并撤销了大掌柜职位。蔡铣朴依然还是个小职员，失落感油然而生，他觉得在张记百货粮油公司将永无出头之日，便萌生了另攀高枝的念头，并最终谢绝了张老板的真诚挽留，离职了。在济南府，他找了好几家公司或店家，小的他看不上，大的人家看不上他，他便成了无业游民。这个时候，他不禁为自己的一时冲动而后悔了，但是，他已经没有脸面重回张记百货粮油公司了。走投无路之时，他突然想起了掖县的大户人家宏德堂。方兴通在公司实习的时候，他们相处得不错，成为无话不谈的好朋友。他曾告诉蔡铣朴，宏德堂有船队，生意越做越大，家里正等着他回去主掌大船队。蔡铣朴觉得，他去投奔方兴通，肯定不会被拒之门外，那么他就有了用武之地。即使被方兴通无情地拒绝，他还可以去虎头村找宋家安一试，尽管他和宋家安的关系不像与方兴通那样好。决心一下，他便在这天早上踏上了东去的火车，途经潍县赶赴掖县。

方兴通在村口等了许久，才有一辆南去的牛车路过。他拦下车，说明情况，付了银子便跳上了车尾。

东方破晓，方兴通回望着渐渐模糊的方家村，禁不住泪流两行。他不敢想象爹方英典得知他离家出走后会是个什么样子，那么，任明凡会向公爹透露实情吗？ 如果这样，他的出逃便毫无意义了。

天明时刻，方英典醒了。 他言而有信，一诺千金，让儿子将任明凡娶进了宏德堂，没有让宏德堂颜面扫地，他终于放下了沉重的心理包袱。 方英典看了眼还在熟睡的老伴儿陈尚云，轻轻地坐了起来。 这时，他听到窗外有人在扫地。 谁起得这么早？ 他穿好衣服，好奇地走出了房门。 原来，刘小虎正手持一把大扫帚，扫着地上随风飘动的落叶。

实际上，刘小虎是在有意等着老爷方英典。

无论如何，方英典都不会预料到，宋占山的闺女宋家宁再次失踪了，像几年前的第一次失踪一样。 本来，宋家宁已经接受了残酷无情的现实，不再奢望她爹宋占山能大发慈悲，让她与刘小虎成亲，已经铁了心要老死在自己的闺房里。 没承想，宋占山却不肯罢休，嫌有这么个老闺女待在家里丢人现眼，便私自做主将宋家宁许配给了平度县一个大户人家，要让她给老爷做三姨太，后天便是她出阁嫁人的日子。 宋家宁的心里只有刘小虎，她自然不从。 她表面应承下来，前天夜里便趁着家人不备，又一次逃跑了。

宋家宁的第一次失踪与刘小虎无关，而这一次，他却是一个知情者和参与者。

昨天一大早，宋家宁在虎头村小港口的一条破船里藏了一宿，找到刘小虎的时候，着实将他吓了一跳。 宋家宁已经快三年没出门了，方家村与虎头村相隔不过几里地，他们却犹如天各一方，不能相见。

在通往虎头村小港口的那个沙土小道上，宋家宁突然从小树林里跑出来，拦住了刘小虎。 她告诉他，宋占山竟然将她许配给平度的一个大户人家做三姨太，后天，她就要远嫁。

"刘小虎，你要是不救俺，俺这就去死。"宋家宁哭丧着脸说。

任明凡的嫁妆三帆货船今天到达小港口，刘小虎是去接收货船的。 听了宋家宁的一番哭诉，他也不知道如何是好。 能再次低三下四地向宋占山求情吗？刘小虎知道，过去不行，现在更是不可能的事。那么，自己能去宋家做上门女婿吗？有道是，不是一家人，不进一家门，何况宋占山的真正目的是挖宏德堂的墙角，让他与宏德堂作对，这更不可能。刘小虎觉得，这么多年过去了，他与宋家宁历经坎坷，难结良缘，这也许是命中注定的事。

"你怎么能去死啊？"刘小虎一时束手无策，急得团团转。

"你要是不救俺，带着俺走，让俺嫁给那个死老头做三姨太，俺就去死！"宋家宁恶狠狠地拧了刘小虎一把。

这时，不远处有一阵杂乱的脚步声传来，接着，刘小虎又听到了宋占山的管家罗良基咋咋呼呼的声音。刘小虎马上意识到，这是宋占山派人来小港口找宋家宁了。

"快藏起来。"刘小虎被宋家宁拧得疼痛难忍，龇牙咧嘴地说。

刘小虎拉着宋家宁进了浓密的小树林里，他们躲藏在一个长满杂草的小沙丘后。刘小虎斜靠在沙丘上，宋家宁一头扎进了他的怀中，立时泪流满面。

刘小虎也哭了，轻轻地拍打着宋家宁的后背，绝望地说："家宁，咱们还是认命吧，下辈子再做夫妻吧。"

宋家宁一听，马上不哭了，腾地一下站起来，声嘶力竭地说："好，俺认命，俺命中就应该死！俺告诉你，俺死也不会嫁给那个老头子做三姨太！"

毫无疑问，刘小虎深深地爱着宋家宁，他的放手是因为已经向不幸的命运屈服。他太了解宋家宁了，她认准的事就会坚持到底，就像死心塌地地爱上他一样。他知道，如果不帮她逃脱，她真的会死。那么，她又能逃到哪里去？或者说，他又能将她藏到哪里去？

"好，你要听话，先在这里藏着，不能乱动。俺去港上接收完货船，就回来想办法。"刘小虎为宋家宁擦干眼泪，又将她按坐在沙丘前。

"真的，你不是骗俺吧？"宋家宁将信将疑地问。

刘小虎绝不能见死不救，何况是他的心上人。这个时候，他已经决定要拯救宋家宁于水火了，尽管他还没有想出什么好的办法。

"不会。"刘小虎在宋家宁的脸上亲了一口，"等俺回来。"

刘小虎说罢，便小心翼翼地走出了小树林，然后大步流星地向小港口走去。

太阳初升，微风习习，虎头村的小港口已是一番繁忙景象。大大小小的渔船正在起锚升帆，出海的撑篷号子也喊起来了，一领众和，粗犷而高亢：

一拉金来咯。嗨哟！

二拉银来嘛。嗨哟！

三拉聚宝盆呐。嗨哟！

加把劲呀。嗨哟！嗨哟！

鱼满舱哎。嗨哟！嗨哟！

风送金来，嘿嚓！

水献银哪，嗬嘿！

……

渔家号子此起彼伏，随风飘荡。终于，一条条渔船扬帆起航了，争先恐后地驶向浩瀚无垠的大海。尖尖的船头忽高忽低，利斧般劈开海面，犁出两道翻滚的浪花。此时此刻，成群结队的海鸥异常兴奋，鸣叫着飞过来，围聚在船的周围，追逐叼食着洁白浪花中的小鱼或者小虾，自然，这是海鸥们最为欢乐的时刻。

刘小虎步履匆匆地来到小港口，却无心欣赏这令人欢欣鼓舞的场景。他先是看到，宋占山的管家罗良基带着一行人在岸上来回奔跑，急如星火地跳上一条船，然后又跳下来，接着跳上了另一条船。接着，他看到了大海中有一条三帆货船正迎面驶来，桅杆上迎风飘动的巨幅红绸格外耀眼。 船头上，舵手吴人庆正向岸上频频挥手。

三帆货船，这是宏德堂亲家任振德陪送闺女任明凡的嫁妆！

刘小虎连忙招呼岸上的伙计们扯拉起长长的"大地红"鞭炮，摆放好一箱箱"惊天雷"。 不多会儿，货船降帆抛锚，最终稳稳地搁浅在离宏德堂货船不远处的海滩上。 刘小虎一声令下，鞭炮与惊天雷先后炸响，一时震耳欲聋，硝烟弥漫。

渐渐地，硝烟散去，吴人庆带着疲惫不堪的船员们歇息去了。

罗良基也走了，当然，他不可能找到宋家宁。

刘小虎站在岸上，任凭海风吹拂，而随着宋家宁在脑海里的浮现，忧愁再次涌上心头。 怎么办？ 无论是虎头村还是方家村都没有宋家宁的藏身之处，而离开这里，他们又举目无亲。 他已经答应宋家宁，一定要想出办法来，可是，办法又在哪里？

阳光普照，海面波光粼粼，放眼望去，芙蓉岛在不经意间进入了刘小虎的视野。

《掖县志》记载，芙蓉岛，隔海岸五十里，翠螺一点，泛泛烟波中，状若蜉蝣。 据传，明代大学士毛纪与正德皇帝对弈赢得此岛后，因爱其风景秀丽，遂以幼女稚名芙蓉为岛名。 岛不大，无人，海拔70余米，或大或小的天然洞窟密布于悬崖峭壁之上。 隆冬严寒之季，洞内温暖如春，而在盛夏酷暑时节，却是清爽宜人。 在水帘洞，有光泽剔透、形状奇特的钟乳石倒悬，滴水如线汇成一泉，清冽甘甜，终年不枯。

牡蛎、海参、鲍鱼等海珍繁衍于水下礁丛之中。 许多年前，刘小虎曾多次独自划船去过芙蓉岛，那是他去为东家宋占山挖海参。 芙蓉岛的海参体壁厚而软糯，营养丰富，是馈赠友人的滋补佳品。 刘小虎带足干粮，早出晚归，总是收获颇丰。 有时候，他也会攀岩登岛，东逛逛，西转转，游玩一番。

芙蓉岛上好风光，草木繁茂，郁郁葱葱，那成熟的酸枣或者枸杞更是红得耀眼。 当然，也有数不尽的飞禽走兽在此繁衍生息。 动作敏捷的野兔或者步履蹒跚的刺猬活得是那么自由自在，而那成百上千的鸽子以天然洞穴为巢，毫无顾忌地展翅翱翔，飞进飞出，成为芙蓉岛上独特的风景。 可以说，芙蓉岛是许多动物的天堂。

坦白地说，刘小虎与宋家宁这段爱情的催化剂正是他送给她的那十几只鸽子蛋。 那个时候，他已经感觉到了她的爱意，却是佯装不知。他心里清楚，自己是一贫如洗的穷船员，宋家宁是东家的千金小姐，即使她喜欢上了他，自己也不能有这个非分之想。 然而，宋家宁是单纯而执着的，宋占山重男轻女，她因弟弟宋家安的出生而备受冷落，却在善良的刘小虎身上找到了几分慰藉，把刘小虎当成了她的心灵依靠。 她喜欢他，并毫不掩饰，经常偷偷地送给他些好吃的，比如糖果与饼干之类。 刘小虎无以为报，总觉得亏欠宋家宁。 有一个晌午，他登上芙蓉岛，当在巢穴里发现了一只只鸽子蛋的时候，马上喜出望外。 他攀附在悬崖峭壁上，小心翼翼地为宋家宁掏鸽子蛋。

那天晚饭后，有夏风微吹，也有月亮高悬。 刘小虎怀揣着一包鸽子蛋，偷偷摸摸地来到宋家宁的闺房，发现她正坐在门口悠闲自在地嗑瓜子。

实际上，刘小虎一拐进通往宋家宁闺房的这条羊肠小道，她就听到了他的脚步声。 刘小虎身高马大，常年在船上劳作又生成了一双大脚，走起路来虎虎生风。

刘小虎怎么来了？ 宋家宁的心跳不由得加快了。

自然，这是刘小虎第一次主动来找宋家宁。 刚来到宋家的时候，他曾给她抓过蚂蚱，逮过天牛，从而让她喜欢上了这个似乎是从天而降的大哥哥。 后来，他们都长大了，宋家宁爱上了他，他却承受不起，有意躲避着她。 现在，接过带着刘小虎体温的鸽子蛋，宋家宁激动得哭了。

男女授受不亲，刘小虎甚是紧张。 他知道，一旦被人发觉，必将引起轩然大波，东家宋占山绝不会轻饶了他。 因此，他顾不得劝慰宋家宁，转身欲走。

"小虎哥!"宋家宁忘情地扑进了刘小虎的怀里。

刘小虎感到宋家宁的身体柔软而芬芳,他愣了一会儿,才轻轻地推开了宋家宁,恋恋不舍地离开了。

这包鸽子蛋宋家宁根本就没舍得吃,直到放臭了宋家宁才心疼地把它们埋进院里的那棵大枣树下。

不管怎样,发自心底的爱是压抑不住的,压抑得愈久,爱得愈深,暴发得愈强烈。终于有一天,刘小虎与宋家宁偷尝了禁果,并最终东窗事发,酿成了这场爱情悲剧。

特殊的成长经历养成了宋家宁桀骜不驯的性格,她总是说到做到,不计后果,刘小虎绝不能眼看着她自寻短见。现在,眺望着大海深处影影绰绰的芙蓉岛,刘小虎突然想到,岛上冬暖夏凉的洞穴无疑是宋家宁暂且藏身的好地方。主意已定,刘小虎急忙向宋家宁藏身的小树林走去。

"好,藏在岛上也比嫁给那个死老头子强!"宋家宁一听,马上赞同,"不过,你要常来看俺。"

刘小虎没有想到,宋家宁毫不犹豫地同意了。他先让宋家宁安心地藏在小树林里,他要回宏德堂准备被褥和吃的东西。

如此这般,在夜幕降临的时候,刘小虎划着小舢板,神不知鬼不觉地将宋家宁送上了芙蓉岛,并找到一个通风良好、地面干燥的隐蔽洞穴,将宋家宁安置下来。

这天,刘小虎之所以破天荒地彻夜未归,是宋家宁坚决不让他走。

在这个季节,海边已是十分寒冷,何况是大海之中的芙蓉岛。洞穴中,宋家宁紧紧地搂抱着刘小虎,迟迟不肯撒手。

"小虎哥,你今晚就住这里吧。"宋家宁泪眼婆娑地央求道。

冒天下之大不韪,将宋家宁藏匿在芙蓉岛上,刘小虎已经有些后怕与后悔了。如今,他是宏德堂货船的大掌柜,老爷方英典无比信任他,而他却做出了私藏宋家宁这种大逆不道的事情。宋家宁第一次离家出走时，宋占山就曾大闹宏德堂，并在日后屡屡暗中作梗，与方英典作对。那么现在，如果事情败露，势必给宏德堂抹黑，更让宋占山对老爷方英典恨之入骨，说不定他又会做出什么伤天害理的事情来。可是，他能将此事告诉老爷吗？如果说了，老爷会听之任之吗？宏德堂视声誉如生命，老爷会理解并原谅他吗？

"不，俺得赶紧走了。"刘小虎想到这里，一把推开了宋家宁，向洞口走去。

刘小虎心急火燎，用力过猛。宋家宁却是毫无防备，被推了一个趔趄，接着被一块石头绊倒在地。

宋家宁坐在地上，哇的一声号啕大哭起来。

听到宋家宁的哭声，刘小虎不由得站住了，回过头来，左右为难地看着她。

圆月当空，星光灿烂，没有风，芙蓉岛的夜晚是那么宁静。宋家宁歇斯底里的哭声冲破夜幕，消失在茫茫大海上，这是她对自己悲惨命运的尽情宣泄。

相信世上任何一个男人都不会对自己心爱女人的悲伤与绝望无动于衷，刘小虎更是如此。宋家宁是那么爱他，是他对不住她的一往情深。犹豫片刻，他终于回过身来，慢慢地向宋家宁走去。

夜深了，洞穴里一团漆黑。渐渐地，北风起了，巨浪翻滚着扑向芙蓉岛，一时惊涛拍岸，犹如千军万马呼啸而至。云开雾散，月亮更加明亮，洁白而冷清的月光照进了洞里。

这个坐北向南的洞穴成了避风港，也成了刘小虎与宋家宁的爱巢，他们紧紧地拥抱在一起，尽情地享受着这难得的二人世界。宋家宁脸上的泪水干了，泪痕在月光的照耀下闪着银光。长夜漫漫，他们疯狂地亲吻，忘情地做爱，似乎要以这样激情似火的方式弥补回这三年的相思与渴望。

这天正是阴历十五，月亮追随着太阳的轨迹东升西落。激情过后，刘小虎清醒过来，又回到了残酷的现实当中。多年的出海经验让他能根据月亮的升落判断出准确的时辰，现在，月亮已经偏西了，刮了一夜的北风也渐渐地停了下来，海面恢复了平静。刘小虎知道，天就要亮了，到了梦醒时分，他必须要告别宋家宁，回宏德堂了。

"小虎哥，咱们还是跑吧，跑得越远越好。"宋家宁依然不死心，用乞求的目光看着心神恍惚的刘小虎。

与宋家宁私奔是刘小虎从来都没有想过的事情，他舍不得宋家宁，同样，也舍不得对自己恩重如山的宏德堂。新的货船已经到了虎头村的小港口，宏德堂有了两条三帆货船，现在最需要的就是人，他怎么能在这个时候一走了之？他必须马上离开芙蓉岛，赶回宏德堂，无论如何也得向老爷方英典说明情况，不管结果是什么。

"跑？咱们能往哪里跑啊？"刘小虎轻轻地抚摸着宋家宁的脸颊，"俺这就回宏德堂，这事儿不能瞒着老爷，俺相信，老爷也一定能帮俺想办法。"

"你觉得老爷能帮我们？"宋家宁一听，似乎看到了希望。

"能，一定能。"刘小虎点点头。

安抚好宋家宁，刘小虎就划着小舢板回到了虎头村的小港口，然后马不停蹄地向方家村赶去。他悄悄地拨开南书房小院门的门闩，进屋躺下，却怎么也睡不着，看着窗户纸越来越明亮，他起身下炕，来到院里。昨夜的风不小，树上残留的枯叶被刮了下来，三三两两地散落在地上。于是，他到墙旮旯拿起一把大扫帚，扫起地来。不多会儿，南院扫干净了，他又来到正院，一边扫地一边等待着老爷方英典的出现。

"哟，小虎啊，怎么起得这么早？"方英典一走出屋门，就看到了刘小虎。

刘小虎正想着心事，方英典的突然出现吓了他一跳。

"老爷，俺……"刘小虎甚是紧张，没敢抬头看方英典，欲言又止。

方英典站在廊檐下，伸了个懒腰，发现刘小虎脸色阴沉，十分难看，说话也吞吞吐吐的，有些不对劲儿。

"你……你这是怎么了？ 想说什么就说什么嘛！"方英典纳闷地端详着刘小虎。

"俺……老爷，俺……"刘小虎越想心里越害怕，更加语无伦次了。

刘小虎的失常表现让方英典马上意识到，他肯定有事。

"来，你告诉俺，到底发生了什么？"方英典快步走到刘小虎跟前，夺下了他手中的扫帚，表情严肃地说。

刘小虎听罢，扑通一声跪在了方英典的面前，哭叫道："老爷，俺对不住您，俺闯祸了。"

闯祸？ 一向忠厚老实又忠心耿耿的刘小虎能闯什么祸？

"刘小虎，有什么话，站起来说！ 你这是干什么？"方英典一把将刘小虎拉了起来，厉声道。

"宋家宁，俺把她藏到了……"刘小虎胆战心惊地说。

私藏宋占山的闺女宋家宁，这可不是小事，方英典自然是一惊，迅速打断了刘小虎的话："你先别说了，走，咱们到南书房说去。"

刘小虎垂头丧气地低头向南书房走去。

来到南书房刘小虎的屋里，方英典已经平静下来，盘腿坐在炕上，急切地询问道："小虎，你快说，这到底是怎么回事？ 你把宋家宁藏到哪儿了？ 你为什么要藏她？"

刘小虎忐忑不安地站在方英典的面前，一五一十地将来龙去脉说了个明明白白，最后，他声泪俱下地说："老爷，宋家宁说，要是宋占山把她嫁给那个老头做三姨太，她就去寻死。 俺了解她啊，她可是真能……俺，俺不能见死不救啊。"

听着刘小虎声泪俱下的讲述，方英典的眼圈慢慢地红了，陷入了沉思。 这真是两个可怜的孩子啊，刘小虎已经来到宏德堂三年了，是货船的船老大，也是海运生意的大掌柜，他对宏德堂忠心耿耿，宏德堂离不开他这个顶梁柱，首次驾船往返东北，他还冒死救过自己的性命。 可是，自己却眼看着这对痴男怨女寻死觅活，备受煎熬，而没有伸出援手，成为一个旁观者。那么，宏德堂又能为他们做点什么呢？

"老爷，俺对不住您，俺不应该……"见方英典久久不语，刘小虎愧疚地说。

方英典挥了下手，从炕上跳下来："小虎啊，不是你对不住俺，是俺对不住你啊。别急，咱们一起想想办法，看看还有没有可能让宋占山改变主意。"

"他怎么能改变主意？除非太阳从西边出来！"刘小虎摇摇头说，"俺听宋家宁说，宋占山把订婚的彩礼都收了，明天就是她出嫁的日子。"

"要么你回去当上门女婿？"方英典思量片刻，似乎在自言自语。

刘小虎一听，马上回绝道："老爷，俺死也不会回去的。"

其实，方英典知道，刘小虎肯定是不会回去的，他只是随口这么一问。这个时候，他终于意识到，刘小虎与宋家宁的婚姻是不可能的事，宋占山绝不会改变主意。那么，为避免造成宋家宁自寻短见的悲剧，将她暂且藏匿起来是没有办法的办法。

"好吧，你不能见死不救，宏德堂也不能见死不救啊。"方英典终于横下心来，"不过，这事要绝对保密，否则，不但救不了宋家宁，连宏德堂也……"

"放心吧，老爷，俺谁也不会说，您就当什么也不知道，出了什么事，俺自己担着。"刘小虎信誓旦旦地说。

"宋家宁吃住都在芙蓉岛，天也冷了。俺看这样，还是跟管家潘士光说一声吧，他是可以信赖的人，让他多帮帮你，否则也容易露出马脚啊。"方英典亲切地拍拍刘小虎的肩膀，万般无奈地说，"不过，让宋家宁藏在芙蓉岛也不是长远之计啊，现在来看，也只能走一步算一步了，先躲过她出嫁的日子再说吧。"

"好，老爷，让您费心了。"刘小虎感激涕零地说。

方英典没再说话，忧心忡忡地背着手回了正院。　他知道，世上没有不透风的墙，宋家宁的暴露是迟早的事，他必须要想出一个能让宋占山回心转意的办法来。　但是，这个办法或许根本就没有。

　　刘小虎跟出门来，默默地望着方英典的背影，不禁泪流两行。　老爷的背已经有些弯了，步履也不再那么铿锵有力，他意识到，老爷真的老了。

　　月亮西落，太阳东升，门楼外光秃秃的槐树冠上站着几只无所事事的喜鹊。　早起的麻雀们在廊檐下的横梁上扑棱着翅膀，交头接耳，似乎在商量着去哪儿觅食。

　　无论发生什么，新的一天还是到来了。

　　这个时候，方兴通已经坐上了赶赴潍县的马车，然后，他会在潍县再登上开往济南府的火车，最终与他的心上人江秀芝相会。

　　任明凡还在倒头睡着，送走了方兴通，她的心好像一下子踏实了。或许她还会做梦，在梦中，她当是眼含热泪，带着对爹任振德的不舍踏上了追随娘的路。

　　那个叫蔡铣朴的青年人自然不会知道宏德堂里发生的一切，现在，他正坐在奔赴潍县的火车上，饶有兴致地看着窗外的风景。　他相信，当他出其不意地出现在方兴通的面前时，方兴通肯定会喜出望外。

第九章

明火执仗

儿子方兴通离家出走已经三天了，方英典竟然一无所知。

这自然是事出有因，连日来，宏德堂的烦心事太多了，刘小虎自作主张将宋占山的闺女宋家宁藏匿到芙蓉岛，将宏德堂推到了一个尴尬的境地只是其一，更让方英典懊恼的是，在一笔木材生意上，胸有成竹的方英典却意外地输给了诡计多端的宋占山。

朱由镇财大气粗的沈克明扩建庄园，需要大宗东北的上好木材。消息传出后，掖县的木材商纷至沓来，千方百计地争夺这笔好生意。几经反复，优胜劣汰，最后只剩下了实力雄厚的宏德堂。方英典是与亲家任振德一起竞争这笔木材生意的，两强联手，可谓十拿九稳。谁料到，半路杀出了个程咬金，在宏德堂人焦头烂额地忙着娶媳妇的时候，宋占山后来者居上，抢走了买卖，并迅速签下了供货契约。

前天，方兴通一早离开了宏德堂，方英典与刘小虎说完话后，正准备吃早餐，亲家任振德就派达远亨商行的大掌柜梁洪斌前来告知了这个坏消息。方英典听罢，愕然又愤然，连忙派管家潘士光前去朱由镇询问。原来，宋占山为抢夺生意，不仅价格低于宏德堂的报价，连订金都不要了，货到才付款。这种优厚的供货条件没人愿意拒绝，宏德堂只能眼睁睁地丢了这笔生意。这些年来，像宏德堂一样，宋占山的货船往来东北与掖县，但是他独辟蹊径，做的是山珍、皮货与药材生意，与宏德堂井水不犯河水，倒也风平浪静。他知道，自己的财力还不足以与宏德

156

堂展开全面的竞争，便处心积虑地积累资金，蓄势待发，试图有朝一日能与方英典一争高下，彻底打败宏德堂。现在，千载难逢的机会终于来了，在巨大利益的驱使下，宋占山打破了这个难得的平静与平衡。自然，无规矩，不成方圆，经商有经商的规矩，或者说，商道即人道，做生意就是做人，而宋占山却是明火执仗，唯利是图，打了方英典一个措手不及。毫无疑问，双方签订了供货契约，木已成舟，方英典无力回天，只能扼腕叹息了。

方英典恼怒不已，心烦意乱，犹如吃了一只令人作呕的苍蝇。在宏德堂，很少有人看到方英典失态，他好像从不狂喜或暴怒。在情绪不好的时候，他总会独自躲进僻静的"是知书屋"里。现在，像以前那样，他走进了书屋，闭门不出。当然，书也是看不进去的，方英典只是呆坐在书桌前，闭目养神，努力调理着自己纷乱的心情。

最早发现方兴通已不在宏德堂的是他的妹妹方兴逦。

在宏德堂，方兴逦是爹娘的掌上明珠，不像宋占山的闺女宋家宁那样备受冷落。如同每一个传统家族一样，方英典重男，处心积虑地培养方兴通，希望他能将宏德堂的货运生意做大做强，从而光宗耀祖。同时，方英典也不轻女，摒弃了"女子无才便是德"的陈旧理念，让方兴逦进南书房读书便是最好的例证。方兴逦小方兴通十三岁，哥哥也十分宠爱她。昨天下午，她从南书房读完书回到正院，就又蹦又跳地到东院找哥哥玩。

哥哥不在，只有嫂子任明凡坐在炕上愣神，方兴逦看到，丫鬟乔玉芬送来的饭放在炕桌上，嫂子并没有吃。

其实，方兴逦一拐进东院，任明凡就看到了。

在方家村，方英典是最早将窗户纸换成玻璃的，尽管只有一尺见方的一块。这块透明的玻璃是许多年前他从青岛带回来的，是一个做进出口生意的老友相赠的。方英典让管家潘士光找来村里的小木匠，根据玻璃的尺寸，对窗格子进行了改造，小心翼翼地将玻璃镶在了窗户的正中间。 在天寒地冻的冬日，有阳光透过这块晶莹剔透的玻璃照到炕上，方英典感到温暖无比。 下雪的时候，他会趴在窗台上，看着外面大雪飘飘，好不惬意。

"嫂子，俺哥呢？"方兴逦进得屋来，笑嘻嘻地问道。

对于方兴逦，任明凡还是陌生的，只是知道她是方兴通的妹妹而已。

"出去了。"任明凡面无表情地说。

方兴逦有几分失望地退了出来，然后就来到正院，并将哥哥不在家的消息告诉了娘陈尚云。

婚后先不到正院餐厅一起吃饭是方兴通提出来的，他是想为自己的出逃做准备。 刚刚成家就分餐，这在宏德堂的历史上是从来没有过的事情。 但是，在那个父子关系剑拔弩张的时候，爹娘只好委曲求全地依了他。 可是现在，方兴通能去哪儿？ 可能是找儿时伙伴去了吧？ 陈尚云在心里自我安慰道。

无论如何，方兴通不打声招呼就出门了，还是让陈尚云有了几丝不祥之感。 婆媳关系是世界上最为复杂的关系，陈尚云不便直接前去东院探询个究竟，便叮嘱丫鬟乔玉芬多多留意那边的情况。

"你是说，兴通还不在？"三天后的这个傍晚，陈尚云终于沉不住气了，急切地问刚刚送饭回来的乔玉芬。

乔玉芬没有吭声，只是用力点了下头。

方兴通这是不辞而别，离家出走了。 陈尚云终于意识到了问题的严重性，不能再瞒着老爷方英典了，她心惊胆战地去了是知书屋。 她知道，在方英典心情不好的时候，是不能轻易打扰他的。 在门口，她犹豫了一会儿，才鼓足勇气，推开了屋门。

"你说什么？ 兴通跑了？"方英典放下手中的书，似乎不相信。

"是的，老爷，已经走了三天了。"陈尚云心急火燎地说。

方英典听罢，面色凝重起来。 直觉马上告诉他，方兴通一定是跑到济南府，找他的心上人江秀芝去了。有了这个明晰的判断，方英典似乎沉住了气。

"这个逆子！"方英典从书桌前站起来，来回走了几步，"跑了三天了，你怎么才说？"

"俺是怕……"陈尚云迟疑地说。

"怕什么怕？你怕，他就能回来了？"方英典皱了下眉头。

"老爷，您得赶快派人去找他啊，咱可就这么一个儿子，万一他有个三长两短……"陈尚云忍不住哭出了声。

"你哭什么哭？哭有用吗？要是有用，俺就跟你一起哭。"方英典埋怨道。

陈尚云一听，噤若寒蝉地用双手捂住了嘴，任泪水肆意地流淌。

在宏德堂，方英典是说一不二的堂主，拥有绝对的权威，但是他并不飞扬跋扈、唯我独尊，对家人及下人都十分体贴与体谅，就像他的父辈与祖辈一样。以文传家，以德持家，毋庸置疑，优良堂规与家风的传承是宏德堂家和万事兴的有力保证，也是百年不衰的秘籍。

"好了，你不用这么着急，俺觉得，他肯定去济南府找江秀芝了。"方英典从袖口掏出手绢，递到陈尚云的手上。

"老爷，你敢确定？"陈尚云似乎不信，擦把泪问。

"没错，俺相信俺的直觉，现在看来，这小子最终娶任明凡为妻只是个缓兵之计，他也不想让任明凡的娘带着挂心事走啊，说明他还是懂得一点人情世故的。"方英典重新坐回到书桌前，若有所思地说。

"那怎么办？您还是得把他叫回来啊，总不能让任明凡在那里空守洞房啊。"陈尚云急不可耐地说。

不管怎样，方英典都是无法面对姚如贤和江秀芝母女的，她们孤苦伶仃，相依为命，朴实而善良，对方兴通更是百般照顾，体贴入微，否则也不会出现方兴通与江秀芝相爱的事。方英典逼方兴通遵守婚约，娶任明凡为妻，方兴通有一百个不愿意，最终还是履行了婚约，没有让宏德堂名誉扫地。 方英典心里明白，最终受到伤害的却是她们孤儿寡母，这让方英典每每想起来都是那么愧疚。 自然，他也想到过亲自去济南府登门拜访，真诚道歉，可是，这又有什么用呢？ 方兴通与江秀芝的这份男女之情又怎么会因为几句道歉的话而消失呢？

"别急，急也没用。"方英典轻轻地挥了下手，"你去看看任明凡吧，她刚没了娘，新婚宴尔，丈夫又离家出走了，咱不能不管不问啊。"

"好，俺这就去东院看看，任明凡也是个可怜的孩子啊。"陈尚云说罢，出了是知书屋，向东院走去。

就在这时，响起了一阵激烈的敲门声。 方英典一愣，马上意识到，宋家宁再次出逃，应当是宋占山来找刘小虎兴师问罪了。

管家潘士光开了院门，果然是宋占山。 他恶狠狠地瞪了潘士光一眼，大摇大摆地走进了院子。

"你……你来干什么？ 你是来找刘小虎吧？ 他不在！"潘士光急忙跑到宋占山的前面，挡住了宋占山的去路。

"俺找那个兔崽子干什么？ 你家老爷呢？"宋占山抬头望着天，不可一世地问道。

宋占山不是来找刘小虎的？ 潘士光不敢相信。 现在，他已经知道刘小虎将宋家宁藏匿到芙蓉岛上了，是老爷方英典亲口告诉他的，还叮嘱他多帮刘小虎的忙，别露了马脚，否则让宋占山怪罪宏德堂。

"老爷不在家，出去了，你请回吧！"潘士光没好气地说。

其实，宋占山真不是来找刘小虎要闺女宋家宁的。 宋占山出其不意，以超常规的卑劣手段抢走了宏德堂的木材生意，着实出了一口压在胸口多年的恶气，近乎得意忘形了。 今天一早，他便让管家罗良基带着儿子宋家安一同驾三帆货船赶往大连貔子窝港。 他们到达后，就会马上联系货源，收购木材，然后运回掖县。 他们带了足够的银子，几乎是宋占山这几年来所有的积蓄。 一手交钱，一手交货，宋占山觉得，哪个精明的生意人也不会拒绝这桩只挣不赔的买卖。 有道是，舍不得孩子，套不住狼。 他之所以破釜沉舟,是因为他认为自己会狠赚一笔。 从此以后,他终于可以扬眉吐气,在方英典面前挺直腰板,或者说,有了叫板的资本。

宋占山闯进宏德堂纯属小人得志后的一时兴起,刚才,他骑马到与方家村隔河相望的院上村串门,回来时再次路过宏德堂,就不由自主地勒马驻足了。 他想进去看看,这个叫方英典的人在失去了这笔本是稳操胜券的大生意之后,是否还是那么趾高气扬,神气活现。

对于宋占山,方英典自然是恨之入骨,但是,他从来没有表现出来,反倒以更客气的方式对待这种小人。 以前,他们只是生意上的竞争对手,倒也相安无事。 不过,自从方英典收留了被宋占山扫地出门的刘小虎,宋占山就彻底将宏德堂人当成了敌人,处心积虑地让宏德堂人在众人面前出丑。 有道是,宁得罪君子,不得罪小人。 方英典心里清清楚楚,宋占山是小肚鸡肠,睚眦必报,这几年来发生在宏德堂身上的每一个意外事件都是宋占山伸出的看不见的黑手所为。 然而,方英典总是坦然处之,就像什么也没发生一样。 他甚至认为,对待这种无耻之徒最好的报复便是佯装不知、无动于衷。 那么现在,宋占山在成功地抢了宏德堂的生意之后,不请自来,肯定是不怀好意。 或者说,他今天绝不是单纯来找刘小虎要人的,而是有意来恶心自己的。

"哟,占山兄弟可是稀客啊。"现在,方英典拉开是知书屋的门,满面笑容地走了出来。

"方大人,多日不见,近来可好?"宋占山得意扬扬,皮笑肉不笑地说。

小人得志,君子道消,方英典发现,宋占山表现得是那么淋漓尽致。

"来找刘小虎要人吗? 俺可是听说,你家那宝贝闺女又离家出走了。"方英典没有说自己是好还是不好,而是不动声色地主动将话题引向了刘小虎和宋家宁。

宋占山一时无语，显然，方英典没有按照他的思路走。

昨天，宋占山已经退了平度那个大户人家的彩礼，还赔了许多银子，方才解除了婚约。宋家宁再次失踪了，如今在他看来，她是死是活已经不那么重要了，既然她愿意跑，就愿去哪儿便去哪儿吧，总比老死在家里好，省得叫他在乡亲们面前丢人现眼。

"是啊，眼不见，心不烦，她愿意跑，俺就遂了她的愿吧。"宋占山挥了下手中的马鞭，故意露出一副无所谓的神态。

"嗯，占山兄弟终于想明白了，可喜可贺啊！"方英典淡然一笑，转头对潘士光说，"潘管家，快去沏壶好茶。有道是，虎毒不食子啊，占山兄弟连亲闺女都不要了，俺得跟占山兄弟好好聊聊，他是怎么想明白的。"

"好的，老爷，您可得仔细听听，这可不是一般人能做到的，宋老板真是叫人佩服得五体投地啊！"潘士光显然有些幸灾乐祸，爽快地应道。

本来，宋占山闯进宏德堂，是想羞辱一下趾高气扬的方英典，这就是光着屁股串门——没事找事。现在，方英典与潘士光一唱一和，拿着宋家宁的再次出逃取乐，如同往宋占山的心口上捅刀子，让他一下子没有了底气，方寸大乱。

"俺可没那闲工夫跟你瞎扯，方大人，你可能还不知道吧？俺去东北拉木材的货船已经到了貔子窝港，估计明后天就回来喽，这可是笔好买卖啊！能赚多少，俺觉得你也早算过了吧？"宋占山的嘴角抽动着，用鼻子喘了口气，恼羞成怒地说。

方英典听罢，面无表情，似乎什么也没听到，只是双眼紧紧地盯着宋占山不放，目光里有一股隐隐的杀气，也有几分冷冷的蔑视。

方英典不怒自威，宋占山不敢与其对视。他突然发现，自己还是底气不足，根本就不是方英典的对手，找上门来想借这笔抢来的大买卖要要威风无异于自讨没趣。于是，他摇了摇头，背着手，垂头丧气地向院门口走去。

"潘管家，送客！"方英典笑道。

潘士光听话地跟着宋占山出了院门，看着他上了马，高喊一声："宋老板，你可得坐稳当了，小心马失前蹄啊！"

宋占山已是无地自容，他挥起马鞭，恶狠狠地抽在马屁股上。马立时一惊，飞跑起来。

关上院门，潘士光发现，方英典还站在是知书屋门口，若有所思，似乎没有了刚才的那股昂扬的精气神。方兴通离家出走，是乔玉芬偷偷告诉潘士光的，太太陈尚云让潘士光先瞒着老爷方英典，潘士光就不能主动跟老爷说。

"老爷，您回屋歇息一下吧。"潘士光快步走到方英典跟前。

方英典站着没动，扭头向南望去。

在南书房的院子里，有一间砖瓦到顶的鸽子屋，此时，正有十几只鸽子扑扑棱棱地从那边飞过来。

方家村的人都知道，方英典不养狗，也不养什么名鸟，他一生最大的爱好就是养鸽子。

宏德堂本来没有鸽子，四十多年前的那个春天，也就是方英典十四岁的时候，方继先领着他在牡丹园里赏牡丹，一只鸽子仿佛从天而降。

那天上午是个好天气，蓝天白云，春风和煦，庭院里大大小小的树都长出了青翠的嫩叶。牡丹园里的牡丹更是争奇斗艳，浓郁的花香扑鼻而来，数不清的蜜蜂围绕着花朵翩翩起舞，嗡嗡之声不绝于耳。方继先好不惬意，坐在牡丹亭里的汉白玉石凳上，摇头晃脑地哼唱着流行胶东的蓝关戏小曲儿。老管家朱兆福自然是有眼色，回屋沏了一壶上好的茉莉花茶，连同茶杯一起端了过来，轻轻地放在石桌上。

"老爷，您喝口茶吧。"朱兆福笑眯眯地倒上了茶。

这是一把清代粉彩茶壶，产自景德镇，是削官为民的太爷方宝奎当年由京城返乡时带回来的，因壶面上姹紫嫣红的牡丹图而颇受几代宏德堂人的喜爱。

"好茶!"方继先细呷一口,称赞道。

小小的方英典还不到喝茶的年纪,自然不知茶滋味儿,更不会对这把祖传的牡丹图茶壶感兴趣。他坐在牡丹亭高高的台阶上,晃荡着双腿,兴味索然。

一只受伤的鸽子就是在这时从牡丹亭上滚落下来的,它拼命地扇动着翅膀,有羽毛掉落。但是,它无论怎么挣扎,也飞不起来了,最终跌落在方英典的脚下。方英典先是一愣,然后就跳下台阶,双手抱起了鸽子。

"爹,它可能受伤了。"方英典抬头看着爹,心痛地说。

方继先放下茶杯,走下牡丹亭,小心翼翼地从方英典手中接过鸽子,仔细地端详着它。这个时候,鸽子已不再挣扎,身子一鼓一鼓地喘着气。方继先发现,它的左翅膀与脊背的连接处羽毛已脱落,鼓起了一个青紫色的圆疙瘩。

"唉,这是谁这么狠心啊。"方继先轻轻地撩开鸽子的左翅膀,指着圆疙瘩说,"英典,你看看,这是用弹弓打的。"

方家村的好多男孩子都喜欢玩弹弓,方英典自然也不例外。多年前,他的那把枣木弹弓很精巧,让他用得很顺手,无疑是方家村最好的,是老管家朱兆福给他精心制作的。

在宏德堂南书房的西南角有一棵参天蔽日的老枣树。枣子个大而体长,又脆又甜,自然是孩子们喜爱的食物。乡下的孩子们摸个瓜或打个枣是司空见惯的事,不足为奇。嘴馋是孩子的天性,大人发现了也不会怪罪,毕竟,大人都是从孩子长大的。但是,南书房的这棵枣树上的枣却从来没被孩子偷打过,即使有细小的树枝垂下来,紫红的大枣伸手可及,也没有哪个来此读书的学子去摘。他们都谨遵"勿以恶小而为之"的圣训,小时偷针,大时偷金。或者说,在诱惑面前,有自制方可有自尊。诸如此类,既引经据典,也通俗易懂,教书先生的谆谆教导让学子们有了超强的自制能力。 他们在枣树下读书或嬉戏，有时候，早熟的枣子冷不丁地掉到地上或者砸到头上，他们也会捡起来，自觉地交给先生。

枣子既可以生吃，也可以泡成酒枣。 像珍藏牡丹花瓣一样，宏德堂人总是喜欢挑出品相好而无伤的枣子，洗净，晾干，放进盛有烈酒的陶瓷坛里，盖上盖，再密封好。 泡上几个月，大枣喝饱了酒，个个亮晶晶的，清醇芬芳，甘甜酥脆，是漫漫冬日里不可多得的美食。 春节休学前，方继先会让老管家朱兆福送些酒枣给辛苦了一年的教书先生。 教书先生从不占为己有，总会让学子们都尝尝，或许，这是他给学子们养成良好自制能力的奖赏。 学子们接过酒枣，无不欢呼雀跃，将酒枣塞进嘴里，细嚼慢咽，尽情地享受着那份快乐。 酒枣里自然含酒，学子们年纪尚小，大多不胜酒力，脸上泛着苹果红，格外招人喜爱。 润物细无声，教书先生言传身教，南书房的学子们健康地成长。

那年秋后，收了枣子，朱兆福便带人修剪老枣树。 在不经意之间，从锯下的一根枯萎的老树枝上，他发现了一处制作弹弓的好材料。 主干粗壮而笔直，分权对称而粗细均匀。 朱兆福顿时爱不释手，他知道，少爷方英典一直嚷嚷着要把好弹弓。 于是，他手持小锯，亲自将它锯了下来。 朱兆福家境贫寒，却心灵手巧，小时曾学过木工活，如果不是被老爷相中做了宏德堂的管家，他一定是个出类拔萃的好木匠。 所以，对他来说，制作一把精致的弹弓是轻而易举的事。 去皮，修剪，打磨，上油……有条不紊，一气呵成。 方英典站在一边，充当看客，心里美滋滋的又急得发痒。 最后，朱兆福绑上皮筋和弹兜，一把枣木弹弓就这么制作好了。 朱兆福将弹弓交给方英典，方英典深鞠一躬，说了声"谢谢"就转身跑开，找小伙伴们炫耀去了。

方英典用的弹丸是用泥巴团的，晾干了，装进小布袋里，方英典就与小伙伴们相约到村北的王河坝上打麻雀。

在方家村，有几个打弹弓的高手，几乎弹无虚发，他们无师自通，

165

都是自小练出来的。在这个世界上，干什么都有规矩，比如打弹弓，燕子和喜鹊就坚决不能打。村里的老人说，它们是益鸟，象征着吉祥，打了会遭报应，眼就瞎了。人类对燕子和喜鹊格外友好，它们就将人类当成了朋友，明目张胆地将窝巢搭建在屋檐下或庭院的大树上。但是，麻雀偷吃粮食，竟然与人类争食，就成了害鸟，可以打。麻雀因为食性而不讨人喜，就时时处处感受到人类的威胁，在惊恐与警惕中躲避着人类的攻击。因此，麻雀似乎比这些乳臭未干的孩子们更聪明，往往，他们刚刚举起弹弓，警觉的麻雀就飞走了。有一次，几只麻雀正在树梢上交头接耳地说话，那只老麻雀突然发现下面有几把弹弓齐刷刷地对准了它们，立时鸣叫一声，发出了危险信号。众麻雀随之惊恐万状地四散开来。有一只麻雀在飞过他们头顶的时候，还吓得屙了一泡稀屎，正好落进一个小伙伴仰面大张着的嘴里，让方英典他们好不快活。

方英典也惹过一次祸，那是他得到了弹弓一年后的一个下午，他从南书房放学后，再次跟小伙们一起去河坝打麻雀。熟能生巧，经过反复练习，他打弹弓的准头已经八九不离十了。不过，他们来的次数越多，麻雀就学得越精，没等他们走到树前，就提前撤离了树冠。打不着麻雀，他们就打警惕性小的知了，倒也有所收获。

"方英典，你敢打马蜂窝吗？"尾随而来的虎头村族长马炳忠的儿子马五子发现树杈上有一个比大馇馇还大的马蜂窝，就对方英典大声喊道。

上个月，马五子才到南书房来上学。宏德堂敞开胸怀，接纳虎头村的子孙来南书房读书，但是，方家村的孩子们却瞧不起这些外来户的后代，多少有些排外。所以，马五子就一直没能入群，或者说，方家村的孩子们是在有意冷落他，让他感到很自卑。马五子还没有弹弓，是跟着来看热闹的。现在，看到这个硕大的马蜂窝，马五子主动跟方英典说话，属于没话找话，有点儿讨好他的意思。

无论大人还是小孩子，很少有人敢捅马蜂窝，这是因为，马蜂的报复心极强,你捅了它的窝,它就会不顾一切地找你拼命。

孩子都有逞强好胜的天性,生在名门望族,方英典表现得似乎更强烈一些。

"怎么不敢?"方英典毫不示弱,马上从小布袋里掏出一个泥丸,装进弹兜,做出跃跃欲试的样子,"俺敢打,你敢不跑吗?"

"就是,你要是有种就别跑。"一个同学帮腔道。

"你跑了就是小狗!"另一个同学添油加醋地说。

"跑了就不是人养的!"又一个同学两眼一瞪,竟然爆出了粗口。

马五子不会想到,平素就有一股优越感的方家村人会这么抱团,你一言我一句地拱火,让他骑虎难下了。海边的渔民性格彪悍而倔强,他们常年与大风大浪打交道,无不生就一种天不怕地不怕的大无畏精神。冤有头,债有主,这个时候,马五子甚至自我安慰,马蜂窝不是他打下来的,马蜂就不会来蜇他。

"敢,俺怎么不敢?"马五子想到这里,脖子一拧,斩钉截铁地说。

马五子虽然势单力薄,却爆发出一股不肯认输的强大力量。

这个时候,太阳西下,晚霞满天,潮湿而凉爽的海风越过海岸的沙丘,一股脑地吹拂而来。马蜂窝外的马蜂们成群结队,嗡嗡作响。它们并不知道即将大祸临头,还在自由自在地进进出出。

方英典看看倔强的马五子,又瞅瞅树杈上的马蜂窝,反倒有几分犹豫和胆怯了。他心里清楚,马蜂可是六亲不认啊,他一旦打了它的窝,它们就会向他们发起攻击,他们如果不跑就得挨蜇,跑慢了都不行。而且,马蜂的螫针毒性强,人一旦被蜇,后果不堪设想,他也听说过马蜂蜇死人的事。

高度紧张中的马五子显然察觉到了方英典胆战心惊的神态,他断定,方英典根本就不敢打这个马蜂窝,只是虚张声势,吓唬自己。

"打啊,你怎么不敢打了?害怕了吧?"马五子这么一想,就顿时来了精神。

"打！"一个小伙伴鼓励道，"他不怕，咱也不怕。"

此时此刻，方英典多么希望马五子能说句软话，给他个借坡下驴的机会。但是，马五子似乎猜透了方英典的小心思，反倒刺激他。无论如何，方英典都不想败在马五子的手里，他侧脸看了下逃跑的路线，向小伙伴们会心地一笑。然后，他右手举起了弹弓，左手抓紧了弹兜，两手熟练地配合，一边精确地瞄准，一边用力拉开了皮筋。

嗵！随着方英典的左手一松，泥丸蓦然飞出，毫厘不差地击中了马蜂窝。

马蜂窝应声而碎，掉到了地上。马蜂们顿时大怒，向他们俯冲过来。说时迟，那时快，方英典顺着早就看好了的下河坝路线仓皇而逃。小伙伴们刚才看到了方英典发出的信号，已有逃跑的心理准备，也顾不得争强好胜的脸面了，跟在他的后面飞跑起来，一时尘土飞扬。

只有马五子没有看到方英典示意同伴逃跑的眼神，待他反应过来，拔腿想跑的时候，却被一块石头绊倒了。于是，没等他从地上爬起来，马蜂们便飞扑而至。马五子急中生智，慌忙撩起衣衫，想盖住裸露的脸，但是，为时已晚，一只大马蜂落在他的脑门上，蚕蛹大的肚子猛地一撅，恶狠狠地扎下了尖锐的钩状螯针，随之痛快地排出了毒汁。马五子痛苦万分，嗷嗷叫着在地上打了几个滚，然后跌跌撞撞地爬起来，向坝下跑去。

方英典和小伙伴们并没有跑远，都在坝下站着。方英典知道，马五子肯定被蜇了，自己闯祸了。他们是这场恶作剧的胜利者，却像是打了败仗，一个个地哭丧着脸，不说话。

马五子的脑门上已经高高地肿起了一个大疙瘩，皮肤肿得亮晶晶的。马五子也不想说话，只是想哭，又觉得不能哭，在方英典面前，他必须学会坚强，像个英雄一样。

"走，快走，到五味堂找周仕君先生看看吧。"方英典走过来，故作亲热地搂着马五子的肩膀说。

疼痛难忍，马五子没有拒绝，乖乖地跟着方英典去了五味堂。

在郎中周仕君的眼里，一般虫咬蚊叮毒性不大，在红肿处涂抹一些自制的中药膏就无大碍了。但是，马蜂则有所不同，毒性大得很。周仕君不敢怠慢，小心翼翼地排毒汁，又配制了解毒的草药，用药碾子研磨成粉，和成糨糊状，敷在马五子的脑门上。

那天晚上，无论是宏德堂还是马五子家都不平静。

暴怒之下，方继先呵斥了方英典一顿，并不让他吃饭。然后，没收了他这把惹是生非的弹弓，又命他站在廊檐下，面壁思过，直到午夜。

在虎头村，马炳忠听了儿子马五子的哭诉，更是火冒三丈，大骂马五子没长脑子，轻而易举地上了方英典的当，是自讨苦吃，还给虎头村和马家丢了人。

第二天一早，方继先便派老管家朱兆福带着补品，领着垂头丧气的方英典来到了虎头村，当面向马五子诚恳地赔礼道歉，并许诺减免马五子当年的学费。

这个时候，马炳忠正琢磨着怎么找宏德堂讨要个说法，绝对没料到方继先会放下高高在上的架子，主动来赔不是。而且，周仕君妙手回春，马五子脑门上的大疙瘩已经消肿了，他就不能再计较了。

鸟未尽，弓已藏，方英典从此就与他那心爱的弹弓永别了。而四十多年前的那个春天，他陪爹方继先赏牡丹，一只被弹弓打成重伤的鸽子由牡丹亭上跌落了下来，让他想起了这段尘封多年的往事，自然是别有一番滋味儿在心头。

"爹，您看怎么办？它不能飞了。"那天上午，方英典轻轻地抚摸着鸽子的羽毛，心痛地说。

多少年来，宏德堂以文传家，以德持家，子孙们都有一颗善良的心，方英典的爱心让方继先甚是欣慰。

"是啊，它现在飞不走了。"方继先将鸽子交到方英典的手里，和蔼可亲地说，"你先养着它，等它伤好了，再放飞吧。"

有爱心的人都喜欢小动物，就像方英典。听了爹的话，他高高兴兴地抱着鸽子去了村西五味堂找郎中周仕君，请他为它疗伤。

这是一只体格强健的公鸽，正值青壮年。它是动物，不能被望闻问切，好在是外伤，周仕君仔细查看，发现弹丸并没有伤及它的骨骼，便给鸽子敷上治疗跌打损伤的膏药，并说它不日便可恢复。

为防止鸽子被黄鼠狼吃了，经爹方继先同意，方英典将它放在了南书房院里那间放杂物的小屋中，平日里关门闭窗。早晨上学前，下午放学后，他都要来喂鸽子。玉米、黄豆、高粱，隔三岔五，他还会喂一小把小花生米。这是一只麒麟花鸽，羽毛呈黑灰色，方英典给它起了个名字"小黑"。动物通人性，这样的事例屡见不鲜。怖鸽获安，鸽子小黑当是对方英典充满了感激之情，只是不会说话而已。渐渐地，小黑与方英典熟悉起来，从惊慌到亲近，一见方英典推门而入，它便会主动向他走来。几天过后，鸽子小黑的翅膀能轻轻扑打了，有时候，它还会飞跳到方英典的肩膀上，咕咕地鸣叫，腔调抑扬顿挫的，甚是悦耳。

"小黑，过来。"方英典来了兴致，会把小黑放到屋子的最里面，然后倒退几步，蹲下身子，亲切地呼叫它。

鸽子似乎知道小黑是自己的名字，就听话地走到方英典的跟前。方英典则连忙从口袋里掏出一小把小花生米，张开手，让它叼食。

时间过得飞快，终于有一天傍晚，方继先来到了南书房，告诉正在喂小黑的方英典，小黑的伤已经养好，该放它回家了。方英典一听，马上就掉下泪来，央求老爹让他继续养着它，不再放飞。

"你有家，这只鸽子也有家。它可能还有老婆孩子呢，你就忍心让它妻离子散吗？行善积德要坚持到底，讲究个圆满，你明白吗？"方继先耐心地劝说道。

在宏德堂，总是长辈说了算，方英典知道自己是说服不了爹的，就忍痛割爱，答应明天一早就放小黑回家。那天晚上，方英典在小屋里待到了很晚，抱着小黑说着些恋恋不舍的话，还嘱咐小黑千万不要忘了宏德堂，记得常回来看看他。 小黑无声，双眼微闭，卧在方英典的怀里很安稳也很幸福。

方英典一夜没睡好，翌日一早起来就去喂小黑。

小黑似乎预感到自己就要离开善良的宏德堂了，它抬头看一眼方英典，叼一口食，再看一眼，再叼一口食。

太阳从东边升起来了，越过宏德堂高高的墙头。 霞光万道，春风荡漾，淋浴了晨露的牡丹花格外俏丽妖娆。 北归的燕子三五成队，呢喃着在村子的上空盘旋，寻找老巢或新居。 万物皆有灵，乡村的早晨总是那么温馨。

终于，方英典双手抱着小黑走出了小屋，站在院中，温柔地抚摸了一下小黑的头，抬头看着蔚蓝的天空。

"小黑，回家吧。"方英典眼含热泪，低头亲吻了一下小黑，轻声道，"你要记住，有空就回来看看啊。"

小黑抬起头，注视着方英典，咕咕两声，眼圈潮红了。

"回家吧，不留你了，一定回来看看啊。"方英典双臂上扬，松开了双手。

小黑顺势起飞，展翅翱翔，冲到高处又下落，然后围着宏德堂转了一圈儿，恋恋不舍地飞走了。

当小黑消失在方英典的视线里时，他终于忍不住哭了。 人是有感情的，动物又何尝不是如此？ 在这些天里，方英典与小黑朝夕相处，产生了感情，现在就这么分别了。 他过于专心了，并没注意到，爹就在不远处一直观察着他。

"知恩图报，善莫大焉。"方继先走过来，递给方英典一个洗干净了的大苹果，"不过，有道是，施恩不图报，无求而自得，你要明白这个道理。"

方继先说罢，轻轻地拍了下方英典的肩膀就离开了。 方英典仔细地回味着他爹刚刚说的话，顿有大彻大悟之感。 他咬了口苹果，嘴里甜甜的，他知道，这是爹对他的奖励。

小黑飞走便再无音信，方英典有着深深的失落感，就像丢了什么宝贵的东西一样。他可以不图回报，但不能不想它。

奇迹发生在三天以后的那个下午，从南书房里出来，方英典突然看到，有几只鸽子落在那间小屋的房顶。他甚是惊奇，定神一看，竟然发现了那只被他称作"小黑"的麒麟花鸽。原来，小黑也想念救它一命的宏德堂，带着五只鸽子回来看他了！方英典大喜过望，飞跑过去。

小黑也看到了方英典，急忙扑棱着强有力的翅膀从屋顶上飞下来，围着他转个了大圈儿，最后落在了他的肩上。

"爹，您快过来看看，小黑回来看咱们了，还带了好多鸽子。"方英典兴奋不已，跑到正院，大声喊道。

方继先正在是知书屋里看书，听到方英典的喊声，放下书本，来到了南书房。

"还真是它！"方继先也觉得惊喜与意外，眯缝着双眼，饶有兴趣地端详着方英典肩膀上的小黑。

方英典抬手从肩膀上抱下小黑，亲吻了一下它："小黑，你知道俺有多想你吗？"

小黑似乎听懂了方英典的话，仰着头，咕咕噜噜地发声。然后，它从方英典的手里飞起来，直接飞到了小屋的门口。可是，屋门紧闭，小黑进不去，它急得团团转。

方英典好像明白了什么，连忙跑过去，推开了屋门。

小黑迫不及待地飞到里屋里，落下，走几步，又东瞧瞧，西望望。它发现，一切都与它走时一样，就连它吃食的大碗与喝水的小盆也都放在原地。它显然很高兴，飞出了屋，落在了屋顶上。此时，正有另外五只鸽子在等待着它，它们马上围聚过来。咕，咕咕，小黑向鸽子们传达着信息。

"爹，小黑说什么呢？"方英典纳闷地问方继先。

“它说呀，这个人家不错，就在这里住下吧。”方继先背着手，狡黠地一笑。

果然，方继先的话音刚落，在小黑的带领下，众鸽子们相继飞进了小屋。然后，一个个并排站在门口，探头探脑地不再出来。

“爹，您看，还真让您说准了，小黑它们不走了，是一家六口吧？”方英典见状，高兴得合不拢嘴了。

“哈哈，你说是就是。”方继先大笑道。

在宏德堂，有很多美好的故事，比如，方继先的太爷方宝奎就曾救治过一只受伤的燕子，燕子在伤愈飞走后第二天的傍晚，便带领二三十只燕子来到了宏德堂。它们在院子里飞来飞去，叽叽喳喳，时高时低，就像在翩翩起舞。当晚，它们都没有走，在廊檐下陪宏德堂人住了一个晚上。翌日，太阳升起后它们才离开。现在，方继先断定，这个温情故事在宏德堂再次发生了。他觉得，老天自有安排，象征着和平吉祥的鸽子相中了这块风水宝地是宏德堂的福分。那么，一切顺其自然，就尊重它们的选择吧。

从此以后，以小黑为首的这群鸽子就安安稳稳地在宏德堂的这间小屋里住下了，繁衍生息，一代又一代。

事到如今，一晃几十年过去，方继先和老管家朱兆福已先后作古。宋占山也今非昔比，他明火执仗，竟频频叫板宏德堂了。朱兆福制作的那排鸽子窝还挂在屋里的墙上，整齐划一。那年，在朱兆福告老返乡之前，他又专门为少爷方英典制作了一些鸽子哨。小葫芦是朱兆福专门种下的，他浇水施肥，精心管理，长出的小葫芦个个饱满圆润。到了秋天，小葫芦成熟了，他便摘下来，煮熟，晾干，上漆，在小葫芦的上半端截口，再安装上一组工艺精细的竹哨，高中低音一应俱全。

现在，送走了不速之客宋占山，在管家潘士光的提议下，方英典来到了南书房的鸽子屋前。何以解忧，唯有杜康。然而，潘士光知道，老爷并不喜欢喝酒，能解他忧愁的正是这些与宏德堂人相伴了几十年的鸽子。

鸽子屋总是被长工们打扫得干干净净，方英典和潘士光一前一后走过来，鸽子们便欢快地围聚过来。

这些年来，放鸽子，听鸽哨，是方英典排解郁闷、放松心情的最佳方式。潘士光从挂在门口墙上的布袋里取出几只鸽子哨，递到了方英典的手里。在鸽子的尾部绑鸽子哨也是个技术活，既要绑得牢固，又不能太紧，马虎不得。所以，方英典从不让人代劳，只有他自己绑才放心。现在，潘士光抓过一只鸽子，尾部冲前，方英典动作轻轻地撩起鸽尾，根据尾羽的数量对等分成两份。然后，又用针线从尾羽根部穿过去，再将鸽子尾羽中间的四根羽毛捆绑在一起……整个步骤都得小心翼翼，否则就容易伤了鸽子。绑好一只，方英典就放进笼里，再绑另一只。

终于，六只鸽子哨绑好了，方英典长出一口气。六六大顺，方英典喜欢这个数字。歇息片刻，潘士光提起鸽子笼，走到了院子中央。方英典马上跟随过来，伸手打开了笼门。

六只鸽子鱼贯而出，飞向了天空。随着飞翔速度的加快，鸽哨骤然响起。

呜呜，嗡嗡……鸽子在宏德堂的上空盘旋，哨声仿佛从那遥远的云中传来，时而清亮，时而浑厚，是那么悦耳动听，犹如天籁。

起风了，空气中弥漫着大海的咸腥气息。鸽子们迎风而上，哨音愈加响亮。潘士光看到，老爷方英典举头望着茫茫晴空，嘴唇微张，全神贯注地聆听着韵律起伏的鸽哨声。慢慢地，他的神色由忧愤转化为松弛，进而有微微笑意挂在了脸上。

海阔凭鱼跃，天高任鸟飞，方英典仿佛进入了一种忘我的境界。此时此刻，离家出走的儿子方兴通，登门挑衅的对手宋占山，所有的烦恼与忧虑仿佛都在鸽哨声中消失得无影无踪了。

第十章

一波三折

　　方兴通的济南好友蔡铣朴出现在掖城时已经是傍晚时分了，从济南经潍县再到掖县，本来是两天的路程，他却整整走了四天三夜。他疲惫不堪，饥肠辘辘，就像一个逃荒者。他举目四望，街上路人稀少，大多店铺已经关门打烊了。

　　"深山五鼓鸡吹角，落月一窗鹅打更。"这个时候，忠于职守的更夫刚刚上岗，他提着灯笼，挽着梆子，由东向西走来。

　　"戌时一更，天干物燥，小心火烛——"更夫动作机械地敲一下梆子，嗓音嘶哑地喊道。

　　这一路走来不容易，更夫的一口掖县腔让蔡铣朴意识到，谢天谢地，几经周折，自己终于来到了方兴通的家乡。

　　四天前，蔡铣朴坐上火车，由济南到潍县十分顺利。可是，那天下午，出了潍县车站，蔡铣朴就变成身无分文的穷光蛋了。本来，蔡铣朴也没多少盘缠，省吃俭用，还是勉强能到掖县的。潍县车站前有一个小广场，上车的，下车的，卖火烧的，拉脚的，还有变戏法或者耍猴儿的，熙熙攘攘，杂乱而喧嚣。蔡铣朴知道，到了潍县就走了一大半了，在县城找个小店住上一宿，第二天一早，搭个便车，下午或者傍晚就到掖县了。不再急着赶路，他就没有了紧迫感，很轻松。他先到小摊上买了两个酥火烧，然后边吃边闲逛，最终在耍猴儿的摊子前停下脚步，饶有兴趣地看了起来。

那猴儿粉脸黄毛红屁股，溜精八怪，动作敏捷，在耍猴人锣声的诱导下，穿衣，戴帽，出洋相，翻跟斗，一招一式都像模像样，引得围观者捧腹大笑，得了不少赏钱。猴儿显然很满意，更加兴奋，看一眼赏钱，蓦地从一位看客嘴巴上抢下了烟袋锅，煞有介事地抽了一口，慢吞吞地吐出一缕青烟。又是笑声一片，被抢烟者不急也不恼，反倒乐得前仰后合，喘不上气来，脸憋得跟猴儿腚一样。最后，猴儿直立着走到主人面前，突然一把推倒了主人，抢走了他手中的锣和槌，一边敲锣，一边转圈儿，如同戏子自弹自唱。

蔡铣朴自小愿意看热闹，即使是路上碰见狗或者猫在打架，他都会不由自主地站住，看谁胜谁负。有一次，有两只恶狗正在拼命地相互撕咬，打得不可开交，见蔡铣朴在一旁幸灾乐祸地看热闹，马上就不打了，张牙舞爪地双双向他扑来，吓得他狼狈逃窜，还尿了裤子。现在，蔡铣朴就挤在这里三层外三层的人群中，看得兴致勃勃，欢呼雀跃，连剩下一半的酥火烧都忘了吃。有道是，人欢无好事，狗欢一锅汤，待到猴子表演结束人群散去之后，他才发现，自己装着盘缠的口袋已经空空如也，几块有袁世凯头像的现大洋和铜板儿不知在什么时候不翼而飞了。

混在人群中的窃贼艺高人胆大，在光天化日之下，神不知鬼不觉地偷走了蔡铣朴的盘缠。蔡铣朴欲哭无泪，既沮丧又窝囊，悔恨自己不长记性，不应该去看这个热闹，就像那次被两只恶狗吓得屁滚尿流一样。在潍县，他举目无亲，没有了盘缠，只能露宿街头了，如同丧家之犬。

怎么办？由潍县到掖县还有二百多里地，身无分文，怎么搭车去掖县？潍县没有认识他或他认识的人，他就放下脸面，沿街乞讨，希望能有好心人慷慨解囊，给他个仨瓜俩枣的碎银零钱。可他非但没有讨到钱，还遭受了不少白眼。当然，他会解释说，行行好吧，俺的钱让人偷了。可是，竟然没有一个人相信。

"叫人偷了？你能糊弄了俺这个老头子吗？告诉你吧，俺过的桥比你走的路都多，你这种人俺可是见得多了！"一位白须长者看上去很斯文，他瞪了蔡铣朴一眼，训斥道，"你年纪轻轻的不干活，嗟来之食能咽得下去吗？饿死也没人可怜！"

一文钱也没讨来，还换来白眼和羞辱，蔡铣朴情绪低落，几近崩溃了。夜已深，风乍起，蔡铣朴无店可住，龟缩在路边的一个破草棚里，冻得瑟瑟发抖。此时此刻，他多么希望方兴通能奇迹般地出现在他的面前，拯救他于水火之中。

"方兴通，你在干什么？你知道俺来找你吗？你快来救救俺吧，要不，俺就死在潍县了。"蔡铣朴猛地从草棚里窜出来，朝着掖县方向，歇斯底里地呼喊道。

自然，方兴通是听不到的，无论蔡铣朴呼喊得如何嘹亮，哪怕响彻云霄。

这时候，方兴通已经走出了济南火车站，在路边叫了一辆黄包车，心情迫切地向宽厚所街江秀芝的家赶去。他知道，她一定在日夜思念着他，就像他一样。

与蔡铣朴的周折恰恰相反，方兴通到济南一路通畅，十分顺利。从方家村坐上马车到了掖城汽车站，就赶上了正要发车的客车。上了车，三个多小时后，客车到了潍县。他又马不停蹄地赶往火车站，这时，从青岛开往济南的火车马上就要进站，方兴通买票进站，随即跳上了火车。一切衔接得都很完美，就像事先设计规划好的一样。方兴通也觉得不可思议，甚至觉得，这是老天爷大发慈悲，在冥冥之中帮助他早日见到他心爱的姑娘江秀芝。

夜色深沉，万籁俱寂，只有江秀芝家屋后的那条由诸多眼泉汇集成的小溪在流淌，汩汩之声不绝于耳，显得世界更加静谧而甜蜜。

现在，江秀芝正辗转反侧，似睡非睡，或者说，梦里的她反而格外清醒。方兴通一去多日，杳无音讯，他是不是一去不复返了？尽管方兴通从未向江秀芝提起过娃娃亲任明凡，但是，她始终感觉他有什么难言之隐，特别是在他们热血沸腾缠绵温存的时候，他几次欲越界却又戛然而止。此时，江秀芝是忘我的，而方兴通却格外冷静，他非同寻常的抑制力令人费解，就像有什么看不见摸不着的东西在紧紧地束缚着他，让他有所顾忌，给自己画了条红线，从而不敢再越雷池一步。自然，她也会以旁敲侧击的方式或开玩笑的口气询问他，你在掖县是不是还有别的姑娘？方兴通听罢，要么默默不语，要么支支吾吾，脸也会红一阵儿白一阵儿的。师范女生江秀芝自然是个有文化的新青年，感觉敏锐，悟性超强，她断定，方兴通一定有说不出口的秘密，抑或是在他老家掖县还有另外一个姑娘在等着他。为了求学，他来到济南，见异思迁，并非不可能。但是，江秀芝是真的爱上了方兴通，已经离不开他，她越往坏处想就越害怕失去他，她恨不能赶去掖县，到宏德堂亲自将他抓回来。

拉着方兴通的黄包车跑得飞快，终于拐进了宽厚所街。车夫体格健壮，脚步铿锵有力，一双大脚丫坚实地落在青石板路上，啪啪作响。

"到了。"来到江秀芝家的院门口，方兴通轻轻地拍了下车夫的后背。

黄包车吱呀一声，停了下来。

"谢谢。"方兴通付过车费，客气地说。

车夫收起钱，说了声"不客气"，然后驾起黄包车，快步而去。

望着车夫的背影渐渐地消失在夜幕里，方兴通转过身，欲拍院门。但是，手高举着却犹豫了，迟迟没有落下。沉思良久，他掏出怀表，看了看。已是午夜时分，姚如贤和江秀芝母女肯定早睡了，这时敲门会多有不便，就等到早晨再敲门吧。方兴通这么想着，便背靠着院门，慢慢地坐下了。石阶冰凉，他打了个寒战。

事情便是如此奇妙，方兴通与蔡铣朴一个往西，一个往东，逆向奔赴，几乎在潍县擦肩而过。此时此刻，他们身在两地，却都要露宿街头了。

天未亮时，方兴通便逃离宏德堂，急于赶路，现在是又困又乏。不多会儿，他打了个长长的哈欠，终于支撑不住，靠在门上睡着了。

济南的深秋寒意颇浓，云彩翻滚着遮住了满天的星星。秋风骤然而起，淅淅沥沥的小雨不约而至，吹淋在方兴通的身上。

实际上，江秀芝这时就站在院门后，刚才车夫沉重的脚步声吵醒了她。是不是方兴通回来了？她心里一阵惊喜，下意识地坐了起来，并轻轻地推开窗户，侧耳细听。一个男人的说话声隐隐约约地传来，江秀芝马上听出，这是方兴通的声音。他回来了！江秀芝心脏狂跳不已，她迅速穿好衣服，下了床。然后，她小心翼翼地拉开房门，蹑手蹑脚地走到院门后，聆听着外面的动静。

母亲姚如贤此时睡得正香，绵绵秋雨滴滴答答，舒缓而富有节奏，犹如一首轻柔绵长的安眠曲。

方兴通疲惫不堪，并没有被小雨淋醒，还打起了时起时伏的呼噜。江秀芝听得真真切切，情绪激动地一把拉开了门闩。

吭当！两扇院门蓦然打开，背靠大门的方兴通冷不丁地身子后仰，越过高高的门槛，一下子跌落进来。

"兴通哥！"江秀芝失声道。

方兴通有点儿蒙，坐在地上愣了一会儿，才回到现实之中。江秀芝，他朝思暮想的姑娘就在他的眼前。

"秀芝！"方兴通迅速从地上爬起来，将江秀芝紧紧地拥在怀里，泪如泉涌。

江秀芝更是不能自已，忘情地亲吻着方兴通冰凉的脸庞，泣不成声。

雨还在下，风也未停，久别胜新婚，何况是一对热恋中的青年男女。这个时候，时间仿佛静止了，他们能听到彼此的心跳声。

姚如贤听到了院里的动静，醒了。但是，她并没有开灯，也没有向窗外张望，更没有走出房间看个究竟，而是静坐在床头，好像什么也没有发生。她意识到，肯定是方兴通回来了，那么，就让这两个相爱的年轻人尽情地一诉衷肠吧。

院门是方兴通关上的，然后，他将江秀芝送回了她的房间。一切就都等明天再解释，他有那么多委屈与不甘，要好好向她们母女俩诉说。他希望，听了他的不幸遭遇，善良的姚如贤能够收留他，让他跟心爱的人在一起。

第二天，吃了姚如贤做的早饭，方兴通就迫不及待地将他与任明凡娃娃亲的来龙去脉以及自己回到掖县后发生的一切，向她们母女俩说了个一清二楚，没有丝毫隐瞒。说到伤心处，他竟然哭出了声。

男儿有泪不轻弹，尽管有心理准备，但是听了方兴通的话，江秀芝还是惊呆了，如五雷轰顶一般。泪水在眼眶里打转，她却一时说不出话来。

姚如贤似乎很冷静，她是过来人，娃娃亲不仅乡下有，在济南府，她也曾有所耳闻。现在，方兴通被逼无奈地娶了任明凡，相当于生米煮成了熟饭，已经没有挽回的余地了。那么，江秀芝就必须与他一刀两断，从此再无瓜葛。自然，姚如贤也在内心里喜欢懂事的方兴通，甚至视如己出，无比疼爱。其实，如果不是她从中推波助澜，有意撮合，或许方兴通与江秀芝的感情就不会进展得这么快。好心办成了坏事，受到伤害的是亲骨肉江秀芝，姚如贤后悔莫及。

"舅母，俺这次来济南，就不打算回掖县了，从此俺跟宏德堂就没任何关系了。俺要和秀芝在一起，您就收下俺吧。"方兴通横下心来，大胆地说出了自己早已决定的事。

方兴通的口气是斩钉截铁的，没有丝毫犹豫。江秀芝红肿的眼睛顿时一亮，似乎看到了希望，而姚如贤却是大吃一惊，目瞪口呆。

"兴通哥。"喜出望外的江秀芝毫无顾忌地拉起了方兴通的手，泪眼婆娑。

姚如贤既是开明的，也是保守的，在她的眼里，方兴通私自离家出走，抛弃新婚妻子，当是大逆不道的事情，不可原谅。姚如贤觉得，方兴通与江秀芝有缘无分，或许就是天意，谁也无法改变。 现在，长痛不如短痛，绝对不能让方兴通留在家里，他与任明凡没有同房也是夫妻，那么，快刀斩乱麻，他就必须马上离开济南府，回掖县宏德堂。

"兴通，舅母不能留你啊，你现在得马上走，回宏德堂。"姚如贤侧脸看着窗外，面无表情地说。

"妈，您……您不能……"江秀芝一听，顿时急了。

"秀芝，你别说话，你跟兴通的关系到此为止，不能再纠缠。"姚如贤目光如炬，紧紧地盯着不解的江秀芝。

江秀芝绝不想失去方兴通，她知道，他娶任明凡为妻是因为难抗父命，想保住宏德堂所谓的名声与信誉，而他拒绝与任明凡同房，就是证明他心里只有她。 那么，方兴通没有放弃，她也绝不能向这些封建而灭绝人性的陈规陋习投降。

"妈，您不能赶走兴通！"江秀芝终于爆发了，疯也似的哭喊道。

"你住嘴！ 兴通必须走，马上！"姚如贤毫不退让，怒吼道。

多少年来，姚如贤与江秀芝母女两个相依为命，这是她们第一次发生如此激烈的冲突，方兴通陷入了深深的自责之中。 他心里清楚，无论是乡下还是城里，也无论是爹方英典还是舅母姚如贤，他们都是旧时代过来的人，总会不自觉地成为诸多封建思想的维护者，尽管有时候他们也是受害者。 但是，方兴通不能改变初衷，誓以破釜沉舟的勇气坚守自己对江秀芝的这份感情，绝对没有回旋的余地。

"舅母，您就成全俺和秀芝吧。"方兴通蓦地跪倒在地，声泪俱下地乞求道。

"妈，你就答应兴通哥吧。"江秀芝见状，擦把泪，也扑通一声跪了下来。

姚如贤顿时怔住了，无论如何她都不会想到，方兴通会以这样极端的方式向自己求情。 低头看着跪在地上的两个可怜的孩子，她心如刀割。 但是，能答应他们吗？ 她如果答应了又怎么向宏德堂交代？ 这与

181

助纣为虐有何区别？ 有道是，宁拆十座庙，不毁一桩婚。 方兴通是明媒正娶，任明凡过了门就是宏德堂的媳妇，这是毫无疑问的，难道能让她从此守活寡吗？ 丈夫江金锁英年早逝，自己守寡十多年，历尽苦难与艰辛，这样的悲剧能再次发生在任明凡身上吗？ 己所不欲，勿施于人。不能，万万不能。 那么，能有两全其美的出路吗？ 男女之间的感情是排他的，根本就没有别的路子可走啊。

"来，孩子，你们先起来，听俺慢慢说。"姚如贤想到这些，弯腰扶起了方兴通和江秀芝，心平气和地说。

方兴通和江秀芝面面相觑，站起来，正对姚如贤，手拉着手，不说话。

"你们都坐下吧。"姚如贤坐进江金锁生前留下的太师椅里，示意道。

江秀芝与方兴通又对视了一下，先后落座。 他们在想，事情会有另外一个结果吗？

姚如贤喝了口水，开始了她的诉说，从她早年不幸守寡到独自含辛茹苦地抚养江秀芝长大，从丈夫江金锁当年来济南创业到丈夫与方兴通母亲陈尚云的情谊，又从方兴通的意外出现到她有意撮合他们在一起的初衷。 最后，她讲到了命运多舛的任明凡，也讲到了备受煎熬的江秀芝。 两害相权取其轻，姚如贤认为，说一千，道一万，同为女人，她只能牺牲女儿江秀芝的这段珍贵的感情，而不能不仁不义地将任明凡逼上绝路，毁了她的一生。 虽然她与任明凡并不相识，但是，她绝不能做出这种伤天害理的事。

"孩子，你们都听明白了吗？"姚如贤用期待的目光看着方兴通和江秀芝，语重心长地说，"人心都是肉长的，不是俺对你们心狠，将心比心，俺不能害了任明凡一辈子，是俺没有别的选择啊。"

"不，俺不能接受。"江秀芝听罢，又急了。

姚如贤绕来绕去，讲了这么多大道理与人情世故，结果还是坚决不同意方兴通留下来。 方兴通并没有感到意外，不过，他并没有再次据理力争，而是静下心来，在考虑下一步怎么办。 他觉得，自己来的时候想得太简单了，以为姚如贤为了女儿江秀芝的幸福，会答应他的要求，结果不是他想的那样。 现在，他只能后退，然后以退为进，就像在方氏宗祠里，他在爹方英典的威逼之下违心地答应娶任明凡一样。 他决定，故技重演，马上回宏德堂，向爹方英典提出休妻，一年不行就两年，甚至三年，直到达到自己的目的。 他甚至想，争取做通任明凡的工作，让她主动提出离婚，如果是这样，爹想挡也挡不住了。 方兴通知道，任明凡和他没有感情，她在她娘临走之前嫁进宏德堂，也是无奈之举，唯一的目的就是想让她娘放心地走，别无他心。 她是个善良而明事理的人，尊重方兴通与江秀芝相爱的事实，能保守他要离家出走的秘密就说明了这一点。 那么，一旦他与任明凡解除了婚姻，他就可以光明正大地娶江秀芝为妻了。

"好吧，舅母，俺听您的，这几天就回去。"方兴通有了缓兵之计，就顺其自然了。

"兴通哥，你……"江秀芝一听，心顿时凉了半截，绝望地号啕大哭起来。

方兴通站起身，走到江秀芝跟前，一把握住她的手，劝说道："秀芝，听舅母的话，咱们还是认命吧。"

"认命？ 认什么命？"江秀芝咆哮道。

"听舅母的话，就是咱们的命。"方兴通小声嘟囔道。

江秀芝感觉到，方兴通的手很温暖，食指和中指在她的手心里不停地滑动，似乎在向她传达着某种信息。

"听俺的吧。"方兴通的中指用力地勾了下江秀芝的手心，又悄然使了个眼色，轻声说，"相信俺，俺永远不会害你的。"

江秀芝恍然大悟，方兴通肯定有了锦囊妙计，或许，他会偷偷地带她远走高飞，像他娶任明凡一样，也把生米煮成熟饭，让母亲只能接受事实。

"你不会害俺？谁能相信你这个没良心的东西！你走吧，俺再也不想看到你！"江秀芝心领神会，突然暴跳如雷，扬手推开了方兴通，哭叫着回了自己的房间。

姚如贤是方兴通和江秀芝感情的推动者，最后，又变成了终结者。江秀芝的假戏真做让姚如贤信以为真，棒打鸳鸯散，尽管是如此残酷，可总算让她如释重负了。

"兴通啊，真是委屈你了。"姚如贤一脸愧疚地看着方兴通，心酸地说，"你是个懂事的好孩子，唉，都是俺造的孽啊，当初要不是俺……"

"舅母，您什么也别说了，您也是为了俺们好，错就错在俺没把娃娃亲的事早说出来。"方兴通苦笑了一下，善解人意地说。

看到方兴通终于放弃了，姚如贤蒙在鼓里，不知所以然，反倒觉得对不起他了。

"兴通啊，秀芝现在还想不通，悟不懂，你是男孩子，也是哥哥，你就好好劝劝她吧。"姚如贤亲热地抚摸了一下方兴通的头，温情地说，"你要是愿意，就认秀芝做个妹妹吧。"

姚如贤说到这里，千头万绪涌上心头，禁不住泪如雨下。她是那么喜欢方兴通这个懂事又知道疼人的孩子，江秀芝命苦，从小没有父亲，姚如贤觉得把女儿交给方兴通最放心，就是死也瞑目了。但是，谁想到最终会是这么一个结局？放弃方兴通，是她忍痛割爱，不得不为之啊。她也知道，女儿江秀芝是真心爱他，如今，她无情地拆散了他们，女儿以后可怎么办？女儿能放下他吗？

"好的，舅母，以后秀芝就是俺的亲妹妹。"方兴通爽快地答应道。

僵局因为方兴通的退缩而被打破，姚如贤主动让他在家里再住几天，让他一定要说服江秀芝。方兴通仍然住在他上学时住的那个杂物间里，这天傍晚，在姚如贤出门买东西的时候，他将江秀芝叫过来，把自己回乡休妻的计划全盘托出。

"兴通哥,你不会糊弄俺吧?"江秀芝坐在床沿上,将信将疑地问。

"你放心,俺非你不娶。"方兴通一把搂过江秀芝,亲了一口,信誓旦旦地说,"不过,你要耐心等待,你愿意等俺吗?"

"愿意,几年俺都愿意。"江秀芝紧紧地靠在方兴通的怀里,哽咽着说。

"好了,不哭了。俺明天就回去,你就等俺的好消息吧。"方兴通拍着江秀芝的后背,温情地说。

"嗯,俺相信你。"江秀芝抬头看着方兴通,露出了久违的笑容,"对了,俺忘了跟你说,前几天,蔡铣朴来过,说要到掖县找你,问俺有话捎吗?"

"蔡铣朴? 他到掖县找俺干什么?"方兴通纳闷地问。

"他没说。"江秀芝答道。

"那你捎话了吗?"方兴通问。

"这悄悄话怎么捎?"江秀芝红了脸,嗔怪道。

方兴通默不作声了,只是抱得更紧了。 江秀芝的身体是那么柔软,他感到自己浑身上下都热腾腾的,很想多抱一会儿,永不松开。

几家欢乐几家愁,这个时候,身在掖城的蔡铣朴正饥寒交迫,叫天天不应,叫地地不灵。 他不知道的是,他要投奔的人此时却在济南,正抱着心爱的人陶醉在幸福之中。

在潍县车站,蔡铣朴看耍猴的丢了盘缠,只好沿路乞讨,不但分文未得却备受羞辱。 在路边的草棚里睡了一夜,他就出了城,顺着烟潍路一直往北走,看看有没有好心人能慈悲为怀,将他捎到掖县。 结果没有,正绝望之时,他发现不远处有个小砖窑在招短工,往牛车上装砖,有工钱,中午还管饭。 蔡铣朴好像遇到了大救星,激动得想哭。 小的时候,他跟着父亲在济南火车站的货场生活,也没少扛麻袋。 他身大力不亏,这下有了用武之地。 他在砖窑干了两天半,才凑够了路费,然后便搭上一辆马车,奔赴了掖县。

现在，付了马车的车费，蔡铣朴的身上还剩几个铜子儿，看着更夫渐渐远去，他在附近的小店买了两个大包子和一碗玉米粥，狼吞虎咽地吃起来。吃饱喝足之后，他就闲逛，想找个能遮风挡雨的地方睡上一晚。抬眼望去，商铺大多已打烊，只有一家黄酒馆还灯火通明。他看到，挂在店门口的大红灯笼随风摇曳，上面的"天和楼"三个金字清晰可辨。蔡铣朴好眼神，不但看见了三个大字，就连小几号的字也看得一清二楚。"方家村"，隶书"天和楼"的旁边还写着三个楷体字。

这是方家村人方清润在掖城开的一家黄酒馆，他与宏德堂人同宗不同族，相处甚好，为世交。

历经周折来到掖县，蔡铣朴还没见着方兴通，却遇到了同村人开的黄酒馆。蔡铣朴顿感亲切，想找老板聊聊，套个近乎，看看能否在店里借住一个晚上。

来到店门口，蔡铣朴正欲往里走，却冷不丁地被从店里出来的一个醉汉撞倒了。

"你咋不长眼？"那醉汉踉踉跄跄，怒目而视。

蔡铣朴觉得很冤屈，也很不服气，分明是这个醉汉撞倒了他，还强词夺理，反咬他一口。

"你……你才不长眼！是你撞倒的俺！"蔡铣朴从地上爬起来，气愤地说。

醉汉一听，蔡铣朴不是本地口音，更来了精神，身子摇摇晃晃地一把掐住了他的脖子："你再说一遍，看俺怎么收拾你！"

蔡铣朴身强力壮，醉汉根本就不是他的对手。他一把抓住醉汉的胳膊，用力一掰："就是你不长眼！"

醉汉惨叫一声，不由得松了手。

这时，店老板方清润听到有人在门口吵架，连忙跑了出来。他先让跟出来的店员将蔡铣朴拉进店里，又劝说醉汉消消气，别跟外地人计较。

这个醉汉不是别人，正是虎头村的宋占山。

三帆货船已发大连貔子窝港，宋占山估计，管家罗良基和儿子宋家安现在已与卖方谈妥，木材已经装上了货船，明后天他们就满载而归了。从宏德堂方英典的嘴里抢下了这块大肥肉，宋占山扬眉吐气，好不痛快。买这批木材的朱由镇庄园主沈克明喜欢喝黄酒，天和楼的黄酒用古法酿造，醇香悠长，早就名扬掖城，宋占山就将沈克明请来畅饮，表达谢意。沈克明喝得尽兴却有节制，得意忘形的宋占山频频举杯，喝醉了。待沈克明离去，宋占山又喝了几杯浓茶解了解酒，才一步三摇地走出门来，却正好与蔡铣朴撞了个满怀。

毕业前的几个月，宋家安和方兴通同在张记百货粮油公司实习，与蔡铣朴相识。来掖县之前，蔡铣朴曾想，如果方兴通不收留他，他就去投奔宋家安。现在，他无论如何也不会想到，这个蛮不讲理的醉汉竟然就是宋家安的爹。

"俺发财了，你知道吗？一下子挣了这个数！"宋占山搂着来劝架的方清润，伸出几个手指摇晃着，醉话连篇，"你们村有个宏德堂是不是？有个方英典是不是？他还想跟俺争买卖，休想！发了财，俺就把你这个天和楼也买下来，你信不？"

方清润知道，宋占山与方英典水火不容。自然，方清润知晓宋占山的顽劣品性，颇为不齿。他更了解宏德堂的高尚家风，甚是敬重。人人心里都有一杆秤，这秤是公平的，或许这就是天理。方清润尽管对宋占山甚是不屑，但是开店迎客做的是生意，就不能拒绝任何一个登门的人。现在，他不想与宋占山纠缠，连忙招呼店员将宋占山送走。他知道，宋占山在掖城有个四合院，就在离这儿不远的东边，每次进城都会住在那里。

喝多了黄酒就怕风，海边刮来的小凉风一吹，宋占山顿觉天旋地转，哇哇地吐了几口，站都站不住了。店员只好把他背在身上，吃力地往东走去。

蔡铣朴谢过老板方清润的解围，就问他认不认识宏德堂的方兴通，以便套个近乎。

　　"俺怎么不认识？宏德堂在方家村的北大街上，俺家在南边。方兴通这孩子有出息啊，还在济南上了学。前些日子，他娶媳妇，俺还去坐席了呢。"方清润乐呵呵地说。

　　什么？方兴通结婚了？江秀芝没有离开济南，他跟谁结的婚？蔡铣朴一听，愣住了。

　　"大叔，您是说，方兴通前几天结婚了？"蔡铣朴吃惊地问。

　　"是啊，你不是说是他的好朋友吗？你怎么会不知道？"方清润反问道。

　　"俺在济南，这么远，怎么会知道呢？"蔡铣朴尴尬地解释说，"新娘是哪儿的？"

　　"西由的，好像姓任，娘家也是大户人家，跟方兴通他爹合伙做木材生意。"方清润随意地拨拉着柜台上的算盘说。

　　方兴通回乡娶了一个姓任的姑娘，而不是济南府的江秀芝，这让蔡铣朴感到十分意外和不解。但是，他不能刨根问底，只能见了方兴通再问个究竟。蔡铣朴庆幸的是，方清润与宏德堂关系不错，于是他就简单明了地说了自己一路上的不幸遭遇，并提出在店里借住一晚的请求，明天一早再去方家村找方兴通。

　　认识方清润的人都知道，方清润乐善好施，是个厚道人。

　　"这是小事一桩，正好店员宿舍还有一张空床，你将就着住一晚上吧。"方清润马上答应下来，"明天一早，店里的马车要到三山岛拉黍子，路过方家村，你就搭车去吧。"

　　从济南到掖县，蔡铣朴颠沛流离，一波三折，深刻地体会着世态炎凉，最终却在掖县遇到了好心人，巨大的心理反差让他几乎落泪。他拖着疲惫不堪的身体，来到店员宿舍，没来得及洗漱就一头扎到那张空床上，呼呼大睡了。

宋占山被员工扛回住处，也四仰八叉地睡了。不过，他不是睡在床上，而是一进门就直接睡在了地上。

这处住宅是一个小四合院，是宋占山当年在掖城做生意时置办下的。后来，不守商界规矩的他在城里臭了街，不得不回了虎头村，之后这房子就一直空着，他进城办事赶不回去就当临时住所。自然，他与蓝关戏名角一枝花也是在这里欢度良宵的。

半夜里，宋占山又冷又渴就醒了，他头痛欲裂，四肢发胀。他开了灯，喝了碗水，脱衣上了床，却怎么也睡不着了，脑子里净胡思乱想。他想得最多的是远在大连貔子窝港的管家罗良基和儿子宋家安。生意谈成了吗？木材装船了吗？他先是往好处想，笑得合不拢嘴，高兴完了却又不由自主地往坏处想了。他让罗良基带着宋家安去，就是想锻炼一下儿子，以便儿子尽快接他的班。他觉得，一手交钱，一手交货，没什么复杂的，就没有亲自去。况且，以前到大连进山珍、药材及皮货，他即使去了也不露面，一切都交给罗良基出面打理，他只是在最后拍板。几十年前，他坑了合伙人阮守常，携巨款逃到掖县，害得人家倾家荡产，上吊自杀。他每每想起来就胆战心惊，后背发凉。所以，做了亏心事，心里就有鬼，一到东北他便心里打怵。他天不怕，地不怕，就怕鬼敲门。这次，货船出发前，经多方打探，宋占山已经将买与卖的差价计算好了，有百分之二十多的空间，扣除所有费用，确实能大赚一笔。可是，罗良基只是个管家，再怎么说也是外人，而儿子宋家安却是年少无经验，还难以独当一面。商场险恶，人心更险恶，他自己就是个鲜活的样板。坏人眼里往往都是坏人，宋占山更不会是个例外。宋家安能把握住分寸吗？他会不会吃亏上当？他带的可都是真金白银啊，万一……宋占山这么一想就如坐针毡了，他吓出了一身冷汗。

这个时候，罗良基与宋家安已经安然入睡了。根据双方约定，明天一早就付款装货，到此为止，一切顺利。

前天傍晚，货船到了貔子窝港，罗良基便带着宋家安下了船，进了

189

这个闻名遐迩的贸易小镇。罗良基手里有一封宋占山写给药材商李老板的信，请他帮忙引见当地要好又信得过的大木材商。可是，李老板并不直接与大木材商认识，不过，他的一个麻将桌上的好友与大木材商曲寿龄有交往，李老板就请他带着罗良基和宋家安登门拜访曲寿龄。做生意就得广纳四方客，何况是送上门来的大生意。听明来意与他们的自我介绍，曲寿龄笑容满面地热情接待，并让人沏茶递烟上点心，罗良基和宋家安受宠若惊。

现钱现货，没有风险，曲寿龄当场拍板，这笔生意他做了，有钱大家赚，保证让利，并应允三天之内会备好上等的木材，具体事宜则由大掌柜老杜操办。

"木材质量尽管放心，你们掖县方家村的宏德堂就常年进我这里的木材。"曲寿龄笑逐颜开，最后强调说。

第二天下午，杜大掌柜领着罗良基和宋家安去了他们的货场。他们抬头望去，货场一眼望不到边，红松、樟子松、落叶松、杨树、柞树……应有尽有。

"你们掖县盖房子主要用红松，宏德堂就是从这里提的货。"杜大掌柜细心地介绍道。

"是，是，俺们要进的货也是红松。"宋家安点点头。

"你们有多少？俺可要这个数。"罗良基伸手比画着。

杜大掌柜听罢，乐道："九牛一毛，放心吧。"

罗良基多次来到貔子窝港，尽管是由他出面谈生意，可是有宋占山在幕后压阵，他无异于一个提线木偶，从来没有说了算过。这一次，他带着少不更事的宋家安来，总算伸直了腰。他以前就听说过，貔子窝港有个叫春满园的妓院，里面美女如云，仙姿玉色，而那个叫范小娆的女子杨柳细腰，绰约多姿。她独守紫藤阁，只卖艺不卖身，犹抱琵琶半遮面，更是令人朝思暮想，欲罢不能。

像罗良基一样，杜大掌柜自然是个善于察言观色的人，此乃掌柜或管家这个职业的本能。那天下午，到货场看完了木材，杜大掌柜就领着罗良基和宋家安往回走，准备到当地有名的大酒楼请他们吃饭。路过春满园的时候，罗良基不由自主地停下了，抬眼看着写有"春满园"的三只大灯笼，露出一副贪婪之色。哪个男人不好色？杜大掌柜会心一笑，心里有了主意，然后悄悄地拍了下罗良基的后背，又给了他一个意味深长的眼色。罗良基好像明白了什么，脸上露出了一丝微笑。老板曲寿龄曾叮嘱过杜大掌柜，一定要把他们侍候好了，特别是管家罗良基，无论如何，这笔生意都不能丢。通过观察，细心的杜大掌柜发现，宋家安是小主子，但是他尚无从商经验，一切都听罗良基的，明显是跟着来见见世面的，或者说，他是其父宋占山派来的不称职的督军。

到了大酒楼，上了几大件，熊掌、鹿茸、果子狸……东北八珍一样不缺，可谓下了血本。酒是东北老刀子，人喝一杯下肚，顿时觉得火辣辣的。去春满园，显然不能带着宋家安，他毕竟还是个乳臭未干的孩子。所以，杜大掌柜便有意让宋家安多喝，非要把他灌个酩酊大醉，不省人事。罗良基精明过人，马上领会了杜大掌柜的意图，便反客为主，敬了宋家安一杯又一杯。

在这个奇妙的晚上，宋家父子一个在掖城，一个在貔子窝港，相隔几百里，却都喝醉了，只是一个是主动的，另一个是被动的。宋占山被天和楼的店员送回了住所，宋家安也被杜大掌柜派人送回了宾馆。

用酒放倒了不知内情的宋家安这个累赘，杜大掌柜便带上蠢蠢欲动的罗良基直奔春满园。

这个时候，春满园里正红火，窈窕女子花枝招展，倚门卖笑，客人进进出出，步履匆匆，喧嚣而淫秽。

杜大掌柜和罗良基进得门来，马上陷入女人们的包围之中。老鸨迎上前来，热情地打招呼。

"哟，杜大掌柜，稀客呀，您可是老长时间不来了。"老鸨扭动着腰身说。

其实，杜大掌柜向来洁身自好，不赌不嫖，他到这里来，都是为了陪客户。客户在楼上套间里尽情逍遥，他则在楼下大厅里泡上一壶茶，静候客人丢盔弃甲，然后一起离开。

"老规矩，先到紫藤阁看范小娆弹唱，然后再去二楼，你可得把俺这位贵客侍候好了。"杜大掌柜说。

在春满园，一楼是艺妓们表演的单间，二楼是妓女们卖身的场所。只有来了重要的客人，杜大掌柜才会如此安排。

"范小娆？她不在了，死了！"老鸨一听，忍不住大骂道。

范小娆死了？她是怎么死的？又是为什么死的？杜大掌柜顿时一惊，说不出话来。

实际上，范小娆并没有死，而是在昨天夜里跟着那个江南富家子弟程立铭跑了。当年，程立铭来貔子窝港谈生意，在紫藤阁认识了范小娆，便顿有相见恨晚之感，随之双双坠入爱河，并图谋远走高飞。老鸨怎么会把范小娆这棵摇钱树放走，就提出了巨额赎金。程立铭一时付不起，便回江南筹钱。程家在当地是名门望族，家风正，家教严，程老爷子怎么会容忍程立铭做出这种有辱门风的事来？他怒不可遏地教训了程立铭，并差人把他关了起来。程立铭从此不得出门，除非他断了这个重逆无道的念头。后来，在太太的哭求下，程老爷子只能法外开恩，解除了禁闭。可是，程老爷子防患于未然，仍不让他走出这个城镇，并派人随时盯梢。程立铭得了相思病，或者是中了邪，他的心里只有范小娆，一再拒绝他人提亲。程老爷子百密必有一疏，程立铭痴心不改，在程老爷子大张旗鼓地设宴庆祝六十岁大寿的时候，程立铭趁人不备，携带私存的零用钱，终于逃跑了。他再次来到貔子窝港，到春满园的紫藤阁见到了范小娆。

此时的范小娆已经厌倦了这种人不人鬼不鬼的生活。程立铭一去不复返，杳无音讯，让她痛不欲生。祸不单行，前几天，东北军阀张作霖的一个姓石的小营长率兵占领了貔子窝港，慕名到春满园的紫藤阁欣赏范小娆的拨琴吟唱，一眼便相中了她，非得娶她做小姨太。 范小娆坚决不从，她心里装着程立铭，正天天盼望着他来营救自己。 老鸨也先是不从，没承想石营长立时勃然大怒，扬言派兵烧了春满园。 老鸨心知肚明，他们说一不二，没有不敢干的事。 恶人怕横人，老鸨招惹不起，只得服软，答应了石营长。 石营长大喜，对老鸨说，他要布置婚房，置办家具，大办酒席，不能亏待了这么个大美人。 五日之后，八抬大轿将抬到春满园门口，范小娆必须披红戴花，喜气洋洋地出嫁。

范小娆走投无路，决定一死了之。 就在这个时候，程立铭再次出现了，却并没有赎金带她走出这个人间地狱。 两人抱头痛哭后就密谋让范小娆出逃，程立铭在一个隐蔽的地方等她会合。 在春满园，有个残酷的规定，那就是，如果有人胆敢逃跑，被抓回来便装进麻袋投海。 而且，无论是卖身的还是卖艺的，都得签字画押后方能进园接客。 现在，范小娆已经被逼上死路，就决定铤而走险了。 昨天深夜，天公作美，貔子窝港突然风雨交加，范小娆用早已准备好的铁棍撬开了装有防盗铁网的后窗，跳了出来，消失在茫茫雨夜里。

春满园从此再无范小娆，老鸨岂能不气急败坏，怒火中烧？ 好在石营长还不知道她逃走的事，老鸨派人搜寻，找遍了整个貔子窝港，也没见范小娆的踪影。 眼见石营长定下的黄道吉日就要到了，她不知道如何向他交代，说不定，他真会一把火烧了春满园。 找，掘地三尺也必须把范小娆找回来。

现在，范小娆失踪了，杜大掌柜为罗良基安排的项目就缩了水，省去紫藤阁里的听琴赏曲环节，直接让他上了二楼单间。 里面，已经有个风情万种的女人在等待着他了。

大约一个时辰后，罗良基心满意足头重脚轻地下了楼。 杜大掌柜付了钱，又将他送到了宾馆的大门口。

"罗管家，这是俺老板的一点小意思，他愿意交你这个朋友。"杜大掌柜从怀里掏出一根金条，塞进罗良基的手里。

金条沉甸甸的，罗良基不敢收。

这个时候，天空中没有星星也没有月亮，万籁俱寂，貔子窝港已沉睡。

杜大掌柜抬头看了下天，然后搂着罗良基的肩膀，趴在他的耳朵上说："天知，地知，你知，俺知。俺老板是个讲究人，你就放心吧。"

有道是，人为财死，鸟为食亡。贪色者必贪财，罗良基自然不能超凡脱俗。杜大掌柜这么一说，他就放下心来，迟疑着接过金条，掖进怀里。然后，他与杜大掌柜握手告别，步履轻轻地走进了宾馆。

隔壁的宋家安大醉不醒，鼾声如雷，天塌下来他也全然不知。罗良基享用了美人，收了金条，那一夜，他睡得特别香甜，这是他这一生中最幸福的一个夜晚。

在遥远的掖城，宋占山却是彻夜难眠，眼皮直跳。让罗良基带着宋家安去貔子窝港，他越想越觉得考虑不周，担心出了岔子，恨不能马上插上翅膀飞过去。但是，他已无能为力，只能双手合十，乞求老天爷保佑。

住在天和楼黄酒馆店员宿舍的蔡铣朴彻底踏实了，一觉睡到天明。起床后，他吃了方清润安排的早餐，便跳上了去三山岛拉黍子的马车。

车夫挥鞭策马，挂在马脖子上的铜铃铛声音清脆响亮，悦耳动听。马车出了城，一路向北，用了不到半个时辰，就到了方家村。

"方兴通，俺来了！"蔡铣朴兴致勃勃，大声喊道。

第十一章

泰极而否

今天一早，蔡铣朴坐上从天和楼黄酒馆去三山岛拉黍子的马车，心里就开始打鼓，不请自来，方兴通会不会接受他？ 或者说，方兴通接受了，他的爹方英典会同意吗？ 蔡铣朴记得，方兴通曾多次跟他抱怨过，在宏德堂，只有堂主方英典说了算。 一言堂，这是大家族历史悠久的传统与颠扑不破的规则，不足为奇。 所以，蔡铣朴还有第二套方案，那就是，倘若宏德堂不收留他，他就去找虎头村的宋家安，反正他是不想再回济南府了。

车夫六十来岁，姓邱，肤色黝黑，留着一脸密密匝匝的络腮胡子，让蔡铣朴想起了《水浒传》中的黑旋风李逵。 邱老汉是个自来熟，十分健谈，一边赶车一边跟蔡铣朴喋喋不休地拉家常。 问了他是哪里人，又问他来干什么，要找谁。

就要见到方兴通，蔡铣朴的心情大好，不厌其烦地一一作答，连自己心中的两套方案都告诉了邱老汉。

太阳已经偏南，马车一路北行，过了朱由镇的一个十字路口，邱老汉用马鞭指着左手不远处的一个村庄说："哎，你看看，那个疃就是虎头村，宋家安就住在那里。"

蔡铣朴转身望去，一座座海草房鳞次栉比，影影绰绰。 在村子的尽头，有波光粼粼。 宋家安说过，虎头村的西边就是海。 蔡铣朴还没见过海，见到的最大水面就是济南的大明湖。

"那边是海吧？"蔡铣朴很兴奋。

"是啊，你还没见过海？"邱老汉问。

蔡铣朴不好意思地点点头。

"小伙子，有句话，俺不知道该说不该说。"邱老汉在空中挥了下马鞭，突然像想起了什么似的。

蔡铣朴一愣："有话您就说呗。"

"宏德堂是个好人家，有教养，明事理，威信高啊。"邱老汉说到这里，思量了一会儿，才压低了嗓音说，"可是，宋家安的那个爹宋占山可不是什么好东西，别人想躲都来不及，你还往上凑，俺看啊，你还是少招惹为好。"

车上只有邱老汉和蔡铣朴两个人，别人听不到，马也听不懂。可是，邱老汉还是那么小心翼翼，心有余悸。

人们常说，一朝被蛇咬，十年怕井绳。实际上，邱老汉是现身说法。他是附近的过西村人，靠着马车拉货养家糊口。那年，宋占山雇他从掖城拉一车家具到虎头村，有桌子也有椅子。到了虎头村卸货的时候，宋占山发现一把椅子的背上碰掉了豆粒般大小的一块漆，硬说是邱老汉在路上碰掉的，就不给车马费了，算作赔偿。常年拉货，邱老汉自然有许多必要的装备，比如，拉家具，他会用旧棉褥细心地包起来，特别是在家具相互接触的地方。掉漆的这块地方，他装车时就看到了，因为太小，就没当场说出来。邱老汉据理力争，宋占山毫不退让，最后还让罗良基叫来了他豢养的小混混二狗子、三只手和大脑袋，手持凶器，连唬带吓地把他赶走了。惹不起，总能躲得起。从此以后，即使宋占山出再高的价钱，邱老汉也不接他的活了。

千辛万苦地来到掖县，蔡铣朴还没进方兴通的家门，就知晓了宏德堂与宋占山的巨大差异。金杯银杯，不如人的口碑，从天和楼黄酒馆的老板方清润到车夫邱老汉，众口一词，宏德堂与宋占山的名声确实是一个天上，一个地上。

"嗯，邱大叔，俺心里有数了。"蔡铣朴听罢，心存感激地说。

"陈谷子烂芝麻咱不说，咱就说眼巴前的事儿。"说服了蔡铣朴，邱老汉仍然气不打一处来，意犹未尽地说，"朱由镇有一笔大买卖，本来是人家宏德堂做的，宋占山硬是给抢走了。人要脸，树要皮，人不要脸治不得。俺看啊，老天爷还是有眼的，不是不报，时候不到，宋占山倒大霉的事在后边，俺今天先把这话搁在这儿，你就等着瞧吧。"

世界就是这么稀奇古怪，不可捉摸，邱老汉目不识丁，老实巴交，却成了一语中的的预言家。现在，在他咬牙切齿地诅咒宋占山的时候，在渤海湾另一端的大连貔子窝港，宋占山的儿子宋家安正趴在船头上，哭天抹泪，如丧考妣。

今天早晨六时许，当住在隔壁的罗良基敲响宋家安房门的时候，宋家安正在做梦。东北老刀子酒劲大，可消化得也快，人睡上一夜，基本就没事了。昨天晚上发生的事，宋家安都不记得了，只记得早晨的这个梦。日有所思，夜有所梦，在梦中，他与济南府祥庆班的名角俏月儿相会了。离开济南府的时候，宋家安就许诺俏月儿，回掖县后，就向爹宋占山要钱，在济南买房子，然后娶她为妻。实际上，他并不知道，俏月儿深得师母一枝花的真传，都是逢场作戏，通过骗他的感情来骗财，就像当年一枝花欺骗了宋占山一样。由此看来，宋家安将步他爹的后尘。

听到罗良基急促的敲门声，宋家安揉着惺忪睡眼开了门。罗良基叫他吃了饭，退了房，马上去找杜大掌柜。罗良基盘算着，交钱，拉货，装船，然后起锚打道回府。事情办得这么顺当，他觉得，宋占山一定会多给他几个赏钱。

罗良基和宋家安带来的是真金白银，在曲寿龄的木材商行经营部，他们将货款一分不少地交给了账房先生，就由杜大掌柜领着去货场取货。可是，刚出得门来，他们就被一群荷枪实弹的士兵包围了。领头的不是别人，正是要娶范小娆为姨太太的石营长。

"都别动。"石营长一手举着手枪，一手揪着杜大掌柜的衣领，高叫道，"曲寿龄涉嫌非法经营，现予以查封！钱款全部没收！"

"长官，俺们可是合法经营啊，您搞错了吧？"杜大掌柜带着哭腔说。

"搞不错，有人举报，曲寿龄已经被送进大狱了！"石营长一把推开了杜大掌柜，用手枪指着他的头，"你要是不想蹲大牢，就赶快滚！"

站在一旁的罗良基和宋家安哪见过这阵势，顿时吓傻了，直到看见他们刚刚付过的金银被几个士兵装进箱子，又提着出了门，才回过神来。这是他们的货款，曲寿龄被抓进监狱，这笔买卖还怎么进行下去？不行，这钱不能让他们拿走。

"长官，这钱是俺们的货款，您不能拿走啊。"罗良基战战兢兢地走到石营长的跟前，央求道。

"是的，长官，这是俺们的钱，跟曲寿龄没关系。"宋家安也大着胆子帮腔说。

"从曲寿龄账房里查抄的钱，就是赃款，统统没收。"石营长不容分辩地说。

看着士兵提着箱子向石营长的小轿车走去，罗良基和宋家安不顾一切地冲上去，伸手夺过了箱子。

砰，砰砰！石营长见状，朝天连开了三枪。

"放下！不想死就放下！"石营长咆哮如雷。

枪子不长眼，罗良基和宋家安脸色焦黄，愣着不敢动了。几个士兵冲上前来，抢走了箱子，塞进了小轿车。

石营长得意地一笑，跳上了车子，扬长而去。士兵们收起长枪，排好队，跟在了后面。

现在，除了看热闹的人，只剩下杜大掌柜、罗良基和宋家安了。

眼看宋占山几年的积蓄就这么被石营长没收了，这可如何向他交代？罗良基这么一想，腿都软了。

"杜大掌柜，您看……"罗良基用乞求的目光看着杜大掌柜，"您看怎么办啊？ 您得帮着想想办法啊。"

杜大掌柜惊魂未定，抬手抚摸着刚才被石营长揪红的脖子，嘴唇哆嗦着说不出话来。

"杜大掌柜，您赶快带俺去货场吧，木材还在啊，您还可以给俺发货啊。"宋家安眼圈发红地说。

"是，是啊，杜大掌柜，您就行行好吧。"罗良基说。

杜大掌柜看看罗良基，又看看宋家安，拍打着脑门儿，面有难色。

"杜大掌柜，您不是说曲大老板是个特别讲究的人吗？ 这事儿跟俺们没关系，契约签了，货款俺们已经付了，按照契约，您该发货还得发货啊。"宋家安急得团团转。

杜大掌柜的眼睛闭了会儿才慢慢地睁开，又沉思了良久说："你们说得没错，曲大老板是个特别讲究的人，信誉第一，又仗义疏财，从来不做亏心的买卖。 你们已经按约付了款，事儿出在俺们身上，跟你们没关系。 好，俺就替他做主，带你们去货场取货。"

"好，好。"罗良基感恩戴德地说，"咱们快走吧，俺们昨天定好的运木材的牛车和马车估计早就到了。"

谢天谢地，杜大掌柜能善心大发，继续发货，真是有惊无险，罗良基一下子轻松多了。 事不宜迟，他一分钟也不敢耽搁，率先急匆匆地向货场走去。 揣在怀里的那根金条也不安分，随着他的步伐有节奏地敲打着他的胸脯，又让他产生了几多快意与慰藉。

他们先是快走，后是小跑，拐过一个小胡同，货场就在眼前了。

谁也没想到，石营长的士兵早就到了。 刚才，石营长亲自指挥，一路士兵去查封经营部，另一路士兵同时出发，占领了货场。 现在，没有石营长的命令，一根木头也别想运出去。

最后的希望就这么破灭了，杜大掌柜是耍戏法的下跪——没法了。他捶胸顿足，哑口无言。

罗良基和宋家安目瞪口呆，欲哭无泪。

自从石营长率兵进驻了貔子窝港，他便无法无天，胡作非为，老百姓忍气吞声，敢怒而不敢言。罗良基和宋家安来得不是个时候，看来只能自认倒霉了。

杜大掌柜说了几句抱歉的话，就要回去想办法营救老板曲寿龄了。

"两个好兄弟啊，真是对不住了。你们也多加小心吧，俺早就听说，这个石营长可不是吃素的，杀人不眨眼啊。另外，现在案子还没牵涉你们，一旦节外生枝出了事，你们恐怕连货船也难保啊。"临走时，杜大掌柜紧紧地拉着罗良基和宋家安的手，好言规劝道。

杜大掌柜一走了之，罗良基和宋家安呆若木鸡。良久，罗良基才想到去营部找石营长求情，要回货款，哪怕他将身上的这根受贿的金条送上也不足为惜。否则，钱货两空，他怎么敢回去见宋占山？这个狠人还不一刀砍了他？至于扣船，石营长想扣也早扣了。

宋家安心想，他是爹的宝贝儿子，除了挨爹一顿怒骂或暴揍，没什么大不了的。

带着宋家安，罗良基硬着头皮找到了营部，一脸媚态地说明来意，两个卫兵二话不说，抡起枪托就向他们砸去。宋家安年纪轻，跑得快，没伤着皮肉。罗良基大腹便便，没来得及躲，硬生生地挨了一枪托，脑袋上顿时鲜血直流。

"滚，快滚！石营长有令，谁敢在营门口闹事，统统抓起来枪毙！"一个卫兵怒目而视，高叫道。

宋家安吓得屁滚尿流，飞也似的跑了。罗良基捂着脑袋，一瘸一拐，想追却追不上。

大约跑了几十米，宋家安才气喘吁吁地停了下来。过了一会儿，罗良基终于跟了上来。

罗良基和宋家安已经丢了魂儿，不由得面面相觑。过了许久，两人才决定马上去港口，保命要紧，赶紧回掖县。如果再扣了船，他们就只能死在貔子窝港了。

在港口，几个船员正在等待着拉木材的货车到来，却一等再等不见踪影。现在，他们终于等来了血流满面的罗良基和失魂落魄的宋家安。

罗良基找来一条毛巾擦干了脸上的血迹，又缠在了头上，才向船员们说了事情的大概。

"快走吧，要不连命都没有了。"罗良基说。

船员们一听，无不吓得魂飞魄散，好像穷凶极恶的士兵们马上就要冲上船来似的。船老大连忙发出号令，货船起锚升帆，向掖县方向驶去。

大海蔚蓝，天空也蔚蓝，海天一色，无比壮观。貔子窝港渐渐消失在人们的视线里，货船被波浪翻滚的大海紧紧地包围了，海鸥欢快地鸣叫着在浪花里捕食。

罗良基龟缩在船舱里，头上的伤口隐隐作痛。那根金条还揣在他的怀里，他感觉它越来越沉重。不出意外，傍晚，货船就将抵达虎头村的小港口，他难以预测自己将面临什么，又怎么向宋占山解释。自然，他也想到过跑，不再回掖县，可是，他又能跑到哪里去？老家不能回，他在掖城做生意失败，老婆带着孩子弃他而去，他现在是孤家寡人一个。他思来想去，还是舍不得虎头村，宋占山虽然野蛮而霸道，却总算没有亏待自己。更为重要的是，罗良基与村里守寡多年的顾秋燕眉来眼去，勾搭成奸。今年春天，罗良基已向宋占山说出了实情，希望他能同意自己娶她为妻。宋占山一听，差点笑出声来。当年，正是宋占山在派初来乍到的刘小虎深夜潜入顾秋燕家偷寡妇鞋的时候，发现了族长马炳忠偷情的事，这让手握把柄的宋占山伸直了腰板，一举拿下了一手遮天的马炳忠。从那以后，宋占山有了保护伞，便在虎头村肆无忌惮地横行霸道了。如今，一晃十多年过去了，顾秋燕也不过三十多岁，她貌美人甜，风韵犹存。罗良基真心喜欢上了顾秋燕。

这么多年来，罗良基与宋占山可谓臭味相投，乃一丘之貉，是天生的一对好搭档。前些日子，方英典让管家潘士光娶了丫鬟乔玉芬，还给他们买了房，并大办婚礼，就像宏德堂娶媳妇或嫁闺女，让罗良基好生羡慕，他多次在宋占山面前有意无意地提起此事。说话听声，锣鼓听音，宋占山知道罗良基的小心思，这是在点拨他，让他效仿。宋占山盘算着，顾秋燕有男人留下的海草屋三间，无非再给他们添置点生活用品，办个婚礼，花不了几个大钱。所以，宋占山应允，罗良基从貔子窝港满载而归，就给他们办喜事。

情爱无敌，也能壮胆，顾秋燕是罗良基割舍不下的女人，所以他必须要回虎头村，不管前面是刀山还是火海。他知道，当他将这根金条交给顾秋燕的时候，她一定会风情万种地扑上前来，然后尽显妖娆，让他把持不住。

宋家安趴在船头上，如梦方醒又惊魂未定，发生在貔子窝港的一幕幕都是那么惊心动魄。钱物两空，垂头丧气的宋家安又委屈又后怕，终于忍不住号啕大哭起来。

少东家宋家安哭得歇斯底里，撕心裂肺，吓得船员们大气都不敢喘，躲在一边，不知如何是好。

毫无疑问，宋家安会把貔子窝港的事铭记一辈子，初出茅庐便折翼而归，每每想起此事他都会五味杂陈。

宋占山的三帆货船空空荡荡，就这么向虎头村的小港口驶来。如此这般，邱老汉的预言奇迹般地应验了，只是他还不知道。坐在马车上的蔡铣朴自然也不会料到宋家安会遭到如此劫难，正在想着方兴通见了他会是热情拥抱还是冷若冰霜。

邱老汉与蔡铣朴交谈甚欢，不知不觉中，方家村的村西口就在眼前了。

"到了，你顺着这条路往东走就是，宏德堂在路南，房子又高又大，好找得很。"邱老汉喊停了马，回头对蔡铣朴说。

蔡铣朴跳下车来，谢过邱老汉，就顺路向东走去。他对方家村充满了好奇，路过村西五味堂的时候，不由得停下脚步，往里面看了看。这时，郎中周仕君正手提出诊箱，与管家潘士光从院里走出来，也看到了往里张望的蔡铣朴。

方兴通离家出走，数天来音讯全无，太太陈尚云急火攻心，夜不能寐，终于支撑不住病倒了。老爷方英典明白她病在何处，就差潘士光请周仕君出诊。

"周先生，您慢点儿。"出了院门，潘士光拿过出诊箱，毕恭毕敬地说。

周仕君的出诊箱十分精致，长一尺二寸许，高宽各六寸，提手圆润光滑，箱沿及拐角处均镶有铜皮保护。铜鼻铜锁，箱体装饰也考究，嵌有祥云螺钿图案。二十几年前，五味堂即将开门应诊，老老爷方继先请来掖城北最好的木匠，精心制作了这只出诊箱，当作贺礼。周仕君爱不释手，在开诊当日，将出诊箱置于堂中，盖上红绸。吉时一到，他请方继先揭开红绸，又焚香叩拜，嘴里念念有词。随后，鞭炮齐鸣，锣鼓喧天，五味堂在一派喜庆中开诊大吉了。

"小伙子，你找谁呀？"周仕君看着蔡铣朴，和善地问。

"宏德堂，方兴通。"蔡铣朴不假思索地说。

"方兴通？你认识俺家少爷方兴通？你叫什么名字？"潘士光一听，马上激动地抢问道。

蔡铣朴不明白这个人为什么如此激动，就纳闷地说："是啊，怎么了？俺叫蔡铣朴，俺们是在济南认识的，是好朋友。"

"你是从济南来的吗？"潘士光又急问道，"你在济南看见过俺家少爷吗？"

像蔡铣朴一样，周仕君并不知道方兴通私自出走的事，也有几分不解地看着潘士光。

"没有，俺这不是来找他吗？"蔡铣朴如坠云雾之中。

"噢，那你跟俺们走吧。"潘士光不再多言，一手提着出诊箱，一手挽着周仕君的胳膊，低头向宏德堂走去。

蔡铣朴跟在后面，似乎感觉到了事情的异常。 那么，方兴通到底怎么了？ 为什么这个人欲言又止？ 会有什么难言之隐？

蔡铣朴一路东瞧瞧，西望望，最后跟随着他们进了宏德堂的大门。一拐过影壁，他便看到一个穿戴整齐的老者坐在牡丹亭里，手里还抱着一只鸽子。 他还不知道，此人便是方兴通的爹方英典，他能否留下完全取决于这位老者。

"老爷，周先生来了。"潘士光对方英典说。

"噢。"方英典站起来，应了一声，"周先生，有劳您大驾啊，兴通他娘在堂屋候着您呢。"

"好嘞，您忙您的吧。"周仕君应承道，和潘士光向堂屋走去。

走了几步，潘士光这才想起后边还跟着蔡铣朴，回头对方英典说："老爷，这个小伙子是从济南来找兴通少爷的，说他们是好朋友，您跟他好好聊聊吧。"

方兴通的好朋友？ 从济南来？ 方英典浓眉一皱，抚摸着鸽子的脊背，抬眼注视着蔡铣朴。

那天傍晚，方英典和潘士光一起放鸽子，听鸽哨，一时缓解了他的郁闷与焦虑。 鸽子在天上飞累了，一只只地返回。 最后一只鸽子飞越院门口的那棵大槐树时，一阵大风暮地吹来，这只鸽子一时失去了平衡，翅膀似乎不听使唤了，身子下坠，鸽哨挂在了树梢上。 它拼命地挣脱鸽哨，一下子被拽下几根尾羽，掉到了地上。 它摇摇晃晃地飞回来，方英典小心地把它抱起，仔细察看。 拔掉尾羽处有血丝冒出，还被树枝划下了一道血口子。 方英典好不心痛，让潘士光找来烧酒给鸽子的伤口消毒。 一连几天，方英典都觉得对不起这只鸽子，就暂且单独将它放进笼子里，消毒，喂食，好生侍候着。

看着潘士光对老者恭恭敬敬的样子，蔡铣朴判断出，他当是宏德堂的一家之主，也就是方兴通的爹方英典。

"大叔，俺叫蔡铣朴，是来找方兴通的。"蔡铣朴笑脸相迎，讨好地说，"您是方兴通的令尊大人吧？俺听方兴通多次说起过您老人家。"

"他说俺什么？"一提方兴通，方英典的脸色马上就变了。

在济南，只要说起方英典，方兴通就是诸多抱怨，几乎没几句好听的话。比如，唯我独尊，说一不二，宏德堂里没有民主，等等。

"说您注重家教，对他要求很严。"面对方英典，蔡铣朴只能换个说法。

"严是爱，松是害，这个道理他应该懂的。"方英典阴沉着脸说。

方英典说完，就觉得自己在他人面前失态了，尽管蔡铣朴是个陌生人。

"嗯，他也是这么说的。"蔡铣朴自然很聪明，随口编起了瞎话。

无论如何，方兴通撇下新娘任明凡离家出走都是让方英典不能容忍的，也是不能不挂念的，他毕竟只有方兴通这么一个儿子，宏德堂的大船队还指望着他去打理。现在，这个叫蔡铣朴的年轻人不请自到，还是从方兴通可能去的济南来。就像刚才潘士光说的那样，方英典想跟他好好聊聊，或许能问出个子丑寅卯来。

"来，小伙子，你过来，咱们说说话。"方英典的脸上挂上了笑容，冲蔡铣朴招了招手。

蔡铣朴诚惶诚恐地快步走上了牡丹亭，站在方英典面前。

"坐下说吧。"方英典弯腰将鸽子放进笼子里。

"谢谢！"蔡铣朴有礼貌地说。

这个时候，周仕君和潘士光从堂屋里出来了。太太陈尚云并无大碍，口苦、目赤、头痛……周仕君望闻问切，乃肝火上炎之症，服用几服降火的中药进行调理便可。周仕君与方英典打了个招呼，便带着潘士光抓药去了。

"说说吧，你跟兴通是怎么认识的？"方英典说着，欲给蔡铣朴倒茶水。

蔡铣朴眼疾手快，连忙抢过茶壶，先给方英典倒上，才给自己倒了一杯。 接着，他便娓娓道来，从两人在张记百货粮油公司相识到成为称兄道弟的好朋友，他比方兴通大两岁，就是哥哥。 最后，为了讨得方英典的好感，他还添油加醋地说了几句宋家安的坏话。

"兴通兄弟没在家吗？"蔡铣朴喝口茶水问。

"出去了，可能到济南找你去了吧？"方英典说。

"找俺？ 不会吧？ 可能是去找……"蔡铣朴说到这里，突然停住了。

"找谁啊？"方英典一愣，追问道。

现在，蔡铣朴已经有了一个基本的判断，那就是，方兴通回乡后结婚了，新娘不是济南姑娘江秀芝，而是另外一位姓任的姑娘。 他突然想起，方兴通曾向他提起过爹娘给自己定娃娃亲的事，那么，这个新娘肯定就是这个姓任的娃娃亲。 方兴通想念江秀芝，就跑去济南找她了。

"大叔，兴通去济南找谁，俺也不知道啊。"蔡铣朴沉默了良久后说。

方英典一直在不动声色地观察着蔡铣朴，其脸上的表情告诉他，蔡铣朴在有意隐藏什么。 他刚才滔滔不绝地说了那么多，可见他善于表达，说话也很得体，却始终没提江秀芝。 而作为方兴通的好友，怎么会不知道这个姑娘？

"好吧，小伙子，俺问问你，你现在来找兴通干什么呢？"方英典想到这里，便换了话题。

"俺听兴通兄弟说，宏德堂有个大船队，他到济南上学，就是为了回来经营海上运输。"蔡铣朴突然站了起来，情绪激动地说，"大叔，俺在张记百货粮油公司干了十来年，它是济南经营规模最大的百货粮油公司，俺跟着大掌柜的，从学徒到跟班，后来也能独当一面了。 兴通兄弟离开济南后，俺就特别想他。 俺这次来找他，就是想跟着他一起干，给他当个帮手。"

帮手？ 方英典是想给方兴通找个好帮手的。 在宏德堂，潘士光是个好管家，负责日常事务。 刘小虎是个称职的船老大，管理着几十名船员。 无论是潘士光还是刘小虎，无不对宏德堂忠心耿耿，维护着宏德堂的声誉，这是宏德堂的福气。 在方英典的近期规划中，宏德堂不仅要经营好大船队，还要涉足诸多商品零售业务，就需要这方面的人才。 那么，蔡铣朴有在济南大公司任职的经历，他现在不请自到，会成为方兴通的好帮手吗？ 归根到底，还得等方兴通回来再说。

宏德堂来了个年轻人，还是从济南府来的，引来众人的好奇，大家探头探脑地往牡丹亭里张望。 潘士光从五味堂取药回来，安排了太太陈尚云的贴身丫鬟小翠支锅熬药，方英典便让他带蔡铣朴在北院南院都转转。 最后，潘士光才领蔡铣朴到了东院，探望方兴通的新娘任明凡。

方兴通走了四天了，任明凡决定，她要给她娘烧刀纸，通报一声，然后用一根白布条结束自己的生命，与娘在另一个世界里相会。 对于方兴通好友蔡铣朴的到来，她没什么反应或感觉。 任明凡觉得，一切都与她无关，她本来就不应该嫁进宏德堂。 如今，违心地成了宏德堂的人，她就要成为宏德堂的鬼了。

面对陌生的任明凡，蔡铣朴很矜持也很尴尬，不知道应该说什么好，只是说了声"弟妹好"就迅速离开了。 因为见过江秀芝，蔡铣朴就不由得拿任明凡与其相比较，坦白地说，方兴通艳福不浅，她们都是如花似玉的美人。 他不禁好生羡慕，希望将来自己也能有这么好的运气和福气。

午餐时间到了，蔡铣朴看到，在北院的西厢房，宏德堂的长工与短工们围坐在一个大长桌前，不言不语，闷声吃饭。 老爷方英典和太太陈尚云则在古色古香的餐厅里用膳，也是默不作声。 蔡铣朴知道，吃不语，睡不语，这是老话，也在某种程度上反映了一个人及一个家庭的教养。 刚才，由潘士光介绍，蔡铣朴认识了潘士光的媳妇乔玉芬。 现在，乔玉芬给任明凡送餐后从东院回来，就去了堂屋的西套间，也就是厨房。 宽大敞亮的厨房被隔扇隔成了一大一小两个房间，大的做饭，小的是丫鬟们的餐厅。 乔玉芬是宏德堂的老丫鬟了，现在又是管家潘士光的媳妇，就顺理成章地成了丫鬟们的领头人，也能指挥丫鬟们干这干那了。 所以，直到乔玉芬送餐回来，丫鬟们才动筷子。

管家潘士光与船老大刘小虎既不是老爷，也不是长工，在宏德堂有一定的地位。 宏德堂里房子多，正院的东边为是知书屋，高大威风，它的南北两头各有一间小屋，远远地看上去，就像一个壮汉挑着两只大水缸。 南边的小屋放些农具和杂物，北边的小屋有桌椅板凳，就是潘士光他们吃饭的地方。

在宏德堂，人的等级分明，要知道一个人在什么位置，从吃饭的地方就可略知一二。

刘小虎不在，昨天傍晚，潘士光为他准备了吃的喝的，还有御寒的冬衣，让他去芙蓉岛给宋家宁送过去。 老爷方英典和管家潘士光是宋家宁失踪的知情者，他们严守秘密，尽力帮助着刘小虎。 潘士光还转达了老爷方英典的话，大船队眼下没有要紧的事，让刘小虎在岛上多住几天再回来，只是要多加小心，别走漏了风声。 另外，老爷还让刘小虎一定要安抚好宋家宁，稳住她，切不可让她做出莽撞的事来，闹得无法收拾。 方英典会为他们两个想尽一切办法，努力让宋占山回心转意，让他们有个好的结局。 老爷是这么通情达理，刘小虎很感动，抱着大包袱，眼圈儿红红的。 潘士光也感同身受，不由得想起了诸多刻骨铭心又温暖人心的往事。

午餐的菜品以海鲜为主，有鱼也有虾，更离不开掖县人最喜欢的蟹酱。 每年霜降后，潘士光都会到三山岛收买些活螃蟹回来，然后就带着长工忙着研蟹酱。

那螃蟹叫梭子蟹，是掖县的特产，因外形像纺织用的梭子而得名。它个大，一只有斤把重，顶盖也肥。 将一只只梭子蟹用水冲洗干净了，再揭盖，去掉食囊和鳃，撕掰成数块，放进碓臼，手持木把圆头石槌，在碓臼里捣碎，再慢慢地研成细酱。 研蟹酱是个重体力活，石槌很重，小巧的女人根本拿不动。研起酱来，男人也会累得腰酸腿痛，汗湿衣衫。新研的蟹酱并不能马上吃，还没出味儿，得撒上盐，装进坛子里发酵。待到来年桃花开了的时候，坛里的蟹酱冒了泡，鼓得像个大饽饽。掀开坛盖，那独特的香味儿扑鼻而来，无法形容。蟹酱的吃法有多种，可以倒上几滴香油和醋生吃，也可放上葱花和花生油，再打上个鸡蛋，搅匀后蒸着吃。一年四季，掖县人的餐桌上基本上都摆着蟹酱，它也成为馈赠亲友的上好礼品。

现在，宏德堂开饭了，整个庭院里似乎都飘荡着浓浓的海腥味儿。蔡铣朴是跟着潘士光在小屋里吃的饭。在济南府，他还从来没有吃过这么鲜的鱼和虾，所以就吃得特别香。吃完了，他就想去海边，看看大海，看看宏德堂的大船队。

根据老爷方英典的安排，下午，潘士光要专程去朱由镇庄园主沈克明家拜访。过几天，就是庄园主母亲的八十岁寿诞，方英典准备了一份厚礼，让他提前送过去。

宏德堂里出人才，方英典的堂侄方兴迅是掖县玉的雕刻名家，出自他手的每一件玉雕都价值连城，深得权贵们的喜爱。方英典让方兴迅雕刻了一件贺喜的大寿桃。方兴迅精雕细刻，费了好几天的工夫才雕刻完成，并在昨日差人送到了宏德堂。这件玉雕里的寿桃不是一个。大寿桃在前，玲珑剔透，巧夺天工；八个小寿桃居后，错落有致，栩栩如生。寿桃一共九只，寓意颇深，犹如众星捧月一般。这是方英典确定的数字，他知道，九有吉祥之意。收到寿桃，方英典甚是满意，遗憾的是，庄园主沈克明将木材生意交给了宋占山。方英典认为，沈克明不会好意思来邀请他赴寿宴了。但是，买卖不在仁义在，既然玉雕已经完成，他就让潘士光给沈克明送去。

寿桃玉雕高三尺有余，宽近两尺，很重，也不能受磕碰。潘士光决定驾马车前往朱由镇，便去牲口屋牵马。牲口屋也是个大院子，在宏德堂的正西边，有一巷之隔。潘士光牵出马来，套上马车，将玉雕包装好，让两个长工抬进了车厢。蔡铣朴闲着没事，也想跟着去，潘士光犹豫了一下便同意了。从方家村到朱由镇有十多里地，一路颠簸，正好让蔡铣朴在车厢里扶着玉雕，回来则可直接去海边。

阳光普照，没有风，秋冬之交的中午也暖洋洋的。

出了村西口，马车一路向南。路是土路，坑坑洼洼，潘士光频频地挥舞着鞭子，吆喝着马，让它走路面相对平坦的地方。蔡铣朴坐在关门闭窗的车厢里，什么也看不见。他忠于职守，双手一动不动地扶着寿桃玉雕，额头上汗津津的。

潘士光不像车夫那样健谈，一路无语，喔喔咿咿地吆喝着，好像在跟马说话。

大约过了半个时辰，朱由镇到了。在镇子东边，有一个大工地，青砖和石头堆成了几座小山，几十个青壮汉子正在挥锹挖地基。潘士光知道，沈克明的庄园已经开工了。他在心里骂了宋占山几句，然后继续策马前行，进了村子，最终马车停在了沈克明家的院门口。

沈克明乃城北首屈一指的富豪，门楼高大，雕梁画栋，尽显有钱人的气派，门匾上"沈府"两个鎏金大字格外醒目。狐假虎威，看门的大狼狗也凶，呲着四根长齿，张牙舞爪地冲着马车狂吠。

厚重的大门吱呀一声开了，出来的是董管家。

为谈这笔木材生意，潘士光多次陪同方英典来过沈府，与董管家见过几面。你来我往，友好协商，宏德堂与沈克明双方敲定了契约条款并形成了口头协议。双方的正式供货契约是由潘士光和董管家共同起草的，只是还没有来得及签字画押就夭折了。

"哟，潘管家，您怎么来了？"董管家双手抱拳，心有疑惑地问道。

潘士光客气地回礼，笑道："俺家老爷为老太太备了寿辰薄礼，特嘱咐俺送来，请沈大人笑纳。"

正像方英典预料的那样，沈克明为节省建筑费用，撕毁了与宏德堂的口头协议，转而将生意交给了宋占山，委实觉得对不住方英典。不过，做生意就是追求利益的最大化，口说无凭，没签正式条约，就不能算毁约。 前天晚上，沈克明在与董管家最后确定老太太寿辰宴会邀请名单的时候，犹豫再三，还是将原来位列其中的方英典删掉了。 不管怎样，沈克明都觉得心里有愧，无颜再见方英典。

"噢，请进吧。"董管家好像恍然大悟。

"俺就不进去打扰了，请您差人抬进府里吧。"潘士光说着，拉开了车厢的后门。

车厢里的蔡铣朴只听到外面有人说话，却看不见人。 车门蓦然一开，阳光还晃了他的眼一下。

方英典真是正人君子，仁至义尽，董管家自然理解潘士光为什么不愿进门，他是怕沈克明难堪。 官不打送礼之人，豪门大户也是这样。董管家没有请示东家沈克明收还是不收就做了主，连忙招呼人来，小心翼翼地将寿桃玉雕抬了进去。

任务完成，潘士光牵马掉回头来，跳上了车。

"代问您家方大人好啊！"董管家跟着马车走了两步，停下来，大声喊道。

"好嘞！"潘士光爽声应道。

马车再次上了路。 卸下了贵重的寿桃玉雕，潘士光不用再小心谨慎，他扬鞭策马，直奔虎头村的小港口而去。

潘士光守口如瓶，蔡铣朴也没下车，跑了趟朱由镇，他云里雾里的，都不知道方英典为什么送礼以及送给了谁。

原路返回，走到通往虎头村的路口往西拐，又是一路颠簸，马车在有宏德堂货船停靠的海岸上停了下来。

"到了，小伙子，你看看大海吧。"潘士光率先跳下马车，回头对车厢里的蔡铣朴说完，就直接朝宏德堂的货船走去。

蔡铣朴推开车门，跳了下来。 海边滩涂都是沙土地，又软又散，一砸一个坑。 他双脚一落地就滑倒了，来了个嘴啃泥，还沾了一身沙土。

211

这个时候，海风微吹，万里无云，蓝蓝的海与蓝蓝的天在视线尽头处无缝连接，就像大海蓦然倒扣过来一样。

蔡铣朴从地上爬起来，骂了一句，迫不及待地抬头向海那边望去。大海一望无际，怎么头顶上也是海？海天一色的景观有一种强烈的压迫感，顿时把从未见过大海的蔡铣朴吓呆了，他又一屁股坐在地上，眼都不敢睁开了。

这便是蔡铣朴平生第一次见到浩瀚大海时的情景，让他终生难忘。良久，待他回过神来，壮着胆子向海边走去的时候，让他大开眼界的又一幕发生了。

经过十来个小时的航行，逃离貔子窝港的三帆货船顺风顺水，以最快的速度驶过渤海湾，抵达了虎头村的小港口。

此时此刻，刚刚从掖城返回虎头村的宋占山正站在一座土丘上翘首以盼。不多会儿，当悬挂着"宋"字锦旗的货船进入他的视线之时，他欢呼雀跃地向岸边跑去。

货船回来了！大功告成了！宋占山喜不自禁了。

锦旗上的"宋"字越来越清晰，与岸边宏德堂货船上的"方"字锦旗遥相呼应。蔡铣朴看看"宋"字，又看看"方"字，读过《水浒传》的他不由自主地产生了一种幻觉——两军对垒，刀光剑影。

"哎，小伙子，你在寻思什么呢？"这时，潘士光走过来，拍了下他的肩膀。

蔡铣朴还没从幻想的场景中走出来，吓了一跳："'宋'，你看那'宋'字，是不是宋家安家的货船？"

"是啊，你不是说也认识宋家安吗？怎么没去找他？"潘士光一听这个"宋"字，气就不打一处来，故意试探蔡铣朴。

"俺俩也就是认识而已，没什么交情。"蔡铣朴解释说。

两人正说着，宋占山的货船已经来到了岸边，借着风力与涨潮冲上了沙滩。

宋占山终于发现，货船是空的，一股不祥之感顿时涌上心头。

放下踏板，罗良基和宋家安先后被船员们扶下船来。

"东家！"罗良基一头扑倒在宋占山的脚下，哭喊道，"出大事了！"

空船回来，这是出什么大事了？宋占山看到，罗良基头上扎着的毛巾血迹已干，呈酱紫色。他怔怔地注视着这块毛巾，已是惊慌失措。

"这是怎么了？木材呢？"半晌，宋占山才声音颤抖地问道。

跟随宋占山这么多年，罗良基对他了如指掌，宋占山是人面兽心，没有干不出来的丧良心事。现在，罗良基已是魂不附体，支支吾吾，语无伦次了。

"家安，你说，怎么空着船回来了？"宋占山心惊肉跳，转身问宋家安。

空船而归，货款也没了，宋家安亦犹如惊弓之鸟，不知道怎么向爹交代。

"说啊，怎么哑巴了？"宋占山怒吼道。

"爹啊，货款让一群当兵的抢走了。"宋家安长吁一口气，稳了稳神，才哭着说出实情。

"什么？你是说，货款被抢了？"宋占山听罢，浑身的血液都往头上拱，一阵晕眩。

"是。"宋家安的两眼泪汪汪的，点了点头。

"你……你们……这是要俺的老命啊！"宋占山怒目圆睁哀号道，然后，他疯也似的一头扎向了身边一条废弃的渔船，顿时只见他头上血流不止，昏死过去。

船员已经陆续下船，纷纷跑过来，抬起了宋占山。

"快，快，送东家去五味堂，找周郎中。"罗良基反而被宋占山的晕倒吓得清醒了，连忙指挥道。

船员们抬着人事不省的宋占山向方家村方向飞跑，罗良基和宋家安相互看了一眼，好像是一对难兄难弟，相互搀扶着尾随而去。

　　虎头村的小港口再次安静下来，在一旁观看的潘士光和蔡铣朴明白了事情的大概，神情各异，都若有所思。更让蔡铣朴感到不可思议的是，宋占山竟然就是那天晚上撞了他又蛮不讲理的醉汉。

　　"多行不义必自毙，老天爷算是开眼了。"潘士光冲地上吐了口唾沫，解恨地说。

　　潘士光的话让蔡铣朴想起了车夫邱老汉今天早上对宋占山的诅咒，他没有想到，邱老汉竟然一语成谶，他的话这么快就应验了。准，邱老汉不是有勇无谋的黑旋风李逵，而是能掐会算的诸葛亮。蔡铣朴这么一想，就哑然失笑了。

　　潘士光看到了蔡铣朴莫名其妙的笑，也跟着笑了。

　　"走，咱们走吧。"潘士光对蔡铣朴说。

　　两个人走到马车跟前，先后跳上车。潘士光要马上将宋占山钱物两空的好消息告诉老爷方英典，他心情大悦，啪啪地甩了几声响鞭。

　　潘士光把马车调回头，朝方家村走去。

第十二章
人命关天

　　进入初冬的掖县寒意渐浓，日落时分，太阳的余晖洒在或高大或低矮的农舍上，房顶上无论是海草还是青瓦都铺上了一层温馨的金色。

　　宏德堂门楼外的百年大槐树早已落尽了叶子，光秃秃的令人伤感。树杈上的两个大喜鹊窝没有了繁茂树叶的遮挡，一下子暴露无遗了。每只喜鹊都是一个了不起的建筑大师，它们聪明而勤劳，衔来树枝和细草，将窝巢建造得坚不可摧，任凭雨打风吹也岿然不动。不知何故，今天的喜鹊格外兴奋而欢快，它们在树枝上跃上跃下，不停地叽叽喳喳，似乎在相互交流着一天的见闻。

　　门前喜鹊叫，喜事要来到。方英典站在屋檐下，目不转睛地看着喜鹊，想起了乾隆皇帝的《喜鹊》：

　　　　喜鹊声喈喈，俗云报喜鸣。

　　　　我属望雨候，厌听为呼晴。

　　不过，方英典与乾隆盼雨的愿望正好相反，他希望能尽快雨过天晴，也就是方兴通能够迷途知返，早日回家。

　　这个时候，突然有敲门声传来，方英典一愣，有几丝不易察觉的惊喜涌上心头。难道真是方兴通从济南府回来了？

　　管家潘士光似乎是个闲不住的人，正蹲在牡丹园里捡拾几枚落叶，

215

听到敲门声，连忙起身去开门。

站在门口的不是已经走了多天的方兴通，而是朱由镇庄园主沈克明的董管家。

有高大的影壁相隔，方英典看不到是什么人来了，但是，他已感觉出不是方兴通，不禁大失所望。

实际上，方兴通现在已经到了掖城，只是不愿意回家，决定在城里住一宿，明天一早再回宏德堂。天刚蒙蒙亮，在济南火车站，与姚如贤和江秀芝母女挥手告别，方兴通顿时泪流满面。他不知道这一别何时再相见，他也不敢想象回到宏德堂后，将面临爹什么样的训斥和惩罚。所以，他的内心里对自己的回归充满了恐惧。

"董管家，你怎么来了？"看到董管家，潘士光有些意外。

受沈克明之托，董管家是专门来送请帖的。后天就是老太太的八十大寿庆宴，收到方英典的寿桃贺礼后，沈克明思量再三，终于发出了邀请。董管家并没有进门，而是将请帖交到潘士光的手上，就走了。

接过沈克明迟到的请帖，方英典没说话，只是意味深长地笑了笑。

俗语道，好事不出门，坏事传千里。眼下，宋占山厄运降临而钱货两空的消息已经传遍了掖县，成为人们茶余饭后津津乐道的话题。

在几天前的那个傍晚，潘士光兴冲冲地从虎头村的小港口回到宏德堂，就把这个石破天惊的好消息告诉了方英典。

当时，听了潘士光的话，方英典有些难以置信："嗯？到底是怎么回事？"

"老爷，货船是空着回来的，俺听宋家安哭着对宋占山说，货款都让一群当兵的抢走了。"潘士光回答说。

方英典的心情平静如水，半晌不说话。良久，他把双手放在脸上，用力搓了搓，脸上红　道白一道的。

"老爷，您这是……"方英典的反应让潘士光摸不着头脑，他试探着问。

"唉，这也没什么可高兴的。"方英典从太师椅里站起来，来回踱着步子，似乎在自言自语，"总不能因为宋占山的恶而原谅了匪兵的恶吧？"

潘士光不认识这群当兵的，他们远在貔子窝港，而作恶多端的宋占山却近在眼前。

"老爷，您喝口热茶吧。俺看呐，人在做，天在看，善有善报，恶有恶报，因果报应还是有的，不信不行啊。"潘士光端起方英典的茶杯，倒掉已经凉了的茶水，重新倒上热茶，递到方英典的手上。

"是啊，还是得做个好人啊，晚上睡得踏实不是？"方英典点头道。

"老爷，您老人家就是个大好人啊。"潘士光由衷地说，"乡亲们都这么说呢。"

方英典呷口茶，淡然一笑道："是吗？我倒是没觉得。"

"老爷，俺感觉，沈克明那边应该快有人来了，宋占山是指望不上了。"潘士光像突然想起了什么似的说。

"山不转水转，水不转人转，万变不离其宗，诚信才是天道，也是立家之本啊。"方英典颇有感慨地说。

"老爷，俺这就叫刘小虎将咱们的货船都保养好，有备无患，做好随时去貔子窝港进木材的准备，让船员们也随时待命。"潘士光说。

"好，就这么定了。刘小虎从芙蓉岛回来了吗？"方英典放下茶杯问。

"刘小虎是昨天下午回来的，当时船上没什么事，俺就让他在芙蓉岛上陪宋家宁多住了几天。"潘士光回答道。

"好，你这样安排是对的，宋家宁太可怜了。"方英典说。

"老爷，还有个事，俺不知道当说不当说。"潘士光犹豫道。

"什么事不当说？说！"方英典用力挥了下手。

"刘小虎告诉俺，宋家宁哭闹着要下岛来宏德堂，当面求您收留她。这样，她就可以永远跟刘小虎在一起了。"潘士光忧心忡忡地说。

宋家宁要来宏德堂？方英典一听就觉得这事非同小可，这是要把宏德堂往火炉上烤啊。当年，方英典收留了被扫地出门而无家可归的刘小虎，彻底得罪了宋占山，从此以后，他便与方英典结下了深仇大恨，势不两立。如果再收留了他的闺女宋家宁，他非闹个天翻地覆不可，宏德堂以后就不会再有清静的日子了。

"唉，这个宋家宁也是个苦命的孩子啊，她是刘小虎的心上人，看在刘小虎的分儿上，咱不能不管，可是，又怎么管？"方英典有些伤脑筋了。

"是啊，收留了宋家宁，就是引火烧身。老爷，这事儿是不能答应刘小虎的。"潘士光着急了。

"古代圣人说，不知不可为而为之，愚人也；知其不可为而不为，贤人也；知其不可为而为之，圣人也。"方英典背着手，走到门口，又折回来，"潘管家，刘小虎和宋家宁的事，俺是管定了。可是，宋占山正落难，如果现在收留了宋家宁，就是火上浇油，后果不堪设想，是不可为。得找个机会，一个能让宋占山松口的机会，变不可为成可为，才是良策啊。"

"是，老爷说得对，俺这就找刘小虎，让他务必稳住宋家宁，宋占山正火烧眉毛，不能再惹是生非了。"潘士光心急如焚地说。

"好。"方英典一听，便放下心来，"那个叫蔡铣朴的小伙子呢？"

蔡铣朴已经在宏德堂住下好几天了，既无所事事，又兴致勃勃。

"他看什么都觉得新鲜，对什么都好奇，在牲口屋喂牛马呢。"潘士光乐呵呵地说。

"照你看，是先让他继续留在这儿，还是请他走？"方英典直言道。

"老爷，他自称是兴通少爷的好朋友，俺看也应该不会有什么问题，是可信的。他说，他是想来跟着少爷干点事儿。他不多言，也不多语，看上去挺有心机的，还可能真是少爷的好帮手呢。少爷现在不在家，俺觉得，就让他先继续住下，等少爷回来再说。"潘士光建议道。

"嗯，看起来他确实是个有点儿城府的人，他在济南的张记百货粮油公司干了十来年，应该是见多识广，能独当一面了。你是知道的，从粮油木材到日用百货，吃的喝的，穿的用的，宏德堂将来是要开展零售业务的，采购、运输、销售一条龙，这就是俺涉足海上运输的主要目的。俺送兴通到济南府学习商业管理，不正是为这个做准备吗？那先留下蔡铣朴吧，宏德堂正需要这样的人才啊。"方英典若有所思地说。

"老爷说的是，那就让他先继续住下。"潘士光说。

"他这几天晚上住在哪儿？"方英典问。

"俺让他跟刘小虎睡一屋呢。"潘士光回答道。

来到宏德堂这几年，刘小虎一直住在南书房以前教书先生住过的那间小屋。先生自然有教养，非常自律，将屋子整理得井然有序，一尘不染。但是，像大多数以打鱼为生的渔民一样，刘小虎是粗犷型的，在生活上大大咧咧不讲究，在地上扒个窝就能睡觉。长期风吹日晒与海打交道，身子已被海腥和汗酸味儿浸透了。所以，他住进来后，这间小屋就变得杂乱无章，气味也不怎么好了，就像里面放着一条臭咸鱼。方英典知道，将刘小虎培养成像教书先生那样注重生活细节的人几乎是不可能的事，还叫他不舒服，所以就不曾勉为其难。

"这样不好吧，刘小虎那屋也太邋遢了，苍蝇进去也能给熏出来。"想起刘小虎身上特有的味道，方英典就忍不住笑了，"蔡铣朴是城里人，再说了，他还是宏德堂远道而来的客人。俺看，就让他先住客房吧。"

宏德堂的客房在东院，也就是现在方兴通住的院子。当年，在方英典还住在那里的时候，老老爷方继先在南边加盖了一排房子，让走亲访友的客人有个方便而舒适的住处，不再与主人挤在一块儿了。被褥及茶具等生活用品都是专用的，就像城里上档次的客栈一样。

"好的，那俺就安排他住客房。"潘士光应道。

陪蔡铣朴吃了晚餐，潘士光就领着他到了东院，打开中间的一间房，让他住了进去，然后又让丫鬟小翠送来了喝的热水和洗漱的井水。

"老爷特别关照，别让你这个城里人受了委屈，一定让你搬到客房来。"潘士光乐呵呵地说。

这几天夜里，蔡铣朴确实被刘小虎的体味儿熏得够呛。关键是，刘小虎还打呼噜，时而鼾声如雷，时而悄无声息，没个准头。往往，蔡铣朴刚睡着又被呼噜声吵醒，然后，呼噜声又偃旗息鼓了。刚要睡着，不多会儿，鼾声再起，有高有低，像公鸡打鸣，蔡铣朴也是被折腾得够呛。

"真是谢谢方大叔了。"蔡铣朴毕恭毕敬地冲潘士光鞠了一躬，"当然，也得谢谢您。"

"好，那你就好好休息。"潘士光说罢，拍了拍蔡铣朴的肩膀就离开了。

乡村的人睡得早，每天戌时就都进入了梦乡。这几天一直没睡好，蔡铣朴已是疲乏至极。他洗漱一番，便脱衣上床，很快就酣然入睡了。

此时此刻，住在掖城客栈里的方兴通却没有睡，或者说，他根本睡不着。他心里明白，进了宏德堂的门，他就身不由己，任人摆布了。他对江秀芝许诺，回家就休妻，让她充满了希望。可是，爹会答应吗？方兴通思来想去，反复推测，结果都是不会。那么，他又该怎么办？

初冬的夜空幽深而辽远，星星更加明亮。没有风，一切仿佛都是静止的，无声无响，安静如水。

蔡铣朴睡了不到半个时辰，就渴醒了。

晚餐中有蒸鸡蛋蟹酱，是潘士光特意嘱咐厨师准备的。大葱蘸上酱，就着金灿灿的玉米饼，咬一口，又香又辣。玉米饼子是掺了黄豆面的，放上酵饽饽发了，面团又松又软。烧开了大铁锅，在热气腾腾中，将做成长方形的饼子贴在离水面二指的锅面上。然后，盖上锅盖，温火慢烧。火大，饼子就糊了，火太小，饼子在锅面上挂不住，就掉水里了。所以说，火候很重要。大约二十多分钟，饼子的香味儿顺着锅沿冒出来，便可揭锅盖了。手持小铁铲将饼子从锅面上小心翼翼地揭下

220

来，放进干粮笸箩，就上了餐桌。饼子上面软，下面硬，硬的是呈深琥珀色的糊饹馇，人越嚼越香。

蔡铣朴从来没吃过大葱蘸鸡蛋蟹酱就玉米饼子，一开始还不想吃。潘士光热情地让他尝尝，并亲自给他做示范。蔡铣朴学着潘士光的样子，掰葱蘸酱咬上一口，再咬一块饼子，咀嚼起来。于是，葱酱的辣腥味儿与饼子恰到好处的焦煳香味融合在一起，一下子在口腔里弥漫开来。

"真香，真好吃。"蔡铣朴咽下去，赞不绝口。

"好吃就使劲吃，海边就不缺这个，管你吃个够。"潘士光得意地说。

好吃的菜不放筷，尝到甜头的蔡铣朴来了食欲，吃了大半碗酱和两个饼子，其他菜基本没动。

蟹酱是咸的，打上鸡蛋也冲淡不了。现在，亥时刚到，蔡铣朴渴醒了。乡村的夜晚格外黑，伸手不见五指，他就摸索着点上蜡烛，倒水喝。热水已凉了，他一连喝了两茶碗才解了渴。顺便解了个小手，吹灭蜡烛，再次侧身躺下。他脸冲着窗户，先是隐隐约约地听到有女人的抽泣声，接着看到窗外有微弱的火光一闪一闪的。

"这是怎么回事儿？是谁在哭？"蔡铣朴心里一惊，坐起来，心里道。

侧耳细听，女人的哭声越来越清晰。蔡铣朴下了床，蹑手蹑脚地走到门口，轻轻地拉开了房门。

客房是东院的南屋，正对面便是现在方兴通的婚房。方英典住在这里的时候，为了南北有个遮挡，就让潘士光带长工在离南屋一丈远的地方设置了木栅栏，又种下了一排蔷薇花。栅栏有一人多高，蔷薇花攀附其上，一丛丛，一簇簇，郁郁葱葱而花开不断，成了花墙，既阻挡了人们的视线又美化了院落。

现在，蔡铣朴走出门来，却被纵横交错的蔷薇枝遮挡得看不清对面，只能看见有火光。这个时候，女人的嘤嘤哭泣声再次传来，而且她还在说话。

"娘，俺给您烧完纸送了钱就去找您了，您过会儿就到村口接俺吧。"女人一边一张张地烧着纸，一边哭着说。

夜半更深，大地也在沉睡。蔡铣朴听得浑身起了一层鸡皮疙瘩，他提心吊胆地将蔷薇枝扒拉开了一道小缝儿，往外望去，终于看清楚，这个在哭泣的女人正是那天上午他见过的新娘任明凡。

青烟袅袅升腾，燃烧的火纸渐渐熄灭了，有微风吹来，冒着小火星的灰烬在地上打着转儿。

"娘，您等着俺啊，俺这就去找您了。"任明凡跪下来，嘣，嘣嘣，一连磕了三个响头，擦了把泪，站起身来，无意之中往南看了一眼，然后回了屋。

蔡铣朴一惊，蹲下身来。

任明凡要自杀？这个判断一出，蔡铣朴马上吓得毛骨悚然。他不知道，她为什么要走上绝路，但是人命关天，他不能见死不救。于是他定了下神，返回屋里，迅速穿好衣服，出门绕过蔷薇墙，向北屋走去。

乡村的冬夜还是那么宁静，像个吃饱了奶后正在熟睡的婴儿，偶尔会有黄鼠狼及其他昼伏夜出的小动物跃过了墙头或钻过了墙根的阳沟，寻觅着猎物。它们机警而灵敏，眼睛在夜色里散发着令人惊悚的光亮。

无论如何，任明凡都不会想到，在她即将用一条白布条结束自己生命的时候，方兴通已经回到了掖县，却由于不愿进宏德堂的大门而在城里住了一宿。如果他能有先知先觉，及时赶回，她就是想死也死不成了。事有凑巧，她更不会想到，当她踩上高脚凳，将白布条搭在房梁上，系好了扣，准备将头伸进去的时候，一个叫蔡铣朴的不速之客已经站在院里，准备随时伸手搭救她。

相对而言，女人在走投无路的时候更容易以死的方式彻底解脱，就像新娘任明凡。她新婚宴尔，男人却在心里装着另外一个女人，不曾与她同房，并选择了离家出走。 他不爱她，同样，她也不爱他，媒妁之言与父母之命造就了这个看似门当户对的婚姻，他们都是苦不堪言的受害者。 她娘李丹霞在她大喜的日子走了，带着太多牵挂，走得是那么不安心。 女人是多愁善感的，读过书的任明凡更是如此。 不幸的婚姻是她沉重的枷锁，她难以挣脱，生无所恋，去另一个世界与娘团聚是她深思熟虑后的最终选择，也是无力反抗后的有力反抗。

现在，给娘李丹霞烧了纸，送了钱，任明凡决定送自己上路了。 她双手颤抖着握住布条下端刚刚结成的扣，在套上脖子的一瞬间，顿时泪流满面了。

"娘，俺来了。"任明凡哭喊一声，用力蹬倒了脚下的高脚凳。

咣当！ 高脚凳晃了一下，歪倒在方砖地面上。

坏了，她真上吊了！ 敛声屏气地趴在门上听动静的蔡铣朴顿时一惊，不顾一切地想推门而入。 但是，门已经被任明凡在里面推上了门闩，无论他怎么推就是纹丝不动。 时间不等人，再不破门就肯定来不及了。 于是，他后退几步，助跑，飞起脚来猛地踹到门上。 咣的一声，厚重的房门动了动，却并没有打开，他就继续踹。

咣，咣咣！ 沉闷的踹门声在宏德堂里回响，吓醒了在廊檐下留宿的麻雀。 它们慌不择路，也看不清路，惊叫着四处乱撞。

门还是踹不开，蔡铣朴急了，冲着正院声嘶力竭地呼喊道："来人啊，快来人啊，出大事了。"

蔡铣朴的呼喊声传到了正院，方英典被蓦然惊醒，坐了起来。

睡在南书房小屋里的刘小虎也醒了，支棱着耳朵听，终于判断出呼喊声的方位，是东院。 他迅速穿上衣服，跑了出来。 穿过甬道，又穿过正院与东院的月牙门，便看到有人在踹北屋的门。

这个时候，方英典也跑了过来，焦急地问蔡铣朴："怎么回事？"

蔡铣朴没有停下，边踹门边气喘吁吁地说："大叔，弟妹她上吊了，快救人吧。"

什么？任明凡上吊了？方英典一听，顿时吓黄了脸。

"快，快快，砸开门。"方英典大叫道。

刘小虎眼疾手快，迅速从东墙根扛来一根木头，招呼蔡铣朴抱着木头，一起猛撞房门。方英典见状，也伸出了援手。

人多力量大，房门终于经不住木头的猛烈撞击，门闩脱落了。三个人扔下木头，冲进了屋里。

任明凡吊在房梁上，身子还在晃荡。刘小虎抱住她的双腿，用力往上托着。蔡铣朴扶起倒在地上的高凳，抬腿踩了上去，伸手解开了任明凡脖子上的布扣。刘小虎将她抱到东间，平放在炕上。

任明凡的脸已成酱紫色，脖子上的青色勒痕处有血丝冒出。方英典发现，她的胸部在微微地起伏。

"还有气儿，快去五味堂叫周先生。"方英典对刘小虎说。

刘小虎转身向屋外跑去，差点与急匆匆跑过来的太太陈尚云撞到一起。

"明凡，你这是怎么了？"陈尚云进屋一看，马上就明白发生了什么，她紧紧地抓着任明凡的手，哭出声来，"你这是为什么啊？你要是真有个三长两短的，俺可怎么向你死去的娘交代啊。"

在人们的紧张等待中，刘小虎带着郎中周仕君赶来了。

路上，刘小虎已经将事情的大概告诉了周仕君，他在炕前坐下，搭手号脉，聚精会神。

"怎么样？"在周仕君收手的一瞬间，陈尚云急不可待地问。

"唉，气息微弱，窒息所致。"周仕君长叹一口气，"好在抢救及时，尚无大碍，万幸，万幸啊。"

"周先生，您是说俺明凡还有救？"陈尚云一听，泪水再流。

"是，是，挂上去的时间较短，白布条很宽，也减轻了勒索的程度，还不足以危及生命，缓一缓就会好起来的。"周仕君站起身来，宽慰道。

"噢，万幸，真是万幸啊。"陈尚云听罢，捂着胸口说。

突然，任明凡身子抖了抖，接着一阵咳嗽，人们惊喜地发现，她脸上的酱紫色在一点点地消退。

"先给她沏碗红糖水喝上吧。"周仕君吩咐道。

红糖似乎能治百病，是宏德堂的必备品，任明凡的躺柜上就有。陈尚云马上找来，用温水沏开，上炕揽起任明凡，让她半躺在自己的怀里，开始喂红糖水。

红糖水流进口腔，任明凡条件反射似的喝下了两勺，就慢慢地睁开了眼。

"明凡啊。"陈尚云哭叫一声，"你可吓死俺了，你这是想要俺的命啊。"

渐渐地，任明凡眼前的人与物变得越来越清晰，也听到了人们的说话声，她马上明白了自己是怎么从房梁上下来的。

"明凡，你好些了吗？你说句话啊。"陈尚云抱着任明凡，央求道。

任明凡的脖子生疼，张了张嘴，说不出话来，只有泪水夺眶而出，顺颊而下。

"好，明凡，咱什么也不说了，咱没事就好。"陈尚云从怀中掏出手绢，为任明凡擦拭着泪水。

"周先生，有什么尽快恢复的好方子吗？"方英典急切地问。

"少奶奶需要补阳养阴，温复胃气，平衡阴阳。俺这就抓些开窍醒神的药来，您放心就是。"周仕君背起出诊箱，又对刘小虎说，"走，你跟俺去五味堂取药吧。"

"好。"刘小虎从周仕君手里抢过了出诊箱。

方英典心里明白，如果不是蔡铣朴及时发现，新媳妇任明凡真的上吊身亡，他既愧对亲家，也愧对祖宗。更为重要的是，宏德堂几代人树立起的好名声将从此不保，他们甚至被人唾弃，在乡亲们的面前再也抬不起头来。

蔡铣朴无疑是宏德堂的大恩人！让潘士光留下了他，方英典甚是庆幸。

不多会儿，刘小虎从五味堂回来了，陈尚云让他叫来了她的贴身丫鬟小翠，让小翠马上煎药，而陈尚云则留下来，陪伴任明凡。

惊心动魄的一幕过后，宏德堂人在心有余悸中度过了一个不眠之夜，正院、东院、南书房都点起了灯，在茫茫暗夜里异常明亮。

简单地向方英典说明了事情的经过，蔡铣朴便回到客房，却仍然惊魂未定。他没有脱衣，仰面躺在床上，双眼直勾勾地看着天花板，脑子里尽是胡思乱想。方兴通的新婚妻子任明凡为什么要上吊自杀？他一遍遍地问着自己，可是，即使他想破了脑袋也找不到答案。

自从与乔玉芬结了婚，管家潘士光就在方英典的一再劝说下搬到方英典为他们置办的房子里住了，夫妻俩白天才来宏德堂。现在，方英典身边没个人照应，刘小虎就没有回南书房他的住处，而是跟着方英典到了正院的堂屋。

方英典端坐在正间的太师椅里，目光游离，心不在焉，脸色阴沉而忧愤。他想，任明凡的自杀肯定与方兴通的离家出走有关，也与济南府那个叫江秀芝的姑娘有关。如果没有她的出现，方兴通怎么会走上这条道？

"老爷，您擦把脸吧。"刘小虎将毛巾在热水里涮了涮，拧干，然后递到方英典的手上。

"作孽啊，作孽！"方英典接过热毛巾，用力擦了擦脸，愤怒不已地说，"这个逆子到现在还不回来，等他回来了，看俺怎么收拾他。"

"老爷，您消消气，少爷会回来的。"刘小虎的脸上挤出一丝笑容，劝慰道。

"回来？回来俺先砸断他的腿！"方英典说罢，将毛巾恶狠狠地拍在了方桌上。

刘小虎吓了一跳，到宏德堂好几年了，他还从没见过方英典这么失态的样子。

"老爷，您息怒啊。"刘小虎胆战心惊地说，"您上炕睡一会儿吧。"

"睡？ 俺睡得着吗？"方英典说罢，深呼一口气，不再言语，身子后仰，靠在椅子背上，然后双眼微闭，似乎在思考着什么。

初冬的黎明伴随着牲口屋传来的鸡叫声来到了。

潘士光和妻子乔玉芬来得很早，开门的刘小虎将夜里发生的事告诉了他们。 潘士光马上让乔玉芬去东院，照顾太太陈尚云和少奶奶任明凡，自己则快步来到了堂屋正间。

方英典坐在太师椅里睡着了，迷迷糊糊地在做梦。 他仿佛看到，爹方继先与宏德堂的祖先们齐刷刷地站在他的面前，无不怒不可遏，正向他兴师问罪。

"宏德堂不但以文传家，还以德治家，而你却是治家无能，教子无方，才出了这么大的事。 你丧失了道德，辱没了门风，你让老祖宗们的脸往哪儿搁？"方继先站在祖先队伍的最前面，大动肝火，训斥他道。

"爹，俺有罪啊。"梦幻中的方英典看到自己跪在爹方继先的跟前，眼含热泪，悔恨不已地说。

"老爷，您……您怎么哭了？"潘士光一进门，就发现方英典的眼角有泪水淌下，吃惊地问道。

方英典一个愣怔，眨巴眨巴眼，回到了现实之中。

"老爷，您醒了？"潘士光走上前去，扶着方英典的胳膊说。

"噢，潘管家，你来了？ 你知道宏德堂发生什么事了吗？"方英典说罢，想站起来，却觉得浑身的血都往头上涌，打了个趔趄，差点摔倒。

潘士光一把搀扶住方英典："老爷，俺一进门刘小虎就跟俺说了。没有过不去的火焰山，您先别动，还是坐着歇歇吧。"

"唉，人命关天啊，你看俺能坐得住吗？ 来，咱们到院里走走吧。"方英典主动将手搭在潘士光的肩膀上，向院里走去。

即使管家潘士光来了，刘小虎也没有立即离开，而是站在廊檐下守候。看着有些驼背的方英典步履蹒跚地走到门口，又吃力地抬脚迈过高高的门槛，刘小虎意识到，这才几年的工夫，老爷真的老了。人心都是肉长的，他与老爷非亲非故，老爷却在他身上操了那么多心，刘小虎不禁心痛又心酸。

早起的鸟有饭吃，冬天的鸟更是如此。那几只留宿在东院廊檐下的麻雀已经从昨夜的惊吓中恢复过来，它们先是在院子的上空飞来飞去，最后才飞出了院子。门楼外大槐树上的喜鹊也飞出了温暖的窝巢，在树上抖动着翅膀，然后鸣叫着结伴而去。

方英典和潘士光刚来到院子，陈尚云就在丫鬟小翠的扶持下从东院过来了。

"明凡怎么样了？"方英典着急地问。

"喝了周先生的药，睡着了。俺看没什么问题了，慢慢调理吧。"陈尚云一夜没睡，已是筋疲力尽，"俺让玉芬留在那里，不能再让明凡一个人待着了。现在想想，俺都后怕啊。"

潘士光听罢，自责地说："老爷，这事儿也怨俺，早该让玉芬去陪着少奶奶。"

"谁有前后眼？"方英典挥挥手，低叹道。

"小翠，快扶太太回屋休息吧。"潘士光吩咐道。

小翠扶着陈尚云进了堂屋，潘士光就陪着方英典在院子里转转。冬天已至，万木凋零，宏德堂里的花草树木也都落尽了叶子，整个庭院显得死气沉沉，毫无生气。

刘小虎一直跟在他们后面，他转念一想，老爷可能与潘管家有什么要紧的事商量，就悄无声息地回了南书房。吃过早饭，他就要马上赶去虎头村的小港口，按照潘士光的要求，货船和船员必须要做好随时出发去貔子窝港的准备。他隐约地感觉到，宏德堂好像有什么大的生意就要来了。当然，刘小虎也挂念着藏匿在芙蓉岛上的宋家宁，刚刚送去吃的喝的和御寒的衣被，还陪她住了几天。 可是，漫长的寒冬即将到来，芙蓉岛并不是长待之地。 万一宋家宁不听他的劝阻，私自跑回来，苦求宏德堂收留她，那可怎么办？ 现在，老爷方英典已经是焦头烂额，怎么也不能再添乱了。 宋家宁啊宋家宁，你可要听话啊，别再给老爷招惹是非了。 刘小虎面朝芙蓉岛，双手合十，在心里念叨着。

围着牡丹园转了两圈，方英典眉头紧皱，一句话也没说。 潘士光觉得老爷是在考虑下一步怎么办，就没开口打扰。

果然，方英典突然停下了脚步：“潘管家，事已至此，不能再拖了，俺看啊，你得去趟济南府了。”

这些天来，方英典一直认为方兴通是去了济南府，潘士光分析来分析去，也觉得这是最大的可能。

“好，老爷，你回屋歇着吧，俺这就去准备。”潘士光马上答应道。

“你见了姚如贤母女，要跟她们好好说啊，那可是一个善良的好人家，是兴通欺骗了江秀芝，不关她们什么事。 事情到了这一步，都是兴通这个逆子作的孽啊！”方英典唉声叹气地说，“不管怎么样，你必须把他给俺弄回来。”

“老爷，少爷回来后，您可不能……”潘士光欲言又止。

“可不能什么？ 俺能轻饶了他吗？ 宏德堂还有堂规家法吗？”方英典再次怒上心头。

“老爷，少爷回来后，您要跟他好好说，他不会不明事理的，您的身子骨要紧啊。”潘士光规劝道。

“好吧。”方英典点了下头说，“另外，你叫上蔡铣朴一起去吧，他们是好友，又是同龄人，能说上话的。”

“是，是的，蔡铣朴能起作用，俺路上也好好跟他说说。”潘士光应道。

潘士光话音未落，一阵敲门声蓦然传来。 与方英典相互看了一眼，他就跑过去开门。

离家出走的那个黎明之前，方兴通是从南书房的小门偷偷溜走的，神不知，鬼不觉。现在，不用再担心被家人发现，他决定光明正大地走正门。站在宏德堂的门楼前，方兴通犹豫良久才用手握住了铜门环，慢腾腾地拍打在铺首上。

"少爷，您可回来了！"潘士光拉开门闩，开了门，发现站在门口的是方兴通，不由得惊叫道。

方兴通表情木然，冲潘士光点点头，迈进院来。

"老爷，少爷回来了！"潘士光一边关门，一边扭头大声喊道。

方英典听得真真切切，心脏怦怦直跳。当方兴通拐过影壁，出现在他的视线里时，他突然眼前一黑，晕倒在地上。

"爹。"方兴通跑过去，抱起了方英典。

"老爷，您醒醒啊，少爷回来了是好事啊。"潘士光声嘶力竭地喊道。

这时，南书房的刘小虎和客房里的蔡铣朴都听到了动静，先后跑了过来。

"刘小虎，快去请周先生。"潘士光按着方英典的人中，大声喊道。

刘小虎迅速掉回头，出了院门，向村西的五味堂跑去。

显然，蔡铣朴出现在宏德堂让方兴通很吃惊，但是，他已经顾不得问，在潘士光的指挥下，大家一起将方英典抬到堂屋的火炕上。

方兴通逃离宏德堂几个昼夜后，父子俩以这种方式重逢，是方兴通无论如何也想不到的。他坐在炕前，注视着面色蜡黄的爹，渐渐地，泪水溢出眼角。

第十三章

祸不单行

"你说什么？ 刘小虎将宋家宁藏到了芙蓉岛？"这天一早，听了管家罗良基的话，宋占山立时火冒三丈地反问道。

"是的，东家。"罗良基唯唯诺诺地小声重复道，"俺都打听清楚了，确实是那个没良心的刘小虎狗胆包天，将宋家宁藏到了芙蓉岛。"

"这个混账东西！"宋占山猛地一拍桌子，破口大骂道。

现在，无论是罗良基还是他的主子宋占山，看上去都有几分滑稽可笑，他们的头发被剃掉了一半，阴阳头上缠着浸染血迹的绷带，像刚刚从战场上下来的残兵败将。 罗良基的头是在貔子窝港被石营长的卫兵用枪托击伤的，而宋占山却是自讨苦吃，在得知钱货两空的噩耗后，一时想不开，自己一头撞向了破渔船，被铁皮割了个长口子。 现在，伤口倒是都合上了，却时不时地一阵奇痒，想挠又不敢挠，难受得抓心。

司马迁在《史记》里说，天下熙熙，皆为利来，天下攘攘，皆为利往。 这成为宋占山的信条，为了与方英典抢夺朱由镇的木材生意，他孤注一掷，却是鸡飞蛋打，让他如坠深渊。 所以，宋家宁现在藏在哪里又是谁藏的，或者她是死是活，宋占山已经一时顾不上了。 但是，冤家路窄，一听竟然是刘小虎藏了宋家宁，宋占山却不能继续无动于衷了。 他一直认为，当年他收留了四处流浪的刘小虎，他对刘小虎是有恩的，刘小虎勾搭宋家宁后，又投靠了方英典，就是恩将仇报。

那天傍晚，在方家村的五味堂，郎中周仕君为宋占山包扎好了伤口。 一回到家，宋占山就气疯了，随手摸起一把尖利的水果刀，冲向了罗良基。

"你……你还有胆子回来？"宋占山举着刀，目眦尽裂地高叫道，"你就不怕俺一刀宰了你？"

宋占山气急败坏地持刀威胁，罗良基并没有感到害怕，反而有些庆幸，这是因为，一是他没把杜大掌柜贿赂他的那根金条带在身上，而是偷偷地藏到了货船上。 他相信，一旦让宋占山发现了这根金条，他就是跳进黄河也洗不清了。 二是他也在内心里感谢那个砸他一枪托的卫兵，头顶上的伤口就是对他最好的保护，证明他为东家拼过命，已经尽了力，宋占山就能饶他一命。

"东家，您就一刀捅了俺吧，俺对不住您，反正俺也不想活了。"罗良基这么想着，就脱下了长衫，指着自己裸露的胸脯说。

"你以为俺不敢吗？"宋占山抖动着手中的刀。

"东家，俺就是该死，您就动手吧。"罗良基声音颤抖地拍打着胸脯说，"俺回来，就是向您谢罪的。"

罗良基视死如归，竟然想以死谢罪，这大大出乎了宋占山的预料。他本来以为，罗良基会跪地求饶，哭天抹泪，他便借坡下驴地饶了他。

宋占山的犹豫让罗良基有了反守为攻的勇气，他扑通一声跪在地上，哭喊道："东家，您就宰了俺，出了这口恶气吧，俺毫无怨言。"

宋家安一直站在一边，一副失魂落魄的样子。 他知道，跟着管家罗良基去貔子窝港购木材，是爹让他见见世面，将来能独当一面，接管大船队。 货款意外被抢，他是一个见证者，也是一个亲历者，事发突然，防不胜防，确实不能怪罗良基。

"爹，您不能这样，这怨不得罗管家。"宋家安鼓起勇气，冲上前来，一把夺下了宋占山手里的刀。

实际上，宋占山也觉得不能怨罗良基，天灾人祸，无法预料，即使他亲自去了，可能也是这么个结果。 但是，这事儿不能就这么过去，他必须拿罗良基出口恶气。没承想，罗良基并没有求饶，反而主动求死，这反倒让宋占山下不来台了。好在宋家安出来替罗良基求情，等于为宋占山解了围。

"还有你！"宋占山迅速调转了枪口，怒斥道，"你一点责任也没有吗？让你去是跟着耍吗？你竟然还有脸回来，俺要是你，早就跳海喂鱼去了！"

宋占山本来就经常出言不逊，说话尖酸刻薄。现在，他在气头上，就更加肆无忌惮，连亲儿子也没能放过。

虎毒不食子，宋占山再怎么恶贯满盈，对这个宝贝儿子却是宠爱至极，向来百依百顺，更是从没动过手，否则也不会让闺女宋家宁产生深深的失落感与叛逆情绪，并最终逃离了家庭。

宋家安显然有些蒙了，貔子窝港之行是他从济南府学成归来的第一次出山，却是铩羽而归，损失惨重，将家底都赔上了。这意味着爹将会一蹶不振，好几年也翻不过身来，更别说与宏德堂一比高下了。他本来就心里窝囊，有苦无处诉，痛不欲生的他恨不能像爹说的那样，跳进海里喂鱼。他说不能怨罗良基，就也不能怨他。

"来，有种你就一刀杀了俺！从此以后，你就断子绝孙了！"宋家安从来没受过这么大的委屈与责难，就一时失去了理智，将刀子递到了宋占山面前。

宋家安明知道爹不能杀他，就用上了激将法。

"你……你……"宋占山犹豫了一下，蓦然接过了刀子。

眼见大事不妙，像刚才宋家安一样，罗良基一把夺下了宋占山手中的刀子。

"东家，您消消气吧，这不怪家安少爷，都怪俺不长眼啊。"罗良基痛哭流涕地说。

"你给俺滚，滚得越远越好！"宋占山飞起一脚，踢向宋家安，咆哮如雷。

宋家安恶狠狠地看了宋占山一眼，气呼呼地走了。

一顿发疯痛骂过后，宋占山发泄得差不多了，一下子松了劲儿，像个泄了气的皮球，瘫软在太师椅里。

罗良基也松了口气，宋占山发完了疯，这一关算是过去了。

"东家，您上炕歇息一下吧。"罗良基满脸苦笑地说。

宋占山确实累了，这个时候，他真想睡一觉，甚至是一觉不醒。

"你走吧，让俺清静会儿。"宋占山厌烦地挥了一下手。

就在这时，宋占山的太太莫春兰慌里慌张地从外面回来了，她刚刚得知罗良基和宋家安的东北之行出了事。她站在堂屋门口，心有忌惮，寻思着是进去还是不进去。

当年，在掖城，莫春兰可是个有名的富家大小姐，她貌美如花，又会打扮，总会让男人们趋之若鹜，想入非非，忍不住想多看几眼。莫春兰甚是自傲，达到了目中无人的程度。

莫春兰是跟着爹在麻将馆里长大的，她爹几乎以赌为生。他爹继承了父辈的庞大家业，却不思进取，好吃懒做又嗜赌成性。那么，最终坐吃山空后又倾家荡产，便是意料之中的事了。

那时候，宋占山欺骗了做东北三宝生意的合伙人阮守常，独吞巨款并逃到掖县，在虎头村落下脚后，就跑到掖城做生意。他财大气粗，春风得意，在掖城置下了房产，一时成为新贵。后来，在一个生意伙伴的生日宴会上，莫春兰跟着她爹前来。宋占山便对她一见钟情，昼思夜想。狡诈的人大都能说会道，诡计多端，就像宋占山。他对莫春兰展开了强大的心理与物质攻势，既花言巧语又出手大方，却怎么也赢不得莫春兰的芳心。十赌九输是颠扑不破的真理，这个时候，莫春兰的爹已经输尽了钱财，最后连一家人的住宅也搭上了，就像范小娆的小姨夫一样。他走投无路，便服毒自尽了。莫春兰和她娘被无情地赶出了住宅，回到姥姥家。俗话说，嫁出去的闺女泼出去的水，而闺女却带着外甥女回来了，姥爷和姥姥觉得脸上无光，莫春兰和她娘就都不受待见。

幸运的是，莫春兰的娘有个相好的中年男人，他丧妻多年，早就盼望着这一天。当然，莫春兰的娘并不是水性杨花的人，"红杏出墙"为事出有因。莫春兰她爹天天泡在麻将馆里，对妻女漠不关心，输了钱，有气无处撒就回家打老婆。莫春兰的娘生无所恋，早就受够了，经常诅咒他早死早脱生。

莫春兰跟着娘搬到了这个中年男人家，她发现，无论到了谁家她都是多余的。中年男人喜欢她娘，却不能爱屋及乌，常给她脸色看。小姐身子最后落了个丫鬟命，一气之下，莫春兰就走了，找到宋占山，说要嫁给他。宋占山开始以为自己是在做梦。宋占山大喜过望，不久，他们就结婚了。

莫春兰绝对不会预料到，宋占山也是个靠不住的人。当他的不端行为被越来越多的商业伙伴认清，人们就疏远了他。宋占山在掖城的生意场上成了孤家寡人，生意也一天不如一天，实在混不下去了，就带着莫春兰回了虎头村。莫春兰先后为宋占山生下了宋家宁和宋家安后，她发现，宋占山只要去了掖城就夜不归宿，而且越来越频繁，好像魂儿在那里。宋占山回来后，身上就有股风骚女人的特殊香水味道。女人在这方面都有种直觉，她断定，宋占山一定是不安于室，拈花惹草，喜欢上别的女人了。不幸的是，莫春兰的感觉是对的，那时候，宋占山正与掖城蓝关戏班台柱子一枝花如胶似漆。

在那个年代，女人是没有丝毫反抗能力的，嫁鸡随鸡、嫁狗随狗便是真实的写照。莫春兰无力阻止宋占山的寻花问柳，便心灰意冷，开始打麻将。她自小跟着爹在麻将室里长大，耳濡目染，早就学会了。在虎头村，族长马炳忠和他的老婆是个麻将迷，家里设有麻将室，有几个打鱼大户常年去他家打麻将，往往由白打到黑，从不知疲倦。莫春兰加入了这一行列，从此沉迷于打麻将，不再关心宋占山的事，即使闺女宋家宁一再生出事端，她也置若罔闻，就像什么也没有发生。一心无挂，莫春兰也就没有了烦恼。刚才，马炳忠的孙子马永志从小港口回家，就将宋占山钱货两空并一头撞在破船上的事说了。莫春兰一听便大惊失色，连忙扔下麻将往家里跑。其实，她关心的不是宋占山的安危，而是儿子宋家安，这是她唯一的一点牵挂。

现在，莫春兰站在堂屋门口，听了一会儿里面的动静，发现儿子宋家安并不在屋里。于是，她就到了西厢房宋家安的住处，轻轻推开房门，看到宋家安已经蒙着头睡着了，还打着均匀的呼噜。莫春兰放下心来，关上房门，回去了。

其实，宋家安并没有睡，只是听到莫春兰的脚步声就躺下装睡了。出师不利，首战便溃败，肯定会成为人们的笑柄，宋家安意识到，此事传到同学方兴通的耳朵里，他一定会笑出声来。所以，他觉得脸上无光，很郁闷，一时难以疏解，就谁也不想见，包括自己的娘莫春兰。

这几天来，宋占山痛苦不堪，度日如年。多年的积蓄一下子被石营长抢走了，他连死的心都有。这个叫曲寿龄的到底是个什么人？他违法经营，石营长为什么非要抢了俺的钱？是不是他与石营长一唱一和地合伙暗算了罗良基和宋家安？否则，怎么会这么巧，罗良基一交上货款，石营长就率兵赶到了？有道是，人无常态必有鬼，事出反常必有妖。思来想去，宋占山都觉得其中有诈，明显是针对他的。但是，他敢去貔子窝港讨个说法吗？石营长称霸一方，为所欲为，显然，宋占山没有这个胆量，他知道，自己去了跟送死没什么两样。

宋占山与曲寿龄和石营长素不相识，无冤无仇，那么，谁是他们背后的黑手？静下心来的宋占山一直在想这个问题，却始终找不出答案。莫非是宏德堂的方英典？昨天晚上，宋占山翻来覆去地睡不着，午夜时分，受伤的脑袋好像突然开窍了，将怀疑的对象落在了方英典身上。可是，这个猜测一出，把宋占山自己也吓了一跳。今天一早，他马上将罗良基叫到屋里，说出了自己的判断。

罗良基也不是一个没脑子的人，这两天他一直在想，事情并不那么简单，是谁设计了这个看似合理的骗局。

"东家，您是说方英典这个老东西是背后指使的那个人？"罗良基思忖片刻问。

　　听了罗良基的话，宋占山不由得想起了那天他闯进宏德堂时，方英典那从容与淡定的样子。宋占山仿佛恍然大悟，莫非那时他已经谋划好了今天的结局？

　　"你觉得不是吗？如果是你，这么大的木材生意被人抢了去，你会忍气吞声，还稳坐钓鱼台吗？"宋占山反问道。

　　顺着宋占山的提示想下去，罗良基也觉得，这事肯定是方英典指使的。

　　"东家，您说的是。方英典和宏德堂的货船长年去大连貔子窝港，他对那边非常熟悉，也结交了不少人。俺早就听说，那边的木材供货商是一个姓曲的坐地户，势力很大，与三教九流都有交往。现在来看，这个姓曲的就是曲寿龄。方英典丢了这么个大买卖，肯定咽不下这口气，就暗中串通了曲寿龄，来了个空手套白狼，演了这么一出戏。"罗良基分析道。

　　"方英典这个老东西，看似文雅，实际上是一肚子坏水，俺绝不能轻饶了他！"宋占山咬牙切齿地说，"罗管家，你说，咱应该怎么办？"

　　作为宋占山的智囊，罗良基还没想好怎么报复方英典。他认为，刘小虎将宋家宁藏到了芙蓉岛，方英典肯定知情，那么，就可以此为突破口，兴师动众地找到宏德堂门上，先闹他个鸡犬不宁再说。

　　"就以刘小虎藏了宋家宁为由，俺带上二狗子他们去宏德堂，看看这个老东西怎么说。"罗良基说。

　　这么多年来，宋占山明里暗里地多次挑衅宏德堂，他都没占到多少便宜，或者说，方英典根本不在乎，总是泰然处之，宋占山就心里越来越没底气了。

　　"你就那么断定宋家宁被刘小虎藏到了芙蓉岛？谁看见了？是谁跟你说的？万一不是……"听了罗良基的话，宋占山似乎不相信。

刘小虎胆大包天，将宋家宁藏匿到了芙蓉岛，是虎头村的小混混二狗子发现的。

那天，天色将黑，在虎头村的小港口，二狗子向刚刚靠岸的渔船强行索要了一条大鲅鱼，正准备往村里走，就看到刘小虎提溜着一个大包袱向这里走过来。

那鲅鱼有三尺多长，十来斤重，通体银光闪闪，一看就是刚打上来的鲜鲅鱼。对二狗子来说，横抢硬夺已经不是什么稀罕事，他蛮横无理，又有宋占山撑腰，善良而老实的渔民们则只能忍气吞声了。

如今，宋占山豢养的三个打手只剩下二狗子和大脑袋了，几年前，三只手袁路生被诬陷成火烧宏德堂货船的泄密者并被屈打成招，罗良基指使二狗子剁去了他的一根手指作为惩罚。三只手由此对宋占山怀恨在心，曾伺机报复却又无处下手，只好离开了虎头村，加入了活动在三山岛一带的一股海匪。

这是一股只有七八个人及一条破船的小海匪，还没成气候，却也是心狠手辣，令人闻风丧胆。后来，当家的在一次持刀打斗中被对方用大砍刀削去了大半个脑袋，掉下船死了，这股海匪就一时群龙无首。三只手少了一根手指，在小海匪面前却是值得炫耀的资本，何况他又为这根早就被罗良基喂了狗的手指编造了一个惊天动地而又英勇无畏的生动故事。小海匪们无不是小混混出身，刚入行，还没见过世面，就对三只手产生了崇拜之感，并推举他为新当家的。三只手知道，要想尽快干出名堂，在海匪猖獗的莱州湾甚至将来在渤海湾占有一席之地，就必须杀人不眨眼，打出威风，让同行或对手俯首帖耳或敬而远之。

不久，三只手袁路生就与另一股小有名气的海匪为争夺地盘而在海上大打出手，他率手下三五个弟兄驾船乘风破浪，手持砍刀，追得对手往芙蓉岛方向逃跑。对手慌不择路，半道上触了礁，被三只手拦住。三只手跳上对手的小船，指使手下将抓获的三名海匪塞进船舱，盖上舱盖，再用几只渔叉头钉死。他们跳下了船，齐心协力将小船掀翻过来。

小船底朝上，咕噜咕噜地冒水泡，不多会儿，船舱就灌满了海水，沉入了海底。

三只手袁路生暴戾恣睢，手段残忍，竟然一战成名，成了三山岛一带的海上小霸王。

胃口大开的三只手不再满足于小打小闹，欲抢劫一条大船占为己有，以便壮大队伍，走出三山岛，走出莱州湾，在浩瀚无垠的渤海湾捕捉更大的猎物，实现发财之梦。于是，他将目光落在了往来渤海海峡的货船上。上个月，他准备好了口粮和水以及几坛烈酒，带领十几个弟兄驾着单帆破船出了三山岛，一直往北，向渤海海峡方向奔去。三只手知道，渤海海峡是南来北往的交通要道，货船往来频繁，必定能找到合适的猎物下手。毫无疑问，这是一次冒险之旅，他们的这条破船能否经得住大风大浪还是个未知数，船沉人亡的概率远远超过安全而归的概率。但是，三只手恶念膨胀，已经顾不得那么多了，他决意铤而走险。三只手出海之后，阳光明媚，风平浪静，一路顺风顺水，直达海峡中间的庙岛群岛。然后，他们隐藏在岛礁之中，磨刀霍霍，等待着合适的货船下手。

单桅帆船满足不了三只手的胃口，三桅帆船上船员多，他又没有抢劫成功的把握，所以，他将目光落在了双桅帆船上。

目标的出现是在三只手他们潜伏下来的第二天下午，一条双桅帆船由南往北驶来。

这是一条来自寿光的货船，正前往东北运回高粱和大豆。风和日丽，海不扬波，货船上除了船老大和舵手还在各司其职，六名船员在酒足饭饱之后都昏昏欲睡，东倒西歪地躺在甲板上晒太阳。

天赐良机，时不我待，三只手马上率十几个手下从船上赤身跳入海中，奋力向这条货船游去。他们的皮肤黝黑发亮，斜挎在肩上的大刀在阳光下散发着耀眼的光芒，犹如一条条大鲅鱼跃出水面。他们都曾是在海水里泡大的野孩子，身强体壮，水性好，不多会儿就游到了货船跟前。 两个海匪先后将带有铁挂钩的绳索抛向货船，准确无误地挂在了船帮上，众人顺着绳索往船上爬去。

最先发现海匪的是船老大，他从船舱里出来透透风，就看到几名海匪手握大砍刀上了船。 他惊叫一声，欲拿船上的棍棒反击，却被三只手一刀要了性命。 接着，其他海匪扑向了被惊醒的船员，刀光闪闪中，两名船员倒在血泊之中。 驾驶舱的舵手也听到了动静，却不敢出声。 他航海几十年，也曾遇到过穷凶极恶的海匪，他们要钱不要命，只要乖乖服从，交出钱物，就可保住性命。 但是现在，他发现，这股海匪非同寻常，他们直接要命，一个都不剩，想要的肯定是整个货船。 那么，船上的人谁也别想活下来。 于是，他就直接从驾驶舱破窗跳海了。

砍死了三个，剩下的四名船员也都跳海逃跑了。 然而，有一名船员年纪大且水性不好，游了一会儿便游不动了。 大海茫茫，他也分不清方向，只能看见货船在不远的地方。 对他来说，这是唯一的救命稻草，求生的欲望让他不顾一切地向货船游去。 海匪刚才搭上的绳索还挂在船帮上，他游过去抓住绳子，用尽了吃奶的劲儿往上爬。 船上的一名海匪看到了他，当他的双手刚刚抓住船帮的时候，海匪挥舞起大砍刀剁在了他的双手上。 船员尖叫一声，沉入了大海。

八名船员死逃各半，三只手大功告成，嗷嗷地狂叫着进了驾驶舱，亲自掌舵掉头，货船向三山岛方向驶去。

以此为标志，三只手袁路生从小海匪变为海魔王。 如今，他想鸟枪换炮，放下大砍刀，到掖城黑市购置马牌撸子和左轮手枪，将自己和手下弟兄武装起来。 然而，购买枪支的钱不是一个小数目，而且还必须是现大洋。 但是，他手里没那么多现大洋，这个愿望一时还无法实现。为了凑够枪款，三只手带领手下弟兄驾船在海上横行霸道，杀人越货，也不时将黑手伸向掖县的富豪地主，入室抢劫或绑架勒索。 现在，枪款还差一半，三只手突然想起了虎头村的仇人宋占山，他早就听说宋占山这几年发了财，就准备绑架他的儿子宋家安，索要两百块现大洋。 宋占山爱财如命，这也是对他最好的报复。于是，三只手派出多个弟兄潜伏在宋家周围，等待着宋家安的出现。

现在，宋占山断定方英典就是隐藏在曲寿龄和石营长后面的黑手，与罗良基商定先以刘小虎藏匿宋家宁为由，登门发难，却没料到三只手已派出手下弟兄伺机绑架宋家安，另一场灾难正在等着他。

"东家，是二狗子亲眼看见刘小虎去芙蓉岛给宋家宁送东西的，也是他亲口告诉俺的。"罗良基信誓旦旦地说。

"二狗子？他什么时候告诉你的？你在哪里碰见他了？"宋占山似乎不愿相信二狗子的话。

今天一早，二狗子跑到顾秋燕家里，是来给罗良基送鱼的。二狗子想从宋占山那里讨好处，就绕不开管家罗良基。

鱼是针梁鱼，两尺多长，通体光滑细溜，三寸长嘴如针，脊骨呈绿色，烹炸煎焖或者氽汤，无不味道鲜美，是掖县人喜爱的鱼类。胶东有民谚曰，梁鱼跳，丈人笑。由此看来，针梁鱼更是女婿送丈人的必备品。

事到如今，在虎头村，罗良基与寡妇顾秋燕的奸情已经不是什么秘密了。确切地说，也不能称之为奸情，一个老光棍和一个老寡妇动了真感情，是无可指责的。说起来，顾秋燕还是宋占山难得一遇的贵人，宋占山应当感谢她才是。十多年前，如果不是刘小虎在到她家偷寡妇鞋时发现了她与族长马炳忠的好事，还不至于让心怀鬼胎的宋占山一下子抓住了马炳忠的把柄。从那以后，马炳忠便对宋占山的恶行睁一只眼闭一只眼，甚至是放任自流，终使其成为一霸，为害一方。马炳忠家有妻室，其妻还相当彪悍，在整个虎头村是出了名的母老虎。作为族长，马炳忠在乡亲们面前颇有脸面，发号施令，说一不二。但是，在家里老婆面前，马炳忠就如同变了个人，威风没了，俯首帖耳地挺听话。卤水点豆腐，一物降一物，此话不假。

从貔子窝港回来后，罗良基一直没敢去顾秋燕家幽会，而是老老实实地住在宋占山家。 他思念着顾秋燕，也惦记着藏在货船上的那根金条。 经过多天的耐心等待，宋占山总算接受了残酷的现实，渐渐地平静下来。 昨天晚上，罗良基瞅准时机，在半夜里溜出了宋家。 宋占山家养着一条大恶狗，晚上有动静就叫，就连罗良基出门也不行，狗只认一个主人。 或许，在狗的心目中，这个叫罗良基的人跟它没有什么区别，也是主子养的一条狗。 有所不同的是，他会说人话，狗还好生羡慕。 其实，狗不知道，如果它像罗良基一样能说人话，便会让多疑的主子宋占山对它如同罗良基，时刻都有所防备了。 所以，正是因为狗不是能说会道的人，才能成为人类的朋友。 白天，罗良基就为这条狗准备下了一块大肉骨头。 现在，他悄悄地出了屋，蹑手蹑脚地走到狗的跟前，满脸带笑地将肉骨头递到狗的嘴里。 由此，狗忘记了自己的职责，只顾低头啃骨头，让罗良基溜走了。

出了宋家大门，罗良基来到小港口，迫不及待地上了宋占山的货船。 这个时候，两个看船的船员已经睡了，罗良基趁机跳进船舱，很快便摸出了藏在夹缝中的那根金条。 然后，他出舱跳船，一路小跑地向顾秋燕家赶去。

子时刚过，朗朗晴空，繁星点点，那弯弯的月亮孤孤单单地挂在遥远的天边，就像女人微笑时张开的樱桃小嘴。

罗良基行走在通往虎头村的路上，揣在怀中的金条随着他的脚步不断撞击着他的胸膛。 顾秋燕的家在村子的最东边，路过宋占山家的时候，他还禁不住望了一眼。 做贼心虚，何况是一个偷情贼。 于是，他的脚步慢了下来，直到过了宋家，才又抬脚飞奔。

现在，顾秋燕并没有入睡，而是仰面躺在炕上，瞪着一双明亮的眼睛。 她似乎有预感，罗良基今晚会来。

命苦的顾秋燕来自邻县的穷乡僻壤，短命的男人生前并不富裕，靠着给族长马炳忠家下海打鱼为生。 为了迎娶她，勉强盖了三间简易的海草房，却糊不起花纸虚棚，屋顶就裸露着由秫秸扎成的屋笆。 顾秋燕的家乡没有海，而她还患有罕见的晕海症，一到海边，风平浪静还能挺住，一旦海水起了波澜，波浪翻滚着涌上沙滩，她就头晕目眩，呕吐不止，好几次她都晕倒在沙滩上。生活在海边，却不能下海劳作，就等于废人一个。男人一死，她就没有了生活来源。她的男人是为族长马炳忠家的渔船下海打鱼死的，有生死契约，马炳忠理应做出些赔偿。马炳忠也这么做了，而且还付出了更多，比如，睡到了顾秋燕的炕上，直到被半夜闯入的刘小虎发现，宋占山又提着顾秋燕的绣花鞋亲自送到他的家里。在虎头村，马炳忠天不怕地不怕，就怕家里的母老虎，百般无奈，他只有断了这份情缘。

顾秋燕颇有几分姿色是肯定的了，否则也不会有那么多有非分之想的男人前来骚扰，想占她的便宜。但是，顾秋燕并不是一个水性杨花的女人，因而除了捷足先登的族长马炳忠，没人得逞。族长是个例外，有两个原因：一是他是族长，顾秋燕得罪不起；二是他要给她一定的赔偿，越多越好，以保障她的基本生活，所以她就必须拖住他，而她能拖住他的筹码只有自己的身体。没承想，刘小虎和他的主子宋占山坏了他们的好事，让顾秋燕入不敷出，生活艰难。她想要挟马炳忠，可想了又想还是不敢得罪这个有权有势的族长。另外，这几年，他为讨顾秋燕欢心，倒是出手大方，够她花销个一年半载的了。顾秋燕很聪明，是个见好就收的女人，不会撕破脸，两败俱伤。

天无绝人之路，在虎头村，好在还有个宋占山的管家罗良基，他不是本地村民，孤身一人，无依无靠，肯定也想女人。世上没有不吃腥的猫，顾秋燕觉得，罗良基肯定也不会是个例外。她要生存下去，就得找个男人帮衬，罗良基举目无亲，又有不错的收入，无疑是最好的人选。她甚至想，如果罗良基能从心里喜欢上她，自己就可以改嫁。有族长马炳忠暗中保驾护航，谁也不敢阻拦。由此看来，与族长马炳忠的主动出击不同，罗良基不是钓鱼者，而是被钓的鱼。

顾秋燕选准了目标，就处心积虑地想让罗良基成为她的俘虏。自然，她对自己充满了信心。 顾秋燕不到十六岁就嫁到了虎头村，一晃十多年过去，她也不到三十岁。 而立之年的女人更有韵味儿，而与虎头村那些婚后的女人不同，顾秋燕没生过孩子，从不下海，不像她们被风吹日晒得皮肤粗糙且黝黑，一笑就露出一口或白或黄的大牙，吓煞个人。她面容姣美，皮肤白皙，身材苗条而不失丰满，真是个难得的美人。

自古红颜多薄命，怏怏无语对东风。 顾秋燕自觉命苦，就试图凭着自己的姿色改变它。 那么，罗良基的桃花运就自然而然地到来了。

罗良基并非不近女色，总归是个男人。 他是宋占山的管家，狐假虎威，对雇工也吆三喝五地挺威风。 但是，他在虎头村房无一间，船无一条，这几年来，宋占山对他出手也大方了些，他就寻思着不久的将来在虎头村盖房娶亲，扎下根来，老了也有个归宿。 就在这个时候，顾秋燕不失时机地想对他施美人计了。

顾秋燕家院墙不高，所以当年刘小虎能跳进去偷她的绣花鞋。 院墙再矮也有门楼，只是简易了些。 顾秋燕知道，除了去小港口，罗良基出去办事就得路过她家。 于是她就来到门口，坐在门楼下的蒲团上掐辫子。 蒲团很厚，用玉米皮编织而成，人坐在上面既隔潮又软和。 掖县的妇女们几乎都会掐辫子，一根根麦秸被割成细条，在她们的一双双巧手中被掐成辫子，然后卖给草编手艺人，又经他们的手编成草帽、草席、果盒、提篮等。 顾秋燕的家乡没有这类草编制品，她是来到虎头村才学会掐辫子的。 她技法生疏，掐出来的辫子很粗糙，卖不出好价钱。男人一死，生活无望，她就不掐辫子了。 现在，顾秋燕重操旧业是另有所图，为捕获猎物作掩护。

守株待兔，顾秋燕在等待着罗良基的出现。

吃了端午粽，才把棉衣送，掖县的夏天到来了。 这天晌午过后，像往常一样，顾秋燕坐在家门口掐辫子。 进入炎炎夏季，即使在海边，除了一早一晚，如果没有风，也是热浪翻滚，天气闷热而潮湿，人坐着不动都会冒汗。

顾秋燕盘腿坐在蒲团上，一边装模作样地掐辫子，一边美目四盼。实际上，罗良基已经从她门口路过多少次了，要么有人跟着他，要么又来了别的行人。有一次，罗良基独自出村，恰巧她又一时尿急回院子小解去了，错过了千载难逢的好时机。好饭不怕晚，好女不愁嫁，好看的寡妇也不会总是空守孤灯烛影。

　　时至今日，罗良基仍然不会忘记两年前的那个夏日午后，他从掖城办完事搭车回来，在村口下了车，往村里走，就遇到了坐在门口的顾秋燕。中午，他喝了不少酒，走路有些摇晃。天气闷热，他走了几步就大汗淋漓，也渴了。

　　"罗管家，您这是进城回来啊？"顾秋燕一边掐着辫子，一边笑眯眯地问。

　　这是罗良基家乡的口音，他一愣，停下了脚步。

　　罗良基是一个被女人伤害过的男人，当年，他在掖城做小生意失败，老婆带着孩子跑了，从此他一贫如洗，成了孤家寡人。来到虎头村这么多年，尽管从未跟顾秋燕说过话，罗良基对顾秋燕还是有一些了解的，甚至她与族长马炳忠的事，宋占山也跟他绘声绘色地讲过，就像宋占山在现场一样。但是，罗良基并不知道，他们竟然来自同一个邻县，是地地道道的老乡。

　　有道是，寡妇门前是非多，虎头村有一个漂亮的寡妇让平淡的日子增添了几多浪漫的色彩，许多心怀鬼胎的男人路过顾秋燕家的时候，都会情不自禁地想到她一个人是怎么过的，然后就想入非非，扮演一个闯入者的角色。当然，罗良基不会是个木头人，也有七情六欲，甚至比他人还旺盛一些。有时候，走到顾秋燕家门口，他会凝望一眼，不由得想起了捷足先登的族长马炳忠，甚至能想象出他们交欢时的情景与细节。然后，他便会心地一笑。那么，罗良基想过顾秋燕的好事吗？答案是肯定的，有时还很强烈。不过，前几年，他初来乍到，得夹起尾巴做人，不敢有非分之想。后来，他站稳了脚跟，又得知她是族长马炳忠的女人，更不敢犯上作乱了，只能压抑着自己，冒充不思淫欲的正人君子。所以，罗良基活得很憋屈。

在这个烈日高照的午后，罗良基不知道顾秋燕为什么突然跟他主动搭话，就擦把汗，敷衍道："是，是啊，俺刚从掖城回来。"

"这天还真是热死个人。"顾秋燕嫣然一笑，放下掐着的辫子，顺手解开布衫最上面的一枚扣子，又扯起布衫的胸口部分，拿着扇子往里扇风，"罗管家，渴了吧？进来喝口水吧。"

顾秋燕只穿了一件布衫，随着她手的摇动，胸前两块无拘无束的肉团上下左右地晃悠，裸露出的胸口白皙而润滑，有汗珠冒出，晶莹剔透。顾秋燕的一连串动作看起来是那么漫不经心，那么自然，而罗良基却是看得心惊肉跳，不能安分了。

"不进去了，俺不渴。"罗良基打了个响亮的酒嗝，酒劲儿似乎更上头了，脑袋嗡嗡地响。

"你看看你，俺还能把你吃了？"顾秋燕娇情地嗔怪道，"俺早就听说，咱们还是老乡哩。"

老乡见老乡，两眼泪汪汪。这个时候，罗良基好像感觉到了顾秋燕的用意，正中下怀，一条腿想迈进门槛，而另一条腿还在犹豫。

"俺，俺……"罗良基一时不知说什么好了。

"你，你什么你？你是不是瞧不起俺？"顾秋燕率先进了院门，又回过身来，露出一副很委屈的神态。

罗良基并没有瞧不起顾秋燕，还曾想拥她入怀，只是有太多的顾虑让他最终放弃了。他们来自同一个邻县，一个老婆跑了，一个男人死了，同为天涯沦落人，当彼此照应才是。

"大妹子，你看你这话说的。"罗良基这么想着，就跟着顾秋燕进了院子，"俺可不是那种人。"

"那你是个什么人？"顾秋燕关上了院门，又推上门闩。

罗良基马上明白过来，或者说是确认，顾秋燕是对自己动了心思，真的醒酒了。

"你希望俺是个什么人？"罗良基直勾勾看着顾秋燕颤动的胸口，蓦然将她抱在了怀里。

罗良基终于不再伪装，露出了本来面目。 顾秋燕甚是激动，一口咬住罗良基的肩膀，泣不成声了。

"知道疼俺的人。"顾秋燕松了口，将头埋进罗良基的怀里。

罗良基的肩膀上留下了一个清晰的红印，犹如一朵玫瑰盛开。 他不能自已，一把抱起了顾秋燕，向屋里跑去。

太阳高悬，大地灼热，夏日的海风也温柔，从海边吹到村子，形成了股股热浪。 树上的知了们在拼命地鸣叫，似乎在抱怨着这该死的天气。 顾秋燕院门口的那丛月季花被晒得卷起了花瓣，一副没精打采的样子。

顾秋燕的三间海草房却有几丝凉意，久旱逢甘露，一对孤男寡女就这么进入了一个忘我的世界。

"罗管家，你不会是耍弄俺吧？"当罗良基在顾秋燕的身上瘫软下来时，她瞪着一双水汪汪的大眼睛，含情脉脉地问。

"俺可不是那种人。"罗良基无意中重复了刚才说过的话。

顾秋燕没再说话，只是任泪水肆意地流淌。 自然，这是幸福的泪。

罗良基是宋占山的管家，他助纣为虐，帮东家干了不少见不得人的坏事。 不过，有的坏人对自己喜欢的女人却很温情，就像罗良基。 从那以后，他常去顾秋燕家里，嘘寒问暖，百般照顾，也没少了她吃的用的和花的。 无论如何，顾秋燕是幸运的，成功地俘虏了罗良基，有了依靠。

罗良基去大连貔子窝港出了事，顾秋燕已经知道了。 她也跟着提心吊胆，担心宋占山不会放过他。 回来好几天了，罗良基却一直没出现，她就睡不着觉了，半夜里还瞪着眼看屋笆。

现在，海风劲吹，惊涛拍岸，罗良基正步履匆匆地向顾秋燕家赶来。到了院门口，他打了个寒战，才从腰间掏出了长把铁钥匙，塞进门孔，一点点地拨门闩。

嗒，嗒嗒……门闩拨动的声音传到屋里，是罗良基在门口，顾秋燕激动地坐了起来。

小别胜新婚，罗良基和顾秋燕没有过多的语言，他迅速宽衣解带，钻进热乎乎的被窝。一阵温存与宣泄过后，他们就搂抱着躺在被窝里说话。

"来，俺给你看样东西。"罗良基突然坐起来，光溜溜地下了炕。

"这黑咕隆咚的，什么东西不能明天再看？"顾秋燕说着披上棉袄，摸索着点上了油灯。

火苗将顾秋燕的脸照得通红，罗良基一口气吹灭了油灯，将金条递到她的手上："你摸摸这是什么？"

顾秋燕在黑夜里接过金条来，金条冰凉，坠手，马上掉到了被子上。

"这是什么？这么沉？不会是金条吧？"顾秋燕吃惊地问。

罗良基没想到顾秋燕猜得这么准，有几分失望："你真厉害，就是金条。"

"你从哪儿弄来的？"顾秋燕胆战心惊地问。

"貔子窝港那边的杜大掌柜送给俺的。"罗良基摸起金条，在手里掂了掂说，"够在掖城买套房子了吧？"

宋占山的货款意外被抢，杜大掌柜却给罗良基送了根金条。这一悲一喜让顾秋燕产生了一种莫名的恐惧，难道是罗良基与那边的人串通好了，才有了这个结局？如果是这样，罗良基的这根金条就是不义之财，她不能要。

"罗良基，俺问你，你是不是做了对不起宋占山的事？天上怎么会掉馅饼？"顾秋燕越想越觉得事情的可怕。

天地良心，罗良基真没有做对不起宋占山的事。但是，他也突然内疚起来，这是因为，杜大掌柜带着他去了春满园，酒壮色胆，他做了对不起顾秋燕的事。

"没有，没有的事啊。"罗良基这么一想，顿时紧张起来，就像顾秋燕看到他进了春满园一样。

"没有？ 那你紧张什么？ 你告诉俺，人家为什么会平白无故地给你根金条？"顾秋燕的双眼紧紧地盯着罗良基。

冬月照窗，黑暗中，顾秋燕又大又圆的眸子亮晶晶的，散发着逼人的寒光。

是啊，杜大掌柜为什么会平白无故地给自己一根金条？ 罗良基一时无语，这还是他第一次想这个问题，这一想就让他惊出了一身冷汗，随之茅塞顿开。 原来，杜大掌柜是以美女和金条开道，让罗良基放松警惕，痛痛快快地交上货款。 然后，石营长便准时赶到，以曲寿龄非法经营为名抢走了货款。 由此，罗良基更加相信，这是不认输的方英典从中做的局，看起来天衣无缝，让顾秋燕这么一点拨，就露出了端倪。

不管怎样，罗良基是被蒙骗了，不是同谋。 那么，他敢将这根金条交给宋占山吗？ 肯定不敢，如果宋占山知道了金条的事，他的小命也就不保了。

"你怎么不说话了？ 难道你真的是……"顾秋燕流下泪来。

罗良基知道，顾秋燕是个善良而耿直的女人，这与他的所作所为格格不入。 他是宋占山的管家，就必须无条件地跟他一个鼻孔喘气，这是别无选择的事情。 他利用管家的身份，狐假虎威，将自己人性中阴暗的部分发挥得淋漓尽致。 他从没有内疚过，但是，自从与顾秋燕有了感情，就相形见绌，产生了几多不安。 然而，他还没准备改变，这是因为，现在他还离不开宋占山。 所以，他干的那些见不得人的事只能瞒着顾秋燕，能瞒一天算一天。 就这样，罗良基成了典型的双面人，在顾秋燕的眼里，他是个知道疼女人的好男人。 而在世人的面前，他是个狐假虎威的魔鬼。

"秋燕，你听俺说。"罗良基冻得打了个哆嗦。

"你说吧，俺听着。"顾秋燕穿上了棉袄，双腿伸在被窝里。

罗良基将金条拿起来，塞进了炕席下，然后扯过棉袄穿上，上了炕，与顾秋燕并排坐着，详细地讲述了事情的经过。

"俺真的不知情，要不天打五雷轰。"罗良基将顾秋燕搂在怀里，发誓道。

顾秋燕一把捂住了罗良基的嘴："别说不吉利的话。"

"要不你不相信俺啊。"罗良基着急地说。

顾秋燕没再说话，而是用自己的嘴堵住了罗良基的嘴。

两人亲热够了，就再次脱衣躺下，说了几句话就进入了梦乡。罗良基和顾秋燕都很满足，也很疲惫，所以就睡得特别香甜。早上，太阳越过了低矮的墙的时候，他们还没醒。

是二狗子的敲门声惊醒了他们，罗良基反应快，迅速穿好衣服，来到院里。

顾秋燕家的院门很破旧，门缝老大，宽的地方都能伸进指头去。二狗子趴在门上，就看见了罗良基。

"罗管家，给你两条针梁鱼，刚下船的，鲜着呢。"二狗子说。

罗良基开了门，没言语，接过针梁鱼，提着往屋里走。

"罗管家，你等等，俺有个事跟你说。"二狗子说罢，回身关上了院门。

几天前的那个傍晚，二狗子看到刘小虎提着个大包袱来到小港口，就一直盯着他，直到刘小虎上了一只小舢板，向芙蓉岛方向划去。二狗子知道宋家宁再次失踪了，就觉得刘小虎的形迹可疑，想去芙蓉岛看看，刘小虎是不是把宋家宁藏在那儿了。昨天晌午，他搭乘了一条在附近赶小海的渔船，登上了岛，果然看到宋家宁正坐在一个洞口晒太阳。怕她发现，他大气不敢喘，连忙回到下船的地方，等待那条渔船来接他。谁知渔船回来得很晚，接上他再回小港口的时候都月上枝头了。

他向船主索要了两条刚打上来的针梁鱼，就准备一早来找罗良基。他觉得，这个信息很重要，能得不小的好处。

像二狗子这种人，向来撒谎不眨眼。现在，听了他的话，罗良基半信半疑地问："你看见宋家宁了？"

"看见了，她要是不在芙蓉岛，您就把俺的眼珠子抠了，踩个响。"二狗子信誓旦旦地说。

罗良基终于相信了二狗子的话，说了句"不会亏待你"，就打发他走了。刘小虎的胆子越来越大了，罗良基替宋占山着了急。他匆匆忙忙地吃了几口饭，就回了宋家，向宋占山报告了这个石破天惊的消息。

"东家，千真万确，二狗子登上了芙蓉岛，看见了宋家宁。"现在，面对宋占山的质疑，罗良基说。

"这事儿就交给你去办吧，宏德堂不是要脸吗？包庇刘小虎私藏人家的闺女，这是什么罪过？你给我闹，闹出个地动山摇才好。"宋占山横眉怒目道。

"东家，是不是先把宋家宁接回来？"罗良基思忖片刻说，"这大冷的天，她一个人在岛上很受罪啊。"

一听宋家宁这三个字，宋占山就气不打一处来："冻死活该！你把人接回来了，还怎么去宏德堂闹？"

"明白了，东家，俺这就去准备。"罗良基俯首听命道。

第十四章

剑拔弩张

方兴通归来那天，方英典晕倒后就大病了一场，如果不是郎中周仕君妙手回春，或许他不会恢复得这么快。

今天是朱由镇庄园主沈克明为八十岁母亲举办寿宴的日子，方英典一早就起来了，洗漱完毕，吃了早餐，坐在太师椅里歇息。

"老爷，是不是该动身了？"管家潘士光走上前来，轻声问道，"俺这就去叫少爷吧？"

去朱由镇有半个时辰的路程，方英典看了眼桌上的座钟，八点刚过。

"好的，你去备车吧。"方英典说。

带方兴通一起去赴寿宴是方英典深思熟虑后的决定，沈克明财大气粗，在掖县很有名望，今天必定是高朋满座，群贤毕至。礼多人不怪，行下春风有秋雨，方兴通经营大船队及其他业务，肯定要与这些人打交道。

无论如何，方兴通离家出走的风波总算平息了，但是危机依然，这是因为，方兴通休妻后迎娶江秀芝的目标并没有改变。毫无疑问，他在耐心地等待着与爹方英典摊牌的时机。

蔡铣朴来得正是时候，他营救了任明凡，没让宏德堂落下一个不仁不义的骂名，实乃万幸。在方英典眼里，蔡铣朴几乎成了宏德堂的贵人，而对于方兴通来说，则是有了一个倾诉的对象。所以，蔡铣朴成了方家父子都喜欢的人。 现在，蔡铣朴已经知道了方兴通休妻另娶的打算，表示理解和支持。 他觉得，时代已经变了，而人们的思想观念还没有变，还被那些陈规旧律禁锢着，制造了一出出人间悲剧。 没有感情的人怎么能在一起？ 简直荒唐可笑。 但是，蔡铣朴还是一再奉劝方兴通少安毋躁，先安抚好任明凡，维持现状，等他彻底接管了大船队，有了资本再向方英典提出此事，或许会有转机。

事到如今，任明凡已经不再想寻短见了，或者说，她已经没有了机会，太太陈尚云将丫鬟小翠派到了东院，成了她的贴身丫鬟，小翠最重要的任务便是看着任明凡。 任明凡是死过一回的人了，已经看开了一切，看淡了一切。 方兴通从济南回来后，向她说了济南之行的情况。她听得很认真，也很平静，好像与她无关。 当方兴通看到她脖颈上的勒痕而眼圈潮红时，任明凡竟然产生了几丝愧疚感，好像是她对不起他似的。 任明凡是善良的，识文解字，她无力抗争，更是心灰意冷，她决定配合方兴通演好这出假夫妻的戏，等待解除婚姻枷锁的那一天。 为了打发无聊的时光，她常到院子里莳花弄草，还让方兴通从是知书屋取来了李清照的《漱玉词》和曹雪芹的《红楼梦》等书，读得很投入，忘记了烦恼与忧愁。 两耳不闻窗外事，一心只读圣贤书，任明凡觉得这样挺好。

不多会儿，潘士光备好马车从牲口屋回来了，正要去东院叫方兴通，突然听到有敲锣声隐隐约约地传来。

当，当当，锣声由远及近，越来越清晰，好像是从村西传来。 方英典侧耳倾听，马上站了起来。

在方家村，沿街敲锣是救火的信号，乡亲们听到后，便会迅速拿起家中的脸盆或铁筲，奔赴失火的人家。

"是谁家着火了？"方英典警觉地问。

"不会吧？"潘士光摇了摇头。

这个时候，敲锣声已经近在耳畔了，接着传来了罗良基的高叫声："方家村的乡亲们，你们听俺说，方英典这个老东西指使刘小虎，将宋家宁私藏到了芙蓉岛，宏德堂号称书香人家，却是人面兽心，做出这种伤天害理的事情，你们给评评理……"

方英典马上明白了，刘小虎私藏宋家宁的事已经暴露，这是宋占山想让宏德堂名声扫地，指使罗良基带人大张旗鼓地向他兴师问罪来了。

罗良基的队伍有二十多个人，除了宋占山豢养的打手二狗子和大脑袋外，宋占山的船员一个都没少。

宋家安也站在人群里，是爹宋占山逼着他来的。前天，他向爹提出要到济南府散散心，其实是想去找俏月儿。回乡的这些日子，他最想念的就是她。他知道，与俏月儿约会没有钱是不行的，就向爹要。当然，他也觉得，爹是不会同意他娶回一个戏子的，所以就一直没敢说，只是说去济南府看同学，需要钱。不管怎样，这几个钱宋占山还是有的。但是，当宋占山提出让他一块儿去宏德堂说理时，他不想去。宋家安心里清楚，名义上是去说理，其实就是大闹一场，让方英典丢人现眼，以此败坏宏德堂的名声。宋家安在宏德堂的南书房读过书，方兴通是他的同学，如果他参与其中，他们将从此结下冤仇，成为敌对关系。实际上，这正是宋占山的真正用意。如今，宋家安也相信了方英典是巍子窝港事件的幕后黑手，自然对宏德堂充满了敌意和恨意。宋占山以让宋家安到宏德堂闹事为条件，否则就分文没有。想念俏月儿心切，宋家安只得委曲求全，同意前来助阵了。

与宋占山上次的登门闹事不同，罗良基根本就没进宏德堂的大门，而是站在小巷口，叫喊着让方英典出来说理。这是他有意为之，目的是让更多的人围观。

正如罗良基所期望的那样，人们里三层外三层地将宏德堂门前的小巷子围了个水泄不通，许多人边看热闹边议论纷纷。

刘小虎私藏宋家宁一事的暴露是出乎方英典意料的，而宋占山得知后差人堵上门来大闹却是他意料之中的事。因此，他才一再叮嘱刘小虎和潘士光注意保密。世上没有不透风的墙，方英典担心的事还是发生了。

"该来的还是来了，俺出去看看，罗良基能把俺怎么样？"方英典颤颤巍巍地站起身来，欲往外走。

潘士光一把拉住了方英典，劝说道："老爷，您别着急，对付罗良基这种无耻小人，还是俺来吧。"

很快，东院的方兴通和蔡铣朴听到吵闹声也过来了，他们跟在潘士光的身后，神情紧张地走出了院子。

这个时候，在南书房小屋里的刘小虎也判断出他私藏宋家宁的事暴露了，是罗良基带人来闹事了。但是，作为当事人，他却一时没了主意，不知道是应该出去应战还是躲避。他只知道，宏德堂人把声誉看得比命都重要，老爷方英典对他恩重如山，他却一再给方英典惹麻烦，让宏德堂跟着出丑，就禁不住地捶胸顿足，后悔自己不应该做出这种有伤风化的事。

"罗管家，有话好好说，你这是干什么啊？"潘士光迎上前去，面带微笑地对罗良基说。

"好好说？你告诉俺怎么好好说？"罗良基看了眼黑压压的人群，甚是兴奋，扯着嗓子大声喊道，"刘小虎胆大包天，私藏宋家宁，天理不容！俺是来找方英典这个老东西说理的，你算个什么东西，俺跟你说不着！"

二狗子和大脑袋站在罗良基的左右，齐声附和道："对，跟你说不着！你把那个老东西叫出来！"

秀才碰见兵，有理说不清，何况是罗良基这种蛮不讲理的人。潘士光满脸通红，被堵得一时说不出话来。

站在潘士光身后的蔡铣朴蓦然发现了人群中宋家安的身影，连忙向方兴通使了个眼色，一起向宋家安走去。

蔡铣朴怎么会在这儿？宋家安一愣。本来他就是为了应付爹而来滥竽充数的，见蔡铣朴和方兴通向自己走来，他便做贼心虚地往后退了两步。

"宋家安，你这是怎么回事儿？"蔡铣朴故作亲热地搂了下宋家安的肩膀，"有什么说不开的事儿？干吗非要闹成这样？"

扫了眼围观的乡亲们，方兴通的心里有说不出的滋味儿。他觉得，宋家安在宏德堂的南书房上了多年学，如果有点儿良心，就不应该出现在这里，所以就很失望，也很生气。

"是啊，你这跟泼妇骂街有什么区别？你还有点儿良心没有？你在南书房读的书都白读了？"方兴通急火攻心，口不择言地责怪道。

什么叫泼妇骂街？什么叫没有良心？宋家安一听，马上就被激怒了，寸步不让地反击道："刘小虎私藏了俺姐，俺为什么不能来？宏德堂一再包庇大逆不道的刘小虎，缺德不缺德？还大言不惭地叫宏德堂，俺看应该叫缺德堂。"

方兴通知道，宏德堂是太祖方宝奎一百多年前创立的，并立下了"以文持家，以德传家"的堂训。一代又一代，宏德堂人都像保护自己的眼睛一样保护着它，不容任何人诋毁它，这是骨子里的东西，不可动摇。可是现在，宋家安竟然用最恶毒的语言来污辱它，作为宏德堂的子孙，他就必须要坚决反击，守护宏德堂的尊严。

"你说什么？有种的你再说一遍！"方兴通怒不可遏，一把抓住了宋家安的衣领。

众目睽睽之下，宋家安岂能相让，就怒吼道："宏德堂就是缺德堂！"

"俺打烂你的嘴！"方兴通气疯了，挥拳向宋家安打去。

宋家安没想到方兴通会动手，毫无防备，结果右眼眶结结实实地挨了一拳，顿时眼冒金星。他挤了几下眼才回过神来，然后握紧拳头向方兴通打去。

蔡铣朴眼疾手快，宋家安挥出去的拳头被他挡住了。

"别，别，君子动口不动手。"蔡铣朴装腔作势地劝说道。

宋家安看得出，蔡铣朴明显是在拉偏仗，正要挣脱开继续反击，却被一个看热闹的壮汉抱住了。方家村人抱团，特别是在面对外村人时，总会同仇敌忾。罗良基带来的二十多个船员是来虚张声势的，或者说，是来看热闹的，根本无人来助宋家安。他们给宋占山打工卖力，宋占山却经常以各种理由克扣工钱，这个时候，他们没有起义而反戈一击就已经是宋占山烧高香了。

方兴通与宋家安的争执就这么被平息了，宋家安嘴上过了瘾，皮肉可吃了亏，右眼异常肿痛。从此以后，他们反目成仇，结下了梁子，为将来你死我活的敌对局面埋下了伏笔。

罗良基和二狗子以及大脑袋并没看到身后发生的事。罗良基无论怎么叫嚣挑衅，方英典就是不出来，他终于忍无可忍，挥手推倒了挡在前面的潘士光，要硬闯宏德堂了。

当，当当！罗良基敲了三声锣，高叫道："方英典这个老东西成了缩头乌龟，走，咱们进去跟他说理去！"

罗良基说罢，气势汹汹地率先向门楼走去。

说时迟，那时快，就在这个时候，刘小虎挥舞着一把铁锨冲了出来，正好与罗良基打了个对面。他怒目圆睁，不顾一切地抡起铁锨向罗良基的脑袋拍去。罗良基躲闪不及，连忙用锣挡在了脑袋上。

吭！铁锨拍在锣上的声音清脆又沉闷，清脆的是锣声，沉闷的是罗良基的脑壳响。

刚才，刘小虎来到了正院，听着外面发生的一切。他心里明白，他是当事人，如果出现在罗良基他们面前，可能会引起更大的冲突。所以，刘小虎就一直忍着没动，直到听到罗良基要硬闯宏德堂，才彻底被激怒了。绝对不能让罗良基他们闯进来威胁到老爷的人身安全，于是，他顺手摸起放在墙角的一把铁锨，冲了出去。

罗良基被拍晕了，倒在了地上。如果不是有锣的保护，他肯定已头顶开花，血流满面。

257

"来，谁敢再来？"刘小虎挥舞着铁锨，面膛赤红地高叫道。

　　铁锨银光闪闪，虎虎生风，站在前面的人无不目瞪口呆，纷纷往后退去。

　　"滚，都快滚，要不俺就一个个地拍死你们这些王八蛋。"刘小虎疯也似的喊道。

　　刘小虎人高马大，身强力壮，铁锨可不长眼，二狗子和大脑袋他们掉头躲到了队伍的最后面。

　　罗良基终于苏醒了，晃晃悠悠地站了起来，又差点摔倒。他也想跑，可是跑不动，将求救的目光投向了他带来的船员们。

　　在船员们的心里，罗良基就是宋占山的可恶帮凶，他们看得过瘾又解气，就都愣着不动。好汉不吃眼前亏，刚才，宋家安见大事不妙，早就溜之大吉了，并没有看到罗良基被打的这一幕。

　　方英典还要赶赴朱由镇参加寿宴，必须尽快结束这场闹剧，潘士光走向船员们，双手合十地请求道："诸位兄弟，快，快把罗管家扶回去吧。"

　　船员们你看看我，我看看你，没有一个动弹。

　　"大哥们，行行好吧，不能再闹了。"蔡铣朴走过来，和颜悦色地劝说道。

　　方兴通见状，走到一个船员面前，偷偷地塞给他一块现大洋，小声道："这位大哥，帮个忙吧。"

　　"快，快把罗管家扶回去吧。"这个船员悄无声息地掖起现大洋，率先向罗良基走去。

　　罗良基就这么被船员们扶走了，掉在地上的锣都没人去捡。

　　"散了吧，乡亲们，都散了吧。"看着他们消失在小巷口，潘士光弯腰拾起了地上的破锣，向看热闹的乡亲们挥了一下手。

　　乡亲们议论着谁是谁非，一个个不情愿地走开了，一切终于重归宁静。

方英典一直坐在太师椅里没动，他在心里已经做好了直接面对罗良基的准备。他心知肚明，那将是针尖对麦芒的决斗，结果是不可预测的。现在，外面已经没有了动静，方英典不禁长叹一口气，闭上眼睛，养养精气神。

　　"老爷，俺给您惹祸了，俺对不起您，您就惩罚俺吧。"刘小虎扔掉铁锨，哭着跑进了堂屋，扑通一声跪在了地上。

　　潘士光和方兴通以及蔡铣朴紧随其后，都被刘小虎的举动惊呆了。

　　"刘小虎，你这是干什么，快起来！"潘士光伸手拉起了刘小虎。

　　"老爷，俺……"刘小虎已泣不成声，再次跪了下来。

　　方英典起身将刘小虎扶了起来，爱怜地拍了拍他颤抖的肩膀："别哭了，天能塌下来吗？你是当事人，你告诉了俺，俺也告诉潘管家，俺们就都是知情者，也就都是同谋，这事怎么能全怪你呢？"

　　"是啊，老爷说得对。"潘士光连忙附和说。

　　"可是，老爷，俺真不应该把宋家宁藏在芙蓉岛，要不就不会有……"刘小虎愧疚万分地说。

　　"什么叫不应该啊？你就能眼看着宋家宁去寻死吗？那你还算个人吗？你如果是这样的人，俺还能让你留在宏德堂吗？你这是救人！好了，你什么也别说了，现在就正大光明地去芙蓉岛，把宋家宁接回来吧。"方英典神情严厉地说。

　　"老爷，这恐怕不妥吧？"潘士光担心地问。

　　方英典背着手，走了几步，突然停了下来，目光如炬地说："怎么不妥？现在已经打成明牌了，就得这么打。宋占山一闹，就退缩了？他就是去告官，俺也陪着他。好了，潘管家，就这么定了，你让乔玉芬去准备一间客房吧，先让宋家宁住那里。"

　　"好的，老爷。"潘士光答应道。

　　方英典之所以决定让刘小虎将宋家宁接回宏德堂，一是因为天越来越冷了，她一人住在岛上有危险。二是他已经判断出，宋占山派罗良基

259

找上门来，不是来要闺女，而是专门来闹事的，目的只有一个，那就是要败坏宏德堂的名声。 人间自有公道在，方英典相信，在乡亲们了解了事情的真相之后，都会同情刘小虎和宋家宁，也会理解宏德堂的做法，甚至会竖起大拇指，赞不绝口。

"老爷，俺一辈子也忘不了您的大恩大德。"刘小虎感激涕零地说。

时间已经不早了，方英典该出发了。 潘士光先去交代乔玉芬准备客房后，又从西院的牲口屋里赶出了马车，停在门楼口。

按照老爷的吩咐，刘小虎马上就要去虎头村的小港口，驾小船去芙蓉岛接回宋家宁。 通过这件事，蔡铣朴对方英典佩服得五体投地，非要跟着刘小虎去，当个帮手。 方英典想了想，同意了。

太阳已经偏南，马拉轿车载着方英典和方兴通出了宏德堂的小巷，向西而去。 过了郎中周仕君的五味堂不远，就是方氏祖坟，那里埋葬着十几代方家先人。 方英典下意识地掀开车窗帘，向祖坟行了个注目礼。

谁也不会想到，这个时候，刚才从宏德堂小巷里提前溜走的宋家安就在方氏祖坟的树林里。 当然，他不是来祭奠方家先人的，而是被三只手袁路生的几个手下弟兄绑架后，暂且被藏在里面的。

在宋占山家周围盯了好几天，就是不见宋家安露面，袁路生的手下弟兄急坏了。 今天早上，看到宋家安跟在罗良基带领的队伍里，他们心中暗喜，却又不能立刻下手，只好悄悄地跟着他们来到了方家村，伺机而动。 罗良基闹得甚欢，宏德堂门前围满了人，他们混在人群里，紧紧地盯着宋家安。

厄运即将降临，宋家安全然不知。 他似乎很配合，被方兴通打了一拳后，就独自离开了。 那时候，方家村的北大街上没有行人，出了家门的村民都聚集在宏德堂门口看热闹。 宋家安要回虎头村，就得往西走。袁路生的几个手下弟兄分散开来，有远有近地跟着宋家安。 一人难敌众手，袁路生的几个手下弟兄绑宋家安如同抓只小鸡，可是，光天化日之下，临时往哪里藏是个问题。 所以，他们一直不敢动手。 走到方氏祖坟的路前，宋家安一时尿急，或者说，他刚刚吃了方兴通的亏，心里很窝囊，就想进方氏祖坟里撒泡尿，出口恶气。

方氏祖坟已有几百年历史，规模宏大，松柏茂密，汉白玉的墓碑鳞次栉比，那几棵参天大杨树已成一景，关键时刻，能充当海上迷航船只的航标。有时候，村里那些顽皮而胆大的孩子进来捉迷藏，很难找到人。

现在，尿急而报复心切的宋家安走进了静谧的方氏祖坟，解开腰带后，他一时不知道应该冲哪座墓碑上撒出这泡尿，以解心头之恨。在宏德堂南书房读书多年，他知道宏德堂的创建人叫方宝奎，好像还在京城做过大官，就提着裤子去找他的坟头。方宝奎有功名，他的墓碑是整个方氏祖坟里最高大的，应该很好找。但是，没等他找到，三只手袁路生的几个手下弟兄就将他按倒在地，堵上嘴，捆绑了起来。最终，他的那泡复仇的尿一点儿不剩地吓尿在裤子里了。

大功告成，神不知，鬼不觉，袁路生的几个手下弟兄将宋家安拖到一个隐蔽处藏了起来。其中一个手下从方氏祖坟的北边溜出去，直奔三山岛，向袁路生报喜。不出意外，今天晚上，宋占山的院门上将出现一张告示，让宋占山拿两百块现大洋赎人，否则他就永远也见不到这个宝贝儿子了。

现在，方氏祖坟里很平静，就像什么也没发生过一样。方英典路过的时候，深情地望了一眼，也没有发现什么异常。

罗良基带领的溃败之师丢盔弃甲地回到了虎头村，面对宋占山的询问，罗良基夸大其词地说了大闹宏德堂的效果，又讲了刘小虎拍了他一铁锨的事。说着，他还龇牙咧嘴地摸着脑袋，好像在邀功。

"方英典这个老东西成了缩头乌龟了，都没敢露面。"罗良基沾沾自喜地说，"看热闹的人比庙会上的人都多，里里外外都是人，宏德堂这回是丢人丢到家了。"

宋占山这才发现宋家安没回来，急忙问："家安呢？他去哪儿了？"

罗良基刚才哪有心思看看谁没回来，宋占山一问，他就傻了眼。

"在方家村，俺看见他跟着回来了啊，可能是半路上走了？"罗良基撒谎道。

宋占山一开始相信了罗良基的话，他觉得，可能宋家安直接去济南府了。然而，转念一想，他身无分文，怎么去？

"快派人去找。"宋占山命令道。

罗良基带着两名船员出门找宋家安去了。宋占山这才想起来，今天是朱由镇沈克明母亲的八十岁寿宴。请帖就放在桌上，贵重的礼品也准备好了，但是，他已经无脸去见沈克明，只能待在家里唉声叹气了。宋占山心里清楚，自己的买卖黄了，方英典肯定会出席寿宴，这笔木材生意已非他莫属，就像物归原主。方英典是貔子窝港事件的幕后黑手，宋占山对此坚信不疑，强大的复仇心理让他产生了新的报复计划，那就是，故技重演，像几年前那个不成功的行动一样，在夜深人静时火烧宏德堂的货船，让方英典去不了貔子窝港，否则他就咽不下这口气，死也闭不上眼睛。

自然，方英典还没有想到，宋占山会把貔子窝港事件的幕后黑手罪名安在他的身上，他能想到的是，沈克明的木材生意将会失而复得，所以才会提前安排刘小虎做好出海的准备。

马车一路颠簸地到了朱由镇，来到沈克明府上。驾车的潘士光看到，尽管是大白天，沈府依然是张灯结彩，红色的地毯由院门口一直铺到堂屋檐下。

迎宾将方英典父子迎进门来，早到的客人们已按照席签在各个房间里落了座，院中的几张方桌上摆放着各式各样的贺礼。方英典发现，他让潘士光提前送来的掖县玉雕大寿桃摆放在最显眼的位置。

"宏德堂方大人到。"走到堂屋门口，迎宾高声喊道。

沈克明一听，马上起身迎出门来，热情地双手抱拳致礼道："欢迎方大人。"

"沈大人客气了。"方英典面带微笑，抱拳回礼，"这是犬子兴通，请沈大人多多关照。"

"叔叔好，请多关照。"方兴通走上前来，冲沈克明深鞠一躬。

沈克明将父子俩引进屋，一位穿戴奢华的老太太端坐在太师椅里。

"娘，这就是俺给您说的宏德堂的方大人和他的公子。"沈克明向母亲介绍道。

"方大人，您差人送来的玉雕大寿桃可是不一般啊，俺可是听说，它出自名人之手，价值连城，让俺这个老太太怎么承受得起啊。"沈克明的老娘喜气洋洋地说。

"老太太，您过誉了。"方英典笑容可掬地作揖道，"这座玉雕能来到您府上是它的福气啊。"

"俺听克明说，您是正人君子，不记他人过，克明内心里佩服得很呢。"沈克明的老娘赞叹道。

"是啊，是啊，还望方大人海涵啊！"沈克明态度诚恳地说。

方英典摆了摆手："不提，过去的事就不要提了。"

"好，俺听方大人的。"沈克明淡然一笑，"建筑木材还是要进，另外，门窗、家具所需木材一并交给您，价格嘛，就由您方大人定，订金多少也由您提，俺没有二话，剩下的事就让下边的人办吧。"

方英典紧紧地握住沈克明的手说："感谢沈大人信任，以后就由犬子兴通具体操作了，如果他有什么考虑不周的地方，还请沈大人多多教育指正才是。"

两人正说着，寿宴主管前来请示，吉时已到，寿宴是不是应该开始了。

"开始吧。"沈克明说。

于是，两名女佣走过来，搀扶起老太太来到院里，在早已摆好的太师椅上落座。来宾们走出房间，坐在院中央的方凳上。司仪捧着一张大红纸，声音洪亮地宣读着来宾的姓名与身份以及奉上的贺礼。 来宾听到自己的名字就站起来，向老太太和众人分别鞠躬，挥手致意。 与此同时，站在礼品桌前的两名漂亮姑娘随之抬举起这名来宾的贺礼。 高朋满座，方英典排在最后一位，他与那座玉雕大寿桃压轴亮相，足见沈克明的重视程度。

在掖县，有父子不同桌的风俗。 一阵震耳欲聋的鞭炮声响过后，寿宴便正式开始了。 方英典被安排在主桌的主宾位置，主陪自然是沈克明。 方兴通则被安排到了隔壁房间，这桌是几个相对年轻的人，主陪是沈克明的大公子。 管家潘士光没有上席，被安排在陪同人员的房间里。

隆重而喜庆的寿宴，自然不能缺少堂会。 沈克明请来了掖县最著名的蓝关戏班子，在来宾们酒足饭饱之后，名角们就会登台演出。

方英典兴致很高，似乎将一切烦恼都忘了个一干二净，酒喝了不少，然后又坐在戏台前看戏，并随着唱腔哼上几句。 不知不觉中，天色已晚，堂会终于结束了，沈克明致了答谢词，来宾们相互道别，各自回府。

一场寿宴，消除了方英典与沈克明之间的隔阂，增加了友情与信任，木材生意失而复得，还追加了门窗和家具的用料生意，方英典可谓收获满满。

老子曰：祸兮福之所倚，福兮祸之所伏。 祸福相依，一天下来，有一早的晦气，也有过后的喜悦，方英典的心情就像海浪中起伏的小船，由此，他更深刻地理解了老子的这段话。

刘小虎和蔡铣朴已经从芙蓉岛上接回了宋家宁，让她住在了东院的客房里。 本来，晚饭后，刘小虎想带着宋家宁来拜谢老爷，可是潘士光觉得老爷太累了，需要休息，就劝阻了。

方英典确实已是疲惫不堪，自从那天晕倒后，他就感到有些力不从心了。 他决定，尽快将大船队交给方兴通，扶他上马，送上一程，就从这笔木材生意开始。

夜幕四合，星光闪烁，在方英典进入梦乡的时候，虎头村宋占山家里却是灯火通明，气氛紧张。宋家宁刚刚有了下落，宋家安却又失踪了，罗良基带人在虎头村周围找了个遍也没找到。他从方家村狼狈不堪地回来的时候，根本就没注意宋家安是否跟在队伍里。

在宋占山的心目中，十个宋家宁也顶不上一个宋家安，他像热锅上的蚂蚁，急得团团转。他确信，宋家安身上没有钱，去不了济南。那么，他究竟去哪儿了？

"他跟你要钱了吗？"宋占山问一旁抹泪的莫春兰。

"没有啊。"莫春兰终于哭出声来。

宋占山似乎不相信，反问道："真没有？你跟老子说实话。"

"没有就是没有啊。"莫春兰急得直跺脚，"你快派人去找啊！"

有道是，祸不单行，刚刚在貔子窝港失了手，宋家安又莫名其妙地不见了，强烈的不祥之感涌上宋占山的心头。

"找，找，找了快一天了，再上哪儿去找！"宋占山暴跳如雷地高叫道。

"东家，您别着急，少爷不会有事的。"罗良基心惊胆战地劝说道。

毫无疑问，罗良基口是心非，在欺骗宋占山。连个招呼都不打，宋家安就突然不见了人影，肯定是事出有因，而且是凶多吉少。现在，他已经想到宋家安可能是被人绑架了，却不敢将自己的想法说出来。城头频换霸王旗，这几年来，掖县的官员更替频仍，就像走马灯一样。政府官员最紧要的事是保位置，他们便无暇他顾。民不聊生，海上的海匪和陆地上的土匪甚是猖獗，绑架的事时有发生，闹得人心惶惶。宋家安是跟着他走的，然后就一去不回，真要有个三长两短，罗良基知道，自己是脱不了干系的，绝不会像从貔子窝港回来那样躲过一劫。

"不急？你能不急？家安是跟着你走的，俺告诉你，他找不回来，俺就一刀剁下你的头，喂狗！"宋占山咆哮道。

"找，俺明天一早，继续找。"罗良基战战兢兢地说。

"明天？ 现在就去找！"宋占山怒不可遏，一巴掌打在了罗良基的脸上。

罗良基捂着火辣辣的脸，委屈得想哭。 但是，他不能哭，只能强忍眼泪，像没事一样。

"好，好，俺这就去。"罗良基点头哈腰地说。

就在这时，传来了拍院门的声音，看门狗马上狂吠不止。

宋占山愣了会儿，才指使道："去，你快去看看。"

罗良基迅速来到院里，先听了下外面的动静，才心惊肉跳地开了门。

外面空无一人，只有一张黄纸被一把匕首扎在了院门上。

这是什么？ 罗良基双手颤抖地拔下匕首，取下黄纸，向屋里走去。

"东家，您看。"罗良基将黄纸交到宋占山的手上。

宋占山接过黄纸，又看了眼罗良基手中的匕首，才去看黄纸上的文字。

　　宋家安在俺的手里，两百块现大洋赎人，限期三天，否则他将被扔到海里喂鱼。

　　　　　　　　　　　　　　　　　　袁路生

黄纸上的字写得歪歪扭扭，落款是三只手的大名袁路生。

"袁路生？"宋占山刚念出这三个字，然后就一阵晕厥，歪倒在太师椅里，黄纸飘落到地上。

"东家，您……您这是怎么了？"罗良基马上感觉到大事不妙，扶正了宋占山，"袁路生就是三只手啊。"

"他，他绑架了家安，要两百块现大洋，要是不给就……"宋占山胸闷气短，说不下去了。

罗良基连忙拾起黄纸，一看就全明白了。 正如他所料，宋家安被绑架了，只是他没有想到，动手的会是三只手。

"这个三只手怎么敢？"宋占山自言自语道。

实际上，无论是宋占山还是罗良基都已经对三只手袁路生有所耳闻，他带领十几个手下弟兄盘踞三山岛一带已成气候，他们为非作歹，杀人越货，是令人闻风丧胆的海匪。

善有善报，恶有恶报，现在，袁路生为当年被冤枉而失去的手指报仇来了。

"两百块现大洋，他这是疯了。"罗良基气呼呼地将黄纸扔到了地上。

莫春兰已经察觉到宋家安真的出事了，连忙问罗良基："干什么要这么多钱？"

"你那好儿子被三只手绑架了。"宋占山恨恨地说，"他要这些现大洋，让咱去赎人。"

"咱要是不给呢？"莫春兰一听，被吓傻了，就提出这么个傻问题。

"不给？你就没这个儿子了，叫三只手扔到海里喂鱼了。"宋占山气急败坏地说。

"那就给啊，钱要紧还是儿子要紧？"莫春兰急哭了。

宋占山心里明白，跟三只手这样的绑匪是没有讨价还价的余地的。今年春节刚过，南山的一股蒙面土匪绑了一个大户人家的老爷，收到了赎金还是撕票了。他觉得，三只手直接报上了姓名，是在报复他，只要得到赎金就不会撕票，也就是说，宋家安暂时不会有生命之危。然而，这几年的积蓄都损失在貔子窝港了，家里确实没那么多钱了。现在唯一的办法就是借钱，可是，又能向谁借？谁又愿意借给他？

"给？俺不想给吗？可是，家里还有那么多钱吗？"宋占山束手无策了。

作为管家，罗良基也知道，宋占山一时拿不出这么多钱来，就建议道："东家，出去借吧。"

宋占山迅速在脑子里过着一个名单，那就是，谁能一下子借给他这么多钱。他知道自己这些年来都干了什么，就很有自知之明，结果是一个也没有。

"那就明天试试吧。"宋占山垂头丧气地说。

世事难料，宋占山刚刚经历了一场大劫，家中已无钱款，三只手袁路生在这个时候下手实乃选错了时机。他相信，宋家安可是宋占山的命根子，明天，宋占山就会派罗良基送钱。所以，袁路生也趁着夜色潜入了方氏祖坟，跟手下弟兄商量好了在哪儿接钱放人最安全，然后就派手下去通知了宋占山。

夜幕下的方氏祖坟有几分阴森，长年栖息在此的乌鸦们也睡了，北风刮得树枝发出尖厉的呼啸。事有凑巧，看坟人老傅今天一早回老家奔丧去了，他居住的那间小屋成了绑匪和宋家安的藏身之地。

现在，被绑的宋家安已经放弃了反抗，乖乖地配合。他知道，反抗毫无用处，绑匪手里的刀子是不认人的，他们要的是钱，不是他的命，他只能等着爹拿钱来赎他。他当然认识三只手，也知道当年在爹的指使下，三只手被二狗子剁去了一根手指。

袁路生见到宋家安似乎很高兴，先拍拍他的脸，然后举起少了一根手指的手问他："你知道俺这根手指是怎么少的吗？"

"知道，知道，是……是二狗子……"宋家安看着袁路生只有四根手指的手掌，慌乱地点着头。

"不，是你那没有人肝肺的爹！俺给他卖了那么多年命，他疑神疑鬼地将泄密的事安在俺的头上。"袁路生火冒三丈地说，"那俺问问你，有钱的主，掖县可不少，你知道俺为什么非要绑你吗？"

"报复，报仇。"宋家安不假思索地说。

"聪明，你真不愧在济南上过学。"袁路生哈哈大笑道，"那俺再问问你，俺这根手指值多少钱？"

宋家安惊慌失措地摇摇头。

"好，那俺就告诉你，你的命值多少钱，俺的这根手指就值多少钱！你爹也太不是东西了，翻脸不认人，俺是被冤枉的。"袁路生说罢，顺手拿起一块煎鱼塞进宋家安的嘴里，"好好吃，别饿着，你要是死了，俺这根手指就一分不值了。一手交钱，一手放人，从此以后，俺和你爹的冤仇就算是了结了。"

　　三只手袁路生和手下商定了接钱交人的地点后，他就回三山岛了。宋家安被捆在桌子腿上，两名绑匪一左一右地躺在草席上，只要他一动就会马上被发现。不一会儿，他们就睡着了，只有宋家安瞪着一双恐惧而绝望的眼，无法入眠。

第十五章

危在旦夕

瘦死的骆驼比马大，尽管宋占山在貔子窝港损失惨重，但是东拼西凑，包括太太莫春兰十多年来积攒的私房钱，还是凑起了五十块现大洋，但也才凑够了四分之一的赎金。天刚亮，宋占山救子心切，又跑到掖城，找到以前的生意伙伴，厚着脸皮借钱。结果，正如他所预料的那样，人家要么躲着不见，要么说没钱。奔波了一天，他还是两手空空地回来了。

人们常说，一分钱难倒英雄汉，何况是两百块现大洋，而且是无朋无友的宋占山。三只手袁路生给他三天的时间，最晚明天就得交赎金，还有一百五十块没着落，宋占山仿佛看到了宋家安被三只手推进大海里喂鱼的情景。

当年，为了一解心头之恨，宋占山无情地指使罗良基让二狗子剁下了三只手的一根手指，最终酿成了今天的这杯苦酒，他有些悔不当初了。世上没有后悔药，他是一个睚眦必报的人，却没有想到，三只手的报复心也是这么强烈，而且一等就是好几年。那么，这两百块现大洋从哪里来？他想将掖城的四合院卖掉，却是连五十块现大洋都没有人愿意买。清朝灭亡后，兵荒马乱，大半个中国不得安生，掖县自然也不会幸免，除了为数不多的富商大户，似乎谁的兜里也没那么多钱。宋占山觉得，这一切都是宏德堂造成的，如果不是方英典制造了貔子窝港事件，如果货船能载着木材顺利归来，这区区两百块现大洋又算得了什么？那么，三只手将宋家安绑到了哪里？ 宋占山想了好多地方，比如，三山岛的某条破船里，或者某个山洞中，他就是没想到，会是在几里外的方氏祖坟里。

宋家安危在旦夕，宋家安的娘莫春兰总算放下了手中的麻将牌，出门四处打听消息。 她没打听到儿子的消息，却在小港口听到了宋家宁的消息，有人曾看见刘小虎将宋家宁从芙蓉岛接了回来，又直接去了宏德堂。

"刘小虎把咱家宁从芙蓉岛上接回来了。"晚上，宋占山从掖城灰心丧气地一回家，莫春兰就迫不及待地对他说。

"什么？ 你说什么？"宋占山已是心力交瘁，似乎不相信，"刘小虎接回了宋家宁？"

"是啊，有人看见了。"莫春兰肯定地说。

"家宁她人呢？ 给俺关起来！ 先饿她个三天三夜！"宋占山怒形于色。

"人没回来，你怎么关？ 刘小虎领着她去宏德堂了。"莫春兰唉声叹气道。

"宏德堂？"宋占山无精打采地斜靠在椅子背上，突然又站了起来，"方英典这个老东西是不是活腻歪了？ 他这是私藏民女！"

"咱们到县衙门去告他。"莫春兰气呼呼地说。

"告？ 怎么告？ 县衙门都没有了，县长换得比翻书都快，找谁告？"宋占山抱怨道。

"那就眼看着……"莫春兰说。

"你什么也别说了。"宋占山一拍大腿，打断了莫春兰的话，"去，把罗良基给俺叫过来。"

现在，宋占山的愤怒已经达到了极点，恨不能一口咬死方英典。 他决定，让罗良基尽快纵火烧掉宏德堂在小港口上的两条三帆货船，叫方英典去不了貔子窝港，趁早鱼死网破，他也顾不了那么多了。

一波未平，一波又起，罗良基昨晚没敢去顾秋燕那里幽会，他躺在床上，被宋占山打了一巴掌的脸似乎还在隐隐作痛。他本来以为，宋占山一早进城，会像以往那样住在城里，自己就有机会出去。没承想，宋占山连夜赶回来了。

"东家，您找俺？"罗良基进得屋来，小心翼翼地问，"钱借到了？"

"屁，借到个屁！他们这是见死不救啊。"宋占山正有气无处撒，一听罗良基的话，马上火冒三丈了。

宋占山空手而归是罗良基意料中的事，百年修得同船渡，夫妻是这样，经商又何尝不是如此？跟了宋占山这么多年，罗良基太了解他的为人了。

"东家，别急，咱再想办法。"罗良基装腔作势地安慰道。

"不急？谁能不急？俺看就是你不急！"宋占山将进门忘了摘的帽子拍在方桌上，"明天就是第三天了，凑不齐就……"

宋占山一提醒，罗良基马上神情紧张地说："东家，现在钱没凑齐，得给三只手回个话啊，让他再等三天，告诉他，咱们在凑钱，赎金一定给。"

"怎么回话？你去三山岛找他？就是你敢去，他能让你找到？"宋占山一脸丧气地说。

罗良基一时无语，想了半天才有了主意："东家，俺觉得，三只手今晚肯定要派人来通知交钱接人的地点，咱不如先写个条子挂在门上，让他再宽限三天。"

宋占山一直认为，三只手是为了报复他，只要钱，不会要宋家安的命，所以就还能沉得住气。

"你赶紧写吧。"宋占山觉得这倒是个办法，就催促道。

罗良基找来纸和笔，将宽限三天的请求写下来，又用昨晚绑匪扎在门上的匕首将它扎在院门上。关上院门，他步履蹒跚地往屋里走，刚走到屋门口，就听到了有人在拍院门。

"谁啊？ 是不是三只手的人？"看门狗一阵狂叫，宋占山跑出屋来，神情慌张地问。

罗良基也是胆战心惊，好像三只手就攥着匕首站在院门口一样。

"差不多吧。"罗良基压低了声音。

宋占山吓得大气不敢喘，冲罗良基努努嘴说："去，你快去看看。"

罗良基硬着头皮，踮着脚向院门走去。 走了一半，他又折回头来，到墙脚摸起了一把渔叉，双手紧握，来到了门口。 站了会儿，他故意大声咳嗽了一下，听了听，外面没动静，这才哆哆嗦嗦地开了院门。

像昨天晚上一样，门外空无一人，一张黄纸被匕首扎在门上，而罗良基刚刚留下的纸条也被取走了。 他拔下匕首，取下黄纸条，迅速关上了院门。

"明晚子时海神庙，交钱赎人。 别耍花招，否则就要了宋家安的命。"黄纸条上歪七扭八地这么写着，落款依然是三只手的大名袁路生。

"海神庙？"宋占山接过黄纸条一看，像烫手一样扔到了地上，失声道。

虎头村的海神庙在村子的西边，紧靠海，是渔民们祭祀海神的地方。 宋占山觉得，三只手竟然将赎人地点放在离宋占山家这么近的地方，也太胆大妄为了。 但是，面对三只手这样的狂妄之徒，他是无力反抗的，更不想拿宋家安的性命作赌注。 赎金凑不齐，一切都无济于事。他让三只手宽限三天，可是，三天以后呢？

"东家，这赎金咱们可是得抓紧啊。 您想想，拖一天，少爷就遭一天的罪啊。"罗良基弯腰拾起了黄纸条。

"这个俺不知道吗？"宋占山愁眉苦脸地反问道。

罗良基将黄纸条叠好，压在方桌的茶壶下面，试探着说："东家，俺倒是有个主意，不知当讲不当讲。"

罗良基会有什么好主意？ 宋占山的眼睛一亮："快讲！"

"您卖掉一条货船吧，留得青山在，不怕没柴烧，只要少爷安全回来，比什么都好。"罗良基提议道。

自从做了海上运输生意，宋占山就将所有的渔船都卖掉了，用这些资金又买了一条三帆货船。 为赎回宋家安，卖掉货船，宋占山也想到过。 可是，思来想去，他还是不舍得，这毕竟是他与方英典叫板的资本。 另外，即使他想卖，又到哪儿找买家去？ 除了方英典，谁又能买得起？ 除非降价，卖给中间人，如果这样的话，他就吃大亏了。 宋占山视儿子如命，而财则是他的另一条命。

"你这个主意，俺也想过，可是不到万不得已，是不能走这条道的。"宋占山唉声叹气地说。

"是的，东家，俺也是这么想的，这是最后的办法。"罗良基附和道。

"俺看这样，你先对外放个风，就说俺要卖船，有了买家，也就有了赎回家安的钱了。 可是，还是得想别的办法，不到最后，不能这么做。"宋占山叮嘱道。

"好，俺明白。"罗良基说。

现在，宋占山已经得知，昨天，方英典带着儿子方兴通参加了朱由镇庄园主沈克明母亲的寿宴，方英典被待为上宾，木材生意也成了方英典的囊中之物。

"方英典这个老东西可是正在看俺的笑话呢。"一想起方英典，宋占山的眸子里便蓦然闪现出复仇的怒火，"明天晚上，你就带人把他的货船烧了，让他去不成貔子窝港，俺一定要报这个仇。 他不让俺好，那就谁也别想好。 你去告诉二狗子和大脑袋，现在兵荒马乱，没人管，事后俺亏待不了他们。"

罗良基知道，与上次要放火烧船有所不同，那时的货船还没完工，船上有木头刨花及刷漆的油料，容易点燃，而且只有刘小虎一人看守。

但是现在，宏德堂的两条货船并排停靠在小港口，船上有几名船员看护，晚上就睡在货舱里，放火烧船就不是那么容易了。可能还没点着，就被船员发现了。于是，罗良基向宋占山说出了自己的疑虑。

宋占山听罢，觉得罗良基说得有道理，便又生一计："俺问你，你见过汽车吗？掖城的小轿车满地跑。它烧的是什么？汽油。你明天进城去买上两桶汽油，一条货船上倒上一桶，俺就不信点不着！"

"汽油？"罗良基一听，不禁倒吸了一口凉气，"东家，俺知道，那东西可是一点就着，咱放了火，还能跑得了啊？"

"你只管指挥，叫二狗子和大脑袋一人负责一条船，他们水性好，放了火就跳海，绝对没事儿。你告诉他们，每人五十块现大洋，俺这里先欠着，将来保准一块都不少。"

罗良基意识到，宋占山为了报复方英典，已经不计后果了。可是，两条船上还有多名无辜的船员，汽油一着，他们肯定也要葬身火海。如果将来事情败露，他可就成杀人不眨眼的魔王了，就连顾秋燕也饶不了他。

"东家，这……"罗良基这么一想，就犹豫了。

看着罗良基脸上为难的神色，宋占山想起了他昨天打的那一巴掌。要叫马儿跑，得叫马儿多吃草，对罗良基也得这样。

"好了，就这么办吧，有什么事，俺顶着。"宋占山满脸堆笑地看着罗良基，"你今天晚上去顾秋燕那里睡吧，顺便告诉她，等俺处理完了家安的事，就去找族长马炳忠，给你们办个像样的婚礼，绝对不比方英典给潘士光办得差。"

罗良基心里清楚，这是宋占山在安抚他为其卖命。现在，宋家安的保命钱都凑不齐，哪还有钱给他办婚礼？这不过是一张没有签字画押的保票。但是，上了贼船，就得跟着贼走，罗良基已是别无选择，只能一条道走到黑了。

"谢谢东家，俺马上去告诉顾秋燕这个好消息。"罗良基装出一副高兴的样子。

"不用谢，你去吧。"宋占山摆了一下手。

罗良基找顾秋燕共度良宵去了，宋占山却躺在炕上，辗转反侧毫无睡意。他闭上眼，脑子里全是方英典。从当年收留被他扫地出门的刘小虎到貔子窝港大劫，一直到宋家宁去了宏德堂，宋占山觉得，方英典就是他的天敌。如果宏德堂的货船去了貔子窝港，此消彼长，他就永远没有翻身的机会了。那么，火烧宏德堂的货船，就是他最佳的报复方式，必须这么做才能消除后患并解除心头大恨，他绝不后悔。

月儿弯弯照九州，几家欢乐几家愁。这个时候，宏德堂里依然灯火通明，方兴通和潘士光在向方英典汇报木材生意的相关事宜。然而，宋占山精心策划的一场腥风血雨将至，方英典却全然不知。

那天下午，管家潘士光带着方兴通去了沈克明家，与董管家具体商讨供货契约，因为增加了门窗及家具用料，先前商讨好的条款需要修改。针对订金、交货、验货、结算等条款，双方襟怀坦白，抱诚守真，很快便达成共识并形成了书面文字。等将供货契约交由方英典和沈克明签字画押后，宏德堂的两条三帆货船便可拔锚起航，进发大连貔子窝港了。

"很好，看来沈克明现在也是个守信的畅快人了，这就叫吃一堑长一智啊。"方英典仔细地看着供货契约，感叹道。

"是的，老爷。您的为人很让他佩服啊。"潘士光说。

"爹，您签字画押吧。"方兴通准备好了笔墨，用托盘端了上来。

笔是保旺的狼毫毛笔，为康熙年间的贡品。方英典蘸墨润笔，气沉丹田，在供货契约的左下角，龙飞凤舞地写下了"方英典"三个大字。

字迹渐干，在煤油灯摇曳的火苗下泛着微光。方兴通目光庄重，又双手呈上了朱砂盒。

方英典接过朱砂盒，凝眸端详了许久，才动作轻轻地揭开了盖子。

这是一只祖传的朱砂盒，为当年太祖方宝奎从京城返乡时带回的物品之一。 朱砂盒为白银质地，呈六角形，盖面上刻着宏德堂人喜爱的牡丹图案，底部有"大清康熙年制"的字样。 像院门口那棵参天的大槐树一样，这只珍贵的朱砂盒见证了宏德堂的发展历史。 百余年来，宏德堂人签下的每一张契约上都有它的朱砂印迹，它是宏德堂人诚实守信、一诺千金的亲历者和见证者。

在方兴通和潘士光的注视下，方英典翘起右手的大拇指，饶有兴致地看了眼上面的斗形指纹，会心地一笑。 俗话说，大拇指有斗，越来越富有。 他觉得，这仅仅是个有趣的巧合而已。

画押，毫无疑问，这是签订契约的最后也是最重要的一步。 方英典吹了下大拇指，轻轻地按进朱砂盒里，然后对准自己刚签下的名字，摁了下去。

"老爷，这笔木材生意失而复得，真是应验了那句老话啊。"潘士光兴奋地说。

"老话？"方英典接过方兴通递过来的废宣纸，擦拭着拇指上的朱砂问道。

"塞翁失马，焉知非福啊。"潘士光畅怀大笑道。

"是啊，有些东西抢是抢不来的。"方英典意味深长地说，"潘管家，时候不早了，你忙了一天，回家歇息吧。"

"好，老爷，您也早歇息。"潘士光说罢，退了出去。

方兴通看了眼方桌上的座钟，发现已经晚上九点多了，也转身欲走。

"兴通，你等一下，俺有话跟你说。"方英典突然叫住了方兴通。

方兴通将迈出门槛的一条腿又收了回来，屋外北风呼啸，他不禁打了个寒战。 他关上门，回到方桌前。

自从他经历了从济南府回来而爹晕倒在地的风波，方兴通就不敢与爹单独待在一起了。 他心里清楚，爹不再过问他的婚事，只是暂时的，因为这是他们爷俩永远都绕不过去的一道大坎。 现在，他仍然单独睡在东间的套间里，坚持不与任明凡同房。 他与任明凡似乎达成了某种默契，谁也不管谁的事。 哀莫大于心死，在方兴通的眼里，死过一回的任明凡已经没有了正常人的喜怒哀乐，世上的一切都仿佛与她无关了。 书是她唯一的伙伴，李清照的《漱玉词》和曹雪芹的《红楼梦》成为她的精神伴侣。 方兴通想，她跟自己一样，都在等待着解除婚姻的那一天。

自然，方兴通时时刻刻都在思念着远在济南府的江秀芝，却是望眼欲穿，不能相见。 那么现在，爹留住他，是想问他与江秀芝的事吗？ 他无论如何也想不明白，对待刘小虎与宋家宁的事，爹是如此开明，就像换了一个人，那些诸如父母之命与媒妁之言等都不算数了，他成了刘小虎他们坚定的支持者，这何尝不是冒天下之大不韪呢？ 如今，在痛苦与迷茫之中，方兴通终于明白过来，造成他与任明凡以及江秀芝不幸的根源不是这些陈规旧律与约定俗成，而是宏德堂的名誉与颜面。 为了宏德堂，他以及与他相关的两个女人只能成为无辜的牺牲品。

这些日子以来，方英典从未提及此事，或者说，他是有意在回避。难道在这个晚上，他要再次与儿子摊牌吗？ 那么，方兴通是继续退让，还是据理力争？ 方兴通一时拿不定主意了。

"坐下吧。"方英典神情平静地说。

方兴通听话地坐在方桌的另一侧，有几分局促不安。

方英典似乎明白方兴通在想什么，微微一笑道："咱们今天别的不说，就说说你的济南好友蔡铣朴吧。"

方兴通一听，紧张的心情顿时松弛下来："俺事先并不知道他会来找俺。"

"他也是这么说的。"方英典点点头说，"你对他怎么看？"

爹与人交往最看重的是人品，方兴通实言道："了解不深，现在还说不好。"

"曾国藩说得好啊，择友乃人生第一要义，一生之成败，皆关乎朋友之贤否，不可不慎也。"方英典若有所思地说。

"俺没打算跟他交朋友的，谁想到他……"方兴通说。

"现在，他已经来了，就得说来了的事。"方英典打断了方兴通的话。

"他很精明，又在济南的大公司干了十来年，经验丰富，是把经营的好手。"方兴通思忖片刻说。

"对，这也是俺的感觉。那么，他是走是留，你心里是怎么想的？你要跟俺说实话。"方英典抬眼注视着方兴通。

"俺说不好，俺听爹的。"方兴通似乎一时没有了主意。

实际上，在内心里，方兴通是想把蔡铣朴留下的，别的不说，起码他能有个说话的人。在对待任明凡与江秀芝的问题上，如果不是蔡铣朴的开导与说服，让他沉住气，等待时机，或许他还在与爹针锋相对，剑拔弩张。那么，宏德堂也不会这么平静。

知子莫若父，或者说，姜还是老的辣，如果方英典没看透方兴通推诿的心思说明他白活了这么大岁数。不管怎样，蔡铣朴的出现让宏德堂避免了一场大的灾难，方英典对他充满了感激之情，甚至一度将其视为宏德堂的贵人。除了海上运输，宏德堂还要开拓商业百货，开方家村之先河，蔡铣朴无疑是个好人选。刚才，方兴通用"精明"一词来评价他，甚是准确，这也是方英典几天来对其观察的结论。一个人精明可成大器，太过精明则难成大器，这是一把双刃剑，让蔡铣朴做方兴通的助手，将来方兴通能驾驭得了吗？有道是，疑人不用，用人不疑，现在必须做出选择了。

"一个篱笆三个桩，一个好汉三个帮。俺看，先把蔡铣朴留下吧。"方英典再三考虑，终于有了决定，"老管家朱兆福的忠诚就不用说了，潘管家也是你爷爷发现的人才，把他培养成了一个信得过的好管家。他在咱宏德堂十几年了，一心一意地为宏德堂服务，都快成一家人了。留下蔡铣朴，把他培养成得心应手的大掌柜，咱们对他以诚相待，结果就不会错。"

"好。"方兴通点了点头。

这时，座钟当当当地敲了十下，方英典扫了眼座钟说："你回去歇息吧，明天还得去朱由镇交换供货契约不是？"

方兴通离开了。像虎头村的宋占山一样，方英典也没有睡意，木材生意板上钉钉了，刘小虎和宋家宁的事又出现在他的脑子里。他知道，只要宋占山不松口，他们的婚事就是个死局，让刘小虎强行与宋家宁结婚也不是不可以，但是如果这样，宏德堂将背上不仁不义的骂名，或许他与宋占山就将成为世仇。无论如何，和为贵，冤家宜解不宜结，这也是方英典多年来一直退让，甚至是委曲求全的原因所在。现在，宋家宁在宏德堂住下了，没有了生存之忧，可是，这总归是个权宜之计。那么，究竟应该怎么办？方英典绞尽脑汁也没想出一个周全的办法来。想完了这些，方英典又为宋占山的儿子宋家安被三只手袁路生绑架的事担忧起来。三只手报复宋占山，怎么能绑架无辜的宋家安呢？宋家安在南书房上过多年学，就是宏德堂的学子，也入了册，如今危在旦夕，方英典又怎么会袖手旁观呢？可是，他即使想及时地伸出援手，这只手又能怎么伸？伸向何处？

一夜无安宁，方英典在迷迷糊糊中睡着了，又在迷迷糊糊中醒来，他揉着惺忪睡眼，打了个长长哈欠，穿衣下炕了。

洗漱完毕，从堂屋出来，管家潘士光已在门外守候。

"老爷，快用早餐吧。俺去备车，跟兴通少爷一起去朱由镇，等俺们拿回沈克明签字画押的供货契约，咱宏德堂的货船就可以出发了。"潘士光兴奋地说。

"好，货船那边准备得怎么样了？"方英典伸展着臂膀问。

"老爷，从这次购买木材的数量上来看，一条货船已经装不下了，得两条货船同时出发才行。"潘士光说。

"是啊，俺也大体估算了一下，房屋用料加上门窗、装饰和家具用料，两条货船也是满满当当啊，俺正想跟你说呢。"方英典说。

"您不用操这个心了，老爷。俺昨天就已经叫刘小虎去准备了，估计两条货船的船员今天就来齐了。现在是，万事俱备，只欠东风了，只等老爷您一声令下，货船就可出发了。"潘士光喜形于色地说。

"好，你去吧。对了，尽量多让兴通出头露面，你得好好带带他。"方英典叮嘱道。

"放心吧，老爷，俺明白您的心思，俺这就跟少爷出门。"潘士光说罢，转身欲走。

"等等。"方英典突然叫住了潘士光，"你别去了，让兴通自己去吧。"

"老爷，您这是……"潘士光不解其意地问。

这次到大连貔子窝港，方英典是要再次亲自出马的，带上方兴通，让他结识当地的供货商，以后的木材生意就全交给他了。另外，这批木材数量巨大，方英典听说，宋占山是在一个姓曲的老板那里出了事，他不敢确定这个人是不是曲寿龄。如果是曲寿龄，他就得另寻供货商，需要打点一下。如果不是曲寿龄，那么，看在这么多年来友好合作的情谊上，他也应该带上礼物表示谢意，并将方兴通介绍给曲寿龄。因此，方英典决定，进城去找堂侄方兴迅，买件像样的岫县玉雕，送给曲寿龄或者新的供货商。

"好的，老爷，俺这就去安排。"潘士光听了方英典的一番话，马上就明白了。

"你让兴通骑马去朱由镇吧，咱们坐马车进城。"方英典说。

吃了早餐，方兴通带着由方英典签字画押的供货契约，骑上宏德堂的白马，向朱由镇赶去。方英典则坐上了马拉轿车，潘士光驾车，很快出了村。他们为同一方向，都是往南，方兴通扬鞭催马，一溜烟儿跑去。马车四平八稳，马铃叮当作响，就像催眠曲。一夜没睡踏实，方英典疲惫不堪，不多会儿，就靠在车厢上酣睡起来。

同为宏德堂的子孙，方英典堂侄方兴迅的店名叫宏德堂玉雕店，设在掖城繁华的鼓楼南北大街。太阳偏南之时，潘士光驾马车到了店门口，停车拴马，他又叫醒了方英典。

进了店门，方英典跟店员打过招呼后，便走出后门，直奔方兴迅的雕刻室。方兴迅早就有规定，任何访客不得进入他的雕刻室。但是，方英典是方兴迅最小的堂叔，店员是不敢阻拦的。

这个时候，方兴迅正在全神贯注地欣赏着一件佛像作品，并没有发现小堂叔方英典的到来。

前些日子，闲来无事，像以往一样，方兴迅去卖玉料的地摊一条街碰运气，看看能否搜寻到有价值的原料。

这条街是自发形成的，玉石山附近的农民捡拾些碎石或者商家以为没有雕刻价值的废料，就到这里摆地摊卖。很多雕刻艺人都到这里捡漏，花最少的钱买回自己中意的原料。也有不少胸中有点墨水的人买几块可以刻名章的章料，自己回家刻章。"掖县玉"是雅号，在当地俗称"滑石"，再无用的玉料也有用，农家子弟会来这里花几个铜子，买上一堆碎料回去，让孩子在地砖或墙上写字做算术。

那天上午，天上有朵朵白云遮挡着太阳，微风吹过来，有几分寒意。方兴迅头戴瓜皮帽，脖子上缠着一条围巾，来到街上。他倒背着手闲庭信步，目光游弋，似乎什么也没看，又好像什么都看到了。突然，一块两尺高的玉石映入他的眼帘。他快步走过去，弯腰仔细端详。这块玉石表面呈白色和黄褐色，入里则是藏青色，或者说，三色混杂，边缘模糊，很难雕刻出一件像样的东西，看上去是块不折不扣的废料。量料取材，因材施艺，这是一名出色雕刻大师的基本技能。他撩起长衫后裙，蹲在地上，研判着这块玉石能否雕刻出一件像样的作品。这个时候，天上的白云散了，太阳露出了脸。阳光照射在这块玉石上，方兴迅迎着太阳，在光芒四射中，好像出现了某种幻觉。他眨眨眼，仿佛看到一尊白色佛像端坐在这块玉石里，其背景则是青石峭壁以及伸出的金黄银杏枝叶。

这真是一块独一无二的好料，委实难得，方兴迅喜出望外了。

卖这块玉石的是一个白胡子老汉，在这里长期摆摊，他认识大名鼎鼎的方兴迅，尽管方兴迅并不认识他。

"老爷子，这块玉石多少钱卖啊？"方兴迅笑嘻嘻地问。

这块玉石摆了好几天了，无人问津。刚才，在方兴迅蹲下身子看这块玉石的时候，老汉就察觉到他相中了它，心里只顾偷偷地高兴了，根本就没想价钱的事。

"哟，方大师，您真是个识货的人。"老汉高兴得合不拢嘴了，"您是行家，就出个价吧。"

有时候，好的玉料是可遇不可求的，方兴迅从不做坑人的买卖，从衣兜里摸出一块现大洋，递到老汉的手里。

现大洋沉甸甸地压手，老汉急忙装进口袋，想了想，又掏了出来："方大师，这是块废料，是俺在玉石山根拣来的，不值这么多钱。"

方兴迅笑了笑，推回老汉拿钱的手："俺是行家，还是你是行家？你刚才可是说俺是行家。所以，俺说值这个钱就值这个钱，可能你还亏了呢。"

"不亏，真的不亏。"老汉感激不尽地说，"谢谢方大师，那俺就收起来了。"

方兴迅出店门的时候，身上总会带上几件小玩意儿，比如，带花鸟图案的耳坠，刻有佛像或菩萨像的胸坠，这都是他利用玉石的边角料随意雕刻出的，不过是雕虫小技而已。碰到亲朋好友，又聊得投机，他就拿出来，当小礼物送给人家。

世上没人不喜欢实诚人，方兴迅也是这样。老汉刚才装钱又掏钱的举动让他很感动，让老实人吃亏是没有天理的，方兴迅就从长衫的口袋里拿出一枚佛像胸坠，递给老汉。

"方大师，咱无亲无故的，俺真的不能要。"老汉摆着手，急红了脸。

方兴迅抓过老汉粗大的手，将佛像硬塞进他的手里："拿着，以后咱们就沾亲带故了。"

　　话说到这个分儿上，老汉就不能再犟了，收起了佛像："方大师，这块料太沉了，您先走着，俺一会儿推车给您送店里去。"

　　"好嘞，那就谢谢啦。"方兴迅说道。

　　方兴迅回到宏德堂玉雕店不久，老汉就将这块沉重的玉石送来了。方兴迅谢过老汉，就开始琢磨怎么恰到好处地雕刻这块颜色混杂的玉石。　随形施艺、俏色巧雕正是方兴迅的看家本领，不多会儿，他便根据这块玉石白、青、黄三种色彩的分布面积及深度，在上面勾勒出了刚才在脑海中出现的那尊浮雕佛像以及其周围的峭壁和枝叶。　慢工出细活，雕刻艺术更是如此。　方兴迅挑灯夜战，用了几天工夫才终于完成。　这真是一件巧夺天工的艺术品，连他自己都甚是满意。　方兴迅觉得，这座佛像一旦上柜，很快就会被懂行人买走，当然，它的价格不菲。

　　就在方兴迅全神贯注地欣赏这件佛像玉雕的时候，方英典突然闯入了雕刻室，开玩笑地说："方大师，忙着呢。"

　　方兴迅吓了一跳，正想发作，回头一看是小堂叔，就不敢发作了。

　　"小叔，您怎么来了？"方兴迅连忙站了起来，脸上的愤怒变成了笑容。

　　"你还不了解俺？　无事不登三宝殿呐。"方英典指着佛雕，直截了当地说，"俺相中这座佛雕了，说吧，多少现大洋能请回去？"

　　账目清，好弟兄。　尽管小叔方英典到店里取玉雕从来不差钱，方兴迅还是不舍得现在就让他拿走，准备多欣赏几天才上柜的。

　　"小叔，俺可说实话啊，这件作品雕得真是一般，拿不出手，您还是到柜上选件精品吧。"方兴迅挠挠头说。

　　"哼，几天没见你，就长心眼儿了？　知道糊弄你小叔了？　你以为俺这个外行什么都不懂啊？"方英典眯缝着眼，注视着佛雕，赞叹道，"这座佛雕真是绝了，白色的坐佛凸出，背靠青山，这边伸过来的银杏枝叶金灿灿的，好像还能随风摇动，整个作品有动有静。 特别是这天然的色彩，你就往上描都描不出这个效果。"

"小叔，您这是又准备送哪位高人啊？"方兴迅好奇地问，"如果送一般的朋友，俺看就算了。"

"兴迅啊，上次你那个玉雕大寿桃可是叫了响喽，你给小叔挣了大脸了，得这么大吧？"方英典将双臂尽力伸开，兴高采烈地比画着说，"现在的这个朋友可是不一般啊，你坐下，让俺慢慢跟你讲。"方英典说罢，自己也坐了下来。

方英典今天好兴致，将朱由镇沈克明的木材生意失而复得讲了个明明白白，然后，他又说起与大连貔子窝港供货商曲寿龄的多年交情，最后讲到宏德堂的货船即将去貔子窝港运木材的事。

"你说这个老板曲寿龄重不重要？ 俺知道，他是信佛的，俺送他一座佛像玉雕，又是出自你方大师的手，他能不喜欢？"最后，方英典毫不客气地说，"好了，什么也别说了，俺这就把它请走。"

听了小叔方英典的一番话，方兴迅也觉得这个叫曲寿龄的老板很重要，就同意了。 他叫来两名助手和店员，将这座玉雕佛像包装好，又小心翼翼地抬到了店门口方英典的马车上。

"俺走了，老规矩啊，年底算总账。"方英典亲昵地拍了下方兴迅的肩膀，上了马车。

大街上店铺林立，行人摩肩接踵，潘士光挥动着马鞭，在人群中慢慢前行。

这个时候，罗良基也驾着马车从南面的一个路口拐了出来，马上看到了潘士光。 做贼心虚，怕潘士光看到自己，罗良基不由得勒住了马。不是冤家不聚头，潘士光进城干什么来了？ 他亲自驾车，车厢里坐着的肯定是方英典。

在掖城，有一家专门从事油品生意的商行，位于城南，今年夏天才开业。 老板是一位从济南府来的商人，经营的是英国壳牌的汽油和煤油等。 油桶是专用的，大小不一，都是铅皮桶，可买可租。 罗良基进城，是受宋占山之命来买汽油的。

那个时候，汽油还是舶来品，自然很贵，罗良基花了好几块现大洋买了两小桶。 交钱取货，打道回府，罗良基仿佛看到，停靠在虎头村小港口的宏德堂货船大火冲天的景象。 他不寒而栗，宋占山简直是疯了，宋家安的赎金还没有着落，又花这么多现大洋买汽油，而今天晚上的一把熊熊燃烧的大火又将产生什么样的悲剧？ 他是宋占山的管家，那么，他除了服从便别无选择。 水火无情，罗良基思来想去，最担心的事就是自己会搭上性命，再也不能与顾秋燕结为夫妻了。 但是，开弓没有回头箭，罗良基无论怎么不情愿，还是决定冒死效忠，铤而走险。

潘士光驾着马车，只顾躲避行人了，并没有看到罗良基。 马车缓缓而行，终于来到北城门。 这时已是午时，太阳高照，暖洋洋的，正是人困马乏的时候。 一阵微风吹过，一股浓重的羊汤味儿飘过来。 除了海鲜，掖县人还钟爱全羊汤。 把羊肉和羊杂文火煮三个小时，把羊血加面粉制成块状，把羊骨熬制成乳白色的原汤，盛上一大碗全羊汤，再撒上香菜和葱花，味道鲜美无比，令人垂涎欲滴。

方英典也喜欢喝全羊汤，在北城门东边的这家羊汤馆是深受方英典喜爱的老店。 进城办事，方英典就会顺道美滋滋地喝上一碗。

"老爷，来碗全羊汤如何？"潘士光勒马下车，掀开车厢窗帘问道。

方英典也闻到了刚才随风飘来的全羊汤香味儿，潘士光的提议正中下怀，他夸张地抽了一下鼻子，笑道："好，下去解解馋。"

潘士光赶着马车，来到了全羊汤馆前，将马拴在了树桩上。 熟门熟道，进得屋来，要了两碗全羊汤，外加四个大火烧。

这火烧烤得甚是讲究，酥皮泛黄，内有椒盐，下面扁平，上面鼓得圆圆的，还有撮口，像系上口的包袱，故名曰包袱火烧。 对掖县人来说，在秋冬季，喝全羊汤，吃包袱火烧，当是世界上最美的事了。 方英典和潘士光低头不语，咬上一口包袱火烧，再喝上一勺全羊汤，汤里有肉有杂也有血，满嘴都香喷喷的。

不多会儿，两人就吃喝完了，擦擦嘴，结了账，出门上车，继续赶路。马车再次到了北城门，正要拐弯，只见罗良基赶着马车从城里飞奔出来。两车蓦然相遇，差点碰撞在一起。

躲过了初一，还有十五等着呢。罗良基一看，使劲儿地勒住马的缰绳，马车才晃晃悠悠地停了下来。

"哟，罗管家，你这是要飞啊？"潘士光跳下车来，稳住受到惊吓的马，讥笑道。

罗良基要回虎头村，就跟宏德堂的马车同一方向，都是往北走，躲是躲不开的。本来，为了躲开潘士光，罗良基在城里吃了午饭才赶车出城。没承想，还是碰到了。车厢里装的是两桶汽油，罗良基心里有鬼，不敢搭腔，有几分惊慌地看了潘士光一眼，就策马扬长而去。

罗良基赶着马车走得很快，潘士光不愿跟在他的后面，走得很慢，两辆马车就逐渐拉开了距离。

掖县的冬天总是北风劲吹，不知停歇。现在，空气里夹杂着罗良基车厢里的汽油桶散发出的特有味道。

"这是一股什么怪味儿？"潘士光皱着眉头，抽了一下鼻子，自言自语道。

那时候，汽油还是个稀罕物，很多人连味儿都没闻到过，就像潘士光。如果他能闻出这是汽油的味道，或许就会产生许多联想，比如，宋占山没有汽车，油灯烧的是煤油，那么，马车里装的汽油是干什么用的？罗良基鬼鬼祟祟地不敢久留，似乎有什么见不得人的事。如果潘士光再大胆地往下想，或许就能联想到丧心病狂的宋占山要火烧宏德堂的货船，以图报复。然而，世界上没有如果。

回到宏德堂，方兴通就将沈克明签字画押的供货契约交到了方英典的手里。

"潘管家，你看什么时候出发啊？"方英典看了眼供货契约，问一旁的潘士光。

"老爷，俺看到刘小虎刚从小港口回来，俺把他叫过来，一起商议一下吧。"潘士光说。

"好。"方英典点头说。

刘小虎回来后，并没有去南书房的小屋，而是直接去了东院的客房，把宋家宁叫了过来。他和宋家宁当面跪谢老爷方英典是早就想好的事，可是一直没有机会。

现在，潘士光刚想去南书房去叫刘小虎，刘小虎就领着宋家宁来了。

"老爷！"刘小虎和宋家宁一进屋，就双双跪倒在方英典的膝下，磕起了响头。

"刘小虎，你这是干什么？"方英典一愣，从太师椅上站起来，责怪道。

"老爷，您的大恩大德，俺和家宁一辈子都不会忘，就是想给您磕个响头。"刘小虎泪流满面地说。

"快把他们扶起来！"方英典显然不能接受这种谢恩方式，脸色阴沉地冲潘士光和方兴通说。

潘士光一把拉起了刘小虎："大恩不言谢，你们把老爷的恩德永远装在心里就行了。"

方兴通的手伸向了宋家宁，又觉得不妥，将手收了回来。

"刘小虎，快把宋家宁拉起来。"男女授受不亲，潘士光见状，连忙说。

刘小虎抹把泪，拽起了宋家宁，对她说："你回去吧，俺跟老爷说说货船的准备情况。"

宋家宁走到门口，又回过身来，嘴张了张，想说什么又没说，向方英典深深地鞠了一躬，才扭头走了。

"唉，这孩子好可怜啊。"方英典看着宋家宁瘦小的背影，爱怜地说。

潘士光扶方英典坐进太师椅里，气呼呼地说："虎毒不食子啊，这个宋占山真是太过分了，世上哪有这样的爹？"

"都怪俺，俺当初就不应该和她……"刘小虎小声嘟囔道。

"别说什么应该不应该了，现在，生米已经煮成熟饭了。"方英典轻轻地拍打着太师椅的扶手，"等待时机吧，俺赔上俺这张老脸，亲自去找宋占山说。"

"不求他！"刘小虎一听，咬牙切齿地反对道。

"好了，这不是你管的事了。说说吧，两条货船准备得怎么样了？船员都到位了吗？三天后出发，没问题吧？"方英典问。

两条货船都保养好了，整装待发。除了船老大，货船的大多船员都是在出海的时候临时招的。宏德堂的信誉好，不亏待船员，生意好了，还多给船员发钱。所以，刘小虎在小港口一贴出招船员的告示，很快就招齐了，而且还都是些经验丰富的老船员。

"老爷，俺还得去小港口，让船员尽快熟悉他们的岗位。"刘小虎介绍完了货船和船员的准备情况，最后说，"三天后去貔子窝港，一点问题没有。"

"好，你去吧。"方英典满意地说。

刘小虎走了，方英典让方兴通马上去找蔡铣朴，问他是否愿意一起去貔子窝港。

"他肯定愿意去。"方兴通不假思索地说，抬眼一看爹严肃的神情，马上改口道，"俺再跟他说一下，征求一下他的意见吧。"

实际上，方英典是有意将方兴通支开的，他想与潘士光好好谈谈刘小虎和宋家宁的事。他无情地拆散了方兴通和江秀芝，却又对刘小虎与宋家宁的婚事持另外一种截然不同的态度，实在令人费解。现在，让宋家宁住在宏德堂只是权宜之计，是因为她无家可归，如果任她住在芙蓉岛上，在这地冻三尺的季节，她都有可能被冻死。

潘士光已经看出方英典会有话跟他单独讲，就回身关严了房门，轻声问道："老爷，您有事吧？"

知己者，莫如潘士光。方英典示意潘士光坐下，却是双眼微闭，久久不语。

眼下，宋家安被三只手袁路生绑架，宋占山一时无钱可赎，儿子便有生命危险。这两天，方英典产生了一个大胆的想法，那就是，利用这次难得的机会，亲赴宋占山家，以给刘小虎定亲送彩礼的方式，给宋占山所需要的赎金，条件是，他必须同意宋家宁和刘小虎的婚事，并亲送闺女出嫁。这样，刘小虎便可明媒正娶宋家宁了。当年，首赴大连貔子窝港，归来的路上遇到狂风暴雨，刘小虎曾救过方英典一命，他拟收他为干儿子。如果这样，宏德堂就是刘小虎的家，一切就都名正言顺了。

见老爷迟迟不说话，似有难言之隐，潘士光意识到，这次谈话的内容非同一般。他也不催问，而是起身倒水沏茶。

"老爷，您先喝口水。"潘士光将热乎乎的茶杯递到方英典的手上。

方英典接过茶杯，拿起盖子，吹了吹杯里漂浮的茶叶，慢慢地喝了一口。

"潘管家，你来宏德堂这么多年了，也没见过俺这么作难吧？"方英典放下茶杯，深深地倒吸了一口气，又慢吞吞地吐了出来。

"是的，老爷，您要是信得过俺，再难张口的事也给俺说说。"潘士光脸上挂着微笑，用期待的目光看着方英典。

"好，刚才，俺一看到刘小虎和宋家宁，心里真不是个滋味儿，俺突然有了一个大胆的想法，想跟你说说。"方英典按了下太阳穴，开了口。

原来是这样！潘士光听了方英典的想法，着实大吃一惊。宋占山对宏德堂恨之入骨，屡屡发难，而老爷却不计前嫌，以德报怨，这得需要多么宽大的胸怀和过人的勇气？

"老爷，您真是活菩萨啊。"潘士光的眼睛里有泪光闪烁，感恩戴德地说，"您对俺和玉芬就像亲生儿女一样，俺们就是一辈子给您当牛做马，也报答不完您的恩情啊。现在，您又为刘小虎和宋家宁的事操碎了心。俺听说，那个三只手袁路生张口就要两百块现大洋，即使宋占山手里有几十块，剩下的也不是小数目啊，您就不眨眨眼？"

"潘管家，你说俺能不眨眼吗？这也是俺一再犹豫，不想说出来的原因啊。"方英典端起茶杯，喝了口茶说。

"可是，您现在决定了？"潘士光急切地问。

"是的，俺主意已定，不能错过这个机会。"方英典的眼睛蓦然闪亮起来，"刘小虎救过俺的命，宋家安也是咱宏德堂南书房的学子，如果不这样，宋家宁将来会怎么样？也是死路一条啊。潘管家，俺问问你，宋家安和宋家宁两条命，值多少现大洋？"

"老爷，俺可是听说，罗良基已经放出风来，准备低价卖货船赎儿子了。要不，咱把宋占山的货船买过来，他就有钱赎回宋家安了。"潘士光建议道。

方英典听罢，摇摇头说："乘人之危，低价买了人家货船是不道德的。即使不顾这些，刘小虎和宋家宁的事能解决吗？不能啊。好了，就这么办吧。"

老爷的主意已定，潘士光便不再坚持自己的意见了。

"老爷，您准备什么时候去宋占山家？"潘士光关切地问。

方英典想了想说："事不宜迟，宋家安还在三只手的手上呢，就今天晚上吧。"

"好的，老爷。不过，俺还有个想法，不知当讲不当讲。"潘士光试探地问。

"讲！"方英典一挥手说。

"咱们跟宋占山打交道可不是一两天了，您贸然上门，他可能一时接受不了。也可以说，他自视高傲，放不下自己的面子。话不投机半句多，未必能谈出个子丑寅卯来。"潘士光说。

"嗯，你说得有道理，那你有什么高见？"方英典赞同道。

"今天晚上，您先不要去。"潘士光说。

"为什么？ 宋占山被逼到了绝境，只有这时候他才会妥协。 俺觉得，这是个千载难逢的好机会，这种机会以后可能不会再有了，所以一定要尽快。"方英典担忧地说。

"老爷，就宋占山那副德行，是借不来钱的。 他的那条货船，您不去买，也不会有别人去买。 三只手袁路生报上大名，是明摆着报复宋占山当年剁了他的一根手指头，他要的是钱，不会要宋家安的命。 今天晚上，俺先去趟虎头村族长马炳忠家，让他先给宋占山透个气，听听宋占山怎么说。 您看如何？"潘士光建议道。

"好，就这么办。 当年，马炳忠来宏德堂为宋占山说情，让刘小虎回去，可是刘小虎死活不肯啊。 这回，就请这位德高望重的老族长再次出山吧。"方英典不经意地淡然一笑，这笑里的内容很丰富，有期待，也有几分揶揄。

第十六章

逢凶化吉

晚上，当潘士光赶去虎头村找族长马炳忠的时候，罗良基正要去小港口，实施纵火烧船的罪恶计划。

从掖城回来后，罗良基就带着二狗子和大脑袋偷偷地将两桶汽油藏匿在岸边的一条废弃的破船里。这两个臭名昭著的小混混没有回家，而是躲在一个不被人注意的地方，等待着夜幕降临。或许，他们并不了解汽油易爆易燃的特性，把汽油与豆油或者花生油的概念混淆了。也或许，重赏之下，必有勇夫，宋占山开出的事成之后每人五十块现大洋的奖赏让他们丧失了理智。尽管现在还拿不到，而对他们来说，其诱惑力却是巨大的，毕竟他们一辈子也没见过这么多钱。

本来，潘士光和罗良基是碰不上面的，就像在掖城罗良基有意躲避一样。但是，在小港口，罗良基将二狗子和大脑袋安排好之后，并没有回宋占山处，而是来到村东边的顾秋燕家。罗良基心想，今天晚上，如果虎头村小港口的熊熊大火烧起来，将震惊整个掖县，他就是那个十恶不赦的罪魁祸首。尽管在兵荒马乱中，他或许会逃脱惩罚，然而如果大火失去控制，他可能会葬身火海，那就永远也见不到顾秋燕了。

孤注一掷，宋占山在等待着他们得手的好消息。在顾秋燕家吃了晚饭，罗良基便心急火燎地出了门，要再去小港口亲自指挥督战。就在这个时候，潘士光骑马提灯，由东进了村子。罗良基先看到了他，迅速躲到顾秋燕家门口的月季花后面。

这丛月季生长在顾秋燕家门口已经有许多年了，是她的男人生前无意中栽下的。

　　那是个夏日的傍晚，天上下着雨，顾秋燕的男人为族长马炳忠出海打鱼归来，披着蓑衣急匆匆地往家赶。雨越下越大，还有电闪雷鸣，雨水顺着海草房的屋檐哗哗地往下淌，门前的土路已经被雨水淹没。她的男人光着大脚，叭叭地蹚着越过脚背的水走。突然，他的脚被什么扎了一下，顿时疼痛钻心。他抬脚一看，一根月季枝扎在了他的脚底板上。枝叶鲜活，二尺来长，当是谁家刚刚修剪下来，又被雨水从阳沟里冲出来的。他从脚底板上拔下这根月季枝，脚底立时有血丝冒出。他随口骂了一句，然后就没好气地将它扔了出去。然而刚走了几步，他又折回头来，找回了这根月季枝。在多雨的季节，月季枝插到地里就能活。掖县人都喜欢在院门口栽点什么，比如好看的石榴树或凌霄花，也有栽槐树的，就像宏德堂。新房盖好后，他家院门口还没有栽花，也没有栽树，他就想把这根月季枝插上，爱活不活。回到家里，他将这根月季枝用菜刀截成三段，插在了院门口东边靠墙的空地上。天公作美，连日雨水不断，三段月季枝竟然都生了根，发了芽。顾秋燕的男人好生欢喜，还跟她炫耀白捡了三棵月季花，让她猜猜花是什么颜色。不幸的是，顾秋燕的男人没有看到月季开花就葬身大海了。

　　当年秋天，三棵月季就开花了，正是顾秋燕最喜欢的粉红色。花朵硕大，芬芳馥郁，如同牡丹花一样。当第一朵花开的时候，顾秋燕注视着花，禁不住泪水涟涟。一日夫妻百日恩，无论如何，她都不会忘记将自己从家乡娶到虎头村的这个男人。她怀着对自己男人的无尽念想，辛勤地浇水施肥。这三株月季花枝茂盛，第二年就长到了一人来高。顾秋燕觉得，似乎在冥冥之中，自己的男人以这种方式守护着她。

　　除了冬天，从春天到秋天，月季月月开。罗良基也喜欢这丛月季花，几乎每次登门，都要先闻闻香气四溢的花朵才去开门。遗憾的是，他并不知道这丛月季花独特的意义。现在，见潘士光骑马而来，他藏在月季后面，敛声闭息，大气不敢出。

骑在马上，潘士光居高临下，还是看到了罗良基的身影。

"罗管家，别藏了，有那个贼心，也得有那个贼胆啊。再说了，你跟顾秋燕的事也不是什么秘密了，还搞得那么神秘干什么？"潘士光勒住马，站在月季花前，几乎将灯笼举到了罗良基的头上，笑嘻嘻地说，"什么时候办喜事，也告诉俺一声，俺一定来喝喜酒。"

"潘管家，让你见笑了。"罗良基从花丛里钻出来，尴尬地说，"你这是要去哪儿？"

"闲着没事，俺串个门。"潘士光说罢，一拍马屁股就走了。

他怎么突然到虎头村来了？望着潘士光渐渐远去的背影，罗良基好生纳闷，就紧跟着跑了几步。

虎头村的这条街是村里的主干道，就像方家村的北大街。在街的中心位置，就是族长马炳忠的家。罗良基看到，潘士光下了马，拍响了马炳忠的院门。宋占山一再告诫罗良基，这次绝不能再失手。现在，二狗子和大脑袋还在小港口等着他，罗良基也管不了那么多了，快步向海边走去。

这个时候，马炳忠家里甚是热闹，他正跟几位麻友挑灯搓麻将。女人的那桌已经散了，马炳忠这桌却鏖战正酣。从掖城来的一位好友输了钱，就不愿走，一心想着翻盘。马炳忠赢了几块现大洋，多亏潘士光来解了围，否则有赢就有输，他有可能再输回去。

方英典觉得，让潘士光去拜访虎头村的老族长马炳忠，空着手是没有礼貌的，却又一时想不起来给点什么礼物好。想了又想，他突然想起来，马炳忠喜欢打麻将，便投其所好，翻箱倒柜地找出了一副麻将牌。这是方英典许多年前从烟台带回来的，为一个远房亲戚所送。他不打麻将，从不沾赌的边儿，就将麻将牌搁了起来。

这是一副竹骨麻将牌，正面为手工骨刻花纹，背面是燕尾榫嵌老竹，做工精细，形制古朴，可称为一件不可多得的艺术品。牌盒也讲究，鸡翅木嵌螺钿，图案为貔貅，寓意着只进不出，赢遍天下无敌手。牌盒内置装麻将牌的小抽屉，上下五层，均有紫铜拉手，就像一个缩小版的站柜。

现在，匆忙送走牌友，马炳忠将潘士光让进了堂屋。

"马族长，这是俺家老爷的一点心意，请您笑纳。"潘士光解开包袱，取出麻将盒，放在了方桌上，然后一层层地拉开了小抽屉。

马炳忠正在琢磨，轻易不登门的潘士光来干什么？他与方英典没有物品来往，一见这么高档的麻将牌，更是如坠云雾之中。

"潘管家，你这是……"马炳忠伸手从小抽屉中随意摸出了一张牌，习惯性地搓了下牌面，不禁脱口道，"九万。"

马炳忠翻手一看，果然是九万。"老族长可真神啊。"潘士光立马奉承道。

马炳忠再神，也猜不出潘士光来干什么，而且还带来了这么贵重的礼物。

"潘管家，无功不受禄，你这是什么意思啊？"马炳忠沉不住气了。

潘士光狡黠地哈哈一笑道："老族长，您坐下，听俺慢慢跟您讲。俺看啊，您马上就要成为有功之臣了。"

马炳忠疑惑地看看潘士光，坐进了太师椅里："你也坐，有话慢慢说。"

于是，潘士光坐下来，将老爷方英典为让宋占山答应刘小虎与宋家宁的婚事，愿意出彩礼作为宋家安赎金的事说了个明明白白。

"俺家老爷真是菩萨心肠，慈悲为怀，还望老族长您能从中斡旋，说服宋占山。"潘士光用期待的目光看着马炳忠。

马炳忠听罢，心里想，世上哪有这样的好事？这跟天上掉下个大馅饼有什么区别？宋占山若是不同意，不是傻了，就是疯了。当然，宋占山处心积虑地与宏德堂过不去，马炳忠是知道一些的，如果凭良心说话，宋占山显然是不占理的，纯属胡搅蛮缠，流氓做派。然而，方英典能大人不记小人过，愿意出钱，是雪中送炭，既圆了刘小虎娶宋家宁为妻的梦想，又救了落入绑匪手中的宋家安，可谓一举两得。 让他从中说和，他不过是锦上添花而已，送了个顺水人情，何乐而不为？

"佩服，方大人着实让人佩服。"马炳忠一拍大腿，站了起来，情绪激动地说，"潘管家，你回去跟你家老爷说，俺愿意帮这个忙，说服宋占山，明天一早就去找他。 救人一命，胜造七级浮屠，俺也替虎头村的乡亲们谢谢方大人。"

"好，老族长真是个爽快人，俺回去转达给俺家老爷。"潘士光将刚才拉开的麻将抽屉又一一推进了盒里，起身道，"时间不早了，俺走了。"

马炳忠抱起了麻将盒，装模作样地推辞道："潘管家，这个俺不能收，请你拿回去。"

"好马配好鞍，好牌送牌神。 这是俺家老爷的一点心意，您就不用客气了。"潘士光说罢，径直向院门口走去。

马炳忠将潘士光送出了院门口，挥手道："回去问方大人好，事成之后，俺亲自去参加刘小虎和宋家宁的婚宴。"

"好嘞，等您去宏德堂喝喜酒。"潘士光跳上马，策马而去。

潘士光快马扬鞭地向村东飞奔而去，他并没有回方家村，而是掉头走了虎头村的后街，向小港口赶去。 他知道，这个晚上，那里将有一件惊心动魄的大事发生。

下午，刘小虎去小港口察看了船员们的准备情况，不多会儿，就又风风火火地跑回了宏德堂。 他推开院门，直接跑到了老爷方英典的屋里。

那个时候，潘士光跟方英典刚谈完晚上去马炳忠家的事，正要离开，差点与刘小虎撞个满怀。

"刘小虎，你这是干什么？ 这么慌里慌张的？"潘士光一把拉住了刘小虎。

"老爷，大事不好了。"刘小虎气喘吁吁地说。

方英典一愣，连忙问道："什么事？ 慢慢说。"

刘小虎从怀里掏出一张小纸条，递到方英典手上："老爷，您亲自看看吧。"

方英典接过纸条，上面写着：今夜月黑风高时，防范有人烧货船。

"刘小虎，这是谁给你的条子。"方英典看罢，脸色大变，追问道。

刚才，刘小虎一到虎头村的小港口，就有一个十来岁的小孩子跑到他跟前，将一张小纸条塞进他的手里，一句话没说就又扭头跑了。

刘小虎并不认识这个小孩子，打开叠着的纸条，上面的字他认不全，就急忙去找吴人庆。

如今吴人庆已经从当年的舵手成长为船老大，与刘小虎各掌管着一条三帆货船。 吴人庆读过一年私塾，认得几个字。 刘小虎记得，他们跟着老爷第一次去貔子窝港的时候，路过妓院春满园，吴人庆将写在灯笼上的这三个字念倒了，念成了园满春。

"今天晚上，有人来烧货船。"吴人庆读出了文字的大概意思，就用自己的语言表达了出来。

刘小虎清晰地记得，几年前的那个夜晚，罗良基就曾带着二狗子他们来烧还没造好的货船。 如果不是他幸运地偷听到了他们的计划，提前有了防备，还不知道会发生什么。

"啊？ 有人要烧货船？"刘小虎一听，吓出了一身冷汗。

"是，俺看是这么写的，你快去告诉老爷吧，咱们好有个防备。"吴人庆着急地说。

刘小虎将小纸条掖进怀里，叮嘱道："好，俺这就去告诉老爷，所有的船员谁也别走了，每条货船上去十个人，看好货船，等俺回来。"

"好，你快走吧。"吴人庆催促道。

刘小虎飞也似的向方家村跑来，方英典就这么提前知道了有人要来烧船的计划。

是谁要纵火烧宏德堂的货船？ 方英典百思不得其解，难道又是宋占山？ 几年前，宋占山指使罗良基火烧还没有建造好的货船，被刘小虎巧妙化解的事，是去年刘小虎在无意中才说出来的。 居功而不邀功，方英典对忠厚老实的刘小虎更是充满感激，也对他的人品大加赞扬。

"潘管家，你也看看。"方英典脸色阴沉，将纸条递给了潘士光。

潘士光双手接过纸条，一看也惊呆了："老爷，这可不是小事，咱得有所防范啊。"

"是啊。"方英典眉头紧蹙。

"小虎，你马上回小港口，一分钟也不能离开。 另外，让船员们打起精神，不能让闲杂人等靠近咱的货船。"潘士光对刘小虎嘱咐道。

"好的，俺这就回去。"刘小虎转身跑出了屋。

"小虎，别这么慌里慌张的，像平时一样。"潘士光冲刘小虎大声喊道。

"俺知道了。"刘小虎放慢了脚步，回头说。

"老爷，您觉得应该怎么应对才好？"潘士光小声问道。

方英典没说话，走到门口，蓦然拉开了堂屋的门。 马上，一阵寒风扑面而来，他打了个寒战，似乎清醒了许多。

"潘管家，你觉得这张纸条可信吗？ 想对宏德堂下此狠手的会是谁？ 不会是有人恶意制造恐慌，看咱们的笑话吧？"方英典抬头看着天，将信将疑地说。

对于这张纸条的可信程度，潘士光也是模棱两可。 他觉得，如果真有其事，必是宋占山无疑。 宋占山在貔子窝港损失巨大，朱由镇的木材生意宏德堂失而复得，两条货船即将奔赴东北。 报复心极强的宋占山咽不下这口恶气，便纵火烧船以解他的心头之恨。 我不好，你也别想好，这正是宋占山的阴暗心理在作怪。

"如果真有人胆敢这么干，肯定是宋占山。"潘士光毫不犹豫地说。

方英典苦笑了下："嗯，俺也是这么想的。 当年，他不是这么干过一回吗？多亏了刘小虎及时发现，才没有酿成大祸。"

"没错，老爷。"潘士光气愤地说，"宋占山真是个无耻小人。"

"潘管家，不管是不是真有人要烧宏德堂的货船，那这送纸条的人会是谁呢？他是怎么知道有人烧船的？为什么不愿意露面，而让一个小孩子来转送？"方英典迫不及待地问。

听了方英典的一连串发问，潘士光也一时找不出答案。但是，他觉得，无论这个消息是真是假，都必须当真的去防范。而且，最好不让人发现，宏德堂已经提前知道了有人要烧船的消息，这也是对告密人的保护。

"宁可信其有，不可信其无。老爷，防患于未然是咱们必须要做的。"潘士光想到这里，建议道。

"是，你说得没错，可是咱们现在怎么防？"方英典回过头来，若有所思地说，"是明防，还是暗防？"

"老爷，俺看这样，这事得暗防，就像咱们什么也不知道一样。"潘士光凑到方英典的跟前，将自己的想法说了出来。

方英典一听，称赞道："咱们这么做，如果消息有假，这个神秘的告密者也看不出来咱们被他耍弄了。如果消息是真的，咱们还保护了这个告密者。依俺看，这是两全其美的好主意，你抓紧去安排吧。"

潘士光的想法得到了方英典的首肯，他便马上安排落实，就连方兴通和蔡铣朴也参与了进来，但蔡铣朴是被动参与的，他并不明白前因后果。一切准备完毕，潘士光吃了几口饭，便照常赶往虎头村的族长马炳忠家。现在，从马炳忠家出来，他又快马加鞭地赶到了虎头村的小港口。

刮了一天的北风渐渐地停了下来，月亮已经挂在了夜空。此时的小港口正热闹，靠在岸边的两条宏德堂货船挂满了大大小小的红灯笼，勾勒出了船的大体形状，附近的海水也披上了一层鲜艳的红色。在船头的海滩上，摆放着一条长桌，桌上的供品应有尽有。鞭炮和焰火排列得整整齐齐，甚是壮观。

潘士光策马飞奔而来，在离方英典不远处勒马停下。

"老爷，马族长同意当说客，您就放心吧。"潘士光跳下马来，跑到方英典身边说，"咱们开始吧？"

"好。"方英典整理了下六合帽，又拍打了几下长袍马褂。

"各位乡亲，宏德堂货船船号命名授旗典礼现在开始。"潘士光昂首挺胸，大步流星地走到供桌前，大声喊道。

潘士光的话音刚落，十几名船员便蹲下身子，兴高采烈地点燃了鞭炮。 大地红、二踢脚、轰天雷……地上的，天上的，齐刷刷地炸响，照亮了整个夜空。

这个时候，越来越多的虎头村和附近村庄的村民们被这突如其来的鞭炮声吸引了过来，人们里三层外三层地看热闹，就像过节一样。

罗良基和二狗子以及大脑袋并没有出现在黑压压的人群中，而是躲得远远的，站在一块土岗上，往这里张望。

"罗管家，这是怎么回事？ 这么多人，咱们怎么下手啊？"二狗子有点丈二和尚摸不着头脑了，捅了下罗良基，小声问道。

"俺怎么知道怎么回事？"罗良基看上去也是云里雾里的，他压低了嗓音说，"没听说他要搞这么个授船号锦旗典礼啊。"

"够呛了，这五十块现大洋要泡汤了。"大脑袋失望地说。

"别说了，等等再说。"罗良基不耐烦地瞪了他们一眼。

罗良基他们当然不会知道，这是潘士光为应对纵火烧船而想出的锦囊妙计。

按原计划，后天两条三帆货船将发往貔子窝港，将有个隆重而喜庆的起航仪式，就像当年首航那样。 另外，宏德堂现在有了两条三帆货船，为了便于区分，方英典亲自为两条船起了船号。 宏德堂原有的货船叫"牡丹号"，而任明凡娘家陪送的货船叫"睦亲号"。 带有船号的锦旗已经制作好，"方"字下面分别写有船号，只等在起航仪式上同时授船号锦旗。

计划不如变化快，一条来历不明的有人要纵火烧船的消息让授船号锦旗典礼提前了。设想一下，货船前人山人海，谁还能有机会下手？如果是有人恶作剧，放出假消息想看宏德堂的笑话，那么宏德堂举办一场授船号锦旗典礼也再正常不过。

终于，震耳欲聋的鞭炮声消失了，潘士光再次高声喊道："请方大人上香祭海神。"

在飘浮的烟雾中，方英典目光炯炯地走到供桌前，取了三炷高香，凑到蜡烛摇曳的火苗上，逐一点燃。然后，他双手将香高高地举过头顶，口中念念有词地拜了三拜，神情庄重地插入了香炉。接着，他后退一步，跪在蒲团上，双手合十，缓缓地三叩首。

"礼毕，下面请少爷方兴通向船老大授船号锦旗！"潘士光声嘶力竭地喊道。

这是方兴通从济南学成归来后第一次在乡亲们面前公开亮相，所以他做了精心的准备。现在，他身穿淡蓝色西装，头戴黑色礼帽，鼻梁上架着一副金框眼镜，从人群中走了出来。

"别紧张。"蔡铣朴拍了拍方兴通的肩膀，鼓励他道，"大家都看着你呢。"

方兴通轻轻地点了点头，气宇轩昂地走到了供桌前。

这个时候，两名船员举着两面船号锦旗，从侧面走过来，站在了方兴通的对面。

"有请'牡丹号'船老大刘小虎和'睦亲号'船老大吴人庆接锦旗。"潘士光再次喊道。

刘小虎和吴人庆相互看了一眼，走上前来，分别向老爷方英典和少爷方兴通深鞠一躬，然后双手接过船号锦旗。

初冬的夜晚已经有些冷了，有微风吹过，寒意更浓。然而，宏德堂人并没觉得冷，反而感到热血沸腾。

宋占山也来到了现场，他在家里听到了震耳欲聋的鞭炮声，赶忙跑来一探究竟。当然，由于心里有鬼，像罗良基他们一样，他也不敢出现在公众面前，而是远远地躲在一边，察看动静。

　　大脑袋眼神好，一扭头看见了黑影中的宋占山，他扯了下罗良基的衣襟，小声道："罗管家，你看，宋占山也来了。"

　　眼见得纵火烧船的计划要泡汤，罗良基正不知道怎么向宋占山交代。罗良基想，宋占山来了正好，让他亲自看看发生了什么，省得他回去解释了。

　　"放礼花，升船号锦旗。"这时，潘士光精神抖擞地喊道。

　　船员们等待已久，随着潘士光的一声令下，纷纷弯腰点燃了礼花。一时间，火光冲天，硝烟弥漫，五彩缤纷的礼花在高空中争相绽放，照亮了夜空与人们的脸膛。

　　刘小虎和吴人庆在船员的陪同下，手持船号锦旗，健步向货船走去，分别登上了"牡丹号"和"睦亲号"。然后，他们将锦旗挂在主桅杆的绳索上，慢慢地拉升起来。

　　船号锦旗迎风招展，货船上下的船员们齐声欢呼起来："好，好！"

　　时候已经不早，当最后一个礼花在天空中绽放之后，简单而热烈的授船号锦旗典礼就结束了。看热闹的乡亲们心满意足地散去，有几个调皮的孩子抱着五颜六色的礼花空箱往家走，像是捡到了什么宝贝。

　　宋占山和罗良基他们走得早一些，人多眼杂，他们不敢久留。

　　毫无疑问，宋占山是多疑的，他越想越觉得事情蹊跷。怎么就这么巧，他晚上要纵火烧船，而宏德堂却搞了个莫名其妙的授船号锦旗典礼。上次是三只手袁路生为图钱财向宏德堂报了信，那么现在呢？会是谁？宋占山不敢也不愿再想下去了，毕竟宏德堂并没有明摆严加防范的阵势。看来老天爷也护着方英典，或许这真是巧合吧？种其因者，须食其果。更为重要的是，宋家安还在三只手袁路生的手上，眼下借到钱的可能性微乎其微，看来他只能低价卖掉一条货船了。无论如何，明天就得让罗良基去寻找买家了。

在典礼进行的过程中，潘士光一直在搜寻着可疑的人，比如罗良基或者二狗子他们。但是无论是宋占山还是罗良基，都远远躲藏在一边，是不会让他看到的。

"老爷，少爷，天太冷了，赶快回去吧。留下两名船员看船，其余的也都回去睡觉，后天一早货船就要出发了，得让他们养精蓄锐啊。俺和刘小虎还有吴人庆今天晚上就不走了。"潘士光走到方英典和方兴通跟前说，"这儿您放心就行，不会出任何问题。船上的红灯笼俺安排人专门看管，一夜不灭。"

像大多数人一样，蔡铣朴并不知道授船号锦旗典礼突然提前的原因，他只是感觉此举非同寻常，一定有什么重大而不可外露的原因，而潘士光和刘小虎也在这里坚守更让他感到了事情的严重性。

"俺也留下吧。"蔡铣朴想到这里，便自告奋勇地说。

"这儿没什么事儿了，你还是回去吧，夜里能把你冻成冰棍儿。"潘士光对蔡铣朴说。

"好，就这么定吧。"方英典说罢，摘下了头顶上的六合帽，戴在了潘士光的头上。

潘士光想推让，却被方英典坚定的目光制止了。

方英典叫蔡铣朴上了马车，方兴通挥鞭策马，马车渐渐地消失在夜幕中。

现在，小港口恢复了宁静，微风阵阵，充满了寒意。两条货船上依然红灯笼高挂，留守的船员在船上来回巡视着，而潘士光则带着刘小虎和吴人庆在岸边警惕地东张西望。

突然，一阵风从北边吹过来，刘小虎闻到了一股奇怪的味道，像煤油，好像又不是。

"潘管家，你闻闻，这是一股什么怪味儿？"刘小虎抽搭着鼻子说。

刚才人多，二狗子他们藏在不远处那条破船里的汽油桶并没有取走，随着浓浓的硝烟味儿随风散去，汽油味儿飘了过来。

潘士光也抽搭了几下鼻子，确实有股怪味儿。他突然想起，中午他驾马车跟在罗良基的后面，就闻到过这种奇怪的味道。他没有言语，提着灯笼，循着怪味儿向前走。刘小虎和吴人庆见状，也跟在他的身后。怪味儿越来越浓，潘士光在一条倒扣着的破船前停了下来。

"潘管家，这怪味儿就是从这里出来的。"刘小虎闻了闻，指着破船说。

潘士光用灯笼照了照破船，发现下面有个洞口。吴人庆眼疾手快，趴下身子，往洞里看去。洞里黑漆漆的，他什么也没看到。

身高马大的刘小虎趴到地上，将手伸进了洞口。于是，两只汽油桶先后被他拖了出来。

吴人庆以前见过这种铅皮桶，惊叫道："这是汽油桶。"

汽油桶？潘士光提起一只，晃了晃，里面有水哐当的声音。当然，他知道，里面装的肯定不是水。

"吴人庆，你能确定这是汽油桶吗？掖城的小轿车是不是烧的就是这个？"潘士光神情紧张地问。

"是，烧的就是这种油，俺以前见过，这东西见到火星就能着。"吴人庆说。

听了吴人庆的话，潘士光似乎什么都明白了，他由此断定，有人纵火烧船绝非空穴来风，其幕后黑手必是宋占山无疑。

"快拿走吧，没有它，他们就什么也干不成了。"潘士光将汽油桶交到了刘小虎手里。

无意中发现了纵火烧船的汽油桶，所有人都放下心来。潘士光让船员们轮流休息，他知道天亮之后还有更多的事情等着他去办，就躺在船舱里睡着了。

一夜平安无事，一张神秘的小纸条就这么化解了宋占山的惊天阴谋。善恶终有报，或许，这是几代宏德堂人行善积德的福报。

当东方露出鱼肚白的时候，潘士光醒了，他让刘小虎将汽油桶装上独轮车，推着独轮车向方家村走去。

又是一个难眠之夜，方英典早早地起来了，来到院里，顶着寒风打起了太极拳。

掖县是远近闻名的太极拳之乡，出了许多著名拳师。在方家村，男人几乎都会打几拳，他们从小练习，既健身又防身。年少时，方英典拜的是邻村过西村的一位知名拳师。他勤奋好学，师傅对他喜爱有加，耐心指教，他一招一式都深得要领。

撑开一片天，划出一道云。现在，方英典老当益壮，动作如行云流水，身形如若水蛟龙，不多会儿，额头上便有涔涔细汗冒出。

快步急走，潘士光和刘小虎回到了宏德堂，将两只汽油桶提到方英典的面前，并将发现汽油桶的前后经过以及他的推断告诉了方英典。

看着放在地上的两只汽油桶，方英典半晌不语，心却怦怦直跳。去年在青岛，他亲眼看到一家经销汽油的小店铺失火，似乎在刹那之间，小店铺便被烧成一片灰烬，而那不幸的店主也因逃跑不及，丧生火海。

"真是万幸啊。"方英典心有余悸地说，"一定要找到这个通风报信的人，这是大恩，咱得好好感谢人家。"

"是的，老爷。那张报信的小纸条俺还留着呢，上面的笔迹是个难得的线索。"潘士光说。

"留好它，知恩图报，咱们一定要找到那个报信的人。"方英典赞同道。

"老爷，这个要纵火烧船的人也要找到，不能轻饶了他，俺看肯定就是宋……"潘士光的话说了一半，就被方英典制止了。

"找到了又能怎样？即使狐狸的尾巴露出来了，你能伸手去抓？还不惹了一身骚？听俺的，别去费那个心思了。"方英典不容置疑地说。

"老爷说的是。"潘士光被方英典说服了。

"宋占山那边什么情况了？ 马族长是不是应该有消息了？ 但知行好事，莫要问前程。 宏德堂逃过一劫，都是以德持家的先人们在天之灵的保佑啊。"方英典感慨万端地说。

"马族长说今天一早就去找宋占山。"潘士光说。

两人正说着，突然传来了一阵急促的敲门声。 潘士光示意大家别出声，迅速将两只汽油桶放到了是知书屋北边的那间小屋里，又关牢了房门。

刘小虎慢腾腾地走到门楼，开了门。

站在门口的不是别人，正是马炳忠和宋占山以及罗良基。

在这个世界上，宋占山是刘小虎最不愿意见到的人。 他恶狠狠地瞪了宋占山一眼，就跑到南书房去了。

昨天晚上，宋占山和罗良基在小港口看罢热闹，前后脚地回到虎头村，就在院门上看到了三只手袁路生派手下弟兄送来的黄纸条。 转眼间三天过去了，袁路生已经没有了耐性，命宋占山必须今天晚上交赎金，一分也不能少，交钱放人的时间和地点都没有变，晚上九点，还是在虎头村的海神庙，否则他们就撕票，将宋家安投入大海喂鱼。 宋占山心知肚明，如今，三只手袁路生已是杀人不眨眼的恶魔，没有不敢干的事。他意识到，宋家安真的危在旦夕了。 有病乱投医，宋占山百般无奈，就想到了马上去找马炳忠求救。

马炳忠已经睡下了，但是宋占山来得却正是时候，借着他焦头烂额的劲儿，马炳忠就将方英典的想法和条件直截了当地说了出来。

"宋家安的命是命，宋家宁的命也是命，两条人命摆在这儿，你看着办吧。"马炳忠一脸严肃地重复了潘士光对他说的话。

纵火烧船的计划刚刚失手，宋占山还在深深的遗憾中。 他无论如何也不会想到，方英典能如此宽宏大量，为了一个刘小虎，愿意出这么多现大洋做交易。

"这……这方英典没安什么好心吧？"宋占山越想越觉得不对劲

儿，就反问道。

马炳忠一听，脑子里马上闪现出这么一句话：以小人之心，度君子之腹。

因为与顾秋燕的风流韵事被宋占山捏在手里，这么多年来，马炳忠对宋占山一直有所忍让，甚至是委曲求全。但是现在的情况有所不同，这是为了宋占山好，是拯救他于水火之中，所以马炳忠就有了底气。马炳忠知道，宋占山已经走投无路了，这么说只是嘴硬，放不下自己的臭面子，而在他的内心里，这是烧香磕头也求之不得的事。

"好啊，既然你不同意，俺明天一早就去宏德堂，告诉方英典，就说你不同意。"马炳忠故作生气地说。

马炳忠抓住了宋占山的心理，用了个激将法，宋占山一听就真的慌了。

"别，别，老族长，咱们再商量一下。"宋占山连忙摇头道。

此招果然奏效，马炳忠不失时机地说："咱们商量什么？俺也没那么多现大洋给你。行，还是不行，你给个话就行。"

宋占山心有不甘，难道就这么让刘小虎这个没有良心的混蛋光明正大地娶走了宋家宁？有道是，死要面子活受罪，关键是宋家安还在等着救命的钱，与方英典做这笔交易，是眼下最稳妥的办法。宋占山意识到，他别无选择，只能让宋家宁嫁给刘小虎去换宋家安的命。

"老族长，俺是说，咱们商量怎么……"宋占山争辩道。

"这事没得商量，就是你一句话，行还是不行。"马炳忠没好气地打断了宋占山的话。

事已如此，宋占山是要戏法的跪下——没法了，他垂头丧气地说："好，俺同意，为了宋家安，俺就不跟方英典计较了。"

你不跟方英典计较了？简直是屁话，马炳忠在心里骂道。为了尽快促成此事，他也不想再与宋占山争个是非曲直了。

"好，既然你同意了，咱们明天一早就去宏德堂。"马炳忠毫不客气地说，"这种事儿是可遇不可求，错过了，就没有了。"

宋占山心情复杂地回到家里，就将此事告诉了罗良基。 罗良基一听，觉得简直不可思议。 他也是读过几年私塾的人，知道孔夫子的以德报德，但是以德报怨，他还没听说过。 对于方英典的胸怀与善举，罗良基不得不打心眼里佩服了。

宋占山彻夜难眠，他做梦也想不到方英典会这样做。 纵火烧船的事再次夭折了，他却感到了些许庆幸。 想想看，如果罗良基他们得手，宏德堂的两条货船毁于一旦，即使方英典不知道是他干的，还有心思去考虑刘小虎和宋家宁的婚事吗？ 那么，他不想让宋家安死于袁路生之手，就只能低价卖货船，而他想要再翻身就不知道是猴年马月了。

话说当天收了方英典的一副竹骨麻将牌，马炳忠爱不释手，为了回报方英典的一片好意，他就一心想把说和的事办好。 第二天一大早，他便来到宋占山家门口，啪啪地砸门。

罗良基开了门，一看是马炳忠，就去备马车了。

很快，马炳忠和宋占山坐上了马车，罗良基快马加鞭，直奔宏德堂。

无论是方英典还是潘士光都没有预料到，宋占山会亲自登门。 潘士光将他们迎进屋来，亲自倒水沏茶。

"马族长，您请坐。"潘士光将马炳忠让到主宾的太师椅里，又将宋占山和罗良基让到主宾右边的高脚椅上，"宋老板，罗管家，你们也请坐。"

马炳忠表情轻松，面带微笑，从中说和而送了个顺水人情，双方都会感激他，这种感觉岂不妙哉？

宋占山和罗良基却正好相反，脸上挂着几多尴尬和狼狈。

"马族长亲自出马，真是有劳您的大驾啊。"良久，方英典才抿嘴一笑，开口道。

马炳忠看看方英典，又看看宋占山，干笑了一下："宋老板，方大人的意思俺已经跟你说了，都是痛快人，你就发个话吧。"

宋占山好像还在睡梦中，或者说，他还不愿意面对，就一时没有反应。

"宋老板他愿意。"见宋占山迟迟没吭声，罗良基就抢话道。

马炳忠白了罗良基一眼说："罗管家，真金白银，这不是小事，还是让宋老板亲自表个态吧。"

自从进了宏德堂的大门，宋占山就没有勇气直视方英典一眼。丧尽天良的事做多了，他心里发虚，能硬着头皮来就是个奇迹，这并不是一般人能做到的。风过树低头，现在，为救宋家安一命，宋占山必须向方英典低下头来，接受这份恩情，无论他是多么不情愿。他甚至觉得，这将是他一辈子的耻辱。

"俺谢谢方大人的好意。"终于，宋占山鼓足勇气，起身向方英典鞠了一躬。

方英典淡然一笑，斩钉截铁地说："宋家安在南书房上了几年学，就是宏德堂南书房的学子，这也是记录在册的。他现在处于危险之中，俺能见死不救吗？别说是两百块现大洋，就是要座金山，只要宏德堂有，俺也愿意给！"

"是，是。"宋占山已经完全被方英典的气势征服了，连忙附和道，"俺知道，宋家安也对南书房有感情。"

"宋老板，俺话也不多说了，至于刘小虎和宋家宁的婚事，还望你能网开一面，打破那些门当户对之类的陈规陋习，让这对有情人终成眷属，你意下如何？"方英典不动声色地问。

"好，好。俺现在想明白了，拦是拦不住的，宋家宁愿意跟刘小虎，就随了她。什么人什么命，这就是她的命吧。"宋占山苦笑着说。

"常言道，君子一言，驷马难追。"马炳忠兴奋地站了起来，"俺愿意在此作证，就按方大人说的办。"

"就是，就是。"在方英典面前，宋占山彻底投降了。

"老爷，宋老板，宏德堂一下子出这么多现大洋，还是立个字据吧。"潘士光瞥了眼宋占山，不放心地说。

"免了！"方英典一挥手也站了起来，声如洪钟地说，"在诚信面前，字据不过是个摆设。如果不想遵守，立下字据也是废纸一张。你说呢，宋老板？"

在场的人都听得出来，方英典旁敲侧击，是话里有话。

宋占山也坐不住了，连忙站起来说："对，对，方大人说得对。"

"俺宋老板可不是那样的人。"一直没插上话的罗良基终于说话了。

"那是当然，谁还不了解宋老板呢。"潘士光嘿嘿一乐，揶揄道。

"方大人如此慷慨大方，实属难得，这真是一段人间佳话啊。"马炳忠心服口服地说。

方英典的想法终于成了现实，出手救下了两条人命，这是他最为高兴的事。

"好了，好听的话咱们就不多说了，剩下的事就让潘管家和罗管家去具体落实吧。俺只提一个要求，这次从貔子窝港回来，宏德堂就要给刘小虎举办隆重的婚礼，还望宋老板高高兴兴地亲自送闺女出嫁。"方英典最后强调说。

从极力反对到亲送闺女出嫁，还得高高兴兴的，宋占山心里恶心得就像吃了只苍蝇。但是现在，他必须把这只苍蝇咽下去，还得说真好吃。

"好，好，一定。"宋占山答应道。

"宋老板，俺想你也早就知道了，宋家宁现住在宏德堂的客房里，你不过去看上一眼？"潘士光似乎是有意想捉弄一下宋占山，笑逐颜开地说。

看宋家宁一眼？她让宋占山出了这么大的丑，在方英典面前低三下四的，他恨不能一刀宰了她。

"不了，她住在这里俺放心。"宋占山言不由衷地说，"过两天，俺解决了宋家安的事，就让罗管家把她接回去，等着出嫁的那一天。"

"是，俺过两天就来接她回家。"罗良基满脸堆笑地说罢，搀扶着宋占山往外走。

潘士光看着罗良基的背影，突然大喊一声："罗管家，你等等，有样东西得还给你。"

罗良基一愣，停住了脚步，心想，潘士光没跟他借过什么东西啊？

那天，罗良基带人来宏德堂闹事，被刘小虎拍了一铁锹后仓皇而逃，敲的锣掉在地上没有拿走。潘士光想借这个机会，还给他。

当！潘士光跑到放有汽油桶的小屋里，取出了锣，敲了一下。锣已经变形，发出的声音很难听。

"罗管家，这锣不能用了，拿回去卖废铜吧。"潘士光将破锣递到罗良基的手上。

罗良基脸色阴沉地接过锣，又恼又羞，也不管宋占山了，直接出了门。

由马炳忠从中撮合，方英典与宋占山的会面就这么结束了。方英典一言九鼎，下午他就让潘士光带领方兴通和蔡铣朴去了宋占山家，在族长马炳忠的见证下，将刘小虎定亲的彩礼两百块现大洋交到宋占山手里。

宋占山接过现大洋就忍不住哭了，当然，他不是为了方英典伸出援手而哭，而是为宋家安有救了落泪。三天了，宋家安被藏在哪里他都不知道，宋占山知道的是，宋家安肯定受了不少罪。活人真能叫尿憋死，宋占山这回有了切身体会。

第十七章

双船齐发

掖县的冬阳出来得晚一些，卯时过后，太阳才慢腾腾地从东方升起来，红彤彤的，就像一张憋红了的脸。

方英典几乎与大地同时醒来，朱由镇的木材生意一波三折，终于尘埃落定，刘小虎与宋家宁的婚事总算有了着落，宋家安也毫发无损地回到了家中，他终于睡了个难得的踏实觉。

宏德堂的两条货船"牡丹号"和"睦亲号"今天上午就要奔赴大连貔子窝港，授船号锦旗本来是起航仪式中的重头戏，却由于意想不到的变故提前了。所以，今天的起航仪式将变得简单，烧几炷高香敬拜海神，敲锣打鼓烘托一下气氛，再放上几挂鞭炮就足够了。

宏德堂人自然不会忘记任何一个在危难时刻伸出援手的人，甚至包括那尊从庙岛群岛请回来并成为镇宅之宝的帆形礁石。

谁也没有想到，货船在首航归来的途中便遇到狂风暴雨，让满载上好木材和粮食的货船顿时失去了控制。如果不是庙岛群岛那两块巨大的礁石卡住了货船，就会船毁人亡，方英典的海运梦便会夭折了。像每次驾货船去大连貔子窝港一样，昨天晚上，管家潘士光准备好了供香和纸钱，陪同方英典来到礁石前，焚香烧纸，嘴里念念有词，感谢礁石的救命之恩，祈求礁石保佑货船平安归来。

无论如何，对宏德堂来说，这次远赴貔子窝港又是一个里程碑。"牡丹号"和"睦亲号"双船齐发，是开天辟地头一回。这也是方英典最后一次亲自带船出海，让儿子方兴通随行，待到两条货船满载而归，他就会将船队交给方兴通。方继先去世后，方英典接管了百年宏德堂。那天晚上，他带着方兴通来到方氏宗祠的大堂里，在方继先和先人们的牌位前，将方继先立下的"宏德堂的后人永远不得从事海运"的遗嘱烧掉了。走出黄土地，迈向广阔的海洋，实践证明，他这条路走对了。如今，宏德堂财富丰盈，他的目光又投向了商业贸易，而这将由方兴通去实现。他将会守好几代先人留下的上百亩良田，做方兴通的坚强后盾。

现在，风乍起，大潮已涨满，正是借潮起航的好时候。在管家潘士光的主持下，方英典与方兴通焚香敬罢海神，船员们便点燃了鞭炮。刹那间，硝烟弥漫，锣鼓喧天。

父子不同船，这是出海人不可违背的老规矩，就像女人不上船一样。在船老大刘小虎和吴人庆的陪同下，方英典和方兴通踩着踏板，分别登上了"牡丹号"和"睦亲号"。站在船尾，他们面带微笑，心潮澎湃地向送行的人们频频挥手告别。

跟随着方兴通，蔡铣朴登上了"睦亲号"，第一次出海，他显然很兴奋，手舞足蹈地在甲板上跑来跑去。

平素很少出门的方英典太太陈尚云也出现在送行的人群里，尽管老爷方英典不让她送，她还是执意来了。丈夫和儿子同时出海，这是破天荒的第一次。她知道，大海浩瀚，时而风平浪静，时而波涛汹涌，每一次出海都是一次冒险。目送他们父子远行，她在心里祈祷，保佑他们平安归来。

自然，在这样一个重要的时刻，是少不了宋占山和罗良基的。像以往一样，他们站在远处的土岗上，心情复杂地张望着。

昨天晚上九点前，罗良基肩上背着一只小包袱，里面装着两百块现大洋，在二狗子和大脑袋的陪伴下，从宋占山家出来，准时向海神庙赶去。他们与三只手袁路生已经有多年没见了，只闻其恶名，却不见其人。几年前，三只手的那根手指是二狗子剁去的。当罗良基让二狗子与大脑袋一起为他保驾的时候，二狗子坚决不去，怕三只手报复，要了他的性命。二狗子退缩了，大脑袋也打起了退堂鼓。在虎头村，宋占山能在这种时候依靠的人只有他豢养多年的二狗子和大脑袋。救宋家安要紧，方英典的两百块现大洋已到手，宋占山有了足够的赎金，就慷慨出手，一人给了五块现大洋。他们还从来没见过这么多钱，还是硬通货现大洋，于是重赏之下懦夫变成了勇士，他们便硬着头皮答应了。

目送罗良基他们出了院门，宋占山并没有回到屋里，而是在院子里来回地转圈走。月洒清辉，更显得寒意浓浓，宋占山尽管穿着厚厚的棉袄，还是被冻得瑟瑟发抖。

"这个三只手能讲信用吗？咱家安不会有事儿吧？"莫春兰坐在屋里也沉不住气，就心急火燎地跑出来问宋占山。

莫春兰的问话正是宋占山心中最担心的事，他没好气地一挥手，猛地推了莫春兰一个趔趄，怒吼道："你闭上嘴少说话吧！"

莫春兰倒退了几步，噤若寒蝉，不再说话。

天公作美，圆月高照，星光闪烁，人走在路上能看到自己投下的影子。罗良基举着写有"宋"字的灯笼，提心吊胆地在前面走着。二狗子和大脑袋一左一右，一人手里提着一根长木棍，跟在罗良基的后面，心惊肉跳，每走一步都很艰难，渐渐地与罗良基拉开了距离。三只手袁路生现在是杀人不眨眼的恶魔，罗良基似乎已经被吓得灵魂出窍了，脑袋里空空如也，没有了思维，只顾低头往前走，根本就没发现二狗子他们远远地落在了后面。

突然，几个黑影从一个小胡同里闪了出来，像一阵风。有人一脚踢掉了罗良基手中的灯笼，又有人一把抢走了他肩上的包袱，然后他们飞也似的向海边跑去。

两百块现大洋就这么被人抢走了，罗良基这下真的魂飞魄散了，一腚瘫坐在地上。

三只手袁路生可谓诡计多端，由于他担心宋占山耍花招，原定交赎金放人的地点海神庙只是个幌子。趁人不备，半路上蓦然下手才是他的真正计划。

"宋家安在方家村的方氏祖坟里。"跑出了十多米，三只手的一个手下弟兄才回头高声喊道。

直到三只手的几个手下弟兄消失在夜幕里，二狗子和大脑袋才心惊胆战地走过来，弯腰搀扶起了罗良基。

"刚才那个人喊什么了？"罗良基终于回过神来，迫不及待地问。

二狗子讨好地拍打着罗良基腚上的泥土道："他说宋家安在方氏祖坟里。"

"快，快，咱们快回去叫东家，一块儿去方氏祖坟。"罗良基拾起地上的灯笼，声音颤抖地说。

绑匪已逃之夭夭，不见踪影，他们三人才终于放下心来，快步向宋占山家走去。

乡村的夜晚静寂无声，宋占山听到了他们急促而杂乱的脚步声，在罗良基正欲敲门的时候，他拉开了院门。

罗良基肩上的包袱已经没有了，却不见宋家安，宋占山一下子傻了眼，差点晕过去。

"家安呢？"莫春兰跑过来焦急地问道。

"他们说少东家在方氏祖坟里。"罗良基连忙扶住了宋占山。

方氏祖坟？宋占山一听就急了："你说什么？家安怎么会在方氏祖坟里？"

"是，他们就是这么说的，俺们都听得清清楚楚。"大脑袋邀功似的说。

"还愣着干什么？快去套马车，去方家村。"宋占山急得又在原地转了个圈儿。

罗良基连忙去牲口屋牵出马来，套好车，待宋占山和二狗子他们上了车，就快马加鞭地向方家村赶去。

天太冷了，莫春兰冻得直打哆嗦，她回屋披了件外套出来，马车已经跑远了。

"等等俺。"莫春兰跟着马车跑了几步，大声喊道。

马车并没有停，而是越跑越快。或许，宋占山没听到莫春兰的呼喊声，也或许，他听到了，根本就没理会。

在乡村冬日的夜晚，乡亲们都早早地入睡了。此时的方氏祖坟寂静异常，皎洁的月光照在一座座汉白玉墓碑上，折射出惨白的光芒。通往墓园的青石小径也泛着寒光，间或有昼伏夜出的小动物一闪而过。北风呼啸，刮得树枝沙沙作响，如同潮起潮落。

马车在小径前停下，罗良基回身摘下挂在车厢上的灯笼，率先跳下车来。宋占山和二狗子以及大脑袋也先后下了车，向方氏祖坟里望去。

方氏祖坟占地三亩许，一眼望不到边，那么宋家安被藏在了哪里？

夜闯墓地，是对方氏祖先的大不敬，他们迟迟不敢迈出半步，绝不是因为礼数，而是被方氏祖坟一种无形的压迫感吓到了。世上本无鬼，心中有鬼的人才怕鬼，就像宋占山。

"别愣着了，进去找啊？"宋占山倒吸一口冷气，责令道。

站在方氏祖坟的入口，罗良基一直觉得自己的腿肚子是朝前的，似乎担心有人从坟墓里面跑出来，要把他抓进去似的。听了宋占山的话，他强打精神，提着灯笼，迈着沉重的双腿向里面走去。

宋占山和二狗子他们跟在罗良基的后面，大气不敢喘，谁也不敢往两边看，双眼直勾勾地盯着罗良基的后背，一步步地往前挪。

"少东家，少东家——"罗良基压低了嗓音呼喊道，像在跟自己说话。

"你招魂儿呢？"宋占山不满地厉声道，"大声点！"

"少东家，你在哪儿呢？"罗良基声音颤抖地大声喊道。

宋家安就在小径尽头的那间守墓人的小屋里，嘴里塞着一块破布，仍然被绑在桌子腿上。他听到了罗良基的喊声，想喊自然喊不出声来，

317

只有拼命地挣扎，试图闹出动静，让外面的人听到。

他们顺着青石小径，步履蹒跚地往前走，终于到了小屋跟前。这个时候，宋家安折腾累了，却一时没了动静。

"二狗子，你进去看看。"罗良基指着屋门，回身对二狗子说。

二狗子听罢，却犹豫着不动。

"快去！"宋占山火冒三丈地命令道。

"好，好。"二狗子从罗良基的手里拿过灯笼，蹑手蹑脚地向屋门走去。

咣当！就在这时，屋里传来了一阵声响，这是宋家安用身体拖动桌子的声音。

"里面有动静。"二狗子蓦然收住了脚步，犹如惊弓之鸟。

所有人都成了缩头乌龟，大脑袋想，躲是躲不过去的。他觉得，是自己表现的时候了。于是，他快步跑上前来，飞起一脚，踹开了屋门。

屋里一团漆黑，只有宋家安发出的哼哼唧唧的声音。

"家安！"宋占山不顾一切地冲进了屋里。

屋里寒气逼人，臭烘烘的。几天来，宋家安吃喝拉撒，就没出过这个屋。

人们七手八脚地为宋家安解开绳索，又将他扶了起来。

到宏德堂闹事的那天上午，宋家安挨了方兴通一拳，有气无处撒，就图一时痛快，想到方氏祖坟朝方家的祖先撒泡尿，以解心头之恨。没承想，却是引火烧身，让三只手袁路生的手下弟兄终于有了下手的机会。困在这间小屋里，宋家安陷入了深深的恐惧之中，生不如死。他的心里依然充满了恨，他恨绑匪三只手，更恨方兴通。他觉得，如果不是方兴通突如其来的一拳，他就不会单独提前离开，也不会产生到方氏祖坟里撒尿报复的想法。君子报仇，十年不晚，就像有仇必报的三只手一样，对宋家安来说，这是一场刻骨铭心的噩梦。他目光呆滞，一言不发，如同丢了魂儿似的。

无论如何，宋家安被三只手袁路生绑架的危机就这么过去了，对于方英典的慷慨解囊，宋占山内心里是有几分感激之情的。但是现在，站在岸边，当他看着宏德堂的两条货船"牡丹号"和"睦亲号"威风凛凛地出了小港口，不禁又心生嫉恨。朱由镇沈克明的木材生意最终还是让宏德堂得了手，而最关键的一环便是在貔子窝港发生的货款被抢事件。宋家安觉得，其中必有奥妙，方英典就是那只看不见摸不着的幕后黑手，他对此深信不疑。所以，当他目送宏德堂的货船远去时，感激之情稍纵即逝，仇恨又涌上心头。他知道，方英典满载而归，一定会赚得盆满钵溢，而随之而来的闺女宋家宁出嫁，又将是对他的一次打击和羞辱。那么，他能反悔吗？有族长马炳忠从中作保，显然不能，他只能将打碎了的牙再咽下去。

现在，"牡丹号"和"睦亲号"一前一后，乘风破浪，扬帆前行。这个时候，坐在"牡丹号"货船上的方英典已经平静下来。一大清早，他就得到了宋家安被赎回的消息，是罗良基专门来禀报的。一直悬着的心放下来，他在盘算着尽快给刘小虎和宋家宁举办婚礼。他知道，自己所做的这一切都将成为宏德堂历史上的一段佳话，他为百年宏德堂争了光，添了彩。百年后，他去方氏祖坟里见到祖先们，也会充满自豪。

像往常一样，方英典是奔着大木材商曲寿龄而去的。已经有好几个人告诉方英典，宋占山的货款被当兵的抢走，原因是曲寿龄非法经营。方英典想不明白，这些年来，他们合作愉快，他从来没发现曲寿龄有什么不轨行为，毫无疑问，曲寿龄是个遵纪守法又讲诚信的商人。那么，他为什么平白无故地遭此陷害？现在是否已经摆脱了危机？如果曲寿龄还被关在大牢里，谁又是下一个可靠的供货商？想到这些，方英典不由得忧心忡忡了。

这些年来，从莱州湾到貔子窝港的这条海路，方英典已经走过多回，可谓熟门熟路了。与他不同的是，"睦亲号"上的方兴通和蔡铣朴却是头一回。

冬日的海风吹在人脸上，像一把把无形的小刀，让人感到刀割般的疼痛。一直在甲板上看光景的蔡铣朴终于扛不住了，哆嗦着回到了船舱。

"兴通，你在想什么呢？"见方兴通躺在铺上正浓眉紧蹙、若有所思，蔡铣朴就禁不住问道。

实际上，货船刚刚驶离虎头村的小港口，方兴通就进了船舱，开始胡思乱想，而想得最多的当然是远在济南府的恋人江秀芝。

"唉。"方兴通叹口气说，"什么也没想。"

蔡铣朴不相信，直接问道："是在想江秀芝吧？"

方兴通没说话，只是摇了摇头。

"那你在想什么？"蔡铣朴不依不饶地问。

"想生意。"方兴通随口敷衍道。

蔡铣朴从济南来投奔方兴通，就是想帮着他做生意的。他一听，就来了精神。

"俺听方叔叔说，宏德堂要做百货零售业，你是怎么想的？"蔡铣朴在自己的铺位上仰面躺下，还跷起了二郎腿。

方兴通知道，江秀芝的爹江金锁当年独闯济南府，就是靠做零售生意起家的，而他实习时待过的济南张记百货粮油公司也是如此。毫无疑问，蔡铣朴熟悉日用百货的进货渠道，又是做零售生意的好手，这也是他被方英典留下的原因。方兴通觉得，方家村依河傍海，是掖城北的大村，人口多，地理位置优越，以此为据点开展零售业，可以辐射周围大大小小的村庄，从而将方家村建设为城北的商业重镇。

"商业，宏德堂必须要发展商业，这是宏德堂兴旺之道。"方兴通最后说。

"对，俺也是这么想的，这也是俺来投奔你的原因。"蔡铣朴赞同道，"俺愿意跟着你干。"

"嗯。"方兴通蓦地从铺上坐了起来，好像突然想起了什么似的问，

"你怎么没去找宋家安？"

找宋家安？ 蔡铣朴一愣，半晌不语。

尽管来到掖县的时间并不长，蔡铣朴已经对方英典与宋占山的关系有所了解。 他认为，这是一种针尖对麦芒的关系，宋占山横行霸道，咄咄逼人，方英典则退避三舍，甚至是委曲求全。 那么，宋家安是宋占山的儿子，他与爹穿一条裤子是理所当然的事情，无可厚非。 实际上，在来掖县之前，蔡铣朴跟方兴通和宋家安的关系是区别不大的，并没有明显的疏密远近，而他之所以投奔的是方兴通而不是宋家安，完全靠的是一种感觉，就像赌一枚现大洋的正反面，听天由命而已。 而且，如果方兴通不让他留下，他肯定会去找宋家安，这是因为，他不想再回济南府了。 现在，他非常庆幸，自己无意中选对了人。

"找他？ 俺就是饿死也不会找他的。"蔡铣朴赌气似的说。

方兴通不能钻进蔡铣朴的心里，自然就相信了他的话："好，这样就好。 将来宏德堂开展了百货零售业，俺就交给你。"

"你放心吧，俺一定能干好。"蔡铣朴信誓旦旦地说。

在天色将晚之时，"牡丹号"和"睦亲号"就一前一后地驶进了庙岛群岛的海域。 往来大连貔子窝港，每次经过这里，方英典就会情不自禁地想起首航时的险境，心情久久不能平静。 他知道，如果当时不是刘小虎冒死相救，他早已葬身大海了。 现在，他走出温暖的船舱，来到了船头的甲板上。

刘小虎正在船上来回巡视，见方英典出了舱，连忙下舱拿了一件厚皮袄为他穿上。

"老爷，您怎么出来了？"刘小虎为方英典系好扣子，关切地说，"外面太冷了，您还是回舱里歇息吧。"

方英典没有吭声，看看不远处的庙岛群岛，又看看眼前的刘小虎，似乎有许多话要说。 但是，他最终没有说，只是在心里坚定了自己的主意。 刘小虎是宏德堂的有功之臣，绝不能亏待了他。 方英典决定，在为他和宋家宁举办婚礼之前，先认他为干儿子，让他永远留在宏德堂。

这时正是日落时分，万里无云，也没有风，夕阳照在碧波荡漾的海面上，泛着耀眼的金光。

刘小虎搀扶着方英典，正准备回舱，突然，有三只小船从礁石后面闪了出来，挡住了货船的去路。

"老爷，大事不好，咱可能遇到海匪了。"刘小虎定睛一看，马上慌了，"俺赶紧叫船员们抄家伙吧。"

时局越来越乱，如今在渤海海峡，海匪时常神出鬼没。这里是往来东北与胶东半岛的航运要道，又远离海岸，自然就成了海匪的天堂。以前，方英典也遇到过几次持砍刀与匕首的海匪，无不破财免灾、化险为夷。但是，现在与以往不同，他看到，这股海匪已是鸟枪换炮，手持长枪和手枪，而且还人多势众，再多的船员也不是他们的对手。所以，他们才敢明目张胆地在光天化日之下拦船抢劫。更令人心惊胆战的是，"牡丹号"的船舱里有两只装满现大洋的白皮箱，这是购买木材的全额货款。

说时迟，那时快，三条小船迅速将行驶在最前面的"牡丹号"包围了。

"他们来者不善啊，又有枪。老爷，您快回船舱里躲躲吧。"刘小虎心急如焚地说。

方英典没有说话，只是站着不动。

这是一股长期活动于广饶沿海一带的海匪，原先是土匪，当家的叫熊能。他虎背熊腰，也确实不是个善茬，能得很。他幼年丧母，多年前家境破落，与他相依为命的爹为逃避还不起的债上吊自杀了。他草草掩埋了爹，便纠集几个要好的弟兄，在月黑风高之时，翻墙跳入了债主的庭院，打伤了熟睡中的债主，又抢了些金银财宝，然后逃之夭夭，从此干起了打家劫舍的勾当。他同情穷人，仇恨富人，虽不能杀富济贫，却也保持着只向有钱人下手的规矩。因此，富人无不闻风丧胆，穷人却暗自拍手称快。 这些年来，许多走投无路的人前来投奔。 熊能的队伍迅速扩张，陆地已经不能满足他的胃口，他便将目光投向了海洋。 他先是占据了莱州湾的一个无名小岛，安营扎寨，并以此为据点，在渤海湾庙岛群岛的海运要道上横行霸道，打劫商船。 有商船的人都是做大买卖的富人，熊能便毫无顾忌，为所欲为。 今年春天，他在大连为手下弟兄购置了长枪和手枪，更是有恃无恐，再无对手了。

碰到持枪的海匪，这还是宏德堂大船队开天辟地的第一回。 刘小虎意识到，枪子儿不长眼，绝不能让方英典处于危险之中。 他叫来两个船员，迅速将方英典送回船舱，安排他们保护他，并嘱咐老爷，无论外面发生什么事都不要出来，一切由他来顶着。 然后，他摸起了一把防海匪的长柄板斧，想了想又无奈地放下了。

海匪的小船已近在咫尺，刘小虎看清了他们的面目，他带领几个身强体壮的船员来到了船头。

"各位英雄好汉，咱们有事好商量。"刘小虎手扶护栏，声音颤抖地说。

"好，看来你是个痛快的人，孝敬老子五百块现大洋，咱们各走各道。"熊能看了刘小虎一眼，举起左轮手枪，有意将枪筒顶在自己头皮上蹭了蹭。

五百块现大洋，这显然是狮子大开口，大大超出了刘小虎的预料，他一时目瞪口呆，无法回答了。

"怎么？ 钱比命更要紧？"熊能的耐性显然是有限的，见刘小虎不再说话，他挥舞着手枪，高叫道，"要钱还是要命，你选一个吧！"

刘小虎不敢与熊能对视，他知道，惹恼了亡命之徒，后果不堪设想，当是人财两空。 那么，怎么办？

"好汉，俺船上没那么多现大洋啊，少要点吧。"刘小虎双手相抱，乞求道。

看人下菜碟，什么样的船主就会出什么样的价码。 两条三帆货船，绝不会是一般的船主，熊能早就判断出，他们是去东北进货，必带大量的现金。现在，只有现大洋是硬通货，他这回是真的要发大财了。

"哈，哈哈……"熊能想到这里，不由得狂笑道，"你以为俺这是跟你做买卖吗？快，五百块现大洋，一块也不能少！别在这里给俺瞎耽误工夫！"

"好汉，咱们有事好商量……"刘小虎继续拖延道。

砰！刘小虎的话没说完，已经失去了耐性的熊能凶相毕露，朝旗杆上的"牡丹号"锦旗开了一枪。

枪响旗落，另两条小船上的熊能手下弟兄似乎听到了上船的命令，将带有铁挂钩的两根绳索抛向了"牡丹号"。挂钩准确无误地卡在了船舷上，十多个海匪先后跳入海中，游至"牡丹号"下，动作熟练地双手抓住绳索，攀登上船。

"去，到船舱里给俺搜！"持手枪的小个海匪显然是个小头目，他挥枪指挥道。

众海匪听罢，张牙舞爪地大叫着向船舱扑去。

船舱里不仅有两皮箱现大洋，还有老爷方英典，刘小虎转身摸起一把长柄板斧，不顾一切地拦住了海匪的去路。

"你们不能这样啊！"刘小虎高举板斧，声嘶力竭地说，"真没那么多现大洋。"

"闪开！"那个小个子海匪将枪口对准了刘小虎，咆哮如雷，"否则，俺就开枪了！"

看到刘小虎迫不得已地反抗，其他船员也都拿起了防身的木棍和板斧，并排站在了刘小虎的身后。

双方就这么对峙起来，刘小虎的双眼紧紧地盯着黑洞洞的枪口，毫不退让。他知道，一旦海匪们冲进了船舱，老爷方英典和两皮箱现大洋都将不保。

船舱里的方英典已经听到了外面的枪声，甚至听清了刘小虎和海匪的对话。 看到刘小虎忠心耿耿，方英典不想让他有生命之虞，也不想让宏德堂遭受金钱损失。 但是，在穷凶极恶的海匪面前，所有的反抗都是无效的，稍有不慎，就会发生血案。 所以，方英典必须出去，亲自与海匪交涉，他决定，即使是两皮箱现大洋一个不剩，也不能搭上船员们的性命。

"起来，让俺出去！"方英典想到这里，站起来，走到了船舱门口。

两名忠于职守的船员倚靠在舱门上，并没有让开。

"让开！"方英典厉声道。

"老爷，刘老大刚才说了，不管外面发生了什么，您都不能出去。"一名船员说。

方英典伸手想推开两名船员，却根本推不动。

"你们是听俺的还是听刘小虎的？"方英典怒不可遏地问。

"俺们是刘老大招来的，就听他的。"另一名船员将方英典拉回了船铺上，"老爷，您不能出去啊，刘老大是为了保护您啊！"

刘小虎实诚，他招来的船员也实诚。 方英典叹口气，浓眉紧蹙，无奈地坐在了船铺上。

"牡丹号"被海匪劫持，"睦亲号"上的船老大吴人庆和船员们看得一清二楚。 他们是常年与海打交道的老手，遇到海匪也不是一次两次了。 但是，像方英典一样，遇到手持长枪和短枪的海匪也都是第一回。血案即将发生，吴人庆不能见死不救，他让两名船员看好情绪激动又心惊胆战的方兴通和蔡铣朴，率领手下的船员们跳入海中，游到"牡丹号"船尾。 "牡丹号"上的船员投下绳索，吴人庆他们登上了船。

现在，"牡丹号"与"睦亲号"的二十多名船员站成了一排，如同铜墙铁壁。 船老大刘小虎和吴人庆肩并着肩，站在最前面。

本不想登船的熊能终于忍无可忍，亲自登上了"牡丹号"。

"都给老子闪开！"熊能大叫一声，持枪向船员们走去。

海匪们气势汹汹地跟在熊能的后边，走近了人墙，纷纷将枪口对准了船员们。 只要熊能一声令下，他们便会毫不迟疑地开枪。

刘小虎怒目圆睁，握着板斧的双手不停地抖动。 怎么办? 能退让吗? 这个时候，他只有一个信念，就是自己死在枪口之下，也绝不能退让半步。

有钱人的命都金贵，熊能则是"要钱不要命"，船主只要乖乖地留下买路钱，便会安然脱身。 但是，眼下却发生了意外，熊能只得大开杀戒了。

砰! 熊能手中的枪再次响了，站在最前面的刘小虎应声倒地。 他身后的船员们顿时失魂落魄，闪开了一道缝儿。

"刘老大!"吴人庆弯腰抱起了血泊中的刘小虎。

血自刘小虎的肩胛处汩汩冒出，船员们围上前来。 吴人庆撕下一条布襟，按在了刘小虎的伤口上。

小个子海匪第一个冲到了船舱入口，却被跑出来的方英典挡住了去路。

熊能的枪声让方英典觉得事态已经非常严重，血洗货船的惨案即将发生。 两名保护他的船员也意识到出了大事，就不敢再阻拦他了。

"怎么是您?"小个子海匪大吃一惊，举枪的手垂了下来。

"怎么是你?"方英典眨了下眼皮，也失声道。

世界很大也很小，小个子海匪和方英典都认出了对方，尽管他们只见过一面，已经过去了许多年。

实际上，小个子海匪吕东豪和他的弟弟吕东敏从来就没有忘记那个深秋的早晨，他们一路乞讨来到方家村，饥寒交迫，瘫倒在宏德堂的门楼前。 当时，管家潘士光根据老爷方英典的安排，带着他们去五味堂找郎中周仕君，看好了吕东敏的病，然后又给他们吃的和穿的。 他们知道，如果不是方英典出手相救，他们或许就死在逃荒的路上了。 那是宏德堂的货船第一次出海赴大连貔子窝港，待到弟弟吕东敏恢复过来，方英典已经出海了。 所以，他们一直没有机会当面感谢方英典的救命之恩。 后来，他们兄弟俩继续顺着海边往南走，漫无目的地走到了广饶地界，为了有口饭吃，便稀里糊涂地加入了熊能的队伍。

"恩人，大恩人！"吕东豪已是热泪盈眶，回身拉过跟在后边的兄弟吕东敏，双双跪倒在了甲板上。

自然，像吕东豪兄弟俩没有忘记方英典一样，方英典也没有忘记他们，确切地说，是一直惦念着他们。

"起来，快起来。"方英典情绪激动地将兄弟俩拉了起来，"俺看到你们活得好好的，就像是一块石头落了地啊！"

看到当前这一幕，大家无不面面相觑，惊呆了。

"东豪，这是怎么回事？"熊能走上前来，莫名其妙地问。

"大当家的，这位老先生就是俺以前跟你常说的救命恩人啊！"吕东豪擦了把眼泪。

或许，谁也不会想到，海匪熊能还是个良心未泯的人，倘若不是当年被逼得家破人亡，他绝不会走上这条道。 他有时候还会想，如果当年爹碰到的是像宏德堂这样的人家，还会悬梁自尽吗？ 吕东豪和吕东敏是他忠贞不渝的得力干将，那么，他们的救命恩人就是自己的恩人。

"老人家，救命之恩大于天，请受小的一拜！"熊能掀起枪，扑通一声双膝跪下，拜了三拜。

众海匪无不如坠云雾之中，却也纷纷跪了下来。

"老人家，救命之恩大于天，请受小的一拜！"众海匪重复道。

事情的转折过于迅猛，方英典似乎还没从刚才的惊骇中回过神来，愣着不动。 有道是，救人一命，胜造七级浮屠，或许他在品味着乐善好施的幸福之感。

"大哥，你伤到哪里了？"吕东豪跑到刘小虎的跟前，焦急地问，"跟俺们下船吧，赶快去找郎中。"

万幸的是，熊能的这一枪并没有伤到刘小虎的筋骨，是穿过皮肉的贯通伤。 他只要钱，不杀人，这是他有意为之。 出港远航，难免会有磕磕碰碰，在"牡丹号"上，有五味堂郎中周仕君准备好的外伤药包，有止血的，也有消炎的。吴人庆带人将刘小虎抬到船舱里，进行紧急治疗。

虎口脱险，一场原本不可避免的血案就这么奇迹般地结束了，熊能带着吕东豪他们跳下了"牡丹号"，又上了小船。

"老人家，这回对不住了，请您海涵呐！"熊能双手抱拳，高喊道。

"老人家，以后这条海路就是您的天下了。"吕东豪和吕东敏冲方英典挥动着手，依依惜别。

站在船头上，望着海匪的小船消失在视线里，方英典自然是感慨万端，五味杂陈。

"老爷，您回船舱歇息吧。"吴人庆跑过来说。

"刘小虎他怎么样了？"方英典关切地问。

"没大事，他没伤到筋骨，养些日子就好了，您就放心吧。"吴人庆搀扶着方英典向船舱走去。

"睦亲号"上的船员都回去了，"牡丹号"上的船员将跌落的船号锦旗重新升到旗杆顶部。

天高云淡，海风习习，"牡丹号"与"睦亲号"再次扬帆起航，继续向貔子窝港驶去。

第十八章

善恶有报

太阳西下，大连貔子窝港的灯塔清晰可见。"牡丹号"与"睦亲号"幸运地虎口脱险，终于抵达了港口。

当年，方英典向病倒在门口的吕东豪和吕东敏兄弟俩伸出了援手，这对宏德堂这样的富裕人家来说，不过是举手之劳。积善成德，行善的人是不奢求回报的，这是一种修行。他没想到过回报，更没想到过会以这种惊心动魄的方式得到回报。

"牡丹号"与"睦亲号"先后在浅滩上停稳，方英典带着两名船员走到船尾处，蹲下身子，从鸽子笼里取出了信鸽。它通体乳白，只是头尾各有一抹黑羽，亮晶晶的。将信鸽带到貔子窝港，并让它飞回宏德堂，向家里报个平安，是太太陈尚云的主意。父子同行，这是从来没有过的事情，她实在是放心不下。现在，在船员们的帮助下，方英典将装有报平安纸条的封闭小竹筒绑在了信鸽腿上。

"回家吧。"方英典亲吻了一下信鸽，然后双手上扬。

信鸽迎风而起，先是围着"牡丹号"转了两圈，辨别出家的方向，然后才展翅高飞，向着夕阳飞去。

目送着信鸽渐渐地飞远，在船员们的照应下，方英典第一个下了船。他长叹一口气，便快步上了岸。

一切都是轻车熟路，船员们各司其职，不再需要方英典操心费神。与往常不同的是，刘小虎受伤了，尽管只是皮肉伤，却也不能下船了，只能与其他船员一起，留在船上休养。 好在还有吴人庆以及方兴通和蔡铣朴，方英典不缺帮手。

这些年来，每到貔子窝港，方英典都会住在福驿庭客栈，这是他第一次随货船来时住的地方。 客栈不大，却能供吃住，又远离喧嚣的商业街，洁净而僻静，这正是方英典喜欢住在这里的原因。 现在，方英典一行四人直奔福驿庭客栈。

由港口到客栈，必然路过妓院春满园。 首登貔子窝港，吴人庆曾将店名念倒了，所以当他再次经过春满园门口的时候，不由得停下了脚步，抬眼看着那三只在北风里摇曳的红灯笼。 "园满春"，他回忆起当年的情景，情不自禁地哑然失笑了。 方英典知道他为什么笑，目不斜视地继续往前走。 方兴通和蔡铣朴却疑惑不解地看着吴人庆。

"吴老大，你笑什么？"走了几步，蔡铣朴禁不住问。

"就是，有什么好笑的？"方兴通也好奇地问道。

"你们猜？"吴人庆卖起了关子。

方英典不想让他们在此停留，就严厉催促道："快走！"

一行人马上不再谈话，并且加快了脚步。 蔡铣朴心有不甘，偷偷地回望了一眼，正好有两名花枝招展的妓女出门送客。 于是，他的心跳马上就加快了，步子却又慢了下来。

蔡铣朴小小的年纪，也曾逛过窑子，当然，这是不为人知的秘密。在济南府，有个八卦楼，位于三大马路的纬七纬八路之间，为回字形二层建筑，是济南府赫赫有名的红灯区。 八卦楼离济南张记百货粮油公司不远，财大气粗的供货商来到济南，与张老板谈完了生意，就都想出去逛逛。 有道是，萝卜青菜，各有所爱。 张老板是一个细心的人，对每一位供货商的嗜好都了如指掌，便投其所好，让每个人的济南之旅都不虚此行。 比如，有喜欢看风景的，他就让蔡铣朴带着他们去大明湖或趵突泉，领略济南的风光。 有钟爱戏曲的，济南府素有曲山艺海之名，张老板就让蔡铣朴带着他们去后来改名为北洋大戏院的兴华茶园，过足戏瘾。 也有风流倜傥喜欢拈花惹草的，张老板便叫他领着他们去美女如云的风月场所，尽情逍遥。 八卦楼离公司最近，步行两条街就到了。 先前，蔡铣朴领着供货商到了八卦楼那家有名的妓院，就在大堂里坐等，从来没有上过楼。

那年春天，来了一位杭州的日用百货供应商，姓段名浩起。 他是公司最大的百货供应商，货全而价格低，被张老板视为贵客。 张老板不敢怠慢，热情地设晚宴招待，尽地主之谊。 张老板了解到，段浩起是个好色之徒，在酒足饭饱后，张老板便差蔡铣朴领着他去了八卦楼。 像对待其他客商一样，蔡铣朴目送段浩起上了螺旋楼梯，便独自找了一个座位坐下，等待着他丢盔卸甲地下来，然后打道回府。 不知何故，那天晚上的生意有些萧条，客人稀少，没等段浩起上楼，便有几个浓妆艳抹的妓女围上前来。 段浩起明显喝多了，有些支撑不住，顺势倒在了一个丰乳肥臀的妓女怀中。

"去，把那个小兄弟也叫上来！" 酒壮色胆，段浩起在这个妓女的胸部蓦然摸了一把，"侍候好了，今天老子请客！"

粥多僧少，几个妓女似乎像战士们听到了冲锋陷阵的命令，马上蜂拥而下，将蔡铣朴团团围住，左拉右拽，搔首弄姿。

"公子哥哥，上楼玩啊。" 一个叫小宛的妓女捷足先登，直接扑到了蔡铣朴的身上，双手死死地搂住了他的脖子，还撅起红红的樱桃小嘴，吹动着他刚刚萌发的茸毛般的胡须。

面对突如其来的投怀送抱，蔡铣朴毫无心理准备，只是觉得嘴唇痒痒的。 这个时候，他纠结而冲动，本想拒绝，可是又似乎在内心里等待这销魂一刻的到来。 先前，客人上了楼，他都是在楼下备受煎熬，站也不是，坐也不是，浓浓的脂粉味儿像一碗药效奇特的迷魂汤或催情丸，让他想入非非，情不自禁，身体的某个部位有了强烈的反应，如同撑起了一把小伞。 他年纪尚小，还没碰过女人，连手都没摸过。 但是现在，小宛钻进了他的怀里，哼哼唧唧地扭动着身子。 蔡铣朴浑身僵硬，手也无处搁放，一副无所适从的神态。 小宛的身子很软，也很温暖，他的身子也软了下来，命根子却坚硬无比，像一把长枪。 终于，蔡铣朴满脸赤红，仿佛灵魂出窍，行动已不受大脑的指挥，或者说，荷尔蒙统治了他，让他进入了一个空洞而幻化的世界。 恍惚中，他看到自己的影子勇敢地站了起来，猛地抱起小宛，昂首阔步地走上了楼梯。

楼梯是木质的，弯陡而老旧，在蔡铣朴的脚下吱吱作响。 小宛咯咯地笑出声来，在他的怀里夸张地撒娇，就像久别重逢的恋人。 蔡铣朴已是心无旁骛，春心荡漾，向着那个渴望已久的目标奔去。

段浩起已经进入温柔之乡，处于醉然而痴然的忘我状态，无论外面发生什么都与他无关了。

蔡铣朴气喘吁吁地上得楼来，用肩膀撞开了一扇小门，随之转身，左脚后跟一踢，关上了房门。 然后，他大叫一声，将小宛冷不丁地抛到宽大的床上。

席梦思床垫是进口的美国货，坚实而弹性良好。 小宛重重地落下，又高高地弹起来，让她好不快活。

房间里有几只小红灯闪烁，幽暗而温情。

怎么能干这种龌龊的事？ 一时难以抑制的冲动过后，蔡铣朴终于冷静下来，产生了几分恐惧与羞涩，甚至萌发了退意。

小宛年龄不大，却经验丰富。 这些年来，她接的客人不计其数，有粗暴狂躁的，也有温驯体贴的。 当然，像蔡铣朴这样的男人并不多见，他看上去就是个乳臭未干的大男孩。 小宛知道，他是有人主动请客，近乎拉郎配，赶着鸭子上架。 那么，她会放过他吗？ 当然不会，小宛做的是皮肉生意，在她的眼里，蔡铣朴就是一块到了嘴边的大肥肉，她必须使出浑身解数，将这块肉吞下去。 因此，她不气也不恼，缓缓地下了床，冲蔡铣朴媚然一笑，开始宽衣解带了。 小宛穿的是红花绿叶的宽松旗袍，动作熟练地侧身解开右边的一排纽扣，然后双臂抖动，旗袍随之滑落，犹如金蝉脱壳。

小宛就这么一丝不挂地站在了蔡铣朴的面前，她皮肤白皙，身材苗条而凸凹有致。背后的红色灯光照过来，好像为她的胴体披上了一道迷人的霞光。

蔡铣朴的双眼直勾勾地注视着流光溢彩的小宛，全身的血液似乎都涌到了头部。他的心脏怦怦直跳，羞涩与退意在荷尔蒙的强烈刺激下稍纵即逝了。于是，刚才那个骚动而莽撞的蔡铣朴回来了，他迅速脱掉了衣衫，不顾一切地扑向了小宛。

小宛暗喜，敏捷地一转身，让蔡铣朴扑了个空，一头撞到了床沿上，摔倒在地。

"公子哥哥，你好逗啊！莫急啊！"小宛笑出声来，那神情就像是角斗场的胜利者。

这个时候，蔡铣朴如同一头发情的公牛，顾不得头部的疼痛，从地上一爬而起，再次抱起了小宛，狠狠地扔到了床上。这次，小宛并没有被弹起来，或者说，只是弹了半下，就被蔡铣朴压在了下面。

蔡铣朴情绪昂奋而动作笨拙，横冲直撞却始终找不到突破口。好在小宛技巧娴熟，有条不紊地将他引进了激情四射的港湾。一时暴风骤雨，波涛汹涌，似乎在刹那之间，蔡铣朴便一泻千里了。

事情就是这么不可思议，蔡铣朴的人生第一次竟然给了一个叫小宛的妓女。他羞于启齿，却是刻骨铭心，这是因为，那天恰巧是他的十八岁生日。

坦白地说，以这种稀里糊涂而见不得人的方式偷吃禁果，给蔡铣朴带来了一定的心理伤害。但是，随着时间的推移，伤害在慢慢地隐退，男欢女爱的愉悦之感却在悄然上升。有几次，他出了公司，在马路上闲逛，总是不知不觉走到了八卦楼门口，痴痴地望着大门发呆。他已忘掉了当时的羞涩，如果不是囊中羞涩，他就一定会再迈进门去，重温那神魂颠倒的时刻。所以，他要想方设法地挣钱，过上像那些富人一样的生活，而宏德堂则是他发家致富的最好平台，他对自己充满信心。

现在，走在貔子窝港的大街上，春满园门口的景象让蔡铣朴有种昨日重现的感觉。然而，在方英典的催促下，他却不敢留步。

北风劲吹，方英典带着他们急匆匆地来到了福驿庭客栈，开了四个带火炕的房间后，就来到餐厅吃饭。

不多会儿，他们点的杀猪菜就被端了上来。

"方大人，您来了，小小的福驿庭客栈真是蓬荜生辉啊。"客栈孙老板与方英典已是熟人，热情地走过来，笑眯眯地说。

方英典正欲起身打招呼，三个荷枪实弹的士兵突然闯了进来。这是石营长的兵，是奉命搜寻春满园的头牌艺妓范小娆的。

那天一早，按照石营长指定的日子，由清一色士兵组成的迎亲队伍浩浩荡荡地来到了春满园门口。精心准备了五天，就要抱得美人归了，石营长终于等来了良辰吉日，不禁喜上眉梢。坐在官轿里的他一身新郎官打扮，并不知道范小娆早已逃之夭夭，还做着洞房花烛夜的美梦。所以，没等轿子落地，他就迫不及待地跳了下来。

门外锣鼓喧天，鞭炮齐鸣，厅堂里却是人影不见，鸦雀无声，只有老鸨和那个看门的老头胆战心惊地站在门口。

石营长马上发现了事情的异常，习惯性地想摸腰间的手枪，却摸了个空。

"这是怎么回事？"石营长跑到老鸨跟前，怒气冲冲地问，"范小娆她人呢？"

在春满园，范小娆是第一个逃脱者。尽管范小娆只卖艺不卖身，但是她也有生死契约在身，其中最具威慑力的一条便是，如果逃跑，便会被抓回来装进麻袋，投入大海。所以，这么多年了，春满园里这些不幸的女人们受尽屈辱，却没有一个敢逃跑的。连日来，老鸨让人四处寻找，并出重金召集貔子窝港的地痞流氓日夜守候在港口和出城的大小道口。她觉得，范小娆当是插翅难飞，最终却一无所获。石营长可不是个善茬，是貔子窝港飞扬跋扈的土皇帝，这时的老鸨已经吓得魂不附体，只能跪地求饶了。

"石营长，范小娆逃跑了啊。"半晌，老鸨才抬起头来，双手作揖道。

跑了？ 石营长似乎不信，从身后马弁手里夺过了枪，直接顶在了老鸨的脑袋上。

"什么时候跑的？ 怎么跑的？ 你敢撒谎，老子就一枪崩了你！"石营长暴跳如雷道。

老鸨声泪俱下地将范小娆逃跑及搜寻的前后经过说了一遍，最后乞求道："石营长，俺不敢撒谎啊。 这里的女人都俊啊，要不……你就从春满园里再选一个吧。"

到手的鸭子就这么飞走了，怒不可遏的石营长失望至极，他的心里只有秀色可餐又多才多艺的范小娆。 他之所以对她情有独钟，正是因为她只卖艺而不卖身，还是个肤白貌美的老闺女。

"放屁！"石营长飞起一脚，恶狠狠地踢在了老鸨肥大的屁股上，"找，你继续给俺找，找不回来，俺就一把火烧了春满园。"

老鸨惨叫一声，在地上打了个滚儿，然后就一动不动地趴在地上装死了。

迎亲的乐队停下了吹吹打打，站在一旁看热闹。 抬轿的士兵们则是无所适从，面面相觑。 石营长意识到，老鸨派出去的人把守着港口和大小道口，范小娆肯定还没有逃出貔子窝港。 那么，他就不能再在此纠缠，必须马上派兵满城里搜，一定能找到她。 于是，他冲天空放一枪，就鸣金收兵了。

这些日子以来，貔子窝港被石营长的士兵们闹得鸡犬不宁，大大小小的饭馆和客栈，凡是他认为范小娆能藏身的地方，都搜了好几遍。 可是，范小娆就是不现身，就像从人间蒸发了一样。

现在，面对石营长的士兵，福驿庭客栈孙老板连忙硬着头皮迎了上去，低声下气地说："各位兄弟，你们都来了好几回了啊，那个叫范小娆的女人没来过啊。"

范小娆？ 是春满园里的范小娆吗？ 她出了什么事？ 这些士兵为什么要找她？ 方英典听得一清二楚，却不敢问。

孙老板说罢，像上几回一样，从怀里掏出几块铜钱塞进了三个士兵的手里。

"如果发现了，马上报告！"领头的高叫一声。

"是，是。"孙老板点头哈腰地连声应道。

收下铜钱，应付差事的三个士兵心满意足，便耀武扬威地走了。

孙老板将士兵送到了门口，又看着他们的身影消失在夜幕里，才回到了餐厅。

看到满脸疑惑的方英典，孙老板主动向他说了范小娆事件的整个经过。

如今，在貔子窝港，范小娆几乎是个家喻户晓的人物，她的身世已不是秘密，方英典曾多次听供货商们说起过她的悲惨遭遇。 范小娆命运多舛，历经苦难，让每一个听过她故事的人都为其不幸而伤感。 自然，人们不能拯救她于水火，只能扼腕长叹，顿生悲凉，就像善良的方英典。

"唉，老天爷慈悲为怀，但愿她能逃出魔掌吧。"听了孙老板的解释，方英典忧心忡忡地说。

"是啊，命苦的人总不能苦一辈子啊。"孙老板点头道。

两人又说了些寒喧的客气话，方英典就将方兴通和蔡铣朴介绍给孙老板。

"孙老板，这是犬子方兴通，以后海运生意就交给他了，来貔子窝港就让他住这里，还望孙老板多多关照。"方英典指着方兴通说。

方兴通连忙站起来，向孙老板深鞠一躬："请孙老板多多关照。"

"将门出虎子，后生可畏啊。"孙老板乐呵呵地看着方兴通说，"以后，只要到了貔子窝港，这小小的福驿庭客栈就是你的家。"

"谢谢孙老板。"方兴通客气地说。

孙老板离开后，方英典让大家赶快吃饭，因为明天一早就要去登门拜访木材商曲寿龄。 本来，他想向孙老板打听一下曲寿龄的情况，是否已经出了大狱转危为安，又觉得不妥，就放弃了。

回到各自的房间，众人简单地洗漱一番就都躺下睡了。 从掖县到貔子窝港，一路颠簸，又遇到了熊能带领的海匪，他们已经筋疲力尽了。

一夜无梦，天刚蒙蒙亮，方英典就醒了。 其实，隔壁的吴人庆醒得比他还早，一直在他的门外候着。 以前，都是由刘小虎来侍候方英典的，刘小虎被熊能打伤了，吴人庆便主动承担起这份工作。 方兴通和蔡铣朴是被吴人庆叫醒的，年轻人觉多，不去敲门，或许就会睡到太阳晒了屁股。

方英典知道，这次貔子窝港之行是否顺利，就要看木材商曲寿龄的情况了。 吴人庆叫了一辆黄包车，去了港口，从"牡丹号"上取回了那尊巧夺天工的佛像玉雕，这是方英典精心为曲寿龄准备的见面礼。 上午十点，方英典一行四人便出现在曲府的门口。

曲府是一处高门大院，青砖黛瓦，屋檐飞翘，甚是气派。 现在，厚重的大门紧闭，门旁的一对汉白玉大狮子显露着主人的威严。

在方兴通的手里，有一张大红拜帖，是方英典来时就写好的，写有他的姓名。

"叩门吧。"方英典沉思片刻，冲方兴通使了个眼色。

曲寿龄究竟是安然回府还是仍陷大牢是个未知数，在这个时候贸然造访，显然有几分唐突。 所以，方英典说罢就走到了大门的东边，有意先躲避起来。

方兴通迈上了三级台阶，然后手握紫铜门环，轻轻地拍了三下。

开门的是杜大掌柜，他看了一眼陌生的方兴通，警惕地问道："你是？"

方兴通面带微笑，双手递上了方英典的拜帖："没有预约，家父便前来拜访，请见谅。"

杜大掌柜接过拜帖，低头一看，原来是掖县的方英典到了曲府，遂举首四望，却不见他的身影。

"令尊大人来貔子窝港了？"杜大掌柜疑惑地问。

"是的。"方兴通点头说。

"方大人是稀客，更是贵客，前几天俺们东家还说起过他。"杜大掌柜欣喜地说。

贵人多福，从杜大掌柜从容不迫的神情上，方英典判断出，曲寿龄一定是度过了危机。

"杜大掌柜。"方英典这么想着，就走了过来。

"方大人，请进。"杜大掌柜弯腰伸臂，做出了一个请的姿势。

方英典连忙摆摆手："贸然到访，还是请杜大掌柜向曲先生禀报一声吧。"

杜大掌柜听罢，没再说话，转身回了院子。

其实，坐在客厅里的曲寿龄一直在神情专注地聆听着外面的动静。掖县话特点鲜明，隐隐约约地传到了他的耳朵里，他还以为是那个叫宋占山的小人在貔子窝港栽了大跟头，血本无归，找到了府上。他正欲命人将其赶走，杜大掌柜就笑眯眯地进来了。

"东家，掖县的方大人来了。"杜大掌柜将方英典的拜帖毕恭毕敬地递到曲寿龄的手上。

方英典？他怎么突然来了？曲寿龄与方英典多次签过供货合同，拜帖上的楷书遒媚劲健，颇有书圣王羲之的韵味儿，一看便知出自方英典之手。

"快请！"曲寿龄大喜，快步走出客厅，向大门走去。

等曲寿龄拐过影壁，方英典就看到了他。方英典马上迎上前去，双手抱拳，施礼道："曲先生，久违了。"

"方大人，贵客光临，有失远迎啊。"曲寿龄笑容满面地回礼道。

这回来貔子窝港，方英典既是来进木材的，也是来为方兴通铺路的，所以，像在福驿庭客栈将儿子介绍给孙老板一样，他在将吴人庆和蔡铣朴先后介绍给曲寿龄之后，就将方兴通拉到了曲寿龄的跟前。

"曲先生，这是犬子方兴通，以后的木材生意就全交给他了，这回俺带他来见见世面。"方英典拍了拍方兴通的肩膀，一脸真诚地说，"曲先生是商界翘楚，还望不吝赐教啊。"

"曲先生好，请多指教。"方兴通鞠躬道。

方兴通西装革履，朝气蓬勃，曲寿龄打量了他一眼，赞叹道："见见世面？ 方大人过于谦逊了，贵公子气质不凡，一看就是见过大世面的人啊。"

杜大掌柜热情地将他们引进了客厅，方英典被让进了主宾座。 吴人庆双手吃力地抱着那尊沉重的佛像，跟在最后面，进得门来，小心翼翼地将佛像放在了门口右侧的条桌上。 两名妙龄侍女倒水沏茶，然后退了出去。

方英典惊奇地发现，他所有的担心都是多余的，曲寿龄安然无恙，气色也好，好像什么也没发生过。

"曲先生……"方英典端起茶杯，呷了一小口，嘴张了张却欲言又止。

"方大人，您一定有话要问，却又无从开口吧？"曲寿龄看着方英典，淡然一笑道，"其实啊，俺也知道您想问什么。 俺觉得，您一直在为俺担忧啊。"

方英典一听，连忙摆手道："曲先生不便讲，俺也就不想听了。"

"哈哈。"曲寿龄敞怀大笑道，"您不问，俺也得说。 宋占山的货款被抢，货船空着回了掖县，想必您也您也知道了吧？"

"是的，俺还听说，曲先生也进了大牢，一定受了不少苦吧？"方英典的目光里闪现着几多同情与怜惜。

"大牢？ 俺这不好好的嘛。"曲寿龄站起来，走了几步又坐下，

"方大人，咱们交往多年，算是老交情了，您的为人，俺打心眼里佩服，是正人君子啊。所以，宋占山的货款被抢的真相，俺也就实不相瞒了。"

宋占山的货款被石营长的手下强行抢走，确实是事出有因，只是这"因"太久远了。

二十多年前，宋占山伶牙俐齿地说服了涉世不深的阮守常，合伙做了一笔"东北三宝"的大生意。回款后，他却背信弃义，本利独吞，携款跑了，从此下落不明。阮守常投的本金占了七成，是他的全部积蓄和向亲友借的款。宋占山失踪了，阮守常则是倾家荡产，还欠下了一笔巨债，走投无路的他最终上吊自尽了。

阮守常当时尚未结婚生子，不过，他有个刚刚成年的外甥，就是曲寿龄。那个时候，曲寿龄的父亲是个远近闻名的商人，专做木材生意，可惜英年早逝。曲寿龄小小的年纪便独自支撑起了这个家。将门虎子，曲寿龄天资聪颖，善于把握商机，当貔子窝港渐成商业重镇之时，他便举家迁到此地，安营扎寨后，置办家业图发展。诚信为本，操守为重——这是父亲临终前给他的最后嘱托。曲寿龄将父亲的这八个字作为座右铭，并请名家书写下来，精心装裱，悬挂于大堂之上。如今，他成为貔子窝港首屈一指的富商，占据了木材市场的半壁江山。

自然，曲寿龄也没有忘记小舅舅阮守常，阮守常是与大姐和外甥见过最后一面后才自寻短见的。阮守常来到了貔子窝港，在大姐家住了一晚，说了许多后悔和愧疚的话。曲寿龄至今记得，每当小舅说起"宋占山"这三字，便咬牙切齿，恨不能一刀宰了他。大姐并没有让他还款，还好言相劝，希望他能留下来与外甥曲寿龄一起做生意，以期东山再起。但是，阮守常已万念俱灰，决意离开这个世界了。第二天，他像没事一样吃了大姐做的早餐，说是出去转转便一去不同。三天后，有人在离港口不远处的一个小土山上发现了他，一棵不高的树和一根细长的绳索结束了他的生命。大姐正为弟弟的不辞而别着急上火，当听说小土山上有人上吊时，强烈的不祥之感涌上她的心头，遂让曲寿龄前去看个究竟。

果然是阮守常！

阮守常就这么死了，带着对宋占山的刻骨之恨以及对亲朋好友们的亏欠。在他的衣兜里，曲寿龄发现了一张账单，那是他与宋占山合伙做这笔"东北三宝"大生意借下的钱。账单上有几处字迹模糊，这当是阮守常的泪痕。现在，这张账单曲寿龄一直保存至今。人死账不能死，这是天地良心。曲寿龄相信，山不转水转，善恶终有报，自己一定能找到这个丧尽天良的宋占山，替舅舅阮守常还上这笔债，让舅舅在九泉之下安息。

转眼二十多年过去了，几百年的大清王朝都轰然倒塌了，却始终难寻宋占山的踪影。苍天有眼，那天，当宋占山的儿子宋家安和管家罗良基为了一批木材主动找上门来的时候，曲寿龄意识到，他替舅舅阮守常报仇雪恨的机会终于到了。以其人之道，还治其人之身，于是，曲寿龄叮嘱杜大掌柜热情接待他们，稳住他们的阵脚，让他们放松警惕，往他精心设计好的套子里钻。与此同时，他派人拿着重金托石营长帮忙。在貔子窝港，石营长无法无天，既贪色，也贪钱，正在置办宅院，准备迎娶春满园的头牌艺妓范小娆。对石营长来说，这笔钱来得正是时候。因此，曲寿龄与石营长一拍即合，最终以曲寿龄非法经营为由，查封了商行，抢走了宋占山的货款，还装模作样地将曲寿龄关进了大牢。

君子报仇，十年不晚，而曲寿龄这一等就是二十多年。宋家安和罗良基狼狈不堪地逃离了貔子窝港后，曲寿龄就回家了。当天晚上，他带着杜大掌柜一起来到阮守常的坟前，燃纸烧香，诉说了事情的前后经过，告慰舅舅的在天之灵。然后，他派人带着舅舅留下的那份账单和现大洋，返回原籍，找到债主或者他们的后人，连本带息地还清了舅舅欠了二十多年的账。

"俺那可怜的舅舅总算可以安息了。"最后，曲寿龄长叹一口气，神情复杂地说。

方英典和方兴通他们听得入迷，心情也随着事情的起伏而变化。 他们为宋占山罪恶的过去而愤慨，更为阮守常不幸的遭遇而悲伤。

"唉，人死不能复生，阮先生没有看到这一天，这是最大的遗憾呐。"良久，方英典心有哀伤地感叹道。

"方大人，过去的事总算过去了，不再说它了。"曲寿龄平复了一下纷乱的情绪，脸上渐渐地露出了笑容。

"是啊，曲先生说的是。"方英典点了下头，就转移了话题，"俺这次来，给曲先生带了一件家侄方兴迅的作品，不成敬意，还请笑纳啊。"

刚才进门时，曲寿龄就已经看到吴人庆抱进了一个木箱，只是不知道里面装的是什么。 先前，方英典曾多次给他带过几件精美的小物件，作为伴手礼，让他爱不释手。

"方大人，您太客气了。"曲寿龄抱拳致礼道。

这个时候，吴人庆站起来，走到条桌前，轻轻地打开了木箱。 于是，一尊精雕细刻的玉雕佛像出现在曲寿龄的面前。

"稀世之宝，稀世之宝啊！"曲寿龄快步来到跟前，目不转睛地注视着佛像，喜上眉梢地说。

"曲先生有佛缘啊，喜欢就好。"方英典笑道。

曲寿龄神情庄重地面向佛像，双手合十，眼睛微闭，虔诚地拜了三拜，嘴里念念有词："阿弥陀佛……"

方英典将见面礼送到了曲寿龄的心坎上，客厅里的气氛也顿时活跃轻松起来。

"方大人，客气的话俺也不多说了，这贵礼俺就收下了。 您这回来貔子窝港，俺想，一定是要宋占山想要的那批木材吧？"现在，曲寿龄终于话入正题了。

方英典看了眼曲寿龄，没有说话，只是意味深长地笑了笑。

曲寿龄似乎是心领神会，笑出了声："哈哈，心有灵犀一点通，一切尽在不言中。"

"曲先生是高人呐。"方英典赞叹道，"不过，俺来了两条货船，木材的量要翻番了。"

曲寿龄一拍大腿："这没什么问题，要多少有多少，价格也好商量，您放心就是。"

"好，好，这事儿俺就交给犬子兴通去具体办吧。"方英典建议道。

"方大人说的是，就让杜大掌柜跟贵公子去忙活吧，以前，您都是来去匆匆，这回俺正好带您尝尝貔子窝港的山珍海味。"曲寿龄赞同道。

以诚相见，公平交易，便没有了烦琐的细枝末节。方兴通和杜大掌柜具体操办，曲寿龄和方英典逍遥自在，尝遍了貔子窝港的名吃。第四天一早，满载上等木材的"牡丹号"与"睦亲号"便要起航回掖县了。

这天北风呼啸，吹得船号锦旗猎猎作响，潮水大涨，人们目光所及之处一片汪洋。风来迎风，潮来逐潮，正是扬帆起航的好时候。

太阳初升，在方兴通和吴人庆等人的陪同下，方英典精神抖擞地来到了港口，正欲踏上搭在船帮上的长木板，身后突然传来了一阵嘈杂声。他不由得回头一看，只见两个彪形大汉抬着一只麻袋向海边走来。方英典惊异地看到，麻袋里面一直有什么东西在扭动，好像装着一个大活人。

麻袋里装的正是春满园的头牌艺妓范小娆，她被抓获后，老鸨为杀一儆百，根据当年签的生死契约，要将她投海喂鱼。

昨天晚上，老鸨派出去的人无意中发现海边不远处的那座小土山上有隐隐约约的火光，就报告了石营长。随之，荷枪实弹的士兵们高举火把，迅速包围了小土山。当年，阮守常就是在这座小土山上自杀的，现在，范小娆和她的恋人程立铭已是在劫难逃。

在那个风雨交加之夜，范小娆侥幸地逃出了春满园，按照约定，找到了在一家小客栈等候的程立铭。他们知道，心狠手辣的老鸨不会放过她，色迷心窍的石营长也不会善罢甘休，他们必须尽快逃离貔子窝港。然而，老鸨和石营长迅速布下了天罗地网，他们却是插翅难飞，只能东躲西藏，寻找出逃的机会。有一次，他们竟然与石营长的兵在集市上相遇，如果不是程立铭先发现了对方，迅速拉着范小娆拐进了一个小胡同，他们早就被活捉了。

在春满园的北邻，有一个残破的小院与漏风的小屋，里面住着一位年过七旬的孤寡老太太。那年夏天，老太太上街买菜，不慎跌倒在春满园门口，出门送客的范小娆将她扶起来，并送回了家。她们由此相识，各自不幸的身世让她们同病相怜，在某种程度上，老太太成为范小娆唯一的亲人。因此，逢年过节，范小娆都会带上好吃的来看她。人是有感情的，老太太对范小娆自然是感激不尽，拿她当亲闺女看待。有人说，最危险的地方最安全，范小娆觉得，无论是老鸨还是石营长都不会想到，她会藏在他们的眼皮子底下。于是，在一个月黑风高之夜，她带着程立铭潜入了老太太的家。这一待就是半个多月，他们觉得风声已经过去，前天一早，将自己包得严严实实，告别了善良的老太太，向港口奔去，希望能搭上出港的船，逃离虎口。不承想，他们刚到港口，就看到老鸨的人在搜每一条要离港的船，正要折回，又见石营长的兵大摇大摆地向港上走来。情况紧急，慌不择路，他们借着岸上大大小小的船作掩护，跑上了不远处的这座小土山，在一个破败废弃的小寺庙里暂且藏身，等待出逃的时机。进入初冬，貔子窝港的夜晚异常寒冷，他们饥寒交迫，冻得瑟瑟发抖。多年痛苦不堪的相思让程立铭染上烟瘾，他摸出一支烟点上，抽了口，然后便拾来干草和树枝，生火取暖。火苗摇曳，烟雾升腾，范小娆紧紧地靠在程立铭的怀里。

"立铭，咱们能跑得出去吗？"范小娆抬起头来，泪眼婆娑地问。

程立铭也不知道他们能不能跑得出去，或者说，他已经有几分绝望了。貔子窝港不大，走海路，只有港口有船。那么，走旱路呢？出口也就那么几条，每个路口都设置了岗哨，有石营长的兵日夜把守。实际上，石营长自从率兵占领了貔子窝港，就将这里当成了独立王国，水泼不进，针扎不透。

"能。"程立铭想到这些，就垂头丧气地说。

程立铭的声音很小，是绝望中的一种敷衍，范小娆当然听得出来。不幸的范小娆遇到了真心爱她的程立铭，是她的大幸。这些年来，她坚持守身如玉，就是想等待着他回来为她赎身，奔赴自由。但是，程立铭无钱为范小娆赎身，出逃又无望，如果她被捉回，石营长绝不会放过她，无疑是出了虎窝又进狼窝。范小娆心里清楚，石营长之所以要娶她为小姨太，除了她的姿色与才艺之外，更重要的是因为她只卖艺不卖身。现在范小娆蓦然产生了一个大胆的想法，那便是，将自己的第一次交给心爱的程立铭，彻底断了石营长的念想。想到这里，范小娆从程立铭的怀里站了起来，拾来些柴草，让火烧得更旺。然后，她又俯下身子，将地上的杂草铺得愈加平整。

"立铭，俺把俺自己交给你了。"范小娆含情脉脉地冲程立铭笑了笑，然后抬手解着上衣的纽扣，喃喃地说，"从今往后，俺就是你的人了。"

程立铭听罢，马上明白了范小娆的用意，尽管有几分意外。

"不，俺要明媒正娶。"程立铭迟疑地拒绝了。

明媒正娶？范小娆何尝不想这样。但是，她心知肚明的是，那已是不可能的事了。

"不用了，俺已经知足了，现在就给你。"范小娆的眼泪再次夺眶而出。

程立铭怔怔地注视着范小娆，并没有阻止她宽衣解带的举动。这个时候，他既激动又胆怯，手足无措，不知如何是好。

寺庙残破的门窗紧闭，聊以遮挡风霜。在火光闪烁中，范小娆一件件地脱下了厚重的衣衫，铺到杂草上，然后缓缓地仰面躺下。烟雾弥漫，火苗时明时暗，为她洁白而起伏的躯体披上了一层神秘的光晕。

程立铭神情恍惚，好像处在梦境之中，展现在他面前的似乎不是范小娆丰腴的胴体，而是一幅惟妙惟肖的西洋人体油画。

"立铭，来。"范小娆双眼微闭，轻声唤道。

程立铭终于回到了现实之中，他意识到，苦苦等了他多年的范小娆要以身相许了。他刚才想拒绝，但是现在他已不能拒绝，强烈的生理冲动让他忘却了所处的困境，遂迅速脱下衣衫，慢慢地爬到了范小娆的身子上面。

夜空中的月牙儿躲在了云彩的后面，间或有星星在缝隙中露出可爱的小脸。此时此刻，两个真诚相爱的苦命人疯狂地亲吻着，水乳交融，进入了一个忘我的境界。

这是范小娆和程立铭的人生第一次，都交给了自己的心上人，他们当是幸福而满足。终于，激情迸发之后，程立铭喘着粗气，瘫软在范小娆的身上。

咣！就在这时，寺庙的破门被闻讯而来的三名士兵一脚踢开了。

衣不蔽体，范小娆和程立铭无不惊慌失措，而捉到一对赤身裸体的痴男怨女显然让石营长的士兵们很兴奋。他们狂笑不已，端着长枪，一步步地向他们走过来。

程立铭的第一个反应是保护范小娆，他扯过她的衣衫，塞到她的手里，然后站起来，用自己的身体遮挡住范小娆。

"闪开！"一名士兵将枪口顶在程立铭的胸口，大叫道，"俺们奉石营长之命，捉拿范小娆！"

枪口冰凉，程立铭却觉得滚热，范小娆已是他的女人，绝不能落入石营长之手。他毫不退让，还浑身颤抖地顶着枪口往前走了一步。

士兵没有跟程立铭纠缠，用力推开了他，其他两名士兵也将刚刚穿上衣服的范小娆从地上扯起，并迅速捆绑起来，往庙外押去。

"放开她！"看着范小娆的背影，程立铭已经失去了理智，歇斯底里呼喊着猛扑过去。

一名士兵被扑倒在地，另一名士兵则回身扣动了长枪的扳机。

砰！ 子弹正中程立铭的胸口，程立铭顿时血流如注。

"立铭——"范小娆哭喊道。

程立铭怒目圆睁，嘴巴大张，身子猛地一颤，就这么咽了气。

死不瞑目，这是程立铭留给范小娆的最后影像。 她当场昏死过去，而醒来的时候，已经在石营长的营部了。

抓获范小娆的消息传来，曾让石营长大喜过望。 但是，当他听了士兵们描述的抓获过程，就不禁恼羞成怒了。 范小娆已经破了身子，而刚刚占有她的程立铭已被他的士兵打死，石营长觉得很晦气，便放弃了迎娶的念头。 于是，他连夜派兵去了春满园，将老鸨抓了过来，命她赔偿三百块现大洋，否则就一把火烧了春满园。 老鸨吓得魂不附体，没敢说个不字。 她如数赔了钱，将范小娆带回了春满园。

范小娆被关进了春满园那间昏暗的小屋，这是春满园最隐蔽之处，关进这间密不透风的小黑屋，是对那些违规妓女的一种惩罚方式，如同军营的禁闭室。

范小娆的出逃让老鸨损失惨重，那么杀一儆百，根据生死契约，将她投海喂鱼就是情理之中的事了。

其实，目睹了程立铭的死，范小娆已没有活下去的勇气，即使不被抓获，深不见底的大海也是她给自己选择的归宿。 所以，她面无惧色，恨不能马上投海，与程立铭在另一个世界里团聚。

现在，在方英典即将满载而归的这个早晨，范小娆被两个彪形大汉抬到了海边，只要他们一松手，她就被海水淹死了。

方英典看到了这残酷的一幕，尽管他不知道麻袋里面装的是他认识的范小娆，还是回过身，向大汉走去。 方兴通和吴人庆他们见状，也跟了过来。

"两位好汉，你们这是……"方英典浓眉紧蹙地问。

两位好汉绝不是什么好汉，他们是当地的小地痞，靠敲诈勒索为生。 春满园的老鸨临时找到他们，一人给了十块现大洋，他们就心甘情愿地充当了凶残的刽子手。

"关你什么事？"满脸大胡子的汉子恶狠狠地白了方英典一眼。

"哎，是，是不关俺什么事。"方英典心平气和地说，"麻袋里装的是个人吧？ 他犯了什么死罪啊？"

"范小娆你认识吗？ 她能弹会唱，可是春满园的头牌。"另一个撇了下嘴，露出一口大黄牙来，"是个大美人啊，要不卖给你回家当小老婆？"

方英典一听，马上惊得目瞪口呆，脱口问道："真的是范小娆啊？"

"如假包换！"大胡子拍了下麻袋，"哎，里面的，你说你是不是范小娆？"

麻袋里的范小娆听到了外面的话，但是她的嘴被毛巾堵上了，说不出话来，只能拼命地扭动着身子。

范小娆的事，福驿庭客栈的孙老板已经跟方英典说过了，他没想到的是，她竟然被抓了回来并被投海喂鱼。 人心都是肉长的，救人性命，功德无量，何况是他见过几面的范小娆？ 即使是其他人，方英典也绝不会袖手旁观，就像出钱救宋占山的儿子宋家安一样。

"多少钱？ 俺买了。"方英典毫不犹豫地说。

"你真要买回家当小老婆？"大胡子嘿嘿一笑。

"嗯。"方英典不假思索地用力点了一下头。

大胡子和大黄牙听罢，似乎不相信，你看看我，我看看你，呆住了。老鸨花钱雇他们将范小娆投海，他们如果将她偷偷地卖了，他们不说，老鸨也不会知道。 听口音，这个小老头是个外地人，他买回去当小老婆，范小娆就不会再在貔子窝港出现，如同投了海，喂了鱼。 愣了半晌，他们两个　商量，白捡的钱不捡白不捡，就决定，卖！

"卖，你出个价吧。"大胡子冲大黄牙使个眼色，一齐将麻袋轻轻地放到了沙滩上，"尽管破了身，可人俊着呢，买回家当小老婆真不亏！"

人心隔肚皮，然而，方英典显然看透了他们想多要钱的心思。

"五十块现大洋。"方英典抬起右手，伸出了五个手指头。

老鸨才给了十块现大洋，他们就敢明目张胆地将范小娆投海，而这个小老头张嘴就是五十，看来是个有钱的主，再抬眼看看不远处的两条大货船，更坚定了他们要高价的想法。

"一百块现大洋，要不，俺们就将她扔到海里喂鱼。"大黄牙口气强硬地说。

"是，一百块，一分也不能少了。"大胡子帮腔道。

时间已经不早，货船得借潮起航，不能再耽搁了，救命要紧，方英典横下心来："好，一百就一百。"

爹要花一百块现大洋买一个艺妓回家当小老婆，是不是老糊涂了？在一旁观看的方兴通一听就傻了眼："爹，您怎么能……"

"你闭嘴，赶快上船拿钱去！"方英典挥了一下手，厉声道。

方兴通不敢再犟嘴，带着蔡铣朴一起乖乖地上了"牡丹号"，取回了一百块现大洋。

方英典接过钱袋子，掂了掂，交给了大胡子："拿去吧。"

大胡子喜出望外地接过钱袋子，也掂了掂，打开钱袋子看了一眼，然后又递给了大黄牙："一百块，差不多吧？"

大黄牙比大胡子年长一些，他担心方英典反悔，拉着大胡子就走："快走吧，别让人看见。"

两个人拿着钱袋子飞也似的跑了，方英典示意吴人庆他们解开麻袋口上的绳子，然后将麻袋立了起来。

麻袋滑落，蓬头垢面的范小娆出现在大家面前。

"好了，范小姐，你不用怕，跟俺去掖县吧。"方英典和蔼可亲地说。

范小娆马上认出了方英典，哭着说："方大人，您是菩萨心肠，可是，您不该救俺。"

"救人没有什么应该不应该，是天经地义的事。听俺的话，跟俺去掖县吧。"方英典说罢，背起手，向"牡丹号"走去。

去掖县，是真的给方大人当小老婆吗？范小娆在心里问着自己。那么，即使自己愿意，自己的身世也对不住方大人啊。

"范小姐，听俺老爷的话，走吧。"吴人庆和颜悦色地说。

"是啊，别辜负了老人家的一片苦心。"蔡铣朴也劝说道。

方兴通还在云雾之中，他看不透爹的心思，看了范小娆一眼，气呼呼地扭头走了。

范小娆犹豫了一会儿，决定跟随方英典去掖县了。她觉得，自己不能辜负了方大人的一片苦心，至于会不会给他当小老婆，到了掖县再说。现在，她最大的遗憾是不能给程立铭收尸。

"立铭，俺对不起你。"范小娆在心里说罢，哇的一下哭出声来。

第十九章
世事无常

过了农历三月三，春天就真的到来了，经过一个冬天的疗养，刘小虎的枪伤也痊愈了。春节前，方英典举办了简短而隆重的仪式，邀请诸多亲朋好友见证了他认刘小虎为干儿子的仪式，而在今天这个黄道吉日，刘小虎终于要名正言顺地迎娶心上人宋家宁了。

或许，在这个世界上，圆满的事是根本不存在的，年前的貔子窝港之行让宏德堂赚了个盆丰钵满，积累了大量的财富，也给方英典留下了一个无法弥补的遗憾，那就是，跟随他到貔子窝港的那只报平安的信鸽并没有飞回来。方英典爱鸽如命，他觉得有个宝贝遗失了。那么，它是迷路了？还是被打伤了？也或者是遭遇天敌了？现在究竟是死是活？方英典心怀悲伤，经常会无意识地走到鸽子屋前，希望它能奇迹般地回家。但是，没有。

无论是方英典还是刘小虎都应该感到庆幸，至今看来，一向诡计多端、言而无信的宋占山竟然没有违背他与方英典及虎头村老族长马炳忠的约定，同意让宋家宁嫁给刘小虎。几天来，方英典亲自执笔挥毫，写下喜帖，由管家潘士光送到亲朋好友的府上。现在，宏德堂的庭院里红灯高悬，红纸金字的双喜格外耀眼，门楼的大槐树也再次披上了节日的盛装。方英典让潘士光进了上好的鸡鸭鱼肉等食材，请来了掖城北有名的厨师班子，备下了十几桌宴席，等待着嘉宾们的到来。毫无疑问，认刘小虎为干儿子，让两个痴男怨女终成眷属，了却了方英典一大心事。

民谚曰，九九加一九，耕牛遍地走。掖县的早春总是有几分寒风刺骨，不过今年有些异常，一阵又一阵的南风执着地刮过来，吹得麦苗摇头晃脑，返青生长，那些数不清的野草也都吐出了嫩芽。方英典知道，时节不等人，春日胜黄金，办完了刘小虎的婚事，宏德堂的上百亩地就得开始精心管理了。与此同时，在宏德堂的街对面，方英典相中了一块风水宝地，准备买下，建造一座日用百货零售商场。但是，他并不知道，这块地现在是一块香饽饽，宋占山觊觎已久，并捷足先登了。

了解宋占山品行性格的人都会知道，如果让他在方英典面前缴枪投降，那是绝对不可能的事，争强好胜且不择手段是他骨子里的东西。为得到两百块现大洋，营救被三只手袁路生绑架的儿子宋家安，他答应刘小虎娶闺女宋家安为妻是迫不得已，或者说是权宜之计。他自然不会服输，而是等待东山再起。商场如战场，宋占山心知肚明的是，从事海上运输，宏德堂已经独占鳌头，他几乎没有什么机会了，要发财只能走旁门左道。于是，他将贪婪的目光落在了一本万利的倒卖鸦片生意上。

在掖县商界，有个响当当的人物，名叫刘子山。早年，他闯荡青岛，独资开设福和永木材行，靠进口木材获取暴利。日军侵占青岛后，他又凭会说日语的便利条件，从日本人开设的扶桑官膏局批发鸦片烟膏，并承包烟土专卖店，大发横财。十多年前，宋占山与刘子山有过交往，便去青岛找到了刘子山。两个唯利是图的人一拍即合，宋占山成为日本烟膏的掖县总代理。利益让刘子山和宋占山走到了一起，不过，对于宋占山的德行，刘子山也颇为了解，他坚持现金交易，一手交钱，一手交货，绝不赊账。宋占山发财心切却身无分文，无奈之中，他将货船低价卖给了一个蓬莱人，然后进了大宗日本烟膏，在掖县转手倒卖，并引来了潍县及博山一带的烟膏经销商。随之，他又在掖城的黄金地段鼓楼南北大街上租下了一处老四合院，改造成大烟馆，取名"逍遥阁"，由儿子宋家安负责经营，一时生意兴隆，日进斗金。不到三个月，宋占山不但回了本，还赚取了巨额利润。这个时候，尝到甜头的宋占山愈加贪娄，拟开设逍遥阁分号，并将目光落到了宏德堂街对面那块属于武老汉的空地上，要买下来建大烟馆。

实际上，这块五亩许的地也不能叫空地，地上有干打垒的围墙以及三间海草房。武老汉的儿子闯关东十几年，终于发家致富，在哈尔滨置办了家业不回来了，只留下武老汉在家看门护院。武老汉的年纪越来越大，腿脚不便，早就准备卖掉这块地，去投奔儿子，只是苦于没有合适的买主。现在天遂人愿，利欲熏心的宋占山来了。

武老汉绝对不是个没有经济头脑的人，而是十分精明。当年，他独自一人逃荒来到方家村，凭着做豆腐的手艺，开了一间豆腐坊。他早出晚归，辛勤劳作，毫不夸张地说，这块地相当于是他用一块块雪白的豆腐堆积出来的。当然，他对宋占山也早有耳闻，并无好感。所以，那个下午，当宋占山带着管家罗良基主动找上门来，提出要买这块地的时候，武老汉流露出的是一副不屑一顾的神情。或者说，卖地心切的他要卖出个好价钱，就不能让宋占山看出来，他必须沉得住气，待价而沽。

"这块地可是在方家村的中心，你在掖城北也找不出第二块来，俺还真不舍得卖啊。"武老汉坐在快要散架的破太师椅里，眯缝着一双小眼，欲擒故纵地说。

武老汉准备卖地，然后去哈尔滨找儿子的事早就传出去了，只是一时没有买主。无论是宋占山还是罗良基都明白，他这是要小心眼儿，吊他们的胃口。

"武大叔，你就别卖关子了，卖，还是不卖，你给个痛快话。"罗良基责怪道。

"是啊，你别在这里瞎耽误工夫了，俺还得去别的地方看看。"宋占山不耐烦地说，"现在兵荒马乱的，生意都不好做，有钱的不多，好地方可有的是。"

还得去别的地方看看？武老汉心想，尽管宋占山说的是假话，可是此言不虚。城头变幻大王旗，如今时事混乱无常，小本生意都维持不下去了，纷纷破产倒闭。当然，武老汉不知道的是，宋占山之所以将大烟馆选在了宏德堂的街对面，除了这里的地理位置好，周围村庄密集，住户与生意人众多，更重要的是他要向方英典叫板。宋占山觉得，在方英典的眼皮子底下有了这个立足点，就像是在他的喉咙里扎下了一根永远也拔不出的刺儿，想想都痛快。

"俺也没说不卖啊。"武老汉将了下雪白的山羊胡，"俺倒是想问问，你买这块地干什么？"

"现在干什么还能挣钱？开大烟馆。"罗良基不假思索地说。

开大烟馆？武老汉一愣，久久不语。无论如何，在他的眼里，这不是一个正经生意，甚至是大逆不道。可是，他又急于出手这块地，而且还试图卖个高价，宋占山无疑是个不二人选。那么，究竟是卖还是不卖？几经犹豫，在道义与利益面前，武老汉最终毫不意外地选择了后者。

"卖，谁说不卖了？"武老汉反问道。

"你要是想卖，那就痛快点儿，出个价吧。"罗良基催促道。

"你们主动找上门来，还是你们先报个价吧。"武老汉狡黠地一笑。

宋占山早有心理准备，马上伸出了五个手指头："五百块现大洋，一次付清。"

武老汉一听，脸色马上阴沉起来："你这是来捡破烂啊？俺不卖了，你请回吧。"

"你……"罗良基急了。

卖的抬价，买的砍价，其实，他们心里都有一个底价。对此，宋占山心知肚明。

"武大叔，你这可不是在做买卖。"宋占山抬头看了眼露着杂草的房顶，摇头晃脑地说，"是在赌气啊。"

当年，武老汉卖豆腐都会斤斤计较，分厘不差，何况是卖地。

"赌气？赌什么气？你拍拍你的良心，这块地就值五百块现大洋？"武老汉抖动着山羊胡子，气冲冲地说。

"好，好。 一个愿卖，一个愿买，别伤和气，武大叔，你就实实在在地出个价吧。"善于察言观色的罗良基连忙打圆场道。

"罗管家，说了半天，你这倒是像句人话。"武老汉瞥了罗良基一眼，不紧不慢地说，"一千五百块现大洋，一分一厘也不能再少了。"

一千五百块现大洋？ 这无疑是漫天要价！ 罗良基和宋占山一听，一个怒形于色，一个却笑出声来。

"哈哈，俺说武大叔，你这是狮子大张口啊。"宋占山揶揄道。

"一千五百块现大洋，你还真敢张嘴。"罗良基走到屋门口，拉开门，又咣的一声关上，"外面风大，别闪了你的舌头！"

讨价还价就这么成了唇枪舌剑，武老汉却是应对自如。

"哼，果然是狗嘴里吐不出象牙来。"武老汉被罗良基的话激怒了，恶狠狠地看着他，"俺问问你，买地的事儿你说了算吗？"

"俺……"罗良基一时语塞。

"好了，罗管家，你少说两句吧。 俗话说，买卖不在仁义在。 武大叔，你说是不是啊？"宋占山的脸上勉强挤出了一丝笑意。

笑里藏刀，这是武老汉对宋占山的判断。 他和罗良基一个唱白脸，一个唱红脸，这都是生意场上的老套路，武老汉见得多了。 问题的关键是，武老汉急于卖，而宋占山急于买，就不会做不成这笔买卖。

"宋老板，你这话俺愿听。"武老汉从破太师椅里站起来，拄着拐杖，颤颤巍巍地走了两步，"咱们就别藏着掖着了，都痛快点儿，俺一口价，一千块现大洋。"

一千块现大洋正是宋占山的心理价位，或者说，这是一个公平的价格。

"好，就一千块！"宋占山马上答应道。

"看来，宋老板是个爽快的人呐。"武老汉满意地说。

"武大叔，说实话，你可是赚大发了。"宋占山走到武老汉的跟前，抬手捋着他的山羊胡，"现在，真是民不聊生啊，谁还有钱买地啊？"

武老汉拿掉宋占山捋胡子的手，不气也不恼，反而笑嘻嘻地说："怎么没有？你不就是一个吗？"

一来二往，这笔土地买卖就这么定下来了。不过，宋占山不讲诚信是路人皆知的，武老汉不得不防，所以他坚持一千块现大洋得一次付清，而宋占山刚进了一批日本烟膏，一时并没有这么多钱。最终，宋占山与武老汉约定，待他卖出了这批货，就提着现银来签字画押买地。

这几天，方英典忙着给刘小虎操办婚事，并不知道武老汉跟宋占山已经谈妥了。在买地这件事上，方英典已失去了先机。

现在，太阳已经爬过墙头，在老司仪彭总管的指挥下，迎亲的队伍排成长队，吹吹打打地向虎头村走去。

其实，新娘宋家宁被刘小虎从芙蓉岛上接回来，就一直住在宏德堂东院的那间客房里，宋占山派管家罗良基来接过多次，她都拒绝了。明天就要举办婚礼了，总不能从宏德堂里出嫁，直到昨天下午，宋家宁才在众人的劝说下，跟随罗良基回了虎头村。宋家宁知道，在虎头村度过这难熬的一夜，她就永远不再与这个叫宋占山的人有任何关系了。

屈指算来，宋家宁由芙蓉岛来到宏德堂已有数月。她住的客房跟方兴通与任明凡的厅房只有一道爬满蔷薇的篱笆墙相隔，所以两个不幸的女人很快就不期而遇了。

海边多猫，家养的有，流浪的也有，同时海边臭鱼烂虾甚多，这里是猫的天堂。走到路上，说不定什么时候就会冷不丁地蹿出一只猫来，吓人一跳。那个早上，宋家宁还在睡梦中，就听到门外有猫叫。喵儿，喵儿，那声音就像是刚会说话的孩子在哭着叫"妈妈"。

这是一只常见的狸猫，圆头大脸，斑纹如虎。它从宏德堂东院的阳沟爬进来，顺着蔷薇篱笆，跌跌撞撞地来到了宋家宁的屋门口。

宋家宁被猫的叫声唤醒了，披衣下床，开了屋门。

"花儿——"宋家宁吃惊地喊道，"你回来了！"

像乡村的女孩子们一样，宋家宁也喜欢小动物。 当年，刘小虎投其所好，从街上拾了一只流浪的小花猫回来。 那时，它已经奄奄一息，如果不是刘小虎的出现，它就饿死了。 宋家宁自然是爱不释手，为它起名为"花儿"。 宋占山棒打鸳鸯散，将刘小虎无情地赶出了家门后，花儿就成了她的感情寄托和最大的心理安慰。 在某种程度上，花儿是心上人刘小虎的化身。 白天，她将花儿搂在怀中，晚上，花儿就睡在她的被窝里。 宋占山知道花儿的来路，他要彻底断了宋家宁对刘小虎的念想，便让管家罗良基将花儿扔了，扔得越远越好。 主子宋占山的话就是皇上的圣旨，尽管罗良基也明白花儿对宋家宁来说意味着什么，还是趁花儿独自到院里玩耍时抓住了它，然后把它塞进了面袋里。 在虎头村或者邻村，有人家不愿再养猫了，就将它扔到海边，让它自生自灭。 猫多半是认路的，有的能自己找回家。 所以，罗良基就没把花儿扔在海边，而是借着进掖城的机会，扔在了城里一家小饭店的门口。 虎头村离掖城三十多里，罗良基想，这么远，无论如何它也找不到家门了。

　　这只叫花儿的猫就这么神不知鬼不觉地失踪了，宋家宁找遍了院子里的每个角落，却是一无所获。 她做梦也不会想到，是爹宋占山指使管家罗良基偷偷地将它扔在了掖城。 毫无疑问，花儿是她的宝贝，失去它就像是有人在她的心脏上挖去了一块肉。 她整日郁郁寡欢，以泪洗面，以后的日子更加暗淡无光。

　　人们常说，狗是忠臣，猫是奸臣，只要给猫好吃的，它就会忘了原来的主人。 然而，花儿却与众不同，它本是一只流浪猫，是那个叫刘小虎的人将它抱回了家，救了它一命，它想念自己的主人宋家宁，就一边从垃圾堆里翻找吃的，一边寻找着回家的路。

　　昨天晚上，历尽千辛万苦，病入膏肓而瘦骨嶙峋的花儿终于回到了虎头村，跌倒在宋占山的门口。 它并不知道，主人宋家宁已经去了宏德堂。 这时，管家罗良基推着自行车从院里出来，准备去顾秋燕家，一开院门就发现并认出了这只被他扔掉的叫花儿的猫。 这么远，它竟然找回

357

来了！ 罗良基很吃惊。 花儿也看到了罗良基，有气无力地叫了两声，支撑着虚弱的身体想站起来，却动弹不了。 它吃力地抬头注视着这个把它扔掉的人，眼里没有恨，只有乞求。 是他把它扔掉的，还扔得那么远，它快要死了，这真是作孽啊。 罗良基一时良心发现，破天荒地动了恻隐之心，就把它抱了起来。 怎么办？ 它要找它的主人宋家宁，那就把它送到宏德堂吧。 他想，如果善良的顾秋燕知道他做了善事，一定会对他又亲又抱，好好奖赏他的。 罗良基这么想着，就将花儿揣进了怀里，骑上车子，直奔方家村，来到宏德堂的院外。 罗良基知道，宋家宁住在东院的客房里，他就将花儿轻轻地塞进了客房东墙的阳沟，然后骑上车子找顾秋燕邀功去了。

花儿已是气息奄奄，昏倒在阳沟里。 直到天亮了，它才睁开了眼，慢慢地向院里爬去，最终来到了主人宋家宁的房门前。 喵儿，就在宋家宁拉开房门之时，它看了她一眼，便声音虚弱地惨叫一声，倒在了地上。

见了主人宋家宁最后一面，花儿就这么死了。 宋家宁蹲下身来，轻轻地抱起了花儿，她泪流满面，痛哭失声。 花儿是世界上最有良心的猫，她觉得，似乎在冥冥之中，有一根无形的线将她与花儿连在了一起，就像自己与刘小虎一样。

掖县的早春依然十分寒冷，南风与北风在空中纠缠，互不相让，总是热一阵儿又冷一阵儿。 突然，有一股寒风吹过来，宋家宁冻得直打哆嗦，泪水沾湿的脸颊也如刀割一般。

"姐啊，你这是……"任明凡趴在蔷薇篱笆上，小声问道。

任明凡睡得早，起得也早，站在廊檐下，抬头望着天，就听到了宋家宁的哭声。 不幸的婚姻让任明凡生无所恋，现在终日陪伴她的便是《红楼梦》和李清照的诗词。 自然，她也知道了刘小虎与宋家宁的悲情故事，是方兴通告诉她的。 任明凡觉得，她们都是不幸的女人，只是造成不幸的缘由不同。 她绕过蔷薇篱笆，将宋家宁搀扶起来。

宋家宁一把鼻涕一把泪地讲述了她与花儿的故事，任明凡听得也是泪水涟涟。她们一起将花儿埋在了蔷薇篱笆下，任明凡又说了好多安慰的话。同病相怜，她们从此有了伴儿，成为知心朋友。

在这个纷乱的世界上，不幸的女人数不胜数，却各有各的不幸，比如任明凡和宋家宁，再比如范小娆。

去年初冬的那个傍晚，当潘士光的老婆乔玉芬领着失魂落魄的范小娆住进东院客房的时候，任明凡正在宋家宁的屋里教她吟诵李清照的词《点绛唇·闺思》：

　　　　寂寞深闺，柔肠一寸愁千缕。惜春春去，几点催花雨。

　　　　倚遍阑干，只是无情绪。人何处，连天衰草，望断归

来路。

宋家宁聪明伶俐，很快就背过了这首词，但是对词的含义却是似懂非懂。

一掷百银，救下了无亲无故的范小娆，方英典并不感到后悔，尽管受到了家人的误解及乡亲们的非议。当然，他不会像貔子窝港那两个黑心肠的小混混说的那样，将范小娆纳为小妾。续弦可，纳妾不可，这是老祖宗定下的堂规，任何人不得违背。在方英典看来，宏德堂兴盛百年而不衰，正是有这些金科玉律在保驾护航。范小娆守身如玉，是个多才多艺的苦命女子，方英典怜其命运，更不能见死不救。在从貔子窝港回来的船上他就想好，先将她安顿下来，待其平复了情绪，适应了新的环境，就让她找个善良的人家嫁了，然后生儿育女。那么，她就会重拾人间烟火，过上正常人的日子，这无疑是她最好的归宿。

方英典为什么要花那么多现大洋来救她？范小娆百思不得其解。许多年前的那个春天，在春满园那间叫紫藤阁的雅间里，范小娆认识了这位来自掖县的方大人。那是方英典准备做海上运输生意，在亲家任振

359

德的陪同下，第一次来到貔子窝港，任振德出面请木材供货商曲寿龄和粮食供货商聂存仁，来听范小娆的小曲。 在范小娆的眼里，方英典温文尔雅，是个德高望重的正人君子。 她只是没有想到，在她即将命丧大海的时候，他会花一百块现大洋救了她。

范小娆觉得，方英典不应该救她，花了冤枉钱。 实际上，在心上人程立铭被石营长的兵乱枪打死的那一刻，她的心也死了，现在的她无异于行尸走肉。 所以，跟着方英典上了"牡丹号"货船，她就后悔了。 船到半路，她便乘船员不备，从船舱里跑出来，跳进了深不见底的大海。

"程立铭，俺来找你了。"范小娆哭喊一声便沉了下去。

这个时候，刘小虎正在甲板上巡视，突然看到有个模糊的人影掉进了海里，接着便听到了范小娆最后的呼喊。

"有人跳海了，快来救人啊。"刘小虎跑到船舷前，一边高声呼喊着一边跳下了船。

刘小虎身强体壮，生来好水性，但是咸滋滋的海水灌进了他肩胛处的伤口，让他疼痛难忍。 他侧着身子，紧咬牙关，单臂划水，向时沉时浮的范小娆靠近。

站在船头上的几名船员闻声跑了过来，有人拿来了绳子，奋力投入了海中。

一下，两下，三下……竭尽全力的刘小虎终于划到了范小娆的身边，伸手一把抓住了她的袄领，继而搂住了她的肩膀，拖着她转身向船边游来。

"刘小虎，抓住绳子。"一名船员大声呼喊道。

失去了深爱着的程立铭就是失去了一切，范小娆真的不想活了，她拼命挣扎着欲摆脱刘小虎粗壮的手臂。 但是，刘小虎的手臂像一把巨大的钳子死死地夹在她的肩膀上。 终于，刘小虎抓住了绳子，又缠在了范小娆的腰间。 船上的船员们将范小娆拖上了船，再次放下绳子，将刘小虎拉了上来。

范小娆面无血色，冻得瑟瑟发抖，马上被船员们抬进了船舱，有人拿来被子裹在了她的身上。

"你……你们为什么非要救俺？ 为什么不让俺死？"范小娆有气无力地问。

听到动静的方英典来到了这间船舱，眼前的景象让他顿时明白刚才发生了什么。

"老爷，她想不开，就是想寻死，请您劝说她两句吧。"刘小虎披上了一件厚棉袄，对方英典说。

"好死不如赖活着，你明白吗？ 到了掖县，就没有追杀你的人了，你可以开始新的生活。 俺向你保证，俺救了你的命，也会让你以后过上好日子。"方英典思忖片刻说。

"是啊，你不能辜负了老爷的一片好心啊。"刘小虎马上帮腔道。

"方大人，您是个好人。 可是，您真不应该救俺啊。"范小娆抬起一双美丽的杏眼，说罢便泪流满面了。

"人命关天，你是一个活生生的人啊！ 俺见死不救，与杀人害命有何区别？ 如果那样，还算个人吗？"方英典的情绪有几分激动了。

"俺老爷慈悲为怀，是活菩萨啊。"刘小虎感恩戴德地望着方英典，良久才转过身来对范小娆说，"你不知道，老爷当年收留了俺，没让俺流落街头，对俺也是恩重如山啊。 现在，你也一样，只有好好活下去才能报答老爷的大恩大德啊！"

"是啊，老爷是个大好人，你不能伤了老爷的心啊。"船员们七嘴八舌地说。

听了众人的劝说，范小娆慢慢地冷静下来。 是的，方英典大人和蔼可亲，心地善良，是个难得的好人，她想表达感恩之意却没有说出来。来日方长，一切就等到了掖县再说吧，她在心里对自己说。

人间自有真情在，来到掖县，宏德堂人的温暖渐渐融化了范小娆冰冷的心。 原来，方英典并没有纳她为妾之意，就是为了救她一命。 正像刘小虎和船员们所说的那样，她突然觉得，自己不能辜负了方大人的一片好心，必须勇敢地活下去，如果有机会，她还要像刘小虎一样报答方英典的救命之恩。

想想真是匪夷所思，在宏德堂的东院里，就这么一下子住进了三个命运坎坷的女人。她们有共同的苦，也有不同的痛。抱团取暖，她们很快就成为情同手足的姐妹。范小娆能弹会唱，方英典就让潘士光到掖城买来了一架扬琴，让她旧曲新唱，从而忘记过去的烦恼，开始新的生活。

琴声悠悠，清脆而婉转，在一个阳光明媚的午后，在任明凡和宋家宁的鼓励下，范小娆终于拾起琴竹，打起了扬琴。

悦耳动听的琴声漫过东院，在宏德堂的上空随风飘荡。这个时候，太太陈尚云正领着女儿方兴逦，坐在厅房廊檐下的长椅上，有说有笑地晒太阳。

时光如流水，方兴逦已经七岁了，活泼又可爱。方英典的思想观念是复杂而多样的，有时候他很保守，比如坚持让方兴通娶娃娃亲任明凡，酿成了一出婚姻悲剧。有时候他又很开明，像亲家任振德摒弃旧观念让女儿任明凡上学一样，方英典也让方兴逦到南书房里读书。他寻思着，宏德堂的生意会越做越好，家大业大，方兴通需要可靠的帮手。

"娘，您听，真好听，咱们过去看看吧。"方兴逦显然被范小娆打奏出的美妙琴声吸引住了，扭头看着通向东院的月牙门，笑眯眯地请求道。

听了方兴逦的话，陈尚云目光游移，最终落在了东院墙上，却是愁眉不展，半晌不语。自从老爷方英典从貔子窝港带回了范小娆，她就觉得如鲠在喉，心里不舒服。真是人言可畏啊，方英典出手大方，花了一百块现大洋，从貔子窝港买回了一个妓院的漂亮女人，已经在村里村外传开了。有称赞的，说他心善，是活菩萨。也有居心叵测的，说他色迷心窍，金屋藏娇，当是图谋不轨。众说纷纭，莫衷一是，而对于一个女人来说，或许更相信后者，就像太太陈尚云一样。

百余年来，宏德堂的女人都是有一定家庭地位的。 老老爷方继先在世时曾经说过，宏德堂的女人识大体、顾大局，是天底下最好的女人，宏德堂的兴旺有她们的一份功劳。 但是，宏德堂的男人又都是男权主义者，唯我独尊，向来说一不二。 面对不公或者不解，女人们敢怒而不敢言，陈尚云连怒也不敢。 在某种程度上，女人逆来顺受甚至是忍辱负重，成为家和万事兴的基本保障。 根植在这片传统观念浓厚的土地上，家长制与一言堂盛行，宏德堂的男人自然也不会例外。

"娘，俺想过去看看。"见陈尚云没有回话，方兴逦再次请求道。

过去看看？ 陈尚云也想过去看看这个范小娆到底是个什么样的女人，能让方英典不惜一百块现大洋把她买了回来。 可是，自从嫁进宏德堂，陈尚云就遵循三从四德，相夫教子守妇道。 在好奇心的促使下，她几次走到通向东院的月牙门口，又都迟疑地站住了。

"不去，她有什么好看的？"陈尚云两眼一瞪，将心中的怨气发泄到闺女方兴逦的身上，"俺告诉你，老老实实地给俺在这里待着！ 现在不能去，以后也不能去，你要是敢去，俺就砸断你的腿！"

老来得女，实属不易，像方英典一样，陈尚云视方兴逦为掌上明珠，还从未这么训斥过她。 方兴逦尚年少无知，不会懂得娘为什么发火，就鼻子一酸，伤心地哭了。

"你哭什么哭？ 学坏容易学好难，你知道吗？ 近朱者赤，近墨者黑，你知道吗？"陈尚云怒气未消，在方兴逦的屁股上拍了一巴掌，"走，回屋读书去！"

陈尚云落在方兴逦屁股上的巴掌并不重，有些象征意义。 蜜罐里长大的孩子受不得半点委屈，方兴逦借题发挥，顿时号啕大哭起来。

"别哭！ 你给俺闭嘴！"陈尚云彻底恼了。

此时此刻，老爷方英典正在是知书屋里写对联。 新春佳节就要到了，为乡亲们送上他亲自书写的对联，看着他们的笑脸，总会让他感到欣慰而满足。 蓦地，外面传来了太太陈尚云的训斥声和闺女方兴逦的哭泣声，一下子破坏了他的好心情。 于是，他浓眉一皱，将毛笔扔进墨池里，然后拉开房门，脸色阴沉地走了出来。

"吵吵闹闹，哭哭啼啼，成何体统？"方英典站在书房门口，厉声问道。

陈尚云不敢与方英典对视，扭头看着西厢屋，一声不吭。 方兴逦却仿佛见到了大救星，飞跑过去，扑到爹的怀里。

"俺想到东院看看那个打扬琴的大姐姐，俺娘就是不让俺去。"方兴逦泪眼婆娑地说。

是知书屋的东墙有三个小窗户，离地五尺许，雕花的窗棂甚是好看。 刚才，琴声清晰地传进屋来，令方英典有了些许安慰。 来宏德堂这么多天了，今天看来，范小娆终于放下苦恼与忧愁，要面对新的生活了。 有小曲助兴，方英典来了精气神，挥毫疾书，一连写了好几副对联。 笔走龙蛇，力透纸背，方英典自己都在心里叫好。

现在，听了闺女的话，方英典似乎明白了什么。 有些女人心小如针鼻，陈尚云自然也不是超凡脱俗之人。

"身子正，不怕影子斜，你当俺方英典是什么人呐？"方英典亲热地抚摸着方兴逦的脸，又昂头看着天，好像在自言自语，"宏德堂有宏德堂的规矩，俺丢不起那个人！ 古人说得好啊，天下本无事，庸人自扰之。"

毫无疑问，方英典的这些话是说给陈尚云听的，而值得庆幸的是，她一字不差地都听懂了。 是啊，宏德堂的男人守规矩，重名声，从来没出过什么风流韵事。 她相信，方英典也不会做出有辱门风而愧对祖宗的龌龊事，从而让人在背后指脊梁骨，他纯粹是为了救人一命，自己是多虑了。

"兴逦，谁说不让你去的？ 俺是想让你叫上你爹一起去。"陈尚云不自然地兀自笑了笑，给自己找了个台阶下。

陈尚云借坡下驴，方英典便顺其自然，对方兴逦道："去，叫你娘一起去。"

大人们喜怒无常，方兴逦还一时想不明白，不过满足了她的心愿就好。 于是她高高兴兴地跑到娘的跟前，拉起她的手，与爹一起迈过月牙门，来到了东院。

三个女人一台戏，何况是各有不幸的三个女人。 但是，在美妙的琴声中，她们似乎忘记了各自的烦恼。

"爹，娘。"最先看到他们的是坐在屋门口的任明凡，她连忙站起来，轻声喊道。

对范小娆和宋家宁来说，方英典是大恩人，她们也马上起身，毕恭毕敬地鞠躬施礼。

"都坐下吧，范小姐，请你接着打，俺这闺女爱听着呢。"方英典坐在任明凡搬来的椅子上，挥了下手，微笑道。

范小娆的眼睛红红的，动作优雅地在扬琴前坐好，深呼一口气，打奏起了江南名曲《倒垂帘》。

方兴逦倚靠在爹的怀里，开心地笑着，方英典摇头晃脑地跟着节奏，陶醉其中，只有陈尚云心不在焉，要跟任明凡说说话。

任明凡嫁进宏德堂的日子已经不短了，可是她的肚子还没鼓起来，陈尚云抱孙子心切，就不能不着急上火。

方兴通的心里只有济南府的江秀芝，期待着有一天能解除与任明凡的婚姻，娶江秀芝为妻。 他相信，这一天终会到来。 他与任明凡不同房，自己睡在东套间里，这是只有他和任明凡才知道的秘密。

自然，任明凡是个敏感而心细的女人，听着琴声，眼睛的余光却看到了婆婆陈尚云正向她这里张望。 任明凡觉得，婆婆想跟自己说话，肯定会问一些让自己难以回答的问题，比如，有喜了没有？ 那么，就必须离她远点儿，让她搭不上话。 至于自己与方兴通的秘密能保持多久，自己将来是否离开宏德堂，也听天由命，无论是个什么结果，自己都会坦然接受。或许，这就是命运的安排。

面对三个特殊的观众，范小娆打奏得更加认真而专注，琴声悠扬，饱含深情。

方兴逦显然被迷住了，她先是从爹的怀里站起来，愣了一会儿，才慢慢地向范小娆走去，最后站在了扬琴前。陈尚云伸手想把她拉回来，却被方英典用严肃的眼神阻止了。

"别拦着，她要感兴趣，就让她跟着学。"方英典小声道。

范小娆已经听任明凡说方英典有个小闺女叫方兴逦，这是她第一次见。

"小妹妹，喜欢吗？"范小娆抬起头来，笑嘻嘻地看着方兴逦。

方兴逦下意识地回头看了爹和娘一眼，然后点头说："嗯，俺喜欢。"

"来，俺教你。"范小娆的目光也落在了方英典的脸庞上，从他的眼神可以看出，他是默许的。

范小娆亲热地让方兴逦坐到琴架后的凳子上，将两支精巧的琴竹递到了她的手里，然后握住她的手腕，抬高，落下……

这便是方兴逦的音乐启蒙，范小娆循循善诱，她则心领神会。闺女还真是块有音乐天赋的好材料！方英典看在眼里，喜在心里，便当场让方兴逦拜范小娆为师。

方兴逦是宏德堂的大小姐，范小娆觉得自己身世卑微，承受不起，却又不能拒绝。她突然发现，教方兴逦学打扬琴，是眼下报答方英典救命之恩的最好机会。

"好的，方大人，兴逦小姐聪慧过人，对打奏技法的感觉也好，您就放心吧，她一定能学好。"犹豫片刻，范小娆答应下来。

就这样，范小娆收下了方兴逦这个小徒弟。从那以后，方兴逦在南书房读完了书，便来到东院学打扬琴。任明凡和宋家宁也经常过来玩耍，为方兴逦加油鼓劲，成为她们师徒俩最忠实的听众。

日子过得很快，这天下午，宋占山的管家罗良基来到宏德堂，接走了宋家宁，任明凡和范小娆的心里还空落落的。但是她们知道，宋家宁马上就会嫁进宏德堂，方英典将东边的三间客房打通，修葺成干儿子刘小虎的临时新房，她们还会在东院里共同生活，相依相伴。第二天，看着迎亲的队伍吹吹打打地出了宏德堂的巷口，任明凡和范小娆还一时情绪激动，双双流下了热泪。有情人终成眷属，她们为新娘宋家宁庆幸，更为新郎刘小虎高兴。

　　现在，刘小虎坐在官轿里，心脏怦怦直跳，喜极而泣。但是，一想起丈人宋占山，他就气不打一处来，这是他一辈子都不想见到的人。刘小虎想，如果不是他百般阻挠，或许自己和宋家宁的孩子都会满地跑了。但是今天，刘小虎必须要见他，还要给他磕头行礼，叫上一声"爹"。这是没办法的事情，不过这一关就娶不走宋家宁，他得硬着头皮走完这套程序。

　　迎亲的队伍出了方家村，然后一路往西，终于来到了虎头村的村东口。彭总管马上提起了精神头，高声指挥着鼓乐手吹打起来。管家潘士光呼喊着提灯笼和举彩旗的孩童，让他们停止嬉闹，各司其职。

　　宋家宁的家在村西边，迎亲的队伍穿街过巷，引来了看热闹的乡亲们。他们尾随在队伍的后面，好奇而兴奋。终于，刘小虎的官轿停在了宋家门口，鼓乐队一字排开，吹打得更加欢快。然而，人们发现，宋家的朱漆大门紧闭，门口连个喜字都没贴，更别说有迎接的人了。

　　"潘管家，你看这是……"彭总管好生奇怪，快步跑过来问潘士光。

　　"不对，这事儿不对头了。"潘士光也看出了事有变故。

　　宋占山诡计多端，难道他再次食言了？潘士光这么一想，就吓出了一身冷汗。他推了下门，里面插着门闩，遂趴在门缝儿处往里望去，院里竟然空无一人。

　　"宋老板——"潘士光顿觉大事不妙，双手抓起两只硕大的铜门环，用力地拍打着铺首，那阵势就像许多年前，宋占山来宏德堂找刘小虎要闺女宋家宁而拼命地砸门一样。

啪！啪啪！厚重的大门微微颤抖，但是无论潘士光怎么拍，怎么砸，院里依然毫无动静。

刘小虎似乎明白了什么，从官轿里猛地跳下，急匆匆地走到门口。

"刘老大，这……"潘士光的脸上阴云密布。

"唉，宋占山这个狗东西，言而无信，他还是个人养的吗？"刘小虎咬牙切齿地说，"潘管家，他们肯定都不在家，不知把宋家宁藏到哪里去了。"

不管怎样，宋占山唱了一出空城计，是所有人都没有想到的。

彭总管也终于看出了门道，宋占山这是背信弃义，欺骗了方英典。说起来，彭总管与宏德堂算是有老交情了，几十年来，宏德堂的婚丧嫁娶都是由他来当司仪。他尽职尽责，从没出过差错。当然，宏德堂也对他不薄，事毕也总会多赏他一些钱。

"潘管家，您看这可怎么办啊？"彭总管急得团团转了。

怎么办？跟了老爷方英典这么多年，已是见多识广的潘士光也一时手足无措了。他抬头看看日头，知道出席喜宴的客人都已经齐聚宏德堂了。但是现在，新娘宋家宁却不见了踪影，花轿将空着回去，这可如何向来宾们解释？老爷方英典又会怎样把控这尴尬的局面？

潘士光没有回答司仪彭总管的话，只是心有不甘地再次拍响了大门："宋老板，快开门呐！今天可是个大喜的日子啊，你不能言而无信啊！"

不能言而无信？宋占山就是这种无耻小人，没有他不能干的肮脏事！刘小虎听到这里，多少年的怨气与仇恨一下子涌上了心头。人们看到，他已是怒不可遏，七窍生烟，一把将潘士光从门前推开，接着后退几步，又飞跑到门前，双脚离地，飞踹在了大门上。

"宋占山，你这个不讲信用的狗东西！你把宋家宁藏哪儿了？你快给俺滚出来！"刘小虎咆哮如雷。

两扇大门抖了抖，上面留下了刘小虎两个明显的脚印。他再次后退，重复着刚才的动作。一旁的潘士光想阻止他，想了想，最终放弃了。

哐！哐！震耳欲聋的鼓乐声早就停了，只剩下阵阵踹门声。刘小虎的双脚势大力沉，震得门框上的尘土纷然而落。

终于，大门开了一道缝儿，露出了管家罗良基的半个脑袋。

"刘小虎，你别再踹了，家里没人了，都走了，东家让俺在这里看门。"罗良基胆战心惊地说。

"罗管家，你说什么？"潘士光似乎不相信罗良基的话，双眼紧紧地盯着他，愤然问道，"你再说一遍！"

"都不在家，宋家宁也跟着走了。"罗良基说罢欲关上大门。

哐！说时迟，那时快，刘小虎飞起一脚，踢开了虚掩着的大门，罗良基躲闪不及，应声倒在了地上。

"说，他们都跑哪儿去了？"刘小虎冲进院里，一把揪住罗良基的衣领，将他拽了起来。

"俺……俺不知道啊，东家只是说让俺看好门。"罗良基拼命地挣脱开刘小虎，想走却又不敢走。

"你是管家，你怎么会不知道？"潘士光怒吼道。

当然，罗良基知道宋占山一家去了哪里。昨天下午，他从宏德堂接回了宋家宁，就按照宋占山的吩咐，与二狗子一起将她捆绑起来，塞进马车，拉进了城里。现在，宋家宁就在掖城宋占山的那个四合院里，被关进了一间没有窗的小黑屋。宋占山还从大烟馆叫来了一名雇工，把守在门口。宋家宁再想逃跑，已是插翅难飞了。这是宋占山在从宏德堂接回宋家宁之前就设计好的，可以说是早有预谋。按照掖城风俗，一个多月前，刘小虎就去宋占山家"下礼"了，有绫罗绸缎，也有宋家宁出嫁时穿戴的凤冠霞帔。然而刘小虎一走，气急败坏的宋占山就亲自将龙凤褂一把火烧了。刘小虎想娶宋家宁为妻，是痴心妄想，宋占山觉得，这是对刘小虎的惩罚，更是对宏德堂的报复。

"俺说潘管家啊，咱们都是听吆喝的，有些话能说，有些话打死也不能说啊。俺求求你了，别难为俺。"罗良基喘口粗气，满脸堆笑地抱拳作揖道。

罗良基说了软话，潘士光也觉得在理。现在，大家必须接受一个残酷的事实，那就是，刘小虎今天是娶不回宋家宁了。潘士光记得，在将那两百块现大洋交给宋占山的时候，自己曾提出让宋占山签字画押，保证履行婚约，却被老爷方英典当场拒绝了。

"口说无凭，能拿宋占山怎么样？刘老大，咱们回去吧。"潘士光想到这里，后悔莫及地对刘小虎说。

宋占山的家门前围满了看热闹的乡亲，大家指手画脚，议论纷纷。方英典出两百块现大洋，救回被三只手袁路生绑架的宋家安的事已是家喻户晓，宋占山当着老族长马炳忠的面答应刘小虎娶宋家宁为妻也是无人不知。然而，宋占山最终却是自食其言。乡亲们是朴实而善良的，无不对宋占山的不讲信用表达着不满。

刘小虎情绪低落，没有再上官轿，而是徒步向方家村走去。迎亲的队伍偃旗息鼓，没精打采地跟在刘小虎的后面。

"罗良基，你告诉宋占山这个王八蛋，早晚有一天，俺要亲手宰了他！"突然，刘小虎回过头来狂叫道。

罗良基没有回话，慌忙关上了大门，背靠在门板上，大气不敢出。这个时候，他绝对不会预料到，在后来的某一天，刘小虎实现了自己立下的誓言。当然，这是后话。

新娘宋家宁不见了，宏德堂里的人却是全然不知。现在，庭院里已经高朋满座，唱堂会的戏班子也已就位。当迎亲的队伍悄无声息地回来的时候，宾客们无不目瞪口呆，一个个坐也不是，站也不是，交头接耳，不知如何是好。

方英典似乎并没有感到意外，或者说，方英典已经有所预感，却不愿意相信自己的判断。联想到宋占山的反复无常，他还真担心今天会出现什么变故。他相信，宋占山绝不会顺顺当当地让刘小虎将宋家宁娶进门，一定会节外生枝，制造事端。但是，将宋家宁藏起来，不履行婚约确实又是方英典没有想到的。

"去，你去把马族长给俺叫过来，俺得问问这个保人，他是怎么作保的？"方英典听了潘士光的汇报吩咐道，然后转身回了堂屋。

这个时候，马炳忠就坐在院中的主席上，见潘士光脸色阴沉地向他走来，便吓得连忙背过身去。

"马族长，俺老爷有请。"潘士光强压怒火说道。

实际上，马炳忠是硬着头皮来参加刘小虎的婚宴的。宋占山来虎头村落户了这么多年，马炳忠太了解他的品行了，他担心会再出什么幺蛾子，所以在昨天晚上就去了宋占山家，结果发现他们一家人全都跑了，只留下了罗良基看门护院。宋占山答应刘小虎娶宋家宁为妻，是他与方英典做成的一笔交易，马炳忠是证人，也是保人。事到临头，宋占山却来了个金蝉脱壳，这让他如何向方英典交代？那么，他会连夜告诉宏德堂人吗？他又有何脸面去见方英典？思来想去，他还是决定佯装不知，免得脸面丢尽，自取其辱。

这几天，天气忽冷忽热，马炳忠的老寒腿又犯了，走路一瘸一拐的。他战战兢兢地进得屋来，声音颤抖地说："方大人，您找俺？"

"你……"方英典想发火，又压了下去，指着右手边的太师椅，轻声道，"马族长，你请坐吧，咱们坐下说。"

"方大人，您和俺都瞎了眼啊。不，是俺瞎了眼，不应该作这个保，自讨苦吃，俺向您请罪啊！"马炳忠屁股刚落到椅子里，又腾地一下站了起来，点头哈腰地说。

请罪能救得了这个场吗？潘士光一听，不禁火冒三丈："马族长，你这是……让宏德堂人丢人现眼啊！是给老爷的脸上抹黑啊！"

"是，是。可是，俺说潘管家，当时是你主动找的俺，让俺从中帮忙说和，俺才答应作的保人，俺也是一片好心啊，谁能想到宋占山会

371

……"马炳忠满脸委屈地说。

方英典心里明白，马炳忠说的是实话，如今的宋占山已经不是初来乍到的宋占山了，他的翅膀硬了，势力大了，早就不把老族长放在眼里。所以，马炳忠也是个受害者。

"好了，事已至此，说什么也没有用了。"方英典从太师椅里站起来，走到马炳忠跟前，淡淡地笑道，"马族长，这还真不能怪你，还得谢谢你啊，请回桌去吧。待会儿，需要你的时候，就给大伙儿说几句公道话吧。"

方英典如此宽宏大量，马炳忠感动得快要哭了。

"一定，一定。"马炳忠说罢，苦笑着冲方英典点点头，步履蹒跚地出了屋子。

目送马炳忠出了屋，方英典抬起双手，搓了把僵硬的脸，又向潘士光招了一下手："刘小虎在哪儿呢，把他叫过来吧。"

从虎头村回来，刘小虎就独自去了东院，来到干爹给他准备的新房里，坐在火红的婚床上，暗自流泪。当年他被宋占山扫地出门，走投无路闯进了宏德堂，是干爹方英典伸出援手收留了他，他才不至于流落街头。这些年来，干爹对他恩重如山，他也将宏德堂当作自己的家。人心都是肉长的，他与方英典情同父子。年前，当方英典举办隆重的仪式，认他为干儿子的时候，他感动得哭出声来。可是现在，新娘宋家宁失踪了，而婚宴已经摆好，这可让干爹如何应对？刘小虎知道，宏德堂人对名声最为看重，像对待生命一样维护着它，而他给宏德堂带来的却是人们茶余饭后的笑谈。所以，他不敢见干爹，躲了起来。而想到这些，他又恨不能一头撞死在婚床前。不，刘小虎对自己说，就是死，也要先宰了这个作恶多端的宋占山。

潘士光从老爷方英典的屋里出来，就在院里找刘小虎，没找到，又去了南书房，还是没找到，才来到了东院。他没想到，刘小虎竟然躲在了新房里。

"刘老大，老爷找你呢，你怎么跑这里来了？"潘士光心急火燎地问。

刘小虎抬头看看潘士光，已是泪眼模糊："潘管家，俺对不住干爹啊，俺给干爹添了这么大的麻烦……"

"你这是什么话？"潘士光反问道，"老爷可是把你当亲儿子看待的，是宋占山不守信用，老爷怎么会怨你？ 快走，听听老爷怎么说。"

刘小虎抹了一把眼泪，听话地跟着潘士光来到了方英典跟前。

"干爹，俺……"刘小虎话没说完，就一下子跪在了地上，磕起头来。

宏德堂屋内的地面都是用两尺见方的大青砖铺成，又厚又硬，刘小虎的头磕上去，嗵嗵作响。

"刘小虎，你这是干什么？ 快起来！"方英典见状，一拍椅子扶手，制止道。

"干爹。"刘小虎站起来，已是泣不成声。

方英典走过来，从衣袖里掏出手绢，递到刘小虎的手上："大喜的日子，哭什么哭？"

"干爹，俺不哭了，您说吧。"刘小虎擦干了脸上的泪水。

"好，你这才像个男人。"方英典欣慰地笑了笑，"没有新娘，婚礼也得照常进行，从此往后，宋家宁就是你明媒正娶的老婆，有这些宾客们作证，谁也改变不了。 宋占山他违背诺言，是他丢人，咱们害怕什么？ 你给俺振作精神，就当什么都没有发生，你能做到吗？"

"能，俺能。"刘小虎用力地点着头。

"潘管家，你去跟彭总管说，婚礼马上开始。 让他主持一个没有新娘的婚礼，俺相信他会拿捏好分寸。"方英典对潘士光交代道。

"是，老爷。"潘士光应道。

此时此刻，在掖城宋占山的那处四合院里，哭了一夜的新娘宋家宁正在疯狂地撞着小黑屋的门。 她无论如何也没有想到，爹宋占山会出尔反尔，自食其言。 她后悔轻信了管家罗良基的花言巧语，被骗了回来。

临时找来守门的小雇工坚守岗位，任凭她怎么哭喊也无动于衷，他只记住了主子宋占山的话："她要是跑了，就砍了你的脑袋！"

与刘小虎相爱这么多年，宋家宁经历了太多的磨难，眼见婚礼在即，却再次跌入万丈深渊。她与刘小虎情投意合，却是有缘无分，她觉得这就是她的命，无论怎么抗争也摆脱不了。宋家宁绝望了，就想到了死，这是她最后的挣扎，如同当年心灰意冷的任明凡一样。

宏德堂以文传家，以德持家，百余年来，自太爷方宝奎创建宏德堂那天起，这个高门大院里就发生过许多令人称道的传奇故事，成为人们津津乐道的话题。毫无疑问，这是几代宏德堂人的荣耀。但是，一场没有新娘的婚礼让来宾们惊叹而称奇，当彭总管站在唱堂会的戏台上，宣布吉时已到婚礼开始的时候，人们无不面面相觑，无所适从。主持了无数婚礼的彭总管审时度势，临时改变议程，让喜公公方英典率先致辞，说明情况。

"各位亲友，各位乡邻，真诚地欢迎诸位出席俺干儿子刘小虎的婚礼。"方英典不快不慢地走到戏台中央，整理了一下胸前佩戴的写有"父亲"的胸花，双手抱拳施礼，声音稳重而洪亮，"干儿子刘小虎与宋家宁婚事的来龙去脉想必大家都知道了，宏德堂可谓仁至义尽，问心无愧啊！他们的婚事有婚约在先，有虎头村的老族长马炳忠亲自见证。今天，俺为干儿子刘小虎操办喜事，光明正大，名正言顺。可是，谁也没有想到，宋占山却是言而无信，擅自毁约。俺要说的是，婚约必须履行，即使新娘宋家宁不能出席自己的婚礼，从今天起，她也是刘小虎的老婆，就是宏德堂的媳妇了，这已成铁的事实，是谁也改变不了的。各位亲友，各位乡邻，是非曲直，自有公道，俺恳请诸位贵客作个见证。"

"好，宏德堂有情有义，俺们都是见证人！"方英典的话音刚落，便有来宾应道。

"方大人说得没错，宋家宁已经是宏德堂的媳妇了。"又有人高声喊道。

"宋占山丧了良心，不讲信用，猪狗不如！"马炳忠见状，也颤颤巍巍地站了起来，声嘶力竭地说，"俺是刘小虎和宋家宁婚约的保人，也是证人。从今往后，宋家宁就是刘小虎名正言顺的老婆了！"

　　有了来宾们的理解与支持，彭总管觉得轻松多了。于是，在他有条不紊的引导下，新郎刘小虎拜了天地拜高堂，直至夫妻对拜，一人走完了所有程序。在大家的见证之下，一场没有新娘的特殊婚礼就这么匆匆结束了。

　　喜宴终于开席，在锣鼓喧天中，戏班子的演员们粉墨登场了。来宾们一边欣赏着名角的精彩演出，一边推杯换盏，尽兴畅饮。

　　方英典高举酒杯，向来宾们敬了三杯喜酒就回了堂屋，坐进太师椅里，长叹一口气，陷入了沉思。

　　如今，宏德堂已经占据了掖城北的大部分木材市场。在春节前，当年将方英典领上路的亲家任振德就变卖了在西由镇的所有家产，带着大掌柜梁洪斌，去烟台安了家。太太李丹霞离世，闺女任明凡出嫁，任振德已是孤家寡人。他要在烟台开始新的生活，他创办的达元亨商行后天上午就要开业，早就给方英典寄来了请帖。事有凑巧，开业庆典之日与刘小虎的婚礼日只差两天，喜帖都已发出，无法更改。从掖县到烟台有近四百里地，那个时候，尽管有了烟潍公路，坐汽车也得大半天的时间。所以方英典只能连轴转，办完了刘小虎和宋家宁的婚礼，第二天一早就出发，方能参加第三日的开业典礼。他心里明白，任振德要开始新的生活只是一方面，更重要的是为了不与宏德堂形成竞争关系，主动让出城北的木材市场，任振德才将达元亨商行迁往烟台的。毫无疑问，任振德是大度仁义之人，方英典十分佩服。开业典礼在即，他提前一天到场，就是对任振德感谢与尊重的表示。

第二十章

命运多舛

披星戴月，马不停蹄，这天晚上十时许，参加完达元亨商行的开业庆典，方英典和潘士光从烟台回到了宏德堂。

星光灿烂，乡村的夜晚静谧而安详，村民们都已经进入了梦乡，然而宏德堂里却灯火通明，人心惶惶。

"老爷，您可回来了。"方英典的脚刚迈进堂屋的门，太太陈尚云就急忙迎上前来，慌里慌张地说，"您走的这几天，可真是出了大事啊。"

方兴通和刘小虎以及蔡铣朴和老丫鬟乔玉芬都在，甚至平时不住在宏德堂的"睦亲号"船老大吴人庆也来了。方英典发现，他们个个脸色阴沉，一副不知所措的样子。

这些年来，经历的不顺与磨难太多了。遇事不慌，临危不乱，这是方英典主持宏德堂几十年修成的正果。来回三天，已经是疲惫不堪，他没有言语，径直走到太师椅前，抬手拍拍身上的尘土，又撩起长袍后襟，若无其事地坐了下来。然后，他双眼微闭，好像在思考着什么。

老爷不发话，其他人谁也不敢吭声。堂屋大厅里寂静异常，条案上的座钟滴答作响，人们能听到彼此的喘息声。

几家欢乐几家忧，亲家任振德那里开业大吉，一片喜庆，而宏德堂里却是气氛紧张，众人无不神情肃然。那么，究竟发生了什么大事？方英典在心里冷静地推测着……

其实，在刘小虎婚礼的第二天一早，为赶往烟台参加达元亨商行的开业典礼，方英典和临时住在宏德堂的潘士光走出大门的时候，就有了几多不祥的端倪。

那天天还没亮，月亮在天空的西南角散发着惨白的光芒，就在管家潘士光回身关门之时，蓦然发现有一张贴在门上的纸条在随风飘扬。

"老爷，您看。"潘士光揭下纸条，看了眼上边潦草的字，脸上随即露出了惊异而不安的神情。

"宋家宁被关在掖城宋占山的四合院小黑屋里，她想死，已绝食两天，速去救她。"纸条上这样写着。

纸条上的糨糊还没干，显然是刚贴上去的。

"这是谁贴上去的？ 他怎么知道宋家宁藏在哪儿？ 老爷，宋家宁要是真绝食饿死了，那可……"潘士光有些慌了。

方英典面无表情，拿过纸条看了眼："去，快去把刘小虎叫过来。"

刘小虎独守在东院里的洞房，早就醒了，或者说，他一夜没睡。 他思念着宋家宁，惦记着她的安危，却不知道下一步应该怎么办。 干爹方英典已经当着出席喜宴的来宾的面，宣布宋家宁已经是他的媳妇了。 那么，既然她已经是他明媒正娶的媳妇，他就想叫上几个膀大腰圆的船员，把自己的媳妇抢回来。 可是，她现在又在哪里？ 如果硬去抢，干爹方英典会同意吗？

"干爹，您找俺有事啊？"刘小虎被潘士光叫了过来，情绪低落地问。

方英典点了一下头，将手中的纸条递给了刘小虎："看来要出大事啊。"

刘小虎双手接过纸条，看了看，神色呆滞。 从小几乎在船上长大的他没上过学，大字认识不了几个。 刘小虎刚来宏德堂的时候，方英典曾想让他跟当年的潘士光一样，到南书房里上学认字。 可是他生性好动，根本坐不住，好像屁股上带尖，没几天就打退堂鼓了。 因材施教，刘小虎根本就不是块读书的料，教书先生找到方英典，让他打消刘小虎能识文断字的念头。 方英典意识到，刘小虎是个称职的船老大，读书却是赶鸭子上架，就不再强其所难了。

潘士光从刘小虎手中拿过纸条，念了一遍。

宋家宁要寻死，还绝食了？ 刘小虎一听，马上就惊慌失措了："干爹，这可怎么办啊？"

方英典仍然稳如泰山，没有回答。

"小虎啊，你能让老爷怎么办啊？ 老爷给你操的心还少吗？"潘士光心疼方英典，就毫不留情地反问道。

"救人要紧，俺……俺这就带人进城把她抢回来！"情急之下，刘小虎终于说出了琢磨了一宿的大胆而鲁莽的想法。

"小虎，你说什么？ 你是老爷的干儿子，也是宏德堂的人，怎么能干出这种上不了台面的事？"潘士光又将纸条塞给了刘小虎，责备道。

刘小虎拿着纸条，看看潘士光，又看看方英典，决意要破釜沉舟了。

"抢，不抢就救不了她！"刘小虎面色赤红，已经顾不了那么多了。

"老爷，小虎他可不能蛮干，这有损宏德堂的名声啊，您怎么也得表个态啊。"潘士光急火攻心地说。

时辰已经不早了，潘士光雇用的马拉轿车已等在了宏德堂的门口。原本，潘士光是想让宏德堂的马车送的，可这次去烟台，从方家村到平里店是单趟跑，空车回来没必要，老爷还是让他雇了一辆马拉轿车。

马是白马，毛色油亮光滑，体态健硕而长鬃飞扬。 车厢朱漆金边，窗棂的雕花红红绿绿。 那车把式也精神，穿着得体，戴着礼帽，一看便是有教养、见过世面的人。

"干爹，行还是不行，您就说句话吧。"见方英典不表态，刘小虎再次央求道。

方英典仍然没有说话，而是意味深长地看了刘小虎一眼，然后迈步向马车走去。 车把式眼疾手快，扶着他踩上脚凳，进了车厢。 潘士光见状，无奈地拍了拍刘小虎的肩膀，急忙提起白皮箱也上了车。随即，车把式扬鞭策马，向巷口奔去。

"干爹，您……祝您一路顺风啊！"刘小虎一路小跑，追了出来，高声喊道。

"刘小虎，你可得把那张纸条留好了啊。"终于，方英典推开车窗，伸出头来说。

白马奋蹄前行，拐出了巷子，马脖子上一串核桃状的铜铃铛声清脆悦耳，车后则是一阵尘土飞扬。不多会儿，马车便消失在刘小虎的视线里。他将纸条小心翼翼地叠好，塞进贴身的衣袋里，在巷口怔怔地站着。

"老爷，您刚才怎么不表个态啊，万一刘小虎他真去……"车厢里，潘士光坐在方英典的对面，试探地说。

方英典撩开车窗的布帘，神情泰然地看着窗外："万一什么？你觉得刘小虎真会去掖城抢回宋家宁吗？"

"是啊，就他那个火暴脾气，说不定就会干出这种惊天动地的事来。"潘士光心存担忧地说，"可是，他现在毕竟是您的干儿子，也是宏德堂人啊，要真是……"

方英典觉得，宋家宁现在绝食了，如果不去营救她，就会酿成更大的悲剧。他和潘士光去烟台参加达元亨商行的开业典礼，而趁他不在宏德堂，刘小虎带人去把自己的媳妇抢回来，是唯一的办法和难得的机会。对待宋占山这种毫无信用的无耻小人，就不能再循规蹈矩地按常理对待了。但是，他又不能明确表态同意，这与宏德堂的堂规家法及处事原则格格不入，只能是默许。他也相信，刘小虎肯定会明白他的意思的。

"刘小虎能眼看着宋家宁活活地饿死吗？随他去吧，这也是人命关天的事啊，不能顾忌太多了。"方英典从车窗外收回的目光，落在了潘士光的脸上。

潘士光从方英典的眼神中读出了几多忧虑与无奈，他终于明白，老爷不表态就是默许。

"是的，老爷，救人要紧，那就顺其自然吧，正好您也不在家。"潘士光想了想，就赞同道，"您刚才说让刘小虎留好那张纸条，是想找到这个报信的人吗？"

"嗯，也不要刻意去找，这个好心人说不定哪天就出现了。"方英典突然像想起来什么似的问，"潘管家，你不觉得纸条的字迹好像在哪儿见过吗？"

纸条上的字迹很潦草，甚至有些歪七扭八的不成形儿。潘士光发现，它与几年前宋占山要火烧宏德堂货船时的那张报信纸条上的笔迹很像，显然是出自一人之手。当时，方英典让他保留了那张纸条，他想等从烟台回来，两张纸条一对比就能断定了。那么，是谁在宏德堂遭遇危难或情况紧急的时候两次来报信？

"老爷，您还记得宋占山让罗良基带人要火烧宏德堂货船时，那张报信的纸条吗？"潘士光轻声提醒道。

方英典听罢，马上明白了潘士光的意思："人家的恩还没报答呢，俺怎么不记得？你是说，是同一个人，是不是？"

"是的，老爷。"潘士光点头道。

"俺说字迹这么眼熟呢，这个人识几个字，可是俺觉得，他也没正经八百地读过书啊。"方英典整理了一下礼帽说。

"嗯，咱们身边这样的人还是不少的。"潘士光会心地一笑，深有感触地说，"老爷，如果当年不是您让俺到南书房里读书，俺现在也是一个睁眼瞎啊。"

"你也聪明啊！俺想，就是大海里捞针，也要找到这个好心人。"方英典说。

从方家村到平里店有二十多里地，大约半个时辰，马车就到了烟潍公路西边的平里店站。开往烟台的客车都是过路车，先后来了两辆，都坐满了人，方英典和潘士光只能坐在简陋的候车室里耐心等待。

"哎，俺说潘管家，要是咱们自己买一辆小轿车就方便多了，是不是？"方英典像突然想到了什么似的问。

现在，掖城的几个富商已经买了小轿车，朱由镇的大庄园主沈克明也买了一辆。见惯了牛车和马车，在乡亲们的眼里，汽车则好像是个怪物，不吃草，还跑得挺快。

"是的，老爷，您是想……"潘士光猜摸着问。

"现在出远门太不方便了，嗯，那就买一辆。"方英典紧锁的眉头舒展开了。

左等右等，车还没来，却意外地等来了虎头村的老族长马炳忠和他的儿子马五子。原来，马炳忠的老寒腿又犯了，他让儿子马五子陪他去潍县找一个有名的老中医看病。同站不同路，方英典他们是往东北，马炳忠他们是往西南。他们刚说了几句话，去潍县的车就来了，马五子搀扶着马炳忠上了车。

等了近一个时辰，才等来了一辆去烟台的车。

春回大地，万物复苏，时而笔直时而弯曲的公路似乎没有尽头，在太阳的照耀下，路上的沙子散发着寒光。坐在车里，透过车窗，方英典看到，眼前的景物一晃而过，就像人生的漫漫路程。客车在疾驰，离方家村越来越远，而他的心却越来越惦念起宏德堂来。刘小虎要带人抢回宋家宁，他不表态就是默许，那么刘小虎能领会到他的意思吗？如果他明白了，现在是不是已经大功告成，进城抢回了宋家宁？无论如何，以这种粗暴的方式营救宋家宁，是没有办法的办法，以前未曾发生过，方英典希望，这也是宏德堂的最后一回。这个时候，方英典突然觉得，让他在车站上碰到马炳忠纯属天意，似乎是让马炳忠作证，刘小虎干的事他不知情，因为他一早就去烟台了。

刘小虎虽然是个粗犷的汉子，犹如夯铁之夫，却也是个能心领神会的聪明人，否则方英典也不会将整个大船队交给他。刚才，看着干爹乘车而去，他站在巷口愣了一会儿，并没回宏德堂，而是直接去了虎头村的小港口。 他要去抢回宋家宁，并一再追问干爹，干爹就是不表态，还让他将报信的纸条留好。 那么，没阻止就是默许。 宏德堂是书香之家，向来以和为贵，以礼为先，堂规家法如利剑高悬，刘小虎自然明白干爹的苦衷。

想当年，刘小虎在给宋占山当船员的时候，多次去过宋占山在掖城的那个四合院。 这个四合院就在方家村人方清润开的天和楼黄酒馆的东边，刘小虎闭着眼也能找了去。 至于关宋家宁的那个没有窗子的小黑屋，他也很熟悉，是存放杂物的。 有一年冬天，他跟着宋占山进城办事，没回虎头村，冷酷无情的宋占山与一枝花在有火炕的屋里打情骂俏，却让他住在了这间只有一张木板小床的黑屋里，冻得他四肢发抖，一晚上都没睡着觉。

现在，在许多年后的这个春天，刘小虎从小港口招呼了几个身强力壮的船员，气势汹汹地向掖城奔去。 他断定，只要进了那个四合院，就没人是他们的对手，抢走宋家宁是板上钉钉的事。

那时的掖城并不大，刘小虎和船员们走了三个多小时，就进了北城门。 这时已是午后，他们饥肠辘辘，却顾不得吃上一口饭，拐弯东行，不多会儿就到了宋占山的大门口。

"开门——"刘小虎先礼后兵，拍响了大门。

像昨天在虎头村一样，院里毫无动静。

啪、啪啪！ 刘小虎已是迫不及待，又拍了几下。

"谁啊？ 东家他不在家。"终于，一个男人的声音从里面传出来。

刘小虎侧耳细听，这个人显然不是罗良基，而是个陌生人，腔调还很稚嫩。 昨天上午，在虎头村，刘小虎曾发誓要一刀宰了宋占山。 所以在来的路上他还在想，如果宋占山强行阻拦，他绝对不会手下留情，一定要打他个人仰马翻，以解心头之恨。 毫无疑问，宋占山恰巧不在家，对刘小虎来说是最好的结果。

"快开门，俺是虎头村的，给宋老板捎了点东西过来。"刘小虎急中生智，撒起谎来。

宋占山确实不在家，一大早就跟儿子宋家安一起去了逍遥阁大烟馆。

近来，大烟馆生意兴隆，渐渐地培养出了一批老烟鬼。有一个人赊了烟膏却拒不还钱，还死皮赖脸地来吸，并恶语相向。昨天下午，宋家安忍无可忍，让几名雇工将他撵了出去。时局混乱，滋生了许多地痞流氓。谁知这人是掖城臭名昭著的小混混，手下有两个蛮横无理的小弟兄。他属猴，外号"大马猴儿"。很快，大马猴儿叫来了这两个小弟兄，与大烟馆的雇工们发生了激烈的肢体冲突。宋家安涉世未深，或者说是还没有达到他爹宋占山那种凶狠残暴的程度，就在冲突中吃了亏，他的脑袋上被一个一脸络腮胡子的汉子用大烟枪砸出个大红包。

晚上，心有余悸的宋家安向宋占山讲起了逍遥阁里发生的事。宋占山听后马上意识到，开大烟馆是个危险的买卖，三教九流，什么样的人都会遇到，没人看家护院是开不下去的。于是，他便连夜让宋家安和一名雇工驾马车回了虎头村，将二狗子和大脑袋以及村里几个游手好闲的愣头青拉进了城里，并给每人配了砍刀等凶器，让他们充当打手。这个时候，他们正枕戈待旦，虎视眈眈地等待着大马猴儿的到来。宋占山要给他一个血的教训，以儆效尤。

宋占山和宋家安去了逍遥阁大烟馆，中午也没回家。太太莫春兰吃了午饭，便打麻将去了。在虎头村住了十多年后，从小跟着赌徒父亲在麻将馆里长大的莫春兰重回掖城，又走上了父亲的老路。当然，闺女宋家宁被宋占山关进小黑屋里，并以绝食抗议，作为娘，莫春兰也不会不管不问，曾多次好言相劝。她不敢劝宋占山，只能哀求宋家宁吃上一口饭，别活活饿死了。不出意外，宋家宁根本听不进去，将莫春兰亲自送来的饭菜打翻在地。莫春兰彻底灰心了，她相信，饿上几天宋家宁就会屈服，她就不操这个心了。现在，在这个宽敞的四合院里，只有宋家宁和看守她的这个小雇工。

小雇工才十七岁，是从逍遥阁大烟馆临时叫来的。他尽职尽责地把守着小黑屋的门，却并不知道究竟发生了什么。

"虎头村的？捎什么东西？俺东家没说啊。"小雇工站在门后，听着外面的动静。

"就是几条红鳞加吉鱼，今天早上刚打上来的，送给宋老板尝尝，可能你不知道，他最爱吃。"刘小虎继续编造着谎言。

小雇工是城南山里穷苦人家的孩子，只知道红鳞加吉鱼很名贵，是大户人家逢年过节才吃得上的鱼，还没见过。宋占山让他看好小黑屋，不能离开半步，要是宋家宁跑了就砸断他的腿，他就一直寸步不离地守在屋门口。刚才，就在刘小虎拍响大门的同时，他听到屋里咣的一声响，好像有什么沉重的东西掉到了地上。他连忙趴到门上听了听，又没动静了，才放下心来。自从被关进这间小黑屋，宋家宁就不吃饭了。小雇工怎么想也想不通，她难道不饿吗？自己就是因为在家饿得受不了才进城来给大烟馆当雇工的，图的只是能吃顿饱饭。

"你快开门吧，俺放下就走。"刘小虎催促道。

小雇工终于相信了刘小虎的谎话，轻轻地拉开了门闩。

大门被打开了，刘小虎向身后的几名船员一挥手，率先冲了进去。小雇工见势不妙，挡在了他的身前，刘小虎一把将其推倒在地，直接向小黑屋跑去。

"宋家宁，俺来接你回家了。"刘小虎心情激动地站在屋门口，大喊一声。

小雇工终于明白过来，自己上当受骗了，原来他们是来抢人的。他赶紧从地上爬起来，跑到了小黑屋门口，想用身体挡住刘小虎。但是，他的两只胳膊还没张开，就被刘小虎一脚踢飞了。

"宋家宁，俺是刘小虎啊，俺来接你回家了，你快把门打开吧。"刘小虎推了推紧闭的屋门，再次大声喊道。

屋里依然无声无息，刘小虎终于沉不住气了，便侧过身来，用肩膀猛撞屋门。

"宋家宁呢？"刘小虎撞了几下没撞开，就一把揪住小雇工的衣领怒吼道。

宋家宁就在这间小黑屋里，除了上厕所，小雇工一直在这里看着，她绝不会跑了。

"真在屋里啊。"小雇工心惊肉跳地说。

刘小虎知道，宋家宁机敏过人，先前就曾多次从宋占山的眼皮子底下偷偷地跑了，难道她又故技重演，来了个金蝉脱壳？ 那么，她会跑到哪里去？ 为什么不去宏德堂找他？

"你说实话，她到底在不在屋里？"刘小虎使劲儿拧着小雇工的衣领，焦急地问。

小雇工被衣领勒得喘不上气来，直翻白眼："在……在啊，俺一直在这里看着呢，就是……就是俺刚才去撒了泡尿。"

刘小虎松开了手，转身再次撞门："宋家宁，是俺啊，你快开门啊。"

两扇屋门被刘小虎撞开一道小缝儿，颤了颤，马上又合上了。 刘小虎终于察觉出了异样，如果宋家宁在屋里，绝不会不给他开门。 宋占山生性多疑，防备心强，或许早就预料到他会来抢人。 那么，宋家宁是不是又被宋占山转移了？

"你快说，宋占山在哪儿？ 他是不是把宋家宁藏到别的地方了？"刘小虎双眼冒火，直勾勾地盯着小雇工。

"宋老板……他和大少爷去逍遥阁大烟馆了。"小雇工已经吓破了胆，说了实话。

去逍遥阁大烟馆了？ 刘小虎不会想到，此时的大烟馆正上演着一场激烈的搏斗，宋占山带着二狗子他们守株待兔，终于等来了不可一世的大马猴儿。

有了昨天下午的不快，大马猴儿叫来了那两个手下弟兄当保镖。 大马猴儿显然是有恃无恐，大摇大摆地进了门。宋占山向二狗子使了个眼色，随之大脑袋等人便手持凶器一哄而上。大马猴儿和他的两个手下弟兄也不是省油的灯，都是欺行霸市的狠角色。可是，他们哪知道宋占山会找人来收拾他们，个个赤手空拳，就不是对手，不多会儿便被打得头破血流，哭爹喊娘。

宋占山沉稳地坐在大厅的太师椅里，跷着二郎腿，脸上露着征服者的微笑。

"宋老板，饶命吧，俺再也不敢了。"好汉不吃眼前亏，大马猴儿抹了把脸上的血，爬到宋占山的跟前，央求道。

"宋老板，您大人不记小人过，就放俺一马吧。"那个砸了宋家安一大烟枪的络腮胡子跪在地上，磕起了响头。

"是啊，宋老板，您就高抬贵手吧。"另一个将嘴里的血水咽进肚子里，双手作揖道。

宋占山默不作声，眼前的这幅景象让他顿时生出了几多自豪感，似乎整个掖城都没有了他的对手。

"家安，你告诉俺，是哪个砸了你一大烟枪？"宋占山晃了晃脑袋，终于说话了。

宋家安一直是个旁观者，还没见过这种血腥场面，也吓得脸色苍白，手脚冰凉。宋占山问他，他竟然一时没有反应。

望子成龙，儿子却成了狗熊，宋家安的怯懦让宋占山感到十分不满与失望，他再次问道："家安，俺问你呢，是哪个砸了你一大烟枪？"

宋家安终于听清了宋占山的话，抬手摸摸头顶上还鼓着的肿包，仍然没有回话。他不是不想说，而是昨天下午发生的事让他心有余悸，他当时早就吓蒙了，现在真的想不起是谁砸了他一大烟枪了。

"算了吧，爹，他们都服输了。"良久，宋家安才唯唯诺诺地说。

"这是说的什么话？怎么像个娘们似的，人家尿你头上，你晒晒，拉你头上，你擦擦？这哪像俺的儿子？"宋占山一听，顿时火气冲天。

"到底是谁？你给俺指一下，今天俺轻饶不了他！"宋占山坐不住了，站起来怒斥道。

　　在内心里，宋家安是惧怕宋占山的，也有些瞧不起他。宋占山干的事几乎都放不到桌面上，名声极坏，不能说是众矢之的，最起码大家都躲着他。宋家安原本想离开这个是非之地，去济南府发展，以便与祥庆班名角俏月儿相聚。俏月儿是他的心上人，她答应过他，只要他在济南府置办了家业，就一定会嫁给他。可是，宋占山却坚决不同意他去济南府，执意让他留下来成为其帮凶。宋家安身无分文，只能靠爹。他设想，等开大烟馆有了些积蓄，他就离家出走，就像姐姐宋家宁一样。当然，宋家安也同情这个不幸的姐姐，曾在爹的面前多次帮她说情，结果都被爹怒斥一顿，说他这是吃里爬外，向着宏德堂和刘小虎，不是宋家的子孙。宋家安想，如果他能自己选择，绝不会当宋占山的儿子。他羡慕宏德堂，也嫉妒方兴通，知书达理的人总会受人尊重。有时候，宋家安为与方兴通反目成仇而后悔莫及，尽管他当时是被爹逼的。他知道，爹对方英典怀恨在心，处心积虑地与宏德堂作对，宋家和宏德堂结下的恩怨，他们这一辈儿恐怕是消解不了了。宋家安心里清楚，不管发生什么，他都是宋占山的儿子，为了实现自己去济南府的目标，就必须委曲求全，甚至助纣为虐，除此他没有别的路可以走。

　　"爹，俺真想不起来了。"宋家安想到这些，小声嘟囔道。

　　宋占山终于忍无可忍了，转身拿起摆放在条案上的一支大烟枪说："是谁，你们自己站出来吧。"

　　这是一支金丝楠木的大烟枪，长约一尺六，做工精细，中部包裹着祥云图案的黄铜片，一枚球状的赤红大珊瑚镶嵌在把握处。烟嘴是白玉的，光滑油亮。那烟锅也讲究，紫铜质地，莲蓬造型。大烟枪置于木架上，就像是一件巧夺天工的艺术品。

　　大马猴儿和两个手下弟兄听了宋占山的话，你看看我，我看看你，谁也不敢吭声。

"是谁？ 说不说？"宋占山怒不可遏地挥舞着大烟枪，"再不主动站出来，俺统统打断你们一条腿！"

　　狗仗人势，一旁的二狗子见状，往砍刀上吐了口唾沫，用手指擦拭着刀片道："不说是吗？ 那俺就砍下你们的脑袋。"

　　大马猴儿和两个手下弟兄慌作一团，纷纷求饶。 宋占山不为所动，必须让那个人站出来。

　　其实，大马猴儿和另一弟兄都知道，是络腮胡子砸的，就不由得将目光转向了他。 砍刀可不认人，这个时候，平时欺软怕硬的络腮胡子已经吓得魂不附体了。

　　"不是俺，真不是俺。"在极度恐惧中，络腮胡子乱了方寸，连连否认。

　　络腮胡子属于不打自招，宋占山马上看出了门道，高举着大烟枪，怒气冲冲地向他走去。

　　"你说不是你？"宋占山将大烟锅在络腮胡子的头顶上重重地磕了两下。

　　"宋老板，饶命啊，真不是俺。"络腮胡子哭喊道。

　　宋占山突然忍不住笑了，人不可貌相，他没想到，这个一脸络腮胡子的汉子看起来很凶恶，却是个胆小如鼠的大熊包。

　　"不是他，是俺。"终于，大马猴儿站了出来，走到宋占山的跟前，弯着腰，伸长了脖子，"宋老板，是俺砸的，要杀要剐，您看着办吧。"

　　宋占山这下愣住了，或者说，他暗中佩服起这个替兄弟挡刀的大马猴儿了。 是条汉子，宋占山心里道。

　　大马猴儿是有些哥儿们义气的，否则这两个小弟兄也不会这么死心塌地地跟着他干。 现在，他将祸事揽到自己身上，自然是为了拉拢小弟兄们的心。

　　"真的是你？"宋占山根本不相信大马猴儿的话，将大烟枪放回木架，回身从二狗子的手里拿过砍刀，架到了大马猴儿主动伸出的脖子上。

刀刃锋利，闪着银光，大马猴儿能感觉到丝丝寒意。

"就是俺，宋老板，您动手吧。"大马猴儿面无惧色，还挺了下脖子。

"爹，您可不能杀人啊。"宋家安惊恐万状地说。

"宋老板，您就饶他一命吧，以后您让俺们当牛做马都行。"大马猴儿的两个小兄弟齐声乞求道。

宋占山老谋深算，奸诈得很，他并不想亲自杀人，他想的是，给他们点颜色看看，然后再将他们收罗下来，为己所用，保大烟馆的平安。大马猴儿胆大而仗义，是二狗子他们不可比的，何况在掖城有地头蛇，他们想打下一片天地，并不是一件容易的事。

"你不怕死？"宋占山低下头来，煞有介事地问道。

大马猴儿没说话，只是摇了摇头。刀刃还架在他的脖子上，他这一摇头，他的脖颈上便划破了一道口。口不深，却有血丝冒出来。

"好，你真是条汉子，那俺就成全你！"宋占山淡然一笑，慢慢地举起了大砍刀。

爹真要杀人不成？宋家安见状，不顾一切地冲上来，一把夺下了宋占山手中的砍刀："爹，您可不能……"

其实宋占山是在演戏，他预感到胆小怕事的宋家安会上来阻止，才慢慢地举起了砍刀。宋占山想收买大马猴儿的心，就得令其感受到他的不杀之恩，以后好为他效命。

宋占山看了眼宋家安，佯装生气地责骂道："唉，你这个没骨气的东西。"

像宋家安一样，大马猴儿不知道宋占山是在演戏，就真觉得是宋家安救了他一命。

"大少爷，感谢不杀之恩，以后俺的这条命就是你的了，你让俺们干什么都行。"大马猴儿感激涕零地说。

宋家安还蒙在鼓里，不知如何回答，露出一副茫茫然的神情。

目的已经达到，宋占山却不急于表态，仍然装出一副不屑一顾的样子。

"宋老板，您就收下俺们吧。"大马猴儿态度真诚地哀求道。

"您就赏口饭吃吧，宋老板。"两个小弟兄可怜巴巴地说。

宋占山心中暗喜，却一言不发地坐进了太师椅里。

大马猴儿看出了宋占山脸色的变化，宋占山显然被他们的摇尾乞怜打动了，只是还在犹豫中。大马猴儿觉得，如果有宋占山这样的人做靠山，他们以后的日子就不会错。所以，他必须加把火。

"快，咱们一块儿给宋老板磕头谢恩。"大马猴儿向两个小弟兄一挥手，率先跪下，磕了三个响头。

两个小弟兄也扑通一声跪倒在地，磕起头来。

"好了，都起来吧。"宋占山拍了拍左手边的方桌，冷冷地说，"你们现在知道自己吃几碗干饭了吧？"

"知道了，宋老板。"大马猴儿还是跪着不动。

火候已到，宋占山转头对宋家安说："你去，把他们拉起来，这事儿就算过去了。"

爹果然棋高一着，宋家安这才明白了宋占山的心思，化干戈为玉帛，还收买了人心，让他们心甘情愿地为大烟馆做事。他苦笑了一下，走过去，将大马猴儿他们拉了起来。

"以后，你们就把这儿当家吧。"宋家安顺水推舟说道。

"是，俺们愿意效劳。"大马猴儿俯首听命。

一场腥风血雨就这么戏剧性地雨过天晴了，宋家安不得不佩服爹宋占山的诡计多端。

世界很奇妙，只有你想不到。东边日出西边雨，逍遥阁大烟馆里不打不相识的一群人，最后狼狈为奸地成了一家人，而在宋占山的这个四合院里，刘小虎却是心急如焚，还在拼命地撞着小黑屋的门。

"宋家宁，你快开门啊。"刘小虎疯也似的喊道。

屋里依然没有动静，刘小虎感到了几分恐惧。 像昨天在虎头村一样，他倒退几步，然后助跑，双脚离地，飞踹在门上。

小黑屋的门并不像院门那样结实，门闩咣的一声脱落了，刘小虎快步冲了进去。

屋里杂乱而阴暗，宋家宁双脚离地，挂在房梁上，纹丝不动。

"宋家宁，你怎么能……"刘小虎见状如五雷轰顶，他扑上前来想用双手抱住宋家宁的腿，却眼前顿时一黑，瘫坐在地上。

宋家宁并不想死，她想和刘小虎过上恩爱幸福的小日子。 但是，她那狠心的爹却坚决不同意。 她抗争过，宏德堂也对她伸出了援手，却都无济于事。 更让她感到绝望的是，在即将出嫁的前一天，宋占山违背承诺，将她绑到城里，并派专人严加看管。 她意识到，再像以前那样出逃是不可能的了。 那么，面对命运的如此不公，一个羸弱的女人还能有什么样的选择？ 她以绝食相要挟，宋占山根本就不理会，甚至让她早死早脱生。 她也曾期望，刘小虎能找到关她的这间小黑屋，将她营救出去。 但是，两天了，刘小虎并没有出现。 她觉得，刘小虎不会知道她被关在了哪里。 罗良基肯定也不能告诉他，她亲耳听见宋占山嘱咐罗良基谁也不能说。 宏德堂和刘小虎仁至义尽，能做的事都做了，她心存感激，不再奢求什么。 在宏德堂的这些日子里，她与任明凡和范小娆成为无话不谈的好姐妹，在厄运面前，她们都曾选择过死，如果不是有人及时搭救，她们便不会相识。 死，是最好的解脱，与其慢慢饿死，不如像宋占山说的那样，早死早脱生。 她希望，在她轮回转世的时候，不再出生在这样一个罪恶的家庭，哪怕是出生在一个穷苦人家。 如果这样，她就可以与自己所爱的人结婚、生儿育女。

今天早晨起来，宋家宁已经饿得有些发昏了。 她坐了会儿，就又迷迷糊糊地睡着了。 她做了一个奇怪的梦，梦到自己睡在一个硕大无朋的墓穴里，里面的样子就像宏德堂为刘小虎准备的洞房一样。 突然，有人把她轻轻地唤醒，睁眼一看，竟然是她朝思暮想的刘小虎。 他一身新郎官打扮，喜气洋洋的。 她坐起来，寻找着自己的凤冠霞帔，这是刘小虎一个多月前亲自给她送去的，当时她还住在宏德堂的客房里。 她知道，自己穿上这身嫁衣很好看，就像刘小虎穿着官服一样。 但是，她没有找到，正在焦灼之时，蓦然发现起火了，她的凤冠霞帔正在火苗中翩翩起舞……她哭喊一声，想去抢回她的嫁衣，却蓦然醒了。

噩梦中醒来的宋家宁仿佛看到了自己最终的归宿，她感觉到，命运多舛，她与刘小虎只能在另一个世界里相会了。 于是，她抬头看了眼裸露的房梁，决定送自己上路了。 面对死亡的时候，女人或许是最勇敢的，就像现在视死如归的宋家宁。 她将床单撕成两根长条，又接起来，还用力扯了扯，看看是否结实。 然后，她把床头的方凳小心翼翼地搬到房梁下，手持布条踩上去，又将其搭在房梁上。 终于，她将自己的头缓缓地伸进了送她上路的布扣里。

咣，方凳应声倒地。 与此同时，急匆匆赶来的刘小虎拍响了院子的大门。

宋家宁的身体在房梁下晃荡着，渐渐地停了下来。 没人知道，她在蹬开脚下方凳的一瞬间，是不是听到了刘小虎的拍门声。 但愿她听到了，也但愿她没听到。

过了一会儿，刘小虎终于苏醒过来，这个时候船员们已经将宋家宁从房梁上抬了下来，平放在床上。

"宋家宁，你怎么不等等俺啊！"刘小虎连滚带爬地扑到宋家宁身上，哭得像个孩子。

船员们想劝说刘小虎，又都善解人意地放弃了。 他们都知道他与宋家宁的悲情故事，就让他发泄一下心中的痛苦与悲伤吧。

宋占山让这个小雇工看守着宋家宁，没想到她自己寻死上吊了。 小雇工害怕极了，想跑又不敢跑。

"宋占山，你这个狼心狗肺的东西，俺今天就宰了你！"蓦地，刘小虎跑出了屋子，在门外顺手拿起一把铁锹，要去逍遥阁大烟馆找宋占山报仇雪恨。

船员们跑过来，将他死死地抱住。

"刘老大，你不能这样啊，现在得先让嫂子入土为安啊。"一名船员哭着说。

"是啊，刘老大，人们都说，死者为大，咱得先好好给嫂子办好后事啊。"另一名船员也劝说道。

渐渐地，刘小虎冷静下来，他后悔怎么不早一点儿来救宋家宁。他知道，如果他早到一步，悲剧就不会发生了。死者不能复生，那么宋家宁的后事怎么办？干爹方英典在昨天的婚礼上已经当众宣布，宋家宁就是刘小虎的老婆，是宏德堂的媳妇。那么，他能将宋家宁的遗体抬回宏德堂吗？他觉得不妥。如果他弃之不管，宋占山便会把她草草埋了算事，这对不起爱他的宋家宁啊。不能将她抬回宏德堂，也不能将她留在这里，刘小虎想了又想，最后决定先将她运回方家村。他知道，在村南有一间废弃的老庙，可以遮风挡雨。当年，他被宋占山扫地出门的时候，曾在里面住了十几天，直到鼓起勇气来到宏德堂，干爹方英典收留了他。可是，怎么将宋家宁的遗体运回方家村？刘小虎想到了去马车租赁店去租一辆马车。他让船员们守在小黑屋门口，自己去租马车。来到马车租赁店，赶脚的一听是拉死人，觉得不吉利，给多少银子都不干。

从马车租赁店出来，刘小虎失魂落魄地走在掖城的大街上。茫然无助中，他突然想起了天和楼黄酒馆的方清润老先生。干爹方英典跟方清润平素有交往，逢年过节都会让管家潘士光或者他去给方清润送些珍贵的海鲜过去，比如鲜嫩的鳎米鱼和两只一斤的大对虾。方清润也总会回礼，那自然是五年的老黄酒，陈香浓郁，酒味醇厚。黄酒馆里肯定有车也有马，刘小虎只想借一辆运酒糟的人力平板车，能将宋家宁的遗体运回去就行。想到这里，他加快了脚步，向天和楼黄酒馆走去。

这个时候，天和楼黄酒馆已过了高峰期，店员们在收拾桌椅，方清润正要去后院的西屋小憩片刻，刘小虎就闯进门来。

"刘小虎，你怎么来了？"方清润停下步子，吃惊地问道。

刘小虎泪湿眼眶，张着嘴，喘着粗气，却说不出话来。

"刘小虎，别着急，有话你慢慢说。"方清润发觉了事情不妙，连忙扶着刘小虎坐下，又转身对站在一旁的店员说，"快去端碗热茶水来。"

刘小虎接过茶水，有热泪滴进了碗里，他猛喝一口，泣不成声地说："方大爷，俺……宋家宁……她……"

刘小虎与宋家宁的悲情故事在方家村和虎头村已是无人不晓，乡亲们同情他们，却都帮不上忙。那么，宋家宁现在怎么了？刘小虎语无伦次，方清润听得如坠云雾之中。

"刘小虎啊，先把茶水喝了，有什么事，喘口气再说。"方清润抚摸着刘小虎的肩膀，和蔼可亲地安慰道。

喝下了一碗茶水，刘小虎的心情平静了一些，时断时续地将宋家宁上吊自杀的事说了一遍。

什么？宋家宁上吊自杀了？方清润听罢，不禁大吃一惊。昨天上午，他也手持方英典亲自手书的喜帖，参加了刘小虎的喜宴。宋占山背信弃义，将新娘宋家宁藏起来，让方清润感到很意外，他也在心里怒骂宋占山的厚颜无耻，就像所有到场的来宾一样。但是，方清润无论如何也想不到，宋家宁会走上自杀这条路。

"刘小虎啊，死者不能复生，你可要想开啊，好好把宋家宁送走才是啊。"方清润老泪纵横地说，"你现在来找俺，肯定有事，你快说吧，只要俺能办到就一定办。"

"方大爷，俺想借一下您的大板车，把宋家宁拉回去。"刘小虎请求道。

路这么远，大板车怎么行？方清润心里想，不由得摇了摇头。

"方大爷，不给您添麻烦了，俺再想办法吧。"刘小虎见状，就不想让方清润作难了。

见刘小虎站起身来要走，方清润一把拉住了他："刘小虎，你这是……"

"方大爷，马车租赁店那赶脚的刚才说，拉死人不吉利，俺也这么觉得，您就别为难了，俺再想别的办法。"刘小虎失望地说。

"刘小虎，俺问你，你这是什么话？什么叫吉利？什么叫不吉利？不管是红事还是白事，能帮上忙就是做善事，做善事就是吉利！"方清润情绪激动地说。

半个月前，方清润刚刚置办了一辆新马车，用来跑三山岛，运酿黄酒的糯米等各种粮食。方清润马上将车把式喊了过来，让他套马驾车，送宋家宁回方家村。

刘小虎不再推托，千恩万谢地给方清润鞠了一躬，然后领着马车来到了宋占山的四合院。

几个船员正等得着急，见刘小虎回来了，就都迎了上去。

刘小虎再次走进小黑屋里，动作轻轻地用被子将宋家宁包裹起来，与船员们一起小心翼翼地把她抬到了马车上。

就在这个时候，在逍遥阁大烟馆里旗开得胜的宋占山大摇大摆地走了过来。看到眼前的景象，他一下子蒙了：这是怎么回事儿？刘小虎怎么来了？这不是方清润的新马车吗？

刘小虎也看到了宋占山，顿时怒火中烧，想冲上前去先暴揍他一顿，以解心头之恨。

"刘老大，现在不是报仇的时候啊。"一名眼疾手快的船员又一次死死地抱住了失去理智的刘小虎，"把嫂子顺顺当当地拉回去要紧啊。"

"刘老大，君子报仇，十年不晚。放心，你想报仇，这个禽兽不如的东西跑不了。"另一名船员也好言相劝道。

刘小虎目眦尽裂，身上绷紧的肌肉却慢慢地松弛下来。

"东家，出大事了，大小姐她……上吊了。"看守宋家宁的小雇工心惊胆战地向宋占山跑去。

什么？宋家宁上吊了？宋占山听罢顿时僵住了。

"你说什么？"宋占山似乎不相信，沉默良久才迟疑地问。

小雇工转身指着马车，一副哭腔地说："大小姐她……在马车上。"

马车的车帮挡住了宋占山的视线，他就没看到车上躺着的宋家宁。他看了眼满脸杀气而又双拳紧握的刘小虎，没敢靠前，还不由自主地往后退了几步。

"东家，您……"小雇工不知道说什么好了。

"东家，他们要把大小姐拉走。"见宋占山不吭声，小雇工又小声说。

宋占山正在发愁怎么料理宋家宁的后事，她吊死在家里太不吉利了，他埋也不是，扔也不是，心里犯了难。刘小虎要把她拉走，正中他的下怀。

"随他去吧，他愿拉哪儿就拉哪儿！你在这里看好门就行了。"宋占山说完不耐烦地吐了口臭痰，转身又回逍遥阁大烟馆了。

小雇工没上过学，却是个善良的孩子。他想，自己的闺女上吊死了，宋占山却还跟没事一样。虎毒不食子，这得多狠的心啊。跟着这样的人干，说不定哪天连命都不保。小雇工越想越害怕，看着宋占山的背影消失了，他就撒丫子跑了。

宋家宁睡着了，就让她好好睡吧。为了不颠着车上的宋家宁，马车不紧不慢地走着，经过大的坑洼的时候，车把式还有意赶着马车绕开。

太阳偏西了，方家村南那座废弃的老庙已隐约可见。如今，村里已经没人知道这座老庙的来历了，它已在此孤独地伫立了上百年。方家村里庙宇甚多，关帝庙、龙王庙、菩萨庙、药王庙等，遍布村子的东西南北中。村民们日子过好了就修庙，或许正是因为这些庙宇的出现，这座曾经香火旺盛的老庙才荒废了。建新庙而不毁老庙，老庙历经风雨，却屹立不倒，便成了许多逃难者的临时住所，比如被宋占山赶出门而无家可归的刘小虎。 那时老庙的窗门都已经残缺不全了，刘小虎找来些木头，又到村边的那户会木工的人家借工具。 木匠姓徐，是个外来户，就像卖豆腐的武老汉一样。 这些年来，能在方家村扎根落户的外乡人都是些能工巧匠。 农闲时，徐木匠在本村以及附近村里走街串巷地揽活。 他脾气也好，见人总是笑眯眯的，很多人都认识他。 那天，听了刘小虎的来意，徐木匠毫不犹豫地将工具借给了他，第二天还主动来帮忙。 徐木匠觉得，不管刘小虎是什么目的，修庙可是在做善事，老天爷能看得见。有了得心应手的工具，心灵手巧的刘小虎忙活了几天便修好了老庙的门窗。 一晃多年过去，刘小虎没有想到，宋家宁的遗体无处安放，最后只能在这里暂且栖身。

将宋家宁的遗体抬进老庙里，又送走了车把式，刘小虎坐在她的身边。 他从脖子上摘下了她当年在龙口港给他买的如意挂件，紧紧地攥在手里，一边流泪，一边在心里说着些思念和愧疚的话。

天色渐渐地暗下来，西北风吹得门窗沙沙作响。 刘小虎打了个寒战，下意识地起身为宋家宁扯了扯身上的被角。 然后，他让船员们在此守护，自己要马上回宏德堂一趟，向干娘陈尚云说明情况，再买些火纸供香及祭品回来。

早上，要赶往烟台的方英典和潘士光出了宏德堂的门，坐在火炕上的陈尚云就隐隐约约地听到他们在说些什么，自然她也听到了刘小虎的声音。 在宏德堂，大事小事都由方英典说了算，陈尚云早已习以为常。丰衣足食，她不再奢求什么，从不多嘴管闲事。 现在，刘小虎六神无主地回来，向她说了宋家宁上吊自杀的事，她一时惊得目瞪口呆，半晌说不出话来。 宋家宁真是个苦命的孩子，可是无论如何也不能自寻绝路啊！ 刘小虎是老爷方英典的干儿子，她就是他的干娘，而且她也打心眼儿里喜欢这个有情有义的干儿子。 陈尚云的眼泪禁不住流下来，却又不知该如何处理此事。 刘小虎要买些火纸供香及祭品，她就给了他些银子。 然后，她让丫鬟小翠将东院的方兴通和蔡铣朴叫过来，让他们跟着刘小虎，看看能帮什么忙，千万别再出什么差错。 老爷方英典三五天就回来了，一切就都等他回来再说。 陈尚云也多次去过烟台，她估摸着他们应该快到了。

正如陈尚云所料，此时的方英典和潘士光刚刚下了客车。 烟台站是终点站，车上的旅客们争先恐后地往出站口拥去，潘士光提着一只白皮箱，被挤得东倒西歪站都站不稳了。 箱子里装的是方英典的贺礼，一只掖县玉雕招财猫，自然这也是出自大师方兴迅之手。

这只招财猫是当年"牡丹号"货船首航大连貔子窝港时，侄子方兴迅作为贺礼送给方英典的。 招财猫憨态可掬，呈坐姿，一手高举，一手自然垂落，胸前挂着一只金光闪闪的铃铛，有招财进宝之意。 方英典甚是喜欢，不过他对这种由好事者凭空想象出的吉祥物并不看重，做生意以诚信为本，别无他法。 另外，宏德堂里瓷器多，博古架上琳琅满目的，有明朝的，也有清朝的，与招财猫的风格不协调。 因而，他让潘士光仔细地将招财猫包装好，放进了储藏柜。 亲家任振德是个纯粹的生意人，在西由镇达元亨商行的大堂里，手持青龙偃月刀的财神关公像就摆放在最显要的位置，常年香火不断。 信则有，不信则无，将招财猫送给最喜欢的人才有价值。 于是，他找出了这只保存完好的招财猫，把它置入精美的礼品盒，带来了烟台。

任振德的达元亨商行新址离海不远，与朝阳街相邻。 朝阳街因在烟台山之阳而得名，始建于1872年，日渐繁华，是洋行与商号聚集之地。任振德变卖了所有家产，加上多年的积蓄，购得十间商铺，从事东北特产及粮食生意。

方英典和潘士光赶到达元亨商行的时候，已是掌灯时分。 亲家任振德忙里偷闲，热情招待，并对这只招财猫爱不释手。 他们就住在商行的二楼上，任振德陪着说了好多话。 不过，他没有提及闺女任明凡。 女婿方兴通另有所爱，任振德是听说过一些的，但是像方英典一样，他并不知道他们至今没有同房。俗语道，嫁出去的闺女泼出去的水，任振德是个要强而爱面子的人，从没向方英典问过闺女的婚后状况。方英典每每想起方兴通与任明凡的婚姻状况，就觉得对不起任振德，更对不起已经死去的亲家母李丹霞。他终于发现，他可以左右宏德堂的所有事及所有人，就是左右不了方兴通的感情。好在方兴通和任明凡现在相安无事，像正常的小夫妻一样。但是方英典觉得，任明凡受了太大的委屈，所以他有时候也想，如果他当年不逼着方兴通娶任明凡，就害不了她。生米已经煮成熟饭，为了宏德堂的脸面，这段婚姻只能这样维持下去。

第二天午时，达元亨商行的开业典礼隆重举行，商界人士纷至沓来，表示祝贺，现场一派喜庆气氛。来宾中有一位汽车行的老板，营销进口汽车，午餐时正好与方英典同桌。方英典起了购置汽车的念头，便好奇地问一辆车多少钱。那人伸出四根手指头，说最便宜的也得四千现大洋。方英典心里盘算着宏德堂的现银，如果买了街对面武老汉的那块地并建商场，剩下的钱正好就能买一辆。

本来，参加完开业典礼，方英典就急着赶回掖县。刘小虎是不是抢回了宋家宁？其间与宋占山发生冲突了吗？如果刘小虎抢回了宋家宁，宋占山会咽下这口气吗？会不会又差人来大闹宏德堂？方英典有些心不在焉，亲家任振德却没有察觉到，坚决不让他走，说明天上午再带他去逛逛繁华的朝阳街，然后让他们坐中午的客车回去。任振德是诚心诚意的，方英典不好拒绝，又不便将家里发生的事说出来，就只好留了下来。

朝阳街南北走向，除了欧式风格的商行和银行，还有中西合璧的酒店、夜总会、理发馆、照相馆。其中，俄国人修建的克里顿饭店，是当年孙中山抵达烟台时的下榻之处。

今天上午，早早地吃了早餐，任振德便带着方英典和潘士光去了朝阳街。逛完了街景，任振德为方英典买了一身长袍马褂和盛锡福礼帽，盛锡福的创办人刘锡三为掖县沙河镇人。方英典将礼帽戴在头上，照照镜子，颇为满意。 接着，任振德请他们在理发店理了发，又去了照相馆，让方英典身着新衣照了相。 午时刚过，他们在饭馆里吃了饭，任振德叫来一辆黄包车，直接将他们拉到了汽车站。

烟台是始发站，直接到掖县的车还有座位，没多久就开了。 客车出了烟台，就上了烟潍公路，又是一路颠簸，半路上汽车还抛了锚，原因是水箱莫名其妙地开锅了。 幸亏停在一个村庄附近，司机下车检修，鼓捣了老半天，最后才发现是水管接头漏了。 车上备有小工具箱，司机找出一根细铁丝固定好，又去村里打了水，加满水箱才又上了路。 这么一折腾，近一个时辰过去了。 这时刚开春，沙土路边的积雪化了，泥泞不堪，跑着跑着天就黑了，车速不得不慢了下来。 车到平里店时，已是晚上八点了。

客车晚点了这么长时间，站上没几个人，好在还有一个赶脚的没有走，想碰碰运气。 见方英典和潘士光走出车站，他马上迎了上去。 他赶的是一辆平时拉货和拉肥料的牛车，车上连个车篷都没有，还有一股粪臭味儿。 别无选择，潘士光和赶脚的连扶带抱地将方英典抬上车，往西边的方家村赶去。

掖县初春的夜晚依然寒冷，海风漫过海岸，越过干河，直扑过来。车上的方英典冻得直打哆嗦，潘士光脱下了自己的外衣给他披上。

去去回回不容易，晚上十点多了，潘士光才搀扶着方英典回到了宏德堂，等待他的又是一场难以应付的局面。 现在，坐在太师椅里，他闭目养神了片刻，终于要面对现实了。

"说吧，俺去烟台的这几天，究竟发生了什么事？"方英典抬手揉搓了一下脑门，慢慢地睁开了眼睛。

刘小虎是当事者，马上，一屋人都盯着他看。 刘小虎往前走了两步，张了张嘴，却没说出话来，只有泪水尽情地流淌。

果然与刘小虎有关，也就是与宋家宁有关。 方英典看出了端倪，心里不由得紧了一下。

"睦亲号"船老大吴人庆走过来，拍拍刘小虎的肩膀，鼓励道："刘老大，说吧，老爷等着呢。"

尽管潘士光不知道到底发生了什么，也上来劝说道："刘小虎啊，时间不早了，快说吧，老爷还要休息啊。"

"是啊，快说吧，赶紧让你干爹拿个主意。"太太陈尚云眼圈发红，催促道。

刘小虎听罢，扑通一声跪在地上，哭出了声："干爹啊……"

方英典见状，马上示意大家将刘小虎扶起来，心疼地说："小虎，无论发生什么事，都有你干爹给你撑腰，别哭了，像个爷们儿，站起来慢慢说。"

听了干爹的话，刘小虎不再犹豫，擦了把泪，一五一十地将怎么去掖城抢宋家宁以及她上吊自杀的事说了一遍。

什么？ 宋家宁上吊自杀了？ 方英典想到过许多结果，就是没想到她会走上绝路。 他想，如果这张报信的纸条早一点送来，或者在婚礼的当天，他大胆地让刘小虎进城去寻找宋家宁的下落，悲剧就不会发生。他之所以没这样做，就是太注重宏德堂的名声了，而在生命面前，名声又算得了什么呢？ 方英典浓眉紧蹙，眼圈也潮红起来，真的是后悔莫及。

"宋家宁她人已经走了，咱就先说走后的事。"方英典缓缓地站起来，不小心打了个趔趄。

方兴通就站在太师椅的旁边，连忙伸手扶住了方英典："爹，您早点休息吧。"

方英典看了方兴通一眼，脑子里却闪现出亲家任振德的形象。 这次去烟台，任振德多次欲言又止，方英典心里明白，他想问的就是方兴通和任明凡的事。 但是为了两家的情谊和面子，任振德却始终没开口。方英典看得出，方兴通痴心未改，一心想着济南府的江秀芝，真是无可救药了。 可是，能答应他休妻吗？ 百余年来，宏德堂毕竟还从来没有出现过这种事。如果这样，方氏宗祠里的先人们会同意吗？显然不能！

"你今晚就陪你小虎哥去老庙吧，那里躺着的是你嫂子。"方英典冷若冰霜地对方兴通说。

"干爹，不用，有吴人庆和几个船员陪着俺。"刘小虎连忙摆手道。

"船员是船员，他是你兄弟。"方英典不容置疑地说，"好了，就这样吧。宋家宁是宏德堂的媳妇，不能草草埋了算事，还得按风俗和规矩办。潘管家，明天一早你就去找彭总管，这事儿还得托付给他，一切就都交给他办吧。"

老爷方英典一锤定音，大家迅速退出了厅房。方兴通不情愿地与刘小虎去了村南的老庙为嫂子守灵，蔡铣朴则跟着他做个伴儿。

蔡铣朴来到宏德堂这段时间，基本上无所事事，像宏德堂的勤杂工，更像方兴通的勤务兵。他是来发挥自己的特长，开日用百货商场，大干一番事业的。然而，宏德堂目前做的只有木材和粮食生意，他根本插不上手。他也想过打退堂鼓，回济南府，又下不了决心。他曾多次向方兴通说出自己内心的苦闷，方兴通让他既来之则安之，耐心等待。尽管没有多少收入，蔡铣朴却也吃喝不愁，真回济南府，恐怕连吃都吃不上。那么，能去投奔宋家安吗？思来想去，蔡铣朴都觉得宋占山干的是丧良心的买卖，肯定长久不了，就放弃了。当然，方英典马上要买街对面武老汉的那块地，建一座日用百货商场的事，方兴通也对他说了。他看到了希望，期待着商场建成后，他能一展身手。这样，他就会有可观的收入。

这个晚上，方兴通坐在老庙里宋家宁的灵床前，神情恍惚又浮想联翩。刘小虎仗义而忠诚，将宏德堂当成自己的家，还救过爹的命，宏德堂的大船队也离不了他，所以爹认他为干儿子，方兴通并不感到意外。但是刘小虎与宋家宁的婚事几经波折，他们私订终身，也不合风俗乡约，甚至可以说是大逆不道，有伤风化，爹却全然不顾，成了坚定的支持者。 反过来想，他与江秀芝也是自由恋爱，感情深厚，爹却以堂规家法横加阻拦，逼着他娶了没有感情的娃娃亲任明凡。 刘小虎是爹的干儿子，他可是亲生儿子，方兴通越想越觉得不服气。 方兴通对爹的怨恨就是从这个夜晚开始的，而且随着时间的推移，他的这种情绪会更加强烈，并最终出现爆发点。

天渐渐地亮了，村里的鸡叫声传过来，方兴通叫上一夜未眠的刘小虎赶回了宏德堂。

方英典已经起来了，站在廊檐下，似乎在想着什么。 早餐已经备好，丫鬟小翠来请老爷和太太去餐厅。 方兴通和任明凡仍然在东院吃饭，就默默地走了，刘小虎则被干爹叫到了餐厅一起吃饭。

任明凡已经知道了宋家宁上吊自杀的事，她没有想到，多年之后，宋家宁会走上当年她没走完的路。 那天夜里，初来乍到的蔡铣朴救了她，从而保住了宏德堂的名声，他也成了宏德堂的功臣。 她不知道自己与方兴通的这种假夫妻的身份会掩盖到什么时候，她只坚持一条，方兴通不说破，她就保守这个秘密。 昨天晚上，丫鬟小翠来到东院，告诉了她宋家宁上吊自杀的事，并说大少爷不回来睡了。 任明凡强忍眼泪，小翠一走她就哭出了声。 不管什么原因，她与宋家宁以及范小娆都是苦命人，她守活寡，范小娆的心上人程立铭被石营长的兵乱枪打死了，而宋家宁竟然走上了不归路。 任明凡睡不着，来到了范小娆住的客房。 其实范小娆也没睡，正院里人来人往，气氛也不正常，她就觉察出宏德堂一定是出了什么大事。 宋家宁的死让她们抱头痛哭，从此她们失去了同病相怜的好姐妹。 她们约定，无论如何都要去送送不幸的宋家宁。

刚吃完饭，潘士光就带着彭总管来了。 事不宜迟，方英典随即与彭总管商量如何办宋家宁的丧事。 俗语道，冷棺不入屋，热孝莫登门。彭总管建议，宋家宁就不回宏德堂了，直接从老庙里出殡。 至于她葬在哪儿，还得方英典拿主意。 方英典觉得，既然他认刘小虎为干儿子，刘小虎将来就有葬在方氏祖坟的资格。 宋家宁是刘小虎的媳妇，也是宏德堂的媳妇，就可以葬在方氏祖坟。他意识到，多年以后，后人们在方氏祖坟里看到这座异姓坟，当会感慨万端，而在民间，这件事定会被传为一段佳话。老爷的话自然是一言九鼎，谁也没有反对意见。

"小虎啊，你还有什么要求？"最后，方英典心疼地问刘小虎。

能让宋家宁入方氏祖坟已经出乎了刘小虎的意料，他自然是感激不尽。

"干爹，您的大恩大德，俺一辈子不会忘。"刘小虎泪水涟涟地说，"可是，俺还想……"

刘小虎后边说了半句话，剩下的又咽回去了。

"可是什么？有什么要求你就说，你要知道，这种遗憾是以后无法弥补的。"方英典和蔼可亲地注视着刘小虎。

刘小虎感觉出干爹慈父般的爱，可是他能将自己的想法说出来吗？无论怎么妥协与抗争，宋家宁都没能穿上新娘的嫁衣。他记得，一个多月前，干娘陈尚云亲自带着他和宋家宁去的掖城，在一家老牌衣帽店里，干娘给她选了一套绣有凤凰图案的凤冠霞帔。她欢天喜地地穿在身上，竟然像定做的一样合身。可是，这套凤冠霞帔价格不菲，是店里最贵的。宋家宁说太贵了，推让不要。在太太陈尚云看来，刘小虎是干儿子，这种没有血缘的父子与母子关系就更要珍惜。那么，干儿子娶媳妇，就要舍得花钱。她二话不说，毫不犹豫地掏了银子，买了下来。宋家宁怀抱着凤冠霞帔，激动地哭了。她是缺少母爱的，当她的弟弟宋家安出生后，重男轻女的爹娘就忽略了她的存在。在某种程度上，干娘让她再次感受到母爱的温暖。

现在，刘小虎已经得知，这套凤冠霞帔已经被宋占山一把火烧了。昨天下午，他就产生了让宋家宁穿着嫁衣走的想法，他觉得这也一定是宋家宁的最后心愿。于是他去了虎头村，砸开了宋占山的家门。独自看门的罗良基在得知宋家宁上吊自杀后，竟也流了泪。他是宋占山的看门狗，是帮凶。或许他的良心未泯，也或许是他稍纵即逝的悲悯心使然，就像他将那只叫花儿的猫送到宏德堂一样。面对刘小虎的追问，罗良基没有隐瞒这套凤冠霞帔的下落，直接告诉了他真相。毫无疑问，没能穿上嫁衣成为刘小虎的新娘，是宋家宁最大的遗憾。干爹刚才说，这种遗憾是以后无法弥补的，更让刘小虎坚定了自己的想法。犹豫片刻，他将宋家宁的凤冠霞帔已被宋占山烧掉的事，以及自己的愿望说了出来。

穿嫁衣下葬，就连常年主持婚丧嫁娶的彭总管也闻所未闻，他听罢，吃惊地看着方英典。

方英典总是善解人意的，马上领会了刘小虎心里是怎么想的。他刚刚说过，不让刘小虎留遗憾，而刘小虎也不想让宋家宁留遗憾。既然刘小虎与宋家宁的婚事从一开始就没有按常规的路子走，那么就这么走到底吧。

"好，潘管家，你马上进城，买一套一模一样的回来。"方英典吩咐道。

宋家宁穿什么样的衣服下葬是最后一个问题，已经解决了。明天已经是宋家宁离世的第五天了，必须一早就出殡。

几百年前，方氏的先人在方家村的村西建起了方氏祖坟，一代又一代族人安葬于此。墓区里汉白玉的墓碑林立，苍松翠柏环绕。现在，在墓区的东北角，一个新的墓穴悄然挖出，宋家宁以及百年以后的刘小虎将被埋在这里，成为方家祖坟里的一座异姓坟。

宋家宁就要出殡了，她安静地躺在棺材里，穿着那身她生前想穿却没能穿上的凤冠霞帔，这是昨天下午任明凡和范小娆为她穿上的。她们情同姐妹，任明凡和范小娆一边为她穿嫁衣，一边眼含热泪地说着些不舍与痛心的话。

宋家宁短暂的一生坎坷而饱受人间疾苦，而她的葬礼却是顺顺当当。除了老爷方英典和太太陈尚云，宏德堂的人倾巢而出，为她送行。吹鼓手们吹吹打打，金黄色的纸钱漫天飞舞。

现在，在方氏祖坟里新挖出的墓穴周围，已经围满了方家村的乡亲们。几天来，宋家宁成为他们放不下的话题。他们是善良的，是懂得人间情谊的，无不称赞方英典的仁慈，也为刘小虎和宋家宁的不幸而扼腕叹息。在宋家宁的棺材缓缓放入墓穴的时候，任明凡和范小娆禁不住哭出声来。触景生情，她们感叹宋家宁不幸的命运，也为自己不幸的命运而感叹。同是天涯沦落人，宋家宁解脱了，她们不知道，自己的将来会是个什么样子。悲伤是可以传染的，也有围观的乡亲在啜泣。

　　刘小虎已经冷静下来，痛苦过后是木然。

　　没有人注意到，宋占山的管家罗良基就站在不远处的一棵粗壮的松树下，默默地向这里眺望。陪同他的是顾秋燕，已是泪如雨下。受到顾秋燕的感染，罗良基也落泪了。东家宋占山并没有让他来为宋家宁送行，是顾秋燕提议的。现在，顾秋燕似乎成了他的主心骨。

　　在早春的阳光下，方氏祖坟里铁锹飞舞，一座新坟很快被堆了起来。刘小虎与宋家宁的悲情故事就这么结束了，但是由此产生的一段人间佳话却不会随之入土，就像不久将在新坟上长出的青草与野花一样，年复一年，生生不息。

第二十一章

真相大白

　　冬去春来，一晃又是两年过去了。 这天早晨，站在宏德堂门口，方英典欣慰地看到，在春风的吹拂下，门口的那棵大槐树又发出了嫩绿的新芽。 今天，对于宏德堂来说，又是一个重要的日子，宏德堂日用百货商场及木材粮油店就要开业了。 所以，大槐树的枝条上挂满了红绸，粗壮的树干也有金色的帷幔缠绕。 多少年来，只要宏德堂有重大的喜庆活动，这棵大槐树便会被精心打扮一番，烘托着欢乐的气氛。

　　百余年前，太爷方宝奎削官为民，回到久别的方家村，创建了宏德堂，这棵自然生长在院门口的槐树被他视为珍宝并精心培养，最终长成了参天大树。 前人栽树，后人乘凉。 方英典觉得，槐树是吉祥树，正是在这棵槐树的庇护下，宏德堂才经久不衰，欣欣向荣。

　　宏德堂里出人才，如今虽然宏德堂的许多子孙已经远走他乡，宏德堂的精神却没有丢，深深地影响着他们。 成家立业，殚精竭虑，他们也都干出了一番事业，为宏德堂增光添彩。 他们都不曾忘记自己是宏德堂人，并以此为荣。 老老爷方继先是那一代的长子，理所当然地成为宏德堂的继承者。 在方英典看来，方继先其实是个勤劳而节俭的留守者，要守护好这份家业，还要发展壮大。 现在，他正肩负着这份沉重的责任。

　　然而，方英典越来越觉得自己有些力不从心了，或者说，他对宏德堂的未来产生了几多担忧。 他只有方兴通这么一个儿子，儿子是宏德堂唯一的继承人。 可是他觉得，方兴通的人生理念与行为方式跟他所坚持的堂规家法背道而驰，甚至是针锋相对。方英典心里也明白，方兴通的改变是从济南府学成归来后才发生的，每每想起来他都为此后悔莫及。方兴通已离经叛道，与宏德堂的传承格格不入，这也正是他迟迟没有将大船队交给方兴通的原因。

宏德堂日用百货商场与木材粮油店在上下两层楼上，就建在街对面武老汉那块空地上。两年前宋占山也相中了它，要建大烟馆，并捷足先登，与武老汉达成了一千块现大洋交易的口头协议。当时，如果不是宋占山手里没有那么多现银，如果他的口碑稍好一点的话，武老汉也就跟他签了购地契约，这块风水宝地早就成了他的囊中之物。值得庆幸的是，宋占山一无那么多现银，二无品德操守，就给了方英典后来居上的机会。

那个早春的上午，处理完宋家宁的后事，方英典就带着管家潘士光去了街对面的武老汉家。方英典得知宋占山已与武老汉谈妥，并没有非要与他竞争的意思，最起码不那么迫切。宏德堂与这块地只有一街之隔，本来应该是方英典近水楼台先得月，却让虎头村的宋占山抢了先，他的心里当然不是个滋味儿。而且，像宋占山这种人想躲都来不及，他却来到了方英典的眼皮子底下。方英典感到很懊丧，就像宋占山想的那样，如同一根刺扎进了他的喉咙里，吐不出，又咽不下。但是，方英典不准备与宋占山争抢这块地，水涨船高，武老汉是个精明的人，倘若他加入了竞争，这块地就不只是一千块现大洋了。所以方英典决定放弃，在村里另选地点。村里的南街上也有一块空地，那块地之所以没有进方英典的法眼，是因为它离宏德堂远了些，又不是村子的中心。有钱难买户上户，方便而且村民集中是方英典选中街对面这块地的主要原因。既然武老汉的地已经出手，方英典就不得不实施第二套方案，准备去谈南街的那块地。

"好了，既然已经有了买主，俺就不掺和了。潘管家，咱们回去吧。"尽管心里有些失落，方英典还是露出了一脸的轻松。

"武大叔，宋占山要买这块地做什么？"临走时，潘士光不经意地问了句。

　　是啊，宋占山在掖城开大烟馆，他来方家村买这块地做什么？ 难道也要开大烟馆不成？ 方英典的心里充满了好奇与担忧。

　　武老汉听罢，半晌没吭声。 方英典来买地让他喜出望外，他本来以为方英典会出个高价，将宋占山压下去。 即使方英典最终没买，因为有了竞争对手，起码也能让宋占山多出些现大洋。 可是方英典就这么轻而易举地放弃了，武老汉很失望。 武老汉突然意识到，宋占山开大烟馆不是个正经买卖，害人无数，如果方英典知道宋占山要在方家村开分号，作为宏德堂的堂主，特别是作为方家村的族长，他肯定不会无动于衷，应当是坚决反对。 那么，方英典只有买下了这块地，才能彻底断了宋占山这个邪恶的念头。

　　"宋占山说，他在掖城的逍遥阁大烟馆很挣钱，要在方家村开个大烟馆分号。"武老汉想到这里就赶紧实话实说了。

　　"什么？ 宋占山真要在方家村开大烟馆？"方英典一听，顿时怒火中烧，浑身的血液仿佛在刹那间都涌到了头上。 他眼前一黑，身子晃了晃，差点摔倒。

　　"老爷，您别着急。"潘士光连忙扶住了方英典。

　　宋家宁上吊自杀后，宋占山与宏德堂就没有什么牵涉了，再一次回到井水不犯河水的局面。 当然，宋占山在掖城开了个逍遥阁大烟馆，让许多瘾君子妻离子散，甚至倾家荡产，而他却大发不义之财，不能不让方英典深恶痛绝。 天怒人怨，苍天有眼，方英典坚信，宋占山不会有好下场。 但是，方英典无论如何也想不到，宋占山要将大烟馆开到方家村，开到宏德堂的家门口。

　　方家村已有两千多年的历史，顾名思义，就是以方姓为主的村子，其他姓氏不多，都是外来户。 技不压身，会手艺的人饿不死，还能在异地他乡生存下去，并生儿育女，扎下根来，就像武老汉和徐木匠，还有终身未娶的郎中周仕君。

据《掖县志》记载，在公元前694年，方氏一族由四川迁徙至此并立村。一代又一代，方氏一族在这里辛勤劳作，繁衍生息。方氏的后人们尊师重教，知书达理，出过几位举人与秀才。村民们有教养，方家村村风正，民风雅，是远近闻名的书香村落。方英典想，如果宋占山将大烟馆开在了方家村，这里便会迅速成为乌合之众的天堂。俗语道，一粒老鼠屎，坏了一锅汤，从而带坏了村风与民风，方家村的好名声将从此不保。老祖宗们倘若天上有知，当会痛骂他这个不肖子孙。那么，他百年之后，又怎么会有脸面去见先人们？宋占山用心险恶，必将贻害万年。怎么办？正如武老汉所预料的那样，他是宏德堂的堂主，更是方家村的族长，绝不能允许这样的事情发生。方英典当然知道，劝阻宋占山是不可能的事，只有他将这块地买下来才会釜底抽薪，断了宋占山的后路。

"宋占山真是这么说的？"方英典想到这些，迅速折回头来质问道。

武老汉惊喜地发现，他的雕虫小技起到了明显的效果，方英典果然不想让宋占山买走这块地，从而建大烟馆。那么，他就得跟方英典好好谈谈，以期抬高地的价格。

"是的，他就是这么说的，还说这块地风水好，开大烟馆肯定能挣大钱。"武老汉努力地掩饰着心中的喜悦，添油加醋地说。

"宋占山的良心让狗吃了，难道你也……"潘士光一听，顿时火冒三丈了。

方英典挥手打断了潘士光的话，心平气和地问："武大哥，你来方家村多少年了？"

武老汉没有回答，只是怔怔地看着方英典。他一时想不明白，他来方家村多少年与卖这块地有什么关系。

四十多年前，武老汉还年轻力壮。他的家乡山洪暴发，冲垮了房屋，冲毁了田地，也冲走了他的家人。他先是加入了逃荒的大军，最后独自一人来到当时还叫莱州的掖县。 顺着掖城到三山岛的土路，他漫无目的地往北走，累了就在方家村的村西口停下休息。 他坐在一块大石头上，向村里望去。 他看到，村里有土坯与石砖搭建的海草房，也有石基砖墙青瓦的豪门大院。 道路的两旁绿树成荫，村民穿着整洁，言行有礼。 这一定是块风水宝地，武老汉决定不往北走了，就在此落脚。 在家乡，武家几代人开豆腐坊，做出的豆腐味道清香，质地嫩滑，深受当地百姓的欢迎。 他很自信，自己有这门祖传的手艺，就一定饿不死，或许还会过上好日子。 胶东人闯关东的历史悠久，那个时候，村里就有雇农或者想发财的人去了东北。 他们住的房子破破烂烂，没人要，也卖不出几个钱，便扔下不管了。 武老汉找了三间破房住下，就想置办工具和豆子做豆腐卖。 可是他身无分文，便打听到宏德堂是个乐善好施的大户人家，而且村里的族长就是堂主方继先。 根据村规民约，没有族长的同意，外来户是不能在村里落户扎根的。

武老汉一穷二白，不会像当年宋占山初来乍到拜访虎头村老族长马炳忠那样，带上价格不菲的见面礼，他是空着手来的。

方家村地处海边，土地肥沃，可谓美名远扬，不时会有外来户在此安家，村里为数不多的异姓人家都是当年逃荒或逃难来的。 当然，也有几户是专门来做小买卖的，他们买房或者租房，在村里开店铺，比如卖花生油的、烤火烧的、炖牛肉的……那时候的村庄都挺排外，族人抱团，外乡人很难立足。 不过方家村人似乎比较大度，更重要的是村民心地善良，总会给无家可归的人一口饭吃。 方继先也会让那些老实巴交又会手艺的人在村里安家落户，从而方便了村民们的生活。

武老汉在三间破房里住下后，便找到了宏德堂，向方继先哭诉了为什么逃难，又怎么误打误撞地进了村。 武老汉的不幸遭遇让方继先唏嘘不已。

掖县是个好地方，方家村更是个好地方，逃难或逃荒的人年年都有。 有行为不端的，也有好吃懒做的，都让方继先派出的族人撵走了。

方家村必须保持优良的村风与民风，不能有异类，就像眼睛里揉不进沙子。 武老汉会手艺，看上去也老实本分，村里还真少个会做豆腐的。 先前，村里人想吃豆腐，就得等外村人来敲梆子卖豆腐，有时候等得来，有时候等不来。 豆腐好吃，寓意也好，"都福"或者"都富"，听着就让人喜欢，因此逢年过节或喜宴、生日宴就少不了它。 既然武老汉有这门手艺，就让他留下来吧。 帮助或救济生活困难的人，是宏德堂的传统，方继先为武老汉置办了做豆腐的工具和几袋子豆子，并说钱不用还了，以后就用豆腐顶账，直到账目两清。

靠海吃海，可是掖县人也爱吃豆腐。 鸡刨豆腐、鲅鱼焖豆腐、梧桐花鱼炖豆腐……凉拌的、热炒的、干炸的、慢炖的，花样繁多，应有尽有。

在族长方继先的帮助下，武老汉的豆腐坊很快就开张了。 正如他所言，他做出的豆腐鲜嫩可口，豆香浓郁，绝不是老王卖瓜，自卖自夸。 酒香不怕巷子深，方家村来了一个做得一手好豆腐的外乡人，这个消息很快便传遍了周围的大小村庄。 武老汉做的豆腐广受村民们的欢迎，他抱着对族长方继先与方家村村民感恩的心态，从不短斤少两，有时候差个一厘半文的就不收了。

武老汉的豆腐坊生意兴隆，他也有了不少收入。 来到方家村，他不但没饿死，还挣了钱，而且他的人缘不错，与村民关系也很融洽。 三年后的一个星月满天的晚上，武老汉坐在四处透风的破屋里，点着豆油灯，数着一枚枚铜钱，禁不住嘎嘎地笑出声来。 人的欲望都是一点点变大的，就像那个时候的武老汉。 大笑过后，他产生了发家致富、娶妻生子、过上富裕日子的想法。

欲望可以改变一个人，有了这个朝思暮想的目标，武老汉就变了。 不过，豆腐的质量并没有变，他知道，这是他实现目标的法宝，一旦砸了牌子，就什么都完了。 变的是他的心，从感恩到理所应当，从慷慨大方到斤斤计较，少了一文一厘都不行。 但是，武老汉仍然坚持着自己的底线，那就是，绝不短斤少两，秤杆还得翘得高高的。

武老汉发家致富的过程让人感慨良多，他早起晚睡地劳作，还省吃俭用。十多年后，他终于积攒起了买地盖房的钱，便从一位闯关东的村民手中买下了这块闲置多年的地，还盖起了三间海草房。然后，他娶了个漂亮的老婆，生了一个聪明的儿子。儿子长大成人后，武老汉本想重建房屋，建造一座像宏德堂一样的大四合院，然后再给儿子娶媳妇，传宗接代，延续老武家的香火。可是，儿子听说到东北能挣大钱，就嫌方家村这座庙太小了，容不下他这尊大佛，非要去哈尔滨做生意。在方家村以及周围的村庄，确实有到东北后挣了大钱的，有的还在北京及天津等大城市发了家。人往高处走，哈尔滨是大城市，挣钱的机会肯定更多，武老汉就没有阻拦，将多年的积蓄交给了儿子，送他去了哈尔滨。儿子走后的第三年，老婆得急病死了。这个时候，远在哈尔滨的儿子还未立稳脚跟，甚至还经营不善赔了本，武老汉就一个人守着这块地。创业艰难，苦尽才会甘来。去年，武老汉的儿子终于发了财，置办了家业，便想让武老汉卖掉方家村的地，去哈尔滨团聚。然而此时的中国改朝换代后进入民国时期，军阀混战，民不聊生，武老汉的地卖不出去，直到宋占山的出现。

似乎在转眼之间，武老汉来到方家村已有四十多年，现在方英典问他来了多少年，显然是想让他回忆一下往事，比如你是怎么来的？又是怎么住下的？族长方继先和村民们都为你做了什么？换句话说，如果没有方继先和村民的无私帮助，你能有今天吗？还能置办下这块地吗？人要讲良心，讲知恩图报，你能为了一千块现大洋而祸害了整个村子吗？

实际上，武老汉尽管越来越精明，却从来没有忘记族长方继先和村民的好，只是有时候利欲熏心，做了些见利忘义的事。但是做过后他就后悔，然而利益当前，他又重复了做过的错事，就像刚才拿宋占山作要挟，以期抬高地的价格一样。这些年来，他就是在这种矛盾的心理中度过的。 本来卖掉这块地他就要远走高飞了，他知道，或许一辈子也没有回来的机会。 方家村是他的福地，没有方家村就没有他的今天，所以他就想在临走时再做一次豆腐，给村里上年纪的老人都送上一块，以表达自己的感恩之情。

武老汉良心未泯，他意识到，方英典问他来方家村多少年了，就是想提醒他别忘了方家村的恩情。 滴水之恩，当涌泉相报，懂得感恩的人才会有福报。

"方族长，您就别问了，俺心里什么都明白。 如果宋占山在方家村开了大烟馆，可真就祸害了全村人啊。 如果这样，俺就是恩将仇报了，也会不得好死啊。 俺不卖了，宋占山他给多少现大洋俺也不卖了。 俺跟他只是个口头协议，不算数的。"武老汉动情地说，眼睛里也泪汪汪的。

潘士光悬着的心放了下来："武大叔啊，您是个明事理的好人啊。"

"好，武大哥，如果俺爹在天上能看到今天的这一幕，也会笑的。 这说明，他当年没看错人，更没帮错人啊。"方英典走到武老汉跟前，拉起了他的手，情真意切地说。

"没有老族长，俺可能在四十多年前就饿死了。 方族长，不瞒您说，俺也知道俺的毛病，也想改，可是有时候一见了钱就管不住自己了。 好了，不说这些了，俺早就打算在离开方家村的时候，到老族长的坟前磕个头，烧几炷香，跟他老人家道个别啊。"武老汉说到这里，禁不住流下两行热泪。

"好，您的心意俺能理解，到时候俺陪您一起去。"方英典掏出手绢，为武老汉擦拭着泪水。

一番抚今忆昔，勾起了方英典和武老汉的许多回忆，这里面有不快，更多的却是人间真情。 武老汉决定，这块地贵贱都不卖给宋占山了，只卖给恩重如山的宏德堂，并让方英典出个价，他绝不讨价还价。

"一千五百块现大洋，一次性付清。"方英典想了一下，答复道。

明眼人都知道，这块地卖一千块现大洋是公道的，方英典出了一千五百块，显然是多给了。武老汉觉得，方英典是想以高于宋占山出的价格将地买下，让他对宋占山有个说法，免得宋占山纠缠。

"一千零一块现大洋，多了俺一分一厘也不要！"武老汉想到这些，就斩钉截铁地说。

武老汉多要了一块现大洋，方英典自然明白他的心思。既然是以诚相待，就没必要有过多的谦让，双方很快达成协议，在卖地契约上签字画押。下午，潘士光带着方兴通和蔡铣朴来到武老汉家，将一千零一块现大洋交到武老汉的手里。

武老汉看着这一堆白花花的现大洋，禁不住老泪纵横了。

"潘管家，这一块现大洋您收好。"武老汉抹把泪，从现大洋里挑出了一块最新的，递给了潘士光，"商场奠基的时候，您代俺将这块现大洋放到地基里吧，也算俺的一片心意，俺祝宏德堂根深蒂固，财源广进。"

潘士光没有犹豫，收下了这一块现大洋："好，那俺就替俺老爷谢谢您的好意。"

这场土地之争以宏德堂的胜出结束了，宋占山再次败给了方英典，他心有不甘，却已无法扭转，而对方英典的恨自然是愈加深重。宋占山想再次寻机报复。

武老汉离开了方家村，他在此生活打拼了四十多年，带着几多感恩与不舍去了哈尔滨，父子从此团聚。临走时，他又做了一次豆腐，步履蹒跚、挨家挨户地送到有老人的村民家里，并深情道别。然后，他在方英典的陪同下来到方氏祖坟，为方继先烧香磕头，嘴里说着感恩不尽的话，说到动情处，还哭得像个孩子。

送走了武老汉，方英典就开始筹备建商场。忙碌了近两年，宏德堂日用百货商场和木材粮油店明天就要开门营业了。

现在，宏德堂的大船队已有大小货船七条，"牡丹号"和"睦亲号"

货船由刘小虎掌管，往来大连貔子窝港及东北其他港口，源源不断地运来木材和粮食。 五条双桅货船跑短途，去青岛，赴烟台，甚至去更近的黄县和蓬莱等，由吴人庆掌管，运输盐和海产品以及各种生活物资。 商场开业后，货船将远赴江南，运回丝绸及肥皂等生活用品。 人不服老是不行的，方英典觉得，生意越做越大，自己快撑不下去了。 他曾努力培养唯一的儿子方兴通，还送他去济南府上学，就是想等到他干不动的这一天，将宏德堂的大船队和商场交给他。 但是，他错就错在不该让方兴通去济南，更不该让他住在了姚如贤家里，由此引发了他与江秀芝剪不断理还乱的感情，这件事至今影响着宏德堂。 方兴通的心不在宏德堂，不在明媒正娶的任明凡身上，而是在济南府和江秀芝那里。 那么，方英典又怎么敢将大船队和商场交给他？

两年前，在为嫂子宋家宁守灵的那个晚上，方兴通触景伤情，对爹产生了几多怨恨。 麻袋里装不住钉子，他曾预料到总会有一天与爹发生正面的冲突，需要的只是一个爆发点。 就在昨天，这个爆发点终于出现了。

一切都是那么出乎意料，一只老鼠蓦然闯入了宏德堂。

乡村多鼠，或许是因为能吃的东西多。 另外，海草房的地基是由不规则的石头砌成的，中间还有一道沟槽，需要用砖头瓦块与泥浆填充抹平。 时间久了，墙里的泥土便渐渐地疏松，老鼠从缝隙大的石墙缝里钻进去，掏空里面的泥土，就安营扎寨，生儿育女了。 老鼠的繁殖能力强，一年七八窝，一窝七八只。 所以，无论你下多少药，总也药不完，无论你养多少猫，总也抓不完。 然而宏德堂里却很少有老鼠，因为宏德堂的房屋是用汉白玉长石条打的地基，那地基严丝合缝，老鼠钻不进来。 院墙的地基是用青石条打的，同样让老鼠无孔可钻。 阳沟也是封闭的，装有铁丝网。 偶尔发现有漏网之鱼，宏德堂人也会发现一个，打死一个。

去年多雨，院门边阳沟的铁丝网被装上许多年了，生了锈，一碰就烂。 事有凑巧,前一天下午,南院南书房的西邻老张头拾掇墙外倒塌的草垛,突然有一只老鼠从草里窜出来,惊恐万状地乱跑。 这只老鼠又肥又大,近半尺长,看来是个偷食及反捕杀的能手。 老张头被老鼠吓了一大跳,那神情比老鼠还惊慌。 老鼠先是跑向了南书房的阳沟,想钻进去,却被完好无损的铁丝网挡住了。 于是它掉转头,飞也似的往北逃窜。 老张头这才回过神来,举着一把铁锹追过去,想一锹拍死它。 能长这么大的老鼠不好捉,它屡屡在人与猫的追杀下逃脱,老张头挥舞的铁锹根本就拍不着它,只扇起了一阵阵的凉风。 跑到宏德堂院门口,老鼠就又发现了一个阳沟,遂猛冲过去。 锈透的铁丝网被一下子撞开,它逃进了宏德堂,而老张头只能举着铁锹望洋兴叹了。

宏德堂里好风光,有树有草也有花,还有小巧玲珑的牡丹亭。 但是老鼠来不及欣赏,逃命要紧。 它机警地站在院中央,转悠着贼亮的眼珠,想找个能藏身的地方钻进去。

这个时候,方兴遒刚跟范小娆学完扬琴,从东院的月牙门走出来。

方兴遒聪明伶俐,又从内心里酷爱扬琴,所以她的琴艺突飞猛进,已经能独自演奏好多名曲了。 像任明凡一样,多愁善感的范小娆为宋家宁的离去而伤悲,并联想到自己的不幸命运,常常会暗自神伤,泪湿眼眶。 方兴遒喜欢打扬琴,也喜欢范小娆。 她小小的年纪似乎已经懂得了人情世故,正是她体贴入微的宽慰与关心才让范小娆成功度过了那段充满失落与悲伤的岁月。 范小娆能弹会唱,还教方兴遒唱小曲。 方兴遒喉清韵雅,令范小娆感到意外和惊喜。 她们相差十多岁,是师徒,更像姐妹。 宏德堂人都善良,或许是因为方兴遒的存在,范小娆才回归了正常的生活,有了活下去的意义。

现在,老鼠与方兴遒同时看到了对方,都吓得愣了一下,然后各自奔命。 方兴遒大叫一声往堂屋跑去,老鼠本来也想往那个方向跑,却让轻车熟路的方兴遒抢了先,它只能反其道而行之,跑到月牙门口,犹豫了一下才窜进了东院。

东院的景色也不错，因祸得福，老鼠似乎知道自己逃进了一个大户人家，以后肯定吃喝无忧了。 院里空无一人，老鼠悬着的心放了下来，只是呼吸还没均匀，人肚子一鼓一鼓的。 千年的狐狸成了精，这只老鼠的前辈与同辈，甚至是后辈大多都死于非命了。 它先是看了眼南边的蔷薇篱笆，又回过头来，将目光投向了雕梁画栋的北屋。 它决定，就先住在这里面吧，条件肯定很不错。 逃脱了老张头的夺命追杀，又吓得一个小姑娘狼狈逃窜，老鼠大难不死，心中暗喜，遂大摇大摆地向北屋跑去。

北屋厅房的大门四敞八开，有一缕阳光越过西院墙照射进来。 任明凡坐在一张有针线筐箩的大方桌前，在里面找顶针。 方兴通一件上衣的布纽扣开线了，她要为他缝好。

或许真的是鼠目寸光，也或许是得意忘形，老鼠并没有发现有个女人坐在屋里，它顺着门框爬上了门槛，然后跳了进去。

针线筐箩里的东西零乱且满当，任明凡一边想着心事，一边找顶针，就没发现老鼠这个不速之客。 说起来有几分不可思议，任明凡突然又乐观起来，或者说，她像范小娆一样，觉得活着挺好。

不可否认，任明凡对生活态度的转变归功于范小娆。 两年前，宋家宁以残酷的方式离开了这个世界，宏德堂东院里这三个不幸的姐妹只剩下了任明凡和范小娆。

宋家宁的死让范小娆明白了许多，她相信了"好死不如赖活着"的俗语。 她当时想，如果现在让她选择活着还是死亡，她会不会做出与宋家宁一样的决定？ 倘若这个假设放在她初来宏德堂的日子，她会毫不迟疑地选择后者。 那时候，世界上唯一爱她的人也是她唯一爱的人程立铭已经走了，范小娆万念俱灰，生无所恋。 但是后来，一切都变了。 在她即将被投入大海之时，她被好心人方英典救了下来。 鬼使神差一般，她来到了遥远的掖县，住进了陌生的宏德堂。 不过方英典的义举并没有完全感化她，她还是想死。 因此在回掖县的"牡丹号"货船上，她乘人不备跳入了大海，是刘小虎及时发现并救了她。可是她还是一心想死，她在等待时机。

实际上最初感化了范小娆的是宋家宁。她住进宏德堂东院的客房里，宋家宁就住在隔壁。客房里来了新人，宋家宁十分好奇，第二天就主动来串门了。熟悉宋家宁的人都知道，她心直口快，是个心里藏不住事的人。她性格外向，性子急，敢爱也敢恨，所以才会发生与穷船员刘小虎私订终身的事。这时的宋家宁已经拨开乌云见太阳，老爷方英典出手两百块现大洋，从海匪袁路生手里救出了宋家安，作为交易，她那可恨的爹宋占山也答应了她与刘小虎的婚事。历经磨难，终于可以与她心爱的刘小虎在一起了，宋家宁的心里充满了对美好生活的憧憬，天天兴高采烈的，将幸福写在了脸上。

女人们的心是相通的，尤其是经历过或正在经历不幸的女人。同是天涯沦落人，任明凡、宋家宁与范小娆她们互不设防，有着天然的亲近感，因为没有什么还值得防备。宋家宁没有任何客套与顾忌，直截了当地询问了范小娆的来历，然后就给她讲了自己与刘小虎的爱情故事。她讲得声情并茂，栩栩如生，说到悲伤处止不住泪流满面，说到高兴处又忍不住笑出声来。

"是老爷方英典救了俺和刘小虎，俺知道，你也是。"宋家宁最后说。

宋家宁是范小娆遇到的最爽快的一个女子，她说话就像竹筒倒豆子一般，肚子里一点也不剩。范小娆为宋家宁的苦尽甘来而庆幸，反而更为自己遭遇的劫难而悲叹。宋家宁和刘小虎总算有情人终成眷属，可是她的心上人程立铭已经被石营长的兵乱枪打死了，也就是说，她已没有任何希望，只有痛苦伴随终生。那么，这样的生命还有存在的意义吗？活着苦不堪言，死方是解脱。

"还是死了好。"范小娆擦了把溢出眼眶的泪水，似乎在自言自语。

那天，宋家宁说完自己想说的话就走了，留下了范小娆一个人发呆。 不管怎样，宋家宁的贸然来访阻止了范小娆轻生的脚步。 她想知道，宏德堂究竟是一个什么样的家族，更为重要的是，她这么快就死了也确实对不住方英典的一片苦心。 感念方英典的救命之恩并能有所报答，成为她活下去的唯一理由，尽管这个理由很脆弱，也很牵强。

范小娆要寻死？ 虽然范小娆刚才说"还是死了好"这句话的声音很小，宋家宁还是听到了。 她有自知之明，自己没有能力劝说范小娆放弃这个可怕的念头，却又不能眼看着范小娆自寻绝路，就去找识文解字而明事理的任明凡。

任明凡是死过一回的人了，可是她听宋家宁这么一说，还是觉得应该去劝说范小娆。 不能见死不救，这是一种本能的反应。 于是在宋家宁的带领下，任明凡来到了范小娆的客房，先是嘘寒问暖，就像主人一样。 然后，与刚才的宋家宁如出一辙，她从自己悲惨的经历说起，直说到自己寻了短见后被救的事。 事到如今，方兴通在济南府另有所爱已经是公开的秘密了，当然任明凡没有将他们始终没同房的事说出来，这是因为，这是只有他们两个才知道的隐私。

或许将自己的悲伤说给对方听，是给对方最好的安慰剂。 自寻短见过的任明凡以自己的切身体会劝说范小娆勿寻短见，起到了意想不到的效果，范小娆一死了之的想法不再那么坚定。 后来，当拿起琴竹，打起方英典让管家潘士光新买来的扬琴时，她似乎对人世间有了些许留恋。直到方兴逦拜她为师，学起了打扬琴，她觉得自己有了报答方英典救命之恩的机会，才最终放弃了寻死解脱的念头。 而且，随着她与方兴逦师徒或姐妹般的情谊日渐深厚，她也再次感受到了人间的爱与活下去的意义。

劝人容易劝己难，当年，因为担心范小娆自寻短见而找来任明凡好言相劝的宋家宁最终却自己寻了短见，这怎么能不让任明凡和范小娆感慨万端、柔肠寸断？ 她们哭着送走了宋家宁，回到宏德堂又抱头痛哭起来。 她们知道，如果刘小虎早到一步，宋家宁就不会死。 偏偏是晚到了这一步，酿成了悲剧。 难道这就是命运的安排？

范小娆见多识广，在大连貔子窝港春满园的紫藤阁里，她更是阅人无数，其中有庸俗小人，也有正人君子。 她看得出来，任明凡是个善良的女子，否则也不会在她初来乍到时苦口婆心地劝说她，甚至不惜说出自己内心的伤痛。 能将自己的伤痛主动亮出来的人是可信赖与依赖的人，今生有缘，让她们彼此相见。 因此，在重拾生活的信心之后，她就想为消沉而悲观的任明凡做点什么，只是一直没找到合适的机会，也不知道应该如何开口。

不能再等了，就在宋家宁出殡后的第三天下午，范小娆走出了客房，绕过蔷薇篱笆，来到了任明凡的屋门口。

"大妹子，俺来看看你。"范小娆一条腿迈过了屋门槛，犹豫了一下，另一条腿就没迈进来。

对于每一个来访的人，任明凡都是充满警惕的，这是因为东间与套间隐藏着她与方兴通分居的秘密。 为了不为人所知，她甚至将丫鬟小翠也撵了回去。 现在范小娆突然来了，任明凡迅速走出东间，并回身关死了房门。

"大姐，您……"任明凡神色惊慌地说，"快请坐。"

范小娆迈进了另一条腿，下意识地看了眼东间紧闭的房门，才慢慢落座，满脸微笑地看着任明凡说："大妹子，没事，俺就是想来跟你说说话。"

难道她已经看出了什么？ 任明凡注意到范小娆刚才看了一眼东间的门，自己的眼睛却不敢与她对视了："大姐，来，俺给您倒碗水。"

是的，心细的范小娆早已察觉到方兴通与任明凡的夫妻关系不正常了。 她发现，许多时候，他们之间形同路人，几乎没有什么眼神交流，即使眼神偶然碰到一起，却都在下意识地躲闪。 在众人面前，需要显示出夫妻间亲昵的时候，他们的肢体动作也是那么生疏而僵硬。 人们常说，夫唱妻和，他们却总是在各说各话，没有任何默契可言。 去年夏天一个闷热的夜晚，范小娆热得睡不着觉，就站在蔷薇篱笆后的过道里摇着蒲扇纳凉。任明凡的屋里还亮着灯，这时方兴通从月牙门拐进来，还没走到屋门口，听到动静的任明凡就吹灭了油灯。方兴通在屋檐西角的那个有隔扇遮挡的隐蔽处冲洗了一下，才进了屋。不多会儿，东套间的油灯亮了，而东间依然漆黑。已经对他们夫妻关系产生严重怀疑的范小娆马上推断出，方兴通越过了东间，直接进了东套间。也就是说，方兴通和任明凡并没有睡在一个炕上。联想到方兴通的另有所爱以及与任明凡结婚多年还没有孩子，范小娆最终确认了自己的推断，那就是，方兴通和任明凡是一对不曾同房的假夫妻。

看破而不能说破，这是方兴通和任明凡的秘密，范小娆并不想说出来。但是，她们同为女人，她能体会到任明凡守活寡的苦不堪言。况且，方兴通的所爱远在济南府，有老爷方英典的严加看管与约束，有宏德堂的堂规家法，他就不可能休妻另娶。那么任明凡就还有机会，她必须从李清照那些哀怨的诗词中走出来，勇敢地面对现实，用自己的爱与温柔去感化方兴通。人非草木，孰能无情？功夫不负有心人，范小娆相信，方兴通终会有放弃不切实际的幻想而回心转意的那一天。

两年前的那个下午，范小娆和任明凡说了很多掏心窝子的话，说到动情处，还禁不住泪水涟涟。她爱的人已经死了，没有了破镜重圆的机会，她就想让两个不曾相爱的人产生爱。她觉得，这是一件功德无量的大善事，也是对老爷方英典救命之恩的又一报答。

任明凡听得很认真，就像当年在私塾里听教书先生授课一样。自嫁进宏德堂那天起，她就在守活寡。她痛不欲生，便想跟随娘的脚步去另一个世界，却未能如愿。那么，她恨方兴通吗？显然不恨。她与方兴通之间没有爱，也就没有恨。她恨的是这桩娃娃亲，害了她，也害了方兴通。这些年来，她与方兴通有姻无缘，却是相敬如宾。自杀未遂之后，她就不曾有过反抗，为了宏德堂的面子，她心甘情愿地忍辱负重。她感觉到，在内心里，方兴通对她充满了愧疚。有时候，他们的目光无意中碰到一起，他流露出的是惴惴不安与羞愧难当的神情。 方兴通要对得起他深爱的江秀芝，那么受到伤害的就只有他不曾爱过的任明凡。

　　"大妹子，男人需要关爱和温存，俺相信你能做好。"那天范小娆这样鼓励任明凡。

　　在太阳已经西落之时，范小娆离开了。 从任明凡的眼神中，她明显感受到，自己的苦口婆心起到了一定的效果。 她相信，日久生情，女人的温柔与关爱总会感化男人冰冷的心。

　　目送范小娆出了屋门，任明凡却是久久不能平静下来。 回味着范小娆说的话，她蓦然发现，自己与方兴通这几年看似不堪回首的过往，竟然还蕴藏着几分难得的温馨。 在任明凡的心目中，方兴通是通情达理的，是风度翩翩的正人君子，她明白，这是宏德堂的家教与传承。 他不但不可恨，反而让她同情，这也是她为什么愿意配合他，保守他们不同房秘密的原因。 爱就是爱，不爱就是不爱，方兴通不会逢场作戏，正如范小娆刚才所说，他不与自己同房，正是对她的尊重。 那么，反过来想，一个感情与身体都专一的男人，是不是更值得去爱?

　　范小娆出现在宏德堂是偶然的，又似乎是冥冥之中的必然，她是上苍派来的使者，让黑夜中的任明凡看到了黎明的曙光。 听人劝，吃饱饭，她要以自己的实际行动去感化方兴通，将他的心拉回到自己的身边。 唐代诗人杜甫有诗曰，随风潜入夜，润物细无声。 那么，就从小事做起，如同现在把方兴通的衣服重新缝好布纽扣一样。

　　终于从针线笸箩里找出了银色的顶针，任明凡开始穿针引线。 她拿出一只缠有黑丝线的线轳辘，找到线头，准备纫针，却是手指一滑，线轳辘掉到了地上。

　　叭，线轳辘砸在青砖地上的声音吓了刚刚进得屋来的老鼠一跳。 它不由得吱吱地惊叫了几声，然后慌不择路地跑进了东间。

　　任明凡低下头来，发现了这只老鼠。 或者说，她只是看到了老鼠肥硕的屁股在东间门口一闪，就再也找不到它了。

哎呀！任明凡的惊呼声比看见老鼠慢了半拍。她战战兢兢地跑出屋来，在院子里转了两圈，却不知道自己要干什么。

"大姐，范大姐！"良久，惊魂未定的任明凡才想起了求助，冲着南边的客房呼喊道，"进老鼠了！"

范小娆闻声来到院子里，正院的太太陈尚云和方兴遥以及老丫鬟乔玉芬和小丫鬟小翠也跑了过来。她们都是被方兴遥叫来的，刚才方兴遥哭着说看见了一只大老鼠，正在院里寻找，就听到了任明凡的呼叫声。

宏德堂里的女人们就这么一下子到齐了，男人们都出了门，他们在为宏德堂第二天的重大庆典做着精心的准备。

"老鼠跑去哪了？"乔玉芬问。

惊魂未定的任明凡终于盼来了救星，顺手一指北屋："跑到东间里去了。"

众女人听罢便向北屋跑去，经验丰富的乔玉芬还顺手拿起了放在门口的一把倒立着的笤帚，紧紧地握在手里。

北屋的屋门大开，东间的房门也大开，胆战心惊的任明凡慌中出错，忘记了东间和套间里隐藏着她和方兴通分居的秘密。

女人们都胆小，一只蓦然闯入的大老鼠成为她们一致的大敌。男人都不在，她们只能壮着胆子跑进了东间，一边大声呼喊着一边寻找着老鼠的踪影。

这个时候，老鼠才意识到自己已经走投无路了，刚刚找到一个阴暗的墙角藏起来，女人们此起彼伏的尖叫声让它误以为自己被发现了，又吓得窜了出来。宏德堂的房基都结实，根本就无缝可钻，它在东间里左冲右撞，依然没有找到藏身之处。女人们堵在门口，它无处可逃，最后一头扎进了东套间。

"跑套间里去了。"方兴遥手握一根细竹竿，看到了老鼠，禁不住大叫道。

女人们又跟着老鼠进了东套间，用小铁锹拍，用竹竿子捅，继续围追堵截。老鼠上蹿下跳，已是精疲力竭，犹如强弩之末。它顺着一根立在地上的花椒木棒爬上来，使尽最后一丝力气，蹦到了书案上。乔玉芬眼疾手快，一笤帚拍过去。手起笤帚落，老鼠奋力一跳，掉进了书案下的大画缸里。多次大难不死，这只老鼠就这么成了瓮中之鳖。乔玉芬用笤帚把猛捅，三下五下就把它捅死了。

这根花椒木棒已经打磨得圆润光滑，有八仙过海图案的大画缸高近二尺，肚大腰圆，它们都是方英典的喜爱之物。他写字写累了，就拿起花椒木棒敲敲酸胀之处，顿感舒适了许多。大画缸里常常插放着装裱精美的书法名作，那是他临摹的范本。方继先去世后，方英典成为堂主，便从东院搬进了正院。那年，方兴通大婚，东院的北屋便成了他的新房。许多正院也有的东西，方英典就留给了方兴通。

从豆蔻年华到半老徐娘，太太陈尚云跟方英典曾在这里住了几十年，里面的家什与摆设她熟悉得不能再熟悉。东间的火炕是他们同枕共眠的地方，他们在此孕育了一双儿女。东套间则是方英典的小书房，他在里面读读书，写写字，好不惬意。里面还有一张单人木床，累了便可躺下小憩片刻。

老鼠终于被打死了，乔玉芬和小翠在院子的树下挖了个小深坑，把老鼠埋了进去，然后就回了正院。范小娆安慰了任明凡几句，也走了。现在，屋里只剩下了陈尚云和方兴逦。

"你先回去吧，俺跟你嫂子说几句话。"陈尚云脸色严肃地对方兴逦说。

娘跟俺嫂子说话为什么还要瞒着俺？方兴逦不明白娘为什么要撵她走，就撅起樱桃小嘴，气呼呼地走了。

任明凡一听，马上意识到自己慌乱之中犯下了大错。婆婆陈尚云看到了东间与东套间的一切，她肯定觉察到了什么。那么，她支走了方兴逦，就是要当面兴师问罪。

实际上，在乔玉芬她们大呼小叫地捕捉老鼠的时候，陈尚云就已经被眼前的一切惊呆了。 火炕上只摆放着一个枕头和一床被子以及任明凡的衣裳，而在东套间里的木床上，枕头铺盖一应俱全，还有方兴通的一件外套，他显然是长期睡在这里。 结婚这几年，方兴通与任明凡却是颗粒无收，这很不正常。 陈尚云来过几次，任明凡都将她堵在了正间里，而东间的门紧闭，她想往里看一眼都难。 知子莫如母，陈尚云知道，方兴通喜欢的是济南府的江秀芝，两人至今藕断丝连。 他被逼成婚后，原来一直与任明凡分居。 没有种子，再好的地也长不出庄稼，方兴通真是胆大妄为，不计后果，想想太可怕了。

"娘，有什么事，您坐下说吧。"任明凡有了心理准备，神情哀怨地看了陈尚云一眼，"俺给您倒碗水。"

"不用了，俺知道，这不怪你。 明凡啊，你是个天底下难找的好媳妇，真是让你受委屈了。 现在，你就实话告诉俺，结婚后，兴通是不是就没碰过你？"陈尚云坐进太师椅里，长长地叹了一口气，和蔼可亲地说。

陈尚云这么直截了当出乎了任明凡的意料，她先是犹豫地点了下头，接着拼命地摇了摇头，委屈的泪水也顺颊而下："娘，您就什么也别问了。"

"怎么能不问？ 兴通这么做，是想要……要俺的老命啊。"陈尚云气得嘴角都哆嗦了。

"娘，都是俺不好，不怪他。"任明凡擦把泪，小声说。

明明是方兴通让任明凡守了活寡，她还袒护着他，把罪过揽到自己身上。 任明凡的举动让陈尚云感动不已，她站起来，走到任明凡的跟前，万分疼怜地一把将她拥在了怀里。

"明凡啊，是俺这个当娘的没教育好他，让你受了这么大的委屈。俺对不起你啊，更对不起你死去的亲娘啊。"陈尚云轻轻地拍打着任明凡的后背，泪眼婆娑地说。

趴在陈尚云的怀里，任明凡感受到了久违的温暖。 因为方兴通的不近人情，这些年来，她与婆婆也很少说话，不是逢年过节，她从未主动去过正院。

"娘，您就别生气了。"任明凡强忍着眼泪劝慰道。

陈尚云感觉出任明凡的身子在颤抖，她知道，任明凡有苦无处诉，有怨无处说，默默地忍受了这么多年，这绝不是一般的女人能承受得了的。

"明凡啊，俺知道你想哭，想哭就哭出声来吧，娘理解你。"陈尚云抬起手来，温柔地抚摸着任明凡的头。

任明凡的娘李丹霞走了这么多年了，任明凡连个说知心话的人都没有，她在孤独与悲伤中度日如年。听了陈尚云的话，一股暖流涌上了她的心头，而她感情神经中最脆弱的部分一下子被触动了，她忘情地大喊一声"娘"，就号啕大哭起来。

"哭吧，明凡，哭出来就好了。有娘在，以后就不会再让你受委屈了。"陈尚云紧紧地搂抱着任明凡，动情地说。

在这个普通又不普通的下午，任明凡哭了个昏天黑地，直把那蕴藏在五脏六腑中的委屈与积怨哭了个干干净净。现在，在范小娆的开导下，她已经决意用自己的温情去感化方兴通了。范小娆说，精诚所至，金石为开，何况是男女之情？爱是需要培养的，爱会生爱，任明凡对此已是深信不疑。

"娘，您就放心吧，俺会做好俺应该做的事情。"终于，任明凡停止了哭泣，勇敢地抬起头来，双目含情地看着陈尚云。

陈尚云从袖中掏出手绢，为任明凡擦干了眼泪："好孩子，你就放心吧，有娘给你做主。"

陈尚云要给任明凡做主，实际上是让老爷方英典做主。安抚好任明凡，陈尚云回了正院，坐在堂屋正间里，等待着方英典回来。

开业典礼不是小事，方英典亲力亲为，准备明天的庆典，连晚饭都没回家吃。直到那弯新月爬上了墙头，他才拖着疲惫的身躯进了家门。

陈尚云是个隐忍能力超强的女人，更是一个能揣摩方英典心思的女人，有些事说还是不说，或者什么时候说，她总是拿捏得很准。但是，这个晚上发生了意外。结婚这么多年了，方兴通竟然没有跟任明凡同房，让他们老两口抱孙子的愿望落空，宏德堂后继无人，这还得了？所以她没顾及方英典的身心疲惫，等他一进门，就将此事说了出来。

"老爷，您可得想想法子，咱宏德堂不能没有后啊。"最后，陈尚云心急如焚地说。

什么？方兴通这是在作孽啊！方英典一听就蒙了，一屁股瘫坐在太师椅里，脸色由苍白渐渐变得赤红。有道是，不孝有三，无后为大，方兴通这是想让宏德堂断子绝孙吗？这怎么对得起列祖列宗？他无论如何也没有想到，这个逆子竟然胆大妄为，阳奉阴违，以这种不可思议的方式抵抗父命。

"潘管家，你去把这个逆子给俺叫过来！"良久，方英典才怒吼道。

相濡以沫了几十年，这还是陈尚云第一次看到方英典如此失态。刚才，从商场里出来，潘士光将方英典送到屋门口，方英典就让潘士光回家休息了。潘士光不在，显然方英典让方兴通气糊涂了。

"老爷，您……俺去叫。"陈尚云说罢出了屋，踮着一双小脚向东院跑去。

方兴通也是刚从商场回来，任明凡马上将婆婆陈尚云已经发现他们各睡一间房的事告诉了他。秘密被保守了这么多年，却因一只老鼠的蓦然闯入而被公之于众，任明凡意识到，一场暴风骤雨即将降临到方兴通的头上。

宏德堂不能绝后，方兴通心知肚明，他已经突破了爹的底线，大动干戈不可避免。纸包不住火，这一天迟早会来，他必须勇敢面对，而且绝不屈服。

"爹要是问你，你可得好好说啊。"任明凡轻声劝说道。

方兴通抬眼看着任明凡，心里五味杂陈。他知道，她是不幸的，而这个不幸是他一手造成的，是他对不起她。 方兴通是个心细的人，已经感觉出任明凡的变化，她是想通过自己的温柔与温情来感化他。 可是济南府的江秀芝已经住进了他的心里，他已容不下别人。 况且江秀芝还在一心一意地等待他，解除这桩没有爱情的婚姻，娶江秀芝为妻，是他对她发出的铮铮誓言，他不能撕毁承诺，辜负了她的心。 他已经伤害了一个女人，岂能再伤害第二个？

方兴通点了一下头，准备往东套间里走。 就在这时，陈尚云闯了进来。

"兴通，你……你爹……叫你过去。"陈尚云面色阴沉，喘着粗气，一字一顿地说。

彻底摊牌或者鱼死网破，方兴通等待这一天似乎已经很久了。 方兴通回过身来没说话，昂首挺胸地出了门，那神情就像勇士奔赴战场。

"娘，俺爹他……"望着方兴通的背影，任明凡的心提了起来。

陈尚云疼爱地拍了拍任明凡的肩膀，还拿起方桌上她为方兴通刚刚缝好纽扣的衣服看了看："唉，兴通这孩子太任性了，得管管了。 你先照顾好你自己就行了，俺得赶紧过去看看，你爹这回可真是动怒了。"

陈尚云回到正院堂屋的时候，方兴通已经站在了方英典的面前。 她看到，他们父子俩都虎着脸，谁也不看谁，一副剑拔弩张的态势。

"兴通，坐下，跟爹好好说。"陈尚云悄悄戳了下方兴通的后背。

"坐下？"沉默是为了爆发，方英典勃然大怒道，"你这个不肖子孙，你跟俺跪下！"

方兴通听罢并没有跪，反而不服气地梗着脖子，纹丝不动地站得笔直。

方兴通倔强的表现让陈尚云感到了恐惧，针尖对麦芒，会变得不可收拾。

"兴通，你要听爹的话啊。"陈尚云连忙规劝道。

听爹的话？ 方兴通想，他自小就听爹的话，爹让他往东，他就不敢往西。 君君臣臣，父父子子，一言堂，这是宏德堂百年的传承。 多年的媳妇熬成婆，宏德堂的男人想当家做主也得熬走了上一辈，就像爹熬走了爷爷方继先。 他不想分庭抗礼，更不想抢班夺权，他只想与自己心爱的人在一起，结束这段没有感情的婚姻。 他始终认为，这是自己正当的要求，并没有错。 而且有刘小虎与宋家宁的例子在先，为什么爹对待他与江秀芝却有着天渊之别？ 这公平吗？

方兴通顽固对抗的态度前所未有，大大出乎了方英典的意料，他竟然一时不知道如何应对了。 变了，去济南府见过大世面的方兴通真的变得不可理喻了。 那么，方英典能允许他休妻另娶吗？ 这毕竟是宏德堂从来没有发生过的事情，如果任由方兴通自作主张，宏德堂的脸面将会不保，乡亲们也会戳他的脊梁骨，又怎么向方氏宗祠里的老祖宗们交代？ 不行，这种事绝对不能发生在宏德堂里。

"俺问你，你跪还是不跪？"方英典想到这里，颤颤巍巍地从太师椅里站起来，气势汹汹地走到了方兴通的跟前。

方兴通能听到爹沉重的喘息声，呼出的热气也扑到了他的脸上。

"爹，俺给你跪下了，您就发发善心，成全了俺和江秀芝吧。"方兴通扑通一声跪在了地上，拼命地磕着响头。

嗵，嗵嗵。 方兴通以头撞地的声音在正间里回响，血丝也由磕破的皮肉里冒出来。

"兴通，别磕了，听你爹的话就行了，咱不能对不起任明凡啊。"陈尚云既心疼又着急，用力把方兴通拉了起来。

"刘小虎和宋家宁也不是父母之命，也不是媒妁之言，他们怎么就能私订终身？ 俺和江秀芝为什么就不行？"方兴通说出了一直憋在心里的话。

方兴通的质问让方英典一时没法回答，这是因为他说得在理，根本没法回答。 在某种程度上，方英典对刘小虎和宋家宁网开一面，是对他们的不幸遭遇动了恻隐之心。 而方兴通和任明凡是有婚约在先的，况且

430

现在任明凡已经是宏德堂明媒正娶的媳妇，方英典不能不维护宏德堂的脸面。

"不行就是不行，你别在这里跟俺讲这些歪理！ 人要脸，树要皮，任明凡嫁进宏德堂，就是方家的人。 宏德堂以文传家，以德持家，这是写在堂规家法里的，宏德堂的子孙就是不能平白无故地休妻！"方英典怒斥道。

陈尚云从衣袖里掏出手绢，给方兴通擦拭着额头的血迹："儿啊，你爹说得在理呢，任明凡是宏德堂的好媳妇，你就听你爹的话吧，你得替宏德堂想想，方家不能没有后啊。"

替宏德堂想想，谁替俺想想？ 现在，铁了心要娶江秀芝的方兴通根本听不进爹娘的话。 他有理无处说，有委屈无处诉，他所能做的只有默默忍受，等待爹的回心转意，哪怕是等到爹百年之后。

"虚伪！"方兴通推开娘拿手绢的手，嘴里恶狠狠地蹦出了两个字。

虚伪？ 方英典听着很刺耳，顺手拿起条案上的一把茶壶，怒不可遏地摔到了地上："滚，你给俺滚！ 从此以后，俺就没有你这个儿子！"

咣！ 茶壶应声而碎，吓了陈尚云一个趔趄。

在方兴通的记忆里，他从来没见爹摔过东西，无论是发生了什么事。 他看了眼地上的碎瓷片，哼了一声就扭头走了。

父子俩面红耳赤地争辩了一场，没分出胜负，以一把茶壶的粉身碎骨而结束了。 茶壶是无辜的，就像无辜的任明凡一样。

渐渐地，陈尚云狂跳的心脏平稳下来。 她清醒地意识到，他们父子俩谁也不会让步，谁也说服不了谁，能维持现状就已经是万幸了。

方英典似乎还没回过神来，坐在太师椅里，双眼暗淡无光。 方兴通一条道走到底，认准的事绝不回头，还真是他的儿子，就像他当年不顾爹方继先的遗嘱，执意建立大船队一样。 胳膊拧不过大腿，好在他现在是大腿，方兴通毕竟是宏德堂的子孙，还不会干出伤风败俗的事情。 那么，以后怎么办？ 能眼看着宏德堂无后吗？ 方英典的脑瓜嗡嗡作响，不敢想下去了。

方兴通回到东院，进了屋，就看到任明凡安静地坐在炕沿上。

其实任明凡的心里很不平静，她期待今晚能有个结果，又害怕有了结果。 方兴通额头上的血迹已经告诉她，她盼望的结果并没有出现。她很失望，却没有灰心，来日方长，她相信范小娆的话。 她想帮他擦擦血迹，却被方兴通拒绝了。

方兴通慢吞吞地走进了东套间，回身关上了房门。 他和衣平躺在了小木板床上，大脑里一片空白。

第二十二章
竹篮打水

在那个夏雨连绵的傍晚，宏德堂日用杂货店大掌柜蔡铣朴失魂落魄地出现在逍遥阁大烟馆，着实吓了宋家安一跳。

蔡铣朴来到掖县这么多年了，他还从未主动与宋家安见过面。那年，因为刘小虎私自将宋家宁藏到了芙蓉岛，宋占山指使管家罗良基带着宋家安和二十几个船员大闹宏德堂。唇枪舌剑中，宋家安与方兴通发生了肢体冲突，蔡铣朴过来拉偏架，让宋家安无法反击，白挨了方兴通一记重拳，随后便发生了他被三只手袁路生绑架的事。宋家安记仇，他恨方兴通，也恨蔡铣朴。本来，在济南上学的时候，宋家安与方兴通被学校安排到济南张记百货粮油公司实习，两人一起认识了老学徒蔡铣朴，三人关系并没有明显的远近。后来，蔡铣朴来到掖县，投靠了方兴通，却有意疏远了他。宋家安心里很不舒服，直到蔡铣朴成了方兴通的左膀右臂，他就不能不怀恨在心了。那么，蔡铣朴今天来找他干什么？无事不登三宝殿，宋家安上下打量着落汤鸡般的蔡铣朴，似乎预感到要有什么意想不到的事情发生。

蔡铣朴来得很巧，如果是昨天来，宋家安还在济南。

宋家安的心里一直装着济南祥庆班的名角俏月儿，就像方兴通的心里只有江秀芝一样。

三天前，宋家安陪着宋占山去济南镶牙，而他最想见的却是昼思夜想的俏月儿。逍遥阁大烟馆开了近三年，让宋占山腰缠万贯，成了远近闻名的暴发户。现在，大烟馆已经培养出了一个能独当一面的大掌柜，又有大马猴儿带着几个弟兄看场子，宋家安完成了自己的使命。在宋家安的一再苦求下，宋占山终于要满足儿子多年前的愿望了，到济南置办家业，图谋新的发展。不过，对宋家安来说，发展不发展无所谓，只要能将俏月儿娶回家就行。美梦的实现就在眼前了，宋家安却又突然担忧起来，转眼好几年过去了，俏月儿会等着他吗？他一会儿觉得肯定会，一会儿又觉得肯定不会。他想，不管会还是不会，先到了济南再说。

那天，宋占山和宋家安车马劳顿地到了济南时，已是华灯初上之时。他们饥肠辘辘地出了济南火车站，就一直往南走，想先找个旅馆住下再出去吃饭。走着走着，饥饿感愈加强烈，他们就走不动了。

"爹，咱先找个地方吃口饭吧。"宋家安停下不走了。

宋占山当然也饿，就地站住，举目四顾，寻找着饭馆的招牌。

这个时候，宋占山和宋家安已经过了经二路，走到了万紫巷东边的一个小路口。

万紫巷里店铺林立，热闹非凡，自然少不了饭馆。就在宋占山寻找饭馆的时候，有一阵西风吹过来，夹带着浓浓的肉香味儿。

"香，真香！"宋占山抽搭着鼻子说。

宋家安也闻到了肉香味儿，口水不由得分泌出来："爹，就去吃肉吧。"

掖县人吃海鲜吃得多，肚子里油水少，就想吃肉，如同宏德堂的方英典愿喝羊汤、吃羊肉一样。宋占山和宋家安父子俩平素矛盾多，难得此时意见一致。迎着香味儿飘来的方向，他们一前一后地走进了万紫巷，并最终在正泰恒饭馆门口停了下来。

"大米干饭，把子肉，美味可口，两位先生进来尝尝。"店员热情洋溢地迎出门来。

正泰恒饭馆里弥漫着股股肉香，食客不断，进进出出。宋占山和宋家安相互看了一眼，毫不犹豫地进了饭馆，坐在了一张空桌前，点了两份大米干饭把子肉。

民国初年，正泰恒饭馆把子肉的香味就已经飘满这个以泉水而闻名遐迩的城市了。

正泰恒饭馆的把子肉选用的是济南当地的带皮白条猪，先烤毛，后刮皮，再切条并以蒲草捆扎，又经过脱脂及煮焖，配以花椒、八角、茴香、桂皮、丁香、肉豆蔻等佐料，并以特制比例调制，共有十多道工序。水自然是济南的天然泉水，因而制成的把子肉色泽红亮，肥而不腻，瘦而不柴，入口醇厚而留有余香，深受达官贵人与平民百姓的喜爱。

大米干饭把子肉很快上了桌，宋占山和宋家安狼吞虎咽地吃了起来。不多会儿，饭和肉就被一扫而光了。

"真香，真好吃。"宋家安饭量大，觉得没吃饱，就向店员招呼道，"再来一块把子肉。"

店员又端上来一块把子肉，宋占山也想吃，可是胃里装不下了，只能看着宋家安美滋滋地大快朵颐。

宋占山和宋家安吃饱了，就顺着饭馆门前的小道往外走，准备找家旅馆住下，三拐两拐，便来到一个人群聚集处。宋占山抬头一看，"商乐舞台"四个大字映入眼帘。

戏迷宋占山不由自主地停了下来，看着门口花花绿绿的招贴画出神。

在一张招贴画的正中，画着一个妙龄女子，她身着紫红色旗袍，手持一条白色丝巾，两眼脉脉含情，让人着迷。

这女子不是别人，正是祥庆班名角俏月儿。

宋占山老眼昏花，只是看着面熟，宋家安则是一眼认出了招贴画上的俏月儿。

如今，玉美伶的祥庆班是济南的戏曲名班，俏月儿更是红遍了大街小巷。宋占山上了戏瘾，想进去看戏。痴情难耐的宋家安没想到竟然这么快就找到了俏月儿，也已经迫不及待了。父子俩再次不谋而合，要购票进场。 这个时候，商乐舞台已经鸣锣开场，只剩下几张前排包厢的贵宾票，价格不菲。 宋占山犹豫了，放进衣兜里欲掏钱的手又收了回来。

"快点吧，爹，里面已经开场了，进去得越晚就越不划算了。"宋家安催促道。

宋占山看了宋家安一眼，掏钱买票进场，并根据票号找到包厢，坐了下来。

当红名角俏月儿唱的是压轴戏，此时正有一中年女子唱小曲。 宋占山定睛一看，竟然是失踪多年的一枝花。 他一阵惊慌，好像当年携款出逃的是他，而不是一枝花。 他低下头来，仔细地看着手中的戏曲节目单，与台上对应的演唱者叫玉美伶。 难道自己认错了人？ 宋占山有些丈二和尚摸不着头脑了。

两位观众姗姗来迟，还是买的贵宾票。 台上的玉美伶不由得向包厢望去，一眼便认出了宋占山。 这回就没有几年前那么幸运了，她站在台上，想躲藏起来是不可能的了。 本来，作为祥庆班的班主，玉美伶早就很少亲自登台演出了，这两天有点巧，一名演员得了重感冒，发高烧，不能登台了。 救场如救火，何况是她自己的戏班，玉美伶只得打扮上妆，临时顶上了。 他怎么来济南了？ 玉美伶心里很是吃惊，又担心被他认出来，就心不在焉，唱着唱着便跑了调儿。

班主亲自登台，竟然唱跑了调儿，台下一阵骚动，而包厢里的宋占山终于确认这个玉美伶就是一枝花了。 当然，尽管复仇心切，他也不能在这里闹起来，只有耐着性子继续看演出。 等一散场，他便会找她算账。

宋家安记不得玉美伶这个人，虽然小时候见过她，只是年龄太小没有记忆。 宋家安戏瘾不大，俏月儿还没登场，他就左看看，右望望，心里很不耐烦。 蓦地，他在右前方向的包厢里，看到了一个熟悉的军人身影。 这不是大连貔子窝港的石营长吗？ 怎么会是他？ 他怎么会在这里？ 宋家安的心怦怦地狂跳起来，眼睛也不敢斜视了。

今年是掖县人张宗昌任山东军务督办兼省主席的第二年，为稳固其在山东的统治地位，他搜刮民脂民膏，广泛招兵买马，扩充实力。 于是，许多当年在东北的老部下便投奔而来，大连貔子窝港的石营长便是其一。 嫡系归来，官升三级，石营长不费吹灰之力就成了张宗昌手下的一名旅长。

张宗昌爱看戏，在督署珍珠泉东大楼修建了一处戏台，还在济南其他地方先后建了游艺园和聆音戏院等，这座商乐舞台则是由兴华茶园改建而成的。 张宗昌的继父过生日，他特意从北京请来梅兰芳、尚小云、程砚秋、荀慧生等京剧名伶，到珍珠泉督署唱堂会。

有道是，上行下效，或者说，上梁不正下梁歪。 张宗昌痴迷看戏，石旅长也经常出入大小戏院，去过了游艺园，也去过了聆音戏院，直到有一天晚上在商乐舞台里发现了美人俏月儿，他便不再换地方了。 当年，在貔子窝港，他曾喜欢上春满园的范小娆，没想到她逃跑了，抓回时已经破了身，他怒火中烧，最终索要了老鸨三百块现大洋才一解心头之恨。 天涯何处无芳草，石旅长自觉艳福不浅，俏月儿便在劫难逃了。

人们常说，冤家路窄，宋家安怎么也不会想到，会再次碰到石营长。 宋家安恨石营长，是他让宋家钱货两空，伤了元气，在宏德堂面前败下阵来。 但是，宋家安又不敢找石营长报仇。 他心里有底，自己绝不是石营长的对手，这是因为，他手下的兵个个身高马大，更何况枪子儿也不长眼。

宋占山和宋家安心里都各自怀着心事，便看戏也看得了无兴致。 终于，在人们的欢呼声中，压轴的俏月儿登台亮相了。 石旅长兴奋地站了起来，一边叫好一边鼓掌。

俏月儿！ 宋家安在心里激动地喊了一声，也情不自禁地站了起来。他的眼里含着泪花，目光是那么痴情。

其实宋家安在济南上学时，俏月儿才十六岁，除了有漂亮的脸蛋，还没有女人味儿。一眨眼，几多年过去，她已经成熟了，真乃妍姿妖艳，一顾倾城。

他怎么来了？俏月儿也看到了宋家安，一丝慌张的神色从脸上闪过。

"坐下！"突然，一个荷枪实弹的卫兵走过来，一把按下了宋家安，大喝道。

一朝被蛇咬，十年怕井绳。宋家安吓得一哆嗦，瘫坐在包厢里。

宋占山也吓了一跳，没敢吭声。

在惊悸与惶恐中，俏月儿的演出结束了，掌声雷动，叫好声震耳欲聋。宋家安看到，石旅长从包厢里走出来，接过卫兵递上的一束鲜花，阔步走向了舞台。他踩着舞台边上的小楼梯，上了台，将鲜花塞进俏月儿的手里。然后，他张开双臂，将她紧紧地抱住，又狠狠地亲了一口。

由于宋家安的出现，俏月儿没有像往常那样积极迎合石旅长，而是似躲非躲，半推半就，眼睛也不敢往台下看。

这个色胆包天的石旅长竟然将他朝思暮想的俏月儿抱在了怀里，宋家安怒不可遏，一下子失去了理智，忘记了历史上那些以卵击石的悲剧。于是，观众们惊奇地看到，宋家安从包厢里跑出来，飞身跳上了舞台，一把抓住了石旅长的胳膊，想拉开石旅长搂抱着俏月儿的手。

这是石旅长的地盘，谁敢在他面前造次？石旅长一时没有反应过来，直到宋家安抓住了他的手，他才发现有人要袭击他。

石旅长的两个卫兵倒是训练有素，迅速跳上了舞台，先是给了宋家安重重一拳，然后就是一个扫堂腿，不费吹灰之力将宋家安踢倒在舞台上。

听小曲变成了看武戏，台下鸦雀无声，观众们都傻了眼，就像惊慌失措的宋占山一样。

石旅长并没有认出宋家安，只觉得此人面熟，就是记不起在哪儿见过。

"你是干什么的？"石旅长放开了俏月儿，走到宋家安跟前，一只脚踩在他的脸上，厉声问道。

　　已经在貔子窝港有过一次血的教训了，宋家安哪敢说自己是干什么的。他不说话，吐了口血水，双手扶地，想站起来。

　　宋家安一动，石旅长就条件反射似的从腰间掏出了枪，踩在他脸上的脚更重了："俺问你，你是干什么的？快说，要不俺一枪崩了你！"

　　俏月儿被吓呆了，不知如何是好，捂着脸不敢看。其实她当年与宋家安的海誓山盟是逢场作戏，或者说是她下的诱饵。当年，她年纪虽小，却深得师娘玉美伶的真传，师娘在一个叫宋占山的男人身上的成功经验，让她萌发了在宋家安身上一试的念头。但是，当她无意中从宋家安的口中得知他的爹叫宋占山的时候，她就准备打退堂鼓了，并告诉了师娘。世上哪有这么巧的事？玉美伶听俏月儿一说，觉得很好笑。她始终记得当年三岁的宋家安坐在炕头上，为她和宋占山行床笫之欢而拍掌助威的情景。

　　或许，在像宋占山这样的男人眼里，女人就是满足自己欲望的玩偶，只是他没有想到，聪明的女人常常会反过来将他当玩偶，还会让他在利令智昏后人财两空，如同过去的一枝花，即今天的玉美伶。

　　那天，玉美伶笑过之后，就鼓励俏月儿不要放弃，让她如法炮制，不能草草收网。玉美伶觉得，让宋占山和宋家安这一对父子栽在同一个坑里，是一件非常好玩的事情。

　　可惜的是，宋家安那时还只是一个穷学生，身上并没有多少银子，俏月儿只能放长线钓大鱼，向他许下承诺，等他在济南置办了家业就嫁给他。然而令俏月儿没想到的是，宋家安回到掖县以后就再也没有了消息。她的心里很是失落，就像一条大鱼咬了钩却又挣脱开跑掉了。

　　现在，俏月儿已经委身于有权有势的石旅长，过上了逍遥自在的日子。宋家安被并不知情的石旅长踩在脚下，石旅长还举起了枪。石

439

旅长飞扬跋扈，是个杀人不眨眼的狠角色。无论如何，俏月儿觉得宋家安对她是真心的，他不顾一切地冲上台来，就是因为他喜欢她。她想要宋家安的钱，却不想要他的命。于是她动了恻隐之心，要帮他解围。

"石旅长，这是个花痴吧？你就别管他了。"俏月儿扭动着身子走到石旅长跟前，挽起他的左臂撒娇地说，"咱们快走吧，俺饿了。"

石旅长也饿了，吃了夜宵，与美人俏月儿同枕共眠，这是他早就预想好的事情。

"滚！"石旅长从宋家安的脸上挪开了脚，没等脚落地，就又狠狠地踢了他一脚。

宋家安已是魂不附体，趴在台上没有动。俏月儿悄悄地看了眼宋家安，挽着石旅长从后台离开了商乐舞台。

玉美伶一直没出现，因为担心宋占山找她算账，她刚才下了台，向总管交代了几句就溜了。如果她看到了这一幕，或许就不会心惊胆战地跑了。想想看，有石旅长为祥庆班撑腰，难道她还怕掖县这个土财主不成？

其实，玉美伶真是多虑了，坐在包厢里的宋占山早已吓破了胆，即使儿子宋家安被石旅长踩在脚下，他都没敢吭一声，就像宋家安不是他的儿子一样。

听了好曲又看了好戏的观众们心满意足地退了场，场内只剩下宋占山和宋家安。现在，宋占山已经看出了门道，宋家安朝思暮想的那个姑娘就是俏月儿。可悲的是，他们父子俩命运惊人的相似，都喜欢上不该喜欢的人，唯一值得庆幸的是，宋家安没有被骗走钱财。

那个晚上，宋占山和宋家安如丧家狗一般走出了商乐舞台，叫了辆黄包车，跑出了很远才在一家旅馆住下。

俏月儿就这么成了石旅长的情人，宋家安想大哭一场，却怎么也哭不出来。

总算找到了一枝花，没想到她却有了保护伞。有仇不敢报，宋占山也感到窝囊，当宋家安告诉他，在大连貔子窝港抢走货款的就是这个石旅长时，他腾地一下从床上坐了起来。

"你能确认？"宋占山满脸狐疑地盯着宋家安，眼里似乎冒着熊熊烈火，"真的是他？"

有道是，仇人相见，分外眼红，一个人是不会轻易忘记自己的仇人的，石旅长的形象早已刻在了宋家安的脑子里。

"没错，就是他！"宋家安咬牙切齿地说。

宋占山听罢，久久沉默不语。人们常说，君子报仇，十年不晚，而宋占山却是个不存隔夜仇的人，所以他才会频频地报复宏德堂。但是，他心知肚明，自己现在不是石旅长的对手，只能忍气吞声，将仇恨装进肚子里，然后生根，发芽，长成参天大树，直到他有能力和机会报仇雪恨的那一天。

"只要俺活着，总有一天，俺就一定宰了他！"宋占山想到这里，恶狠狠地说。

这个时候，宋占山自然不会想到，那个叫刘小虎的人也曾发出了这样的誓言，一定要宰了他。而最终究竟谁会得手，得用更长的时间来见证了。

宋占山是叫儿子宋家安来陪他到济南镶牙的，顺便考察一下济南的生意，为儿子置办家业做准备。但是现在，他放弃了让儿子来济南发展的念头。有这个石旅长在，就没有宋家安的好果子吃，掖县才是宋家的大本营。

实际上，宋占山来济南镶牙，不是因为掉了牙，而是想镶上一口大金牙，以显示自己的富有。第二天早晨起来，他们吃了几口早饭，退了房，就坐上黄包车，直奔位于芙蓉巷的卫生镶牙馆。

卫生镶牙馆坐北朝南，是一座两层小楼，由临清人张巽辰创办，是济南最早的西医牙科诊所。张巽辰早年留学日本，回国后又到了上海，跟着法国医生学会了拔牙及镶牙技术，之后便来到了济南，成为一位知名牙医。

芙蓉巷在济南的东边，黄包车跑了近一个小时才到了卫生镶牙馆。宋占山付了车费，抬头看了眼刻在二楼石墙上的"张巽辰牙医士"几个字，就进了镶牙馆。

张巽辰技术精湛，镶个满口金牙自然不在话下。 宋占山好牙口，虽然他一把年纪了，牙齿却基本完好，牙面包金就可以了。 宋占山咬下牙印，张巽辰要先制作石膏模型再做金牙套，就让他在此等候或者出去转转，两个小时后再回来。

宋家安在镶牙馆坐了一会儿，觉得无聊，就想出去转转，散散心。宋占山没有阻拦，他知道儿子心中的苦。 出了门，宋家安毫无目的地顺着巷子往东走，来到了一条大街上，又走了一会儿，便不知不觉地来到了山东军务督办兼省主席张宗昌的办公地珍珠泉。 他知道，张宗昌是掖县人，他如果能跟张宗昌攀上老乡关系，自己与石旅长的仇可能就报了。 但是这是不可能的事，自己连这个大门都进不去，何况宋家也不是土生土长的掖县人。 宋家安正想着心事，看着门口的几个荷枪实弹的卫兵发呆，耳边就传来了一阵嘈杂声，遂循声望去，只见一群青年学生举着红红绿绿的小纸旗，大声呼喊着口号，浩浩荡荡地向这里走来。

张宗昌督鲁一年多，残酷地压榨人民群众，横征暴敛，已是民不聊生，怨声载道。 在共产党的秘密领导下，一批革命青年及进步学生终于走上了街头，来到山东军务督办门口请愿，要求取消苛捐杂税，给市民们一条活路。

不多会儿，请愿的队伍来到了山东军务督办门口，高呼着口号。 宋家安看到，一名扎着两根长辫的女青年双手高举着请愿书，要求张宗昌出来接见。

宋家安不会知道，这名女青年就是方兴通的恋人江秀芝。

宋家安与方兴通在济南同学三年，知道方兴通有个恋人叫江秀芝。但是，他与方兴通始终是一种若即若离的关系，就没见过江秀芝。方兴通最终娶了娃娃亲任明凡，曾让宋家安觉得不可思议。

世事波谲云诡，军阀统治暗无天日。远在掖县的方兴通不会想到，江秀芝如今已是一名革命青年。她从师范学校毕业后，进入一家学校当国文老师，受到学校中共地下党员孙启晨的影响与教育，接受了共产主义理想，正以满腔热血投身于轰轰烈烈的革命事业。

现在，口号声响遍行云，请愿的青年学生们群情激昂，江秀芝双手举着请愿书，神情庄严，怒目而视。但是，张宗昌并没有出来，从院里冲出来的却是由石旅长率领的几十名士兵。

"都散开！"石旅长站在最前面，高举手枪，声嘶力竭地说。

请愿的青年学生没有后退，在江秀芝的带领下，又往前走了几步。

"我们要见张主席！"江秀芝面无惧色，高声喊道。

"取消苛捐杂税！反对横征暴敛！"人群里有人高呼道。

口号声此起彼伏，振聋发聩，感染了围观的市民。张宗昌胡作非为，市民是最直接的受害者，许多市民也加入了青年学生们的行列。

人越聚越多，由于张宗昌迟迟不肯出面，青年学生和市民们的情绪被激怒了。于是，人群涌动，步步紧逼，与士兵们近在咫尺了。

"打倒张宗昌！"突然，有一位年长的市民振臂高呼道。

"打倒张宗昌！"青年学生们也跟着齐声呼喊道。

石旅长意识到了事态的严重性，如果不及时制止，这些青年学生就会冲进督办大院。那么张宗昌定会勃然大怒，后果不堪设想，他的军职必将不保。

砰！就像当年在大连貔子窝港春满园门口迎娶范小娆未果一样，恼羞成怒的石旅长开了枪。

"散开！快散开！"石旅长又连开了两枪，大喊道。

江秀芝和青年学生们无所畏惧，三声枪响反倒成了他们冲击督办大院的命令。 于是，宋家安看到，人群像潮水般往大门拥去，士兵们挥舞着长枪柄向青年学生们砸去。 寡不敌众，随之大院里又出来了上百名士兵，冲进了人群。 青年学生们手无寸铁，被打伤无数。 为保护青年学生的生命，组织者下达了撤离的命令。

混乱中，江秀芝手中的请愿书已被石旅长抢走，并撕得粉碎。 她也受了伤，一名士兵的枪托正好砸在她的头上，她头部血流不止，然后被同伴搀扶着离开了。

现在，督办大院门口一片狼藉，有丢掉的小彩旗，也有被踩掉了的鞋子。 石旅长和士兵们撤回了院里，现场异常安静。

宋家安并没有看到最后的结局，石旅长的枪一响，他就吓得狼狈逃窜了。 像害怕被士兵追上来似的，他跑出了很远，才在一个没人的角落里，找了个平坦的地方坐下，心脏几乎跳出了嗓子眼。 他大气都不敢出，大约过了半个多小时，他才站起来，要回卫生镶牙馆。 可是，他刚才慌不择路，迷失了方向，找不到回去的路了。 左打听，右打听，围着督办大院边的马路几乎转了一圈，他终于看到了那座二层小楼。

这时已是正午时分了，张巽辰正在为宋占山镶装金牙套。 张巽辰技术高超，金牙套镶装上去，几乎完美。 金子质地软，他把不合适处稍作整形，金牙套便严丝合缝了。

宋占山接过张巽辰递上来的镜子，龇着牙，从多个角度照了又照。金牙闪亮耀眼，他合上嘴巴并没有不适之感。 宋占山十分满意，连连称赞。 然后他付上银子，与等在门口的宋家安离开了。

宋家安心有余悸，向宋占山讲了他刚才在督办大院门口看到的一切。 宋占山蓦然意识到，现在的济南是个是非之地，不可久留。 于是他们顾不得吃午饭，坐上黄包车直接向火车站赶去。

由掖县到济南，再由济南到掖县，宋占山和宋家安来去匆匆，走的是一次冒险之旅，惊心动魄，不堪回首。 宋占山如愿以偿地镶上了满口金牙，宋家安却美梦破灭，失望至极。

宋家安在家里睡了一天，才在傍晚时分来到逍遥阁大烟馆。大掌柜已能应付自如，可是他毕竟是外人，大烟客又多是交现银，宋家安还是有些不放心。钱，对现在的宋家安来说，是最重要的。有钱能使鬼推磨，要想报仇，像爹说的那样，宰了石旅长，就必须得有足够的钱。所以尽管天下着雨，他还是打着一把油布伞来到了逍遥阁。

大马猴儿带着两个手下弟兄在这里看场子，省去了很多麻烦。宋家安进得门来，刚在大堂的太师椅里坐下，大马猴儿就殷勤地端上了茶水。宋家安无精打采，脸色也不怎么好看，大马猴儿不敢多言，放下茶杯就退出去了。

逍遥阁大烟馆的店门四敞八开，宋家安坐在大堂里，目光投向了门外。街上空无一人，屋檐上的雨形成了水帘，亮晶晶的。宋家安看着这水帘发呆，蓦然有个熟悉的身影出现在水帘中，竟然不躲不闪。

蔡铣朴？他怎么来了？他来干什么？宋家安下意识地摇了下头，在心里问道。

宏德堂日用杂货店开业以来，蔡铣朴总算有了用武之地，荣任大掌柜。但是蔡铣朴却发现，方英典并不完全信任他，依然大权在握，大小事情都由方英典一个人说了算。

其实，是方英典不信任方兴通，才会影响了对蔡铣朴的信任。方兴通的心不在宏德堂，在遥远的济南，江秀芝的存在以及方兴通的阳奉阴违，令方英典苦恼不堪又无计可施。对方兴通用堂规家法严加管教，又担心他一气之下离家出走，就像他新婚后就出逃济南一样。要维持现状，保住宏德堂的名声，就得对方兴通拒绝与任明凡同房的行为听之任之。眼下，方英典没有找到其他的办法。但是，方兴通想休妻另娶，那是痴心妄想。

宏德堂日用杂货店和木材粮油铺开业前，大掌柜蔡铣朴去济南组织货源。方英典放心不下，硬是让管家潘士光随行，还反复交代，每一桩

445

生意都必须最后由潘士光定夺。 济南是江北日用杂货的集散地，蔡铣朴熟门熟路，很快就谈成了一桩桩买卖，由潘士光签字画押后，付款取货。 他们是乘宏德堂的货船来的，船老大吴人庆带领的货船由位于莱州湾的寿光县羊角沟港进入小清河，直达济南。

货运回来了，宏德堂日用杂货店和木材粮油铺开业大吉。 价格实惠，自然生意兴隆，四邻八村的乡亲们都来购物。 然而，蔡铣朴的失落感却越来越强烈。 他曾鼓起勇气找方兴通一诉衷肠，万念俱灰的方兴通却是无动于衷，就像什么也没有听到。 几年前，蔡铣朴之所以离开了济南张记百货粮油店，跑到掖县投奔方兴通，就是因为受了冷落，心里不平衡。 上天真会捉弄人，盼了多年的宏德堂日用杂货店和木材粮油铺终于开门营业，他却得到了同样的待遇。 这时的蔡铣朴已经没有退路了，只能默默忍受。 于是他就经常借酒消愁，村南街上的那个天和楼黄酒馆是他频繁光顾的地方。 那里是方清润老先生的起步之地，方清润有了名气和积蓄后才去了掖城发展。

小酒一喝，蔡铣朴一时忘记了烦恼，渐渐成瘾。 方英典发现了蔡铣朴的变化，也知道他为什么这样，就原谅了他。 况且方英典还一直在心里念着蔡铣朴的好，把他当贵人和恩人。 如果不是他当年发现并救下了要上吊自杀的任明凡，宏德堂将会名声扫地，令人不齿。 但是，只要方兴通不回心转意，他就永远不会信任他们两个。

那年，范小娆的出现曾让蔡铣朴一阵激动。 她面若桃花，绰约多姿，说起话来带着南方口音，细声细语的很好听。 蔡铣朴记得，在他十八岁生日的那一天，他带着杭州那个好色的日用百货供应商段浩起逛八卦楼妓院，禁不住妓女小宛的诱惑，竟也失了身。 蔡铣朴在陪同方英典来到大连貔子窝港，为朱由镇庄园主沈克明专门进木材的时候，曾路过那家著名的春满园。 尽管他无缘与范小娆相见，却被门口的娇艳女子勾去了魂。 有方英典在场，他只能压抑住自己的欲望。 未曾想，范小娆会来到宏德堂，并与蔡铣朴相邻而居。

东院的客房共有五间，三年前，为刘小虎迎娶宋家宁，东边的三间被改造成了刘小虎的新房，另两间则是蔡铣朴和范小娆的住所。范小娆的到来让蔡铣朴春心荡漾，蠢蠢欲动。不过，他并不敢动，他心里清楚，一旦他对她有所冒犯，就在宏德堂待不下去了，也就毁了他的发财梦。失落感与孤独感让蔡铣朴酗酒成瘾，而酒壮色胆，又让他走出了早就想走出的那一步。

昨天晚上，蔡铣朴从天和楼黄酒馆饮酒回来已近九点了。在酒馆，他比平时多喝了几杯，是一个邻村杨家做小买卖的敬他喝的。做小买卖的在村里开了个小店，平时到宏德堂日用杂货店和木材粮油铺进货，就与蔡铣朴熟悉起来。其实，蔡铣朴的酒量并不大，不能说一喝就醉，最起码是不胜酒力。做小买卖的敬蔡大掌柜几杯酒是人之常情，而正是多喝的这几杯，让他隐藏或压制在心底的欲望迅速膨胀，使他忘记了他是谁，也忘记了范小娆是谁。蔡铣朴跟跟跄跄地回到宏德堂，像往常回来晚了一样，从南书房的小院门进来，穿过长长的甬道，来到正院，又拐进了东院。

掖县的夏天是凉爽的，却也总有那么几天异常闷热。这天晚上，也没有风，院门口那棵大槐树的树叶纹丝不动。靠海的村庄湿度大，在闷热的天气里，人们即使不出汗，身上也黏糊糊的。

这个时候，范小娆正在屋里擦洗着身子，随着她身子的扭转，一盏小煤油灯的火苗也在左摆右晃。

蔡铣朴进入东院，来到自己住的屋门前，还下意识地往东边看了一眼。正是这一眼，让他酒后膨胀的欲望一下子失去了控制。

贴有窗纸的窗户上闪现着范小娆身子的轮廓，尽管很模糊，还是能让蔡铣朴想象出她凸凹有致的玉体。于是，他的血液在瞬间沸腾起来，身上的某个部位也发生了突变，犹如布包里的一把锥子，欲破布而出。神情恍惚中，蔡铣朴看到自己向范小娆的屋门前走去，就像一个幽灵一样。他在门口站住，轻轻地推了一下门。门虚掩着，开了一道缝儿。

天遂人愿，蔡铣朴顺着这道缝儿往里望去，范小娆丰满而细嫩的身子便一览无余了。

范小娆挽水擦洗的声音是那么悦耳动听，犹如潺潺流水。透过门缝儿，蔡铣朴似乎嗅到了她的体香。终于，蔡铣朴小心翼翼地推开了屋门，蹑手蹑脚地走向了赤着上身的范小娆。

范小娆并没有发现蔡铣朴，她正一边哼着小曲，一边享受着擦洗的清凉。蓦然，她感觉出身后有个热乎乎的东西，还有一股浓浓的酒味儿。于是，她回过了身。

站在她身后的是个大男人，他叫蔡铣朴。范小娆"啊"地惊叫一声，欲找上衣穿上，却被蔡铣朴死死地抱住了。

"别喊，俺喜欢你！"蔡铣朴抬手捂住了范小娆的嘴。

范小娆拼命地挣扎着，试图推开蔡铣朴，直到他的手放在了她胸口上，她才大喊出了声："来人啊，快来人啊！"

范小娆的大叫声尖厉而响亮，划破了沉静的夜空，也马上惊醒了两个人——一个是当事者蔡铣朴，另一个则是住在东边的刘小虎。

闯下大祸了！范小娆这么一喊，蔡铣朴顿时醒了酒，想跑回自己的屋子。惊慌失措中，他的左脚踢到了右脚后跟上，把自己绊倒了，来了个嘴啃泥。待到他从地上爬起来，已有刘小虎站在面前了。

这个时候，范小娆已经穿好了衣服，坐在床沿上低声啜泣。刘小虎马上明白了一切，却不知道应该怎么办了。

"蔡大掌柜，你快回屋去醒醒酒吧。"良久，刘小虎才对已经惊恐万状的蔡铣朴说。

胆大妄为的蔡铣朴胆战心惊，一声不吭地耷拉着脑袋走了。

刘小虎看着范小娆，关心地问道："他没把你怎么样吧？"

范小娆犹豫地摇了一下头说："刘大哥，噢，不，刘老大，多亏了你啊，谢谢你了。"

"那就好，你快歇息吧。"刘小虎说罢就往门外走。

"刘老大，俺有点儿害怕。"范小娆心有余悸地说。

刘小虎停下脚步回头说："没事儿了，俺闻到了他身上的酒味儿，他喝多了。"

"嗯。"范小娆抬头看了刘小虎一眼，想说什么，却又忍住了。

刘小虎退出屋来，又关上了屋门，回到了自己的屋子。

宏德堂里恢复了宁静，方英典和方兴通以及任明凡屋里刚才亮起的灯都先后熄灭了。他们都被范小娆的求救声惊醒了，就点上了油灯，要出来相救。刘小虎离得最近，没等他们出来就平息了这场风波。不用亲眼看见，他们都能猜测出发生了什么。夜已深，一切就都等明天再说吧。

第二天一早，方英典就让潘士光把方兴通叫了来，商量怎么处置色胆包天的蔡铣朴。方兴通迟迟不表态，对宏德堂的事不管不问是他对父亲表达抗议的一种方式。方英典自然知道方兴通心里的小九九，就不再询问他的意见。

"唉，家丑不可外扬，就先让他搬到南书房那间刘小虎住过的屋里吧。"方英典思来想去，终于做出了决定。

"老爷，您对他也太客气了吧？"潘士光不理解。

"唉，他酒后失德还是第一次。当年他投奔宏德堂，这几年也没让他挣几个钱。现在日用杂货店和木材粮油铺有了利润，正往好的方向发展，咱在这个时候撵走了他，人家会说这是卸磨杀驴，有损宏德堂的声誉啊。再说了，那年如果不是他……"方英典说到这里，突然停住了。

是蔡铣朴救了要上吊自杀的任明凡！潘士光和方兴通都知道方英典下面想说什么，又为什么没有说下去。

马上，在潘士光的安排下，蔡铣朴搬出了东院的客房，住进了南书房的那间小屋。躺在刘小虎曾经睡过的床上，蔡铣朴十分后怕。那天晚上，他一夜没睡，一直在想方英典会怎么处置他，最后的结论是将他扫地出门，就像当年宋占山将刘小虎赶出家门一样。但是方英典没有，只是让他搬出了东院，方英典根本就没露面。蔡铣朴想，方英典是个眼睛里揉不进沙子的人，他这是缓兵之计，说不定哪天就会将他赶走。即使方英典不赶他走，出了这个事，人人都把他当作衣冠禽兽，嘲笑他，鄙视他，他又怎么能在宏德堂里待下去？所以，他必须为自己找到后路。回济南吗？显然不行。那么他在这个时候冒雨来到掖城，投奔宋家安就是正常的事了。

现在，听了蔡铣朴的一番诉说，宋家安竟然笑出声来："哈哈，男人嘛，这不很正常吗？另外，俺早就听说，范小娆是大连貔子窝港的婊子，什么男人没见过？还装什么蒜？"

宋家安幸灾乐祸的样子让蔡铣朴很不得劲儿："家安，你？"

"俺怎么了？你还没吃饭吧？俺也没吃，走，咱们出去吃饭。"宋家安说罢，不容分说地拉着蔡铣朴就出了大烟馆。

蔡铣朴的突然出现，让宋家安暂且忘记了济南之行的诸多不快。但他知道，从今天起，蔡铣朴就与宏德堂离心离德了。可是走投无路的蔡铣朴想投奔他，他却不能收留，还要鼓励蔡铣朴继续在宏德堂里干下去。宏德堂和方兴通是宋家安的心头大患，他和爹从来没放弃过对宏德堂新的报复，只是一直没有理由和机会。拉蔡铣朴下水，让他变成自己在宏德堂的耳目，在适当时机里应外合，给宏德堂致命一击，这便是对宏德堂最好的报复。枕戈待旦，来日方长，宋家安为自己的这个奇思妙想兴奋不已。

老相识宋家安不计前嫌，令困境中的蔡铣朴感激涕零。宋家安请蔡铣朴吃了饭，喝了酒，还逛了窑子，然后又回到了逍遥阁大烟馆，让店员给他点上了一支大烟。

斜躺在床铺上，蔡铣朴抽了人生的第一口大烟，飘飘欲仙的感觉让他忘记了所有的烦恼。

蔡铣朴住在了大烟馆里，早晨醒来才发现有些不对劲儿。宋家安为什么对他这么好？ 仅仅是因为济南的那段情谊吗？ 人情薄如纸，何况那段情谊并不深厚，而且他还跟方兴通更近，更亲密。 那么，他想干什么？

"俺说蔡大掌柜，你快回去吧，宏德堂还少不了你啊。"一早来到大烟馆的宋家安对疑惑不安的蔡铣朴说。

宏德堂还少不了俺？ 蔡铣朴一听竟然笑了，当然是苦笑："俺不回去了，就在这里干吧，你让俺干什么都成。"

"俺让你干什么都成？"宋家安似乎不相信，用小拇指的长指甲抠了一下耳朵眼，反问道。

"是。"蔡铣朴用力点了一下头。

宋家安吹掉指甲盖里的耳屎说道："好，现在俺让你马上回宏德堂。"

"俺回去干什么？"蔡铣朴瞪着眼想不明白。

"从今往后，你就是俺在宏德堂里的眼睛。"宋家安狡黠地一笑，"你是个聪明人，知道俺的意思吧？"

无论如何，宏德堂对他不薄，蔡铣朴终于领会了宋家安的用意，却犹豫不决了。

"放心吧，俺亏待不了你。 俺现在就是不缺钱，可你缺，对吗？"宋家安扫了一眼床铺上的大烟客们，得意扬扬地说。

是的，蔡铣朴缺钱，这也是当年他远道而来投奔方兴通的原因。

"可是……俺……"化友为敌，蔡铣朴还是不想答应。

"可是什么？ 你出了这种事，你觉得方英典那个老东西还会信任你吗？ 俺告诉你吧，方英典老谋深算，你被宏德堂赶出来是早晚的事。你为何不利用现在仅有的机会，为俺做点儿事？ 难道你跟钱有仇吗？"宋家安有些急了。

蔡铣朴突然觉得宋家安说得在理，这两天晚上他也是这么想的。 现在他要改换门庭，挣到他想挣的钱，那么重回宏德堂，为宋家安当眼线，为宋家安寻找报复宏德堂的机会，就是投名状。 机不可失，蔡铣朴决意按宋家安指引的方向走了。

"好，俺这就回宏德堂。"蔡铣朴终于横下心来。

"放心，钱俺给你留着，是多是少，就看你怎么干了。"宋家安满意地说。

"以后，你让俺干什么，俺就干什么。"蔡铣朴信誓旦旦地说。

宋家安没再说话，往蔡铣朴的衣兜里塞了几块现大洋，就送他走了。 望着他渐渐消失的背影，宋家安吹了一声响亮的口哨。

第二十三章

福寿齐天

今年的春天好像来得有些突然，那南来的风疯狂地刮了三天三夜，犹如海上铺天盖地的巨浪，奔涌而来，以温情与狂热荡涤着层峦叠嶂的山区和一望无际的田野，又从三山岛进入了茫茫大海。

风停了，草绿了，树枝发出了嫩芽。 自然，那数不清的野花也开了，红的，黄的，紫的……姹紫嫣红，美不胜收。

似乎在不经意间，北归的燕子出现在掖县的蔚蓝天空，或成群结队，或三五成行。 去年南飞的燕子无不念恋着旧情，在执着地寻找着老巢。 新来的燕子则俯瞰着大海边的村庄，眼睛里满是好奇。 或许，燕子是有特异功能的，尽管是初来乍到，也总会找到一个好人家住下。

掖县人心地善良，大都喜欢燕子。 这个时候，他们会主动敞开堂屋的大门，等待着燕子飞进屋来，在裸露的房梁上筑巢。 去年的老燕子会精心地打扫老巢，修修补补，就像旧房翻新一样。 第一次来的燕子更是不辞劳苦地叼草、衔泥，筑起坚实的巢穴。 无论是老燕子还是新燕子，它们都会安心地住下来，与主人和睦相处，并生儿育女。

住在宏德堂廊檐下的燕子在这里传宗接代，生了一窝又一窝，从来没有空过巢。 每年开春，燕子都会准时飞回来，它们好像知道，主人方英典的生日就要到了，必须赶回来道贺。

是的，今天是方英典的七十岁大寿。 似乎在弹指之间，七十年过去了，方英典继承宏德堂的堂主也有十多年了。 人生不易，操持好一个名门望族更是让他殚精竭虑、呕心沥血。当年，他违背爹方继先的遗嘱，执意建起了宏德堂的大船队，从黄土地走向宽阔的海洋，拓展了宏德堂的发展空间。如今，宏德堂的大船队已有大小货船十余条，频频穿梭于莱州湾与渤海湾。大船队浩浩荡荡，收入远远超过了上百亩良田，已成为宏德堂的支柱产业。让方英典感到庆幸和自豪的是，他这一步走对了。

有了大船队的经济支撑，两年前，宏德堂日用杂货店和木材粮油铺开门营业，逐渐成为掖城北最大的生活用品及木材经销店家，销售辐射了周围十几里的大小村庄。如今，在方家村的北大街上，店铺林立，人来人往。本村和外乡的生意好手在此设店开铺，连外县的几个老字号也来此开了分号。钱庄、药房、饭店、旅馆、铁匠铺、香油坊、金银首饰行……吃的、穿的、用的，甚至在村东头的王河坝下，又自然形成了一处牛马牲畜交易市场。

方家村已今非昔比，呈现出一派繁荣景象。方英典敢为人先，当是功不可没。

现在，宏德堂里张灯结彩，喜气洋洋。宽敞的庭院里摆放了十多个碟筷齐全的方桌，正虚席以待。院门口的大槐树已披红挂绿，唱堂会的戏台上悬挂了一对大红灯笼，主持生日宴会的彭总管也到位了。在餐厅里，从掖城请来的厨师班子已经按部就班，正精心地准备着每一道美食佳肴。梭子蟹、大对虾、大竹蛏、鳎米鱼、红加吉鱼……鱼虾蟹蛤，样样俱全。当然，肉菜也是少不了的，红烧肘子、四喜丸子、凉拌猪头肉，诸如此类，无不香美可口。

正午吉时，生日宴将准时开席。

早晨起来，方英典吃了早饭，就在管家潘士光的搀扶下来到了南院的鸽子屋前。方英典喜欢鸽子，每年生日的这一天，他都会来亲自喂一次鸽子。潘士光打开了鸽子屋的门，鸽子们争先恐后地飞出来，在院子的上空盘旋一会儿，就一个个地落在了方英典的周围，就像一群小鸡欢快地围聚在母鸡的身旁。

每年的这一天，潘士光都要专门准备一笸箩鸽子食，全是鸽子最爱吃的，有玉米，有高粱，也有砸碎了的花生米。

"又长了一岁喽。"方英典从潘士光手中的笸箩里抓出一大把美食，然后蹲下身子，张开了手掌，感慨万端地说，"你们也长了一岁喽。"

岁月催人老，光阴最无情，方英典有几分伤感。鸽子们好像听懂了他的话，并不急于从方英典的手中叼食，而是扑打扑打翅膀，咕咕地叫个不停。

方英典眯缝着眼，看着一只只活蹦乱跳的鸽子，就不禁想起了当年他带着"牡丹号"和"睦亲号"两条货船，去大连貔子窝港，为朱由镇庄园主沈克明进木材时，带走的那只回家报平安的鸽子。这么多年了它都没有回来，方英典知道，它一定是出了意外，永远也不可能回到宏德堂了。方英典这么想着，眼眶就渐渐地湿润了。

潘士光是个心细的好管家，跟了方英典几十年，他已经能通过方英典的一个眼神或者一个动作，琢磨出他的心思。触景生情，老爷一定是想起那只失踪的鸽子了。

"老爷，您别再伤心了，都过去这么多年了。"潘士光劝说道。

方英典点点头，然后学着鸽子的咕咕声："咕，咕咕，吃饭喽，吃饭喽。"

鸽子们听到方英典的话，马上低头叼起他手掌中的美食，不一会儿就吃完了。方英典从潘士光手中拿过笸箩，走进鸽子屋，将食物倒在了小巧玲珑的汉白玉石槽里。鸽子们飞进屋内，美滋滋地吃起来。方英典则退出了屋，站在门口，静静看着鸽子们吃食的样子，脸上慢慢地有了些许笑意。

"老爷，时间不早了，咱们回去吧。"潘士光抬头看了眼天。

今天真是个好天气，晴空万里，白云朵朵。那春风若有若无，轻轻地、暖暖地吹过来，就像女人的纤纤玉手温柔地抚摸着人们的脸庞。

回到堂屋，方英典穿上了崭新的长袍马褂，戴上去烟台时亲家任振德给他买的盛锡福礼帽，就坐在厅房的太师椅里，双手捧腹，闭目养神。 不服老不行啊，方英典明显感觉到体力和精力已大不如从前了。

昨天晚上，方英典忧心如焚，几乎一夜无眠，这缘于济南姚如贤的突然来访。 她心急如焚地告诉方英典，闺女江秀芝加入了共产党，组织并参加了工人和学生运动，更是主要领导者之一。 在一次秘密活动中，她被张宗昌的手下石旅长抓获，关进了死牢。 待些时日，她就会被游街示众，然后被押赴刑场，执行枪决。

"姐夫，俺知道您在济南有能说得上话的大人物，您就去找找省主席张宗昌，现在只有您能救得了江秀芝啊。"姚如贤哭着说。

姐夫？ 方英典知道，姚如贤的丈夫江金锁与太太陈尚云并没有血缘关系，是要好的邻居，自小以姐弟相称。 那么，这个时候，她这么称呼他，是想拉近两家的距离。

听了事情的原委，方英典吓出了一身冷汗。 他委实想不明白，文静而内向的江秀芝怎么敢铤而走险，干出了掉脑袋的事？ 人命关天，方英典岂能袖手旁观？ 他曾两次出手，花了几百块现大洋，先后救出了宋占山的儿子宋家安和春满园的范小娆。 他与他们总归非亲非故，却不曾犹豫，何况是宏德堂愧对的江家人？ 他镇静片刻，就毫不迟疑地答应下来，说办完了明日的生日宴，便尽快去济南拜访省主席张宗昌，并让姚如贤马上回济南，打听消息。

百余年来，宏德堂英才辈出，培养了多名秀才和举人。 现在，方兴通的堂兄方兴途在东北，是张作霖队伍里的一名中将军长。 更为关键的是，方兴途曾任张宗昌的卫队旅长。 在济南，有这样一句顺口溜，那就是，会说掖县话，就把军刀挎。 张宗昌老乡观念强，投奔他的掖县人几乎都能弄个小军官当当。 方英典觉得，自己是方兴途的堂叔，亲自去找张宗昌，让他网开一面放了江秀芝，或许张宗昌会给他这个面子。

方英典没有将这件事告诉方兴通，他与江秀芝情投意合，至今藕断丝连，却让任明凡守了活寡。江秀芝现在危在旦夕，如果让方兴通知道了，说不定会做出什么不计后果的事来。所以方英典一再叮嘱太太陈尚云和管家潘士光，此事必须对方兴通保密，一切都由他去济南后再做处理。

　　这些年来，每当宏德堂有什么大事，总会出些意想不到的事情，比如当年要首航大连貔子窝港，潘士光早晨拉开院门，门口躺着吕东豪和吕东敏兄弟俩。弟弟吕东敏病入膏肓，是方英典让潘士光带他们去了村西头的五味堂，请郎中周仕君治好了弟弟的病。方英典觉得，这是老天爷对他的眷顾，给他提供了积德行善的机会。那么现在，江秀芝出了事，他就必须明天一早出发去济南，找到省主席张宗昌，想尽一切办法把她救出来。

　　太阳升到了半空，客人们陆陆续续地到来了。大槐树上的喜鹊傲立枝头，抖动着翅膀，叽叽喳喳地叫个不停，好像在欢迎着出席生日宴的来宾们。潘士光和方兴通站在门口，热情地将一个个客人迎进院来，刘小虎和蔡铣朴负责登记客人带来的各种各样的贵重礼品。

　　自从那年夏天蔡铣朴投靠了宋家安，他还没有做出对不起宏德堂的事。宋家安没有逼迫他，他也不敢轻举妄动。酒壮色胆，蔡铣朴骚扰了范小娆，方英典除了让他搬出了东院客房，住进了南书房刘小虎曾住过的房子，就没再追究，就像什么也没发生一样。蔡铣朴感到意外，而且他越想越觉得事情并不那么简单，甚是恐慌，半夜三更经常被噩梦惊醒。后来他曾借到掖城给一个大客户送货的机会，住在了城里。晚上他偷偷地去了逍遥阁大烟馆，找到了宋家安，想说出自己心中的困惑与不安。

　　在大烟馆，蔡铣朴遇到了一个神秘的人物，那便是国民党掖县党部的重要成员邹贵迎。

　　那年的春节过后，过西乡后吕村的戴日三便由北平回到掖县，发展了邹贵迎等为国民党员，并成立了三民主义小组，委任邹贵迎为副组长。 现在，为了扩充实力，邹贵迎积极发展党员，并将目光投向了宋家安。

逍遥阁大烟馆成为掖城藏污纳垢之地，整日烟客不断，许多达官贵人或者社会名流没能经得住诱惑，成为瘾君子，邹贵迎便是其中一员。他一边有滋有味地抽着大烟，一边滔滔不绝地向宋家安宣扬三民主义，并告诉宋家安，掖县和全国将来肯定都是国民党的天下，你就是国民党的有功之臣和栋梁之材，有享不尽的荣华富贵。

无论大烟馆的生意如何兴隆，宋家安都觉得与自己没多大关系。 去年的济南之行，他亲眼看见了心上人俏月儿被石旅长拥在了怀里，他试图阻拦却被打翻在地。 他无力反抗，只能打碎了牙齿往肚子里咽。 在貔子窝港，石旅长抢了宋家的货款，在济南，他又霸占了俏月儿。 毫无疑问，这个石旅长是他和爹宋占山不共戴天的仇人，宋占山也发出了一定要宰了石旅长的誓言。 但是，他们无权也无势，仅有几个钱是远远不够的。 宋家安想，如果他加入了国民党，将来有一天，若是国民党得了天下，他就可以扬眉吐气了。 那时，去济南找到石旅长报仇雪恨，就不在话下了。

宋家安心怀鬼胎，就这么成了邹贵迎的同志。 为得到邹贵迎的重用，宋家安还免除了他的大烟钱。

那天晚上，蔡铣朴来到逍遥阁大烟馆的时候，宋家安正送刚过足大烟瘾的邹贵迎出门。 看着这个刚刚出门的人一身正装以及宋家安一脸的媚态，蔡铣朴马上判断出，这个人一定是个重要人物。

"这是谁啊？"蔡铣朴禁不住问。

这个时候，国民党在掖县的活动已经公开化了，让已是国民党员的宋家安平添了几分荣耀与底气。 于是，他毫无隐瞒地告诉蔡铣朴，这个人是国民党在掖县的小头目，他自己也加入了国民党。

蔡铣朴对宋家安是不是国民党员并不感兴趣，他来找宋家安的目的是想说出自己内心的恐惧，为什么方英典对他犯下的大错既往不咎。 他的心情惶惶然，就好像有一把利刀高悬在他的头顶上，说不定什么时候这把刀就会突然砍下来。

宋家安一听也觉得不可思议，方英典洁身自好，宏德堂的堂规家法如同金科玉律，他怎么会这么轻而易举地放过行为不端的蔡铣朴？

"正是因为他不再相信你，才会放过你。"宋家安思忖了片刻说，"你调戏了范小娆，他因为这事把你赶出来，也有伤宏德堂的大雅吧？传出去，方英典的脸面好看吗？ 他这个老东西可没那么傻。 他在等待收拾你的机会，现在你能做的就是委曲求全，夹起尾巴做人，不给他这个机会。"

蔡铣朴恍然大悟，觉得宋家安说得有道理，就不得不佩服他了："你这么一说俺就明白了。"

"你明白了就好。 俺还是那句话，等用着你的时候，俺会找你，钱俺给你留着，是多是少，就看你的了。"宋家安自鸣得意地说。

"用着俺的时候，俺愿意效犬马之劳。"蔡铣朴拍了拍胸脯。

宋家安心里清楚，要想彻底让蔡铣朴为己所用，就必须舍得花本钱，就得投其所好，从而把他拉下水，并紧紧地拴牢他。 那个晚上，宋家安像蔡铣朴第一次来找他那样，带着蔡铣朴出去吃了饭，喝了酒，还逛了窑子。 回到大烟馆，又让店员为蔡铣朴点上了大烟锅。

无论是方英典还是方兴通，都没有发现蔡铣朴已是身在曹营心在汉，反倒觉得他接受了教训，变得小心谨慎，更加勤劳了。

现在已近午时，潘士光和蔡铣朴对了下邀请名单，客人们一个不少地到齐了。

"彭总管，准备开始吧。"潘士光对彭总管说。

"好的。"彭总管应道。

艳阳高照，客人们已经落座，方英典被彭总管请出了堂屋，坐进了廊檐下的太师椅里。 然后，彭总管整理了一下衣帽，清了清嗓子，准备宣布生日宴开始。就在这个时候，院门口突然进来了两个陌生人。

这是两个膀大腰圆的青年汉子，他们倍加小心地抬着一只硕大的面塑寿桃，面带微笑地向方英典走去。

他们是谁？方英典注视着他们一步步地向自己走来，十分诧异。

两个汉子将面塑大寿桃轻轻地放在了方英典面前的条桌上，倒退两步。然后，他们双手抱拳行礼，异口同声地说："方大人，今天是您的七十岁大寿，这是俺们老大的一点心意，请您笑纳。"

两个不速之客的到来，让庭院里的气氛变得既紧张又神秘。客人们你看看我，我看看你，然后不约而同地将目光投到了这个造型美观而色彩斑斓的面塑大寿桃上。

掖县面塑已有600多年的历史，曾是著名的四大贡品之一，就像闻名遐迩的掖县狼毫毛笔一样。掖县人爱面塑，逢年过节，婚丧嫁娶，婴儿满月，长者做寿，上梁大吉……都少不了面塑。做面塑的大都是心灵手巧的女人。用一个面团、一把剪刀、一支毛笔，经过揉、搓、迭、捻，塑造出基本形态，再用简单的工具进行剪、提、点、捏，她们就可以做出千姿百态且栩栩如生的造型。比如活灵活现的金鱼、展翅欲飞的燕子、呼之欲出的龙凤等，无不渲染出富贵吉祥的意境。然后，上锅蒸熟，再淡妆浓抹，巧加美饰。各种造型的面塑被涂上了五彩缤纷的颜色，变得更加鲜亮美观，就像一件件巧夺天工的艺术品。

这两个汉子送来的面塑大寿桃惟妙惟肖，令人叹为观止，定是出自高人之手。人们看到，托盘的中心是一个大寿桃，高约一尺半，底宽两尺许，桃尖粉红，两枚绿色的叶子围在底部，一个大红的"寿"字镶嵌在桃体上。在大寿桃的周围，里圈是十几朵红色玫瑰花，外圈则是十几个金色宝葫芦。

来宾们带来的礼品各种各样，均价值连城，然而最喜庆的无疑是这件面塑大寿桃。

"你们是……"方英典从太师椅里站起来，盯着面塑大寿桃，满心欢喜地欣赏了一会儿，才迟疑地问两个汉子。

没等两个汉子回答，又一个穿戴讲究的青年汉子进得院来，看了眼满院的来宾，径直向方英典走去。

吕东敏？他怎么来了？方英典一眼就认出了他，心里既惊又喜。

"方大人，多谢您当年的救命之恩！大人高高在上，请受小的一拜！"吕东敏撩起长袍前襟，扑通一声跪在地上，连磕了三个响头，高声道，"祝您寿比南山，福如东海！"

那年，在渤海湾的庙岛群岛与熊能的海匪队伍相遇，如果不是吕东豪和吕东敏兄弟俩认出了方英典，宏德堂的大船队将损失惨重。他们兄弟俩没有忘记方英典当年的救命之恩，让方英典和大船队转危为安。

吕东敏来到掖县是在今年春节过后不久，这是他当年和哥哥吕东豪由五味堂的郎中周仕君治好病离开后第一次回来。

前年，在渤海湾的庙岛群岛附近，出现了三只手袁路生带领的海匪队伍。袁路生用绑架宋家安的赎金以及杀人抢劫的钱，到掖城黑市上购买了枪支弹药，将手下全部武装起来。他的海匪队伍鸟枪换炮后，又招兵买马，扩充队伍，准备独霸莱州湾，甚至是渤海湾。兵强马壮便有恃无恐，袁路生带着二十多个弟兄驾两条大船去了庙岛群岛，想大干一场。庙岛群岛是熊能的地盘，熊能已在此地安营扎寨多年。一山岂能容下二虎？两支海匪队伍很快就相遇了，并发生了枪战。在枪战中，熊能和吕东敏的哥哥吕东豪以及十多个弟兄被打死，袁路生也死了十几个手下弟兄。一场冲突，两败俱伤，都死伤过半，打了个平手。袁路生撤回到了掖县三山岛，而熊能的队伍也缺兵少将，苟且偷安。

熊能一死，便是群龙无首，吕东敏他们成了散兵游勇。在埋葬了熊能和哥哥吕东豪以及战死的十几个弟兄之后，幸存的五六个小兄弟一致推选吕东敏做老大，他们重整旗鼓，继续盘踞在庙岛群岛。

吕东敏年龄最大，入伙的时间也最长，他没有拒绝，当仁不让地当上了老大。其实他并不是想做大权在握的匪首，而是要立志为哥哥吕东豪以及熊能与十几个弟兄报仇。 相依为命的哥哥吕东豪是被袁路生开枪打死的，吕东敏岂能放过他？ 功夫不负有心人，经过一年多的卧薪尝胆，吕东敏厉兵秣马，终于带出了一支有二十多人的精干队伍。 他发誓，一定要灭掉袁路生和他的队伍，斩草除根，绝不留后患。

知己知彼，方可百战不殆。 为了摸清袁路生的情况，吕东敏带着两个精明强干的弟兄驾船回到了掖县，在虎头村的小港口上岸后，又神不知鬼不觉地来到三山岛，悄悄地打听三只手袁路生的下落。

经过在庙岛群岛与熊能队伍的殊死一战，袁路生的队伍也被打惨了。 袁路生退居三山岛后不久，就打家劫舍，杀死了岛上的一个土财主及其家人，霸占了其家产，并将其豪宅变成了自己的大本营，与剩下的七八个手下在此同吃同住，尽情享乐。 他还金屋藏娇，逼迫土财主的一个年轻漂亮的小丫鬟当了他的压寨夫人。 有了宅子，有了女人，袁路生终于过上了土财主一样的生活，十分快活。

袁路生丧心病狂，凶狠残暴，成为三山岛令人闻风丧胆的一霸。 当地民众深受其害，却是敢怒而不敢言。 许多被他和他的手下欺凌的渔民竟然跑到海神庙里，烧香磕头，一把鼻涕一把泪地乞求海神娘娘早日把他收走。

无论如何，海神娘娘是收不走袁路生的。 好在吕东敏在三山岛很快找到了袁路生霸占来的宅子。 在一个阳光明媚的午后，他和两个手下弟兄悄悄地来到了宅子的外面，察看地形及房屋的布局。 一个聪明能干的小兄弟还装扮成一个要饭的，敲开了宅门，闯进院里观察一番。 掌握情况后，他们又回到了庙岛群岛，稍作休整，便带上所有的弟兄和武器，驾船直接在三山岛港口上了岸，伺机将袁路生及其手下一锅端。

三山岛三面环海，一面与陆地连接，岛上的三个山头不高且扁平。那个深夜，突然狂风骤起，惊涛拍岸，犹如擂响了吕东敏带领一干人马歼灭袁路生及其手下的战鼓。 不多会儿，一声春雷蓦然炸响，随之下起了小雨。 春雨贵如油，现在来得正是时候。 袁路生宅子的大门紧闭，吕东敏他们按照事先的周密计划，将袁路生的宅子迅速包围起来。 一个身手敏捷的兄弟攀缘到院墙外的大香椿树上，然后爬上墙头，跃入院中。

宅门被这个弟兄从院内打开了，吕东敏与手下兄弟鱼贯而入，分散到各个房间的门口。

潮声与雨声不绝于耳，睡梦中的袁路生和他的手下就这么成了瓮中之鳖。 很快，吕东敏一声令下，各个房间的门被一脚踹开，袁路生的手下毫无防备，没等醒来便被乱枪打死。

袁路生却没有死，还活着。 吕东敏的一个小弟兄冲进他的房间，正欲开枪，却发现他怀里搂抱着一个女人。 不杀女人，这是熊能留下的规矩，至今没人敢破。 这个小弟兄担心误伤了这个女人，犹豫了一下，欲扣扳机的手指就停住了。

"来人，这里有个女人。"小弟兄大声呼喊道。

这个小弟兄是那场血战后才加入吕东敏队伍的，就不知道躺在炕上的正是袁路生。 吕东敏和两个手下闻声跑过来，一眼就认出了他。

这个女人便是土财主的小丫鬟，惊醒后的袁路生来不及摸压在枕头下的手枪，就把她抱在胸前，当成了挡箭牌。

仇人相见分外眼红，吕东敏一挥手，两名手下便猛扑过去，从袁路生的怀中拉出了惊恐万状的小丫鬟。

"你知道俺是谁吗？"吕东敏走过去，将黑洞洞的枪口对准了袁路生的大脑门。

这些年来，袁路生杀人越货、作恶多端，结下的仇人无数。 他挤了一下眼，竟然没认出吕东敏究竟是谁。

"好汉，饶命啊。"求生的欲望让袁路生跪地求饶了。

"俺，吕东敏，从庙岛群岛来的，你明白了吗？"吕东敏用枪口捅了捅袁路生的大脑门。

吕东敏？ 袁路生只听说过熊能的大名，还真不知道熊能的队伍里有个吕氏双胞胎兄弟。但是，吕东敏的提示让他明白了一切。其实，前年在庙岛群岛与熊能队伍的一场血战，袁路生也没占到丝毫便宜，死伤了那么多弟兄，到现在还没缓过气来。杀了三山岛这个土财主一家，龟缩在他的宅子里，就是他溃败的一个标志。

"吕大人，俺当年有眼不识泰山，您就饶俺一命吧。"平素胆大妄为的袁路生吓破了胆，双手合十，再次乞求道。

吕东敏将自己的名字告诉袁路生，不是想让他记住自己，而是想让袁路生死得明明白白。于是吕东敏不再费话，扣动了扳机。

砰！袁路生应声倒地。

准备充分的吕东敏就这么消灭了袁路生和他的手下弟兄，为哥哥吕东豪和熊能以及十几个弟兄报了仇。他放走了被袁路生强行霸占的小丫鬟，又指使手下将袁路生及其爪牙的尸身扔进了大海里。然后，他看着这个豪华的宅子若有所思。宅子的主人已被袁路生灭了门，也就是说，这个宅子没有了继承者。他决定不再回生活条件艰苦的庙岛群岛了，就在这里踏踏实实地住下来。

将三只手袁路生及其手下一网打尽，解了三山岛渔民们的心头大恨与大患，吕东敏成为他们心中的大英雄和大救星。渔民们是质朴的，纷纷前来道谢。

在前来道谢的乡亲们中，有一个年过六旬的姜老太太。去年秋天，他儿子出海打鱼归来，在回家的路上，无意中向袁路生刚刚霸占来的宅子里望了一眼，就被他的两个手下打折了一条腿。苍天有眼，袁路生和他的手下都被吕东敏打死了，姜老太太觉得，是吕东敏给自己的儿子报了仇，就带上二十个鸡蛋来感谢他。

姜老太太的腰已经弯了，一手拄着拐杖，一手提着包在包袱里的鸡蛋，颤颤巍巍来到了宅子里。

吕东敏一看，发现这个慈眉善目的姜老太太十分面熟。

"老大娘，您是不是……"吕东敏努力回忆着多年前发生的一件事。

那年，吕东敏和哥哥吕东豪沿路乞讨，在病倒在宏德堂的门口之前，先到的是三山岛。这天午后，他们敲开了姜老太太的院门，一人举着一只破碗，可怜巴巴地要口吃的。姜老太太的儿子与他们同岁，作为一个母亲，看着这一对可怜的双胞胎，姜老太太禁不住红了眼圈。姜老太太毫不犹豫地回屋拿来了一个大枣饽饽。其实，姜老太太家也不富裕，这个大枣饽饽是寒衣节时给祖先上坟用的供品，她供完后拿回家就一直没舍得吃，都快风干透了。姜老太太将大枣饽饽用菜刀切开，掰碎了，分别放到他们的破碗里，又倒上了热水把饽饽泡开。渔家是少不了咸鱼的，姜老太太将中午刚刚蒸好的咸青鳞鱼端过来，让他们就着吃。

沿路乞讨，没有目的地，吕东豪带着弟弟吕东敏去过一村又一村，有给口吃食的好心人，也有恶语相向的狠心人。但是，像姜老太太这样的大善人，他们还是第一次遇到。不多会儿，一碗碎饽饽就吃完了，兄弟俩眼含热泪给姜老太太深深地鞠了一躬就走了。

现在，吕东敏这么一问，姜老太太也马上认出了他："你……你是不是还有个哥哥？还是有个弟弟？"

就像在庙岛群岛宏德堂的"牡丹号"货船上，与恩人方英典奇迹般地相遇一样，在三山岛，吕东敏又遇到了另一个恩人。他觉得掖县多善人，或许这才是他决定留下来的原因。吕东敏接过姜老太太带来的鸡蛋，牵着她的手来到了屋里。

"是，就是俺。老人家，请受俺一拜吧。"吕东敏说着就要跪下，却被姜老太太伸手拦下了。

"孩子，你怎么到这儿来了？这是怎么回事啊？"姜老太太看了眼院子，疑惑不解地问。

吕东敏将姜老太太让进太师椅里坐下，又吩咐手下倒了一杯热水，将事情的来龙去脉说了一遍。

听了吕东敏的话，姜老太太惊得目瞪口呆，心跳也明显加快。她有些坐不住了，一起身，碰倒了架在椅子扶手上的拐杖。

"老人家，您……"吕东敏弯腰拾起了拐杖，重新放好。

"孩子啊，你还记得大娘的好，说明你是个有良心的人。大娘想求你一件事，不知道你答应不答应。"姜老太太抬眼看着吕东敏，试探着说。

滴水之恩，当涌泉相报。吕东敏觉得，姜老太太的事就是自己的事。

"老人家，您说吧，只要俺能办到的就一定去办。"吕东敏毫不犹豫地答应道。

姜老太太亲切地抚摸着吕东敏的脸，眼睛里闪现着泪花："好孩子，咱不再打打杀杀了，干点正经买卖，行吗？"

不再打打杀杀了，手下的弟兄们吃什么？自己又能干什么正经买卖？吕东敏没想到姜老太太会提出这样的要求，就一下子怔住了。

就在这时，一个富商模样的人神态迟疑地走了进来。

"大兄弟，你怎么也来了？"姜老太太吃惊地问。

富商姓施名存财，家有大小渔船五条，是三山岛的捕鱼大户。这些年来，三只手袁路生对施存财多次敲诈勒索，若有不从，袁路生便指使手下登门打砸抢，甚至将他的渔船钻了洞，导致施存财差点船沉人亡。

现如今，军阀混战，社会秩序大乱，海上的海匪和陆地上的土匪层出不穷。他们三人一伙，五人一帮，打家劫舍，无恶不作。施存财知道，吕东敏杀了袁路生，还会有其他地痞流氓找上门来，依然难保平安。所以施存财产生了一个大胆的想法，吕东敏有人有枪，他想出钱请吕东敏的手下为其看门护院，就像过去大户人家养有家丁一样。

"老大姐啊，这位英雄好汉为三山岛除了一害，俺登门拜访，理所应当啊。"施存财向吕东敏抱拳施礼，又深深地鞠躬致谢。

"是，是啊。"姜老太太赞同道。

"另外，俺还想……"施存财想把自己请吕东敏的手下为其看门护院的想法说出来，又觉得有些唐突，就没把话说完。

英雄不问出处，富贵当思缘由。 为报私仇，吕东敏杀了袁路生和他的手下，却得到了三山岛民众的真诚感谢，委实让他感到了意外。 想当年，在饥寒交迫中，为了有饭吃、有衣穿，他和哥哥吕东豪无奈地加入了熊能的队伍。 熊能也是穷苦百姓出身，视手下如兄弟。 吕东敏跟了熊能这么多年，逐渐成为其得力干将，即使不杀人，只越货，也是自感罪孽深重。 他心里明白，这绝不是一条人间正道。 现在，乡亲们的赞许让他产生了从未有过的荣誉感和自豪感，而深埋在心底的良知也在悄然复苏，他终于幡然醒悟了。

"大兄弟，你话怎么说了一半又咽回去了？"姜老太太有意看了吕东敏一眼，转身对施存财说，"这孩子俺可是知根知底，没事儿，你有什么话就直说吧。"

"大叔，您就说吧，说什么也无妨。"吕东敏微笑着说。

在姜老太太和吕东敏的鼓励下，施存财不再犹豫，终于说出了自己的想法。

"要多少钱，你就开个价吧，俺绝不讨价还价。"施存财最后说。

施存财出钱，让自己的手下弟兄为其看门护院保平安。 吕东敏没有想到他会提出这样的要求，便一时不知如何回答。

"这不就像过去的镖局嘛，咱们东街的老田，他爷爷会武功，就在烟台的镖局干过。 俺听说，他挣的钱不少，老田家的房子就是他爷爷那时置办下的。"姜老太太脱口说道。

"是啊，老大姐，俺爷爷跟老田的爷爷小时候一块儿在过西村学的武功。 您说得没错，他现在住的房子就是他爷爷那时候买的。"施存财肯定地说。

"孩子啊，俺看这事行，是个正经的行当。"姜老太太高兴起来。

匪患成灾，民众苦不堪言。 有矛就有盾，吕东敏觉得姜老太太和施存财说得有道理，几经考虑和推让后，最终答应了下来。

不久，吕东敏歼灭三山岛恶霸三只手袁路生及其手下，施存财雇用吕东敏的弟兄当看家护院的保镖的事就传遍了整个掖县。吕东敏大杀四方，袁路生跪地求饶，诸如此类的故事越传越具有神奇色彩，吕东敏一时成了掖县家喻户晓的英雄人物。几个多次受土匪要挟敲诈的富豪和财主，受到施存财的启发，也来到三山岛，请吕东敏派出手下弟兄，为他们提供保护，其中就包括朱由镇的庄园主沈克明。

沈克明新建成的庄园金碧辉煌、宏伟壮观，成为掖城北的一大景观，也引来了一股股大小土匪明目张胆地登门敲诈勒索。沈克明无力反击，只能自认倒霉，出些银子保平安。土匪们见沈克明是个软骨头，就啃起来没完没了，似乎上了瘾。沈克明损失钱财是小事，关键是人身安全也屡遭威胁。他焦头烂额，却无计可施。就在这个时候，吕东敏出现了，他枪杀恶霸袁路生的故事以及施存财雇用他的手下当保镖的事也传到了沈克明的耳朵里。沈克明好像遇到了大救星，前天上午，沈克明坐上新买的小轿车直奔三山岛，来到吕东敏的宅子，直截了当地提出了让吕东敏派出四名手下到自己的庄园里把守的要求。沈克明出了大价钱，双方一拍即合，随后签字画押。

宏德堂的方英典今天举办七十大寿生日宴，就是沈克明告诉吕东敏的。

吕东敏依稀记得，那年在庙岛群岛，他们强行登上了宏德堂的"牡丹号"货船一事。方英典当年去大连貔子窝港，就是为沈克明进木材的。来到掖县有些时日了，吕东敏还没有去方家村拜访方英典。先是没脸面去见，他毕竟干的是伤天害理的事。后来，他在善良的姜老太太和真诚的施存财的劝说下，改邪归正，做起了为他人看家护院的生意，整日客人不断，还没来得及去。

前天下午，与沈克明谈完了雇保镖的事，吕东敏就随口问起了恩人方英典。沈克明告诉吕东敏，后天就是方英典的七十大寿，他已经收到了生日宴的请帖，会准时赴宴。

送走了沈克明，吕东敏就琢磨着怎么去宏德堂，当面向恩人方英典送上生日的祝福。入乡随俗，他毕竟人生地不熟，不知道准备什么样的生日礼物。而且宏德堂什么也不缺，他送什么也觉得拿不出手。吕东敏去了姜老太太家，向她老人家请教。姜老太太告诉他，掖县面塑非常有名，南边过西村有一个专门做面塑的国姓人家，是家传的手艺，许多城里人都来定做各式各样的面塑，尤其是制作的大寿桃更是广受欢迎，想要都得提前订。

过西村离三山岛有三十多里地，因夏朝在胶东建立的第一个封国叫过国，村子在过国之西而得名。吕东敏向施存财借了一辆马拉轿车，和两个弟兄去了这户国姓人家，交上订金，预订了一个最大的寿桃。今天早晨起来，吕东敏和两个弟兄又坐着施存财的马车，先到过西村取了大寿桃，然后拐了个弯，直奔方家村。

现在，吕东敏不请自到，令方英典又惊又喜。自然，方英典已经听说了吕东敏的故事，为他的洗心革面而高兴。方英典站起身来，向彭总管耳语了几句。

"各位贵宾，现在，请允许俺向大家介绍一位刚来的贵宾，他就是歼灭恶霸三只手袁路生、威震三山岛的大英雄吕东敏。"彭总管一手指向吕东敏，高声说。

吕东敏？除了朱由镇庄园主沈克明，贵宾们都只听说过他的威名，还没见过真人。大家将目光齐刷刷地投向了吕东敏，盯着看了一会儿，并没有发现他有什么三头六臂，也是个普通人。于是大家又交头接耳，议论纷纷。

吕东敏没见过这种大场面，脸涨得通红，紧张得说不出话来，只能双手合十，频频地向贵宾们行礼。

太阳高悬，生日庆宴的吉时已到，方英典让潘士光将吕东敏和他的两个弟兄安排到备用座席上。

彭总管宣布生日宴开席，院门外马上响起了震耳欲聋的鞭炮声。然后，在方英典讲了一些感谢的话之后，彭总管再次代表方英典表达了对贵宾们的欢迎。 最后，沈克明站起来，代表贵宾们致辞，向方英典表达生日的祝福。

根据议程安排，第一道热菜上桌之后堂会就同时开始，贵宾们将一边开怀畅饮，一边欣赏精彩的演出。

今天宏德堂的堂会不同寻常，演出的不是掖县有名的戏班子，而是范小娆和方兴逦为大家弹琵琶、打扬琴、唱江南小曲。

对贵宾来说，宏德堂真是个发生奇迹的地方。 他们当中，许多人参加了宏德堂货船首航的庆典、方兴通与任明凡的婚礼、认刘小虎为干儿子仪式，还有刘小虎没有新娘宋家宁的婚礼。 这个叫范小娆的江南女人，他们虽然早有耳闻，知道是方英典为了救她一命，花了一百块现大洋买回来的，却始终没见过她的芳容，更不会知道她身上有那么多令人伤感的悲情故事。 在参加货船首航庆典的时候，方兴逦还是个小女孩儿，如今她已经出落成亭亭玉立的大姑娘了。 贵宾们无不感叹，岁月不饶人，虽然闺女方兴逦长大了，而方英典却没有了往日的精神头，垂垂老矣。

听惯了铿锵有力的掖县地方戏的贵宾们，饶有兴趣地欣赏了范小娆的琵琶和方兴逦的扬琴，大饱耳福。 在他们的叫好声中，范小娆和方兴逦演奏了一曲又一曲。

高潮迭起，掌声不断，最后的压轴戏是师徒俩边弹琵琶打扬琴，边合唱江南小曲《鲜花调》。 曲是原曲，但是词却被范小娆改过了，她根据宏德堂人爱牡丹的传统，加入了牡丹元素。

　　好一朵牡丹花，好一朵牡丹花，有朝一日落在我家……好一朵牡丹花，好一朵牡丹花，满园的花开赛不过她……

范小娆和方兴逦声情并茂地唱道。

琵琶声声，玉珠走盘。扬琴清脆，音动梁尘。范小娆喉清韵雅，方兴逦声如莺啼，师徒俩配合默契，贵宾们听得陶醉着迷，如闻天籁。

世上没有不散的宴席，在太阳西斜之时，方英典的生日宴结束了。在方兴通和刘小虎的搀扶下，方英典吃力地站起身来，向贵宾招手致谢，双眼湿润。

实际上，方英典一直在强作笑颜，江秀芝身陷囹圄且危在旦夕，他怎么能不牵肠挂肚、忧心如焚？

送走了最后一位客人，方英典并没有进屋休息，而是颤颤巍巍地瘫坐在廊檐下的太师椅里，晒晒太阳，提提精神。老了，真的老了，他在心里对自己说，力不从心了，不服老是不行的。不管愿意不愿意，也不管放心不放心，都到了将宏德堂的大船队和店铺交到方兴通手里的时候了。

方英典这么想着，就下意识地抬眼向南望去，影壁上的牡丹浮雕映入了他的眼帘。宏德堂人祖祖辈辈爱牡丹，牡丹是宏德堂人的保护神，就像院门口那棵百年大槐树一样。

微风乍起，吹动着大槐树上嫩黄的叶子。突然，一只鸽子飞进了院子，在上空盘旋了一圈儿，轻轻地落在了影壁的壁顶上。

潘士光最早看到了这只鸽子，不由得向前走了两步。他看到，鸽子浑身乳白，头顶和尾部各有一抹黑色的羽毛，在太阳的照耀下闪闪发光，而在它的右腿上还绑着一只小竹筒。

"老爷，您快看啊，是那只报平安的鸽子飞回来了。"潘士光情绪激动地说。

就这么一小会儿，方英典就睡着了，并没有听到潘士光的话。

鸽子落进了院子，东瞧瞧，西望望，探头探脑，似乎在寻找着什么。

"是它，就是它，潘管家，您看看它腿上的小竹筒。"刘小虎也认出了这只鸽子，惊呼道，"您看看它身上的白羽毛，您再看看它头顶上这块黑羽毛，里面还有一撮白的，像一枚铜钱。"

咕，咕咕。鸽子好像也认出了潘士光和刘小虎，摇头摆尾地叫了起来。

"送信的鸽子，它回来了！"方英典听到了鸽子的叫声，蓦然睁开了眼，失声道。

鸽子马上看到并认出了主人方英典，扑打着翅膀飞到了他张开的胳膊上。

鸽子终于飞回了家，它身上携带的竹筒竟然没有丢，总算完成了报平安的任务，可惜的是晚了这么多年。

其实当年，鸽子并没有忘记自己回宏德堂报平安的使命，顶风冒雨，昼夜兼程地往掖县飞来。横跨渤海湾，在飞越庙岛群岛的时候，它看到一个大岛屿上有房屋星罗棋布，也有炊烟袅袅升起，便落下来欲捕食进水，恢复体力，却不小心落入了一个爱鸽人设置的圈套，被一只渔网缠住了翅膀。显然，这个爱鸽人对鸽子颇有研究，是个养鸽子的行家。这只鸽子体态健壮，目光炯炯，走起路来昂首挺胸，他一眼就认准这是一只难得的好公信鸽，顿时大喜过望。这个岛屿上的人家有养鸽子的传统，几乎家家户户都有鸽子飞翔，成为一个独特而亮丽的风景。逢年过节，岛上的人还会进行信鸽比赛。他们将自己的信鸽放进船舱，由专人驾船出海，驶出百里，甚至几百里，在茫茫大海中打开舱门，放飞鸽子。谁的信鸽先回到家里，谁将得到奖励，奖品是一头羊或者一个猪头。这个爱鸽人家里有鸽子无数，屋顶上，房檐下，都有鸽子在自由自在地嬉戏玩耍。捕获了这只鸽子，他如获至宝，在院子里用渔网搭了个硕大的棚子，将它单独圈养。给它足够的飞翔空间，爱鸽人又好吃好喝地侍候，并为它选配了一只俊俏的母信鸽，让它们相爱，并传宗接代。

似乎在转眼之间，许多年过去了，这只鸽子为爱鸽人繁殖了一窝又一窝优良的后代，爱鸽人将鸽子卖给那些养鸽子的村民，挣了不少钱。自然，他了解优良信鸽的特性，无论被圈养多久，它一旦恢复了自由，多半都会飞回老家，所以他始终没敢将它放出来。终于有一天，爱鸽人在拾掇屋子的时候，在一个角落里发现了这只鸽子当年携带的那只如筷子般粗的细竹筒。 他拿起竹筒，擦掉上面的灰尘，好奇地打开了当年没有打开的竹筒，看到了筒里装着的纸条。 纸条上的内容告诉他，这是一只回家报平安的鸽子，而它恭候在家的主人却没能收到报平安的纸条。同是爱鸽人，他能想象出它的主人失去这只鸽子的悲伤心情。 现在，这只鸽子已经为他立下了汗马功劳，它的后代也在比赛中屡屡获胜。 它肯定想念它的主人，就像它的主人想念它一样。 这么多年了，该让它回家了。 他决定马上将它放飞，无论它是飞走还是留下来，他都会心甘情愿地接受。

在一个朝霞满天的早晨，爱鸽人最后喂了一次鸽子，都是些营养丰富的食物。 然后他小心翼翼地把用蜡封好的竹筒重新绑在了它的右腿上，掀开了渔网。

鸽子马上看到了这条能飞往蓝天的通道，又疑惑不解地看了眼爱鸽人，才抖了抖翅膀，冲出渔网，头也不回地展翅高飞了。

看着鸽子消失在蓝天里，爱鸽人竟然泪眼模糊了。 他的泪水里有恋恋不舍，而更多的是深深的愧疚。

失踪了这么多年，在方英典生日的这一天，鸽子飞回来了，这无疑是个奇迹。 绑在它右腿上的竹筒竟然没有丢，更让人觉得不可思议。

方英典将鸽子抱在怀里，动作轻柔地取下了它右腿上的竹筒。 他发现，竹筒已被打开过，又被重新用蜡封上了。 坐得久了，觉得腿脚麻木，方英典想从太师椅里站起来，活动一下筋骨。 然而他的双腿却用不上力量，就像踩在棉花垛上。 他不服气地猛地一使劲儿，顿觉天旋地转，晕厥过去。

迎来送往，方英典支撑了一天，已经精疲力尽。 姚如贤等待着他去救江秀芝的命，他心急如焚。 这只鸽子失而复得，又让他的心情激动无比。 他的身心终于不堪劳累与波折，瞬间垮了下来。

方英典醒来的时候已是掌灯时分了。 他昏倒后，众人七手八脚地将他抬进了屋里，平放在炕上。 刘小虎跑去了村西，叫来了五味堂的郎中周仕君。 周仕君望闻问切，诊断为气血亏虚，导致眩晕。 他取出银针，针灸了几个穴位。 不多会儿，方英典猛咳一声，苏醒过来。

"老爷，您可醒了。"太太陈尚云端来了一碗刚刚熬好的红枣人参汤，眼里含着泪，"您可吓死俺了。"

方兴通跳上火炕，将方英典轻轻地扶起来，靠在棉被上，又从娘的手中接过碗，一勺勺地喂到方英典的嘴里。

方英典劳累过度又心事重重，终成病患。 周仕君为他开了调理的药方，让刘小虎跟着他回五味堂取药。

"方老先生，您的身体并无大碍，服几服通窍活血汤药便可恢复。"周仕君背起药箱，安慰道。

方英典抱拳致谢，目送周仕君离去。 然后他侧脸看着方兴通，神色黯然，沉默不语。

这几年，爹迅速地苍老了，方兴通自然知道是什么原因。 他坚持休妻另娶并不与任明凡同房，以至于宏德堂后继无人，是压垮爹的最后一根也是最为沉重的稻草。 那么，难道是自己错了吗？ 他觉得没有错。难道是爹错了吗？ 从爹的角度考虑也没有错。 方兴通常常冲天发问，究竟是谁错了？

有气无力，浑身瘫软，方英典意识到，自己明天亲赴济南营救江秀芝是不可能的事了。 然而想说服飞扬跋扈的张宗昌放了江秀芝，就必须得有宏德堂人亲自出面。 那么现在，除了方兴通，就没有别的人选了。可是一旦救出江秀芝，方兴通与她见了面，就像干柴遇上了烈火，又会发生什么惊天动地的事，就不是他能控制得了的了。

"他爹啊，您不能再出头露面地操心了。 江秀芝的事，俺看就叫兴通去济南办吧。"太太陈尚云看着方英典虚弱的样子，忧心忡忡地说。

"娘，江秀芝怎么了？"方兴通顿时急了。

陈尚云向来不多言多语，对让她保密的事总是守口如瓶。 方英典心里明白，她为什么会说出江秀芝的事。 他因病不能前行，却难以亲口说

474

出让方兴通去济南营救江秀芝的事，她提出来是解了他的难。

"唉，江秀芝她……"陈尚云长叹一口气，说了江秀芝被张宗昌的手下石旅长抓捕并关进死牢的事。

方兴通听罢，一下子呆住了。这些年来，方兴通给江秀芝写过很多信，以炽热的语言表达着魂牵梦萦的思念之情。他让她等着他，自己一定会遵守诺言，等待休妻的机会，然后娶她回宏德堂。可是他的信无不石沉大海，他从来没有收到过江秀芝的回信。在济南上学的时候，方兴通就听说过带领穷人闹革命的共产党，却从来没有见过。一别多年，难道江秀芝现在成了共产党员？

"爹，娘，人命关天，咱不能见死不救啊。"半晌，方兴通才声音颤抖地冒出了一句话，泪水也情不自禁地顺着面颊流了下来。

男儿有泪不轻弹，只是未到伤心处。方兴通的眼泪打动了方英典，触动了他越老越脆弱的情感神经。事到如今，方英典越来越清醒地认识到，自己可以掌控宏德堂的所有事和所有人，但是方兴通对江秀芝的感情是他永远也无法掌控的。方兴通与任明凡分居，让她守了活寡，这是一场人间悲剧。那么，让两个有情人天各一方，牵肠挂肚却难成眷属，又何尝不是一场悲剧？他屡屡动用堂规家法，全然不顾方兴通的个人感情，为的仅仅是保住宏德堂的脸面，保住老祖宗们留下的这些金科玉律。这个代价是不是太大了？那么，究竟还有没有两全其美的途径可走？

大病之中的方英典仿佛大彻大悟了，放下宏德堂所谓的脸面以及已不合时宜的传统观念，就一下子茅塞顿开，犹如拨开乌云见太阳。任明凡与方兴通有姻无缘，她进了宏德堂就与方家有缘。方英典突然想，倘若解除这个由娃娃亲带来的婚约，他便认任明凡为干女儿，就像认刘小虎为干儿子一样，所有的问题便会迎刃而解。如果这样，就可以满足方兴通多年的愿望，娶江秀芝为妻，那么宏德堂就不会后继无人了。而且将来有了合适的人家，宏德堂就可以像嫁闺女那样送任明凡出嫁。

有了这个大胆的想法，方英典蓦然觉得轻松了些，就像肩上卸下了千斤重担。他仿佛一下子大彻大悟了，当无力掌控的时候，放手就是最好的解脱。

"救，一定得救啊。"方英典用力坐直了身子，吩咐道，"兴通啊，你明天一早就去济南吧，一定要找到省主席张宗昌，救出江秀芝。另外，你的堂兄方兴途与张宗昌的关系就不用俺多说了吧？"

远在东北当军长的方兴途自然是宏德堂的骄傲，方兴通与他同辈儿，为同一个老爷爷的堂兄弟。方兴通觉得，方兴途曾任张宗昌的卫队旅长，关系甚密，找到张宗昌就有营救出江秀芝的希望。

爹让他去济南营救江秀芝，出乎方兴通的意料。爹的这一百八十度的大转弯让方兴通觉得自己是在梦里。爹今天怎么一下子想通了？

"是，爹，您就放心吧，俺一定想办法救出江秀芝。"方兴通的眼泪再次夺眶而出。

"潘管家，你快去准备些现大洋和银子去吧，让兴通带上。"方英典的眼圈也红红的，"穷家富路啊，何况到了济南，兴通还得打点关系。"

"好的，老爷。"潘士光答应道。

"大叔，济南俺熟悉得很，就让俺陪兴通一起去吧。"一直在观察而没有说话的蔡铣朴主动请缨了。

方兴通去济南不能说是凶多吉少，起码是危机四伏。让张宗昌放了江秀芝绝不会是件轻而易举的事，这是因为，犯上作乱是大忌，罪已致死便是证明。方兴通确实需要帮手，让蔡铣朴陪他去也是个不错的选择。可是方英典想，营救江秀芝是宏德堂的家事，而蔡铣朴毕竟是个外人。

"家里的生意还需要人，你是日用杂货店的大掌柜，离不开的。"方英典沉思了一会儿，"小虎啊，船队那边能离开人吗？"

"干爹，船队前天刚从旅顺港运回了两船红松木和落叶松，停在了虎头崖港。 货也快卸完了，正往沙河镇那个批发商的货场里转运呢。这几天没事了，就让俺陪弟弟去吧。"刘小虎走到方英典跟前说。

方英典亲切地抓起刘小虎的手，语重心长地说："好，兄弟同心，其利断金。 你是哥哥，就多照顾兴通吧。 有你在他身边，俺就……"

方英典说到这里，心里一酸，泪水在眼眶里打转，说不下去了。

"爹，您就放心吧，俺有事就跟俺哥哥商量着办。"方兴通马上表态道。

"好，那就都早休息吧，明天一早就出发。"方英典打了个长长的哈欠。

第二十四章

刑场惊魂

　　济南的春天比掖县来得更早一些，她总会在不经意间来了，又在不经意间走了，犹如那蜻蜓点水一般。济南人站在温暖的春风里，舒展着龟缩了一冬的身躯，想仔细地品品春天的味道，却总是难以满足。济南的春天因为短暂而更加珍贵，大明湖里，趵突泉边，千佛山上，踏青人摩肩接踵，流连忘返。

　　这天傍晚，当还穿着厚重衣服的方兴通和刘小虎走出济南火车站的时候，迎面而来的热风让他们一时无法适应，走了几步他们就出了汗。多亏方兴通在济南求学三年，了解济南的气候，他和刘小虎都准备了单衣。他们找了个僻静的角落，匆忙换了衣服。

　　在刘小虎携带的一个草编提篮里，装着五斤麻渠大糖。这是在昨天，方英典让刘小虎专门跑到平里店的麻渠村买来的。

　　麻渠大糖是用麦芽和玉米发酵而成的糖汁制作的，从麦芽的发酵到最后成糖，前后需要作头、二把刀、捧头、拔糖、搓挺、上气、上芝麻、拉盘子、撑圆、凉糖等十几道工序，每人独守一摊，各负其责。大糖口感酥软松脆，麦芽糖的醇香和芝麻粒的油香混合在一起，又甜又香，风味独特，深受老人和孩子的喜爱。有民谣这样唱道："大糖，大糖，馋得孩子直叫娘。娘不买，奶奶买，奶奶买的真好逮。""逮"是掖县土话，是吃的意思。

　　张宗昌爱吃家乡的麻渠大糖，方英典早有耳闻。那年农历正月初九，张宗昌回到老家掖县，为他爹过六十岁大寿。 有人告诉他，麻渠大糖很好吃，他马上派人赶到麻渠村，专门定做了六十个大糖寿桃。 张宗昌一尝，麻渠大糖果然名不虚传，遂又派人去了麻渠村，买了些大糖，带回了济南。 方英典想，张宗昌什么都不缺，给他带点家乡独特的糖果他肯定喜欢，心里一高兴，念在老部下方兴途和家乡人的份上，或许就能把江秀芝放了。

站前广场上小吃多，方兴通和刘小虎都饿了，就来到小摊密集处。小摊上的食物琳琅满目，他们不知道要吃什么好了。

"甜沫儿，肉烧饼，两位先生尝尝吧。"有一个小摊主看到了他们，大声喊道。

喝甜沫儿，吃肉烧饼或油条，当是济南的一大美味。 方兴通吃过多次，就对刘小虎说："哥，很好吃，你就尝尝吧。"

刘小虎去过大连，东北小吃吃过不少，可是他还没来过济南，便听从了方兴通的建议："好，你见多识广，俺听兄弟的。"

兄弟俩来到小摊前，坐在小马扎上，然后方兴通要了两碗甜沫儿，外加三个肉烧饼。 他知道，刘小虎饭量大，得吃两个。

甜沫儿和肉烧饼很快就端了上来，刘小虎迫不及待地先喝了口甜沫儿，却惊异地发现，这甜沫儿竟然不是甜的，反而咸滋滋的。

甜沫儿的确"名不副实"，是咸的。 去过济南的人或许都知道，在济南的传统美食里有两大怪。

第一怪是茶汤，叫茶却不是茶。 茶汤是以小米为主料炒制而成的，因为就像冲茶一样，用开水一冲就能喝了，故名茶汤。

第二怪就是甜沫儿了，它其实是一种咸粥。 小米粥里有豆腐皮，还有花生和菠菜，自然大料也是有的，将八角和桂皮炸至焦黑沥出后加入葱和姜。 粥做好后，摊主总会问："再添么儿？""么儿"是济南方言，是"什么"的意思。 "添么儿"是在问食客，再添加什么辅料。 渐渐地，根据谐音，济南人就将其称为"甜沫儿"了。

"兄弟,这甜沫儿怎么是咸的啊?"刘小虎咂巴着嘴,纳闷地问。

这个问题,方兴通第一次喝甜沫儿的时候也问过,济南同学给他说了个明明白白。眼下,江秀芝还在死牢里,他并没有心情给刘小虎解释。

"哥,管它甜的还是咸的,你就快喝吧,咱们吃完了赶紧走。"方兴通啃了口烧饼说。

刘小虎理解方兴通的心情,就不再言语,低头猛吃起来。

很快方兴通和刘小虎就吃完了,他们挥手叫了两辆黄包车,给车夫说了目的地,便一前一后地向宽厚所街赶去。

不到一个小时,方兴通和刘小虎便来到了姚如贤的家门口。下车付费,方兴通抬起手又停了一下,这才敲响了紧闭的院门。

这个时候,姚如贤正跪在院中央,虔诚地烧香磕头,求老天爷保佑闺女江秀芝能逢凶化吉,捡回一条命。听到敲门声她吓了一跳,谢天谢地,难道是姐夫方英典来了?她这么想着就开了院门。

来的不是方英典,而是方兴通。姚如贤十分吃惊,一时不知说什么好了。

当年方兴通与江秀芝相爱,姚如贤是推波助澜者。但是,当她得知方兴通在爹的逼迫下已与娃娃亲任明凡成婚之后,又是她强行拆散了这一对爱得死去活来的人。反复无常,姚如贤觉得,尽管她这么做是从传统的道德角度出发,如今想来还是愧对江秀芝,更愧对方兴通。前天她返回掖县,求救于方英典是迫不得已。好在方英典没有犹豫,一口答应了,可是怎么来的是方兴通?

"兴通,俺姐夫他……"姚如贤迟疑地问。

方兴通没有将爹身体有恙的情况告诉姚如贤,而是找了另外一个理由:"俺爹说,俺是方兴途的堂弟,省主席张宗昌一定会认。"

"嗯。"姚如贤点点头,目光落在了陌生的刘小虎身上。

"舅母,这是俺爹的干儿子刘小虎,俺爹让他来陪俺的。"方兴通马上介绍道。

不管怎样，能救江秀芝一命的人来了，姚如贤喜极而泣。她擦把泪，将方兴通和刘小虎让进屋里坐下，要沏茶倒水。

"舅母，您就先别忙活了，快说秀芝那边是个什么情况吧。"方兴通也双眼泛红，迫不及待地说。

下午，姚如贤刚刚去了关押江秀芝的监狱，给管事儿的狱警送了十块现大洋，也没能见到江秀芝。狱警给她透露的消息是，后天，江秀芝将被押赴刑场，执行枪决。傍晚，家里还来了一个陌生的中年男子，姓孙，自称是江秀芝的上级，说组织上没有放弃她，正在想尽一切办法营救。他还建议，江秀芝尽管生在济南，可是父亲来自掖县，她就也是掖县人。张宗昌认老乡，不妨托与他能扯上关系的人出面说情，救出江秀芝。

英雄所见略同，方兴通庆幸今天赶来了济南府，否则就是找到张宗昌也晚了。

"舅母，您早休息吧，俺们先去找个旅馆住下。明天一早就去军务督办，一定找到张主席，恳请他看在俺堂兄方兴途的面上，开恩放了江秀芝。"方兴通说完就要走。

"兴通啊，这么晚了，你们哪里也别去了。"姚如贤一把拉住了方兴通，"让你哥哥住你以前住过的屋，你就住秀芝的房间吧。"

方兴通听罢愣了一会儿，最终没有拒绝。他和刘小虎在院里汩汩流淌的小泉边简单洗漱了一下，就各自回屋休息了。

刮了一天的风终于停了，明月高悬，繁星点点，济南的春夜更加静谧，仿佛能听到树枝抽芽的声音。

金炉香烬漏声残，翦翦轻风阵阵寒。
春色恼人眠不得，月移花影上栏杆。

481

躺在江秀芝柔软的床上，方兴通翻来覆去地难以入睡，就想起了宋代政治家王安石的这首脍炙人口的《春夜》。

抱着江秀芝绣有荷花的枕头，方兴通嗅到了她的味道，泪水情不自禁地涌出眼眶。姚如贤强行将他们拆开这么多年了，然而江秀芝当年发出的会永远等着他的誓言犹在耳边。方兴通坚信，江秀芝一直在期待着他们永结连理的日子。所以他也没有放弃抗争，始终没有与任明凡同房。现在，爹能让他来济南营救她，说明爹的信念已经动摇了。或许，待他成功营救出江秀芝后，爹就会答应他休妻另娶。那么，他们这些年来所受的一切痛苦就都是值得的。但是，江秀芝为什么要走出这一步？她不知道自己干的是掉脑袋的事吗？如果见不到张宗昌，或者他拒绝了，又应该怎么办？就眼睁睁地看着她被枪决吗？

方兴通没进过监狱，更没进过死牢，但是他能想象出里面的模样。那么，江秀芝现在睡了吗？她能预感到他已经来到济南营救她吗？

现在，在那间阴暗潮湿的死牢里，江秀芝并没有睡。她倚靠在发霉的墙上，镣铐束缚住了她的躯体，却束缚不住她的思绪。她抬头看着高高的铁窗，有一缕月光照进来。她清晰地记得，今年春节过后，在一间秘密的小屋里，当她面对着鲜艳的党旗举起右拳庄严宣誓的时候，也有如银月色。那洁白的月光洒在她的身上，将她的身影投射到党旗的一角。她看到，自己攥紧的拳头微微颤抖，尽管是那么小，却分外有力量。

"严守秘密，服从纪律，牺牲个人，阶级斗争，努力革命，永不叛党。"江秀芝神情坚定而心潮澎湃地宣誓道。

"江秀芝同志，欢迎你！"领誓人孙启晨紧紧地握住江秀芝的手，欣慰地说。

江秀芝久久不语，凝视着孙启晨，眼泪蓦然溢出眼眶。

孙启晨是江秀芝走上革命道路的领路人，当他受党组织委派来到江秀芝所任职的中学，以国文教师的身份开展革命工作时，就将目光投向了她。

那个时候江秀芝正承受着相思之苦，仿佛还处在噩梦之中。母亲姚如贤无情地将她与方兴通分开，她知道，方兴通深深地爱着她，就像她深深地爱着方兴通一样。但是因为当年口说无凭的娃娃亲，在父亲的逼迫下，方兴通娶了并不爱的任明凡。她意识到，父母之命、媒妁之言，这些封建思想在父母辈的脑海里根深蒂固，不将这些陈规陋习彻底打碎，就没有她和方兴通团圆的一天。

很快孙启晨就发现了江秀芝这个神情忧郁的女青年，他们同教国文，在一个办公室里工作。有时候，教师们谈论起在张宗昌的统治下民不聊生的社会状况，江秀芝所表现出的义愤填膺与抗争精神让孙启晨印象深刻。在某种程度上，革命就意味着牺牲，只有拥有坚强斗志的人才能成为一个革命者。毫无疑问，江秀芝具备这种可贵的品质。于是孙启晨慧眼识珠，有意接近她，引导她，向她讲述共产主义理想，让她阅读《新青年》等一些进步刊物。

终于有一天，江秀芝从噩梦中苏醒了。她突然发现，仅仅靠个人的抗争并不能夺回那本该属于自己的幸福。要打碎这个旧世界，建立起一个光明自由的新世界，需要一批有志之士站出来，去革命，去牺牲。她愿意做其中的一个，并积极参加孙启晨组织的各项活动。

去年夏天，江秀芝带领一批革命青年与进步学生，来到山东军务督办门口请愿，要求取消苛捐杂税，给水深火热中的市民们一条活路。她高举请愿书，勇敢无畏，最后身负重伤，被同伴搀扶着才离开了现场。

临危不惧，敢于牺牲，江秀芝经受住了严峻的考验。孙启晨向上级组织提出申请并获得批准，吸收她为中国共产党党员。

眼下，张宗昌横征暴敛，压榨百姓，民众怨声载道。他乱立名目，搞出来数十种税，连外地商人上个厕所都要交厕所税。除了税之外，他还以捐款的名头变着法地收钱，比如城外的百姓进城来挑粪，他都要收一个"大粪捐"的款项。

      也有葱，也有蒜，锅里煮的张督办；也有蒜，也有姜，锅里煮的张宗昌。

社会上广泛流传的这些顺口溜，便是市民痛恨他的真实写照。

哪里有压迫，哪里便有反抗，地下党秘密组织的罢工罢市和游行示威活动正在有条不紊地准备中。那天深夜，江秀芝参加了一次秘密会议，在独自回家的路上，不幸被张宗昌卫队旅石旅长手下的几个军警发现，并被抓捕入狱。

其实，石旅长的手下军警并不能认定江秀芝就是共产党员，他们将她拦住并询问，是因为有一个军警认出，她就是去年夏天在山东军务督办门口手举请愿书的人。江秀芝头上挨的那一枪托，就是这个军警砸的。而且，在她的身上他们又搜出了一张纸，上面写着"打倒张宗昌、打倒帝国主义、反对苛捐杂税、耕者有其田"等口号。这是为游行示威活动准备的样稿，将有专人负责印成传单。

张宗昌无法无天，把要打倒他的人判成死罪，喊口号也不行，江秀芝便被投入了死牢。为逼迫她说出同党及密会地点，石旅长亲自审问，却一无所获。然后军警动用酷刑，江秀芝被打得皮开肉绽，三根肋条也被打断了，她却仍然守口如瓶。如果江秀芝承认自己是共产党员，石旅长就可以向张宗昌邀功。然而进入死牢，江秀芝却始终没有说一句话，就像天生不会说话一样。恼羞成怒的石旅长命军警严刑拷打，可就是撬不开江秀芝的嘴。他不想放弃这个立功受奖的机会，要给江秀芝几天的时间考虑，并明确告诉她，如果再不配合，她将被押赴刑场，执行枪决。

石旅长抱着江秀芝终会开口的幻想，而她却是宁死不屈，阴差阳错给了方兴通来济南营救的时间。

第二天吃过早餐，方兴通就和刘小虎带上装有麻渠大糖的草编提篮，坐上黄包车，赶到了山东军务督办门口。当他说要进去找省主席张宗昌的时候，哨兵竟然扑哧一声笑了，说："张主席能认识你？滚！"然后挥舞着长枪，毫不客气地将他们赶走了。

进不去山东军务督办的大门，在方兴通的意料之中，所以他并没有走，而是和刘小虎躲在不远处，双眼紧紧地盯着门口，守株待兔。如果有轿车从里面出来，他就会冲上去拦下，说不定车里就坐着张宗昌。

那个上午，方兴通和刘小虎一共拦下了两辆轿车，不但没有发现张宗昌，还被哨兵砸了几枪托。中午，他让刘小虎去附近买了几个大包子，一边吃，一边盯着大门口。下午，一辆车也没出来，眼看着太阳西下，依然没有等到张宗昌的车。方兴通心急如焚，找不到张宗昌就救不出江秀芝。这时终于有一辆轿车从大院里开出来，方兴通和刘小虎又不顾一切地冲过去，伸出双手拦了下来。

车里坐的不是张宗昌，而是卫队旅的石旅长。今天是祥庆班名角俏月儿的生日，石旅长在泰丰楼设下了奢华的晚宴，为她庆生。

"干什么的？找死吗？"石旅长没有下车，摇开车窗，伸出了半个脑袋，怒吼道。

"俺想拜见张主席，俺是掖县来的。"方兴通伸着两只胳膊站在车前，操着一口浓重的掖县话大声说道。

掖县来的？石旅长知道，张宗昌认老乡，甚至有"会说掖县话，就把军刀拷；会拉莱州腔，能把师长当"的顺口溜，就像那些诅咒他的顺口溜一样流行。因此掖县人在济南都将腰板挺得直直的。据说晚上出门时，他们手里提着的大红灯笼上，无不赫然写着两个大字：掖县。看到这样的灯笼，无论是黑道还是白道的人，都对提灯笼的人敬而远之，不敢招惹。但是，想要亲自见到张宗昌，就不能只是个掖县人了。没有张宗昌的首肯，谁也进不去这个大门。

眼前这个人的掖县话很地道，石旅长上下打量着方兴通，重复了刚才哨兵说的话："你？ 就你？ 张主席能见你？"

"能，肯定能。"方兴通赔着笑脸说。

"能个屁！ 快滚，别挡老子的路。"石旅长火冒三丈。

方兴通突然意识到，如果再不在军务督办的大门口闹出点动静，今天就真的见不到张宗昌了。 于是他向刘小虎使了个眼色，刘小虎马上心领神会，爬到了石旅长的车盖上。

石旅长见状跳下车来，向门口的几个哨兵挥挥手："把这两个刁民给俺抓起来！"

哨兵们听到命令迅速跑了过来，三下两下就将方兴通和刘小虎按倒在地了。

"张主席，张主席，俺是掖县的，是方兴途军长的堂弟方兴通，您快出来吧。"方兴通一边拼命地反抗，一边冲着门口大声喊道。

方兴途？ 石旅长知道这个人，确实是东北军的一个军长。 那么眼前这个人是谁？ 真是方军长的堂弟？

"你胆敢冒充方军长的堂弟，不想活了？"石旅长仍然不能相信方兴通的话，掏出枪来斥责道。

"俺真是啊。"方兴通坚持道。

"你怎么证明你是？"石旅长犹豫了一下，又掖起了枪。

方兴通和石旅长正争辩着，由三辆高档轿车组成的车队从外面开了过来，而石旅长的车挡住了道。

嘀，嘀嘀！ 司机按了几下喇叭。

石旅长回头一看，竟然是张宗昌的车队，顿时吓了一跳。

"报告张主席，这个人拦车要见您。"石旅长跑到张宗昌的车前敬了个礼，回身指着方兴通说。

张主席？ 方兴通一听高兴极了，猛地挣脱开哨兵的手跑了过来。

"张主席，俺是掖县方兴途的堂弟方兴通，俺有事求您。"方兴通冲着后车窗大声说。

车里的张宗昌听到了方兴通的话，他的一口掖县腔让张宗昌感到很亲切，特别是他提到了方兴途的名字，就更不能无动于衷了。方兴途曾是他的卫队旅长，自然是他最亲密和最信任的人。现在方兴途已是东北军的中将军长，实际上他们都是在为张作霖效力。那么方兴途的堂弟突然找上门来，有事相求，他就不能不见了。

"你说你是方军长的堂弟？"张宗昌摇下车窗玻璃，端详着方兴通。

"是，如假包换。"方兴通拍拍胸脯说。

"你拿什么证明？"石旅长瞪眼问。

拿什么证明？这个时候，方兴通就不能不佩服爹的老道了。昨天早晨起来，方英典就将一个小布包交给了方兴通，让他带着去济南。包里包着的是一个金如意算盘，长有五寸，宽有三寸，十分精致。这是十多年前，方兴途托人从东北捎给他的礼物。还有一封信，讲了这个金如意算盘的来历，并说他行军打仗，不做买卖，而金如意算盘有吉祥之意，能保佑宏德堂生意兴隆。方英典拨动着豆粒般大小的算珠，感觉很美妙。他爱不释手，就像传家宝一样珍藏起来。

"有，俺有证明。"方兴通从怀里掏出了小布包，将金如意算盘拿了出来，举到车窗前，"张主席，您看这是什么？"

张宗昌一眼就认出，这是他当年送给卫队旅长方兴途的金如意算盘。方兴途骁勇能战，足智多谋，就像能掐会算的诸葛亮。因此当有人拿这个金如意算盘孝敬张宗昌，张宗昌就转手送给了方兴途。

张宗昌伸手拿过金如意算盘，看了又看，就笑了："是，这是俺当年送给方军长的。你是他的堂弟，看着还真有点像，有什么事，进来说吧。"

"张主席，他还真是方军长的堂弟啊。"石旅长有些傻眼了。

"你带他进来吧，俺倒是想问问，这个金如意算盘是怎么到他手上的。"张宗昌将金如意算盘还给方兴通，对石旅长命令道。

石旅长的车早已让开了路，张宗昌摇起车玻璃，各车的司机们挂挡加油，车队一阵风似的开进了军务督办大院。

张宗昌的办公室豪华而宽敞，就像宫殿一样。在石旅长的带领下，方兴通和刘小虎战战兢兢地进得门来。

"坐下吧。"张宗昌摆了一下手，脸上挂着微笑，好奇地问，"这金如意算盘是当年俺送给方军长的，来，你快给俺讲讲，它怎么会到了你的手里？"

方兴通想坐下，刚落下屁股又站了起来，然后将金如意算盘怎么来到宏德堂的来龙去脉说了一遍。

"宏德堂，方军长给俺说过，是掖城北有名的书香人家。可是现在，出了个大将军。"张宗昌煞有介事地说。

方兴通知道，百余年来，宏德堂出过秀才和举人，出过武进士，还出过一位文武双举人，轰动乡里，名震掖县。

"张主席，俺爹听说您爱吃麻渠大糖，让俺带来了几斤，请您尝尝家乡的味道。"方兴通从刘小虎的手里拿过草编提篮，掀开盖，放到张宗昌的办公桌上。

张宗昌一看顿时乐了，拿起一块大糖咬了一口："嗯，不错，还是那个味儿。"

大糖是掖县人秋冬季的美食，适合六度以下的低温保存。现在济南的温度比掖县高了不少，大糖的表皮都有点软了。

"济南天热，可惜有点化了。"方兴通遗憾地说。

"没事儿，味儿没变就行。"张宗昌吃完了一块大糖突然问，"你大老远地从掖县跑来济南，找俺干什么？是想当兵，以后跟你的堂兄一样，也弄个将军当当？"

方兴通不想当兵，他想救出死牢里的江秀芝。听了张宗昌的问话，他将江秀芝说成是自己的未婚妻，又将她被军警关押的事说了出来。

"张主席，请您看在俺堂兄方兴途的面子上，放了江秀芝吧。"最后，方兴通眼含热泪恳求道。

张宗昌并不知道江秀芝的事，他看了看立在一旁的石旅长，面色严肃地问："这是怎么回事啊？"

"报告张主席，这个江秀芝是俺亲自审问的，俺怀疑她是共产党员。"石旅长连忙解释说。

"共产党员？"张宗昌的眉头马上皱了起来，"你有证据吗？"

"有，去年夏天，就是这个江秀芝带着一帮青年人来军务督办大门口闹事，当时让她趁着混乱跑了。张主席，您是知道这个事的。这回，在她的身上又搜出了反对您的标语口号。"石旅长毕恭毕敬地说。

"什么？这个小闺女这么大的胆子，给俺杀了！"张宗昌一听顿时暴跳如雷了。

杀了？方兴通听罢，扑通一声跪下，哭喊道："张主席，请您看在俺堂兄的面子上，刀下留人啊。"

方兴通一哭，张宗昌才发现自己一怒之下失态了。一个小闺女能掀起什么大风浪？可是眼下，济南市民的抗议活动此起彼伏，真是摁下葫芦起来瓢。他认为，这背后一定有共产党的影子，不痛下杀手，这种活动将愈演愈烈，一发而不可收。

"你别在这里鬼哭狼嚎的。"张宗昌一拍桌子，怒形于色地对方兴通说，"你快给俺站起来，方军长怎么会有你这么个堂弟！"

站在一旁的刘小虎一直是胆战心惊的，急忙弯腰把方兴通扶了起来。

"张主席，您就开开恩，放了江秀芝吧。"方兴通用乞求的目光看着张宗昌。

放了？张宗昌会看在军长方兴途的面子上，网开一面，放了江秀芝吗？如果她真是共产党员，放了她，岂不等于放虎归山？但是如果不放，又觉得愧对方兴途，江秀芝毕竟是他的堂弟媳妇。张宗昌犹豫了，尽管对他来说，放了江秀芝就像眨眨眼那么简单。

"石旅长，俺问你，她承认自己是共产党员了吗？"良久，张宗昌才思量着问。

善于察言观色的石旅长显然看出了张宗昌心里的迟疑不决，他断定，张宗昌一定会放了江秀芝，因为他重老乡情谊，方兴途是跟他一起出生入死的兄弟，他怎么能下手杀了他的堂弟媳妇？那么，必须给他找个能放了江秀芝的理由。

"没有，她死也不承认，除了那张写有口号的纸，也没有什么证据。俺感觉，她是受了共产党的蛊惑才误入歧途的，不会是共产党员。"石旅长十分肯定地回答道。

"没有证据，那你们怎么能乱抓人？"张宗昌顺着石旅长的话说下去，"俺看啊，就放了吧。"

方兴通一听，顿时哭出声来："谢谢张主席，您的大恩大德，俺……"

张宗昌不耐烦地挥手打断了方兴通的话："别谢俺了，要谢就谢你的堂兄吧。"

方兴通一时无语，只是频频地点着头。

"好，张主席，俺这就放人。"石旅长向张宗昌敬了礼，转身要走。

"站住！俺的话还没说完。"张宗昌叫住了石旅长，"大闹军督府，还私藏辱骂省政府的传单，死罪可免，活罪难饶。你得好好给她点教训，让她悔过自新。"

"是，张主席，俺一定给她点颜色看看，让她再也不敢了。"石旅长说。

"还有，你叫方兴通是吧？她既然是你没过门的媳妇，你就把她带回掖县吧。不管怎么样，她都必须离开济南，要不就别怪俺不给你堂兄这个情面。"张宗昌脸色阴沉地说。

"是，是，张主席，俺一定把她带走。"方兴通连忙答应道。

"走吧。"张宗昌没好气地下了逐客令。

跟在石旅长的屁股后面，方兴通和刘小虎出了张宗昌的办公室。石旅长早已心不在焉，俏月儿的生日宴还在等着他。他让方兴通明天一早到山东第一监狱，他会亲自将江秀芝领出来，然后让方兴通接江秀芝回家，并马上带她离开济南。

无论如何，江秀芝有救了，尽管她还要再受一晚上的罪。方兴通和刘小虎如释重负地回到了江秀芝的家，姚如贤一看方兴通一脸轻松的表情，就知道闺女的事出现了转折。

"怎么样？张宗昌答应放人了？"姚如贤把他们让进屋子里，心急地问道。

方兴通将怎么见的张宗昌，又怎么说服他放了江秀芝，还有他严令她不得留在济南的话说给了姚如贤。

"他不让秀芝留在济南，那让她去哪儿？"姚如贤放下的心又提了上来。

"他说，让俺带她回掖县。"方兴通心中得意地说。

"回掖县？这怎么能成？张宗昌真这么说的？她回了掖县，住哪儿？一个人怎么生活？"姚如贤锁紧了眉头，一连串地问。

实际上，张宗昌让他带着江秀芝回掖县，有些正中方兴通下怀，好像张宗昌了解他的心思似的。到济南营救江秀芝，是爹让他来的。现在张宗昌的严令，他不得不照办，否则就救不回江秀芝。而且他觉得，对待他和江秀芝的婚事，爹心里已经出现了松动。那么趁此机会就将她带回宏德堂，爹也不能将无家可归的江秀芝撵出来。况且刚才有刘小虎在场，张宗昌是怎么说的，有他可以作证。真是天助我也，江秀芝的一场灾难却让他们的婚事有了重大转机，真可谓因祸得福。

"不信，你问问俺小虎哥吧。"方兴通说。

"是，张宗昌真是这么说的。他还说，要不就别怪他不给堂兄这个情面。"刘小虎马上附和道。

"就……就让她先住宏德堂吧。"方兴通建议道。

"住宏德堂？ 兴通啊，你可是个有妻室的人，不能乱来啊。"姚如贤发现事情有点不对劲儿了。

　　方兴通笑了笑说："俺不会的，张宗昌有严令在先，不能违背，否则后果不堪设想，就先让江秀芝躲过了风头再说吧。"

　　两害相权取其轻，姚如贤意识到，想保住江秀芝的命，现在除了服从张宗昌的严令，还真没别的路子可以走。 她甚至想，江秀芝到了宏德堂，即使他们两个有什么非分之想，姐夫方英典也不会视而不见，袖手旁观。

　　在方兴通和刘小虎回来之前，姚如贤就把饭做好了。 他们兄弟两个都累了，匆匆吃了饭便回屋休息了。

　　躺在江秀芝柔软的床上，方兴通久久难以入睡。 历经磨难，他们终于能再次见面，而且他还可以名正言顺地领着她回宏德堂，这让他有些喜出望外。 祸兮福所倚，福兮祸所伏。 世事无常，人生也无常，方兴通仿佛一下子明白了许多。 他多么想现在就把她明天一早就会出狱的消息告诉江秀芝，但是不能。

　　现在死牢里的江秀芝已经被折磨得筋疲力尽。 突然，牢房的门被打开了。 这时已是半夜，进来的是石旅长和两个卫兵。 俏月儿的生日宴会甚是热闹，石旅长喝得醉醺醺的，用车把她送回了家，这才来到监狱。 石旅长借着酒劲儿，气势汹汹地让江秀芝说出同党及密会地点。他告诉江秀芝，这是给她的最后一次机会，否则她明天上午就将被执行枪决。 江秀芝听罢不为所动，却笑了，这是她被关进死牢后的第一次微笑。 投身革命，她无怨无悔，但是她还没为党做多少工作，颇有几分壮志未酬身先死的遗憾。 她知道，已经有许多革命先烈走在她的前面了，她为自己是一个光荣的前赴后继者而自豪。 不出意外，石旅长再次一无所获，打了一个响亮的酒嗝后，他便垂头丧气地摔门而去。其实他是来例行公事的，俏月儿正在他们那个温馨的小巢里等着他共度良宵。

山东第一监狱在普利门外太平庄,方兴通和刘小虎以及姚如贤一早就来到了监狱大门口。像在山东军务督办一样,门口的铁门紧闭,有全副武装的哨兵把守,他们同样进不去,只能在外面等着。可是一直等到十点多了,仍然不见石旅长的身影。他们都有些慌了,难道石旅长会出尔反尔吗?

"兴通啊,这个石旅长可靠吗?"姚如贤终于沉不住气了。

方兴通不知道石旅长可靠不可靠,但是张宗昌发话放人,他敢不放吗?

"张宗昌都说了啊。"方兴通盯着监狱的大门。

"是啊,谅他也没那么大的胆子。"刘小虎帮腔道。

就在这个时候,身后传来了汽车的马达声,方兴通回头一看,马上认出这是石旅长的车,车后还跟着一辆卡车,车厢里站满了持长枪的士兵。

"石旅长!"方兴通站在路边,高声喊道。

石旅长看到了方兴通,却根本没有理会。

"闪开,快闪开!"石旅长从车窗里探出半个身子,一手扶着窗框,一手握着枪,气势汹汹地向哨兵喊道。

监狱的大铁门被哨兵打开了,石旅长的车和卡车一前一后地开了进去,车后卷起一阵尘土飞扬。

方兴通他们都看傻了眼,不知道发生了什么,快步跑到监狱门口,可是铁门咣当一声又关上了。

"都滚一边去!"一个哨兵冲他们喊道。

"俺找石旅长,他刚进去!"方兴通凑上前来,满脸堆笑地说。

"石旅长?他刚才说了,没有他的命令,谁也不能进去!"哨兵手持长枪的手抖了抖,怒目而视道。

"兴通啊,这是怎么回事啊?"姚如贤哭着问。

方兴通也不知道是怎么回事,但是他在济南上学的时候见过这阵势，这分明是枪决死刑犯人的做法。 他蓦然意识到，一夜之间，事情便发生了变化，张宗昌许诺放人原来只是缓兵之计。 现在有石旅长亲自坐镇，江秀芝将性命不保。 他这么一想，浑身的血液便沸腾起来，一下子失去了理智，疯也似的向大铁门冲去。

"石旅长，你出来啊，你不能言而无信啊！"方兴通用力地拍打着大铁门，声嘶力竭地哭喊道。

马上几个哨兵围了上来，对方兴通一阵拳打脚踢后，又将他拖到了一边。

就在这个时候，大铁门被再次打开，石旅长耀武扬威地走在最前面，身后便是一队荷枪实弹的士兵。 方兴通从地上艰难地爬起来，一眼就看到了江秀芝。

两名士兵押解着被五花大绑的江秀芝，走在队伍的中间，她的脸上伤痕累累，破烂的衣服上也布满了血迹。 在她的后背上，插着一个亡命牌，上书"内乱分子江秀芝"几个大字。 亡命牌在阳光的照耀下散发着惨白的光芒，而江秀芝名字上的红叉格外刺眼。 在她的后边，还有两名吓丢了魂儿的青年男子，同样插着亡命牌，也是同样的罪名。

一出监狱的大门，江秀芝便看到了母亲姚如贤和方兴通。 在临死之前还能见到她最亲的两个人，是她没有想到的，她抬起头来冲他们笑了笑，然后便将目光转向了别处。

这个时候，无论是方兴通还是姚如贤都已经意识到，江秀芝就要被枪决了，张宗昌和石旅长心狠手辣，诡计多端，他们并没有给方兴途面子，背信弃义地欺骗了他们。

"江秀芝——"方兴通歇斯底里地喊道。

"秀芝啊——"姚如贤惨叫一声，瘫软在地上。

有重兵防卫，方兴通根本靠不上边，他拼命地呼喊着往前冲，却又被几个士兵打倒在地。 刘小虎是来为方兴通保驾护航的，见状猛扑过去，与士兵们厮打起来。 但是尽管他身强力壮，却是赤手空拳，很快便寡不敌众，被打倒在地。

在离监狱不远的地方有一块杂草丛生的空地，北边的房子屋顶塌陷，只剩下一堵墙，可以挡住射出的子弹。这是石旅长临时选择的刑场。在凌乱的脚步声中，江秀芝和两名青年男子被押了过去。

又要杀人了！路过的市民围聚过来，被士兵们拦在了警戒线外。方兴通和刘小虎以及姚如贤也挤在人群中，哭喊着想冲破警戒线，却一个个地被士兵用枪托击倒了。

江秀芝的上级引路人孙启晨也在人群中，他头戴礼帽，身穿单薄的长袍，像一个做大买卖的商人。组织上利用各种关系试图营救江秀芝，却都没能如愿。眼下，由于内部出了问题，他所领导的党小组已经暴露，上级指示他们分头撤离济南，他将赶往烟台，与那里的党组织会合，继续开展地下工作。在临走之前，他想做最后一次努力。今天上午，他来到监狱门口，是想找一个他人介绍的狱警打探消息的，却没想到看到了江秀芝即将英勇牺牲的这一幕。

太阳高高地挂在天上，警戒线外人头攒动，江秀芝和两名青年被押到墙前，站成一排。

"说吧，现在说还来得及。"在即将行刑的最后时刻，石旅长走到站在两名青年男子中间的江秀芝跟前，压低了嗓音说。

江秀芝似乎没有听到石旅长的话，她高昂着头，看都没看他一眼，而是将目光投向了黑压压的人群。就要离开这个世界了，她想最后与母亲姚如贤和方兴通告别。如果说她还有什么依恋，就是舍不得离开他们。

孙启晨？他怎么来了？江秀芝没有找到自己的亲人，却发现了她的领路人孙启晨。她嘴角动了动，好像想说什么，但是她什么也没说，目光里流露出视死如归的神色。

孙启晨与江秀芝经过短暂的目光交流，似乎明白了对方的心思。孙启晨无力营救江秀芝，他能做到的是不怕牺牲，继续革命，直到胜利的那一天。

终于，三名行刑队员端着长枪站到了江秀芝和两名青年面前，相距不过五米远。死神就要降临，早已吓丢了魂的两名青年男子好像突然惊醒了，一边喊着"冤枉"一边拼命挣扎起来。石旅长见状，迅速举起了戴着白手套的右手。

面对黑洞洞的枪口，江秀芝毫不畏惧，眼神坚定，目光如炬。

砰！砰！砰！石旅长的手一落下，行刑队员便扣动了扳机，两名青年男子应声倒下，而江秀芝却毫发无损。

"哈哈！"石旅长狂笑一声走到了江秀芝的跟前，"厉害，佩服，看来你还真是共产党员。"

江秀芝仍然没有说话，只是又笑了笑。

无论江秀芝是不是共产党员，石旅长都必须执行张宗昌的命令，放了她。他心里明白，张宗昌也怀疑她是共产党员，可是又不能不看在方兴途的面子上放了她。张宗昌让江秀芝必须马上离开济南，并让石旅长给她点教训，刑场陪绑便是他想出的妙招。可怜的是这两名青年男子，他们因为一件小事跟石旅长的兵发生摩擦，还动了手，被抓进了监狱。石旅长为了给江秀芝一点教训，他们成了冤死鬼。

三声震耳欲聋的枪响吓跑了胆小的围观民众。刚才被士兵击倒在地上的方兴通听到了枪声，连忙站了起来，望向江秀芝的方向。现在，两名青年男子的尸体已被拖走，只有江秀芝还站在那里。

"三天之内她必须离开济南，永远也不要回来，否则她就是这两个人的下场。"石旅长走过来拍了拍方兴通的肩膀。

方兴通似乎还没有回过神来，表情木然地冲石旅长点了下头。

石旅长带着士兵们撤离了现场，孙启晨也压低了礼帽，悄悄离开了。江秀芝意外地死里逃生，让孙启晨感到庆幸。他不知道为什么，但是他觉得很快就会知道的。面对死亡，江秀芝表现出了一名共产党员的英雄气概，他相信江秀芝不会做出变节的事。

方兴通强忍眼泪，解下了江秀芝身上的绳索。　姚如贤泣不成声，一把将她抱在了怀里。　江秀芝感觉到母亲的怀抱很温暖，想叫声"妈"却一下子昏厥过去。

　　江秀芝醒来的时候已是晚上了，她发现自己躺在柔软的床上，肋骨处已扎上了雪白的绷带。　母亲坐在床边，面容憔悴，方兴通正在用蘸满香油的棉花擦拭着她干裂的嘴唇。

　　上午，方兴通将江秀芝从刑场上背出来，姚如贤他们就叫了三辆黄包车，慌里慌张地直接回了家。　他们心有余悸，不敢去医院，怕再发生什么意外。　在宽厚所街的街口，有一个著名的中医诊所，姚如贤跟老中医十分熟悉。　她将他请到家里来，为江秀芝诊治。　跌打损伤是老中医的专项，他号了脉，为江秀芝正骨固定，又开了些调理惊厥及补充体力的中药。　老中医告诉姚如贤，除了皮肉伤和肋骨骨折外，江秀芝并无大碍，安心休养些时日便可恢复。　她现在是昏睡，是过度疲劳所致，就让她踏实地睡吧。

　　"秀芝啊，你可醒了。"姚如贤看到江秀芝醒来啜泣道。

　　"妈，让您担惊受怕了。"江秀芝泪流满面。

　　"秀芝。"方兴通忘情地轻唤一声，想趴下亲一下江秀芝，又犹豫地停下了。

　　方兴通出现在刑场就让江秀芝感到纳闷，他怎么会知道她出了事？张宗昌是掖县人，难道是方兴通出面救了自己？　他又怎么会有这么大的面子？　江秀芝抬眼注视着方兴通，眼神里既有温情，也有感激。

　　啪，啪啪啪，啪啪！　突然外面传来了敲门声，一家人马上警觉起来，在院里听到动静的刘小虎也跑进了屋里。

　　一下，三下，两下。　这是孙启晨早与江秀芝约好的遇到特殊或紧急情况，同志来找她时的暗号。

　　"没事儿，快去开门吧。"江秀芝平静地说。

　　刘小虎看了方兴通一眼，没有动。

"秀芝啊，这个时候可不能……"方兴通紧张地说。

江秀芝扬了扬手，让大家把她扶起来靠在床头上，她神情淡定地说："现在我也不隐瞒了，我就是共产党员，敲门的肯定是我的同志。"

江秀芝真是共产党员？ 尽管刚刚经历了刑场惊魂，大家也怀疑她是共产党员，但是，她亲口说出来还是令他们大惊失色。

"快去开门吧。"江秀芝催促道。

"哥，去开门吧。"方兴通对刘小虎说。

刘小虎快步出了屋，来到院门前，拉开了门闩。

院门吱呀一声响，进来的正是孙启晨。

现在，孙启晨接到让他领导的党小组成员马上撤离济南并分头奔赴省内各地的紧急通知后，已经与上级组织失去了联系。 江秀芝不可思议地活着回来了，如果他一走，她就找不到组织了。 所以他冒着风险来到江秀芝家，要问明她刑场逃生的原因，然后带她一起去烟台。

为什么能虎口脱险？ 这也是江秀芝迫切想知道的。 于是她让方兴通当着孙启晨的面，将事情的来龙去脉讲清楚，以证明自己的清白，给组织一个令人信服的交代。

方兴通毫无隐瞒地将他怎么来的济南，怎么去找的张宗昌，以及张宗昌怎么看在堂兄方兴途的情面上答应放人的事说了一遍。 至于江秀芝又怎么被押解到刑场上陪绑，他突然想到了张宗昌让石旅长给她一个教训，这当是石旅长残忍的教训方式。

"张宗昌下了命令，必须让江秀芝马上离开济南，永远也不要回来。 这是他同意释放江秀芝的条件，所以俺要带江秀芝回掖县宏德堂。"方兴通最后说。

"宏德堂？ 我不会去的。"江秀芝一听马上反对道。

"秀芝，你不去就没命了啊。"方兴通急红了眼。

"是啊，秀芝，听你兴通哥的吧。"姚如贤也劝说道。

张宗昌的命令竟然与组织的决定相吻合，孙启晨暗自称奇。 江秀芝是通过生死考验的好同志，党组织为了保护她，也必须让她马上撤离。他意味深长地看着江秀芝，下意识地攥了下拳头。

孙启晨有话要单独跟她说，江秀芝立刻心领神会，让家人们离开一会儿。

方兴通和姚如贤退出屋来，孙启晨关上了房门。

"江秀芝同志，你受苦了。"孙启晨紧紧地握住江秀芝的手，激动地说，"你身上的伤重吗？"

江秀芝想用力握一下孙启晨的手，可是手臂一动，肋骨处便钻心般的疼痛："没关系，我挺过来了，肋骨好像断了几根。"

"江秀芝同志，咱们长话短说。"孙启晨浓眉紧锁。

"好，我听您指示。"江秀芝点点头。

孙启晨将他们党小组已经暴露，上级指示成员分头撤离的决定告诉了江秀芝。

"江秀芝同志，你的情况我会实事求是地向上级组织汇报，我相信你，你是一位立场坚定的共产主义战士，你不要有顾虑。"孙启晨态度真诚地说。

"感谢组织的信任，我下一步干什么？"江秀芝的泪水夺眶而出。

"养伤，先回掖县养伤。"孙启晨用期待的目光注视着江秀芝，"注意安全，养好伤，我在烟台等待着你的归队。"

组织的决定让江秀芝同意了回掖县，孙启晨与她约好了在烟台的联络方式，然后他们相视一笑，挥了下拳头。

江秀芝出生在济南，而她的父亲却是土生土长的掖县人，父亲意外去世后，她再也没回过老家。她没有想到现在会以这种方式回到父亲的故土。可是她如果跟着方兴通回了宏德堂，又如何面对方兴通的妻子任明凡？现在她已经把个人的感情放到了一边，或者说她已经放弃了与方兴通的爱情，全身心地投入到革命事业中。那么当方兴通知道了这些，他会接受吗？毕竟他们有过海誓山盟，而且她相信，方兴通仍然没有与任明凡同房，为的就是等着她。

第二天一早，带着这些疑虑，江秀芝在方兴通的搀扶下出了家门。在与母亲姚如贤告别的时候，她泪流两行。

再见了济南，我还会回来的，江秀芝在心里对自己说。

第二十五章

千钧一发

"什么？ 宏德堂里有共产党员？"这天傍晚，国民党掖县党部三民主义小组副组长邹贵迎来到逍遥阁大烟馆一过烟瘾，当宋家安将江秀芝的情况随口告诉他的时候，他顿时大吃一惊。

"是的，她叫江秀芝，是方兴通的老相好，俺在济南上学的时候就听说过她。"宋家安若无其事地说。

"你怎么知道这个叫江秀芝的女人是共产党员？"邹贵迎抽口大烟，喷云吐雾地问。

宋家安没有千里眼，也没有顺风耳，是昨天下午蔡铣朴进城送百货顺便来大烟馆时告诉他的。 若不是邹贵迎来抽大烟，宋家安也不会主动去找他汇报。

"江秀芝来掖县都两个多月了？ 昨天你就知道了？ 怎么现在才说？"邹贵迎怒气冲天，将大烟枪摔到了地上，接连问道，"难道你不知道这个情报有多么重要吗？ 俺不是让你学习三民主义，提高觉悟和警惕性吗？"

实际上，宋家安加入国民党的动机就不纯，是想跟着国民党坐天下享福的。 所以邹贵迎给他的书，他根本就没看，哪知道什么是三民主义。 当然，一心投靠宋家安的蔡铣朴更不知道，否则他也不会在江秀芝已经在宏德堂里住了两个多月，才说闲话似的告诉了宋家安这个消息。

"邹组长，您别上火，这个事重要吗？ 有多重要？"宋家安困惑不解地问。

"这么跟你说吧，比你的命都重要！ 你这属于知情不报，是失职，要受处分的！"邹贵迎怒气难消。

"邹组长，可别啊。"宋家安一下子慌了神。

眼下，国民党掖县党部还立足未稳，缺兵少马。 那么，怎么去抓江秀芝？ 他知道，财大气粗的宋家安为他的打手大马猴儿和两个弟兄配了左轮手枪，现在有了用场。

"处分先给你留着，你还有将功补过的机会。 今天晚上，你就带上大马猴儿他们，到宏德堂把江秀芝给俺抓回来。 记住，俺要活的。 成功之后，俺不但不会处分你，还要给你记功。 等党国在掖县站稳了脚跟，俺就提拔你当官。"邹贵迎从烟床上爬起来，拍拍宋家安的肩膀。

当官？ 在宋家安的意识里，当官就意味着发财，这是他梦寐以求的事。 但是他还没抓过人，顿时紧张起来："活的？ 她要是反抗怎么办？"

邹贵迎之所以要活的，是准备将江秀芝押送到国民党烟台党部去请功。 他相信，上级肯定会如获至宝，对他进行嘉奖并重用他。

"你们有枪，四个大男人制服不了一个女人？"邹贵迎反问道，"俺为什么不亲自去？ 就是想把这个立功的机会留给你，难道你不明白吗？"

其实邹贵迎是诡计多端，他对宏德堂不了解，甚至怀疑江秀芝还会有同党在周围保护她。 如果是这样，即使他亲自出马也未必有胜算，甚至是赔了夫人又折兵，所以他不想冒这个险。

邹贵迎画了个大大的馅饼，让宋家安顿时来了精神。 宏德堂里窝藏共产党员，看来不是什么小事，当他想到能抓了方兴通的老相好，借机报复方兴通时，顿时兴奋异常。

"是，俺一定抓个活的回来，天一黑俺就带着他们出发。"宋家安信誓旦旦地说。

神不知，鬼不觉，一场危机就要降临，而宏德堂人却全然不知。

两个多月前，当方兴通将江秀芝从济南接回宏德堂的时候，方英典有喜也有忧。喜的是，他们成功救回了江秀芝，忧的是，她的到来又将给宏德堂带来不可预测的麻烦与风波。江秀芝身负重伤，需要休养，方英典便差乔玉芬和小翠将蔡铣朴住过的那间客房清扫干净，换上新的被褥，让她住了进来。

宏德堂的老老爷方继先不曾想到，当年他在东院建起的这几间客房似乎是专门为身处险境或绝境的女人们准备的，会成为一个神秘而富有传奇色彩的地方。

对于江秀芝，范小娆的心里充满了好奇。如今，她已经将宏德堂当作自己的家了，既是方兴逦的老师，又是日用杂货店面料柜的店员。她长得好看，衣着得体又时尚。她的嘴也甜，说起话来细声细语，浓浓的南方口音让人听得很舒服，就像唱歌一样。方家村或周围村庄的许多女人来买布料，就是为了能看她一眼，与她说上几句话，再仔细看看她的穿着和打扮，以便日后模仿。自然，任明凡曾对范小娆说起过江秀芝，而正是江秀芝的出现让任明凡守了活寡。江秀芝是任明凡苦难人生的源头，现在江秀芝来到了宏德堂，范小娆想象不出任明凡会做出怎样的反应。任明凡会平静如水，不对江秀芝怒目而视或恶语相向吗？她曾让任明凡用爱感化方兴通，任明凡也做到了，而方兴通却无动于衷，丝毫没有回心转意的念头。将心比心，范小娆想，如果是自己会坦然面对江秀芝吗？思来想去，她最终得出的结论是否定的。宏德堂对她恩重如山，这个时候，她必须为老爷方英典分忧解难，绝不能让无法收拾的风波发生，从而让宏德堂的声誉受到损害。

这天一早，范小娆正准备去任明凡的屋里，陪她说说话并了解她的心思，方兴逦却来了。

"兴逦，你有事？"范小娆问。

方兴逦先是犹豫地点了点头，又神情紧张地摇了摇头。

范小娆马上意识到了方兴逦有心事，亲热地把她领进屋里，让她坐下，又倒了杯水，关心地问："兴逦，怎么了？"

方兴逦一夜没睡，或者说是似睡非睡。昨天晚上，安顿好江秀芝后，方英典让管家潘士光关门闭窗，然后召集全家人开了个会。

坦白地说，江秀芝来宏德堂养伤，最让方英典担心的是，她是共产党员，而掖县也有了国民党。他听说，蒋介石已经对共产党员大开杀戒，如果他们得到消息，一定不会放过她。因此，他要求宏德堂人严格保密，不得走漏半点风声。

"谁会想到啊，江秀芝是共产党员。这可是人命关天的大事，都明白吗？咱宏德堂既不能引火烧身，更不能让江秀芝出事，所以都把嘴给俺闭紧了！"当时方英典一脸严肃地说。

方兴逦正是碧玉年华的好年纪，她对什么都好奇。她不明白的是，为什么国民党要杀共产党员？那么，江秀芝又为什么成了共产党员？难道她不怕死吗？

"兴逦，是不是想知道秀芝妹子究竟是怎么回事啊？"范小娆善解人意地冲方兴逦笑了笑，"说实话，俺也不知道。"

"秀芝姐是共产党员，俺爹说，这可是要掉脑袋的事。"方兴逦忧心忡忡地说。

在某种程度上，范小娆已经成为宏德堂的一员，昨天晚上的会她和蔡铣朴也参加了。对于江秀芝，她也有许多谜团需要解开，但是她不会主动去问，能做到的只有保守这个秘密，而她更关心的则是任明凡的情绪。所以她不再言语，而是拉着方兴逦的手，一同去了任明凡的屋里。

像范小娆一样，任明凡也想看看江秀芝到底是个什么样的女人。公爹方英典让宏德堂人保密，方兴通也已经将实情告诉了任明凡。也就是说，江秀芝来到宏德堂是迫不得已，如果她留在济南将是性命难保。正像范小娆预料的那样，任明凡尽管是豁达而善良的，但是当江秀芝来到宏德堂的时候，她的心情还是出现了难以抑制的波动。任明凡知道，她

504

的悲惨命运正是由江秀芝造成的，如果没有江秀芝，她早已是儿女绕膝，享受着天伦之乐。那么，任明凡忌恨她吗？没有，从来都没有，这是因为，任明凡与方兴通并没有感情，他们的婚姻只是父辈为了遵守口说无凭的娃娃亲的承诺。所以，他们彼此并没有爱，自然也不会有恨，她也就更没有理由去恨这个不知内情的江秀芝了。

范小娆领着方兴逦进来的时候，任明凡正在对着镜子梳头。她蓦然发现，浓黑的头发里已经有了几根白发，她心里清楚，这是她苦难人生的见证。命，这就是命啊！任明凡对自己说着，然后泪水不由自主地溢出眼眶。

"嫂子。"刚走到屋门口，方兴逦就轻声叫道。

任明凡吓了一跳，连忙抬手擦去了眼角的泪水："兴逦啊，你怎么来了？"

现在，少女方兴逦已经懂得了男女之情，她同情嫂子任明凡，对哥哥方兴通也有几多不满，甚至是怨恨。

"没事，嫂子，俺就是跟范老师来看看您。"方兴逦回头看了眼身后的范小娆。

"是，是啊。"范小娆的脸上挤出了一丝笑容，"就是来看看。"

任明凡寻思着，她们这么一早来访肯定不只是来看看，当是为了江秀芝的蓦然出现而来。

"你们是担心俺会想不开，有什么不当的举动吧？"任明凡淡然一笑，对着镜子下意识地揪下了一根白发，"放心吧，俺没事。"

"嫂子，您都有白头发了？"方兴逦吃惊地问。

多年前的那个秋天，只有十六岁的任明凡嫁进了宏德堂，从豆蔻年华熬到今天，她的经历苦不堪言。

"老了，这没什么值得大惊小怪的。"任明凡自嘲地说，"你们来得正好，走，咱们去看看秀芝姐吧，兴通说她伤得不轻。"

"嫂子，"方兴逦看看任明凡，又看看范小娆，犹豫不决地说，"咱们去不合适吧？"

"有什么不合适的？"任明凡故意反问道，"不管怎么说，她是宏德堂的客人，咱们不去看看才叫不合适。"

任明凡说罢就往屋外走，一条腿刚迈出了门槛，却又冷不丁地折了回来。

方兴逦紧跟在任明凡的身后，差点儿与她撞个满怀："嫂子，您这是？"

"咱们空着手去也不合适吧？"任明凡摊了下双手。

在东间躺柜上的大果盘里，放着四个红香蕉苹果，任明凡一直没舍得吃，只是不时地闻闻那独特的香味。

胶东半岛的人大都听过这样一个传说，中国结出的第一个苹果在烟台。那是在1871年，美国传教士倪维斯将青香蕉苹果和红香蕉苹果引进烟台，在毓璜顶东南山麓购得坡地十亩许，建起了"广兴果园"。青、红香蕉苹果芳香浓郁，果肉柔软而香甜，就像香蕉一样，故得此名。红香蕉苹果个大，圆圆的，红得发紫，挺喜庆的，就更受乡亲们的青睐。

五十多年前的那个初春，老老爷方继先去烟台访友，如获至宝地带回了一棵红香蕉苹果树苗，让老管家朱兆福栽在了东院。在朱兆福的精心管理下，苹果树苗壮成长。春天，苹果树开出梅花般的花朵，洁白的花瓣镶有红晕，分外妖娆。间或有一阵风吹过，股股清香扑面而来，沁人心脾。秋天，红得发紫的果实压弯了枝头，在绿叶的衬托下愈加诱人。这是方家村的第一棵苹果树，许多好奇的乡亲都来观赏。方继先已经去世许多年了，苹果树的粗枝龙盘虎踞，裂痕斑斑，枝条弯弯曲曲，一副老态龙钟的样子，却屹立不倒，诠释着生命的倔强。从硕果累累到果实稀疏，这棵苹果树挺立了半个多世纪，宏德堂人没有嫌弃它，依然对它关爱有加，就像照顾一个年迈的老人。苹果树显然感受到了宏德堂人的温暖，每年还会长出上百个果实，回报宏德堂人。如今，每到中秋时节，方英典便会让管家潘士光带人将苹果小心翼翼地摘下，分给大家。睹物思人，这是先人留给后人的恩惠，宏德堂人都会铭记在心。自然，在年三十上供的时候，宏德堂人也会给先人们摆上三个。

方兴通和任明凡分到了十几个苹果，面相不好或个小的都吃了，剩下的这四个又大又圆，芬芳馥郁，放在躺柜上，满屋都香。现在，任明凡决定将这四个苹果作为见面礼，送给初来乍到的江秀芝。

宏德堂的三个女人就这么来到了江秀芝住的客房，这个时候，江秀芝刚刚喝下了丫鬟小翠送来的中药汤，正倚靠在床头上看书。昨天晚上，方英典连夜差刘小虎请来了五味堂的郎中周仕君。江秀芝的骨折处已由济南的老中医复位并固定好，周仕君带刘小虎去五味堂取回了六剂复元逐瘀汤。这是周家的家传秘方，治疗效果显著。

今天一早，方兴通就来嘘寒问暖，让江秀芝先安心养伤，其他事以后再说。江秀芝明白方兴通的意思，她知道，尽管已经明确地告诉他，自己放弃了爱情，决定全心全意投身革命，让他跟任明凡好好过日子，生儿育女，享受天伦之乐，但是方兴通仍然痴心不改。要革命就会有牺牲，江秀芝无怨无悔，也别无选择。在江秀芝随身携带的行李箱里，除了母亲姚如贤给她的盘缠和几件换洗的衣服，还有一本《共产党宣言》以及《新青年》《新潮》等进步书刊。书刊是她的引路人孙启晨送给她的，毫无疑问，这是她精神力量的源泉。

任明凡的来访似乎在江秀芝的意料之中，她放下《共产党宣言》，看着双手端着果盘的任明凡说道："嫂子，你们来了？"

嫂子？江秀芝一眼就能确认她就是方兴通的妻子，任明凡有几分诧异与尴尬，竟然愣住了。

这是两个本不相干的女人的第一次见面，自然她们知道对方的一切信息都是通过方兴通。

"大妹子，这是宏德堂的苹果树上结出的苹果，又香又甜，你尝尝吧。"终于任明凡的情绪稳定下来，她笑容满面地说道。

实际上任明凡比江秀芝小三岁，俗话说论哥不论嫂，江秀芝叫她为嫂子与她叫江秀芝为妹子都是从方兴通的年龄上论的。

"秀芝姐,这苹果可好吃了,俺嫂子一直没舍得吃。"方兴逦从任明凡手中的果盘里拿出一个苹果,递到了江秀芝的手里。

"兴逦妹妹,谢谢了,你跟兴通哥长得可真像。"江秀芝接过苹果放在鼻子上闻了闻,"真香。"

"秀芝姐,这位是俺的老师范小娆。"方兴逦拉过了范小娆。

江秀芝抬眼端详着面容姣美的范小娆,点头道:"大姐好,兴通哥也跟我说起过您。"

环境改变人,现在范小娆早已从苦难的阴影里走了出来,对自己的悲惨身世不再避讳,她哈哈一乐道:"他说俺什么?"

"多才多艺,能弹会唱。"江秀芝称赞道。

"大妹子,你的伤不要紧了吧?"任明凡在床边坐下,温情地问道。

江秀芝没有回答,而是久久地注视着任明凡。 她是个不幸的女人,而自己恰恰是给她带来灾难的人。 她想对任明凡说声对不起,却是嘴未张泪先流了。

"大妹子,你这是……"任明凡疑惑地问。

"嫂子,我知道,您是个善良的人。"江秀芝擦拭了一下脸上的泪水,然后轻轻地握住了任明凡的手,情真意切地说,"对不起,这些年让您受苦了。"

多年的孤独与悲凉是任明凡的痛处,也是她的软肋。 面对这个对她造成伤害的女人,任明凡想让自己坚强一些,但是这个念头一出,泪水却止不住地潜然而下了。

"这都怨俺哥! 都是他造的孽!"方兴逦愤愤不平地说。

"兴逦,话不能这么说啊。"范小娆戳了一下方兴逦,小声说道。

"俺谁都不怪,只怪俺命不好。"任明凡摇着头说。

江秀芝听罢放下手中的苹果,若有所思地看着任明凡:"命? 嫂子,您相信命吗?"

508

任明凡欲言又止，眼帘垂了下来，注视着自己微微颤抖的双手。

"嫂子，这不是命。"江秀芝的身子动了动，她感到疼痛钻心，"您的不幸是封建思想造成的，什么媒妁之言？ 什么父母之命？ 这些陈规陋习造成了多少人间悲剧？ 为什么会重男轻女？ 为什么会男尊女卑？ 人生来都是平等的，男女也一样，咱们女人绝不是男人的附庸。 只有砸碎这个万恶的旧世界，建立起一个新世界，咱们妇女才能彻底翻身得解放，过上幸福美满的生活。"

无论是见多识广的范小娆，还是大门不出的任明凡，都被江秀芝慷慨激昂的一番话震住了。 她们经历了诸多不幸，却从来没有寻求过症结所在。 女人们逆来顺受，在步入绝境又看不到希望的时候，都选择了妥协，也就是相信了命。

"秀芝姐，那么您相信命吗？"半晌方兴逦才轻声问道。

"一个人不认命，才会有信心去改变命运，才会把命运牢牢地把握在自己手中。"江秀芝的语气坚定而铿锵有力，"在中国共产党的引领下，越来越多的妇女觉醒了，积极投身革命事业，汇入妇女解放的洪流中。 我相信，妇女翻身得解放的目标一定能实现！"

"所以，您加入了共产党？"方兴逦似乎恍然大悟了。

"是，中国共产党让我成为一个有信仰的人。"江秀芝目光灼灼，用力点了下头。

"可是，您……您不怕死吗？"方兴逦迟疑地问。

"不怕！"江秀芝斩钉截铁地说，"怕死就不是合格的共产党员了。"

"秀芝姐，俺能成为像您一样的人吗？"方兴逦已是敬佩不已。

"能，怎么不能？"江秀芝用期待的目光看着方兴逦。

方兴逦没再说话，只是感觉浑身上下都热乎乎的。 在这个阳光明媚的上午，任明凡、范小娆和方兴逦对江秀芝的这次探望，给她们留下了极其深刻的印象。 她们第一次知道，世界上还有像江秀芝这样的女人不怕流血牺牲，在为一个神圣而伟大的目标而奋斗。

对于方兴通来说，与江秀芝重逢的过程是由充满希望到彻底绝望的过程。他与江秀芝真心相爱，一诺千金地守候了这么多年，但是就在苦尽甘来，爹方英典对他们的婚事出现松动的时候，江秀芝却决意放弃个人感情，全身心地投身革命事业了。毫无疑问，这对方兴通的打击是巨大的，他不能理解，也无法接受。他竭力劝江秀芝，甚至是痛哭流涕，然而江秀芝仍然不为所动。方兴通终于明白，他与江秀芝今生今世不会走到一起了，只能哀叹命运的捉弄。

在宏德堂人的精心照顾下，江秀芝的伤恢复得很快。两个多月后，方兴通又请来五味堂的郎中周仕君为江秀芝复诊。经过细心检查，江秀芝的骨折处已经愈合，周仕君为她拆下了固定夹板，并叮嘱她还不能剧烈活动，得继续静养。但是江秀芝归队心切，执意要奔赴烟台，与孙启晨会合。她知道，党组织还有更多的任务需要她去完成。

对于爱情，方兴通已回天无力，却仍然不想让江秀芝走。伤筋动骨一百天，江秀芝还不能正常活动。他答应她，待她完全康复后，将亲自驾车送她去烟台。

然而天有不测风云，没有人会预料到一场危机就要到来。

春风送暖，夕阳西下，牡丹园的牡丹花含苞欲放，勤劳的蜜蜂们垂涎欲滴，围着花骨朵飞舞。每年的这个时节，都是方英典最期盼的时刻。这天傍晚，他端坐在牡丹亭里，一边品尝着管家潘士光沏好的上等花茶，一边巡视着郁郁葱葱的花园。

有道是，仇人相见，分外眼红，但江秀芝来到宏德堂两个多月了，方英典担心的事并没有发生。东院的女人们相安无事，甚至是相敬如宾，这令他惊奇，更让他觉得不可思议。他暗自感叹，这是宏德堂人的福分。自然方英典也知道了江秀芝的决定，为了口说无凭的娃娃亲约定，他棒打鸳鸯散，造成了一出令人柔肠寸断的人间悲剧。白衣苍狗，云谲波诡，在他思前想后，决意打破传统思想，成全他们并认任明凡为干女儿的时候，却又发生了意想不到的变故。方英典琢磨不明白，江秀芝这么一个弱小的女子怎么会成了共产党员？又是一股什么样的力量让她抛弃了个人的感情而变得英勇无畏？苍天无眼，方兴通苦等了她这么多年，却最终是竹篮打水一场空，方英典心里有说不出的滋味儿，反而有些同情儿子方兴通了。有情人难成眷属，这或许就是方兴通的命。现在，方英典想，方兴通已经死了心，他别无选择，就会与任明凡过上真正的夫妻生活，随之生儿育女，那么宏德堂就会后继有人了。

祸兮福之所倚，福兮祸之所伏。现在，方英典坐在牡丹亭里，沐浴着春风，不由得再次想起了老子的这句话，有了几分释然与坦然。

就在这个时候。一阵猛烈的砸门声蓦然响起，打断了方英典的思绪。正在牡丹园里除草的潘士光也吓了一跳，他看了院门一眼，放下锄头走到方英典的跟前。

"老爷。"潘士光一脸惊异地指了指院门方向。

砸门声已经停了，接着有急促的脚步声渐渐远去。这不是有人在走，而是在跑，是有人顺着巷子向南跑去。

"不做亏心事，不怕鬼敲门。"方英典站起来，拍打了一下长衫，面色凝重而沉着，"潘管家，你去看看吧。"

潘士光走到院门口，定了定神，将右耳贴到门板上。外面一点动静也没有，他猛地推开门闩，开了门。没有人，他急忙跑到巷子里，也是不见人影。潘士光好生纳闷，折回了门楼。他发现，一张纸条贴在门上，正随风飘动。他盯着纸条看了会儿，上面有字，遂小心翼翼地取下来，然后关上了院门。

"老爷，您看。"潘士光将纸条递到方英典的手上。

这是一张通风报信的纸条，上面写着：有人要来抓共产党员。

宏德堂里确实有共产党员，方英典让家人保守秘密，看来还是泄露了。那么是谁走漏了消息？是谁送来这报信的纸条？又是谁来抓江秀芝？方英典已顾不得想这些，连忙回到堂屋，让潘士光将方兴通从东院叫了过来。

"你看看这个吧。"方英典坐在太师椅里,将纸条递给了方兴通。

方兴通接过纸条一看,顿时就惊呆了,半晌不语。

"大少爷,俺看得赶快把江秀芝送走啊。"潘士光焦急地说。

"是啊,她不是一直想去烟台吗?"方英典轻轻地拍打着椅子扶手,"快,你立刻驾马车,送她去烟台。"

方兴通已经回过神来,却不舍得让江秀芝走:"爹,她的伤还没好利索,找个地方先把她藏起来吧。"

"藏?往哪儿藏?"方英典厉声道,"命要紧,别耽误工夫了,你快去牵马备车吧。"

方兴通没再说话,转身往门口走。

"兴通,路上千万要小心。"方英典叮嘱道。

在这千钧一发之际,江秀芝就这么匆匆告别了宏德堂人,坐上方兴通的马车,趁着夜色赶往烟台。 当方兴通驾马车刚刚出了巷子,向村东奔去时,宋家安带着大马猴儿他们就赶到了。 宋家安在宏德堂南书房上过学,对宏德堂的周围环境非常熟悉,为了不打草惊蛇,他们在村南口跳下了马车,也没走大街,而是绕小巷从南边窜了过来。 弄巧成拙,这反而错过了与方兴通迎面撞见的机会。

宋家安和手下在宏德堂的院门口站定,轻轻地推了推厚重的朱漆大门,却是纹丝不动。 他转身示意大马猴儿他们掏出枪来,然后砸响了大门。

嘭,嘭嘭! 声音震耳欲聋,在夜空回响。

严阵以待,为了迎接不速之客的到来,在方英典的安排下,同仇敌忾的宏德堂人已经做好了应对的准备。 这个时候,方英典与潘士光就坐在牡丹亭里,一边喝茶,一边听着外面的动静。

"老爷,你看,还真来了。"潘士光站起身,低声说道。

方英典示意潘士光坐下:"莫急,方兴通和江秀芝应该出村了吧?"

潘士光点点头。

"开门！ 方兴通，俺是宋家安，快开门！ "这时传来了宋家安的高叫声。

宋家安？ 方英典听出了他的声音，有些意外，转念一想，又不意外。 现在，坐镇逍遥阁大烟馆的宋家安加入了国民党，已经不是秘密。 方英典对共产党和国民党都不甚了解，当蔡铣朴无意中说宋家安是国民党员时，他的眉头只是皱了皱。 随着江秀芝来宏德堂养伤，他对共产党有了初步的认识，从她的身上可以看出，共产党人是有信仰的人。 那么，宋家安是个什么样的人？ 俗语道，有其父必有其子，在宋占山的影响下，他终于成了跟他爹一样的人。

"快开门！ "宋家安再次擂响了门板。

这个时候，早有准备的刘小虎从东院跑了过来，手里举着一把银光闪闪的大铁锹。 多年前，因为刘小虎私藏宋家宁，宋占山的管家罗良基带人来宏德堂闹事，他就是用这把大铁锹将罗良基拍倒在地的。

"干爹，怎么办？ "刘小虎已是怒火中烧了。

"你去守住月牙门，先不能让他们进去，尽量拖延时间。 "方英典掏出怀表看了一下，"潘管家，兴通他们应该快到烟潍公路了吧？ "

潘士光点点头："老爷，咱的马车跑得快，俺看也差不多了。 "

"好，去开门吧。 "方英典面色沉稳地说。

"谁啊？ 哪有这么敲门的？ "潘士光大声喊着，步履缓慢地向院门口走去。

"潘管家，是俺，宋家安，这么晚了你怎么还没回家呢？ "门外的宋家安阴阳怪气地说。

潘士光不再搭话，他走到门后慢腾腾地推开了门闩。 宋家安听到响声一脚踹开了门，然后带着大马猴儿他们直接往通向东院的月牙门跑去。 潘士光伸手一把拉住了宋家安，却被身后的大马猴儿一脚踹倒在地上。

任凭风浪起，稳坐钓鱼船。 方英典仍然坐在牡丹亭里，呷口茶，不动声色地观察着一切。

刘小虎把守在月牙门口，双手高举着大铁锨，虎视眈眈。 在宋家安跑过来的一瞬，他就挥舞起大铁锨，拍向了宋家安。 然而宋家安年轻，毕竟不是动作笨拙的罗良基，他一退步，躲了过去，随即将枪口对准了刘小虎。 像爹宋占山一样，宋家安也恨刘小虎，都是因为刘小虎，宋家的船队才在宏德堂面前败下阵来。 可是不管怎样，刘小虎是宋家安的姐夫，他扣在扳机上的手指就没有动。

"刘小虎，你这个忘恩负义的东西，快闪开，这不关你的事，俺是来抓共产党员的，要不俺就打死你。"宋家安目眦尽裂地咆哮道。

刘小虎没有闪开，他再次挥舞起大铁锨向宋家安拍去。 掖县是武术之乡，大马猴儿他们小时都练过武功，便从侧面一拥而上，将刘小虎按在了身下。

宋家安趁机跑进了东院，蔡铣朴告诉他，江秀芝就住在他曾住过的客房里。 然而这个时候却有范小娆和方兴逦站在门口，一左一右，如同守护庙门的哼哈二将。

尽量拖延时间，时间越久，方兴通和江秀芝就越安全，这是方英典提前交代好的。 见宋家安跑过来，方兴逦率先挡在了门口，范小娆见状又迅速将她挡在了身后。

皓月当空，映照着范小娆俏丽的面孔。 真是好姿色，宋家安心里暗叹，他知道，就是因为她蔡铣朴才酒壮色胆，闹出了风波，然后蔡铣朴投靠了他。

"快给俺闪开！ 这不关你的事，俺是来抓共产党员的！"宋家安将枪口对准了范小娆。

范小娆面无惧色，一动不动。 这个场面让她想起当年在大连貔子窝港，她与心爱的恋人程立铭被石营长的部下抓捕时的情景。 如今，经过两个多月的相处，在范小娆与方兴逦以及任明凡的眼里，江秀芝是巾帼不让须眉的大英雄，她们对江秀芝极为崇拜。　那么，拖延时间，确保江秀芝不落入国民党的手中，就是她们义不容辞的责任。

"你滚开，这是女人的闺房。"范小娆怒斥道。

宋家安没想到这个弱小的女子竟然还会有一股英雄气，一把抓住她的手想推开她，却被愤怒的范小娆扇了一巴掌。　宋家安飞起一脚将她踢倒。　大马猴儿他们毕竟是些乌合之众，面对手无寸铁的女人，他们高举着枪，却不知从何处下手。　范小娆从地上爬起来，再次扑向了宋家安。他终于恼羞成怒了，用力将她推开。　范小娆踉跄着后退了几步，又要扑过来。

砰！　宋家安的枪响了，应声倒地的却是蓦地冲上前来，将范小娆挡在身后的刘小虎。

刘小虎的腹部被子弹击中了，顿时鲜血如注。　范小娆哭喊着将刘小虎扶起来，用手捂住了他的伤口。

"大小姐，快，快，去请周郎中。"潘士光听到枪声也跑了过来。

方兴逦眨了眨眼，好像才听懂了潘士光的话，飞也似的向院外跑去。

宋家安也吓傻了，第一次开枪，打中的竟然是姐夫刘小虎。　愣了一会儿，他才想起是来抓共产党员江秀芝的，遂带着大马猴儿他们冲进了客房。

屋里空无一人，两支蜡烛的火苗随风摇曳，床榻的寝帐紧闭，微微晃动。

谢天谢地，江秀芝就在床上。　宋家安心中狂喜，不顾一切地拉开了寝帐。　他看到，盘腿而坐的不是共产党员江秀芝，而是方兴通的老婆任明凡。

"江秀芝呢？"宋家安怒不可遏，一把扯下了一面寝帐。

任明凡转过头，冲宋家安笑了笑："江秀芝？　俺不认识。"

"她跑了？"大马猴儿凑上前来问。

宏德堂人都在，只有方兴通不见踪影。宋家安终于明白过来，从他砸响宏德堂的大门时起，他便落入了方英典精心设置的圈套。肯定有人提前给方英典通风报信，宏德堂人才假戏真做，联手上演了一出拖延时间，从而掩护方兴通带着共产党员江秀芝逃脱的好戏。

空手而归，宋家安和大马猴儿他们垂头丧气地退出了东院，才发现端坐在牡丹亭里的方英典。这个老不死的东西！宋家安在心里骂道，头也不回地向院门口走去。

宏德堂日用杂货店和木材粮油铺开业后不久，蔡铣朴就从南书房刘小虎住过的小屋里搬了出来，住在了店铺二层正对宏德堂巷口的房间里。他被刚才的枪声吓了一跳，还以为是谁家的调皮孩子不过年不过节地放了个大炮仗。现在，他站在窗前，好奇地向外望去，就看到了退出宏德堂的宋家安和大马猴儿他们。月光如水，宋家安手里的枪闪着寒光。蔡铣朴意识到，身为国民党员的宋家安是来抓共产党员江秀芝的，而且是一无所获。蔡铣朴觉得大事不妙，他认为宋家安一定会怪罪他，赶紧拉上了窗帘。

很快，郎中周仕君提着药箱赶来了，众人将刘小虎抬进了屋，平放在床上。

"怎么样？小虎他没事吧？"根据方英典的安排，一直躲在堂屋的太太陈尚云也跟着方英典赶了过来。

"老爷，刘小虎是为了俺才……"范小娆泪如雨下。

江秀芝安然逃脱，方英典心痛地看了一眼脸色苍白的刘小虎，长叹一口气说："吉人自有天相，相信周郎中吧。"

第二十六章
大渐弥留

又是三年多过去，谁也不会预料到，在宏德堂日用杂货店和木材粮油铺开业五周年的庆典过后，方英典就倒下了。从早春到初夏，他这一躺就是三个多月，方英典自己心里也清楚，若不是郎中周仕君的精心诊治，他可能早已撒手人寰了。

吃了端午粽，才把棉衣送。这天上午，吃完了早餐，太太陈尚云和丫鬟小翠为方英典穿上了一身崭新的长袍马褂，然后搀扶着他坐进廊檐下的太师椅里，让他晒晒太阳。

三个多月没出堂屋了，方英典吃力地抬起头来，巡视着整个院子。郁郁葱葱的牡丹园、雕梁画栋的牡丹亭、高出门楼顶的大槐树、通向东院的月牙门……一切都是那么熟悉，又是那么陌生。不多会儿，鸽子们飞起来，在院子的上空展翅翱翔。有几只飞到方英典的跟前，落在他的胳膊和腿上，叽里咕噜地像跟他说话："老人家，您怎么这么长时间不出屋子了？"方英典抚摸着鸽子闪亮的羽毛，眼圈泛红，嘴角也动了动，似乎在说："俺老了啊，没几天活头了，俺走的时候，你们可别忘了送送俺啊。"

人老了都会多愁善感，方英典似乎更明显。躺在火炕上的这些日子，他会不由自主地回忆起这些年自己走过的路。从爹方继先去世后，他在宗祠里烧掉爹那个宏德堂人不准从事海运的遗嘱，到创建大船队远赴大连貔子窝港，再到宏德堂日用杂货店和木材粮油铺开业，方家村渐渐成为掖城北的商业中心。 从刘小虎投奔宏德堂引起事端，到宋占山的百般刁难，再到方兴通的拒不与任明凡同房，从而导致宏德堂后继无人。 江秀芝、范小娆、宋家宁……一个个本与宏德堂无关的女人相继出现在宏德堂，演绎出几多人间的酸甜苦辣与悲欢离合，让富有传奇色彩的宏德堂更加传奇，令人难以置信。

在方英典的心里还有一个难解之谜，这便是，谁是那个每每在宏德堂危难之际一次次通风报信的人？ 这么多年来，从宋占山要火烧宏德堂的货船，到通报宋家宁被宋占山关押之处，再到宋家安带手下抓共产党员江秀芝，他和潘士光曾反复对比辨认，所有纸条上都是同一个人的笔迹。 那么，这个宏德堂的恩人究竟是谁？ 为什么要一直躲藏在幕后而不肯露面？ 为什么不给宏德堂人一个报答谢恩的机会？ 还有，那个泄露江秀芝消息的人又是谁？ 百思不得其解的方英典有时候会想，难道要让俺将这几个谜团带进坟墓里吗？

掖县的初夏不冷也不热，现在，方英典深深地呼吸了一口新鲜的空气，似乎一下子精神了许多。 这个时候，有火红的朝霞，也有习习微风。 阳光照过来，为方英典苍白的脸庞增添了些许红润。

"老爷，您的气色看上去好多了。"陈尚云温情地说。

方英典叹口气道："唉，要不是周郎中医术精湛，俺这把老骨头早就入土了。 在俺眼里，他就是华佗再世啊。"

"是，是啊。"陈尚云赞同道。

"今天的天气真好啊，小翠，去叫兴通过来，让他带俺出去转转吧。"方英典抬眼看着天。

"坐上咱的小轿车？"陈尚云会意地一笑。

"嗯。"方英典点了下头。

几天前，方兴通刚从烟台开回了宏德堂买的小轿车，完成了方英典多年的夙愿。

爹要出去转转，与方兴通不谋而合。 多年前，方英典就想买一辆小轿车，可是做生意需要大量的流动资金，就一直没能如愿。 这些年来，宏德堂收入可观，有了富余的钱，就花了五千多块现大洋，买回了小轿车。 现在，地里的麦穗已经金黄，宏德堂的上百亩良田丰收在望，他觉得，让爹坐上轿车，到田间地头和海边看看，他一定会很开心。

方兴通将车开到宏德堂的大门口，方英典就被陈尚云和小翠搀扶着上了车。 小翠坐在副驾驶的座位上，陈尚云则坐在后排，挽着方英典。

方兴通挂挡，加油，车子缓缓地驶出了巷子。 通过车里的后视镜，他看到了方英典憔悴而苍白的脸。 这三年多来，方英典的身体每况愈下，就像一盏将要耗尽最后一滴油的灯。 方英典是被诸多突如其来的打击一点点击垮的，而对方兴通自己来说，这三年多也是在苦痛与失意中度过的。

江秀芝一去不复返，再无音信。 三年前，为逃脱国民党的追捕，方兴通驾着马车将她送到了烟台，当江秀芝毅然决然地挥手与他告别时，他忍不住泪流满面。 望着她渐渐远去的背影，他的泪水干了，心却碎了。 赶着马车回到宏德堂的牲口屋，在收拾车厢的时候，他发现了江秀芝留给他的一封信。 信中，她回忆了他们共同度过的美好时光，感谢他付出的爱，更感谢宏德堂人的救命之恩。 她坦言，自己爱过他，但是现在，为了她的信仰，她决意要放弃个人的感情，投身到轰轰烈烈的革命事业中去。

"兴通哥，真的不要再等我了。 要革命就会有牺牲，我为此做好了准备。 我在宏德堂里住了两个多月，对嫂子任明凡有了更多的了解，她是个善良的女人，值得你去爱。 我已经对不起她，你也不要再伤害她了，就接受她吧。 愿你们恩恩爱爱，生儿育女，享受天伦之乐。 如果是这样，即使我为革命献出了生命，我也会含笑九泉的。 祝你们幸福！"这是江秀芝信中的最后一段话。

多年的痴情守候，最终却是这么一个悲惨结局，方兴通万念俱灰。

江秀芝让他与任明凡好好过日子，他却无论如何也做不到，这是因为他的心里只有她，哪怕是她已忘情。

江秀芝最终的抉择令方兴通的生活从此暗淡无光。他失魂落魄的样子让任明凡生怜。心病是世界上最难治的病，自然，无论是方英典还是任明凡以及所有宏德堂人，都知道他的症结所在。然而想让他走出感情的阴影，均是徒劳的。对于感情，时间或许是剂良药，宏德堂人在期待着方兴通能回心转意，忘记江秀芝，回归家庭，给任明凡一个好的归宿。当然，大家心知肚明，如果是这样，就是奇迹发生。

心不在焉，萎靡不振，方兴通忽视了宏德堂人与任明凡的关爱，也忽视了生意场的险恶。那么，今年春节过后，当他与蔡铣朴一起去浙江杭州，亲自选购丝绸的时候，上当受骗就是意料之中的事了。

时光如梭，似乎在转眼之间，宏德堂日用杂货店和木材粮油铺开业就要五周年了。方英典念乡亲们的好，就像那个卖地的武老汉临去哈尔滨与儿子一家团聚时，做好豆腐登门感谢村里的老人一样，他准备在开业五周年庆典时，为村里六十岁以上的老人发放一份能做一件夏季上衣的真丝面料。而且，他还要进行十天的打折大酬宾，以进价销售最好的杭州丝绸，答谢四邻八村的乡亲们。这就需要大宗的货物，好事要做好，对方英典来说，这自然不是件小事，是为宏德堂获得好名声之举，不能出一丝半点的差错。他年事已高，不能亲自出马，那么派谁去杭州选丝绸就让他费了脑筋。管家潘士光足智多谋，却不了解这个行业。干儿子刘小虎忠心耿耿，除了为范小娆挡住宋家安射出的子弹而养伤的那些日子，就一直掌管着大船队。现在，大船队南下北上，生意繁忙，一时也离不开他的指挥与调度。方英典思来想去，就剩下儿子方兴通和日用杂货店的大掌柜蔡铣朴了。方兴通的郁郁寡欢与精神消沉让方英典忧心如焚，他现在已不再为宏德堂后继无人而焦虑，只求方兴通能平安无事地度过一生了。有时候，方英典甚至绝望地想，不行就在本家过继个儿子或孙子，将这份家业传给他。这也没有什么难为情的，方家村的方氏都是一个老祖宗，上辈的几代人中，有女无儿的，就多次出现过这种事情。对于蔡铣朴，方英典已经有几分悔意了，后悔当年接纳他。事实证明，他跟宏德堂人不是一路人，甚至格格不入。他脑瓜灵光，天生是块做生意的料，将宏德堂日用杂货店经营得井井有条。迎来送往，洽谈买卖，他是一把好手，方英典在金钱上也没亏待过他。但是，他的道德品质却不能让方英典满意，至于他从供买双方收取点好处费，方英典并不是一无所知，而是不去计较。自然，方英典也察觉到了蔡铣朴与宋家安的来往，不但不生气，反而有点儿暗自庆幸。物以类聚，人以群分，他觉得，如果蔡铣朴能主动离开宏德堂，投奔宋家安，是最好的结局，双方都有面子。可是蔡铣朴并没有要走的意思，还表示会在这里干一辈子，并娶妻生子。宏德堂人要面子，如同讳疾忌医，吃了不少亏，却不曾改变。想想看，如果当年不是为了面子，硬逼方兴通娶任明凡为妻，怎会有今天这样一个无法收拾的局面？方英典心里清楚，在外人的眼里，宏德堂日用杂货店能生意兴隆，日进斗金，蔡铣朴是首功。如果他将蔡铣朴解雇，即使给蔡铣朴再多的银子补偿，也会有人觉得，方英典这是卸磨杀驴，不仁不义。死要面子活受罪，方英典对此心知肚明，却难以改变。

蔡铣朴听说要去杭州进丝绸，便主动请缨，还提起他熟悉的杭州丝绸供货商段浩起。不过是否派他去杭州进这批大宗的丝绸，方英典还一时拿不定主意。庆典迫在眉睫，这天午后，方英典就让来给他捶背的刘小虎去叫管家潘士光，要和潘士光商量一下，听听他的主意。

这个时候潘士光正在南书房清扫院子。

"潘管家，俺干爹请您过去。"刘小虎来到南书房对潘士光说。

干爹与管家商量事，刘小虎从来都会主动回避。他说罢就从潘士光手中拿过笤帚，扫起地来。

"潘管家啊，宏德堂家大业大，现在去杭州进上好的丝绸，却找不到一个能让人放心的人了。"潘士光一进屋，方英典便面有难色地说道。

看方英典的肩膀上还搭着捶背的白巾，潘士光走过来，边给他捶着后背边说："老爷，隔行如隔山，可惜俺不会念这生意经啊。"

"唉，哪个能人也不会是万能的啊。"方英典扭动着身子，配合着潘士光，"你看看，是叫兴通去，还是叫蔡铣朴去？"

潘士光的双拳停了下："就叫大少爷去，也让他出去看看江南的美丽景色，散散心，心情可能会好些。 您也知道，这几年，他一直很憋屈啊。"

"俺也有这个意思，不过他到了杭州，可是人生地不熟的。"方英典抖了一下肩膀。

潘士光顺势捏住方英典脖子与肩膀连接处的两根筋，手劲不轻也不重："老爷，您上次不是说蔡铣朴主动要去吗？ 您不是太放心，是吧？"

"用人不疑，疑人不用，蔡铣朴也就是贪图点小便宜。 俺倒是觉得，出格的大事，他还不至于吧。 可是俺就是有个不好的感觉，心里老是不踏实。"方英典愁眉不展地说。

"老爷啊，人们不是常说，小时偷针，大时偷金吗？"潘士光敲打着方英典的肩颊，满怀忧虑地说，"用在蔡铣朴身上也一样，他这么走下去，也是危险的呀。"

"那你的意思呢？"方英典扭头问。

"那就让大少爷跟着蔡铣朴一起去，一是让他散散心，二是让他从头到尾严格把关，从签字画押到最后付款，都得让他来。 大少爷再怎么不上心，毕竟是宏德堂人，这么大的买卖，他也不会马虎的。"潘士光建议道。

方英典同意了潘士光的意见，马上让他将方兴通叫到堂屋，做了交代。

事到如今，方兴通意志消沉，百无聊赖，却成了听话的好孩子。 看破红尘的他不再有自己的主见，对爹的话唯命是从，不再说半个不字。

　　三天后，方兴通和蔡铣朴带上德兴昌钱庄的银票出发了。德兴昌钱庄的总部设在济南商埠，业务辐射全国商业发达地区。它有三个股东，大股东是一位掖县人。那年春节，他回乡过年，路过方家村，看到村里店铺林立，车水马龙，觉得这是块风水宝地，有钱可赚，遂决定在此开一家分号。德兴昌钱庄掖县分号独立核算，也采用股份制，包括方英典在内的当地富豪大户都入了股。

　　从掖县到杭州，千里迢迢，方兴通和蔡铣朴几经周转，坐了汽车坐火车，才在四天后到达。这是方兴通第一次跨过长江来到南方。现在掖县还是冰天雪地，而杭州却是温暖如春。站在西湖岸边，他情不自禁地想起了济南的大明湖以及与江秀芝度过的美好时光。当年，他曾与江秀芝拍下了一张合影，至今仍带在身上，想她的时候就拿出来，久久地抚摸着她的脸，直到泪流满面。三年多了，江秀芝杳无音信。那么，她现在好吗？还在烟台吗？国民党一直在追杀共产党员，她会安然无恙吗？

　　段浩起经商多年，是当地有名的百货丝绸供应商，蔡铣朴也记得他的商号名称，所以他们没费多少周折就找到了他。说明来意，段浩起满口答应，并报了货价，说马上联系货源，让他们明天来看样品。晚上，他热情地在一家传统名店设宴招待，东坡肉、西湖醋鱼、干炸响铃等名吃一应俱全。酒也必不可少，是花雕。与蔡铣朴不同，方兴通不胜酒力，喝二两白酒就会醉。他以前没喝过花雕，喝起来口感不像白酒那么辣，还有点儿甜丝丝的，就像村里天和楼老板方润清酿造的黄酒。花雕酒劲儿不大，又加上段浩起花言巧语地相劝，方兴通在不知不觉中就喝多了，不禁感到天旋地转，坐都坐不稳了。段浩起和蔡铣朴把人事不省的方兴通送回了宾馆，然后就带着蔡铣朴去了有小上海之称的福海里。

　　这情景就像当年罗良基和宋家安去大连貔子窝港进木材，罗良基和杜大掌柜联手将宋家安灌醉一样。方兴通不会想到，段浩起是有意识地将他灌醉，这是因为，他有要事与蔡铣朴单独相商。这几年来，段浩起吃喝嫖赌抽，已是坐吃山空，人不敷出了。因为赌，他欠债无数，倾家荡产当是为期不远了。苍天有眼，蔡铣朴领着他的少东家方兴通来了，要进高档丝绸，数量还挺大。这是一根救命的稻草，他准备与蔡铣朴联手，以次充好，赚取巨额利润，从而填补亏空。天下熙熙皆为利来，天下攘攘皆为利往。段浩起觉得，蔡铣朴也不会独善其身。

来到福海里，就是来到花花世界。这里灯红酒绿，与济南的八卦楼相比毫不逊色。蔡铣朴酒意正浓，站在驼峰似的拱宸桥上，晚风吹过来，夹杂着一股股诱人的脂粉之气，令他热血沸腾，春心荡漾。于是，他的眼前出现了十多年前的那一幕。那是在他十八岁生日的晚上，为了招待远道而来的段浩起，张老板投其所好，让他带着段浩起进了八卦楼，而他禁不住女人的诱惑，将人生的第一次给了一个叫小宛的女人。然后，蔡铣朴又想到了当年跟着方英典去大连貔子窝港进木材，路过春满园的时候，站在门口的那几个花枝招展的女人。他当时欲罢不能，却只能望而却步。后来，他酒后调戏了范小娆，从而与宏德堂人产生了隔阂，投靠了宋家安。而宋家安投其所好，带着他去找风尘女子成为宋家安给他的最大奖赏。

食色，性也，蔡铣朴已经明白了段浩起的用心，禁不住蠢蠢欲动了。

丢盔卸甲却意犹未尽的蔡铣朴从福海里走出来，又跟着段浩起进了一家茶楼。段浩起不再遮掩，直奔主题，将联手坑害宏德堂的计划说了出来。

实际上，在段浩起拼命地灌方兴通酒的时候，蔡铣朴就察觉出某些端倪。他当时想，段浩起一定是有事想单独跟他商量，无非是想抬高丝绸的价格，让他配合，然后给他点好处。没想到的是，段浩起竟然想以次充好，大赚一笔。坦白地说，这出乎了蔡铣朴的意料。

"段老板，这恐怕……"蔡铣朴端起茶杯，没喝，又放下了。

"恐怕什么？"段浩起双眼紧紧地盯着蔡铣朴。

蔡铣朴不敢与段浩起对视："恐怕太过分了，毕竟当年是宏德堂收留了俺。"

"俺问你，你不喜欢钱吗？"段浩起给蔡铣朴倒上茶，阴阳怪气地说，"钱是好东西啊，这么容易赚的钱为什么不赚？"

蔡铣朴当然知道钱是个好东西，否则他也不会从济南跑到掖县，投奔方兴通。这些年来，宏德堂对他不薄，他挣的钱已经够在掖城买房子了。他因为范小娆的事而最终投靠了宋家安，也是一气之下做的不理智的事。后来他也有些后悔，不过他做的对不起宏德堂的事也不多，一是他没太多机会，二是他还良心未泯。况且，江秀芝是共产党员，他给宋家安报信也是无意中说出口的，并不知道这是人命关天的大事。更重要的是，宋家安那里只是他为自己准备的一条后路，不到迫不得已，他还想在宏德堂待下去，挣更多的钱。蔡铣朴心里明白，方英典进的这些丝绸，是为了答谢乡亲们为宏德堂获得好名声的。仁义礼智信是方英典的座右铭，温良恭俭让是方英典的行为方式。如果以次充好，事情必将败露。那么可以想象方英典会是怎样一个反应，这跟要了他的老命差不多。

"不行，真的不行。"蔡铣朴这么一想，吓得脸色都变了，"想挣钱，咱们还是想点别的办法吧。"

"看来你还是想挣钱嘛！那我问问你，还有什么比这个来钱更快？"段浩起摇头晃脑地问。

"以次充好，这事儿太明显了，是藏不住的。"蔡铣朴猛地喝了口茶。

"怎么藏不住？方兴通不是亲自跟着你来了吗？我看出来了，他对丝绸这个行当一窍不通，明天看样品，我拿的肯定是上等的丝绸，让他自己选。等出货抽样查验的时候，我会告诉你，哪几件是真货。我在上面做上不容易被发现的标记，你就带着他抽这几件。从看样品到抽检，都是方兴通亲自干的，就跟你没什么关系，你还有什么好担心的？"见蔡铣朴开始犹豫了，段浩起说出了自己的完美计划。

这真是一个天衣无缝的设计，一切都是方兴通决定的，跟蔡铣朴没有任何关系。蔡铣朴听了段浩起的一席话，陷入了沉思，他端着茶杯在手里转动，却是半晌不语。

苍蝇不叮无缝儿的蛋，在金钱面前，段浩起断定，蔡铣朴绝不会不动心。

"怎么样？想通了吗？这可是挣大钱的千载难逢的好机会，错过了，你可能一辈子也没发大财的机会了。"段浩起继续鼓动道。

"这……这……俺……"蔡铣朴欲言又止了。

"这什么这？俺什么俺？"段浩起从蔡铣朴手里拿过茶杯，啪的一声放在桌子上，"你是想问你能得多少，是吧？"

蔡铣朴迟疑地点了下头。

段浩起将蔡铣朴茶杯里的水倒掉，拿过自己的茶杯，倒满，又将一半倒进了蔡铣朴的茶杯："这可是一锤子的买卖，过了这个村就没这个店了。咱们二一添作五，怎么样？我够意思吧？"

"段老板，你这么一说，俺还真不知道应该怎么拒绝了。"蔡铣朴狡黠地一咧嘴，举起了茶杯。

"好，一言为定！"段浩起也举起茶杯，兴奋地大叫道，"来，咱们以茶代酒，干了！"

两只各盛有半杯茶的茶杯咣的一声碰到了一起，一个罪恶的计划就这么进入了实施阶段。当然，方兴通被蒙在了鼓里，此时正在宾馆的床上昏睡，鼾声如雷。

翌日，大醉初醒的方兴通和心怀鬼胎的蔡铣朴吃了早餐，就来到段浩起的商号里看五颜六色的样品。方兴通发现，杭州丝绸果然名不虚传，质地柔软而织纹缜密，光泽自然而色彩亮丽，他十分满意，并根据爹的意思选了几款。

"宏德堂的少东家是行家啊，你选的这几款可都是杭州最好的丝绸。"段浩起煞有介事地称赞道。

"俺们少东家那可是见多识广的人！"蔡铣朴也满脸堆笑地附和道。

"逼着大姑娘上轿，俺不过是滥竽充数而已。"方兴通敷衍道。

"少东家，准备要进多少？"段浩起强压着心中的兴奋。

方兴通从上身口袋里掏出一张纸，准备交给段浩起。这是方英典具体列出的花样款式和各自的匹数，而且强调，只能多，不能少。

"少东家，要不你再仔细看看样品？"蔡铣朴摆了一下手，装腔作势地提示道。

段浩起不满地瞪了蔡铣朴一眼："少东家还能看走眼？"

这个时候，方兴通的思绪已经拐了弯，他在心里想，如果江秀芝能穿上杭州丝绸做的旗袍该有多漂亮。唉，可惜啊！

"俺不再看了，就这样吧。"方兴通将纸条递给了段浩起。

段浩起接过纸条一看，心脏跳动的频率加快了："好，我马上就备货，你们明天就到货场验货吧。"

"段老板，俺知道，您昨天报的价挺低的，可是俺们货量大啊，您看能不能再让点儿？薄利多销嘛！"蔡铣朴扫了方兴通一眼。

"哎呀，我很早就在济南认识了铣朴兄弟，这么多年没见，他一心为东家着想的习惯始终没变，真是忠心耿耿啊！好，我就给他这个面子，价格嘛，就按咱们昨天说好的，我再按总价打九折。明天货场验完了货，咱们一手交钱，一手交货。唉，这下我可挣不了几个银子了。"段浩起做出一副不情愿的样子。

"段老板，一回生，二回熟，少东家很快就成您的老客户了，来日方长，有您赚的。"蔡铣朴似笑非笑地说。

"是啊，我也是这么想的，所以才让这么大的利。"段浩起装模作样地说。

一切顺利，和气生财，这笔丝绸生意就这么谈成了。上有天堂，下有苏杭，在来杭州之前，方英典专门叮嘱蔡铣朴，谈完了买卖就带方兴通去看看杭州的美景，让他散散心。下午，蔡铣朴就想叫着方兴通去逛西湖，可是方兴通根本就不感兴趣，躺在宾馆的床上睡大觉。蔡铣朴知道，方兴通这是又犯了相思病，蔡铣朴只好放弃，陪着他睡觉。其实蔡铣朴根本睡不着，他与段浩起的罪恶计划让他既有赚大钱时的兴奋，又有最终事情败露后的恐惧。他看着屋顶，一个劲儿地冒冷汗。

由于段浩起与蔡铣朴的精心设计，第二天的货场抽查验货就不会发生什么意外了。蔡铣朴和段浩起配合默契，在不经意间，方兴通被蔡铣朴牵着鼻子走，抽查的都是有不显眼标记的高档丝匹。随之，方兴通与段浩起签字画押，将准备好的银票交给了段浩起。然后，方兴通又向货场付了运到济南的费用。在回宾馆的路上，段浩起乘方兴通不注意，悄悄地将蔡铣朴应得的那一份塞进了他的手里。

方兴通和蔡铣朴原路返回了宏德堂，方英典听了汇报甚是高兴。这批高档丝绸由杭州运到济南，然后在小清河码头由宏德堂的货船运了回来。

宏德堂日用杂货店和木材粮油铺开业五周年的庆典隆重而热烈，方英典还请了掖县最好的戏班子演出三天。打折酬宾受到乡亲们的欢迎，而向方家村六十岁以上的老人免费发放高档绸料更是让人赞不绝口。方英典坐在店门口，面带微笑，看着老人们喜上眉梢的样子，心里有说不出的舒坦。他相信，不管过了多少年，方家村的后人们都会记得他的好。宏德堂人将名誉看得比生命都重要，他为其增光添彩，无愧于祖先，这是对他最大的心理慰藉。

纸是包不住火的，这些用残次蚕丝织出的劣质丝绸很快就被人发现。那天下午，当潘士光将一位老人退回来的劣质丝绸交到方英典手里的时候，他仅仅用手一摸一揉，便知方兴通上当受骗了。

方英典急火攻心，却藏怒宿怨，终于倒下了，从此卧床不起。　他了解到，从看样品到抽检货物，都是方兴通一人完成的，蔡铣朴只是一个引见者与旁观者，所以他没有理由去怀疑蔡铣朴，但是他也没有去责怪方兴通。　覆水难收，给宏德堂名誉带来的伤害已无法弥补，方英典精神支柱似乎在瞬息间垮了。

　　方英典茶饭不思，沉默寡言，像一个病入膏肓的老人躺在炕上，让宏德堂人心急又心痛。　当然，方兴通也不能是个例外。　他心里明白，这是他的失误造成的，而爹却对他一句怨言都没有。　知子莫如父，反过来也一样，他知道爹为什么这样。　他不能放弃对江秀芝的爱，不能与不爱的任明凡同房，现在和将来都不会改变。　但是爹的身体每况愈下，预示着他来日无多，郎中周仕君虽能妙手回春，却也只能延迟那日的来临。　方兴通不能无动于衷，对爹的态度发生了明显的变化。　他希望爹最终能理解他，也希望爹能感受到他的爱。　方兴通想尽量满足爹的心愿，让他不留遗憾，比如他从烟台买回了爹心慕已久的小轿车，并寻机拉着爹出村转转。

　　现在，方兴通开着车子，慢慢地驶出村口，来到村南的那片祖地。

　　这是一块上坡地，有三亩许，是宏德堂的创立者方宝奎在清朝嘉庆年间被削官为民后，经过多年积攒置办下的。　这是宏德堂购买的第一块地，对后人有着某种象征意义。　转眼一百多年过去，一代又一代宏德堂人以地为本，克勤克俭，置办了越来越多的地。　方宝奎立下的宏德堂以文传家、以德持家的堂规，被后人们奉若神明、秉持如一，宏德堂也成了远近闻名的书香门第。

　　车子在地头上停下，众人将方英典扶出车来，又扶他在麦客们吃午饭的长条餐桌前坐下。

　　太阳高照，麦浪滚滚，方英典忘情地抽着鼻子，仿佛闻到了淡淡的麦香，那神情陶醉而满足。

　　"老爷，您来了？"管家潘士光从地里跑过来，兴奋地说，"您看看，今年又是个丰收年啊！"

方英典抬头注视着潘士光，想说什么却什么也没说，只是意味深长地笑了笑。

管家潘士光是方继先留给方英典的宝贵财富，当年，就是在这块地，潘士光为拉出陷入地里的牛车不慎轧断了腿，却从此与宏德堂人结下了不解之缘。潘士光聪明伶俐，更为关键的是，方继先相中了他的人品，让他留在了宏德堂，又让他到南书房读书，最终将他培养成了一个合格而忠诚的管家。几十年来，他与宏德堂人同心同德，把宏德堂当作自己的家，令方英典心怀感激。如今，潘士光与丫鬟乔玉芬组建了家庭，美满幸福，已是儿女双全，方英典为此感到欣慰。

"老爷，您掂掂，这麦穗沉不沉？"潘士光从麦捆里抽出几根麦穗，喜形于色地说。

方英典接过麦穗，先是故作贪婪状地放在鼻子下闻了闻，才又掂了掂，顿时喜上眉梢："好沉啊！"

"老爷，您别累着，咱再到别的地方转转？"见方英典的额头上已有微汗浸出，太太陈尚云心疼地问。

"好，咱们就去虎头村的小港口看看。"方英典说罢，一手抓着麦穗，一手扶着长条餐桌，想自己站起来，却差点摔倒了。

潘士光眼疾手快，一把扶住了方英典："老爷，您可得小心啊。"

众人将方英典扶进车里，方兴通轻踩油门，车子掉头，向虎头村的小港口开去。

这时的小港口正值退潮时刻，风平浪静，海面泛着银色的光芒，有成群结队的海鸥低空飞翔。赶小海的人们手持小铁铲或钓钩，蹲在金色的沙滩上挖着蛤蜊，钓着蛏子。

车子在平坦处停下，众人又将方英典扶下车来。蓦地有微风吹过，方英典打了个寒战，太太陈尚云连忙给他披上了一件外套。

宏德堂的大船队就在不远处，十几条大大小小的船只正在修葺休整，等待出港远行。 方英典看到，船号锦旗火红，悬挂在每条船的旗杆上鲜艳无比，而旗面上大大的"方"字更是光彩夺目。

"干爹，您来怎么也不提前说一声啊？"刘小虎跳下船，飞快地跑了过来。

"没事，俺就是想出来透透气。"方英典看了眼刘小虎，坐进方兴通刚刚从车上搬下来的小椅子上。

"干爹，咱们到船上看看？"刘小虎俯身问。

在刘小虎的脖子上挂着一只小海螺，这是他刚刚发现的，并且打磨得光滑细腻。 其实这只小海螺安静地躺在"牡丹号"的一个角落里已经有很长时间了。 不知道在什么时候，船员们在出海途中打捞上来这只小海螺，然后就把它随意丢弃了。 小海螺花纹斑斓，修长而圆润。 刘小虎爱不释手，想打磨好了送给干爹。 他觉得干爹身体越来越虚弱，已不能来小港口了，那就送给干爹一只小海螺吧，当干爹想念大海和大船队的时候，就让干爹放在耳边，听听大海的声音。

"俺在这里看看就行了。"方英典看到了刘小虎脖子上挂的小海螺，问道，"这……你这是……"

刘小虎连忙摘下小海螺，双手递到方英典的手里："干爹，这是俺刚给您打磨好的，还没来得及给您。"

"好，好。"方英典高兴地接过了小海螺，在手里把玩着。

"干爹，有了这只小海螺，您在家里就能听到大海的声音了。"刘小虎补充说。

方英典点点头，然后将小海螺放在右耳上，敛声屏息，想听听里面的海浪声，却是一口气喘不上来，猛烈地咳嗽不止。

太太陈尚云轻轻地拍打着方英典的后背，劝说道："老爷，您可不是个孩子了啊。"

方英典动了动嘴唇，想笑一下，却是百感交集，泪湿眼眶了。

"快，兴通，咱们回家吧。"陈尚云见状，搀扶起方英典催促道。

方英典被刘小虎和丫鬟小翠搀扶着上了车，像出门时一样，小翠坐在副驾驶的座位上，陈尚云仍然坐在后排，双手挽着方英典的右胳膊。

　　从虎头村的小港口到方家村有几里地，方兴通开得很慢，不时通过后视镜观察着爹。他看到，爹右手抓着麦穗，左手攥着小海螺，车子刚拐上通往方家村的大路，他就睡着了。

　　到了，车子在宏德堂门口稳稳地停下。

　　"老爷，咱到家了。"陈尚云动了动方英典的胳膊，轻声说，"您醒醒，咱回家好好睡。"

　　见方英典毫无反应，方兴通跳下车来，拉开后门道："爹，快下车吧，咱到家了。"

　　小翠发现方英典已经脸无血色，顿时哭出声来："老爷，老爷啊……"

　　方英典就这么一睡不起，告别了人世。

　　宏德堂陷入了悲痛之中，没有哭天抢地，宏德堂人都是在默默地流泪。或许，方英典三个月的卧床不起已经让宏德堂人有了足够的心理准备，坦然接受了这残酷的生死离别。也或许，他们知道，老爷一生喜欢安静，不愿意以歇斯底里的哭叫声打扰他。

　　很快，刘小虎请来了主持婚丧嫁娶礼仪的彭总管，在他的指挥下为方英典换上了真丝寿衣。灵堂也布置起来了，堂屋、院落、门楼、牡丹亭、大槐树……白色的灯笼与挽幛遍布宏德堂每个重要的地方。

　　方英典躺在灵床上，面容安详，就像深睡一样。是的，他劳累了一生，是要好好歇一歇了。生前，他终于坐上了自己的小轿车，最后又看了一眼宏德堂的良田和大船队，似乎在无意中回顾了宏德堂几代人横跨百余年的创业史与发展史。方兴通意识到，潘士光和刘小虎送给爹的麦穗和小海螺具有某种特殊意义，是宏德堂人从黄土地走向大海的象征。在生命的最后一刻，爹紧紧地抓着它们不放，让别人难以取下。那么就让它们永远留在爹的身边吧，带进坟墓，与他相伴。

报庙、上小庙、入殓、上大庙、吊孝，悲情而充满仪式感的丧事程序有序地进行着。停灵三日后，方英典就要出殡了。太太陈尚云腰缠白布，泪如雨下。方兴通、任明凡、方兴逦、刘小虎披麻戴孝，神情悲伤。潘士光、乔玉芬、范小娆、蔡铣朴、小翠一身素衣，陪伴在孝子孝女左右。起灵了，当方兴通双手颤抖地端起孝盆，摔碎在院门口的时候，宏德堂人压抑了三天的悲伤终于彻底暴发，一时哭声震天，失去控制。

唢呐吹响，如泣如诉。笙箫哀鸣，断人心肠。八名青壮汉子抬起了灵轿，缓缓地向方氏祖坟走去。

灵轿拐出巷口了，人们看到，十几只鸽子突然从宏德堂的院子里飞出来，在灵轿上空盘旋。灵轿继续前行，鸽子们一路追随，有几只轻轻地落在了灵轿上，昂头翘尾，似乎在守护着它们的主人。

从巷口到大街，乡亲们站在两边，心里默念着方英典的好，泪眼模糊地为他送行。天和楼的老板方清润来了，朱由镇的庄园主沈克明来了，就连三山岛的镖主吕东敏也来了……雁过留声，人过留名，卧躺在棺椁里的方英典积德行善，不枉活一生，如果能看到这一幕，当是含笑九泉了。

人们燃纸烧香，清扫墓穴，方英典的棺椁下葬后，方英典便入土为安，一座高高的新坟屹立在方氏祖坟里。高粱秸做成的哭丧棒插在坟头上，秸梢随风摇曳，犹如孝子孝女作揖致谢。

方英典走得无声无息，丧礼也顺利圆满，这是他以及宏德堂人修来的福气。在彭总管的催促下，亲人们一步一回头地离去。

从此与爹阴阳两隔了，方兴通知道，没有抱上孙子是爹一生最大的遗憾。他愧对爹，也愧对祖先，却只能乞求他们原谅，而不能改变自己的选择。

"爹，您安息吧，后人们会永远记得您的大恩大德。"站在坟头前，方兴通蓦然跪下来，又连磕了三个响头，泪如泉涌。

"东家，节哀顺变啊，咱们回去吧。"管家潘士光走过来，拉起了方兴通，劝慰道。

　　东家？潘士光对他的称呼由大少爷变成了东家，方兴通马上明白了他的意思。

　　"潘管家，你永远是宏德堂的好管家。"方兴通甚为感动，拉起了潘士光的手，"走，咱们回家。"

第二十七章

借刀杀人

1938 年农历正月初二，枪炮没响，日本鬼子就大摇大摆地进了掖县。国民党掖县县长刘国斌不做抵抗，仓皇逃窜，掖县从此落入鬼子之手。一个多月后，中共掖县县委确定以"抗敌锄奸，开展广泛的游击运动，并迅速建立军政抗敌政府"为中心任务，在玉皇顶发动了人民抗日武装起义，开始领导掖县抗战。

在一个秋阳西下的傍晚，胶东抗日游击第三支队七大队锄奸队队员刘小虎，接受了队长施南冬下达的最新锄奸任务，由虎头村的小港口返回了宏德堂。刚刚拐进巷口，他便看见一个人影进了门楼里。很快，人影就又闪出来，然后鬼鬼祟祟地跨上自行车，顺着巷子向南骑去。

刘小虎一愣，觉得这个人影很像宋占山的管家罗良基，就大声叫道："罗良基！"

人影下意识地停了一下，接着就又双腿猛蹬。

"罗良基，俺看清你了，你不用跑了。"刘小虎一跺脚说。

人影终于停了下来，慢慢地回过头。

果然是罗良基！他来宏德堂干什么？怎么不进门又走了？怎么还怕见人？

"罗良基，你回来。"刘小虎提高了警惕。

罗良基不情愿地推着自行车走回来，站在刘小虎的面前。

"小虎啊，这么晚才回家啊。"罗良基脸色既紧张又尴尬。

"是啊，可是你来干什么？来了怎么不敲门进去？"刘小虎奇怪地问。

眼下，罗良基的主子宋占山已今非昔比了，他投靠了日本人，并摇身一变，成了掖县商务会与地方维持会的会长。他的儿子宋家安也早已脱离国民党，由宋占山亲自向日本人举荐，出任了掖县警备队的队长。有日本人撑腰，宋占山作恶多端，出卖抗日军民，发着国难财，是掖县名副其实的大汉奸。刚才在虎头村的小港口，队长施南冬找到刘小虎，下达的正是除掉宋占山的命令。

玉皇顶起义后，根据上级指示，施南冬来方家村发动群众，并征得方兴通的同意与支持，在宏德堂秘密召集村民开会，号召青壮年男子加入抗日队伍。刘小虎听得激情澎湃，在会后第一个报了名，成为一名秘密的抗日游击队员。国家有难，匹夫有责，方兴通是手无缚鸡之力的书生，却有一颗强烈的爱国之心。爹方英典去世后，三山岛的镖主吕东敏前来宏德堂拜访，曾送给他一把盒子枪，让他防身用。现在，他毫不犹豫地拿出来，交给了刘小虎。拿着这把枪，刘小虎已经多次完成了锄奸任务，受到上级的嘉奖，还成为入党积极分子。但是，接到除掉大汉奸宋占山的任务，刘小虎却犯了难。这不是因为宋占山是他的老丈人，刘小虎知道，如果没有宋占山丧尽天良地粗暴干涉，宋家宁绝不会死。他清晰地记得，在宋家宁上吊自杀后，他曾发出了一定要宰了宋占山的誓言，却是一直没有实施。君子一言，驷马难追，如今国仇家恨集于一身，宋占山死期已到。但是宋占山自知罪孽深重，也得知自己上了游击队的锄奸名单，便搬出了原来的那个四合院，藏身于一个不为外人所知的住所。知道他住在哪里的只有两个人，一个是他的儿子宋家安，另一个便是老管家罗良基。

罗良基就在刘小虎的跟前，而且形迹可疑。罗良基跟了主子宋占山几十年，对他忠诚不贰，唯命是从，会说出他的新住处吗？

"没事，没事。"面对刘小虎的追问，罗良基有些慌了。

不管罗良基来干什么，刘小虎最重要的事是必须要找到宋占山的住处，除掉他，完成上级交给他的任务。想到这里，刘小虎脸上挤出了一丝笑容。

"罗管家，进来坐坐吧。"刘小虎故作热情地说。

进去坐坐？罗良基犹豫了。他已经听说，刘小虎已经是有家室的人了，屋里人就是从东北来的范小娆，还给他生了个儿子。

宏德堂人都认为，范小娆对刘小虎产生了几多爱意，是在他为她挡住宋家安射出的子弹而负伤之后。她不知道刘小虎是否喜欢她，她只是觉得，当年她被方英典以一百块现大洋救了下来。而在回掖县的"牡丹号"上，她绝望地跳海自杀，是刘小虎救了她的命。那么，能两次为自己舍出生命的人一定是她一生不能忘记的恩人，也是她值得爱的人。所以刘小虎躺在宋家宁没有住过的新房里养伤时，范小娆就常常过来照顾他。触景生情，范小娆就不能不想起不幸的宋家宁，也不能不想起惨死于石营长手下的程立铭。宋家宁和程立铭是刘小虎和范小娆各自的心上人，却由于不同的原因离开了人世，留下他们两个孤苦伶仃的人。那么，她就与刘小虎同病相怜，两人是一对苦命人。

无微不至侍候刘小虎的过程便是范小娆爱上他的过程，一个心智正常的男人是不会没有察觉的。在范小娆的心里，刘小虎善良而厚道，懂得感恩，他忠于宏德堂，对宋家宁忠贞不渝，是个好男人。人都有七情六欲，但是刘小虎有意回避着范小娆发出的爱的信号，这是因为，范小娆貌美如花，多才多艺，而他自己是个斗大的字不识一箩筐的粗人，他觉得配不上她。更为重要的是，像方兴通心里装着江秀芝一样，刘小虎心里还装着宋家宁，不能喜欢上别的女人，如果他与范小娆走到了一起，他就觉得对不起宋家宁。

最早发现范小娆喜欢上刘小虎的是任明凡，她们各有各的不幸，是心灵相通的朋友。在某种程度上，正是范小娆的到来才让任明凡彻底走出绝望的境地，恢复了生活的信心。但是范小娆不主动说，任明凡也不会主动问，这是她做人的本分。

爱是双方的事情，剃头挑子一头热是没有结果的。一晃就是三年多过去，刘小虎一心扑在宏德堂的大船队上，对范小娆的爱意无动于衷，这让范小娆心灰意冷，几多失落与愁绪也从心里挂到了脸上。强扭的瓜不甜，这期间范小娆曾决意放弃，然而过段时间爱意又死灰复燃。如此往复，让她苦不堪言。

实际上，任明凡早就有意撮合宏德堂里的这对孤男寡女，还担心范小娆不会同意。她觉得，刘小虎迟迟没有做出爱的回应，是心里没有放下宋家宁。好饭不怕晚，好话不嫌慢。那么就再等等，让刘小虎有个慢慢接受的过程。三年的时间既短暂又漫长，任明凡觉得不能再让范小娆等下去了，就找到刘小虎，开门见山地说明来意后，便开始苦口婆心地劝说，让他打消顾虑，勇敢地接受范小娆的爱，开始新的生活。她对刘小虎说的话朴实而温馨，句句打动人心，正是当年范小娆劝说她时曾经说的话。

"兄弟媳妇，俺……俺可是个大老粗啊。"那天听了任明凡的话，刘小虎开始犹豫了。

任明凡惊喜地发现，刘小虎动心了："哥哥，人家相中的是您心眼儿好，可不嫌弃您啊。"

"可是，这样怎么对得起宋家宁啊。"一想起宋家宁，刘小虎的眼圈马上就红了。

任明凡和范小娆都知道，这么多年过去了，刘小虎一直没忘记宋家宁，无论是清明节还是她的忌日，他都会去给她上坟。带上宋家宁生前喜欢吃的东西，坐在坟头上，泪眼模糊地跟她说说话。对宋家宁念念不忘，一往情深，任明凡甚至觉得，这反倒是范小娆爱上刘小虎的主要原因。

"家宁嫂子都走了这么多年了，您总得放下啊。"任明凡的眼睛也红红的，"哥哥，您想想，如果家宁嫂子地下有知，不也盼望您能开始新的生活吗？"

功夫不负有心人，屡次三番，刘小虎终于被任明凡说服了。 不过他的心里还是有顾虑，那就是干爹方英典的态度。 其实方英典虽然年纪大了，精气神不足了，可是观察力并没有衰减，他也发现了范小娆的心思。 当刘小虎亲自将此事告诉他的时候，他没有支持，也没有反对，只是说了句，老一辈不管下一辈的事，一切顺其自然吧。 有了方兴通和任明凡的惨痛教训，方英典不再干涉下一辈人感情的事了。

刘小虎决定接受范小娆的爱，组建新的家庭。 可是还没等他向干爹提出准备与范小娆结婚，干爹就因为残次丝绸的事被击倒了。 眼看着干爹的身体一天不如一天，他怎么能向干爹提与范小娆结婚的事？ 他只有全心全意地尽孝，才能报答干爹的恩情。 亲情在病魔面前是无能为力的，干爹还是走了，作为干儿子，他必须为干爹守孝三年，这也是他心甘情愿的事。

又是三年过去，主掌宏德堂的方兴通为哥哥刘小虎和范小娆举办了婚礼，其阵势不亚于当年方英典为他和宋家宁举办婚礼的规格。 去年秋天，范小娆为刘小虎生了一个大胖小子，刘小虎享受着幸福家庭的快乐。

孔夫子在《礼记》中说，饮食男女，人之大欲存焉。 刘小虎与范小娆喜结良缘，罗良基和寡妇顾秋燕也终于修成正果。 尽管宋占山言而无信，没有给他们举行他许诺过的婚礼，却让他们搬进了他在虎头村的院子，住进了他和太太莫春兰曾经住过的房子。 宋占山带着老婆孩子搬进了掖城，不准备再回来了，让罗良基搬进来，既是主人对下人的恩赐，还能给他看家护院，岂不是一举两得？ 如今，除了逍遥阁大烟馆，宋占山狐假虎威，还有其他见不得人的生意，罗良基主要负责催账。 宋占山给他买了一辆新自行车，他城里乡下两头跑，十分辛苦。

罗良基不请自到，刘小虎执意邀请罗良基进来坐坐，是试图从他的嘴里打听到宋占山的下落，以便完成他的锄奸任务。

"罗管家，你还是进来坐坐吧。"刘小虎不容分说地从罗良基的手中抢过了自行车，故意一脸坏笑地说，"你不敲着锣还不敢进门吗？"

当年，罗良基敲着铜锣，带人为刘小虎私藏宋家宁一事来宏德堂大闹，铜锣是被刘小虎一铁锹拍破的。如果不是罗良基反应迅速，用铜锣挡住了刘小虎拍过来的铁锹，他的脑袋就开花了。

"小虎兄弟，那事儿都过去这么多年了，你还记得啊。"罗良基羞愧难当地说，"你真是哪壶不开提哪壶啊。"

刘小虎没再说话，推着自行车就往门楼走，一抬头便看见门上贴着一张纸条。糨糊未干，一看便知是刚贴上去的。

"你贴的？"刘小虎虎视眈眈地看着罗良基。

"是，是。"面对"人赃俱获"，罗良基不想抵赖了。

刘小虎将自行车靠到墙上，一把扯下了纸条。他只认识几个字，却连不成句。

"潘管家，快开门。"刘小虎扯着嗓子喊道。

这个时候，潘士光正在牡丹园里修剪牡丹的枯枝。方英典走了，可是他生前喜欢的东西都必须要照顾好，比如牡丹和鸽子。潘士光年纪大了，腿脚也不那么灵便了，他慢腾腾地走到门口，开了门。

罗良基来干什么？潘士光不由得愣了一下。

"潘管家，这张条子是罗管家刚刚贴在门上的，您看看，上面写的是什么？"还没等潘士光说话，刘小虎就将纸条塞进了他的手里。

像通报宋占山要火烧宏德堂货船、宋家宁的关押处，以及宋家安要来宏德堂抓共产党员的那几张纸条一样，纸条上赫然写着：山东省警务厅石副厅长住在云海宾馆 206 房间。

潘士光知道，云海宾馆是掖县最好的宾馆，是达官贵人的下榻之处。那么，这个石副厅长是谁？罗良基为什么要给宏德堂报信？他再一仔细端详，纸条上的笔迹似曾相识，难道……

"罗管家可是稀客啊，快，快请罗管家进来坐坐，俺给他沏壶好茶。"潘士光向刘小虎使了个眼色。

刘小虎不认得纸条上的字，但从潘士光的表情，他能看出此事非同小可，便生拉硬拽地将罗良基让进了院里。然后他把自行车也推了进来，关上大门，又领他在牡丹亭里坐下。

"小虎啊，你现在是不是参加了共产党游击队？"罗良基刚坐下就开口问道。

刘小虎毫无防备，怔了一会儿才摇摇头道："没有，俺光忙大船队的事还忙不过来呢。"

刘小虎是游击队员无疑，罗良基心里明白。刚才，在虎头村的小港口，他就远远地看到游击队的队长施南冬好像在跟他交代什么任务。罗良基认得施南冬，施南冬曾到虎头村发动民众，组建乡村自卫队。那个会是在海神庙里开的，他和顾秋燕也都参加了。罗良基还看到，听了施南冬的话，刘小虎从腰间掏出了一把盒子枪，好像是让他查验。

很快，潘士光从屋里出来了，双手端着茶盘，腋下夹着四张笔迹一模一样的纸条。

"罗管家，这些纸条都是你送的或者贴到宏德堂门上的吧？"谜底已经揭开，潘士光放下茶盘，将四张纸条放在罗良基的面前，直截了当地问。

"嗯。"罗良基点头承认了。

什么？罗良基竟然背着主子宋占山，一次又一次地给宏德堂通风报信？刘小虎顿时张口结舌，难以置信了。

俗语道，嫁鸡随鸡，嫁狗随狗，反过来男人也一样。自从与顾秋燕走到了一起，罗良基确实发生了翻天覆地的变化。顾秋燕善良而富有正义感，对宋占山的不端行为深恶痛绝，对宏德堂人的高风亮节打心眼里佩服。所以见到宋占山频频加害宏德堂，她就劝说罗良基悬崖勒马，不能再跟着宋占山在这条邪恶的道路上走下去了。老天有眼，善有善报，恶有恶报，说到动情处，顾秋燕禁不住泪流满面，泣不成声，紧紧地拥抱亲吻着罗良基，让他答应，否则她宁愿去死。 人非草木，孰能无情？顾秋燕的真情与痴情深深地打动了罗良基，他决意痛改前非，做一个有良知的好人。 所以从那时起，每当宋占山要报复宏德堂人的时候，他就以各种方法偷偷地通风报信。 而每次回到家里，将情况告诉了顾秋燕，她都会风情万种地亲吻他，作为奖赏。

宋占山最信任的人在道德的层面上背叛了他，甚至成为对手，他却浑然不知。 今天下午，等罗良基要完账后来到宋占山的住处，宋占山就给他安排了新的任务，让他想方设法，将山东省警务厅石副厅长住在云海宾馆206房间的消息透露给共产党游击队。

罗良基一听，一下子傻了眼。 山东省警务厅石副厅长从省城济南来到掖县，是来督查工作的，作为掖县警备队队长的宋家安，正是他的下级。 游击队锄奸活动频繁，大小汉奸无不闻风丧胆，就像宋占山一样。石副厅长的住处是严格保密的，如果向游击队透露了，就是要置他于死地。 无论如何，石副厅长、宋占山、宋家安都是大汉奸，是一条绳上的蚂蚱，宋占山却要把石副厅长的住处告诉游击队，从而为石副厅长引来杀身之祸，这究竟是为什么？

冤有头，债有主，这个石副厅长不是别人，正是大连貔了窝港的石营长、济南张宗昌卫队旅的石旅长。 自从日本鬼子来了，祥庆班的班主玉美伶坚决不为日本人演出，便解散了祥庆班，带着俏月儿等离开了济南，而石营长也像宋占山一样投靠了日本人，成为山东省警务厅的石副厅长。 当年，他带兵抢走了宋占山的货款，让宋占山在方英典面前一败涂地，沦为笑谈，还好多年没有翻过身来。 他抢走了宋家安的心上人俏月儿，让宋家安深受伤害，从此无法喜欢上别的女人，至今单身。 宋占山曾发过誓，一定要宰了他，为自己，为儿子报仇雪恨。 但是以前，宋占山没有这个机会，也没这个能力，只是叫花子咬牙——穷发恨。 宋占山作为掖县商务会与地方维持会的会长，宋家安作为掖县警备队的队长，今天上午，都出席了石副厅长在掖县县政府召开的警务督查工作会议，他们父子俩一眼就认出了他。仇人相见分外眼红，但是宋占山和宋家安只能强忍怒火，像没事人一样，一脸认真地聆听石副厅长的训导。

许多城府不深的人都会得意忘形，小人更是这样，就像石副厅长。他站在台上，面对台下黑压压的人群，口若悬河，却是目中无人，根本就没认出在济南商乐舞台为了争夺名角俏月儿，曾与他有过冲突的宋家安。

石副厅长来到掖县，是兔子叫门——送肉来了。有道是，机不可失，时不再来。回到家里，宋家父子俩就开始商量怎么除掉石副厅长，以解心头之恨。商量来，商量去，他们都觉得不能亲自动手，否则一旦暴露就是死路一条了。借刀杀人，是宋家安想出的主意。共产党游击队正在大张旗鼓地锄奸，石副厅长是比他们父子俩还大的大汉奸。而且宋家安还接到日本人的密报，说共产党游击队正在寻机除掉石副厅长，命他加强对石副厅长的安全保卫工作。那么，如果共产党游击队得知他的住处，就一定会竭尽全力地除掉他。他们需要做的就是，将石副厅长住的云海宾馆的房间号准确无误地告诉游击队，他就在劫难逃了。况且，石副厅长在掖县的安全保卫，是县警备队负责的，宋家安可以假模假式地外紧内松，做做样子，给游击队可乘之机。可是谁又能去通知游击队？他们父子俩显然不敢露头。正在焦灼纠结之时，罗良基要完账回来了。宋占山将他们父子俩与石副厅长结下的深仇大恨说了一遍，然后就将这个任务交给了罗良基，责令他必须在石副厅长离开掖县之前找到共产党游击队，否则就提着脑袋来见。

作为大连貔子窝港货款被抢的亲历者，罗良基也恨这个穷凶极恶的石副厅长，他的脑袋上还有一个疤，就是当年石营长的士兵给他留下的。可是他与共产党游击队没有直接接触，只是在海神庙里参加组建村民自卫队动员会时，认得那个叫施南冬的队长，哪知道游击队在哪里。回到虎头村，他向顾秋燕说了自己的苦恼。顾秋燕也刚从小港口回来，与罗良基是前后脚。

"刚才在路上俺看到一个人，像开动员会的那个施南冬队长。"顾秋燕一听马上兴奋地说。

顾秋燕觉得，不管宋占山出于什么目的，除掉石副厅长这个大汉奸都是大快人心的好事。

"你看清了？真是施南冬队长？"罗良基喜出望外，"他往哪走了？"

"是，俺认得他，他往小港口方向去了，要不俺也碰不到他。"顾秋燕确定地说。

罗良基不再耽搁，马上出门了，骑上自行车向小港口赶去，还真在宏德堂的大船队前看到了施南冬。他没有贸然上前，而是先躲在一条破船后观察，就看到了刘小虎与施南冬说话并验枪的场景。罗良基断定，刘小虎肯定是共产党游击队员，那么他写张纸条，悄悄地贴在宏德堂的大门上，刘小虎就知道了。这当是神不知、鬼不觉，就像以前他做的那样。

刘小虎接受了除掉大汉奸宋占山的任务，马上快步回到宏德堂。罗良基先回家，再写纸条，然后又骑上自行车赶来。事情就是这么巧，他们相遇在宏德堂的大门口。

罗良基承认每张纸条都出自他的手，刘小虎吃惊，潘士光也诧异。他们觉得，如果老爷方英典在天有灵，知道了谜底，也会觉得不可思议。在他们的一再追问下，罗良基说出了自己这么做的原因，他们也不禁敬佩起这个叫顾秋燕的女人了。

"可是宋占山跟这个所谓的石副厅长是一路货色，为什么要让游击队杀他？"刘小虎纳闷地问。

潘士光也觉得此事有些蹊跷："是啊，这里面肯定有鬼。"

罗良基明白他们为什么疑虑重重，就将宋占山与石副厅长之间的深仇大恨说了出来。

"宋家安负责石副厅长的安全保卫工作，会配合游击队的锄奸行

544

动，绝不放一枪。"罗良基最后说。

刘小虎和潘士光知道，宋占山是个睚眦必报的人。可是他诡计多端，会不会有别的企图，比如引诱共产党游击队上钩，然后立功受奖，得到晋升的机会。

"潘管家，小虎啊，俺拿俺的性命作保，俺说的都是真话。"罗良基拍打着胸脯说。

刘小虎和潘士光终于相信了罗良基的话，可是他为什么来宏德堂报信，难道他知道了刘小虎是游击队员？

"俺说罗管家，宋占山这个大汉奸让你给共产党游击队报信，你怎么来宏德堂贴条子？"潘士光毫不客气地问。

"就是啊，这事你得说明白。"刘小虎也帮腔道。

"俺……俺觉得，宏德堂不是认识人多吗？"罗良基不想说出他在虎头村小港口看到的一幕，就狡辩道。

刘小虎从潘士光手里拿过那张罗良基刚刚贴上去的纸条，塞到他的手里说："你拿回去吧，俺们不认识游击队的人。"

罗良基无奈地接过纸条，气愤地撕掉了："好，好，俺贴错门了。"

刘小虎自然记得当年济南张宗昌的卫队旅石旅长，他便是现在的石副厅长。他不想再跟罗良基纠缠此事，决定马上向施南冬队长汇报，抓住这个机会，一举除掉石副厅长这个大汉奸。但是他又转念一想，这是意外之喜，因为施南冬交给他的任务是除掉宋占山。

"罗管家，俺听说宋占山搬了新家，他现在这么有钱有势，住的地方肯定差不了吧？"刘小虎为罗良基倒上一杯茶，若无其事地说。

锣鼓听声，说话听音，罗良基马上明白了刘小虎是想打听宋占山的新住处。宋占山被列入共产党游击队的锄奸名单，这件事已不是秘密，游击队还专门发了告示，让民众揭发他的下落。宋占山如惊弓之鸟，这也是他要躲藏起来的原因。那么罗良基能出卖宋占山吗？不管怎么说，他跟了宋占山几十年，也得到了宋占山的一些好处。他可以向宏德堂告密，但是让他说出宋占山的新住处，从而给宋占山引来杀身之祸，他还是做不到。

"宋占山住哪儿，俺可是真不知道啊。"罗良基想到这里，装出了一脸的委屈。

"你是他的管家，你怎么会不知道？"刘小虎显然不信。

"就是，罗管家，你是在袒护宋占山这个大汉奸吧？"潘士光直言不讳地问。

"不，不是。"罗良基的脸涨得通红，连连摆手道，"俺是真不知道啊。"

潘士光与罗良基同为管家，当然明白他为什么缄口不言。接二连三地告密，让宏德堂免受损失，而宋占山本人除了有仇难报，却并没有损失什么。可是罗良基一旦说出宋占山的新住处，宋占山的脑袋就保不住了。作为宋占山的管家，这样的事他现在做不出，以后可能也做不出。

"好了，小虎，罗管家可能是真不知道。"潘士光打起了圆场，"汉奸卖国贼谁不恨啊，俺觉得，罗管家以后知道了就会说的。"

罗良基见潘士光为自己解了围，心怀感激地说："潘管家说的是，俺也恨汉奸卖国贼啊。"

既然问不出，刘小虎也只能再想别的办法了。现在他必须马上向施南冬队长汇报罗良基提供的情报，趁石副厅长不备，除掉他。

送走了罗良基，刘小虎迅速在事先约好的秘密地点找到了施南冬。宋占山的新住处还没找到，但是能除掉比宋占山还大的汉奸石副厅长，定会起到强大的震慑作用，施南冬兴奋异常。他立刻做出部署，带着刘小虎和几名锄奸队员往掖城赶去。

罗良基并没有回虎头村，而是骑着自行车进了掖城，故意三拐两拐走弯路，看看周围没人，这才敲响了宋占山的家门。

砰，砰砰，砰，砰！这是宋占山和罗良基约好的敲门暗号。不多会儿，宋占山开了门。

"怎么样？ 找到共产党游击队了吗？"罗良基一进屋，宋占山就迫不及待地问。

"您说怎么就这么巧，俺一回虎头村，就碰到了游击队的施南冬队长，就把石副厅长住在云海宾馆 206 房间的事告诉了他。"罗良基说着在路上就编好的谎话，"他在海神庙开过会，俺认得他。 他出村，俺进村，他可能是又来村里发动群众吧。"

"他信了？"宋占山听罢一脸狐疑地问。

"一开始不信，还问俺是怎么知道的。"罗良基谎话连篇。

"你是怎么说的？"宋占山眉头紧皱，眼睛盯着罗良基。

罗良基了解宋占山生性多疑的脾性，心里早有准备："俺说，是您让俺去给石副厅长送掖县特产才知道的。"

宋占山的眉头慢慢地松开了："嗯，你瞎话编得还挺好。"

"施南冬还问俺，为什么把这个消息告诉他。"罗良基顺着自己编好的故事说下去。

"对啊，要是俺也得问。"宋占山显然相信了罗良基的谎话。

"俺说，俺是中国人，打心眼里恨这些汉奸卖国贼，你不是发动群众，与大大小小的汉奸作斗争吗？"宋占山信以为真，罗良基就信口开河了。

守着秃子不骂和尚，而宋占山就是个大汉奸啊。 罗良基发现自己一时兴奋，说过头了不禁紧张起来。

"哈，哈哈。"宋占山听罢不气也不恼，夸张地大笑两声，以解尴尬之情，"你还真会说话。"

"俺不这么说，他可能就不信啊。"望着宋占山露出的一口大金牙，罗良基的额头上冒出了冷汗。

宋占山来回走了两步，然后送给了罗良基一只玉镯作为奖赏。

"这是俺送给顾秋燕的，天不早了，你快回去吧。"宋占山下了逐客令。

罗良基出了掖城，心脏还怦怦直跳，能在宋占山面前瞒天过海，着实让他后怕。他觉得，宋占山之所以轻而易举地相信了他的谎话，是因为宋占山报仇心切，失去了理智。然而刘小虎是共产党游击队员，他却没有告诉宋占山，这是为了保护刘小虎。施南冬的身份早已公开，而刘小虎却隐藏在民众当中。眼下游击队在锄奸，汉奸们自然不会坐以待毙，也在追杀游击队员。刘小虎一旦暴露，说不定哪天，宋家安就会带上警备队员杀上门来。他不能出卖大汉奸宋占山，同样更不能出卖游击队员刘小虎。他觉得，这个时候，施南冬和刘小虎应该在进城的路上了，今天晚上，石副厅长将会神不知鬼不觉地去见阎王爷。作为中国人，罗良基当是拍手称快。

夜幕降临了，还下起了毛毛细雨。晚上九点左右，施南冬和刘小虎他们来到了云海宾馆，悄悄地查看了地形与楼房结构，并找好了动手后的撤退路线。为了确保万无一失，防止宋占山耍花样，施南冬还安排了几名锄奸队员埋伏在宾馆周围。

掖县警备队的几名队员荷枪实弹守在宾馆门口，一副没精打采的样子。十点半左右，喝得醉醺醺的石副厅长被县长送了回来。施南冬他们看到，石副厅长向警备队员们打了个招呼，然后挎着一个妖艳的女人摇摇晃晃地上了楼。

当，当，当……云海宾馆一楼大厅的座钟响了十二下。那几个警备队员靠在门口的椅子上，好像已经睡着了。施南冬和刘小虎趁机溜进了宾馆，顺着楼梯上了二楼。

雨停了，夜深人静。突然二楼传来两声沉闷的枪响。警备队员们吓醒了，却大喊大叫地持枪向院里跑去。不多会儿，那个妖艳的女人裹着一条被子跑下了楼。

"杀人了！杀人了！"她惨叫着。

石副厅长的脑门和身上各中一枪，就这么一命呜呼了。施南冬和刘小虎按照撤退计划，从窗口抛出绳索，滑到了楼下，然后离开了现场。

埋伏在宾馆周围的锄奸队员们也撤离了。

大约过了十多分钟，接到报警的宋家安才带着一干人马来到了云海宾馆。 在206房间，他看到了血肉模糊的石副厅长。 君子报仇，十年不晚。 宋家安想笑，却忍住了。

"快给俺追，别让他们跑了！"宋家安高举着手枪命令道。

大汉奸宋占山为了一报私仇，由他引导的一场锄奸行动就这么结束了。 大仇已报，压在他胸口上许多年的巨石终于被搬掉了，他感到轻松而痛快。 共产党游击队一直在寻找他的下落，他或许不会想到，刘小虎的枪已上膛。 他巧妙地借刀杀人报了仇，而刘小虎的家恨国仇还没有报。 那么，宋占山能活到哪一天，就要看他的造化了。

第二十八章
前赴后继

在一个夜幕四合的傍晚，当蔡铣朴把方兴通从掖县警备队阴森的监狱里接出来的时候，方兴通不会预料到，宋家安又带着十几个警备队员，骑上几辆偏三轮摩托车，风驰电掣地向三山岛赶去。他们刚刚接到一份密报，今晚，中共胶东特委特派员江秀芝将来三山岛活动，拟动员镖主吕东敏加入抗日队伍。

想起这个吕东敏，宋家安恨得牙根都痒痒。他曾多次亲赴三山岛，想收编这支实力强大的队伍，为日本人卖命。但是，吕东敏却不识抬举，东扯葫芦西扯瓢地拒绝了。宋家安怒不可遏，又不敢跟吕东敏动武。他心里明白，真动起手来，他的县警备队还真不一定是吕东敏的对手，最起码也是两败俱伤。现在，共产党游击队要拉吕东敏加入抗日队伍，还派来了要员江秀芝。接到密报，宋家安就不能按兵不动了。他决定，突袭三山岛，活捉江秀芝，就在今天晚上。

忘恩负义的蔡铣朴视财如命，多年前，他联手杭州丝绸百货供货商段浩起，坑害了方兴通，让愤怒而郁闷的方英典病入膏肓，最终告别了人世。从那以后，以怨报德的他在掖城金屋藏娇，过上了骄奢淫逸的生活。事到如今，主掌宏德堂的方兴通并没有发现，杭州失手是蔡铣朴吃里爬外的结果。但是，像爹方英典一样，他也渐渐地对蔡铣朴失去了信任，有了防备之心。人们常说，家贼难防，偷到房梁。蔡铣朴谲诈多端又做事缜密，方兴通始终找不出他损人利己的证据。所以，他几次起意解雇蔡铣朴，想好聚好散，别反目成仇，却又迟迟下不了这个决心。 有道是，当断不断，必受其乱，断而不断，必有后患。 优柔寡断的方兴通以妇人之仁养虎为患，最终反受其害就是意料之中的事了。

前天下午，掖县警备队队长宋家安再次亲自出马，带领警备队员来到了宏德堂，抓捕游击队锄奸队员刘小虎。

值得庆幸的是，罗良基还没有丧失中国人的良知，始终没有将刘小虎是游击队员、正在寻机除掉宋占山的事告诉主子宋占山。 然而，刘小虎心怀国仇家恨，锄奸心切，他自己不慎暴露了身份。

在成功除掉大汉奸石副厅长之后，刘小虎再次立功受奖，被提拔为胶东抗日游击第三支队七大队锄奸队副队长，并在鲜艳的党旗下庄严宣誓，成为一名光荣的中国共产党党员。 他一直在寻找宋占山的下落，频频出没于宋占山可能出现的地方。 敌中有我，施南冬在县警备队安插的游击内线提供情报说，宋占山现在喜欢上了养鸟，尤其偏爱来自蒙古大草原的百灵鸟。 每逢南关大集，宋占山会经常去鸟市赏鸟或买鸟。

掖城南关大街向来是繁华区域，与古楼街的商家遥相呼应。 黄酒馆、烧饼铺、糕点铺、豆腐坊……吃的、喝的、玩的、穿的、用的，应有尽有，样样齐全。 南关大集更是历史悠久，每逢农历二和七，便摊铺林立，人头攒动，蜿蜒数里。 鸟市在大街的最东头，圆筒形的、腰鼓形的、亭台形的……各式各样的鸟笼精致而美观，像一件件鬼斧神工的工艺品。 鸟的种类更是数不胜数，北方的百灵、南方的画眉、本地的黄雀……鸣鸟和观赏鸟齐聚，令人目不暇接。

很多人喜欢养百灵鸟，这是因为，它的鸣叫声高低起伏，婉转动听。 它还有着高超的效鸣本领，不仅会模仿燕子、黄莺、麻雀、画眉、黄雀等鸟儿的鸣叫，还会学母鸡的咯咯声、鸭子的嘎嘎声、猫的喵喵声、狗的汪汪声，甚至还会学娃娃的啼哭声，俗称百灵鸟十三口。 养一只百灵鸟，如同组建了一支飞禽走兽的乐队，这或许便是它深受养鸟人钟爱的原因。

喜欢养鸟或爱花的人多半善良而富有爱心，而宋占山却心狠手辣，为富不仁。其实他从没养过鸟，去年一个善于投机倒把的不法商人王大麻子为了讨好他这个掖县商务会与地方维持会的会长，送给了他一只百灵鸟。叫口好的百灵鸟值十几块现大洋，而王大麻子配的笼子更是上品。

这是一只体型高大的拉笼，高近五尺，直径约两尺，高度可升可降，携带时降低，悬挂时升起。笼架、笼条等都是老紫竹的。凤头笼抓为黄铜质地，造型精美而光滑油亮。楠木的镂空笼门精雕细刻，其形似蝙蝠，寓意福临门。几道笼圈也是上等的楠木，镶嵌着金丝祥云图案。鸟食罐更讲究，是椭圆形的官窑青花瓷罐。

在日本人的扶持下，宋占山在掖城已是呼风唤雨的人物。前年，他的太太莫春兰暴病而亡，出殡的时候，掖城那些有头有脸的魑魅魍魉都到了。这天上午，想攀高枝儿的王大麻子邀请宋占山来府上赴宴，山珍海味摆满了桌子。酒足饭饱之后，他带着宋占山在花园的六角亭里品茶聊天。在不远处有一棵樱桃树，树上悬挂着一只百灵鸟笼。这时阳光明媚，微风拂面，笼中的百灵鸟心情大悦，遂跃上台去，一边抖动着翅膀，一边欢快地鸣叫。

这只百灵鸟是从幼鸟手养起来的，在主人的精心调教下，十三口叫声清脆响亮，效鸣逼真，犹如诸多飞鸟在轮番登台歌唱。王大麻子养鸟几十年，是个行家。三年前的这个时候，他带着一个随从逛南关大集鸟市，闻声走到了这只百灵鸟的跟前。人与人是有缘分的，人与鸟或者其他飞禽走兽也是如此。这只百灵鸟见一个满脸麻子的人走过来，觉得这个人的长相与众不同，甚是新奇。它先是在笼底转了一圈儿，再盯着他看了一会儿，然后展翅飞跳到高高的台上，又在台上转了三圈儿才抖动起翅膀，开始了惟妙惟肖的十三口鸣叫。

这真是一只难得一见的好鸟！王大麻子在心里赞叹不已。他相信缘分，就觉得自己与这只百灵鸟有缘，遂花了三十块现大洋买下。好马配好鞍，原来的笼子是一只普通的小竹笼，王大麻子觉得实在委屈了这么好的鸟。 其实这也难怪，毕竟人家卖的是鸟，而不是笼子。 提着这只百灵鸟，王大麻子来到了鸟笼市场，一眼便相中了这只高大而精致的凤头笼。 一问价格，比鸟还贵，卖主一口价，五十块现大洋。 王大麻子与卖主讨价还价了半天，卖主就是不松口。 实际上，每个摊贩都是心理学家，摊子越小，摊主掌握买家的心理就越准。 卖主显然窥探到了王大麻子的内心，他是非买不行。 看他的打扮，佩金戴玉，还镶着一口大金牙，准是个大财主。 这只高档的笼子在市场上是独一份儿，没有竞争对手。 那么，他真心想买又有钱，这笔生意便跑不了。 果不其然，王大麻子不再计较，掏钱想买。 可是随从的褡裢里已经没有那么多现大洋了，于是他让随从马上回府去取，自己在这里等着。 没想到，这一等又出了岔子。

掖城的生意人多，有钱人就多。 随从刚走，就有一个穿着洋装，提着靛颏鸟笼的中年人走过来，也是一眼便相中了这只笼子。 这个中年人养鸟，更喜欢收藏鸟笼子，在他府上的收藏室里，大大小小的鸟笼子不计其数，新的老的都有，甚至还有当年清朝王爷用过的，个个都是精品。 自然，他想买下这只难得一见的百灵鸟笼，也是为了收藏。

一只百灵鸟笼，出现了两个买主。 得知王大麻子以五十块现大洋成交，这个中年人就出价六十块。 王大麻子一听就急了，小声质问道，世上哪有这样不讲规矩的买主？ 那个时候，他还没靠上会长宋占山，说话有些底气不足，怕惹怒了这个来历不明的人，招来麻烦。 中年人也不生气，始终笑嘻嘻的，说俺就愿意出这个钱，因为它值。

卖主在一旁看了会儿热闹，最终坚持将百灵鸟笼卖给王大麻子。 他觉得，成交前可以讨价还价，斤斤计较，但是买卖一旦谈成就不能再变了。 做人要讲诚信，做买卖更是如此。

王大麻子好生感动，不多会儿，随从取回了五十块现大洋，交钱取笼，然后腾笼换鸟。 临走时，王大麻子又随手扔下了一块现大洋作为酬谢。

现在，小酌微醺的宋占山被这只百灵鸟婉转的鸣叫声吸引住了，遂不由自主地站起身来，向鸟笼走去。

这只手养的百灵鸟是个人来疯，见了生人也不怕，反而有些兴奋。宋占山刚刚在笼前站定，它便上台抖翅，鸣叫起来，就像当年第一次见到王大麻子一样。

"真是只好鸟啊，什么都会。"宋占山笑了笑，露出了一口大金牙。

"宋会长，您喜欢？"王大麻子也赔着笑脸，大金牙在太阳的照耀下闪着金光。

那个时候，大金牙是有钱人的标志，两个大金牙相视一笑，继续聆听百灵鸟的鸣叫。

把十三口一个不落地叫完，百灵鸟跳下台来，到水碗前喝水，润润嗓子。

"好鸟，好鸟啊。"宋占山意犹未尽地赞赏道。

宋占山投靠日本人，成了大权在握的会长，如日中天，王大麻子非法倒卖军用物资，就需要他这样的靠山。王大麻子把他请到府上，百般奉承，正愁宋占山临走时送个什么样的礼物才能拿得出手，又讨得他欢心。他一咬牙，既然宋占山喜欢这只百灵鸟，就索性送给他。

有道是，君子不夺人所爱，而宋占山显然不是君子。当王大麻子提出要将这只百灵鸟送给他的时候，他只是象征性地推辞了几句，就收下了。

宋占山从此玩上了鸟。他以前没养过鸟，是新手，就有新鲜感，对鸟像对日本人一样殷勤，亲自到南关大街鸟市上买百灵鸟最爱吃的苏子和活虫，以及营养价值高的专用饲料。去鸟食摊就得路过鸟市，有时候宋占山会不由自主地停下来看鸟。鸟市里的鸟五花八门，听叫的，观赏的，真是什么样的鸟都有，他看花了眼，总是流连忘返。人的习惯都是一点点养成的，天长日久，宋占山便养成了逛鸟市的习惯，以至于一天不去就觉得少点什么。 现如今，他成了日本人的走狗，祸国殃民，在罪恶的道路上越走越远。 中共掖县县委发出了抗敌锄奸的号令，他便上了锄奸队的黑名单。 为保性命，他搬进了一处不为人所知的住所，除了有日本人要求他参加的卖国求荣的活动外，他大门不敢出，这只百灵鸟成为他最好的伙伴儿。 当然，也有不得不出门的时候，比如他要去鸟市亲自给这只百灵鸟买食。 其实鸟食可以叫别人去买，不过苏子和饲料有好有孬，对不懂行的买主，卖主经常会以次充好。 他曾差人买过两回，都上了当，所以他一怒之下就自己去买。 另一个原因是，他在家里实在是憋坏了，可以顺便去鸟市逛逛，解解闷儿。

宋占山会偶尔出现在南关大街鸟市的消息，通过游击队在县警备队的内线传给了队长施南冬，施南冬又告诉了刘小虎。 于是刘小虎乔装打扮，避人耳目，埋伏在南关大街的一个角落里。 在他的正前方，就是宋占山逛鸟市的必经之路。 然而一晃十多天过去，过了三个大集，就是不见宋占山的踪影，刘小虎在坚守与放弃中犹豫不决。

这天一早，刘小虎刚刚来到隐蔽地点蹲守，就发现一个富商模样的人夹在熙熙攘攘的人群中，向这里缓缓走来。 刘小虎看到，他穿着一身深紫色的长袍马褂，头戴黑色礼帽，有围巾缠脖，还戴着墨镜。 他矮矮胖胖，还有轻微跛脚。 在宋占山家里住了多年，刘小虎对他太熟悉了，从这人的体态身型与走路时的轻微跛脚，他马上断定，这人就是大汉奸宋占山。 他原来不瘸，那年夏天，他坐在院里的石桌前摇着芭蕉扇，喝茶纳凉时，石桌莫名其妙地歪倒了，正好砸在他的右脚面上，拇指和第二脚趾被砸碎了。 刘小虎送他去了掖城的梅铁医院，保住了右脚，却没能保住这两根脚指头，从此宋占山走路就有点儿瘸了。

刘小虎悄悄地从隐蔽地点走出来，压低了头顶上的瓜皮帽，混进了摩肩接踵的人群。

宋占山全然不觉，依然走得不紧不慢。 刘小虎跟在他的后面，疾步快走，离宋占山越来越近。 终于，刘小虎与宋占山已经近在咫尺了，只要他掏出枪来，冲宋占山的后脑勺开一枪，这个臭名昭著的大汉奸就一命呜呼了。然而集市里人来人往，如果他贸然开枪，或许会伤及无辜的群众。他紧追不放，只能等待出手的机会。

南关大集东西走向，鸟市在最东边，越往东人越少。宋占山走进了鸟市，还将围脖往上提了提，完全盖住了嘴和鼻子。刘小虎看到，他在一家小摊前停下，抬头看着挂在木支架上的鸟笼。鸟笼里有黄雀也有金丝雀，那只黑色的黄嘴八哥还冲宋占山叫了声"你好"。宋占山没有应声，只是冲它挥了挥手，然后他就背起手继续往东走。这个时候，宋占山的前后左右都没有人，刘小虎见时机一到，迅速从腰间拔出了盒子枪。他正欲瞄准射击，宋占山却蓦地回过身来，一眼就认出了举枪的人是刘小虎。

"刘小虎，你……"宋占山惊叫道。

其实宋占山并没有发现尾随在他身后的刘小虎，他的突然转身只是一个下意识的自我保护动作。自从上了锄奸名单，他就如惊弓之鸟，时刻保持着高度的警惕性。

"宋占山，你这个大汉奸的死期到了！"刘小虎大喊一声，开了枪。

宋占山往左一闪，幸运地躲过了子弹。

刘小虎不曾想到，宋家安是掖县警备队长，宋占山出门，他就假公济私，会派两名便衣队员暗中保护。说时迟，那时快，一名便衣队员猛地将刘小虎扑倒在地上。

刘小虎拼命地挣扎着，还顺势开了一枪，正中这名便衣队员的胸膛。另一名队员跑到吓傻的宋占山跟前，拉着他钻进了一个小胡同。

宋占山就这么逃之夭夭了，刘小虎看了一眼地上已被打死的便衣队员，也快跑几步，消失在茫茫人群中。

刘小虎锄奸失手，没有完成任务，却暴露了自己是共产党游击队员的身份。他心情低落地回到了宏德堂，这个时候，方兴通和潘士光正带着全家人在门楼外的大槐树下，齐心协力地摘槐郎当。

槐树浑身都是宝，从槐叶到槐根均可入药。槐郎当就是槐籽，中医称其为槐角。它有清热泻火及清肝明目等作用，是五味堂郎中周仕君的常备药材。每年秋天，宏德堂人就会将槐角采下，晾干，送到五味堂。槐米也是药材，有凉血止血之功效。夏天，大槐树吐出了黄灿灿的花蕾，宏德堂人就会采摘下一部分，送给周仕君用。

方兴逦年轻，胆子也大，就爬上了树，骑在树杈上，一边摘着槐郎当，一边唱着《义勇军进行曲》："起来，不愿做奴隶的人们！把我们的血肉筑成我们新的长城……"

如今，方兴逦是方家村完小的一名音乐教师，她将范小娆传授给她的弹奏说唱技艺再传授给孩子们。鬼子来了，为宣传全民抗日，学校在施南冬队长的发动下成立了孩子剧团，方兴逦任团长。她和范小娆带着孩子们排演话剧和说唱节目，揭露日本鬼子的暴行，增强人民群众抗战必将胜利的信心。孩子剧团到集市上演出，也去附近的游击队驻地慰问，深受军民的欢迎。不久，方兴逦引起了胶东抗战剧团的注意，前天晚上，团政委亲临宏德堂，动员她参加抗战剧团，让她的艺术才能发挥更大的作用。方兴逦是个怀有满腔热情的爱国青年，知道国家兴亡匹夫有责的道理。但是她从没离开过宏德堂，也舍不得孩子剧团的孩子们。另外，母亲陈尚云中风，已瘫痪在炕上一年多了，尽管有丫鬟小翠照顾，她还是放心不下。所以她没有答应，也没有拒绝，只是说得好好想想。团政委有几分失望地走了，望着他的背影，方兴逦一时冲动，想追上去说俺同意，可是跑了两步，又最终停下了。

方兴通正带着全家人摘槐郎当，刘小虎就急匆匆地回来了。他跟方兴通一说刚刚发生的事，方兴通便觉得大事不妙。刘小虎的身份暴露，宋家安很快就会带领警备队杀到宏德堂，就像几年前来抓捕共产党员江秀芝一样。那么，刘小虎必须得先找一个安全的地方躲藏起来。宏德堂里房子多，可是都不安全，方兴通就让刘小虎到村西头的方氏祖坟，在那间守坟人曾经住的小屋里躲一躲。

果然，刘小虎刚走没多会儿，得到报告的宋家安就来了。砸开了宏德堂的门，他令耀武扬威的警备队员们搜遍了整个宏德堂，也没找到刘小虎。宋家安不禁恼羞成怒，要抓走刘小虎的老婆孩子做人质，然后让宏德堂用刘小虎来交换。他扬言，如果三天后刘小虎不出现，就杀了他们。

　　自从宋家安气势汹汹地进了门，方兴通就没搭理他。像宋家安来抓江秀芝时，爹方英典坐在牡丹亭里不动声色一样，他也坐在牡丹亭里，静静地观察着宋家安的一举一动。可是宋家安要抓走范小娆和孩子，方兴通就不能无动于衷了。

　　"宋家安，你还算是个人吗？"方兴通从牡丹亭里走出来，忍无可忍地怒斥道，"你这么做，禽兽不如！"

　　宋家安举着枪，不可一世地向方兴通走过来，然后仔细地端详着方兴通，好像之前不认识他似的。

　　"怎么？心疼了？刘小虎不过是个无家可归的流浪儿，是俺爹把他养大的。他恩将仇报，还要杀他的恩人，他死有余辜！"半晌，宋家安才怒气冲天地说。

　　方兴通听罢竟然笑了："死有余辜的是汉奸卖国贼！"

　　汉奸卖国贼？这显然戳到宋家安的痛处，宋家安一下子愣住了，说不出话来。

　　"宋家安，俺劝你还是回头吧，日本鬼子是兔子的尾巴，长不了。"方兴通想亲热地拍拍宋家安的肩膀，就像他在宏德堂南书房里上学时一样，可是手举到半空，他又迟疑地放下了。

　　无论是宋占山还是宋家安，他们走上这条罪恶的路就没打算回头。

　　"俺可以不抓他的老婆孩子，那你就得告诉俺，刘小虎在哪里？"宋家安用枪指着方兴通的胸口，恶狠狠地说。

　　宋家安想破了脑袋瓜子也不会想到，刘小虎就躲藏在他当年被三只手袁路生关押过的地方。再次来到宏德堂，他能想到的是，方氏祖坟那间看坟的小屋阴森而寒冷，他在里面度过了生不如死的三天，而且这都是方兴通一手造成的。当年，他在爹的威逼之下跟着管家罗良基来宏德堂闹事，如果不是方兴通动手打了自己，让他吃了哑巴亏，他怎么会提前离开？怎么会在路过方氏祖坟的时候，进去想冲方家的祖宗撒泡尿？如果不是这样，袁路生的手下又怎么会有下手的机会？

"俺哥在哪里，俺怎么知道？"方兴通推开宋家安指着他的枪，冷笑道，"不过俺可以告诉你的是，俺哥他肯定在杀汉奸的路上！"

宋家安被方兴通说得羞愧难当，也终于失去了耐性，他让警备队员们将范小娆和孩子从东院里带了过来："把他们带到县警备队去，通通关起来，俺就不信刘小虎他不管老婆孩子的死活！"

方兴通见状，一个箭步挡在了范小娆和孩子前面："宋家安，你冲女人和孩子耍什么威风？你要是有种，就把俺带走！"

把方兴通带走？宋家安突然发现，这真是个好主意。刘小虎是共产党游击队员，方兴通知情不报，就是同党。况且，宏德堂对刘小虎恩重如山，如果带走了方兴通，对他的打击更大。他对宏德堂忠心耿耿，试想，他能眼看着方兴通蹲在大牢里受罪，不来营救吗？那么，他就一定会自投罗网，来换方兴通。

"好，方兴通，俺就满足你的愿望。"想到这里，宋家安向警备队员们一挥手，"他私通共产党，给俺带走！"

"等等！"管家潘士光一直没有说话，见宋家安要抓走东家方兴通，就颤颤巍巍地走过来，将东家拦在了身后，"宋家安，俺早就知道刘小虎是共产党游击队员，你要抓就抓俺吧，这跟俺东家没关系，他是真不知道。"

"你这个不知死活的老东西，你也不称称你有几斤几两？刘小虎能为了你来县警备队送死？滚开！"宋家安用鼻子喘了口气，气急败坏地一把推倒了潘士光，然后对警备队员们命令道，"快，把刘小虎的同党方兴通抓捕归案！"

几名警备队员冲上前来，准备架起方兴通往门外走。这时蔡铣朴听到动静，从日用杂货店赶了过来。

"家安，这是怎么回事？干吗要抓人？咱们有事好商量啊。"蔡铣朴堵在门口，假惺惺地说。

"你少管闲事！"宋家安白了蔡铣朴一眼。

终于，警备队员们将方兴通架了起来，前呼后拥地向院外走去。方兴逦和范小娆哭喊着，不顾一切地冲上来，想拉回方兴通，却先后被警备队员用枪柄砸倒在地上。

为救范小娆和孩子，方兴通就这么被宋家安投入了县警备队的大牢。宋家安公报私仇，还煞有介事地连夜对方兴通进行了审问。被方兴通怒斥后，他竟然给方兴通上了刑。警备队员的几鞭子下去，方兴通便疼得嗷嗷直叫了。

当天晚上，心神不安的刘小虎就偷偷地从方氏祖坟的那间小屋跑回了宏德堂，范小娆向他哭诉了刚刚发生的一切。宋家安丧心病狂，刘小虎不能眼看着弟弟蹲在大牢里不管，要去县警备队把弟弟换回来。这显然不是个好办法，管家潘士光决定，让蔡铣朴明天一早进城，出面找宋家安说情，放方兴通一马，哪怕宏德堂花点银子也行。

第二天一早，身为掖县警备队情报员的蔡铣朴来到掖城，第一次光明正大地在队部与宋家安见了面。他觉得，如果自己能说服了宋家安，放了方兴通，宏德堂人就一定会对他感恩戴德。那么他就可以继续放心地在宏德堂待下去，挣更多的钱。

"俺和警备队怎么养了你这么个没用的东西？"当蔡铣朴一进宋家安办公室的门，宋家安就指责他道，"刘小虎是共产党游击队员，你就没发现？"

"俺已经不在宏德堂里住了，你是知道的吧？刘小虎平常干些什么，俺怎么会知道？"蔡铣朴狡辩道。

"不知道，你什么都不知道。"宋家安冷若冰霜地注视着蔡铣朴，

"那你来找俺干什么？"

蔡铣朴愣了半天，才将潘士光要拿现大洋换回方兴通的意思说了出来。

"你说什么？ 宏德堂要拿现大洋把方兴通换回去？"坐在沙发里的宋家安听了蔡铣朴的话，跷起了二郎腿，"不行，必须让刘小虎来换，俺一定要杀了这忘恩负义的东西！"

"宋队长，你觉得刘小虎能来换？"蔡铣朴摇摇头，自问自答地说，"俺觉得不会，宏德堂人是不会让他来白白送死的。"

"那你说，怎么才能让刘小虎来换？"宋家安收起了二郎腿，双眼直逼蔡铣朴。

"不用刘小虎来换，因为他不可能来。 宋队长，你听俺说，这可是一个发财的好机会，不能错过啊。"蔡铣朴端起茶壶，为宋家安倒上一杯茶，"刘小虎暴露了身份，就不可能再来刺杀宋会长了。 您想想啊，什么比钱还重要？ 让宏德堂破财免灾，您神不知鬼不觉地捞一把，何乐而不为？"

宋家安耐心地听完蔡铣朴的话，突然觉得不无道理。 他想，自己当这个万人唾骂的县警备队长，不就是为了捞钱吗？ 方兴通说得对，日本人在中国是待不长久的。 有了足够的钱，将来他就有了退路。

"好，俺这回听你的。"宋家安来了兴致，"潘士光没说出多少现大洋吗？"

潘士光真还没说，蔡铣朴随口说道："一百块现大洋。"

"一百块？ 他这是打发叫花子吗？ 你回去告诉潘士光，一千块现大洋，少一块也不行，否则就让方兴通在牢里等死吧。 他私通共产党，要不俺就交给日本人。"宋家安从沙发里站起来，不容分辩地说。

蔡铣朴连夜回到了宏德堂，向等消息的潘士光说了宋家安提出的价码。 宋家安已经答应他，事成之后奖他五十块现大洋。

一千块现大洋？ 宋家安真是狮子大开口啊！ 潘士光听罢长长地叹

口气，说这不是小数目，他考虑一下，并让蔡铣朴回日用杂货店等回话。

　　从老老爷方继先到老爷方英典，再到东家方兴通，潘士光服侍了三代宏德堂堂主。在老爷方英典的手上，宏德堂走出黄土地，驶向广阔的海洋，海运与商业的收入远远超过上百亩良田，成为宏德堂的支柱产业。宏德堂的家业与产业的属性变了，那么他对新堂主方兴通的称呼也跟着变了，不再称老爷而称东家。潘士光为人忠厚老实，办事能力又强，深得堂主的信任。几十年来，他为堂主出谋划策，让宏德堂人安然度过了多次危机，用老爷方英典的话来说，他是宏德堂的功臣，永远都是宏德堂人。所以方英典为潘士光置办宅院，让他娶妻生子，在方家村扎下根来。潘士光足智多谋，是个称职的好管家，这不仅仅是因他为宏德堂尽其所有，更难能可贵的是，他始终明白自己的位置。比如宏德堂的钱款，无论是收入还是支出，都经过他的手，但是他还从来没有自主决定过任何一个款项的进或出。他可以建议，均是由堂主最后拍板，他再去执行。可是现在，东家方兴通被关在县警备队的大牢里，而病入膏肓的太太陈尚云已神志不清，他无人可商量，也无人为他拍板。他掌握着宏德堂库房的钥匙，那几只装有现大洋的铁柜钥匙也在他的手上。可是他能贸然打开，取出一千块现大洋，去救出东家方兴通吗？如今潘士光年事已高，为东家做事也不会有几个年头了，就像在他之前的老管家朱兆福一样。救东家要紧，时间拖得越长，就越有可能出现变数。如果真被日本鬼子知道了，亲自过问，宋家安给东家安上一个通共的罪名，就会要了他的性命。思来想去，潘士光最终决定，拿出一千块现大洋，救回方兴通，不管他出来后是赞同还是反对。

　　下午，蔡铣朴扬鞭策马，赶着宏德堂的马拉轿车，来到掖县警备队队部，将一千块现大洋交给了宋家安。他打开藤箱，双手插进白花花的现大洋里，捞出一捧，又慢慢地张开手，贪婪地听着现大洋清脆的碰撞声。

"怎么样，宋队长，俺的主意不错吧？ 这现大洋不咬手吧？ "蔡铣朴得意起来。

宋家安没再说话，从藤箱里拿出五十块现大洋，扔给了蔡铣朴。

"宋队长，是不是得放人了？ "蔡铣朴收起了现大洋。

宋家安不想再跟蔡铣朴费口舌，这是因为，他刚刚接到密报，今天晚上，中共胶东特委特派员江秀芝将会出现在三山岛，其目的是想将镖主吕东敏发展为抗日游击队员。 多年前，国民党掖县党部三民主义小组副组长邹贵迎命令他去宏德堂抓捕共产党人江秀芝，然而宏德堂人演了一出好戏，掩护她金蝉脱壳，从此便消失了。 如今，邹贵迎已不知所踪，宋家安也早就脱离了国民党。 想想这段经历，宋家安自己都觉得滑稽可笑，就像小孩子过家家一样。 时光飞逝，宋家安的身份变了，他抓共产党人的心却没有变。 不能让江秀芝再从眼皮子底下溜走了，他必须布置周详，生擒江秀芝。 她是共产党的要员，抓住她，送到日本人手里，他就一定能立功受奖。 为了严格保密，不走漏风声，刚才宋家安就没跟蔡铣朴说。

拿着宋家安的手令，蔡铣朴从县警备队的大牢里接出了方兴通。

方兴通坐在车厢里，听着马蹄声声，忍受着周身的疼痛，心绪难平。 蔡铣朴告诉他，宋家安收了一千块现大洋才将他释放。 他想象得到，作为管家，潘士光独自做出这个决定会有多难。 这是破天荒的第一次，他希望宏德堂平平安安，不再有第二次。 这个时候，方兴通不会知道，刘小虎已经去了三山岛，他前天就接到队长施南冬的命令，中共胶东特委特派员江秀芝将亲自来三山岛，动员镖主吕东敏参加抗日队伍，他负责保护。

乌云蔽空，天上没有星星，也没有月亮。 蔡铣朴赶着车厢里坐着方兴通的马车出了掖城，向方家村赶去。 马车刚刚过了朱由镇路口，就有一阵摩托车的轰鸣声传来，接着三四辆偏三轮摩托车风驰电掣般超了过去。

车厢里的方兴通只能听到声音，看不到摩托车。 赶车的蔡铣朴听到了，也看到了。 这是掖县警备队的摩托车队，坐在头车挎斗里的正是宋家安。 他们这是去哪里？ 要干什么？ 蔡铣朴不禁纳闷起来。

走了一个多小时，马车才在宏德堂的门口停下。 东家方兴通回来了！ 一直等在门口听动静的潘士光马上开了门，眼含热泪，和蔡铣朴一起将方兴通搀扶进了屋。

饭菜已摆上了桌，没有过多的话语，疲惫不堪的方兴通洗了手，就狼吞虎咽地吃了顿饱饭，又去看了眼他娘陈尚云，就回东院自己的屋了。

洗漱的水已经准备好，不凉不烫。 毛巾搭在盆架上，干干净净。替换的睡衣摆放在方桌的一角，板板正正。 方兴通看到，任明凡坐在油灯前，在一针一线地缝制着小孩子的虎头鞋。 他知道，她这是给刘小虎的儿子做的。

"你回来了？ 宋家安没把你怎么样吧？"任明凡赶紧放下手中的针线，站起身来关切地问。

方兴通没有回话，这是因为任明凡手中的虎头鞋让他不由自主地走了神。 任明凡嫁进宏德堂已有十多年了，如果不是他坚持不与她同房，他们的孩子早已经上学读书了。 她喜欢孩子，待刘小虎和范小娆的儿子如己出。 然而她自己却是膝下无子，孤苦伶仃，这正是他一手造成的，是他让她守了活寡。 她是那么大度而善良，这些年来，随着年龄的增长，方兴通越来越觉得对不起她，甚至有了罪恶之感。 可是他始终不能劝说自己忘记江秀芝，就像中了魔，在他的心里，谁也不能取代她。

"没有，他不敢把俺怎么样。"忍着周身的疼痛，方兴通轻描淡写地说。

"那就好，你肯定累了，就赶快洗洗睡觉吧。"任明凡将没缝完的虎头鞋放进针线笸箩里，起身回东间了。

方兴通龇牙咧嘴地脱掉衣服，简单地擦了擦身子，换上睡衣，准备穿过东间去他独居的套间休息。可是一抬头，他却发现任明凡倚靠在东间门口，在泪汪汪地看着他。

"你受伤了，还说没事。"任明凡心疼了，泪珠终于掉了下来。

"真没事，就是破了点皮。"方兴通装出一副无所谓的样子。

"来，俺给你的伤消消毒，可别感染了。"任明凡从袖口里掏出手绢，擦干泪，又在酒橱里拿出一瓶白酒。

"没事，真没事。"方兴通的心里酸了一下，推辞道。

任明凡不再说话，她打开酒瓶，将酒倒进茶碗里，又找来一团棉花放到方桌上。然后她走到方兴通的跟前，脱下了他的上衣。

白酒浓烈而醇香，抹到方兴通的伤处却是疼痛难忍。任明凡就在眼前，暗香盈袖，他能闻到她身上芬芳的气息。在油灯的映照下，她的脸上有泪痕闪亮。

"明凡。"方兴通不是铁石心肠，此情此景让千头万绪涌上心头，他忘情地轻唤一声。

任明凡一下子僵住了，好像是自己产生了幻觉。她看到，方兴通张开了双臂，想将她紧紧地拥在怀里。可是他的双臂举在半空，停了会儿，又慢慢地放了下来。

"唉，俺……俺对不起你啊。"方兴通羞愧难当地说，"这些年，让你受苦了，可是，俺……"

任明凡淡然一笑，劝慰道："兴通啊，咱们没有谁对不起谁。你是个懂感情的好男人，你什么也不用说了，俺也不怪你，怪就怪俺没这个福气。"

"不，俺欠你的太多了，俺要跟你说声对不起。"方兴通的眼圈也红了，"对不起，俺让你受苦了。"

这么多年的痛苦与煎熬，终于等来了方兴通的一声对不起。压抑了太久，任明凡不能自已，手中盛酒的茶碗跌落在地上。她情绪失控地扑进方兴通的怀里，哇的一声大哭起来。

方兴通没想到任明凡会这样，抬手机械地拍打着她颤抖不已的后背，不知如何是好。就在这个时候，门楼传来了一阵急促的敲门声。这么晚了，会是什么人？方兴通松开任明凡，向门楼跑去。

　　"兴通，快开门。"有人大声喊道。

　　是刘小虎！方兴通急忙开了门，眼前的一切顿时把他惊呆了。

　　刘小虎和吕东敏气喘吁吁，架着血染衣衫的江秀芝。

　　"秀芝！这是怎么回事？"方兴通顿时吓傻了，疯也似的问。

　　按照计划，为不引起敌人的注意，缩小行动目标，在夜幕降临的时候，一身农妇打扮的江秀芝独自一人出现在三山岛。

　　尽管没来过三山岛，江秀芝也不陌生。那年春天，在宏德堂养伤的日子里，方兴通以及宏德堂人都会经常提及它。三山岛离方家村十几里，站在三山岛的南入口，江秀芝不由得深情地向南望去，脑海里出现了方兴通的身影。她投身革命事业，舍弃了个人的爱情，却不能忘记方兴通，他毕竟是自己唯一爱过的男人。他是那么爱她，为了她，痴心等待了这么多年，甚至不与任明凡同房，这不是一般的男人能做到的。江秀芝很感动，也很愧疚，却不能重续旧缘。一个口说无凭的娃娃亲婚约，让任明凡来到了宏德堂，这是封建陋习造成的。江秀芝参加革命，就是为了打碎这个万恶的旧世界，建立一个新世界，让妇女翻身得解放。然而，任明凡显然是个不多见的好女人，她善良而贤惠，能忍辱负重，值得方兴通去爱。所以在她留给方兴通的信里，她劝说他，让他跟任明凡好好过日子。这是江秀芝发自内心的话，她觉得，与任明凡相爱，生儿育女，是方兴通最好的归宿，他一定会幸福，自己便可以放下心来。

　　很快，江秀芝便顺利地与刘小虎接上了头，然后在刘小虎的带领下，绕小道进入了吕东敏的宅院。

　　那个春节过后，消灭了仇人三只手袁路生和他的海匪队伍，吕东敏就在岛上善良渔民的劝说下，放下屠刀，带着他的手下干起了为富豪财主看家护院的生意。后来，又一股海匪屡屡进犯三山岛及周围海域，吕东敏为保住地盘，不得不再次招兵买马，扩充实力。日本鬼子来了，他多次拒绝宋家安的拉拢，保持着中国人的尊严。通过掖县党组织，中共胶东特委了解到这一情况，决定派江秀芝前往三山岛，积极争取这支不可忽视的武装力量。

面对特派员江秀芝的真诚劝说，吕东敏却是犹豫不决。共产党带领全国人民抗日，他是知道的，并打心眼里佩服。抗日救国的大道理他懂，他也有一颗爱国之心。不过，他对共产党却没有多少认知，也考虑到手下弟兄的意愿，就一时难以接受。

刚才，宋家安带着县警备队队员们到了三山岛的南入口处，便跳下了摩托车，徒步来到吕东敏宅院附近。他们比刘小虎和江秀芝晚到一步，几名队员不出声响地干掉了守在宅院门口的保镖，就蹑手蹑脚地摸进了院子。宋家安观察到，东厢屋里亮着灯，几名保镖正在里面开怀畅饮。堂屋里，有说话声传来，还有女人的声音。他断定，她一定是共产党要员江秀芝。他很紧张，也很兴奋，带着队员们一步步地向堂屋靠近。

起风了，乌云飘散，半个月亮露出了脸。惊涛拍岸，似乎预示着一场腥风血雨就要来临。

宋家安趴在门缝儿上，借着灯光，看到了屋里的吕东敏和江秀芝，也看到了刘小虎。他怎么来了？会不会还有其他的共产党员？宋家安的眉头皱了一下。不能再等了，宋家安向身边的警备队员们做了冲进去的手势，接着一脚踹开了大门。

警备队员们一拥而入，刘小虎一惊率先开了枪，击倒了冲在最前面的一名队员。宋家安站在门口，枪口对准了吕东敏。迅速掏出枪来的江秀芝看到了宋家安，就在宋家安扣动扳机的一刹那，她开了枪。

砰，宋家安应声倒在地上。

567

敌众我寡，江秀芝、刘小虎和吕东敏与警备队员们对射，几名警备队员倒下了，一颗子弹也击中了江秀芝的胸部，顿时鲜血涌了出来。

枪声将东厢屋里的保镖们吓了一跳，他们马上明白过来，有人来袭了。他们摸起枪，冲到了堂屋门口。

一场激战就这么发生了，在震耳欲聋的枪声中，警备队员和保镖各有伤亡。几名警备队员不敢再战，抬起血泊中的宋家安仓皇而逃。

江秀芝倚靠在门框上，慢慢地倒下了。

"吕东敏，江特派员负伤了。"刘小虎大惊失色，一把抱起了江秀芝，大喊道，"快，用你的小轿车，快把特派员送到宏德堂，让郎中周仕君抢救。"

吕东敏惊魂未定，似乎刚刚回过神来。江秀芝还有气，他指挥保镖们为她进行了简单的包扎，又将她抬进车里，开车向宏德堂赶去。

到了宏德堂，刘小虎去村西五味堂叫郎中周仕君去了，江秀芝被抬进了东院客房，就是她上次来宏德堂养伤的地方。

"秀芝，你醒醒，周郎中马上就到。"方兴通用手捂着江秀芝的伤口哭出了声。

宏德堂里不再平静，任明凡和范小娆来了，方兴逦也来了，她们围在江秀芝身边，心急如焚，悲伤难抑。

"秀芝，俺是兴通啊，你睁开眼看看俺啊。"方兴通紧紧地抓着江秀芝的一只手，乞求道。

"秀芝姐，这里是宏德堂啊，您到这里就有救了。"方兴逦泪流满面地说。

"大妹子，你一定要坚持住，周郎中一会儿就到了。"范小娆已是泣不成声。

任明凡步履蹒跚地走到江秀芝跟前，握住了她的另一只手："大妹子，俺是任明凡，你不会有事的。"

终于，在众人的千呼万唤中，面无血色的江秀芝慢慢地睁开了眼。

当年，为逃脱国民党的追捕，江秀芝匆忙离开宏德堂的时候，没有预感到，她会以这种方式再次与宏德堂人相见。来到烟台，她根据事先约定，很快便在一个秘密地点找到了她的革命引路人孙启晨。他们在烟台党组织的领导下配合默契，出生入死地从事地下工作。直到去年的秋天，孙启晨身份暴露，被日本军警抓捕入狱。面对敌人的严刑拷打，他英勇不屈，最终壮烈牺牲在了敌人的刑场上。前赴后继，江秀芝擦干眼泪，重上战场。

江秀芝的眼睛缓缓地转动着，看到了她一生中唯一爱过的男人方兴通，也看到了待她亲如姐妹的方兴逦和范小娆。当她的目光最终落到任明凡身上的时候，她的身子颤动了一下。

"兴通哥，明凡嫂子……"江秀芝的声音十分微弱，吃力而时断时续，"你们都是好人，就……就好好在一起过日子吧。"

"秀芝，你……"方兴通握紧了江秀芝的手。

"大妹子，你不要说了啊。"任明凡泪如泉涌，另一只手也轻轻地搭在了江秀芝的手上。

"你们好好在一起过日子吧。"江秀芝的声音越来越小，嘴里有鲜血流出，"如果不的话，我……我死不瞑目啊……兴通哥，我不行了，你快答应我啊。"

江秀芝说罢，用尽全身力气将方兴通和任明凡的手拉到了一起。

江秀芝已是命若游丝，方兴通意识到，江秀芝等不到郎中周仕君了。那么，能让她抱憾而去吗？不，不能！

"秀芝，俺答应你，只要你能好起来。"方兴通拼命地点着头。

江秀芝的嘴角动了动，算是笑了。

"江特派员，您不会有事的。俺也答应您，俺愿意加入共产党的队伍，跟着共产党打鬼子！"吕东敏走上前来，高声喊道。

吕东敏终于走上了一条光明大道！江秀芝想再次动动嘴唇，表示听到了，却是一口鲜血喷涌而出。

江秀芝就这么牺牲了，为了革命事业，为了崇高的信仰，她放弃了自己的爱情，没能成为一名宏德堂人。但是她最后却是躺在宏德堂宽大而柔软的床上，永远地闭上了眼睛。

痛苦与悲伤在宏德堂里蔓延，任明凡带着方兴迺和范小娆为江秀芝擦洗干净，又给她换上了一身新衣服。这身衣服是任明凡当年的嫁妆，任明凡压在箱底，一直没穿。

方兴通哭得死去活来，直到没了力气。

江秀芝的牺牲感化了吕东敏，他决意跟着共产党走，马上加入抗日的队伍，为她报仇。刘小虎要向施南冬队长报告江秀芝不幸牺牲的消息，吕东敏主动要求开车送他。他想，见到施南冬队长，就说出自己的决定。他觉得这是对江秀芝救命之恩最好的报答。

夜已深，风未止，天上的月亮和星星异常闪亮。

方兴通和宏德堂人守在江秀芝的身边，心里各自念叨着心里话，直到太阳初升。

早上，刘小虎和吕东敏回来了。施南冬队长欢迎吕东敏和他的队伍加入游击队，并任命他为七大队特务队队长。他同时指示，现在是特殊时期，请宏德堂人先将江秀芝烈士就地秘密埋葬，等到抗日胜利的那一天，再为她举行隆重的安葬仪式。

方兴通让管家潘士光买回了最好的棺材，在入殓时，他从怀中掏出了那张与江秀芝在济南的合影，悄悄地塞进了她的怀里。他觉得，江秀芝走了，就让照片里的他永远陪伴她吧。趁着夜色，宏德堂人将江秀芝埋葬在方氏祖坟一个不显眼的地方。

方氏祖坟里又添新坟，江秀芝以这样惨烈的方式成为一名宏德堂人。

潘士光让刘小虎拉走了悲痛欲绝的方兴通，前来送别的任明凡和范小娆向江秀芝的坟头深深地三鞠躬，然后相互搀扶着也离开了。

方兴迺的泪水已经流干，她站在江秀芝的坟前，默默地说着自己的心里话："秀芝姐，您安息吧，明天俺就去抗战剧团报到，俺会像您一样，成为一名不怕牺牲的抗日女战士。"

坟茔无声，只有风吹树叶的声音，沙沙作响。 方兴逦意识到，秀芝姐肯定听见了，这树叶声就是她欣慰的应答。

第二十九章

斩草除根

日伪军杀人放火，活动猖獗，百姓生活在一个民不聊生的恐怖世界里。宏德堂人与共产党游击队有着千丝万缕的联系，所以这天早晨六点不到，当宋占山的管家罗良基再次敲响宏德堂大门的时候，所有人都惊骇不已。

是谁敲门？这么早来干什么？是宋家安发现刘小虎刚刚回了宏德堂，尾随上门，实施抓捕吗？方兴通先让刘小虎去了南书房，如果有意外，就让他择机从南院的小门逃跑。然后方兴通与潘士光一起，脚步轻轻地向院门口走去。

宏德堂人今天都起得特别早，原因是，方兴逦就要去胶东抗战剧团报到了。

昨天晚上，方兴逦一夜没睡，或者说一会儿醒，一会儿睡。在几天前那个悲痛的夜晚，她站在江秀芝的坟前说出了自己的决定，以告慰江秀芝的在天之灵。第二天，她就向哥哥方兴通表明自己要参加抗战剧团的决定，像秀芝姐那样，成为一名无所畏惧的抗日女战士。榜样的力量是无穷的，方兴通当然明白，曾经犹豫不决的妹妹为什么突然做出了这样的决定。他认为，能像刘小虎那样出生入死，为抗日出份力，这是宏德堂人的骄傲。他马上让刘小虎向施南冬队长做了汇报，施队长迅速联系了抗战剧团。昨天，刘小虎兴奋地带回了好消息，抗战剧团欢迎方兴逦加入，期待她成为一名优秀的女战士，并告知了会合的秘密地点。

对宏德堂来说，方兴逦能成为一名光荣的抗日战士不是小事，方兴通要举行隆重的家庭聚会，欢送她入伍。所以除了不知情的蔡铣朴，宏德堂人都起得特别早，精心准备着方兴逦的出征仪式。然而就在这个时候，响起了急促的敲门声。

方兴通和潘士光来到院门口，侧耳聆听着外面的动静。敛声屏息，他们听到了一个男人粗重的喘息声。

"谁啊？"潘士光停顿片刻大声问。

"潘管家，是俺，罗良基。"罗良基声音嘶哑地答道。

自从确认了罗良基就是那个屡屡通风报信而让宏德堂躲过一场场灾难的人，宏德堂人的内心里便对他充满了感激。有道是，浪子回头金不换，不管以前他做了什么，受心地善良的顾秋燕影响，他良心未泯，痛改前非，是值得庆幸的好事。

"是罗管家啊，有什么急事吗？这么早就来了。"潘士光说着热情地开了院门。

罗良基神情恍惚地进得门来，一见宏德堂人就哭了。

"罗管家，你这是怎么了？快进屋，坐下慢慢说。"方兴通纳闷地看着罗良基，把他让进了堂屋。

坐进太师椅里，罗良基已是泣不成声，一时说不出话来，像个受了天大委屈的孩子。

"罗管家，来，喝口水再说。"潘士光为罗良基倒了杯白开水，递到他的手里。

"是，罗管家，你先冷静一下吧。"方兴通劝道。

罗良基喝了杯水，泪汪汪地看着方兴通和潘士光，又抹了把泪，才开始诉说起来。

昨天傍晚时分，罗良基在掖城为宋占山要完账回到虎头村，刚走到宋占山的老宅附近，就远远地看见，三个扛着长枪的日本兵从院里窜出来，吱呀怪叫着向小港口跑去。他的心里一惊，想加快步伐，又怕日本兵发现他，引来麻烦。直到他们消失在村西，他才跑到了院门口。大门敞开着，院里没有动静。罗良基看到，门上有被踹的痕迹，门鼻和门闩也都掉在了地上。

"燕子！"罗良基急切地叫道。

没听到应答，走到院子里，罗良基发现堂屋的门也大开着。

"燕子，燕子！"罗良基似乎感到了几丝不祥。

罗良基一边叫着顾秋燕的小名，一边往屋里跑。就在他迈进门槛的一瞬间，他被眼前的一切惊呆了，双腿一软，差点摔倒。

罗良基看到，顾秋燕赤身裸体，怒目圆睁，仰面躺在地上，胸口和腹部布满了血洞，身上的血已经流干了。罗良基马上做出了清晰的判断，是刚才那三个日本鬼子糟蹋了燕子，因为遭到顾秋燕的激烈反抗，他们又刺杀了她。

这三个日本鬼子是龙口港的驻军，他们武装押送一条装有军用物资的货船，来到了虎头村的小港口。货船卸货要稍作停留，他们便扛着三八大盖枪，大摇大摆地进了虎头村。日伪军频频进村袭扰，奸淫掳掠，乡亲们闻风丧胆，无不关门闭窗，大门不敢出。大街小巷空无一人，他们漫无目的地走着，像往常一样，看到鸡就抓鸡，发现值钱的东西就抢走。

不知不觉中，三个日本鬼子就走到了宋占山的老宅门口。高大的门楼甚是气派，朱漆大门镶有铜钉，尽管有些斑驳，但也能让人看出是个有钱的大户人家。他们在门口站了一会儿，遂生歹意，其中两个举起了长枪，一左一右把守门口，另一个拍响了门。

啪，啪啪！拍门声在一片寂静中显得格外响亮。

谁在敲门？屋里的顾秋燕听得真真切切，心里顿时一惊，遂从炕上跳下来，又出了屋。 每次出门进城，罗良基都会嘱咐她，他不在家，谁敲门也别开。 现在顾秋燕想起了罗良基的话，犹豫了一会儿就又回屋了。

敲门声不断，随之又传来了踹门声和咿里哇啦的说话声。 日本鬼子来了！ 顾秋燕害怕极了，想躲无处躲，于是惊恐万状地从锅台上摸起了一把菜刀，紧紧地攥在手里。

轮番上阵踹门的三个鬼子很快就失去了耐心，他们放下了长枪，后退几步，助跑，起脚，一起踹向了大门。 门后的门闩鼻终于松动了，大门随之裂开了一道缝儿。 鬼子们看到了希望，重复着刚才的动作。

终于，门鼻脱落了，门闩也掉到了地上。 院门大开，没有鸡，也没有狗，院子里干净得很。 三个鬼子端着长枪，鬼鬼祟祟地进了院子。

顾秋燕心惊胆战地躲在堂屋东间的门后，大气不敢出，握菜刀的手也抖动不已。

多年前，宋占山带着老婆孩子搬进掖城的时候，像样的家具和值钱的东西都拉走了。 三个鬼子进了堂屋，观察了一番甚是失望，然后就心有不甘地进了东间。

东间有一个躺柜，是宋占山留下的。 那年春节，放在躺柜上的油灯倒了，把柜盖烧出了一个不大不小的烟坑，所以宋占山就没有要。 三个鬼子入户抢劫已不是第一回了，看到这个躺柜，根据以往的经验，除了被褥，他们知道胶东女人还喜欢把值钱的东西藏在柜底。 于是他们掀开了柜盖，把里面的被褥和衣服等都扔了出来。

柜底一览无余，一个鬼子看到了一个用布条包着的长条形东西。 这是什么？ 他一边问着自己，一边探进半个身子，伸手抓了出来。

这便是当年罗良基带着宋家安去大连貔子窝港进木材时，为麻痹他的警惕性，曲寿龄的杜大掌柜偷偷送给他的那根金条。 顾秋燕觉得，这是不义之财，不能要，扔又不舍得，便找了块布条包了包，放进盛杂物的大陶缸里，就没再动过，甚至都忘了它的存在。 宋占山一时开恩，让他们住进了他废弃的老宅。 他们往里面搬的时候，刚到门口，绳子松动，大陶缸便从板车上滚下来，摔成了几瓣。 顾秋燕将里面的东西分门别类地收拾好，破破烂烂的就直接扔了。 当然，这根用布条包着的金条还是不舍得扔，她就放在了躺柜底。

这个长条形的东西沉甸甸的。 鬼子意识到，这肯定是个好东西，就迫不及待地扯下了布条。 金条！ 这真是意外之喜，三个鬼子兴奋地嗷嗷大叫了起来。

躲藏在门后的顾秋燕看不到他们，却被他们突如其来的叫声吓了一跳，手中的菜刀咣当一声掉到了地上。 当年，宋占山将屋里的地面铺上了坚硬的方砖，菜刀落地的声音又吓了三个鬼子一跳。 他们回过身来，就看见一扇门在动。 一个鬼子探头探脑地走过来，猛地拉开了门。

猝不及防，顾秋燕就这么出现在了三个鬼子面前。

是个女人，还白白胖胖的有几分姿色。 三个鬼子喜上加喜，淫笑着相互看了一眼，立刻兽性大发，张牙舞爪地扑向了顾秋燕。 她转身想跑，却被门槛绊倒了。 于是三个鬼子一拥而上，扒了她的衣服，先后压在了她的身上。

无论顾秋燕怎么反抗，都无法挣脱开三个鬼子的魔爪，待到最后一个鬼子从她的身上爬起来时，她拾起了地上的菜刀，拼命地向他们砍去。 一个鬼子见状，端着上了刺刀的长枪向顾秋燕刺来。 她躲闪不及被刺中了胸口，顿时血浆四溅。 顾秋燕仰面倒下了，三个鬼子仍不放手，三把尖利的刺刀一下下地扎进了她的身体。 顾秋燕死了，三个鬼子狂笑了几声拿着金条离开了。

顾秋燕死不瞑目，罗良基哭喊着为她合上眼，擦去她身上的血迹，给她穿好衣服，最后把她抱到了东间的火炕上。

罗良基欲哭无泪，已是仇恨满腔，他要找日本鬼子报仇。可是他手无寸铁，去了就是送死。这个时候，走投无路的他想到了已是掖县商务会与地方维持会会长的宋占山，还有宋占山那当县警备队队长的儿子宋家安。

老天爷不长眼，江秀芝英勇牺牲了，而无恶不作的大汉奸宋家安却捡回了一条命。被江秀芝击中的那一枪没打中要害，经过抢救，他竟然活了过来。养好伤后，他继续为非作歹，当他的县警备队队长。

罗良基相信，自己鞍前马后地为宋占山卖命这么多年，没有功劳也有苦劳，他们父子肯定会出面找日本人，为自己主持公道，杀人偿命，严惩这三个禽兽不如的日本鬼子。

"燕子，你好好睡吧，俺去找宋老板为你报仇！"为顾秋燕盖上被单，罗良基在心里说。

心怀怒火与希望，罗良基骑上自行车连夜向掖城赶去。

夜色苍茫，有半个月亮爬上来。这个时候宋占山已洗漱完毕，准备上炕歇息了。

砰，砰砰，砰，砰！熟悉的敲门声响起，是罗良基来了，宋占山迈上炕的一条腿收了回来。可是他傍晚刚走，这么晚了，他又回来干什么？

宋占山走到院子里，大马猴儿和两个弟兄也从西厢屋里跑了出来。自从发生了刘小虎刺杀宋占山的事件，为了加强防范，宋家安将已被招入县警备队的大马猴儿抽调到宋占山身边，还配备了两名精干的队员。

"是罗管家，你去开门吧。"宋占山对大马猴儿说。

门开了，罗良基一进门便哭叫着跪倒在宋占山的面前："宋老板，您得给俺做主啊，您得替俺报仇啊！"

宋占山愣了，不知罗良基在说些什么："罗管家，你起来，你这是干

577

什么？　有话好好说！”

大马猴儿拉起了罗良基，又把他搀扶进了屋。

顾秋燕让日本人糟蹋了，还被刺刀捅死了。听了罗良基时断时续的哭诉，宋占山拧着脖子，面部僵硬，不知道说什么好。

“宋老板，请您看在俺跟了您几十年的分儿上，您得替俺做主，替俺报仇啊！”罗良基重复着一进门时说的话。

“做主？　报仇？”宋占山摇晃着脑袋，露出一副为难的表情，“你觉得，日本人能听俺的？”

“怎么会不听？　您不是……”罗良基急不择言地反问道。

其实宋占山心里也觉得委屈，为日本人效劳，顶着大汉奸的骂名，还不受日本人的待见。他卑躬屈膝，阿谀逢迎，而在日本人的眼里，他却连条狗都不如。

“你住嘴吧！　俺告诉你，日本人不会听俺的，所以俺也不会去找日本人。”宋占山想到这些，就不耐烦了。

“自古以来，杀人偿命。可是，宋老板，燕子就这么白白地死了？”罗良基不服气地问。

宋占山终于恼了，一拍桌子，怒形于色地说：“不白白地死了，你的意思呢？　让日本人来偿命？　你的脑袋瓜子没毛病吧？”

宋占山的话让罗良基感到了意外，或者说，第一次对宋占山产生了恨意。罗良基跟了宋占山几十年，替他干了不少丧良心的缺德事，让不少人在背后戳脊梁骨。后来，善良而有正义感的顾秋燕让他痛改前非，重新做人。即使他多次给宏德堂人通风报信，也没有从内心里恨过宋占山，毕竟他有今天是宋占山给的。在人们的眼里，他们是一丘之貉，他离不开宋占山，宋占山也离不开他，尽管他与宋占山已是离心离德。所以当刘小虎为除掉宋占山，旁敲侧击地问宋占山的新住处时，他仍然没有出卖宋占山。

"宋老板，这是一条人命啊，您……您不能撒手不管啊。"罗良基仍然不死心，"俺替冤死的燕子求求您了。"

"你什么也别说了，这件事，俺不能管，也管不了，你还是自认倒霉吧。"宋占山情绪激动地挥了下手，下了逐客令，"时候不早了，你快回去吧，明天找个地方把顾秋燕埋了就行了。"

罗良基就这样被宋占山赶出了门，他神情恍惚地骑着自行车往虎头村走，车子几次摔倒在地。现在他终于认清了宋占山的真面目，宋占山冷漠无情，与禽兽没有什么两样。回到家里，他一夜没睡，守着顾秋燕默默地流泪。如今，宋占山与万恶的日本人穿一条裤子，为非作歹，罪恶滔天，是十恶不赦的大汉奸。他突然想明白了，如果没有像宋占山父子这样的卖国贼祸国殃民、助纣为虐，日本鬼子能在中国这么猖狂吗？顾秋燕死于日本鬼子之手，也是死于像宋占山这样的大小汉奸之手。燕子死不瞑目啊，那么，谁能替她报仇？只有共产党游击队！所以天一亮，罗良基便骑上自行车来找刘小虎，想着先杀了宋占山这个大汉奸，也算为顾秋燕报了仇。

日本鬼子烧杀淫掠，惨无人道。现在罗良基一把鼻涕一把泪，把顾秋燕被日本鬼子糟蹋后又被杀害的事说完了，方兴通和潘士光听得义愤填膺，方兴逦、任明凡和范小娆都哭出了声。

时候已经不早，潘士光雇来的马车已到。方兴逦要出发了，她必须准时赶到约好的秘密地点，那里有抗战剧团的战士接应她。方兴通让罗良基稍等，又让潘士光叫来了躲藏在南书房的刘小虎。

实际上，方兴逦的出征仪式非常简单。嫂子任明凡和老师范小娆为她佩戴上大红花，然后她来到病重的母亲陈尚云跟前，告诉她，作为中国人，她要为抗日出一份绵薄之力，让她放心，等着她凯旋。然后她出了堂屋，与家人一一拥抱。

"哥哥，小虎哥，潘管家，嫂子，范老师，俺走了。"走到大门口，方兴逦将大红花摘下来，小心翼翼地装进随身携带的小白皮箱里，神情坚定地说，"放心吧，俺不会给宏德堂人丢脸。"

"妹子，干好工作，注意安全。"方兴通叮嘱道。

方兴逦用力地点点头，深情地说："哥哥，您放心好了。如果秀芝姐能看到，她也会含笑九泉的。俺知道，秀芝姐想让俺成为像她一样的人，俺没让秀芝姐失望。"

一家人依依不舍地将方兴逦送到了大门口，看着她跳上马车，泪光闪烁地挥手告别。

继承江秀芝的遗志，方兴逦义无反顾地踏上了抗击日本鬼子的征程，罗良基亲眼看见了这一切。他突然意识到，自己是多么渺小，而想起大汉奸宋占山，他又是多么可恶，真是死有余辜。

"刘小虎，俺知道宋占山住在哪儿。"罗良基蓦然一把抓住刘小虎的手，"走，俺这就带你去，除掉这个狗汉奸。"

罗良基的幡然醒悟让刘小虎喜出望外，但是要想除掉宋占山，必须有充足的准备。特别是罗良基告诉刘小虎，在宋占山家里，有大马猴儿等三个县警备队的人负责保护他。那么刘小虎单枪匹马去，显然是去冒险。如果又让宋占山逃脱了，再找机会就难了。为确保万无一失，他决定先叫罗良基回虎头村处理顾秋燕的后事，让潘管家到小港口找几名船员帮忙。他去向施南冬队长报告，请求战友支援。

在宏德堂船员们的帮助下，罗良基安葬了顾秋燕。根据约定，三天后的这个早晨，他与刘小虎在掖城的北城门会合了。

除掉大汉奸宋占山，将给大大小小的汉奸们以极大的震动与威慑，就像击毙来自省城济南的大汉奸石副厅长一样。施南冬队长命令刘小虎和特务队队长吕东敏带上两名游击队员，共同完成这一任务。

有罗良基带路，刘小虎和吕东敏他们很快就来到了宋占山的新住处。他们举枪隐蔽在大门两边，刘小虎示意罗良基敲门。

罗良基站在院门口，心跳蓦然加快了。 他心里清楚，宋占山一旦开了门，马上就要上西天了。 他跟了宋占山几十年，最终是这么一个结局，这是他没有预料到的。 当然，宋占山也绝不会想到，由于顾秋燕的惨死，由于他的冷酷无情，罗良基决意带刘小虎来除掉他这个大汉奸。这既是为顾秋燕报仇，也是为被日伪军无辜杀害的乡亲们报仇。 罗良基感到庆幸，自己能有缘与顾秋燕相见，才使他迷途知返，没有在一条道上走到黑。 所以罗良基对顾秋燕心怀感恩之情，他相信，如果顾秋燕地下有知，也会支持他这么做的。

罗良基抬起右手，犹豫了一会儿，敲响了门。

砰，砰砰，砰，砰！ 这是罗良基的敲门声。

宋占山正在院里喂百灵鸟吃虫子，心想，罗良基今天怎么来得这么早？ 那天晚上，宋占山拒绝为顾秋燕报仇，罗良基失望地走了之后，已经三天没来了。 宋占山本来还以为，他会撂挑子不干了，看来他还是舍不得走啊。 那个价值连城的百灵鸟笼就挂在大门口的桃树枝上，离门口很近。 宋占山放下盛虫子的小碗，没等大马猴儿他们过来就走到门口开了门。

刘小虎和吕东敏以及两名游击队员并排站在门口，黑洞洞的枪口一齐对准了宋占山。

"刘小虎，你……你……"宋占山马上就明白了，是罗良基把刘小虎他们带来的，自己今天是在劫难逃了。

"宋占山，你为日本鬼子做事，是个十恶不赦的大汉奸！"躲在刘小虎他们身后的罗良基鼓起勇气，高声说道，"俺让你死个明白，就是俺带着共产党游击队来送你见阎王的。"

宋占山绝望地叫喊道："罗良基，刘小虎，你们这些没良心的东西……"

没等宋占山把话说完，满腔怒火的刘小虎就果断地开了枪。 子弹穿过宋占山的心脏，宋占山应声倒地。

与此同时，吕东敏带着两名游击队员冲进了院里，和大马猴儿及两个警备队员迎面相遇。大马猴儿他们还没掏出枪来，就被一一击毙了。

一网打尽，除掉大汉奸宋占山的行动干净利落，刘小虎和吕东敏他们圆满完成任务，迅速撤离了。

除了刘小虎和吕东敏他们，看到罗良基在现场的人都死了，罗良基长叹一口气。

"燕子啊，共产党游击队杀了大汉奸宋占山，总算给你报仇了。"罗良基在心里说，然后骑上自行车扬长而去。

第三十章
乘风破浪

在一个秋高气爽的下午，当任明凡在范小娆和丫鬟小翠的陪伴下，乘坐着宏德堂的马拉轿车，来到虎头村小港口的时候，她们并没有察觉到，宋家安带领的县警备队的十几名队员荷枪实弹，已埋伏在附近的树林里，像她们一样，在等待着方兴通和"牡丹号"货船从大连貔子窝港归来。

任明凡怎么来了？ 还挺着个大肚子？ 她怀了谁的种？ 严阵以待的宋家安举着望远镜看到了任明凡，他感到十分惊奇。

四天前的那个清晨，方兴通亲自率领的宏德堂"牡丹号"货船，悄悄地赶赴大连貔子窝港，为胶东八路军西海地下医院秘密运回急需的药品。

去年冬天，日本鬼子在胶东展开了惨绝人寰的大扫荡，大泽山抗日根据地成为日军的主要围攻目标。 为了保证军分区后勤部门的安全，西海军分区决定，将军分区卫生所从大泽山区撤离，转移到掖县。 掖县人民深挖地洞和地道，藏治伤员，在日伪军的眼皮子底下，建成了一所罕见的地下医院。

那天临走时，任明凡让方兴通带上了报平安的信鸽，它风雨兼程，昨天一早就带回了他们已经安全到达貔子窝港的消息。 根据约定，他们今天就要满载而归了。 此次去貔子窝港行程紧迫，来回仅仅四天，夜以继日，根本没有休息的时间，是宏德堂有大船队以来时间最短的一次航行。 然而大海变幻莫测，时有狂风恶浪，这就让任明凡不由得担心起方兴通和货船的安危来。 她知道，在虎头村一带，遇到恶劣的天气，渔民或船员的家眷都会带上纸和香到小港口的岸边，燃纸烧香，祈求海神娘娘保佑出海的家人平安归来。 于是任明凡临时抱佛脚，也拿着纸和香来到小港口，为方兴通和"牡丹号"货船祈祷。

值得高兴的是，在守了这么多年活寡之后，任明凡终于怀孕了。 十月怀胎，一朝分娩，过了中秋，宏德堂将有一个新生儿呱呱坠地。 方德泽，这是方兴通给儿子或者女儿起的名字。 方继先、方英典、方兴通，继英兴德童，到了他的下一代，就是"德"字辈了。

两年前，宏德堂人送方兴逦去胶东抗战剧团报到后不久，太太陈尚云就追随老爷方英典的脚步逝去了。 像先辈们一样，方兴通和任明凡从东院搬进了正院的堂屋，正式成了一家之主。 他们住的东院堂屋，就给了刘小虎和范小娆。 继往开来，一脉相承，宏德堂人以这样的方式延续着百年的传统。

事到如今，为国捐躯的共产党员江秀芝仍然静静地安睡在方氏祖坟里一个较为隐蔽的地方，四周有遮天蔽日的松柏、槐树和杨树。 毋庸置疑，她的离去让方兴通永失所爱，痛不欲生，而她在临终时紧紧地拉着方兴通和任明凡的手，断断续续说的话，会经常不经意地在他的耳畔响起。 她让他和任明凡好好在一起过日子，否则她会死不瞑目。 方兴通意识到，这无疑是江秀芝的临终嘱托。 江秀芝与任明凡素不相识，正是当年她从济南来宏德堂养伤，与任明凡有了两个多月的朝夕相处，才对任明凡有了深入的了解，并成了无话不说的好姐妹。 无论如何，江秀芝是爱方兴通的，就像他爱她一样。 如果不是她为了自己的信仰，投身革命事业，他们一定会喜结良缘，有儿女绕膝，白头偕老。 但是世上没有如果，就像时光不会倒流一样。 在江秀芝的眼里，任明凡是一位典型的好女人，温柔敦厚，是贤妻，也会是良母。 所以方兴通觉得，江秀芝让他们好好过日子，是将她爱的人托付给了心地善良的任明凡，期待他以后的生活能平安幸福。 或许只有这样，她才会安眠于九泉之下。

感今抚昔，在江秀芝牺牲一周年的时候，方兴通曾独自一人来到江秀芝的坟前，焚纸烧香，然后坐在一块石头上念叨着思念的话。 说到动情处，他禁不住泪水涟涟。 在不知不觉中，他从午后坐到了傍晚，这个时候，有绵绵秋雨不期而至，他似乎浑然不知，仍然没有要离开的意思。

雨水打湿了方兴通的头发和脸庞，顺着他的下巴流下来。 突然，一把雨伞罩在了他的头上，遮挡住了雨滴。 他回身一看，举伞的竟然是任明凡。

这是一把江南老桐油雨伞，伞面上绘制着精美的牡丹图。 当年在济南求学的时候，方兴通与江秀芝出去游玩，他就是举着它为她遮阳。 宏德堂人爱牡丹，方兴通学成回掖县时，江秀芝便将这把伞送给他作礼物。 老桐油雨伞不可久放，长时间不用，要时常拿出来晾晒一下，以保持干燥。 当时方兴通与江秀芝天各一方，方兴通每一次晾晒雨伞，都感觉她仿佛来到了自己的身边。

望着举伞的任明凡，方兴通的心咯噔一下，酸酸的，久久不能平静。 任明凡是一个难得的好女人，他亏欠她的太多了，她这些年来的忍辱负重理应得到回报。 多年来，他们的婚姻名存实亡，即使在范小娆的引导下，任明凡心甘情愿地尽着一个妻子的职责，他仍然麻木不仁，似乎毫无恻隐之心。 这是因为有江秀芝的存在，他的心里装不下第二个女人。 但是，作为女人，任明凡也需要男人的爱，需要人世间的温情，更需要一个温馨的家。 而他，从来就没有给予过。 现在江秀芝走了，他的心空荡荡的，而江秀芝生前就执意让任明凡来填补。 他突然发现，一切皆为过往，苍天早有安排，他和任明凡才是最终抱团取暖的一对。

"明凡，俺……俺……"方兴通蓦然站起来，推开任明凡手中的油雨伞，一把抱住了她，想说什么却说不出来。

"兴通，没事儿，俺就是来看看秀芝姐。"油雨伞蓦然掉到了地上，

585

任明凡异常冷静地说。

"明凡，你还记得秀芝临走时对咱们说的话吗？"任明凡的反应让方兴通感到了意外。

"记得。"任明凡双臂下垂，僵硬地站着，面无表情。

细雨蒙蒙，一阵风吹过来，刮跑了地上的油雨伞。

任明凡抬起手，想挣脱开方兴通的拥抱，去捡回油雨伞，却被他抱得更紧了。

"她说的什么？"方兴通追问道。

"她说……她说……让咱们好好过日子。"任明凡努力筑起的心理防线终于崩塌了，一下子哭出声来。

其实方兴通一抱住她，任明凡就明白了他的心思。有道是，精诚所至，金石为开。这么多年的忍受与苦楚，她终于等来了这一天。不过她的内心又是矛盾和纠结的，方兴通的突然转变是在可怜她吗？或者仅仅是为了江秀芝临终前的嘱托吗？既然这么多年都过来了，那么别人施舍的爱，她是不能接受的。

任明凡的哭声穿过雨幕，凄怆而悲凉，在方氏祖坟里久久地回荡着。方兴通相信，宏德堂的祖先和江秀芝都会听得到。方兴通依稀记得，爷爷方继先曾多次对爹方英典说过，宏德堂的女人夫唱妇随，相夫教子，是天底下最好的女人，宏德堂的繁荣昌盛有她们的功劳。在方兴通的心里，任明凡是个好女人，她善良温柔，能委曲求全。或许，这正是江秀芝让他们好好过日子的一个重要原因。那么今天，他就当着江秀芝和祖先们的面，向任明凡表明自己的心愿，他会爱她，就像爱江秀芝一样。

"明凡，从今天起，俺不会再让你受苦了。"方兴通泪流两行，情真意切地说，"你是宏德堂的好女人，俺会永远把你当作一块宝，好好爱惜。"

听了方兴通誓言一般的话，任明凡低垂的头慢慢地抬起来，雨水无声地滴在她的脸上，与泪水混合在一起。

"明凡，相信俺，俺说到做到。"方兴通深情地吻了一下任明凡湿漉漉的头发。

任明凡无声地趴在方兴通温暖的怀里，她能感觉出方兴通呼出的热气，也能听得到他心脏的跳动声。 往事纷至沓来，万千思绪涌上心头，任明凡的心情难以用语言来形容。 这些年来的坚守与坚强在瞬间化为乌有，她的脑海也在瞬间变成空白，血液仿佛一下子被抽干了。 于是，她眼前一黑，昏了过去。

任明凡醒来的时候已是月亮初上，有繁星点点，也有秋风习习。 五味堂的郎中周仕君已经看过，她并无大碍，是因情绪一时激动大脑供血不足所致，便开了几味养血清脑的药。 药很快就熬好了，丫鬟小翠把药端过来。 守在一旁的范小娆接过药碗，想要喂药，却被方兴通抢了过去。

范小娆先是一愣，接着便明白了方兴通的心思，心中暗喜，便拉着小翠离开了。

整个房间里只剩下方兴通和任明凡两个人了，他坐在任明凡的身边，一手端着药碗，一手拿着汤勺，盛出一勺，先放在自己的嘴唇上试试温度，感觉正好才慢慢地灌进了任明凡的嘴里。 任明凡吞咽自如，很配合。

其实，郎中周仕君刚刚离开，任明凡就苏醒过来了，她之所以迟迟不愿意睁开眼睛，是不敢相信现实，怕是美梦一场。 方兴通真会像爱江秀芝一样爱她吗？ 她在心里一遍又一遍地问着自己，一会儿肯定，一会儿又否定。 焦灼万分的方兴通全神贯注，一勺勺地把药汤喂进她的嘴里。 药很苦，她却分明觉出了甜。 这种温馨的甜意，她已经失去了很久很久。 她曾绝望地想，这辈子不会有幸福了，只能哀叹命运的不公。但是苦尽甘来，奇迹发生了，尽管来得太晚。

"明凡，你醒了？"方兴通发现任明凡的眼皮在动，欣喜地问。

任明凡仍然眼未睁，泪水却情不自禁地溢出眼眶。

方兴通放下药碗和汤勺，掏出手绢，为任明凡擦拭着眼泪："明凡，咱不哭，请相信俺，俺会对你好。"

劝任明凡不哭的方兴通说到这里，自己却哭了。这是愧疚的眼泪，滴落在任明凡的胸口上，犹如一朵朵梅花盛开。

"兴通。"任明凡轻唤一声，蓦然抱紧了方兴通。

情感的悄然升华犹如水到渠成，方兴通和任明凡要夫妻恩爱地好好过日子了，就像江秀芝生前希望的那样。方兴通没有忘记江秀芝，任明凡也没有，在他们的心里，江秀芝永远活着。任明凡向方兴通提出，在适当的时候，将江秀芝的母亲姚如贤接到宏德堂，他们替江秀芝尽孝。方兴通听罢无声地点点头，然后久久地注视着任明凡，目光里有感激，有感动，更有敬佩。

前年，搬到正院堂屋后，任明凡睡在东间的火炕上，方兴通则自己住在西间。现在，就要与任明凡同炕而眠了，方兴通知道，这不仅仅是为了传宗接代，让宏德堂后继有人。当年，身着凤冠霞帔的她嫁进了宏德堂，却从此守了活寡，方兴通欠新娘任明凡一个洞房花烛夜。花好月圆，春宵一刻，方兴通要郑重其事地给她补上。所以他并不急于与任明凡同房，而是要亲自将东间重新布置成洞房，完成当年没有完成的婚礼仪式。任明凡自然明白方兴通为什么要这么做，在他精心布置洞房的时候，还让东院的范小娆过来帮忙。

新房布置好了，这天傍晚，宏德堂人欢天喜地地吃了一顿丰盛的晚餐，管家潘士光还跟方兴通喝了几杯酒。这是喜酒，潘士光喜极而泣。他在想，老爷方英典和太太陈尚云如果能看到这一幕，也会像他一样，流出幸福的泪水。自然，范小娆也哭了，脸上却含着笑意。

晴空万里，月亮爬上了大槐树的枝头。范小娆和乔玉芬她们把任明凡送进了洞房，帮她换上新娘的凤冠霞帔便退了出来。方兴通穿上了当年穿过的新郎官服，在宏德堂人喜悦的目光中，迈着四平八稳的步子，走进了洞房。

金风过清夜，明月悬洞房。蜡烛是红色的，火苗摇曳，映照得窗纸上的双喜字更加耀眼。寝帐赤红，半开半闭。任明凡头顶绣着双喜和牡丹图案的红盖头，盘腿坐在炕上，双手相握，放在腹前。方兴通看到，她嘴鼻处的盖头微微鼓动，她的胸部也时起时伏。方兴通脚步轻轻地向她走来。从东间门口到炕头，不过几步的距离，他却走了这么多年。他的心跳明显加快，当他在任明凡的面前站定，用喜秤挑开盖头的一瞬，他禁不住泪流满面了。任明凡也是泪光闪烁，脸上却荡漾着幸福的微笑。此时此刻，不再需要言语，方兴通放下喜秤，坐上炕来。

此时窗外月光正好，如银泻地。寝帐抖动了几下，慢慢地合上了。乘龙配凤，百年宏德堂在孕育着新的生命。

有古诗曰，两朵隔墙花，早晚成连理。尽管迟来了这么多年，仍然令人欣慰。今年刚出正月，任明凡便出现了头晕恶心等症状。她是不是有喜了？心情激动的方兴通请来了郎中周仕君问诊。

如今，周仕君已是年过八旬了。当年，因受人迫害而家境破落，他独自一人逃荒来到掖县，饥肠辘辘，晕倒在宏德堂门口。老爷方继先救了他，并让他在方家村住下来，靠行医生存。终生未娶的他术精岐黄，医德高尚，深受乡亲们的尊敬。君子之交淡如水，从方继先到方英典，再到方兴通，宏德堂人与周仕君始终保持着情逾骨肉的关系，无疑是一段温情的人间佳话。

望闻问切后，周仕君笑眯眯地告诉方兴通，他就要当爹了。

送走了周仕君，方兴通难掩兴奋之情，跑到堂屋东间，就将任明凡搂在了怀里。

"明凡，俺就要当爹了。"方兴通激动得泪湿眼眶了。

任明凡轻轻地抚摸着自己的小腹，也是满眼泪花："嗯，俺也要当娘了。"

方兴通对任明凡宠爱有加，只待中秋来临，宏德堂将再添新丁。然而国难当头，赶走日本鬼子是每个中国人义不容辞的责任。所以那天，当烟台达元亨商行的襄理梁洪斌来到宏德堂，想让方兴通的货船为八路军掖县西海地下医院，从大连貔子窝港运回一批药品时，方兴通就毫不犹豫地答应了。

烟台达元亨商行的老板是爱国商人任振德，也就是方兴通的老丈人。通过多种私人渠道，他终于在东北为掖县西海地下医院秘密购买到了一批中西药，会马上运到大连貔子窝港。不过如何将这批药品神不知鬼不觉地运回掖县，交给八路军，让任振德费尽了脑筋。宏德堂的大船队！当这个想法在脑海里一出，他便兴奋不已。事不宜迟，他叫来了襄理梁洪斌，让他马上奔赴掖县，请求宏德堂的支持。他相信，女婿方兴通一定会答应。与此同时，任振德也将求助宏德堂的事向胶东八路军的秘密联络人做了汇报。

实际上，方英典去世后，任振德便与宏德堂失去了联系。任明凡在宏德堂的不幸遭遇，他也早有耳闻。他觉得，是他和挚友方英典联手制造了这一出婚姻悲剧。俗语道，嫁出去的闺女泼出去的水，他已无能为力，只有对女儿的深深愧疚。直到今年开春后，他突然接到了女儿任明凡寄来的信，她告诉他，现在生活得很幸福，她和方兴通就要当爹做娘了。任振德想象不出宏德堂里究竟发生了什么，即使听说了共产党员江秀芝为动员一个镖主和他的队伍加入共产党游击队而光荣牺牲的消息，他也不会将这些与宏德堂扯上联系。无论如何，女儿时来运转，有了一个好的归宿，都是值得高兴的事情。

襄理梁洪斌将在貔子窝港的联系方法和地点详尽地告诉了方兴通，还代表东家任振德看望了任明凡，然后他就回烟台了，他将在貔子窝港等候宏德堂的货船。当天晚上，刘小虎带着施南冬队长悄悄回到了宏德堂。原来，游击队刚刚接到上级指示，要求全力配合宏德堂，做好保卫工作，确保这批急需的药品安全运抵掖县，交给西海地下医院。

宏德堂的大船队一直由刘小虎主掌，他参加游击队后，则由"睦亲号"的船老大吴人庆临时代管。 毫无疑问，在日伪军的眼皮子底下为胶东八路军运送药品，将是一次极其危险的旅程。 所以刘小虎不同意由方兴通带"牡丹号"货船去大连貔子窝港，而是由他去运回这批药品。

施南冬想，刘小虎是共产党游击队员的身份已经公开，如果他带船去貔子窝港，一旦走漏风声，必然会引起敌人怀疑，后果难料。 那么，怎么办？ 由方兴通带船去貔子窝港，以运木材为幌子，运回这批药品，这无疑是最妥当也是最安全的办法。 因此，考虑再三，施南冬还是将期待的目光落在了方兴通的身上。

事情紧急，方兴通感觉到了施南冬的殷切期待。 他已经答应了老丈人任振德的请求，可是他当时并没想到会是这么危险。 如果真被日伪军发现，他便是有去无回。

"施队长，还是俺带船去吧。"刘小虎看出了方兴通的犹豫，就再次主动请缨了。

施南冬没说话，只是摇了摇头。

抬头见炮楼，处处听枪响，村村都戴孝，家家闻哭声。 这是日伪军残害掖县人民的真实写照。 此时此刻，在犹豫中，方兴通想起了这几句顺口溜，也想起了光荣牺牲的江秀芝，好像她就站在他的面前，同样用期待的目光看着他。

"施队长，俺带船去！"终于，方兴通斩钉截铁地说。

宏德堂里出了个刘小虎，也出了个方兴通，他们都是英勇无畏的抗日游击队员。 现在，方兴通的决定让施南冬甚是激动，他紧紧地拉着方兴通的手，表达着发自内心的谢意与敬意。

八路军和游击队员在抗日战场上不怕牺牲，英勇作战，伤员正连续不断地被送到位于程郭镇前王门村的西海地下医院。 他们急需救治药品，那么任振德捐赠的这批药品早到一天，就能多救助一个受伤战士。送走了施南冬和刘小虎，方兴通便将马上要赴貔子窝港为西海地下医院运药品的事告诉了任明凡。 任明凡很担心，却没有阻拦，这是因为，无论从哪个方面考虑，方兴通都是最合适的人选。

经过连夜准备，第二天一早，方兴通和舵手郑义伟等五名船员便悄悄地赶到了虎头村的小港口，登上了"牡丹号"货船。刚才，临出宏德堂大门的时候，挺着大肚子的任明凡将一只信鸽交到方兴通的手里，叮嘱他，一到貔子窝港，就让它飞回来报个平安。

"俺和孩子等你回来。"最后，任明凡泪眼婆娑地说。

方兴通趴在任明凡的肚子上，仿佛听到了孩子的心跳声。这是一次危机四伏的航行，他深情地望着任明凡，又轻轻地将任明凡抱在了怀里。

现在，东方露出了鱼肚白，在方兴通的指挥下，"牡丹号"货船扬帆起航，向大连貔子窝港赶去。方兴通站在船尾，深情地眺望着远处模糊不清的村庄。渐渐地，海岸消失在他的视线里，他没有看到，蔡铣朴就躲在不远处，目送着"牡丹号"货船远去。

根据掖县警备队队长宋家安的指示，眼下，蔡铣朴的主要任务是，监视宏德堂人的一举一动，有情况随时向他报告。大汉奸宋占山被共产党游击队枪杀，尽管现场没有留下一个活口，宋家安还是认定是刘小虎所为。他要杀了刘小虎，为爹报仇。但是快两年了，刘小虎是神龙见首不见尾。有两次，线人发现了刘小虎的踪迹，待他带领警备队员去抓捕的时候，刘小虎早已逃之夭夭了。宋家安有气无处撒，就责骂蔡铣朴是头蠢猪，至今没给他提供过多少有价值的情报。蔡铣朴感到很委屈，他明显察觉到，方兴通可能已经发现了以次充好的杭州丝绸是他与段浩起联手所为，已对他完全失去了信任，事事提防着他了。他也心知肚明，之前方英典和方兴通之所以对他百般忍耐，是因为他当年救下了上吊自杀的任明凡。他有个强烈的预感，他们撕破脸皮而他被扫地出门的日子即将到来。所以，蔡铣朴要彻底投奔宋家安，而能委身于他，必须要有拿得出手的投名状。然而宏德堂里风平浪静，蔡铣朴没有发现任何蛛丝马迹。直到昨天，突然来了一个不速之客。

从南书房的那间小屋里搬出后，蔡铣朴便一直住在日用杂货店和木材粮油铺的二楼，巧的是，他房间的窗口正对着宏德堂的巷子，可以居高临下地观察到人员的出入。 他并不认识烟台达元亨商行的襄理梁洪斌，不过这个商人打扮的人来也匆匆，去也匆匆，形迹十分可疑。 方兴通和潘士光将他送出门的时候，他们还在小声嘀咕着什么。 蔡铣朴不禁警觉起来，预感到会有什么重大的事情要发生，就一直盯着宏德堂的巷子。 果不其然，天刚黑，刘小虎和施南冬就来了。 蔡铣朴认得施南冬，施南冬是胶东抗日游击队第三支队七大队的队长，他深入民众，宣传抗日，在方家村和虎头村一带非常有名。 刘小虎等青年人参加抗日队伍，就是他在宏德堂召集村民开动员会的结果，而且那个会议蔡铣朴也参加了。 刘小虎有好长时间不回家了，陌生人刚走，他突然带着施南冬回来干什么？ 这不是巧合，里面肯定有鬼。 立功的时候到了，蔡铣朴心里又惊又喜。 很快，他下了楼，从出货的侧门溜出了店铺的大院，然后蹑手蹑脚地进了巷子。 南书房的西墙有一个小门，是当年方便学生进出用的。 蔡铣朴搬出来的时候，并没有交小门的长柄钥匙，一直保留着。现在他来到了门口，掏出了长柄钥匙，伸进门闩上方的长形扁口，小心翼翼地拨开了门闩。

　　蔡铣朴进得门来，顺着南书房东侧的甬道来到了宏德堂的正院。 这个时候，堂屋正间的大门紧闭，有说话声传出。 他悄悄靠近了大门，屏气凝神，将右耳朵贴在了门缝儿上。

　　方兴通要带"牡丹号"货船去大连貔子窝港，为胶东八路军掖县西海地下医院运回一批急需的药品，明天一早就出发。 蔡铣朴听得清清楚楚，也听得心惊肉跳。 他原路返回了店铺，兴奋地躺在二楼的床上。他意识到，立功受奖的机会到了。 那么，他投靠宋家安也就有了资本。第二天，像方兴通一样，蔡铣朴早早地来到了虎头村的小港口，躲藏在一条废弃的破船后，目送着"牡丹号"货船消失在微波荡漾的莱州湾。然后蔡铣朴便骑上自行车，飞也似的向掖城赶去。

半个多小时后，大汗淋漓的蔡铣朴来到县警备队的大门口，却被两个哨兵拦住了。以前来的时候，都是哨兵给宋家安打个电话，得到他的确认，蔡铣朴就可以进去了。现在变了，自从宋占山被游击队除掉后，宋家安就加强了防备。他一直有个预感，刘小虎和游击队的下一个目标肯定就是他。因此他把管家罗良基招到了自己身边，既负责平常的内部勤务，也负责到门口接领找他的人。

前年，罗良基带着刘小虎和施南冬他们来到宋占山的新家，除掉了宋占山这个大汉奸，为顾秋燕报了仇。幸运的是，在现场的大马猴儿等都被一一击毙，除了游击队，就没有人知道罗良基就是那个带路人。从掖城撤出后，罗良基坚决要求跟着游击队去打鬼子。施南冬肯定了他的爱国热情，但是考虑到他已年近花甲，就让他想办法留在宋家安的身边，为游击队提供情报。罗良基想了想就同意了，马上返回了掖城，像平时登门找宋占山一样，若无其事地来到了他的住处。

这个时候，宋家安和大批警备队员已经挤满了院子，罗良基进得门来，看到躺在地上的宋占山，大惊失色，不顾一切地扑在他的身上，撕心裂肺地号啕大哭起来。

"是谁杀了俺东家，俺要为俺东家报仇。"罗良基抱着宋占山的遗体哭喊道。

人死不可复活，这个时候宋家安已情绪稳定，他让一名警备队员将罗良基拉了起来："罗管家，你……你快起来吧，唉，看来俺爹没白养你啊。"

听了宋家安的话，罗良基立马跑到他的跟前，扑通一声跪倒在地上："宋队长，东家对俺不薄啊，招俺到警备队吧，俺要为东家报仇啊。"

宋家安低下头，看着悲痛的罗良基，心里有些许感动。从年轻力壮到白发苍苍，罗良基服侍了宋家几十年，没有功劳也有苦劳。罗良基是看着宋家安长大的，彼此自然有感情。现在，姐姐宋家宁早就上吊死了，母亲莫春兰在几年前死于暴病，爹宋占山被共产党游击队枪杀，而罗良基的老婆顾秋燕也被日本兵奸杀，罗良基也是孤苦伶仃，孑然一人，那么无论是对宋家安还是对罗良基来说，他们都是世界上最亲近的人了。宋家安的身边缺少一个可靠的人，他也曾想过蔡铣朴，可是思来想去他都觉得蔡铣朴绝对不可靠。为了钱，他可以出卖对他有恩的宏德堂人，那么如果有足够的钱，他谁都可以出卖。

罗良基在宋家安面前的表演很成功，他由此博得宋家安的好感，成为宋家安的勤务员。在县警备队，他沏茶倒水，言听计从，就像以前侍候宋占山一样。宋家安信任罗良基，蔡铣朴身在曹营心在汉，屡屡出卖宏德堂人，也没瞒着他。蔡铣朴不请自到，罗良基将他领到宋家安的办公室。不应该问的坚决不问，不应该听的坚决不听，罗良基给蔡铣朴倒了杯水，便知趣地退出来，并关上了房门。不过他并没有走远，而是到厕所里拿了笤帚和簸箕，装模作样地打扫起卫生来。

蔡铣朴是宋家安的情报员，他急急忙忙来找宋家安干什么？他的神色有些慌张，当是有什么事要给宋家安汇报。罗良基这么想着，就边扫地边走到宋家安办公室门口，敛声屏息，侧耳细听。

"给地下医院运药品？你亲眼看见方兴通带着货船走了？"宋家安的声音从办公室里清晰地传出来。

"是，俺亲眼看见的。"这是蔡铣朴的回答。

"方兴通回来时靠哪个港口，你听到了吗？"宋家安急切地问。

"听到了，就是虎头村的小港口，方兴通说，正常往返，这样才不会引起怀疑。"蔡铣朴说。

这真是个石破天惊的好消息！宋家安激动不已。掖县有胶东八路军的西海地下医院，对日伪军来说不是秘密。他们多次进行拉网式搜查，却有老百姓的舍命掩护，总是一无所获。方兴通胆大妄为，竟敢为地下医院运送药品，正好撞到宋家安的枪口上。他让蔡铣朴马上回去，死死地盯着宏德堂人的一举一动，一有异常情况马上报告。然后，立功心切的宋家安要赶往日军驻地，向日本人报告此事。

　　看着蔡铣朴和宋家安先后出了县警备队，罗良基如坐针毡。蔡铣朴已经告密，宋家安和县警备队，甚至是日本鬼子，肯定会有所行动。在这千钧一发之际，他必须在第一时间向施南冬队长报告。罗良基迅速写下了情报，将它藏在提梁盒的底层，戴上礼帽，右手提着提梁盒，大摇大摆地向大门走去。

　　"哟，罗管家，又去给宋队长买驴肉灌汤包啊？"一个哨兵看了眼罗良基手中的提梁盒，问道。

　　宋家安自小愿吃驴肉灌汤包，罗良基来到县警备队后就经常出去给他买。出了县警备队的大门，往东拐，走一百米左右，有一家百年老店，天天顾客盈门，来晚了就抢不上了。更为关键的是，这里便是施南冬跟罗良基约定好的秘密联络点，一旦有情报，他就可以借为宋家安买驴肉灌汤包之机，将情报传递出去。

　　"宋队长可是俺看着长大的，他就愿吃这一口。"罗良基停下来笑了笑。

　　哨兵干咽了下唾沫："宋队长真有口福啊。"

　　"馋了吧？俺回来给你捎几个。"罗良基亲热地拍了拍哨兵的肩膀。

　　出了大门，罗良基快步来到驴肉灌汤包子铺，挤进人群，将提梁盒递给了店主，高声说："老板，跟以前一样，俺要刚出笼的。"

　　"刚出笼的"是暗语，就是有新的情报藏在提梁盒里。店主接过提梁盒，爽快地答应道："好嘞，您放心吧。"

　　罗良基就这样将情报传递了出去，下午施南冬队长收到他报警的纸条时顿时紧张起来。

　　方兴通带着"牡丹号"货船已经出发，估计到了庙岛群岛，无法通知他中止行动。根据原计划，四天后的下午，装满木材的"牡丹号"货船将在虎头村的小港口靠岸，在船员们卸木材的时候，游击队的接应人员会趁机取走藏在船舱里的药品。 而在小港口的周围，有刘小虎和吕东敏带领的游击队员埋伏在树林里，负责保护。 现在情况有变，日伪军已经完全掌握了行动计划，那么"牡丹号"货船一旦靠岸，就会陷入日伪军的重重包围之中。 如此，不但药品不保，方兴通和五名船员也将有性命之忧。 怎么办? 施南冬迅速找来了刘小虎商量对策。

"施队长，俺常年跑大连貔子窝港，对来回的航道熟悉得很。"刘小虎沉思片刻说，"在庙岛群岛的最北部有一个北隍城岛，那里有一个不起眼的小港口，是当地渔民为往来船只补充淡水和让船员短暂歇息吃饭的地方。 这些年来，宏德堂的货船有时会在那里停靠，即使不停靠，北隍城岛也是必经之地。 随俺兴通兄弟去的是跟了俺们十来年的老船员，也是老舵手郑义伟，俺觉得，他可能会在那里停靠。"

"你的意思是?"施南冬的眉头紧蹙。

"俺带上一条单桅小货船，马上赶往北隍城岛，在那里截住俺兴通兄弟。"刘小虎急切地说。

"这倒是个办法，可是这批西海地下医院急需的药品怎么办? 你要知道，药品早到一天就能多救助一些伤员，特别是重伤员啊。 所以上级才要求咱们大队，不管有多大的困难，做出多大的牺牲，这批药品都必须按计划交到地下医院。"施南冬焦急万分地说。

"施队长，俺有个想法，不知可行不?"刘小虎拍拍脑门，犹豫地说。

"你有什么想法就直说吧。"施南冬催促道。

"俺在北隍城岛的小港口截住兴通兄弟和'牡丹号'货船后，把这批药品转移到小货船上，由俺兴通兄弟带小货船在黑港口靠岸。"刘小虎胸有成竹地说，"为不引起日伪军的怀疑，吸引日伪军的注意力，俺带着'牡丹号'货船照样在虎头村的小港口登陆。 等到敌人发现药品已经转移，就什么也来不及了。"

黑港口在寨里武家村的村西，泥沙黑乎乎的，故称"黑港口"。 它始建于民国初年，是个对外贸易的小商港，往来船只如梭。这里离虎头村的小港口几十里，如果装载药品的小货船在此靠岸，就可以避开日伪军的围剿，将药品顺利交给西海地下医院。

"小虎啊，这真是个偷梁换柱的好主意，俺会带人在黑港口接应方兴通。可是，这样你就很危险啊。"施南冬担忧地说。

"施队长，这是唯一能确保这批药品安全而准时交到地下医院的办法。您不能再犹豫了，您放心吧，俺会安全归队，另外俺也不怕死。"刘小虎露出了一副视死如归的神情。

几年来，在抗日的战火中，刘小虎从一名船老大成长为一名信仰坚定的共产党员。施南冬感到很欣慰，他紧紧地握住刘小虎的手说："好，你带上小赵子他们，俺相信你能见机行事，平安归来。"

夜幕降临后，告别了队长施南冬，刘小虎带着小赵子等三名游击队员来到了虎头村的小港口。他们也曾是宏德堂大船队的一员，有舵手，也有主帆手，都有着丰富的航海经验。他们在刘小虎的感召下，先后加入了游击队。这个时候小港口寂静极了，只有海浪扑岸的哗哗声。在不远处，宏德堂"睦亲号"货船上的几只灯笼散发着红色的光芒，有几个人影在船上晃动。刘小虎知道，这是守护大船队的船员们在警惕地巡视。他和小赵子等三名游击队员来到"睦亲号"货船前，自己顺着舷梯上了船。然后他谎称要驾小货船去趟烟台，并让他们严格保密，谁也不能对外说。刘小虎主掌着宏德堂大船队，船员们对他自然是唯命是从。跟着他下了"睦亲号"货船，来到一条单桅小货船前，船员们将刘小虎和小赵子等三名游击队员扶上了船，然后解开了缆绳。刘小虎升起风帆，调整方向，小货船向庙岛群岛赶去。

披星戴月，日夜兼程，刘小虎和小赵子等三名游击队员到达北隍城岛小港口的时候，已是第二天的傍晚时分了。将小货船停靠在岸边，刘小虎上了岸，奋力登上北隍城岛最高的山顶，从脖子上摘下望远镜，向大连方向的海面望去。

今年春天的一个夜晚，施南冬队长率领刘小虎和吕东敏等游击队员，伏击了日本鬼子的一个小分队，缴获了许多枪支和这副望远镜。临走时，队长施南冬让刘小虎带上了它。透过望远镜，刘小虎看到，大海一望无际，波光粼粼，船只稀少。根据时间推算，刘小虎觉得，方兴通现在应该到达了貔子窝港。连夜装货，如果一切顺利，他明天一早就会返航。从貔子窝港到北隍城岛，大约需要十几个小时，那么他途经北隍城岛的时间应当在傍晚。

来到北隍城岛第二天的下午，刘小虎就再次登上了北隍城岛的高山，手举望远镜，观察着大连方向的海面。他与小赵子等三名游击队员站在山顶上，昼夜轮流观察，直到在北隍城岛第三天的黎明时刻，主舵手才在望远镜里看到，有一条三桅大船从大连方向驶来。

"刘队长，您看，有条三桅大货船。"主舵手将望远镜递给了身边的刘小虎。

刘小虎接过望远镜，向海上望去，果然有一条三桅大货船向这里驶来。很快，他看清了船上高高悬挂的船号锦旗"牡丹号"！刘小虎的心里一阵激动。

"走，去截住'牡丹号'。"刘小虎命令道。

上船，升帆，拔锚，起航，刘小虎和小赵子等三名游击队员驾船向"牡丹号"驶去。

船挂满帆，劈波斩浪，十多分钟后，刘小虎和方兴通在大海中迎面相遇了。

小虎哥怎么来了？方兴通一脸疑惑，频频地冲刘小虎招着手。

那天清晨，驶离虎头村的小港口，"牡丹号"货船日夜兼程，不作停留，第二天上午便安全抵达了貔子窝港。根据约定，方兴通带着舵手郑义伟来到了福驿庭客栈。事有凑巧，站在门口他才记起，多年前，宏德堂的"牡丹号"和"睦亲号"双船齐发，他跟随爹方英典第一次来貔子窝港的时候，住的就是这家客栈。进得门来，他直奔108房间。这个时候，烟台达元亨商行的襄理梁洪斌已经在此恭候多时了。梁洪斌告诉他，因为不可预测的变故，药品在明天下午才能秘密运到貔子窝港，让他在港口做好接货的准备。与梁洪斌握手话别，方兴通和舵手郑义伟便去了木材商曲寿龄的府上。方兴通以掖县一个大财主盖房急用为由，请他在明天下午务必将所需木材运到貔子窝港，他将马上返回掖县。方英典是曲寿龄的老友，他得到方英典去世的消息，还伤心得落了泪。曲寿龄马上叫来了杜大掌柜，让他忙准备货源，保证明天下午也就是方兴通出发的第三天下午一定按时交货。

如梁洪斌和曲寿龄所说，方兴通出发的第三天下午即昨天下午，十大木箱伪装成玻璃器皿的药品和大宗木材先后运到了貔子窝港。船员们将药品装进船舱，又将木材堆到了甲板上并捆绑固定好。这个时候已是夕阳西落，方兴通登上"牡丹号"货船连夜起航，踏上了归程。

现在，已出发第四天的刘小虎抓住郑义伟抛下的绳索，攀缘上了"牡丹号"。当他将蔡铣朴告密的事告诉了方兴通时，方兴通顿时惊出了一身冷汗。

这个卑鄙无耻的告密者是蔡铣朴，方兴通感到意外，又不意外。来到宏德堂这许多年，蔡铣朴鬼迷心窍，劣迹斑斑，方英典一忍再忍，犹豫不决而最终酿成后患。蔡铣朴酒后调戏范小娆，与宏德堂产生了隔阂，而后便与宋家安狼狈为奸。江秀芝被宋家安追捕是他告的密，杭州丝绸以次充好是他与段浩起联手坑害了宏德堂，现在，蔡铣朴偷听到宏德堂要为西海地下医院从貔子窝港运回药品，又向宋家安提供情报，是个不折不扣的卖国贼，至于他为了蝇头小利干的那些偷鸡摸狗之事更是数不胜数。方兴通成为宏德堂的堂主之后，也曾动了将蔡铣朴扫地出门的心。可是他像爹方英典一样优柔寡断，难下决心，最后却养虎为患，将宏德堂人推向了危险的境地。方兴通心里明白，他和爹之所以对蔡铣朴百般姑息，隐忍不发，就是为了报恩。当年，如果不是蔡铣朴及时发现并救下自寻短见的任明凡，宏德堂的百年美誉将毁于一旦，宏德堂人将永远抬不起头来。知恩图报是美德，但是也得有度，不能为了报恩而一味地迁就，不辨是非。木已成舟，今天的这个局面显然是报恩无度造成的。眼下，情势危急，方兴通悔之晚矣，必须想出对策来。

"兴通兄弟，虎头村小港口已经绝对不安全了，宋家安和县警备队，可能还会有日本鬼子，一定会守在小港口，等你自投罗网。"刘小虎说完停了一会儿，才将施南冬队长制订的应急方案告诉了方兴通。

方兴通听罢久久没有说话，他在想，施南冬队长考虑得很周全，既保住了药品，又让他和船员们脱离了危险。但是，如果刘小虎带着"牡丹号"货船出现在虎头村的小港口，势必引起日伪军的警觉，或许就能联想到药品已经转移了。那么，他们就会马上去封锁掖县的各个港口，这批药品就很有可能落入敌手。而且刘小虎的身份早已暴露，他们必将置他于死地。所以为了确保这批药品交到西海地下医院，仍然要由他带着"牡丹号"货船在虎头村的小港口靠岸。待宋家安带警备队员搜查了整个货船，没有找到药品时，自己就可以辩解说，是蔡铣朴为了报复宏德堂要将他扫地出门而造谣诬陷。宋家安可能不会相信，可是没有搜查到药品他就没有证据，或许就会放过他。当然，方兴通也想到了自己会死于恼羞成怒的宋家安和警备队的乱枪之下。他觉得，江秀芝为国捐躯，已走在了他的前面，那么作为一个中国人，为了抗日战争的胜利，他的死又何足惜？如果真的以身殉国，这是宏德堂人的荣耀。他相信后人们一定会永远记住他。

听了方兴通的判断与分析，刘小虎觉得颇有道理，而方兴通为国慷慨赴死的决心更让他感动。无论是对他自己还是对兄弟方兴通来说，将这批药品安全交给西海地下医院是神圣的使命，至于个人的安危都是不值得去考虑的。当年，刘小虎被宋占山撵出了家门而走投无路的时候，是老爷方英典收留了他。在"牡丹号"首航貔子窝港满载而归的时候，中途遇到狂风暴雨，刘小虎又救了方英典的命。后来，方英典认他为干儿子，刘小虎与方兴通成了情同手足的兄弟。现在面对日本鬼子，他们又成了生死与共的战友。

　　"好，兴通兄弟，就照你说的办。"刘小虎感慨万端，深情地看着方兴通，"到了虎头村的小港口，你要见机行事，绝不能硬来，俺兄弟媳妇和孩子都在等着你安全回家啊。"

　　刘小虎说到这里就忍不住流下了眼泪。方兴通也红了眼圈，他知道，任明凡在挂念着他，她腹中的孩子也在等待着爹的归来。他亏欠了任明凡太多，要用后半生加倍的爱补回来。

　　两条货船并排而停，船员们齐心协力，将"牡丹号"船舱里的十箱药品搬运到小货船上，又用帆布盖好。刘小虎带来的小赵子等三名游击队员并没有暴露身份，在他的强烈坚持下，他们登上了"牡丹号"货船，换下了郑义伟等五名船员。

　　太阳慢慢地露出了笑脸，霞光万道，映红了整个海面。刘小虎紧紧地抱着方兴通，不舍得放手。不是一母同胞，却胜似亲兄弟，他不敢想象，他们兄弟这一别会是一个什么样的结局。

　　"小虎哥，你放心吧。"方兴通拍打着刘小虎的脊背，"俺不会有事的。"

　　刘小虎慢慢地松开了搂抱着方兴通的手臂，叮嘱道："宋家安心狠手辣，你一定要多加小心啊。"

　　分手的时刻终于到了，刘小虎从"牡丹号"跳上了小货船。很快，两条货船升满了帆，"牡丹号"在前，小货船在不远处跟随。

　　经过近十个小时的航行，在太阳偏西之时，"牡丹号"和小货船先后驶入了莱州湾。这个时候，刮了两天的狂风渐渐地停了，莱州湾风平浪静，像个熟睡的婴儿。装着药品的小货船调转航向，直奔寨里武家村村西的黑港口，而"牡丹号"货船则降半帆减速，缓缓地向虎头村的小港口驶去。

　　近了，离虎头村的小港口越来越近了，"牡丹号"货船升满帆，提速航行。方兴通站在船头上，看到了方氏祖坟里的三棵参天的大杨树。

多少年来，这三棵大杨树成了大船队出海归航的航标。

此时此刻，任明凡正跪在沙滩上，虔诚地焚纸烧香，乞求海神娘娘保佑方兴通和"牡丹号"货船平安归来。而在她身后的小树林里，宋家安和警备队队员们的枪已上膛，正严阵以待。

夕阳西照，海面上波光粼粼。在云舒霞卷中，似乎在蓦然之间，不远处的团团白云好像被一双看不见的巨手揉捏搓捻成巨型管状，形成了画轴般的滚轴云。落日熔金，残阳将不断翻滚着的滚轴云映照得通体金黄，犹如一根硕大无朋的金箍棒横亘在海面上，左看右看都望不到尽头。

当地渔民说，遇见滚轴云，暴风雨来临。然而人们不会想到，一场腥风血雨即将发生。

来了，"牡丹号"货船同时出现在任明凡和宋家安的视线里。他们看到，"牡丹号"货船乘风破浪，在滚轴云下穿行，向小港口驶来。方兴通站在甲板上，一手扶着前桅杆，一手掐着腰，面带微笑，目光炯炯。

"兴通——"在范小娆的搀扶下，任明凡吃力地站了起来，一边高喊着，一边挥着手。

小树林里的宋家安和警备队员们荷枪实弹，却是按兵不动，宋家安不时地抬头看着天空。

突然，有一阵轰鸣声从遥远的天际传来，任明凡也禁不住抬头向天上望去。她惊恐地发现，有两架飞机出现在滚轴云的上空。

是日本鬼子的军机，机体上的日本国旗格外刺眼。任明凡见状，一下子瘫软在沙滩上。

驻掖县的日军预料到，共产党游击队一定会派出重兵，全力保护这批药品。为避免伤亡，他们决定，请求空军派出两架军机对"牡丹号"货船进行轮番轰炸，一举将其炸沉于莱州湾。宋家安和县警备队负责警戒，待"牡丹号"货船被炸沉之后，他们不与游击队交火，迅速撤离。

"牡丹号"货船上的方兴通和小赵子等三名游击队员听到了日本军

机的轰鸣声，但是头顶上的滚轴云挡住了他们的视线，他们什么也看不到。 而在这个时候，刘小虎带领的小货船已经在黑港口卸下了药品，安全地交给了西海地下医院的接货人。

日本鬼子惨无人道，这些年来，日本军机频繁轰炸乡镇和村庄，大批房屋被烧毁，无辜的村民死伤无数。 现在，日本鬼子不惜血本，连军机都调过来了，说明他们并没有预料到方兴通和刘小虎的调包计。 那么，刘小虎这时一定完成了药品的运送任务，方兴通不由得露出了胜利者的微笑。 他突然意识到，今天，在这个波澜壮阔的莱州湾里所发生的一切，都将深深地刻入宏德堂人的脑海中，成为宏德堂人永远的苦痛与荣耀。 像宏德堂的先人们留下的一个个感人肺腑的故事一样，今天这个惊心动魄的故事必将化作一段可歌可泣的历史传奇，在宏德堂人的口中，一代又一代地传下去。

方兴通无所畏惧，"牡丹号"货船继续向虎头村的小港口驶来，就在驶出滚轴云笼罩下的海面之时，两架日本军机几乎同时发现了目标，呼啸着飞临货船的上空，接着，一枚枚炸弹从弹舱里落下。

轰，轰轰……炸弹先后落在了"牡丹号"货船上及周围，一时火光四起，浓烟滚滚。 大火照亮了夜空，船上的木材被炸飞了，又横七竖八地落到了海面上。

"兴通啊……"任明凡惨叫一声，昏倒在沙滩上。

渐渐地，被炸得四分五裂的"牡丹号"货船沉入了海底，随浪漂浮的船号锦旗被烧去了多半，只有一个"方"字隐约可见。

终于，日本鬼子的军机飞走了，宋家安和县警备队也随后撤离。 滚轴云消失了，伴随着一阵电闪雷鸣，暴风骤雨随之而来。

狂风大作，暴雨倾盆，范小娆和丫鬟小翠将昏迷中的任明凡抱上了马拉轿车。

"嫂子，兴通……回来了吗？"就在马车要走的时候，任明凡突然睁开了眼，双手捂着高高耸起的肚子，声音微弱地说，"俺……俺要生了。"

因为受到惊吓，任明凡要早产了。

"快，快去五味堂。"范小娆对车夫大声喊道。

"不……不……俺要看到兴通回来。俺……不能走啊。"任明凡声嘶力竭地说罢，拼命地挣扎着从车里跳了下来。

实际上，任明凡不是从车上跳下来的，而是滚下来的。就在她落地的一瞬，不足月的方德泽降生了。

一阵婴儿的啼哭声冲破雨幕，在夜空中回响。范小娆和丫鬟小翠将任明凡和方德泽抱进了车厢。

任明凡坚决不走，却再次昏迷了。范小娆生过孩子，有经验。她让车夫去五味堂请郎中周仕君过来，又对方德泽进行了简单的处理，然后脱下外衣将方德泽包了起来。

"兄弟媳妇，方德泽是个小子。"范小娆趴在任明凡的耳边说。

任明凡还在昏迷之中，却又仿佛听到了范小娆的话。她和方兴通有了儿子，名字是他爹早就起好的。方德泽呱呱坠地，宏德堂后继有人了，于是，泪水从任明凡的眼角慢慢地滑落下来。

"兄弟媳妇，你醒了？"范小娆双手抱着襁褓中的方德泽。

任明凡似醒非醒，如梦似幻，脑海里出现了方兴通的身影。她看到，他正微笑着一步一步向她缓缓地走来。

"兴通，你在哪里啊？俺和孩子在等你回来啊。"任明凡突然轻声呼唤道，犹如梦呓一般。

大海一望无际，没人知道方兴通和小赵子等三名游击队员在哪里。十箱药品已经安全交给了掖县西海地下医院，施南冬队长带着刘小虎和吕东敏以及多名游击队员来到了虎头村的小港口，见此悲惨情景，准备驾船搜寻。

管家潘士光也步履踉跄地赶来了，见了刘小虎和施南冬就像见到了大救星，止不住地泪水涟涟。似乎在转眼之间，他已经来到宏德堂近四十年，陪同三代宏德堂人，经历了许许多多，有喜事，也有悲剧。东家方兴通消失在茫茫大海，让他心如刀割却又束手无策，只能告天祈愿，希望东家能奇迹般地归来。

罗良基也来了，身上还有斑斑血迹。其实他来得最早。听到日本军机的轰炸声，他就觉得出大事了，便提心吊胆地从虎头村跑过来看个究竟，还差点被撤离的宋家安碰到。躲过了宋家安和县警备队，罗良基从一条破船的船舱里爬出来，就看到了鬼鬼祟祟的蔡铣朴。他怎么也在这里？罗良基心里一惊。

实际上，蔡铣朴一直隐藏在警备队的队伍中，刚才撤离的时候，宋家安让他留下来，继续观察海上的动静，看看会不会有活着的人，特别是方兴通。如果方兴通活着上了岸，他就马上去县警备队报告，宋家安会带人到宏德堂里将其捉拿归案。

"铣朴兄弟。"看着蔡铣朴的背影，罗良基大喊一声。

蔡铣朴自然吓了一跳，回头一看，竟然是自己人罗良基，就放松下来："哟，罗管家啊，你来干什么？"

"俺来看看热闹。"罗良基走到蔡铣朴跟前，好奇地问道，"刚才，日本的军机来了，炸了什么？"

"炸了什么？你真不知道？炸的是宏德堂的'牡丹号'货船，方兴通也在船上，俺都看见了，连船一块儿沉海了。他胆大包天，竟然敢给八路军的地下医院运药品。罗管家，你说，他这不是找死吗？这下好了，恐怕连块骨头都找不到了。"蔡铣朴有几分得意地说。

罗良基已经把蔡铣朴告密的情报传递了出去，怎么还会发生这样的惨剧？听了蔡铣朴的话，他一下子惊呆了，脸色惨白，眼圈也湿润了，嘴唇哆嗦着，半晌说不出话来。

"罗管家，你究竟来干什么？"罗良基的表情让蔡铣朴顿时起了疑心，他就再次问道。

罗良基没想怎么来回答蔡铣朴的追问，他想的是，怎么除掉他这个卖国贼狗汉奸，为方兴通报仇，也是为顾秋燕报仇。何况，他出现在了不该出现的时间和地点，让蔡铣朴起了疑心。如果蔡铣朴向疑神疑鬼的宋家安进谗言，自己肯定会失去宋家安的信任，不能再给施南冬队长提供情报了，甚至还会引来杀身之祸。现在，宋家安是游击队锄奸队的下一个目标，施南冬队长已经指示罗良基，迅速摸清宋家安单独活动的规律，一有可乘之机就发出情报，从而一举除掉这个大汉奸。罗良基觉得，宋家安活不了几天了。

"俺不是说了吗？俺是听到日本军机的轰炸声，来看看热闹。"罗良基一边说着，一边用余光寻找着能拿来当凶器的硬物或尖物。

"不对头，你刚才的脸色和眼神告诉俺，你绝不是来看热闹的。人心隔肚皮啊，老实说，你是不是像方兴通一样，也给共产党游击队做事啊？"蔡铣朴面目狰狞地问。

罗良基看到，在他右手的不远处就有一块不大不小的石头。

"铣朴兄弟，你看那不是方兴通吗？"罗良基指着蔡铣朴的身后，突然大喊一声。

蔡铣朴不知有诈，下意识地回头望去。罗良基迅速抱起了石头，猛地砸向了他的头部。蔡铣朴躲闪不及，被砸倒在地，他蹬了两下腿，咽了气。

擦擦身上的血迹，罗良基才急匆匆地向海岸赶来，见到刘小虎和施南冬队长，便说了他杀死蔡铣朴的经过。

"罗管家，你不杀，俺也要杀了他。"刘小虎咬牙切齿地说。

"潘管家，兴通兄弟真的是……"罗良基握着潘士光的手，眼泪止不住地流下来。

"唉，俺相信，俺东家洪福齐天，不会有事的。"潘士光也是满眼泪光。

雨停了，风还在刮，天边的乌云裂开了一道缝隙，露出了半个月亮。大海波涛汹涌，浪花拍岸，"牡丹号"货船零零碎碎的残骸和一根根木头被海浪推上了海滩。 刘小虎发现了漂到岸边的"牡丹号"货船残缺不全的船号锦旗，弯腰拾起来，上面模糊不清的"方"字让他想起了干爹方英典，好像干爹就站在大海里注视着他。

和方兴通一起在"牡丹号"货船上的小赵子等三名游击队员在宏德堂大船队的时候，跟了刘小虎许多年，个个都是好水性。 方兴通本来不会游泳，是刘小虎到宏德堂后才教会了他。 漂浮的船板和木头可以救生，而不远处就是芙蓉岛，那么他们就有生还的可能。

方兴通和小赵子等三名游击队员是抗日的大英雄，施南冬、刘小虎和吕东敏一定要找到他们。

"施队长，那里好像有个人。"突然吕东敏指着大海中一个时沉时浮的黑点惊呼道。

人们齐刷刷地将目光投向了大海，只见这个黑点越来越近，越来越清晰。

"是小赵子！"刘小虎大喊一声。

刘小虎和吕东敏迅速跳进海中，向小赵子奋力游去。 不多会儿，怀抱一根木头的小赵子便被救上岸来。

"方兴通他们呢？"施南冬急切地问道。

刚才，在日本军机投下炸弹的一瞬间，方兴通和小赵子他们就一起跳了海。 小赵子被炸弹震晕了，很快就苏醒过来，他死死地抱住一根漂过来的木头，不再撒手。

"俺们跳海后，就被大浪冲散了。"小赵子回过头去，眺望着大海。

在日本军机炸船的时候，方兴通他们就跳海了，这无疑是个令人振奋的好消息。

"快，快去找，方兴通他们可能还活着。"施南冬马上命令道。

于是，施南冬、刘小虎、吕东敏各带两人，分乘三条小划船下了海，他们猛划桨板，向三个方向划去。

乌云渐渐地散去，月光皎洁，海面上泛着银光。

任明凡坐在沙滩上，怀里抱着熟睡的方德泽，望着三条小划船消失在夜幕里。范小娆和丫鬟小翠一左一右，揽着她。此时此刻，郎中周仕君正坐在马车里，双手抱着出诊箱，向这里赶来。

"兴通啊，俺和孩子在这里等你回来啊。"任明凡在心里说。

潘士光和罗良基跪在岸边，双手合十，默默地祈祷。

"兴通东家，您和游击队的兄弟快一起回来吧。"良久，潘士光身体僵硬地站起来，面朝大海呼喊道。

"兴通兄弟，游击队的兄弟，老天爷保佑，你们快回来啊。"罗良基也站起来大声喊道。

潮水涌动，哗哗作响，潘士光和罗良基的呼喊声被淹没在潮汐声中。

（2021年4月21日至2023年7月26日写于济南市卧龙花园是知书屋、莱州市过西村同德堂南书房）